LE POUVOIR ET LA VIE * * *

Choisir

Paru dans Le Livre de Poche :

LE POUVOIR ET LA VIE

1. La Rencontre
2. L'Affrontement

VALÉRY GISCARD D'ESTAING

Le Pouvoir et la Vie

* * *

Choisir

COMPAGNIE 12

ISBN : 978-2-253-12153-4 – 1re publication LGF

Pour mes amis
Michel Poniatowski
Jean Lecanuet
Michel d'Ornano
et Jean Sérisé,
qui ont été mes compagnons
dans cette grande aventure.

V.G.E.

SOMMAIRE

SECONDE PARTIE

Quand le pouvoir se détache de la vie

PRÉFACE

J'ai écrit ce livre pour vous, pour vous personnellement. Vous me répondrez que les écrivains écrivent toujours dans l'espoir d'être lus. Ce que je cherche à vous dire est différent : lorsque je rédigeais ces lignes ou ces pages, je pensais directement à celle ou à celui qui finirait par les lire, avec le désir passionné de lui faire partager ce que j'ai vécu au pouvoir, comme s'il s'était agi effectivement d'elle, ou de lui. J'ai été trop touché par l'ignorance du public sur la réalité du pouvoir, pour ne pas utiliser ce que j'ai vécu pour chercher à la réduire.

Ce que vous devez d'abord garder à l'esprit est que celui qui exerce le pouvoir reste un être humain bâti sur le même modèle que vous. L'exercice de la fonction modifie certaines habitudes ou crée certains réflexes, mais l'architecture de l'être, son système musculaire et nerveux, sa vulnérabilité aux agressions des virus et des bacilles, ses pulsations cardiaques, les ressources de sa mémoire demeurent identiques à ceux des autres femmes ou des autres hommes. Or vous, vous ne le croyez pas : vous sentez, ou vous croyez sentir, une immense différence entre vous et lui, comme s'il existait un darwinisme fulgurant du pouvoir.

J'avais pensé donner comme titre à ce troisième tome : « Et si c'était vous ! » Cela n'a pas convaincu l'éditeur qui a craint que cet intitulé soit trop réducteur, mais j'y reviens : je vous demande de lire ce livre comme s'il s'agissait effectivement de vous.

Les circonstances font que, peu de semaines après la parution de cette édition, les Français vont avoir à élire leur présidente ou leur président de la République. Ce n'est pas une perspective menaçante mais bien une chance, qui doit être vécue comme un bonheur ! Cet événement apporte la preuve que la France est une véritable démocratie où les citoyens peuvent choisir librement le responsable de la branche exécutive du pouvoir – le président de la République – et élire les députés chargés d'élaborer et d'adopter les lois.

On peut observer chez certains une inquiétude devant le choix qu'ils doivent faire. Cette angoisse est largement une émanation qui vient du milieu politique. Il s'est développé dans ce milieu au cours des vingt dernières années un carriérisme personnel tellement exacerbé que chaque acteur éprouve l'obsession de se rapprocher du « bon candidat », de celui qui disposera des postes à pourvoir, et la terreur d'être du mauvais côté, en se retrouvant abandonné sur le sable. Foin des grands enjeux pour les entourages politiques ! Le retour de la France dans le peloton de tête de l'Europe, la recherche d'une croissance réductrice du chômage réel, le redressement des finances publiques, la définition du meilleur équilibre entre la protection sociale et la créativité, la modernisation en profondeur de notre système éducatif et universitaire pour le rendre le plus performant d'Europe, les questions essentielles ne sont pas là ! Pour eux, la vraie interrogation est de savoir si, en enjambant l'obstacle encombrant de l'incompétence, ils peuvent espérer accéder aux paradis du pouvoir !

Cette anxiété n'a aucune raison de se communiquer à l'ensemble des citoyens. Ceux-ci n'ont guère de chances d'être associés aux bienfaits de l'exercice du pouvoir. Ils peuvent, tout au plus, bénéficier d'une politique sage et réaliste, ou être pénalisés par de coûteuses improvisations. Dans les motifs de leur choix, ils doivent essayer de détecter à l'avance les conséquences à venir de la décision qu'ils sont appelés à prendre. Ce n'est pas facile.

La lecture de ce livre peut-elle les y aider ? Il me semble que oui, sur trois points en tout cas.

D'abord en soulignant l'importance de l'éthique dans l'exercice de la fonction présidentielle, c'est-à-dire l'ensemble des règles écrites et non écrites qui encadrent les actes du pouvoir : le désintéressement financier, le respect de la dignité de la fonction, le refus des nominations complaisantes ou dictées par l'esprit de clan, la pratique de la tolérance et de la solidarité. Ces références éthiques ont cruellement souffert depuis vingt-cinq ans, durant la ronde démagogique autour de l'arbre du pouvoir à laquelle nous avons assisté, ronde où seules comptaient les manœuvres qui rapprochaient les intéressés du fruit défendu. Les générations nouvelles, les étudiantes et les étudiants qui liront ce livre, aspirent, je le sais, au retour de ces références éthiques, ou plutôt à leur renaissance, nettoyées qu'elles auront été par le vent du changement d'époque.

Le deuxième point est un élément de réponse apporté à la question lancinante de la relation entre les promesses électorales et la réalité des décisions qui seront prises, une fois que le candidat sera installé au pouvoir. Chacun sait, instruit par l'expérience, qu'il existe une grande distance – calculable en années-lumière – entre les promesses et les actes. Chacun le sait, et pourtant les « programmes » électoraux gardent un poids important dans le choix des électeurs, même s'ils sont appelés à se déclarer par la suite déçus ou trompés.

L'expérience décrite dans ce livre peut fournir quelques indications.

Il convient d'abord de prendre les promesses électorales pour ce qu'elles sont : elles n'ont pas d'autre objet que de répondre aux demandes des électeurs, et de faciliter ainsi votre élection. Elles s'inscrivent dans la culture de la société de consommation : les magasins à grande surface déploient sur leurs rayons de vente les produits dont ils pensent qu'ils correspondent aux désirs de leur clientèle. Trop souvent, les candidats se préoccupent peu de la véracité de leurs promesses, et ne s'inquiètent guère des moyens de les tenir. Lorsque j'ai entendu François Mitterrand déclarer, au cours d'un débat de la campagne de 1981 décrite dans ce livre : « Si je suis élu, je m'engage à créer dans la première année de mon septennat un million d'emplois pour les jeunes », j'en ai eu le souffle coupé.

Pourquoi un million, et pas un million deux cent mille, ou huit cent mille ? D'où venait ce chiffre ? Mystère. Et comment pouvait-il affirmer « je m'engage à créer… » ? Un président de la République n'a guère le moyen de créer des emplois, à moins de gonfler les effectifs de la Garde républicaine, ou d'inviter le gouvernement à se lancer dans un programme non financé de création d'emplois publics. Peu importe : la promesse était là, et elle a sans doute joué un rôle dans le résultat de l'élection. Mais l'année suivante, en dépit d'elle, le nombre des chômeurs a augmenté.

Ce ne sont pas les promesses électorales qui ont valeur d'engagement, mais elles s'inscrivent dans une tendance, ou une préférence personnelle. Et c'est cette tendance qui, le moment arrivé, prendra la place de la promesse. Je m'explique en prenant l'exemple des choix économiques. On peut distinguer aujourd'hui en matière économique deux tendances, deux versants sur la montagne : le versant interventionniste et dépensier, et le versant qui privilégie l'allègement et le dynamisme. Le futur président, quelles que soient les promesses faites durant sa campagne, adoptera les décisions correspondant au versant de la montagne sur lequel il se situe. Lorsque François Mitterrand, par exemple, s'est prononcé au cours de notre débat télévisé de mai 1981 « pour la suppression des droits de succession en ligne directe et entre époux[1] », cet engagement n'avait aucune chance d'être tenu, car il se situait manifestement à contre-versant de sa tendance.

Il en va de même pour les autres sujets. En matière sociale, les deux versants de la montagne sont d'un côté une « politique sociale globale », à vocation d'assistanat financier, et de l'autre une politique sociale ciblée, visant la situation de catégories ou de groupes en difficulté particulière : veuves, personnes handicapées, mal-logés, etc. Pour l'Europe, on trouve d'un côté la volonté déterminée de faire avancer la construction européenne, et de l'autre une attitude consistant à ruser avec le problème, en n'acceptant que ce qui est inévi-

1. Voir page 529.

table et en s'efforçant de conserver le maximum de pouvoirs. Et ainsi de suite.

En analysant la longue litanie des promesses, les électeurs doivent s'efforcer de détecter si celles-ci sont conformes à la pente sur laquelle se situe le candidat. S'il est élu, aucune des promesses faites à contre-courant ne sera tenue. C'est pourquoi l'inclination, la « pente personnelle » du candidat, a davantage valeur d'engagement que ses annonces.

Le troisième point est celui de la recherche du caractère intime de la personne, de la manière dont le candidat élu vivra l'exercice futur de la fonction. J'ai pratiqué ce jeu passionnant lorsque j'étais ministre du général de Gaulle : j'ai pu observer sa force d'âme, son courage inébranlable, mais aussi assister à ses moments d'émotion, lors de la mort de son frère, et même déceler, tenez-vous bien !, les poussées de timidité qui faisaient battre ses paupières. En suivant ce récit de la vie au pouvoir, vous connaîtrez mieux ce qu'est « l'emploi » du président de la République. Vous ne l'observerez pas seulement en train de parader dans les manifestations officielles, lisant des textes souvent écrits par d'autres, maquillé pour ses apparitions à la télévision, ou encore multipliant les poignées de main, vous le découvrirez dans ses moments de doute, de solitude, parfois de fatigue physique ; au moment où il s'interroge sur les décisions à prendre, en se ressourçant à la lecture des mémoires de ses prédécesseurs. Ou encore lorsqu'il bénéficie du rare retour à l'anonymat que lui procure la marche dans une rue sous la pluie, sans que personne songe à le reconnaître. En pensant à celle ou à celui que vous aurez à désigner, vous devrez prendre en compte l'art et la manière dont il poursuivra sa vie réelle, une fois installé au pouvoir, car c'est ce qui déterminera sa véritable aptitude à remplir la fonction et sa capacité à faire face aux situations de crise. De cette manière, la lecture de ce livre de souvenirs peut devenir pour vous une sorte de biographie écrite au futur…

En identifiant la personnalité intime du candidat, en relativisant la portée de ses promesses et en vous préoccupant du contenu de son éthique, vous pourrez, je crois, mieux le choisir ; je veux dire : bien le choisir.

V. Giscard d'Estaing
2 février 2007.

PREMIÈRE PARTIE

La vie au pouvoir

« Éloigné du théâtre des affaires, je suis réduit, au milieu de ma solitude, à me considérer un instant moi-même, ou plutôt à envisager autour de moi les événements contemporains dans lesquels j'ai été acteur ou dont j'ai été témoin. Le meilleur emploi que je puisse faire de mes loisirs est de retracer ces événements, et de saisir et de graver ainsi, si je puis, les traits confus qui forment la physionomie indécise de mon temps. »

Alexis de TOCQUEVILLE,
Introduction à ses *Souvenirs*, juin 1850.

INTRODUCTION

« Sans rancune et sans retenue »

Je commence à écrire ce livre le dernier jour de l'année, le 31 décembre 2004. Louis-Ferdinand Céline avait ouvert le récit de ses souvenirs par une jolie formule : « Je suis né le 21 mars : le printemps c'était moi ! »

Le choix de la date du 31 décembre a-t-il, dans mon cas, valeur de symbole ? Est-ce un signal pour signifier que je me tourne vers le temps passé ; ou bien que je choisis un début de période pour m'adresser à celles et à ceux qui n'ont pas connu les années 1970 ? C'est tout simplement que j'agis par commodité, parce que c'est un après-midi d'hiver, gris et silencieux, et donc accueillant pour écrire.

Me voici installé devant la table où j'ai rédigé les deux premiers tomes du *Pouvoir et la Vie*. Une table en chêne naturel, de couleur miel, dont le plateau repose sur quatre pieds ronds. Je suis allé l'acheter à un agriculteur du village de La Colombe, en bordure de la forêt de Marchenoir, agriculteur qui s'était improvisé ébéniste pour compléter les ressources qu'il tirait de la Politique agricole commune. Cette table a le grand mérite d'avoir une stabilité parfaite : rien ne bouge, ni vacillation, ni boitillement. C'est une sécurité pour moi, car je rédige à la main, et je ne supporte pas d'écrire sur une surface tremblante.

J'aurais dû commencer ce travail plus tôt, en enchaînant sur les premiers tomes, dans la fraîcheur de mes souvenirs. J'en ai été empêché par une considération incontournable : durant la période 1978-1981, qui est le sujet de ce livre, deux personnages ont joué un rôle important dans la politique intérieure française : François Mitterrand et Jacques Chirac. Ce n'est pas que j'aie l'intention de centrer ce récit sur mes rapports avec eux, car ni l'un ni l'autre n'ont, à vrai dire, absorbé mes pensées, mais je serais conduit à évoquer nos rencontres et leurs actions. Je ne souhaitais pas le faire à un moment où ils étaient engagés dans l'exercice périlleux de la pratique ou de la conquête du pouvoir.

Tout ce que j'aurais pu écrire à leur sujet aurait été interprété, avec une bienveillance prévisible, comme visant à compliquer leur parcours, ou à faire obstacle à leur ambition. Aujourd'hui, c'est fini, comme l'aurait fredonné une chanson populaire des années 1900 : l'un a achevé sa trajectoire brillante et ambiguë, l'autre exerce depuis dix ans la fonction qu'il a si passionnément recherchée.

Je suis libre désormais d'aller, sans arrière-pensée, à la rencontre du personnage central de ce livre : le temps passé. C'est un être méconnu, dont beaucoup vont jusqu'à nier l'existence. Il serait enfoui dans une fosse commune dont on a perdu la trace, balancé dans une déchetterie de l'histoire. Et pourtant le temps passé est présent près de nous, aussi palpable, aussi réel, que les dizaines de milliers d'ondes invisibles que les téléphones mobiles réussissent à capter, sans les confondre, dans les halls d'aérogare. Quelle est l'explication de la tendresse que je ressens pour lui ? La lumière qui l'éclaire est limpide – pâle et pure ; le venin qui attaque presque toujours les sensations du présent s'est desséché, rendant aux objets leur éclat initial. Et enfin, le regard qui cherche le passé retourne vers l'or de la jeunesse et, en le traversant, jusqu'à l'enfance.

Je m'interroge passionnément sur notre relation avec le temps. La perception linéaire de la durée historique, ou cyclique, du temps (le retour du temps annuel) semble être des simplifications extrêmes, que les travaux d'Einstein ont déjà mises à mal. La recherche scientifique contemporaine avance sur de nouvelles pistes : « Pourquoi la mémoire ne se souvient-elle pas du futur ? »

Ce que je vais essayer de vous décrire est une tranche du temps passé, de 1978 à 1981. Je l'ai vécue à la présidence de la République. Ce n'est pas la donnée essentielle. Cette tranche de vie appartient à d'autres personnes tout autant qu'à moi, à toutes celles et à tous ceux qui l'ont parcourue à l'intérieur d'un des mille alvéoles de notre société, et qui prendront peut-être plaisir à la retrouver. Ou encore à ceux qui, étant plus jeunes et n'ayant pas connu cette époque, s'intéresseront à sa découverte, comme à celle d'une île remplie de souvenirs, flottant dans le temps antérieur.

Cette mise en commun du temps passé, je la vis intensément avec tous ceux qui l'ont connue. Nous sommes égaux dans cette quête. Un moment, j'avais imaginé donner comme titre à ce livre la devise que Laurent le Magnifique s'était choisie pour l'accompagner dans le grand tournoi organisé à Florence en 1488 : « Le temps revient ».

L'expérience que j'aimerais communiquer est celle du vécu du pouvoir, ou de la vie au pouvoir. Ce sujet, comme je l'ai déjà écrit, engendre un immense malentendu, qui empoisonne les rapports entre les gouvernés et les gouvernants.

L'opinion publique perçoit ceux qui la dirigent comme appartenant à une autre espèce animale, parfois végétale, d'ailleurs, enfermés dans des jeux d'initiés, protégés par des privilèges et indifférents aux soucis ou aux souffrances de ceux dont ils ont le pouvoir de déterminer le sort. Il y a du vrai dans cette évaluation, mais on peut voir les choses différemment : la vie est plus forte que le pouvoir, la vie finit par envahir le pouvoir, au lieu que ce soit le contraire ; on vieillit, on meurt parfois, dans le cocon enveloppant du pouvoir. On ressent sa propre maladresse, on souffre comme chacun de voir caricaturer, ridiculiser, ses intentions de bien faire. Il s'établit ainsi une sorte d'équilibre entre le pouvoir et la vie, un équilibre où le pouvoir paraît être le plus fort, mais où la vie finit par avoir le dernier mot.

En tentant de décrire le vécu de cette période, je me heurte à deux obstacles. Le premier est la défaillance de la mémoire. Je crois avoir une mémoire fidèle, mais la mémoire ne se souvient pas de tout. Il lui arrive de déformer ou d'enjoliver. La meilleure parade que j'ai trouvée est de me référer aux albums qu'avait confectionnés le service photographique de l'Élysée : cent vingt-deux volumes d'images classées par ordre chronologique. L'image réveille et stimule la mémoire, sans altérer le souvenir.

Le second obstacle est la perversité des intentions que les commentateurs vous prêtent : le désir de nuire, ou le besoin obsessionnel d'autojustification. Pour me protéger de cette galerie d'arrière-pensées, je reprendrai à mon compte la formule qu'Isabelle d'Este a fait peindre sur les caissons du plafond de son *studiolo* de Mantoue : *« nec spe, nec metu »*, sans espoir et sans crainte…

Pour moi ce sera « sans rancune et sans retenue ». Contrairement à ce que beaucoup imaginent, je n'ai pas de compte à régler avec le temps passé ! Je cherche à le retrouver, tel qu'il était, parfois même avidement. Et je ne me sens pas obligé de recourir à un mode d'expression feutré, accommodant, pour me protéger à l'avance des réactions de la « critique unique ». « Sans retenue » signifie une écriture décapante, qui défeuille la couche de vernis pour retrouver le bois ou la toile d'origine. Je pense au superbe portrait du roi Louis-Philippe, insolent, corrosif et lucide, qu'Alexis de Tocqueville a brossé dans les premières pages de ses souvenirs !

V.G.E.

CHAPITRE I

Deux journées d'élection

En matière d'élection,
la loi fondamentale est
qu'on ne peut rien prévoir.
Sagesse populaire.

Le 12 mars 1978

À Chanonat, dans le Puy-de-Dôme, toutes les journées d'élection se ressemblent.

J'en ai connu de nombreuses, depuis la première, en 1956. Leurs images se superposent exactement.

C'est toujours un dimanche matin. L'activité est lente à se réveiller. On n'entend aucun bruit. Peut-être les autres matinées ne sont-elles guère plus bruyantes, et, si je remarque le silence de celle-là, sans doute est-ce à cause d'une vigilance attentive, nichée quelque part dans ma conscience.

De rares autos descendent sur la route qui vient du Crest, le village voisin, et qui passe derrière la maison. On entend le crissement des pneus de celles qui freinent au moment d'aborder le dernier virage.

À la veille du printemps, ce dimanche 12 mars 1978, le soleil est vif, mais ne réchauffe pas l'air qui reste glacé, comme s'il contenait du givre pur, qui pique la peau.

Le village de Chanonat est situé au creux d'une vallée qui longe le plateau de Gergovie. En face de notre maison, on peut voir les limites des champs cultivés s'inscrire sur un plan incliné, qui monte en pente régulière, comme dans les enluminures des parchemins médiévaux, ou dans les films tournés à partir des pièces de Shakespeare, comme *Henry V*, où les batailles se déroulent dans un décor quadrillé de haies. Le soleil matinal jette ses rayons sur ce damier jaune et brun. Des nuages blancs, immobiles, sont égrenés dans le ciel.

J'ai été irrité hier soir, lorsque, dès mon arrivée, j'ai reçu un coup de téléphone du porte-parole de l'Élysée, Pierre Hunt, irrité à tort car il ne faisait qu'exercer sa fonction, en me présentant une demande que je n'avais aucun mal à imaginer :

« Monsieur le Président, les télés voudraient savoir à quelle heure vous irez voter demain, pour pouvoir prendre des images. »

Ces images, je les imagine telles que chacun peut les apercevoir sur les écrans, conventionnelles à en mourir. Les personnalités connues et les candidats s'avancent vers la table des scrutateurs, au milieu d'une petite foule, curieuse et impressionnée, qui se presse dans l'espoir de figurer elle aussi sur l'image. Ils déposent dans l'urne un bulletin qu'ils dissimulent soigneusement, bien que personne ne doute qu'il porte leur nom, ou celui du candidat de leur parti. Parfois ils ont la coquetterie de faire un détour par l'isoloir, et on aperçoit leur face blême lorsqu'ils écartent le rideau de serge verte, dont ils captent le reflet, en se penchant pour ne pas heurter la tringle qui le supporte. Ils distribuent quelques sourires bienveillants et des poignées de main, comme s'il y avait encore des voix à glaner, aux électeurs qui attendent leur tour, et dont certains, sous leur regard fuyant, sont résolument décidés à voter contre eux.

Puis les caméras se retournent pour accompagner leur départ. On se précipite pour ouvrir la portière de leur auto. Souvent leurs épouses les accompagnent. Le cortège démarre, précédé par une voiture de police. Des photographes se ruent sur leurs motos, pour capter un dernier cliché. Et dans le bureau de vote, le calme se rétablit. Ils ont voté !

C'est cela qu'on attend de moi, demain matin, jour du premier tour des élections législatives de mars 1978.

– Dites-leur, réponds-je à Pierre Hunt, que j'irai voter à onze heures et quart, à la mairie de Chanonat.

– En sortant de la messe ? interroge Hunt.

– Ce n'est pas la peine de leur parler de la messe. Il suffit qu'ils viennent prendre des images à la mairie.

Il est exact que nous avons pris l'habitude d'aller voter, dans les innombrables élections locales et nationales, en sortant de la messe, comme beaucoup d'autres habitants de la commune, ce qui crée un petit embouteillage, et un pic dans la feuille d'émargement du vote. Autrefois, la messe était toujours dite à Chanonat à dix heures. Maintenant, en raison de la raréfaction du clergé, elle n'a plus lieu qu'un dimanche sur deux, l'autre office étant célébré à la Roche-Blanche, au-dessous du célèbre champ de bataille de Gergovie, fondateur de l'identité française.

Nous sommes partis de notre maison, dans la Renault verte qui sert depuis longtemps à mes déplacements locaux. L'église est romane, comme dans la plupart des villages auvergnats. Sa toiture a été refaite en tuiles, mais les murs attendent toujours une restauration, pour laquelle les Monuments historiques se font tirer l'oreille.

Selon l'usage local, Anne-Aymone entre par la porte de la nef, tandis que j'utilise un petit escalier, bordé d'une rampe en barreaux de fer, qui pénètre directement dans le chœur. Je vais m'asseoir sur un banc, que le temps a peu à peu incliné et auquel il faut s'accrocher par un soutien actif des jambes. Mon père m'y a précédé. Je m'installe à côté de lui.

Oui, c'est un dimanche d'élection, une élection législative, qui a lieu à sa date normale, cinq ans après celle de 1973, et selon une loi électorale inchangée.

Pendant que l'office se déroule, et que j'observe la peinture écaillée des murs, bleue avec des motifs dorés, et les longues fentes dans le plâtre, je pense à ce qui va se passer aujourd'hui, et à l'incertitude qui subsiste sur les résultats. *L'Express* a publié, il y a deux mois déjà, un sondage qui attribuait 259 sièges à l'opposition, contre 239, je crois, à notre majorité. Dans ce cas les élections seraient perdues. J'ai du mal à l'imaginer dans ce matin calme, dont j'aperçois la luminosité au travers des écailles vertes et rouges des vitraux, dus à la générosité des donateurs du XIXe siècle. Il me semble que la France a intérêt à avancer dans la même direction, comme un fleuve tranquille. Mais n'est-ce pas plutôt mon instinct, ma préférence, ma nature qui a horreur des ruptures, qui me parlent, alors que l'objectivité, le réalisme, appelleraient d'autres réponses ? De toute façon, j'aurai à y faire face. Il me reste cette journée à attendre, et surtout le deuxième tour, dimanche prochain.

L'office s'est achevé sur le geste, toujours émouvant pour moi, de la bénédiction. Je la ressens comme une protection, qui m'a accompagné, plutôt que guidé, depuis l'enfance.

En sortant de l'église, je m'arrête, selon mon habitude, dans la sacristie, pour une courte visite à l'abbé Jouret, en train de se défaire de ses vêtements sacerdotaux.

J'éprouve beaucoup d'affection pour lui. Certains de ses paroissiens lui reprochent d'être un homme de gauche. Dans ces temps difficiles pour les croyants, il remplit son ministère de façon parfaite : sans être enfermé dans le traditionalisme, ni se prêter à des improvisations modernistes. Sa réputation d'homme de gauche tient sans doute au fait de sa grande sensibilité au sort des personnes les plus démunies. Lorsque je lui ai proposé, avec un certain manque de tact, de l'approvisionner en produits de notre potager, puisque nous étions rarement présents pour les consommer, il m'a fait répondre : « Je serai heureux de les recevoir, pour pouvoir les donner à ceux qui en ont plus besoin que moi » !

Nous parlons rarement politique. Il a enlevé sa chasuble en la passant au-dessus de sa tête, et il apparaît dans son vêtement gris, élimé mais net.

– Aujourd'hui, c'est un jour d'élection, me dit-il. Est-ce que vous les jugez importantes ?

– Je pense qu'elles sont importantes, lui ai-je répondu, parce que, selon leurs résultats, je pourrai, ou non, poursuivre mon action. Autrement il faudra faire face à une situation nouvelle.

Il continue de plier ses linges sacerdotaux sur le rebord d'un placard en boiserie de chêne, aux moulures vigoureuses et rendues presque noires par le temps.

Il arrête son geste pour me laisser partir, et me regarde :

« J'espère que tout se passera bien pour vous », me dit-il.

*

* *

Nous reprenons notre voiture pour nous diriger vers la mairie, située dans le haut du village. Mes parents rentrent chez eux, d'où ils reviendront voter après le déjeuner, quand la curiosité se sera dissipée.

Les batteries de la société médiatique sont en place. Les caméras de télévision se sont installées en haut de l'escalier extérieur, d'où elles vont prendre des images pendant que nous grimpons les marches. La perspective les déforme, en nous prêtant une tête plus grosse et des jambes plus courtes, à demi repliées sous le corps. Le couloir d'entrée est bondé de monde. Je reconnais les photographes de la presse régionale, et certains reporters d'agence. D'autres caméras de télévision sont placées en face de nous, et leurs éclairages blancs nous aveuglent quand nous nous avançons vers elles.

Le maire de Chanonat, Pierre de Neufville, cherche à nous frayer un passage. Il reste étonnamment jeune, et ses cheveux blonds, ondulés, me ramènent aux images de notre enfance. La foule se presse des deux côtés du couloir, journalistes et électeurs mélangés. J'identifie des habitants de Chanonat et, malgré l'éblouissement des lumières, je cherche leurs mains pour les serrer. Tiens ! Moi aussi…

La porte de la salle de vote s'ouvre sur la gauche. Pierre aide Anne-Aymone à la franchir. Là, c'est une muraille de caméras et d'objectifs, surmontés des perches de prise de son et des bulbes d'éclairage, qui nous attend. Une impression me traverse l'esprit : ce remue-ménage excessif prouve que la société médiatique s'attend à un événement fort, qui ne peut être que l'échec de notre majorité. De mon côté, devant cette petite foule compacte, chaleureuse, ces mains furtivement posées sur l'épaule en signe d'encouragement, j'ai l'intuition que cette journée devrait bien se terminer. Mais ces conclusions, me dis-je, ne sont pas plus fondées l'une que l'autre !

Dans la plupart des élections précédentes, j'étais moi-même candidat. L'hésitation devant le choix de son bulletin de vote relevait de la comédie : Sganarelle devant l'isoloir ! Cette fois-ci, le candidat de la majorité s'appelle Jean Morellon. Il était mon suppléant jusqu'en 1974. C'est un médecin généreux, chaleureux, modeste, qui a débuté sa carrière dans la rude cité minière de Messeix, dont il a été élu maire, à contre-courant de la culture politique locale, en reconnaissance de sa simplicité et de son humanité. Il est intervenu utilement à l'Assemblée nationale dans le débat sur l'interruption volontaire de grossesse.

Les bulletins de vote sont posés en piles sur la table, devant les adjoints et les assesseurs. Je prends une enveloppe, puis à la file trois ou quatre bulletins, pour respecter ma conscience républicaine, et j'entre dans l'isoloir. Là, sur une planchette, sont éparpillés les bulletins, que les électeurs n'ont pas utilisés. Ceux qui portent le nom des candidats de l'opposition me semblent les plus nombreux. Ils n'ont donc pas été utilisés ! C'est une information qui trompe rarement. Je plie le bulletin du docteur Jean Morellon, et le glisse dans l'enveloppe.

Il faut encore sortir de l'isoloir, me diriger vers la table de vote, dans le grésillement des flashes, tendre ma carte d'électeur, attendre l'émargement sur la liste électorale, et enfin allonger le bras pour déposer mon enveloppe dans l'urne.

L'adjoint, Jean Vignié, s'est levé et écarte le morceau de carton qui protège la fente placée au sommet de l'urne.

Les cris des photographes fusent : « Par ici, Monsieur le Président. » « De ce côté ! » « Pouvez-vous nous regarder ? » Non, je ne peux pas me tourner à la fois d'un côté et de l'autre, je ne peux pas sourire sans grimacer. J'aimerais rester naturel, autant que possible, dans ce moment qui a son importance, et j'introduis mon enveloppe dans la fente.

« A voté ! » proclame Jean Vignié. Les caméras ronronnent encore, comme si elles pouvaient prolonger le suspense de l'instant.

*

* *

Selon l'habitude, le vote se termine par une petite manifestation dans le bureau du maire. Deux bouteilles de champagne, du jus d'orange, de l'eau de Volvic et des assiettes de biscuits nous attendent sur la nappe en papier étalée sur la table. Le nombre de participants est réduit : le maire et son épouse, les adjoints, les conseillers de la majorité municipale. Un bouquet de fleurs est préparé pour Anne-Aymone. C'est la fille d'un conseiller municipal, Laetitia Rauche, qui est chargée de le lui remettre. Elle a un joli profil aiguisé et de fins cheveux blonds. Anne-Aymone l'embrasse. Pierre de Neufville, qui conserve, en dépit de nos jeux d'enfants, une certaine déférence pour la fonction présidentielle, a prévu de prononcer un discours. Il en a même rédigé le texte, qui remplit deux feuillets. Il y exprime des vœux vigoureux pour le succès de notre majorité, car son engagement politique est tranché.

Je le remercie en quelques mots, pour ne pas décevoir l'attente de la petite délégation dont la principale occupation consiste à s'arc-bouter sur la porte pour contenir la pression de ceux qui cherchent à se faufiler pour entrer.

Les bouteilles débouchées, le ton change aussitôt.

Pierre me demande : « Est-ce que tu as confiance pour ce soir ? Y a-t-il eu de nouveaux sondages ? »

J'ai promulgué, le 18 juillet précédent, la loi qui interdit la publication des sondages pendant la semaine qui précède les élections, mais les instituts continuent d'interroger les électeurs, et les résultats de leurs enquêtes circulent sous le manteau. Les plus malins feignent d'être renseignés, et en profitent pour faire courir des rumeurs dans les salles de rédaction. Un des responsables du RPR, Charles Pasqua, passe pour un maître en la matière.

– Les informations qu'on m'a communiquées hier, dis-je, paraissent indiquer une légère remontée de notre majorité. Mais elle reste derrière l'opposition.

– La participation est assez élevée, indique Jean Vignié, et les votants sont plutôt des gens de notre bord. Cette évaluation traduit la science électorale auvergnate, où, dans les villages, chacun croyait connaître la préférence secrète de ses voisins.

C'est peut-être vrai, me dis-je, mais cela correspond à la sortie de la messe, et aussi à la curiosité provoquée par ma présence. De toute façon, ces hypothèses sont incertaines. Il est plus simple d'attendre les résultats de ce soir.

Pierre détourne la conversation :

« Valéry, j'ai une demande à te présenter. »

Gérard Rauche débouche la deuxième bouteille de champagne pour une nouvelle tournée. Je supporte mal le champagne à jeun. Il me fait éprouver un vertige, une sorte de vide dans la tête. Je me cale l'estomac avec un biscuit à la cuillère. Ma grammaire devient plus approximative. Je réponds à la demande de Pierre.

– Vas-y ! Je verrai ce que je peux faire.

– Cela concerne ta photo.

Il se retourne, et me la désigne sur le mur.

« Regarde-la. Elle jaunit. Pas celles de De Gaulle ni de Pompidou. Elles restent blanches. Mais la tienne jaunit. J'en voudrais une nouvelle. J'en ai demandé à la préfecture, qui m'a répondu qu'elles étaient épuisées. Dis-moi où je pourrais m'adresser. »

Il est exact que ma photo officielle a jauni. Le temps n'est pas si éloigné, pourtant, où Jacques-Henri Lartigue est venu la prendre sur les marches du perron de l'Élysée, avec son chapeau cloche de toile beige posé sur la tête pour se protéger du soleil. Le papier du tirage doit être de mauvaise qualité.

« Je vais t'en faire envoyer une nouvelle. C'est plus simple. J'espère qu'elle ne jaunira pas ! »

Le moment est venu de nous séparer. Il nous faut traverser en sens inverse la barrière des caméras. Nous regagnons la voiture.

« Encore une photo, Monsieur le Président ! »

Je baisse la glace de la portière, pour éviter les reflets sur les vitres, et nous voilà partis, laissant derrière nous ce brouhaha, qui s'amortit, s'assourdit, jusqu'à devenir imperceptible, pendant que nous retrouvons le paysage, sagement dessiné et indifférent à ce tumulte, sous son panache de ciel printanier.

*

* *

Nous avons pris un déjeuner rapide avec mes parents qui se montraient passionnés par la situation politique, comme les personnes de leur génération, capables de discuter pendant des heures des péripéties du moment, ce que mon père appelle « causer » et qui peut occuper une grande partie de l'après-midi. Mais je sentais bien qu'en eux-mêmes, ce qui les angoissait était de savoir si ces péripéties épargneraient leur fils, auquel ils portaient une admiration émouvante et, pour ma mère, totalement aveugle. Je les quitte pour regagner Paris, où j'attendrai ce soir, à l'Élysée, les résultats du premier tour de l'élection.

*

* *

Le Mystère 50 de la présidence est stationné dans la partie militaire de l'aéroport d'Aulnat. L'équipage montre, comme chaque fois, une tenue et un comportement parfaits.

J'attachais la plus grande importance à ce que tous les aspects matériels du fonctionnement de la présidence de la République soient exemplaires. J'y étais aidé par la compétence des responsables, notamment l'intendant Guy Hennequin, venu du commissariat de la Marine, et qui était entré à l'Élysée à la fin du mandat du général de Gaulle. Jamais un cri, jamais une minute de retard, les peintures des murs et l'entretien des sols toujours en minutieux état de fraîcheur. C'est ce que j'appelais l'élégance républicaine, car elle évitait tout apparat inutile ou clinquant.

Je voulais démentir la réputation complaisamment faite à la France, notamment par nos amis britanniques, d'un pays pagailleux et brouillon. Et je savais pouvoir compter sur certaines traditions culturelles, ancrées dans les racines terriennes du peuple français, telles que la dignité personnelle, la simplicité et le goût du travail bien fait. On peut appeler cela le souci ou même la manie du détail.

Il est heureux que les chroniqueurs ne s'intéressent que modérément à cet aspect des choses, me dis-je en montant dans l'avion. Cela leur donnerait un trait de plus pour alimenter leur thèse de la dérive monarchique du régime. Bien que le respect de l'exactitude, et le soin du détail, ne me paraissent pas contraires à la vertu républicaine !

L'avion décolle en direction de Villacoublay. Il amorce un virage sur l'aile droite au-dessus de Clermont-Ferrand. On aperçoit les longs toits métalliques des usines Michelin. Le temps de vol, me dit la capitaine de l'armée de l'air qui fait fonction d'hôtesse, sera de cinquante minutes. Anne-Aymone a sorti une tapisserie de son sac pour y travailler. Je me renverse en arrière. Je ferme les yeux. Impossible de dormir. Et je reviens, malgré moi, sur les grands traits de la campagne électorale, cette campagne qui va connaître ce soir une première réponse.

*
* *

Une campagne électorale assez terne, centrée sur les enjeux politiques. On n'y a pas vu surgir de grands sujets d'intérêt. On a peu débattu d'économie, sauf pour dénoncer les coûteuses aventures idéologiques du programme commun. La question centrale de la suppression du contrôle administratif des prix n'a pas été discutée. Le problème de la réforme de l'éducation et de la formation professionnelle, qui me paraît décisive pour l'avenir, n'a été abordé que par le biais d'un rebondissement de la querelle sur la laïcité, déclenché par la publication des décrets d'application de la loi Guermeur, donnant quelques facilités supplémentaires à l'enseignement catholique. Sur les rapports entre l'école et les entreprises, rien, sauf des mises en garde concernant l'assujettissement du système éducatif aux exigences du marché économique. Et sur la construction européenne, les positions sont restées figées. Les adversaires de l'Europe, de droite et de gauche, ne désarment pas.

On n'a pas entendu de slogan, de formule, qui ait réellement accroché, et qui reste gravé dans la mémoire, à l'exception, peut-être, du « bon choix pour la France » de mon discours de Verdun-sur-le-Doubs, le 27 janvier dernier.

Ce ne sont ni le hasard ni les circonstances qui expliquent la pauvreté du débat, car il y aurait beaucoup à dire sur les dangers de notre dépendance énergétique, et sur l'apparition de pays concurrents à bas salaires. C'est le fait que les préoccupations des responsables politiques soient centrées sur des sujets d'une autre nature : la conquête ou la perte du pouvoir ; les divisions apparues dans la majorité, comme dans l'opposition ; et la question lancinante de savoir ce que fera le président de la République si l'opposition l'emporte. Restera-t-il à l'Élysée ? Nommera-t-il François Mitterrand Premier ministre ?

Ce sont ces mêmes sujets que je retourne dans ma tête, pendant que ronronnent doucement les réacteurs de l'avion.

Depuis le début de l'année, des tensions fortes sont apparues dans les deux camps.

La première cause de friction dans la majorité concernait les investitures. Mais celle-ci était en quelque sorte traditionnelle. Elle faisait partie du rite politique, avant chaque élection. Notre majorité applique depuis vingt ans le principe de la candidature unique. Cette formule est évidemment confortable pour les députés sortants, puisque le jeu des solidarités particulières au milieu politique conduit, dans la quasi-totalité des cas, à les confirmer dans leur position de candidat unique. Mais elle est peu propice au renouvellement. À chaque échéance, un certain nombre de nouveaux candidats demandent aux représentants de leur parti d'arracher aux autres partis un accord pour obtenir leur investiture comme candidat unique de la majorité. D'où d'interminables bagarres entre les appareils, et des arbitrages difficiles.

Je n'ai pas suivi de près ces péripéties, mais mon conseiller politique, le préfet Jean Riolacci, fin, habile, loyal, et goûtant les délices du jeu politique comme seuls savent le faire les Corses, m'avait informé d'un incident. Début janvier, une réunion commune des responsables du RPR et des dirigeants de la jeune UDF avait mal tourné et abouti à la rupture. Finalement les choses s'étaient arrangées. Il y aurait un plus grand nombre de compétitions entre des candidats investis par le RPR et par l'UDF, mais chacun s'engageait, la main sur le cœur, à respecter la règle du désistement pour le second tour. De ce côté, donc, pas de drame.

La capitaine-hôtesse de l'avion m'arrache à ma torpeur méditative en me proposant du café. Sur ma réponse affirmative, elle le sert dans une grande tasse de porcelaine blanche, bordée d'un filet bleu et or, accompagnée d'une serviette en papier marquée du sigle du GLAM[1].

Le café est chaud, presque brûlant. Il vient à point pour m'aider à préciser mes idées sur les deux formes de tension, de division, qui sont apparues au cours de

1. Groupe de liaisons aériennes ministérielles.

la campagne, à la fois dans la majorité et dans l'opposition, et qui étaient les signes précurseurs des difficultés que la France risquait de rencontrer.

Même si on les avait vues grandir parallèlement, même si elles avaient pris des apparences assez semblables durant les joutes de la campagne, pour le plus grand délice des médias qui les relançaient par les choix qu'ils faisaient dans leurs invitations, elles étaient de nature différente : à droite, c'était le problème de savoir qui, du RPR ou de la coalition de l'UDF, deviendrait la force principale de la majorité ; à gauche, c'était la question de la marge de liberté dont les dirigeants socialistes, en particulier François Mitterrand, disposeraient vis-à-vis de leurs encombrants alliés communistes. Ce dernier aspect des choses me paraissait décisif pour le résultat du vote.

La querelle au sein de la majorité s'était envenimée depuis le début de l'année, avec des hauts et des bas. Elle avait commencé deux ans plus tôt, sous la forme de rivalités de personnes. Il n'y avait pas lieu de s'en étonner ! Tout ensemble humain de la taille de notre majorité, qu'il s'agisse d'une entreprise ou d'un syndicat, connaît inévitablement des compétitions, ou des antagonismes. Deux exemples l'ont illustré : lors de la démission de Jacques Chirac comme Premier ministre, et de mon choix de Raymond Barre pour le remplacer, le nouveau Premier ministre s'était engagé dans une politique de « redressement économique ». Celle-ci comportait inévitablement la description critique de la situation qu'il avait trouvée, et donc de la gestion de son prédécesseur. D'où l'irritation de Jacques Chirac.

À l'inverse, Raymond Barre m'avait fait part de son mécontentement en novembre 1977, lorsque j'avais répondu à la demande de Jacques Chirac d'être reçu à l'Élysée, bien qu'il ait contesté les objectifs du gouvernement. Mais après tout, ai-je pensé, dans une société démocratique qui respire librement, pourquoi s'offusquer de la critique, même si on en conteste la justesse ?

Un autre conflit de personne avait surgi lors de l'élection à la mairie de Paris, la première de notre histoire récente, et j'y avais une part de responsabilité. J'avais souhaité activement cette réforme, pour mettre fin à la tutelle administrative de l'État sur Paris, héritée de la crainte des soulèvements révolutionnaires du XIXe siècle. Et j'avais pris à la lettre l'engagement du Premier ministre, Jacques Chirac, en fonction au moment du vote de cette réforme, à laquelle il était personnellement hostile :

« Évidemment ce sera à vous, Monsieur le Président, m'avait-il déclaré dans mon bureau, que reviendra le soin de désigner le candidat de la majorité à la mairie de Paris ! »

J'avais réfléchi aux différents candidats possibles. Pierre-Christian Taittinger avait assurément le profil souhaitable, mais il avait connu, m'a-t-on dit, des difficultés avec les élus gaullistes de l'Hôtel de Ville. Je ne pensais pas à Jacques Chirac, qui m'avait annoncé son retrait de la vie publique et son intention d'ouvrir une galerie de peinture, dont j'aurais volontiers été client en dépit de mon incompétence en matière de peinture contemporaine, et qui se préparait déjà à reconquérir son siège de député de la Corrèze. Finalement mon choix s'était porté sur Michel d'Ornano. Celui-ci s'était révélé un excellent maire de Deauville, et possédait une solide expérience de gestion et une bonne image internationale qui aurait servi la réputation de Paris.

Évidemment j'aurais été heureux d'avoir un ami à la mairie de Paris, mais quand j'y pense aujourd'hui, cet élément personnel ne me paraissait pas déterminant. J'ai commis l'erreur psychologique de le faire venir dans mon bureau pour lui dire que je souhaitais qu'il soit candidat, car il était lui-même réticent. Cette initiative l'avait conduit à annoncer sa candidature à l'issue de notre entretien, sur le perron de l'Élysée, ce qui lui donnait l'allure d'une « candidature officielle ».

Finalement, Jacques Chirac avait présenté sa candidature surprise. C'était un trait de génie politique, suggéré, me racontait-on, par l'ancien conseiller de Georges Pompidou, Pierre Juillet. La campagne électorale avait été rude. Jacques Chirac l'avait emporté par une majorité réduite, mais nette. Et après tout, la victoire est la victoire ! Il m'en voulait, m'a-t-on dit, de ne pas lui avoir adressé un télégramme de félicitations.

Je regrettais d'avoir embarqué, un peu malgré lui, Michel d'Ornano dans cette aventure insuffisamment préparée. J'en éprouvais une mortification, comme devant une décision mal réfléchie. Mais je n'y attachais pas une importance prioritaire, car cela me paraissait appartenir au domaine de ces compétitions électorales qui font partie du jeu politique, et où alternent les succès et les échecs. Concernant Paris, je sous-estimais le poids de l'enjeu, et surtout les moyens considérables que la nouvelle forme d'administration allait donner à son maire.

Ces conflits de personnes avaient un inconvénient sérieux. Ils exaspéraient l'opinion publique, et surtout les électeurs de la majorité qui y voyaient des rivalités d'ambition, sans intérêt pour le pays. Leur seul effet était de conduire les dirigeants à se plonger dans des querelles de sérail, et à se détourner du même coup de la tâche pour laquelle ils avaient été élus, c'est-à-dire de la gestion des grands intérêts du pays – ou du moins de la manière dont les Français perçoivent ceux-ci, toujours très proches de leur intérêt personnel.

La presse bourgeoise jetait de l'huile sur cette irritation, en reprenant à satiété le thème du caractère impératif de l'union, sans se rendre compte qu'il se posait pour notre pays une sérieuse question politique, qu'il était néfaste de vouloir enterrer sous des sermons bénisseurs.

Cette question était la suivante : le mouvement gaulliste avait-il un droit naturel à diriger les affaires du pays, dès lors que notre majorité était au pouvoir ? C'était la conviction profondément enracinée chez tous ses dirigeants, qui considéraient que l'exercice du pouvoir leur revenait de manière légitime, puisqu'ils avaient été à l'origine de la fondation de la Vᵉ République, qu'ils l'avaient défendue et maintenue lors de chacune de ses crises, et que toute autre solution revêtait un caractère d'usurpation.

Cette conviction n'était pas la mienne.

Je n'avais nullement l'intention d'écarter le parti gaulliste du pouvoir, comme certains de ses dirigeants s'activaient à le faire croire à leurs militants. Il faut reconnaître qu'ils y étaient aidés par les excès de certains de mes proches, notamment Michel Poniatowski. Celui-ci, ami fidèle, talentueux, et pour lequel j'éprouvais une profonde affection, s'obstinait, malgré mes mises en garde, à maintenir une posture agressive vis-à-vis du mouvement gaulliste, sans doute pour régler un contentieux personnel ou familial dont je n'ai jamais réussi à identifier la nature. Cette hostilité s'expliquait-elle seulement par son opposition à la politique algérienne du général de Gaulle ? Il me semblait qu'elle avait des racines plus anciennes. Comme il était très proche de moi, et avait joué un rôle important dans mon élection, il était facile d'insinuer que c'était moi qui inspirais ses propos. Et ainsi, de part et d'autre, ce petit jeu plaisait à ceux qui avaient intérêt à creuser le fossé.

Non, ma conviction était différente. J'avais assisté à l'agonie de la IVe République. Je n'en avais gardé aucune nostalgie. Je comptais au petit nombre de ceux qui avaient soutenu devant l'Assemblée nationale, en mai 1958, sous les huées de l'opposition socialiste et communiste, l'initiative de faire appel au général de Gaulle pour dénouer la crise nationale. Pendant les sept années où j'ai siégé dans ses gouvernements, j'ai pris auprès de lui mes premières leçons d'homme d'État et les dernières que j'ai reçues.

J'étais tout à fait conscient de la nécessité de conserver un important parti gaulliste dans notre majorité ! Mais je souhaitais modifier son attitude de droit de préemption sur le pouvoir, car celle-ci entraînait une rigidité excessive de la vie politique, et maintenait une dramatisation inutile de notre vie publique. Je souhaitais voir vivre une majorité plus équilibrée – pas celle d'un grand parti, entraînant derrière lui des petits partis supplétifs, mais une organisation mieux charpentée, qui aiderait à faire évoluer l'ensemble de la majorité autour des grands thèmes de la modernisation de la France.

Cela supposait que les forces politiques de la droite modérée et du centre se regroupent et s'unissent, pour devenir un second pôle structurant de la majorité.

C'est précisément la solution dont les dirigeants du RPR ne voulaient à aucun prix, car elle leur paraissait remettre en cause la prééminence naturelle de leur formation. Ils étaient d'ailleurs convaincus que cette tentative n'avait pas d'autre objet que cette remise en cause. Il leur fallait donc l'empêcher.

Pour couper la route à cette tentative, les responsables du RPR ont convoqué une réunion en juillet 1977, où devaient venir en ordre dispersé les dirigeants des formations du centre : le Parti républicain que j'avais fondé et le CDS – qui assurait l'expression de la démocratie chrétienne –, auquel on avait adjoint le Centre national des Indépendants – l'ancien parti du président Pinay, réduit à être une formation fantôme –, pour diluer la sauce. Cette réunion avait abouti à un accord de principe sur les investitures pour les prochaines élections. Le RPR avait exigé que soient exclus de cette réunion Jean-Jacques Servan-Schreiber et son Parti radical, trop fraîchement ralliés, mais surtout soupçonnés de pousser à la constitution du second pôle fédérateur de la majorité.

Cette forme de division me paraît inquiétante pour l'avenir. Elle est le signal, non de rivalités d'intérêts, temporaires par nature, mais d'un vrai conflit d'objectifs. Un des partenaires n'accepte pas l'existence de l'autre, et est déterminé à lui barrer l'accès du pouvoir ! En sens inverse, cette situation de domination constitue un obstacle insurmontable sur la voie où je voudrais entraîner la modernisation de la France, en interdisant toute forme de dialogue et d'ouverture entre les forces politiques de la majorité.

Curieusement, le débat s'est centré sur mon projet d'ouverture politique, ou plutôt sur la forme d'ouverture dont on me prête l'intention. Le procès est juste, mais l'acte d'accusation est un contresens. Pour le milieu politique, l'ouverture, c'est nécessairement l'arrivée au pouvoir, c'est-à-dire au gouvernement, d'hommes et de femmes situés jusqu'ici dans l'opposition. Et la majorité éprouve une répulsion naturelle devant le partage des places, comme le fils resté à la maison s'exaspère de l'accueil fait à l'enfant prodigue.

C'est ce que j'avais entrepris en 1974 en faisant entrer au gouvernement Jean Lecanuet, Pierre Abelin, Jean-Jacques Servan-Schreiber et Françoise Giroud, parmi d'autres, qui comptaient jusque-là parmi les membres de l'opposition.

Mais aujourd'hui, mon projet d'ouverture est d'une nature différente : il consiste à faire bouger le milieu politique, à le mettre en mouvement, pour qu'il soit conduit à se positionner davantage en fonction des grandes échéances à venir – je pense surtout à l'union de l'Europe, et au choix entre l'économie sociale de marché et l'économie administrative – qu'à partir des alliances nouées à des fins étroitement électorales.

Jean-Jacques Servan-Schreiber est devenu la tête de turc du procès de l'ouverture. Il est vrai que son comportement est parfois difficile à accepter, non seulement par le RPR, mais aussi par la majorité. L'année précédente, il a refusé de voter la confiance au gouvernement de Raymond Barre, qui présentait son programme de redressement économique. Mais il a de grandes qualités. Il a connu une réussite exceptionnelle dans la presse, depuis son premier article publié par *Le Monde* en 1956 à propos de la candidature du général Eisenhower à la présidence des États-Unis, qui a fait sensation, jusqu'au succès éclatant de l'hebdomadaire *L'Express*. Il a souhaité mon élection en 1974, et s'est engagé à fond dans la logistique intellectuelle de ma campagne. Il est capable de conduire des analyses politiques lucides, et surtout, il est un des rares dirigeants français à se passionner pour les enjeux de l'avenir. Nous nous sommes rencontrés à différentes étapes de la vie, et j'éprouve pour lui, comme le lecteur le perçoit, une sympathie affectueuse, nourrie par l'agrément et l'amusement de nos échanges intellectuels.

Il avait fait un bref passage comme ministre en juin 1974.

Après mon élection, il m'avait exprimé avec passion son souhait d'entrer au gouvernement, pour pouvoir mettre en application, me disait-il, sa volonté de réforme, et il espérait « un grand ministère » ! Alerté par certains de ses comportements, parfois inattendus, j'avais jugé prudent de lui confier le portefeuille des Réformes plutôt qu'un poste plus directement opérationnel. On pourrait juger à l'expérience s'il se concentrait effectivement sur une action réformiste. Pour expliquer ce choix, je l'avais commenté dans un style quelque peu prudhommesque : « Pour être chargé des réformes, il est bon, je crois, de prendre un réformateur. »

Quinze jours plus tard, catastrophe ! Le nouveau secrétaire général de l'Élysée m'apporte une dépêche de l'AFP annonçant que Jean-Jacques Servan-Schreiber avait réagi, dans son fief électoral de Nancy, à l'annonce par l'état-major que les essais nucléaires programmés pour l'été dans le Pacifique seraient effectivement réalisés, en déclarant qu'il s'opposerait à la mise en œuvre de cette décision.

Nous étions en pleine guerre froide. Je n'avais pas encore eu le temps, comme j'en avais l'intention, de me plonger dans le dossier nucléaire. Aussi avais-je décidé de poursuivre les programmes en cours avant de pouvoir éventuellement les modifier. Il m'était impossible de laisser passer ce manquement à la solidarité gouvernementale. Aussi, avec l'accord du Premier ministre, j'ai fait publier un communiqué mettant fin aux fonctions ministérielles de Jean-Jacques Schreiber, et je l'ai reçu en tête à tête à l'Élysée dès le lundi matin qui suivait sa déclaration. Il était abattu, comme penaud, mais calme.

Je l'ai fait asseoir en face de moi, dans le coin de mon bureau où un canapé et deux fauteuils sont placés autour d'une table basse. Par la fenêtre, il pouvait apercevoir la pelouse verte du jardin de l'Élysée, sur laquelle tournaient les arrosages, irisés par le soleil du mois de juin.

– Je ne pouvais rien dire d'autre, Monsieur le Président ! Ma position était parfaitement connue des journalistes et de l'opinion. Je n'allais pas la changer !

– Mais si, Jean-Jacques. Il fallait simplement vous taire, ou dire que vous étiez désormais lié par la solidarité gouvernementale. Comprenez que dans la situation de fragilité politique où nous sommes, je ne peux pas laisser les ministres se lancer dans des déclarations contradictoires !

– Je ne conteste pas votre décision, me répond-il, mais je ne pouvais pas faire autrement. De toute façon, j'aimerais continuer à travailler avec vous ! L'enjeu est trop important. La France a un besoin vital de réformes. Vous êtes le seul qui pouvez les engager. C'est pour cela que je vous ai soutenu. Faites-moi dire par Sérisé comment je peux être associé à la préparation des réformes.

Il était triste, comme un homme jeune qui voit passer une grande occasion, qu'il a laissé s'échapper, peut-être par sa faute. Une occasion qu'il avait été difficile de créer et qui, sans doute, ne se retrouvera plus.

De tous les départs que j'ai connus, c'est un des plus dignes, et des moins amers. Venant aussitôt après ma campagne, je l'ai ressenti avec un pincement au cœur, comme un premier vide.

*

* *

Jean-Jacques Servan-Schreiber avait refait surface, comme président du Parti radical, mais ses rapports avec les dirigeants du RPR ne s'étaient pas améliorés. Les responsables des familles du centre, Jean Lecanuet et Jean-Pierre Soisson, s'étaient entendus avec lui pour présenter des candidats communs. Le RPR y voyait l'amorce de la mise en place d'une nouvelle force politique, qui remettrait en cause sa suprématie. Et comme Jean-Jacques Servan-Schreiber cherchait toujours à être en avance d'un événement, c'est lui qui en annonçait avec le plus de vigueur la prochaine naissance.

D'où des débats acrimonieux, et des successions de ruptures et de réconciliations. J'avais essayé de calmer le jeu en invitant à déjeuner à l'Élysée au début de janvier les principaux responsables – ils étaient quatre-vingts – des partis politiques de la majorité. La malice protocolaire avait placé en vis-à-vis Jacques Chirac et Jean-Jacques Servan-Schreiber. On y avait vu une perfidie calculée de ma part. J'ai découvert ce plan de table en entrant dans la grande salle à manger. L'ancien Premier ministre avait dénoncé avec vigueur pendant le repas la coalition anti-RPR. Je ne m'étais pas mêlé à la discussion, sauf pour rappeler, après le dessert, que « les problèmes des relations entre les partis politiques n'entraient pas à l'Élysée ».

Pendant la campagne officielle, le ton s'était échauffé. Jean-Jacques Servan-Schreiber avait prophétisé la création d'un « fort » groupe parlementaire de l'UDF, et la répartition de l'éventail politique français en quatre familles : RPR, UDF, socialistes et communistes. Jacques Chirac lui répliquait dans l'émission « Cartes sur table » : « La tâche du RPR, c'est de battre la droite, l'UDF par exemple ! » Ces affirmations concernaient évidemment le premier tour des élections, où deux candidats étaient en compétition. Mais le climat restait inquiétant.

En repensant à la véhémence des débats, au caractère personnel et acerbe de certaines attaques des uns contre les autres, je me disais que la faille était profonde. Comment la réduire, quelles initiatives prendre, pour que les divisions de la majorité ne finissent pas par assurer le succès de l'adversaire ?

« Monsieur le Président, me dit la capitaine-hôtesse, nous allons atterrir dans quelques minutes. Il faudrait que vous attachiez votre ceinture. »

Elle m'aide à verrouiller mon attache de sécurité. Nous survolons déjà les arbres vert tendre des grandes forêts d'Île-de-France.

*

* *

Pendant que l'avion effectue les manœuvres de l'approche finale, j'essaie d'analyser la division de l'opposition.

Cette division est plus fondamentale que celle de la majorité. Presque tout oppose, sur le fond, socialistes et communistes : l'union de l'Europe, l'appartenance à l'Alliance atlantique, une perception réaliste des données économiques, et l'acceptation ou la condamnation du goulag. Les événements de l'immédiat après-guerre, tels que la répression des grèves des mineurs dans les bassins du Nord et du Pas-de-Calais, ont laissé des cicatrices profondes. Mais les dirigeants socialistes et communistes, quelles que soient leurs divergences ou leurs haines, disposent d'un talisman qui les protège : le soutien populaire à l'union de la gauche. En dépit de tous les propos fratricides, l'appel à l'union de la gauche, au deuxième tour des élections, permet de rassembler la totalité des électeurs.

L'opposition de gauche a bâti son unité, depuis 1972, autour d'un programme, le « programme commun ». C'était à la fois une performance remarquable et un risque élevé, car on ne voyait pas comment concilier l'étatisme forcené et dépensier des communistes avec le libéralisme prudent des radicaux de gauche, et l'économie de marché acceptée comme règle du jeu par l'ensemble des socialistes européens. D'où des craquements dans le système, dès que l'on cherchait à préciser les engagements.

Le jeu était conduit par deux fortes personnalités, Georges Marchais pour les communistes et François Mitterrand pour le Parti socialiste, dont les objectifs étaient manifestement différents.

Georges Marchais a mené sa campagne du premier tour des législatives avec un brio qui lui faisait percer les écrans de télévision, et laissait sans voix les journalistes qui l'interrogeaient. Il s'était fixé pour objectif que l'élection marque un « triomphe » du Parti communiste, et, pour cela, qu'il recueille au premier tour « entre 21 et 25 % des voix ». Il pourrait ainsi entrer en force au gouvernement, sans qu'on écarte les ministres communistes des « grands » portefeuilles, et veiller à l'application intégrale du programme commun.

Pour François Mitterrand, dont le talent politique surpasse à la fois celui de ses concurrents et celui de ses adversaires, l'enjeu est différent : il le situe comme une étape sur la longue marche qu'il a entreprise depuis 1964 en vue de la conquête du pouvoir. François Mitterrand a analysé qu'il n'avait aucune chance d'y parvenir, face à la puissance de l'appareil gaulliste, s'il ne bénéficiait pas de l'appui de l'électorat communiste. Le programme commun de 1972 était pour lui la charte qui lui permettait d'associer, et d'enchaîner, les électeurs communistes. Le détail de son contenu ne paraissait pas le passionner.

Sa déception a été vive d'avoir été battu à l'élection présidentielle de 1974. Il était convaincu de l'emporter sur moi, et son entourage partageait sa certitude. Il lui a fallu un certain délai avant de reconstituer sa conviction, et de retrouver de nouvelles forces. Aujourd'hui, il remet à jour sa stratégie, en pensant à l'élection présidentielle de 1981 qu'il anticipe, selon les journalistes, avec moins de confiance qu'en 1974. Il lui faut toujours compter sur l'électorat communiste : le programme commun doit être maintenu à tout prix ! Mais l'échec de 1974 enseigne qu'une emprise trop visible du Parti communiste, soulignée par les excès dogmatiques du programme commun, fait fuir une partie de l'électorat de la gauche modérée. La solution souhaitable pour lui serait d'« actualiser » à la baisse le contenu du programme commun, dans une proportion qui resterait acceptable par le Parti communiste. Le prétexte est facile à trouver : après six ans, les chiffres du programme ont vieilli. Ils ont besoin d'être mis à jour, notamment ceux qui concernent les minima sociaux.

C'est Georges Marchais qui a pris les devants en publiant, l'an dernier, un chiffrage du programme commun. Ces comptes fantastiques, sans doute inférieurs à la réalité, avaient affolé l'électorat de droite, du centre, et aussi d'une partie de la gauche.

Quelques jours plus tard, les téléspectateurs ont assisté à un débat inédit entre le chef de l'opposition, François Mitterrand, et le Premier ministre, nouveau venu dans le jeu politique, Raymond Barre.

François Mitterrand a paru embarrassé, placé constamment sur la défensive, mal à l'aise avec les chiffres. Raymond Barre se sentait sur son terrain, plus assuré, précis dans son analyse, un peu professoral dans le ton, mais corrigeant ce comportement par une bonhomie souriante. À la surprise générale, l'opinion quasi unanime l'a déclaré vainqueur du débat « aux points ».

Le Parti socialiste a repris l'offensive, en rendant publiques au début janvier 1978 ses propositions d'actualisation du programme commun. Elles confirment le texte antérieur : hausse du SMIC et de 50 % des allocations familiales, cinquième semaine de congés payés qui serait acquise en cas de succès dès avril 1978, réduction progressive de la durée du travail de 40 à 35 heures par semaine, maintien du programme de nationalisation des neuf groupes désignés en 1972, conseils d'administration des entreprises nationales composés d'un tiers de représentants du gouvernement. À vrai dire peu de nouveautés, mais une catastrophe économique en pointillé…

Le Parti communiste se déclare « déçu » par ce texte, selon un vocabulaire cher aux Français, et avance ses contre-propositions : le secteur public sera étendu à Peugeot-Citroën, et à la Compagnie française des Pétroles, ainsi qu'à certaines filiales françaises et étrangères des sociétés nationalisées ; il sera créé cinq cent mille emplois par an dès 1978.

Je n'ai pas suivi le détail de ces querelles au cours des semaines suivantes, sans d'ailleurs que celles-ci aboutissent à un accord. Mais le climat a été envenimé par un incident pittoresque. Lorsque, au début janvier, le président Jimmy Carter a inauguré son voyage autour du monde par une étape à Paris, j'ai eu plusieurs entretiens avec lui, puis nous nous sommes rendus ensemble en Normandie pour un pèlerinage émouvant sur les plages du Débarquement.

À son retour dans la capitale, le 6 janvier, François Mitterrand et Robert Fabre, président des radicaux de gauche, se sont rendus à l'ambassade des États-Unis pour une rencontre avec le président américain. Je n'avais pas été consulté – et d'ailleurs je n'avais pas à l'être – sur ce rendez-vous, dû sans doute à l'initiative de l'ambassadeur des États-Unis, dont j'avais remarqué depuis quelque temps les tendances « libérales » et qui anticipait à sa manière sur le résultat des élections !

Cette rencontre a provoqué une explosion de fureur chez leurs partenaires communistes qui y ont vu, de manière exacte, un geste de rapprochement vis-à-vis des États-Unis. L'indignation des communistes les a conduits, pour fustiger cette démarche, jusqu'à invoquer la mémoire du général de Gaulle !

*
* *

L'avion a touché la piste, assez sèchement. Le commandant de la base de Villacoublay se tient sur le tarmac, prêt à nous accueillir. Derrière le bâtiment provisoire réservé aux personnalités officielles, on aperçoit le museau noir de la Citroën qui nous attend.

Notre caravane peut prendre maintenant la route de l'Élysée.

*
* *

Il n'y a pas d'appareil de télévision dans mon bureau de l'Élysée. Je dois me rendre dans les appartements privés pour suivre les résultats sur l'écran.

Dès vingt heures, les premières tendances sont annoncées. Elles se confirmeront dans la soirée. Le taux de participation est élevé, et l'opposition est en tête avec 48,5 % des voix environ, et 46,5 % seulement pour la majorité.

Deux points de retard pour notre majorité !

Malgré la poussée de la gauche, le Parti communiste n'atteint pas le seuil minimum fixé par Georges Marchais, et il est distancé par le Parti socialiste.

Les présentateurs énumèrent la litanie des résultats par arrondissement.

Brusquement, celle-ci est interrompue par une scène étrange : on voit apparaître Georges Marchais, le sourcil en bataille et le visage sévère, entouré du bureau politique du Parti communiste au grand complet. Visiblement, les caméras de toutes les télévisions ont été dépêchées au siège du PC. Quel pouvait être l'objectif de cette mise en scène soigneusement préparée ? Avait-elle pour but, en terrorisant les électeurs, de les détourner de voter à gauche au second tour, et de perdre ainsi l'élection ? C'est l'explication qu'ont avancée certains observateurs, en ajoutant que Georges Marchais avait agi sur ordre du Kremlin, qui préférait que je reste au pouvoir plutôt que d'y voir arriver François Mitterrand.

J'ai peine à croire à un tel calcul, car il aurait supposé de la part des dirigeants soviétiques une hyperréactivité, contrastant avec la sénilité croissante de leur système. Et pourquoi les dirigeants du Kremlin auraient-ils prêté une telle attention aux résultats de nos élections législatives ?

Il me semble que la dramatisation, voulue par Georges Marchais, s'adressait au contraire à François Mitterrand et aux dirigeants socialistes. Marchais croyait encore à la victoire de la coalition de gauche, placée en tête par les électeurs, mais il était déçu par la performance de son parti, distancé par les socialistes. Il craignait de se trouver en posture d'infériorité lorsque, après la victoire du second tour, s'ouvriraient les discussions sur la composition du gouvernement, et sur l'application du programme commun. Il tenait à marquer son territoire, aux yeux des téléspectateurs médusés.

*
* *

La présentation des résultats se poursuit. Je l'écoute à peine. Elle ne peut plus inverser la tendance.

Voici venue l'heure des débats, les dirigeants politiques rassemblés autour d'une grande table, sous la baguette du présentateur. Je connais à l'avance leurs propos : les déclarations triomphantes des vainqueurs, appelant les électeurs à « confirmer » leur succès au second tour ; les explications embarrassées des vaincus, cherchant des excuses à ce résultat décevant, qui ne doit rien à leurs responsabilités personnelles, et rappelant d'une voix creuse que « tout n'est pas encore perdu ».

Je n'apprendrai plus grand-chose, et je n'ai pas envie de passer la nuit dans ce palais déserté par la faveur publique.

Après un échange téléphonique avec Jean Sérisé, qui ne se déclare ni surpris ni inquiet, et qui prophétise que le second tour sera plus serré mais qu'il peut encore être gagné, je décide d'aller dormir à mon domicile, rue Bénouville.

La voiture parcourt les avenues peu encombrées. Les lampadaires sont sagement alignés et diffusent leurs lumières, de point en point, sans souci de la tempête que je sens bouillir en moi.

Je monte l'escalier de la maison, car nous habitons au deuxième étage. Juste au-dessus, les enfants sont endormis, en attendant leur départ pour les écoles le lundi matin. Je devine leur présence à des craquements imperceptibles, et à une sorte de respiration tiède suspendue dans l'air.

De Chanonat à la rue Bénouville, je suis revenu chez moi. Il n'y a plus de président. La vie regarde le pouvoir du dehors. Jusqu'à demain…

Le 19 mars 1978

C'est aujourd'hui le deuxième tour des élections législatives. Je ne suis plus électeur : la circonscription dans laquelle je vote en Auvergne a élu son député dimanche dernier.

Il ne me reste qu'à attendre les résultats globaux, qui seront décisifs. Confirmeront-ils l'avance prise par l'opposition au premier tour de l'élection, ou permettront-ils à la majorité de combler son retard ? L'épée de Damoclès se balance, suspendue à un fil d'araignée.

Je suis venu accueillir le verdict des électeurs dans la résidence présidentielle de Rambouillet. Je m'y sens plus à l'aise, moins pressuré par les contraintes, pour réfléchir.

Nous avons effectué cet après-midi, Anne-Aymone et moi, une longue promenade dans les allées du parc. Il y faisait très froid, et nous avons été surpris d'entendre des craquements secs dans le haut des arbres, qui résonnaient comme des coups de fouet.

Ce n'était pas l'effet du givre, car les branches en étaient dépouillées. Nous avons imaginé qu'il s'agissait de fentes qui faisaient éclater le bois, sous l'effet du gel qui y saisissait un liquide, un reste d'humidité, ou une montée précoce de sève.

À notre retour, je me suis installé dans le petit bureau attenant à la chambre, pour m'interroger sur mon rôle, comme président de la République, au cours de cette campagne. Ai-je bien assumé ma fonction ? Ai-je dit ce que j'avais à dire ?

*
* *

Les résultats du premier tour ont ramené les choses dans l'ordre. Alors que l'opposition s'active à consolider son avance, par tous les arguments en son pouvoir, la majorité a été prise de vertige devant le danger. Le climat a changé brusquement.

Les querelles entre futurs vainqueurs ont fait place à la solidarité des perdants ! Les dirigeants de la majorité ont accepté de se rencontrer, Jacques Chirac et Jean-Jacques Servan-Schreiber compris. Jean Lecanuet jouait les bons offices. Les appels en vue des désistements ont pris un tour plus solennel, et étaient applaudis par l'électorat de la majorité.

Sous le souffle du boulet, la majorité a refait son unité.

*
* *

Quant à moi, je n'ai pas manqué de conseils !

Depuis le début de la campagne, j'ai reçu une avalanche d'avis, de recommandations et de mises en garde, provenant à la fois d'adversaires, et d'« amis ». C'est intentionnellement que j'ai mis « amis » entre guillemets.

Toutes les questions sont traitées pêle-mêle. Dès le 4 janvier 1978, François Mitterrand a déclaré : « Si le président entrait en campagne, il deviendrait un citoyen comme les autres. Il lui sera difficile d'apparaître comme un arbitre s'il s'emploie pendant deux mois à être un partisan ! »

Pour les néo-gaullistes, l'hypothèse de la cohabitation est jugée absurde. Le président du RPR, Jacques Chirac, estime sur l'antenne d'Europe 1 que le président de la République doit « engager sa fonction ». Gaston Defferre est d'un avis contraire : « En cas de victoire de la gauche, le président ne serait ni un otage, ni un recours, dit-il ; il devrait se contenter d'appliquer la Constitution. » Et François Mitterrand revient à la charge, en estimant que le chef de l'État s'engage trop déjà en indiquant aux Français le bon choix, ce que j'ai effectivement demandé à Verdun-sur-le-Doubs, le 27 janvier. Cette déclaration emphatique déclenche mon hilarité, car j'ai du mal à imaginer un président de la République exhortant ses concitoyens à faire le mauvais choix !

Dans ce tohu-bohu, on voit surgir quelques idées qui me servent de repère.

*

* *

D'abord, cette élection intervient au jour dit, sans modification de la loi électorale.

C'est pour moi un point essentiel.

J'en avais pris l'engagement lorsque j'avais déclaré, au début de mon septennat, que je rêvais de voir la France devenir une démocratie forte et paisible. Cette annonce n'avait guère retenu l'attention, mais elle était l'expression d'une conviction profonde.

Je garde le souvenir des dernières années de la IVe République, du climat permanent d'instabilité et d'improvisation qui y régnait. La seule loi qui régentait le système était celle de la hantise de l'élection, ou plutôt de la réélection, et la compétition sans pitié pour entrer au gouvernement, aussi éphémère fût-il.

Pour atteindre ce résultat, tous les procédés étaient bons. La malheureuse démocratie française offrait un spectacle caricatural, tourné en dérision dans les pays anglo-saxons. Des subterfuges extravagants étaient inventés dans l'espoir d'un gain électoral, y compris les fameux « apparentements ».

Les États-Unis n'ont jamais changé ni la date ni la règle de leurs élections depuis deux cents ans ! Personne ne propose de modifier la loi fondamentale en Allemagne.

Chez nous, je sens que les mauvaises habitudes piétinent encore derrière la porte et s'impatientent, malgré la remise en ordre conduite en 1958 par le général de Gaulle, avec l'aide précieuse de Michel Debré.

À l'approche de chaque élection, on soulève le couvercle de la boîte de Pandore, et on voit surgir le grouillement des propositions : modification des dates des élections, lois électorales majoritaires ou proportionnelles, à un tour ou deux tours, avec possibilité, ou non, de fusionner les listes, recours aux apparentements, exercices délicieux de découpage des circonscriptions pour lesquels chaque candidat potentiel aiguise son couteau de boucher, et j'en passe…

On n'y a pas manqué cette fois-ci : j'ai entendu un chef de parti proposer de recourir à deux solutions différentes : le scrutin majoritaire pour les départements les moins peuplés, et la proportionnelle pour les départements les plus peuplés ! À un tour, ou à deux tours ? Passons…

Pour moi, la pendule démocratique doit avoir un battement régulier. Personne ne doit toucher à son mouvement.

J'aimerais que les Français s'habituent à cette stabilité. Un seul mandat n'y suffira probablement pas. Si je devais en effectuer un second, je maintiendrais strictement cette règle.

En tout cas aujourd'hui, 19 mars 1978, en dépit des pronostics qui sont tous défavorables à la majorité présidentielle, l'élection a lieu à la date légale, sans modification de la loi électorale.

*

* *

Concernant mon rôle dans la campagne électorale, le principe à respecter me paraissait simple : je n'avais pas à intervenir au niveau des circonscriptions, à la différence de la pratique américaine, car nous ne vivons pas dans un régime présidentiel mais dans ce que j'appellerai « une démocratie parlementaire à composante présidentielle ». À forte composante présidentielle, il est vrai, depuis que le président de la République est élu au suffrage universel !

J'ai suivi d'assez loin le débat des investitures, dans la majorité, en regrettant les faux pas, celui des dirigeants de la jeune UDF, qui ont annoncé à la mi-janvier une première liste de candidats, sans concertation suffisante avec le RPR, et celui du ténébreux Yves Guéna, venu dans le Calvados proposer de donner l'investiture du RPR à deux candidats se présentant contre deux ministres en exercice, Michel d'Ornano et Olivier Stirn !

Je déplore ces bavures, mais je m'abstiens d'intervenir.

J'estime en revanche qu'il est de mon devoir, ou, plus simplement de mon rôle, de mettre en relief les grands choix que va déterminer cette consultation : le « changement de société », proposé par l'union de la gauche dont je ressens avec gêne la tonalité emphatique et ridicule, caractéristique de l'enflure verbale du débat politique français. Si cette expression pouvait avoir un sens dans la deuxième moitié du XIXe siècle, ou, à la limite, après la crise des années 1930, elle en est totalement dépourvue aujourd'hui dans nos États occidentaux, qui ont derrière eux leurs grandes évolutions politiques et sociales. On ne peut plus parler de « changer la société » mais d'orienter différemment le gouvernail ! Et le programme commun, cette charte difficilement élaborée, dans le désir d'attirer les catégories défavorisées de la nation, charte qui s'inspire ici et là d'une culture généreuse mais décalée, tirée de la lecture de l'œuvre d'Émile Zola et de Proudhon, ignore, avec un irréalisme cruel, les contraintes et surtout les menaces des temps modernes : la pénurie d'énergie, la concurrence dévastatrice des pays émergents, à faibles salaires et à main-d'œuvre hyperactive, et la lenteur avec laquelle nous sommes capables d'adapter nos secteurs les plus menacés ! Hélas, ce message dispose d'un relais puissant, car il est en phase avec les convictions d'une large majorité de notre personnel éducatif, coupé depuis la dernière guerre des réalités de l'économie moderne, et qui diffuse ses convictions et ses tabous auprès des générations montantes. C'est un problème que nous devrions essayer de mieux traiter.

Mon rôle, vis-à-vis du choix de l'opinion, n'est pas d'effrayer, mais d'alerter. Pour cela, j'ai choisi de concentrer mon expression sur deux idées-force, conjointes mais découplées : « le programme commun est dangereux » ; « mais je n'aurai pas le pouvoir de m'opposer à son application ».

Il me faut répondre à une tentation souvent présente dans l'électorat français, celle qui consiste à se dire :

« Nous savons que notre choix n'est pas raisonnable, mais après tout, il se trouvera bien quelqu'un pour en limiter les conséquences ! »

Le sens de mon message de Verdun-sur-le-Doubs était de démonter ce raisonnement. Son objet, le 27 janvier, visait à agir sur les esprits en deux temps : le premier temps consiste à affirmer, et si possible à démontrer, que le programme de l'opposition est dangereux, non seulement pour l'économie prise globalement – ce que Raymond Barre dénonce avec véhémence en prophétisant une crise institutionnelle et économique – mais aussi pour chaque Français, menacé par le chômage et la stagnation de son pouvoir d'achat.

Après cette annonce, mais en marquant un temps d'arrêt afin de bien détacher les deux notions, je peux indiquer que « je n'aurai pas le pouvoir de m'y opposer ». L'idée est de surprendre l'opinion, en démontant le garde-fou qui la protège, et d'alimenter l'inquiétude dans un pays qui a l'habitude confortable de penser que ses dirigeants s'imaginent être détenteurs de tous les pouvoirs : « Non ! ai-je insisté, je n'aurai pas le pouvoir de m'y opposer. »

Cette affirmation débouche sur ma troisième et dernière interrogation : quelles devront être mon attitude, et ma ligne de conduite, en tant que président de la République, si l'opposition gagne les élections et engage l'application du programme commun, avec l'intention de « changer la société » ?

*

* *

Cette question est d'autant plus brûlante que tout le monde s'accorde à annoncer la victoire de l'opposition :

les sondages d'opinion, l'avance prise par l'opposition au premier tour, les prévisions des augures de toute nature, tout converge vers une certitude, la victoire de la gauche est pratiquement inéluctable.

Cette donnée alimente le débat classique sur les rapports entre le président de la République et une majorité d'opposition. Chacun y va de sa recommandation, et l'on entend fredonner la vieille chanson dédiée au maréchal Mac Mahon : « se soumettre, ou se démettre ». François Mitterrand dénonce, dans une dernière émission, cette « faille constitutionnelle », mais reste prudent. Un quotidien du matin titre le 1er mars : « Giscard, Mitterrand, le conflit est fatal ! »

J'ai, bien évidemment, retourné dans ma tête toutes les hypothèses, même si mon maudit optimisme continue de me persuader, seul dans mon coin, de la victoire possible de notre majorité.

Je ne prête pas beaucoup d'intérêt au débat académique sur la légitimité de ma fonction. Ce débat concernait le cas du général de Gaulle : tirait-il sa légitimité du fait qu'il avait rétabli, par sa démarche solitaire, l'existence même de la République française, et qu'il avait vocation à la diriger, ou bien cette légitimité lui avait-elle été conférée par son élection ? J'imagine que dans son for intérieur, c'est la première lecture qui prévalait, et il laissait de temps à autre jaillir une expression en ce sens. Cette attitude a donné un caractère unique dans l'histoire à son départ de la fonction présidentielle, lorsqu'il s'est trouvé pour la première fois en désaccord avec la majorité du peuple français : alors que d'habitude ce sont les peuples qui se débarrassent de leurs dirigeants, dans son cas c'était le dirigeant qui se débarrassait du peuple, auquel par la suite il n'a plus jamais adressé la parole ! Ce n'est pas, contrairement à ce qu'on a pu écrire, que le général de Gaulle ait cherché à organiser son départ, mais c'est plutôt qu'une fois le désaccord constaté, il a tenu à couper lui-même tous les liens antérieurs.

Ce cas ne s'applique évidemment pas à ses successeurs, donc à moi. Comme président, je tire ma légitimité de mon élection, pour la durée de mon mandat, un point c'est tout. Et cette légitimité s'applique aux compétences que m'attribue la Constitution, prise au sens strict, et non la Constitution romancée, telle qu'elle résulte des interprétations, ou des additions de la jurisprudence, dans un pays où existe, hélas, depuis longtemps une école opportuniste du droit constitutionnel.

J'ai donc abouti à deux conclusions inébranlables :

– quel que soit le résultat des élections, j'exercerai jusqu'au bout mon mandat de président de la République ;

– si l'opposition emporte la majorité, je nommerai Premier ministre, par application de l'article 8 de la Constitution, son dirigeant naturel, François Mitterrand. Ni manœuvre, ni magouille.

Mais avant d'aller plus loin dans le raisonnement, le calendrier m'oblige à faire un détour par l'Afrique.

Le voyage en Côte-d'Ivoire

Je me suis rendu en visite officielle en Côte-d'Ivoire du 11 au 15 janvier 1978, pendant la période qui précédait nos élections législatives. Ce voyage répondait à une invitation personnelle du président Houphouët-Boigny, qui insistait pour que je me rende dans son « village » natal de Yamoussoukro, dont il venait d'achever les travaux de transformation. J'étais accompagné d'Anne-Aymone et d'une suite raisonnable, comprenant évidemment le ministre de la Coopération et mon collaborateur pour les questions africaines, René Journiac. Je souhaitais en effet que toute l'équipe puisse tenir dans un seul avion.

Le président Houphouët-Boigny m'avait organisé, à l'aéroport et sur le parcours, un accueil triomphal, une véritable apothéose. L'ambiance de la présidence, me disais-je, gagnerait à s'en inspirer !

Tout le long du large boulevard autoroutier qui conduit de l'aéroport jusqu'à l'entrée d'Abidjan, une foule innombrable, au sens précis du terme, compacte sur plusieurs dizaines de rangs, criait sa bienvenue. Cette foule africaine était joyeuse, et enthousiaste. Les vêtements et les tissus bariolés des femmes, qu'elles appellent des pagnes, multipliaient les couleurs, sous un ciel d'un bleu étincelant. Je me tenais debout, dans la Mercedes découverte, à la droite du président Houphouët-Boigny, et je faisais de grands saluts de mon bras droit, mon bras gauche étant occupé à assurer mon équilibre. On entendait monter une immense rumeur, ponctuée de tambourins et de tam-tams. Et les enfants des écoles, lorsque nous passions devant leurs délégations, répondaient à mes gestes par des cris suraigus.

À ceux qui ont une vision critique et simplificatrice de l'Afrique, je dirai que l'organisation de cette manifestation était parfaite, presque méticuleuse, mais ne contraignait pas la spontanéité de la foule, livrée à elle-même pour participer au déroulement de la fête. Le président Houphouët-Boigny vivait un moment de bonheur intense, et il me jetait de temps à autre un regard de côté, qui me faisait apercevoir le blanc de ses yeux, légèrement strié de rouge, pour évaluer mes réactions.

Aux manifestations officielles d'Abidjan, ont succédé celles de Yamoussoukro, à l'aéroport, puis à l'hôtel de ville, où m'ont été remis les cadeaux habituels : un tabouret en bois doré, semblable à celui sur lequel était assis comme enfant le président Houphouët-Boigny lorsque, après le décès de son père, il assistait au rituel des derniers sacrifices humains ; une petite pirogue évoquant la traversée du fleuve par la tribu Baoulé quand celle-ci est venue s'installer sur son territoire après avoir fui le Ghana voisin ; et les attributs des chefs traditionnels.

En venant à Yamoussoukro, cette ville que le président Houphouët-Boigny appelait son village et dont les urbanistes avaient fait une cité moderne aux avenues largement percées, je caressais l'idée que le président accepterait de me faire découvrir le site authentique de son origine, l'endroit où il avait passé son enfance, où étaient ensevelis ses proches, et où, comme il me l'avait raconté[1], ceux-ci continuaient de vivre dans un monde souterrain, à deux mètres environ sous le sol, entourés des soins des serviteurs qui les avaient accompagnés, et qui avaient librement accepté pour cela – aidés par une forte dose de boissons alcoolisées – d'être sacrifiés.

Ainsi, pensais-je, je pourrai pénétrer dans la connaissance de l'ethnie Baoulé, débarrassée de son vernis occidental, dont j'avais aperçu la jeune reine, fine et secrète, dans le défilé des invités officiels au palais présidentiel d'Abidjan.

Le président Houphouët-Boigny, avec l'intuition des Africains, avait perçu ma curiosité mais était décidé à ne pas lui donner suite. Il répondait à ma demande par un sourire figé, le rideau de ses paupières à demi rabaissé sur les yeux :

---

1. *Le Pouvoir et la Vie*, tome II, Le Livre de Poche, n° 943.

« Je serai heureux de vous montrer les tombes de mes ancêtres. Mais c'est un peu loin d'ici. Cela nous prendrait trop de temps. Il faudra revenir, et je vous y conduirai.

« Mais si vous avez un moment après le déjeuner, poursuit-il, je vous amènerai dans mon bureau pour que vous me parliez de la situation politique de la France. »

Nous nous y retrouvons en effet, après le banquet en plein air qui a rassemblé, me semble-t-il, plusieurs centaines d'invités africains et français.

Le président Houphouët-Boigny m'interroge. Il parle d'une voix assez douce, en détachant les syllabes sur un mode scandé, à la manière africaine, et en soulignant légèrement les consonnes.

« Pouvez-vous me dire, Monsieur le Président, quelle est la situation politique en France ? Les journaux écrivent que les socialistes vont gagner. Le pensez-vous ? Et si cela arrivait, j'espère que vous resterez au pouvoir. Votre départ serait un grand malheur pour l'Afrique ! »

Nous sommes seuls tous les deux dans son bureau. Il est décoré de meubles soignés et impersonnels, plutôt d'un goût agréable, en acajou relevé de cuivre. On pense à une suite dans un grand hôtel parisien. Pas de dossiers sur le bureau, un seul téléphone.

Sans me laisser le temps de répondre, le président Houphouët-Boigny reprend :

« Vous savez que je connais bien François Mitterrand. Nous siégions dans le même groupe. Nos rapports étaient bons. Je crois qu'il sera raisonnable. Vous devriez pouvoir vous entendre avec lui. Mais il faudra vous méfier. Il m'a joué quelques mauvais tours. »

Et là, il éclate de rire, derrière son bureau, un vrai rire, comme s'il était follement amusé par cette évocation, et en même temps un rire qui a un halètement de grelot. Le rire africain diffère souvent du nôtre. Le nôtre est un rire facial, cervical, qui s'arrête à la bouche et aux yeux. Le rire africain est une vibration du squelette, une secousse de la colonne vertébrale, qui gagne progressivement le visage.

Le président se lance dans la description des intrigues compliquées au sein du groupe de l'UDSR[1], dont Mitterrand et lui-même faisaient partie, intrigues qui ont précédé en 1956 la formation du gouvernement de Guy Mollet. Je l'écoute d'une oreille distraite, car je réfléchis à ma réponse.

Je saisis l'occasion d'un temps mort.

« Vous m'avez demandé ce que je ferai en cas de victoire de l'opposition, lui dis-je. Je continuerai d'exercer ma fonction de président de la République. »

Il hoche la tête en signe d'approbation.

– Pendant longtemps ? me demande-t-il.

– Jusqu'à la fin du mandat.

– Et s'ils vous placent dans une situation impossible ?

– Je resterai, réponds-je, car je disposerai de deux armes puissantes : le droit de dissoudre l'Assemblée, et la possibilité de démissionner et de me représenter.

Il appuie son menton sur sa poitrine, pour réfléchir. Il attend un long moment.

« Je crois que vous avez raison, me dit-il. Je vois que vous avez examiné toutes les hypothèses. J'ai maintenant une certaine expérience. Je pense que la France ne gagnerait rien au changement, et que nous, en Afrique, nous perdrions beaucoup. Je suis heureux que vous

1. Union démocratique et socialiste de la résistance : petit groupe parlementaire siégeant au centre gauche de l'Assemblée nationale, entre les radicaux et les socialistes.

soyez décidé à rester. Je vous approuve, mais il faudra vous méfier de François Mitterrand ! »

Et son rire le reprend, plus détendu.

« Autrefois, me dit-il, j'aurais pu vous aider avec lui. Mais maintenant il ne m'écoute plus. Il m'en veut d'avoir soutenu le général de Gaulle, et surtout Georges Pompidou. Il ne l'aimait pas. »

Il prononce « aimait » à l'africaine : deux syllabes séparées, toutes deux accentuées.

Le téléphone sonne sur son bureau. Il répond. Cela doit être un rappel à l'heure. L'entretien est terminé.

Sur le seuil de la porte il prend ma main entre les deux siennes, longues et noires, et il la retient :

– Je suis rassuré par ce que vous m'avez dit. J'avais peur que vous vous laissiez décourager.

– Ce n'est pas le cas ! lui dis-je. Et je commence à rire à mon tour, d'un rire européen, cérébral, mais l'Afrique me gagne ! Nous nous mettons à rire tous les deux.

« Je vous attends à déjeuner à l'Élysée en août prochain, quand vous viendrez en Europe pour vos vacances. »

C'est la meilleure manière, pensais-je, de lui confirmer ma détermination.

*

* *

Mes deux prédécesseurs s'étaient trouvés face à la même interrogation, dans des circonstances, il est vrai, différentes.

Pour le général de Gaulle, c'était en mai 1968. La contestation étudiante était relayée par un vigoureux mécontentement social. Les manifestations envahissaient les rues, et se rapprochaient de l'Élysée. Le dernier rassemblement avait eu lieu sur le parvis de la gare Saint-Lazare. D'autres étaient annoncés pour les jours suivants.

Le général de Gaulle avait un courage personnel inébranlable, mais il n'aurait pas supporté de se voir bousculé, rabaissé, voire ridiculisé, dans un Élysée envahi ou entouré par des manifestants. Il a décidé de partir.

J'ai été informé de son départ par un coup de téléphone de Georges Pompidou, alors Premier ministre, qui m'a appelé à mon bureau de la commission des Finances, le mercredi 29 mai, en fin de matinée.

« Je vous appelle, m'a-t-il annoncé, pour vous dire que le général de Gaulle a disparu. »

Je reçois le choc en pleine poitrine, aussi désemparé que devant l'annonce d'un deuil.

– Que voulez-vous dire par « disparu », Monsieur le Premier ministre ?

– Il est parti, et je ne sais pas où il est, reprend-il. D'ailleurs personne ne le sait. Il m'a téléphoné ce matin pour me demander d'annuler le Conseil des ministres, et puis il a ajouté : « Je vais quitter Paris », sans me donner d'explications, ni d'indications sur sa destination. À Villacoublay on sait seulement qu'il est parti en hélicoptère avec Madame de Gaulle et son aide de camp. Le pilote n'a pas déposé de plan de vol. Personne ne peut me dire où il est, répète-t-il.

Au choc de l'annonce succède la stupéfaction devant l'étrangeté de la situation : le Premier ministre a perdu la trace du président de la République !

Georges Pompidou poursuit :

« C'est une situation difficile à laquelle nous devrons faire face. J'assumerai toutes mes responsabilités. »

Je comprends qu'il est prêt à prendre en main la globalité du pouvoir, peut-être même, au fond de lui, après les semaines où il a tenu tête, pratiquement seul, au déferlement populaire, qu'il attend le moment de le faire.

« Je n'ai prévenu que quelques personnes. Il est évident que ce que je vous dis est strictement confidentiel. Quand je saurai quelque chose de nouveau, je vous rappellerai. »

Et il raccroche.

Dès le début de l'après-midi, la rumeur commence à enfler : le général de Gaulle est parti ! Puis, dans la soirée, les informations se succèdent, alimentées, dit-on à Matignon, par les agents communistes du service du contrôle aérien : il est arrivé à Colombey-les-Deux-Églises ; il en est reparti après avoir pris quelques vêtements ; son hélicoptère a franchi la frontière ; il s'est posé en Allemagne, à Baden-Baden, où le général Massu l'a accueilli.

Je me suis souvent interrogé sur le mystère de ce départ, et j'ai cherché à recueillir des témoignages qui éclaireraient ce point de notre histoire. Ils sont contradictoires, selon qu'ils proviennent du général Massu ou du général de Boissieu, tous deux hommes d'un gaullisme au-dessus de tout soupçon, et d'une correction exemplaire. J'ai demandé que leurs écrits, en particulier la note rédigée par le général Massu à la requête du président Pompidou, soient déposés aux Archives nationales.

Un jour où j'avais invité le général Massu à une chasse présidentielle, je lui ai proposé de venir à l'Élysée me préciser ses souvenirs.

Son récit était catégorique :

« Lorsque j'ai vu arriver le général de Gaulle, j'ai réalisé que c'était un homme désemparé. Il m'a tenu des propos confus et découragés. J'avais du mal à reconnaître son comportement habituel, et à comprendre ses intentions. Je l'ai installé dans ma résidence. Un peloton de parachutistes lui a rendu les honneurs. J'avais organisé un repas pour lui, en tout petit comité. En voyant les choses se dérouler normalement, après la chienlit parisienne, je l'ai vu évoluer progressivement, se recomposer, et retrouver davantage de sérénité. Je l'ai assuré de la loyauté totale de l'armée. Elle n'était nullement concernée par l'agitation politique, et obéirait sans problème aux ordres reçus, lui ai-je dit.

« J'avais pris toutes les dispositions pour que le Général ait le sentiment qu'ici les choses étaient normales et calmes. Il s'est reposé un moment. Nous avons eu une nouvelle conversation, à l'issue de laquelle il m'a dit qu'il avait réfléchi, et qu'il allait repartir pour Colombey.

« Mon sentiment, conclut le général Massu, est qu'il était parti pour l'exil, sans idées précises sur la suite, mais sans intention de retour. D'ailleurs comment expliquer autrement son étape à Colombey, et le fait qu'il ait envoyé certains membres de sa famille par avion hors de Paris ? Mais quand il s'est trouvé à nouveau devant des données normales, face à un comportement calme et discipliné, après trois semaines de dévergondage à Paris, il s'est dit qu'après tout, cette agitation était circonscrite aux milieux parisiens, et que la situation pouvait être redressée. »

Cette présentation, lorsque je l'ai évoquée devant lui, a provoqué l'indignation du général de Boissieu, gendre du général de Gaulle. Selon lui, la démarche du général de Gaulle a été calculée de bout en bout : devant la dégradation continue de la situation, il fallait provoquer un choc. La meilleure formule était de disparaître, et, dans ce cas, personne ne devait être au courant, y compris le Premier ministre. L'opinion publique serait stupéfaite, puis saisie d'inquiétude devant une éventualité que personne n'avait imaginée. À un moment bien choisi, le général de Gaulle appellerait l'opinion publique au sursaut, en annonçant ses initiatives politiques.

C'est bien ainsi que les choses se sont passées. Le lendemain, jeudi 30 mai, le général de Gaulle a prononcé à la radio en début d'après-midi une brève allocution sur un ton cinglant, tranchant, d'une voix assurée. Il employait des formules destinées à frapper les esprits, en dénonçant les manœuvres de « politiciens au rancart », expression par laquelle il désignait collectivement Pierre Mendès France et François Mitterrand. Son appel a été entendu. Une immense manifestation, à demi spontanée, a envahi l'avenue des Champs-Élysées, et la situation s'est inversée.

Est-ce à dire que la thèse du général de Boissieu est confirmée, et que le déroulement du scénario était prévu dès l'origine ? Je n'en suis pas persuadé.

Mon opinion pèse peu en la matière, mais ma préférence penche vers la première explication, celle du général Massu. Elle me paraît plus conforme aux réalités psychologiques que j'ai perçues, dans ce tourbillon désorganisateur. Le président Pompidou m'a confié qu'il avait mesuré lui-même le désarroi du général de Gaulle par un détail étrange :

« Le Général a conclu le coup de telephone par lequel il m'annonçait son départ en me disant : "Et puis, Georges, je vous embrasse !" J'en ai été stupéfait. Il ne m'avait jamais rien dit de semblable ! »

*

* *

Les circonstances m'ont permis de constater moi-même la gravité de la situation devant laquelle risquait de se trouver le général de Gaulle.

Pendant les événements de mai 1968, je présidais la commission des Finances de l'Assemblée nationale dont Pierre Mendès France était membre. Je le connaissais personnellement, car j'avais suivi son enseignement à l'École d'administration dans les années 1950. Devant le tour pris par les événements, et le désordre général des esprits, je me suis dit qu'il pourrait être utile d'échanger quelques réflexions, et je lui ai fait proposer le lundi que nous nous rencontrions à l'Assemblée nationale. Pierre Mendès France m'a répondu qu'il viendrait volontiers me voir, mais qu'en raison de la surcharge de son emploi du temps, la rencontre ne pouvait pas être immédiate et qu'il me proposait de la fixer au jeudi suivant, le 30 mai, dans la matinée.

Je lui ai confirmé mon accord, et les événements se sont précipités. La manifestation rassemblée au stade Charléty, stade dont la notoriété n'a jamais été aussi grande, ni avant, ni depuis, et les discussions quasi continues entre les dirigeants de la gauche, ont abouti à la conclusion qu'il faudrait mettre en place un nouveau gouvernement. François Mitterrand ne paraissant pas souhaiter le diriger lui-même car se réservant sans doute pour une éventuelle présidence, l'accord s'était fait sur le nom de Pierre Mendès France. Celui-ci avait ouvert des négociations avec les partis politiques, et les mouvements divers impliqués dans la vague de mécontentement, en vue de former une équipe.

Le mercredi après-midi, le général de Gaulle avait quitté Paris, et Pierre Mendès France s'était plongé dans d'intenses discussions prégouvernementales, dont les radios décrivaient les progrès d'heure en heure.

Dans ces conditions, j'ai demandé à ma collaboratrice de l'Assemblée d'appeler le secrétariat du président Mendès France pour lui dire que je comprendrais parfaitement qu'il annule notre rendez-vous du lendemain matin.

« Pas du tout ! me fait-il répondre. Je tiens à maintenir notre rencontre. Je serai dans votre bureau à dix heures, mais vous conviendrez que dans les circonstances actuelles, notre entretien soit abrégé. »

Le lendemain matin j'attends son arrivée dans mon bureau, ou plutôt dans le bureau provisoire que l'Assemblée nationale a mis à ma disposition au second étage du Palais-Bourbon, car les locaux de la commission des Finances sont en travaux de rénovation.

À dix heures quinze, j'attends toujours mon visiteur. La porte du bureau s'ouvre brusquement, sans aucune des formalités préalables, et l'huissier annonce d'une voix claironnante :

« Le président Mendès France ! »

Comme je lui fais remarquer qu'il aurait dû m'avertir d'abord de l'arrivée du visiteur, l'huissier me répète sur un ton étonné : « Mais c'est le président Mendès France ! »

Son visage est rayonnant de fierté. Cela me permet de mieux situer ses préférences politiques, et je pense intérieurement qu'au moins en ce qui le concerne, le changement de régime est déjà acquis !

Il faut remonter loin dans mes souvenirs pour retrouver un huissier aussi exalté par son annonce : l'huissier du ministère des Finances qui avait introduit dans mon bureau Fernand Raynaud, venu plaider la cause de sa sœur, agent du ministère, et que ses collègues martyrisaient chaque fois qu'il parlait d'elle dans ses émissions radiophoniques ; et celui qui avait ouvert à deux battants la porte de mon cabinet, parce qu'il avait cru reconnaître, attendant dans l'antichambre, un sosie du général de Gaulle.

Pierre Mendès France s'avance, la main tendue.

« Excusez-moi pour mon retard, me dit-il, mais j'ai eu une matinée particulièrement chargée. »

Il fait montre d'une grande simplicité, celle qu'il est agréable de laisser apparaître lorsqu'on se sent porté intérieurement par le succès. J'en ai donné moi-même quelques exemples en 1974…

Nous nous asseyons.

« Oui, une matinée très chargée, reprend-il, mais les choses avancent bien. »

Je l'interroge du regard.

– Je poursuis mes conversations en vue de former le gouvernement, et je voulais que vous soyez informé du point où j'en suis.

– Je vous en remercie, lui dis-je, mais que ferez-vous du gouvernement en place ?

Il fronce les sourcils :

– Oh ! Cela est dépassé. La réalité est qu'il n'y a plus rien. Il fait un geste de la main en arrière, comme pour écarter une mouche importune. « Plus rien, reprend-il. Il faudra agir vite pour éviter que le désordre ne s'étende. J'espère pouvoir arriver à un accord dans l'après-midi. »

– Vous rencontrez beaucoup de difficultés ? lui demandé-je.

– Il me reste à obtenir l'accord du Parti communiste. C'est tout. Mais ils sont encore très durs.

– Que veulent-ils ?

– Ce n'est pas la question de ce qu'ils veulent, me répond Pierre Mendès France, mais de ce qu'ils refusent. Ils s'opposent catégoriquement à l'entrée d'un représentant de l'extrême gauche ou d'un mouvement contestataire dans le gouvernement. C'est pour eux une question de principe. Ils sont prêts à accepter tout le reste. Mais là-dessus, ils restent intraitables !

Il sourit, en poursuivant :

« Ils accepteraient même l'entrée d'une personne telle que vous… »

Je le laisse continuer, accompagnant mon silence d'un scepticisme modérément flatté.

« Mais il va bien falloir qu'ils reconnaissent les réalités ! s'exclame Mendès France. Comment voulez-vous que les grèves s'arrêtent et que la machine se remette à tourner si nous n'obtenons pas le concours de tout le monde, y compris des gauchistes, puisqu'ils sont le fer de lance du mouvement social ? J'ai une rencontre avec eux cet après-midi. J'ai bon espoir d'aboutir. »

Cette évocation renforce sa résolution. Il se lève pour partir.

– Excusez-moi, me dit-il, il faut que je m'en aille. Mais j'ai tenu à vous dire où nous en sommes exactement !

– Je vous remercie de cette mise au point, mais j'aurais compris que vous reportiez notre rendez-vous, lui réponds-je, en le raccompagnant jusqu'à la porte derrière laquelle l'attendait l'huissier qui allait le précéder dans le corridor, le torse gonflé de sa nouvelle importance.

Vers seize heures trente, à une heure proche de celle convenue pour la réunion finale des contestataires, le général de Gaulle prononçait son allocution, où il annonçait sa détermination de reprendre fermement en main les affaires du pays.

*

* *

Le problème s'est posé au président Pompidou en termes très différents. Ses données l'apparentaient davantage à celui qui est aujourd'hui le mien.

Les élections législatives étaient prévues pour le mois de mars 1973, près de quatre ans après la prise de fonction de Georges Pompidou. Les pronostics étaient moins sombres qu'aujourd'hui, mais annonçaient en tout cas un résultat serré. Un échec de la majorité n'était pas jugé impossible.

Le président Pompidou m'a fait part de ses intentions au cours d'un de nos entretiens hebdomadaires, dans le bureau du général de Gaulle où il s'était installé :

« Si nous perdons les élections, m'a-t-il déclaré, je vous préviens, je partirai. Je n'ai pas l'intention de rester à l'Élysée pour me trouver un jour ridiculisé ! Le gouvernement ne fera rien pour me protéger. Il laissera les manifestations venir jusqu'à l'avenue de Marigny. Et puis il rognera sur tous les moyens nécessaires à l'exercice de ma fonction, les crédits de réception, les déplacements, jusqu'à ce que je sois déconsidéré. Je n'ai pas l'intention de me laisser mettre dans cette situation : je vous l'ai dit, je partirai. »

En observant son regard noir sous l'ombrage de ses sourcils, et en me souvenant de la détermination avec laquelle il avait contenu, presque seul, en mai 1968, la pression de la rue, je comprends que sa décision est prise. Inutile d'argumenter. En cas de défaite, il partira.

*
* *

Voici les raisonnements de mes prédécesseurs, raisonnements judicieux, raisonnables. Ils convergent vers la même conclusion : en cas de victoire de la coalition du programme commun, la situation du président de la République deviendra intenable.

J'ai décidé de rester en fonction, mais je dois tenir compte de leurs arguments car il se peut qu'ils aient raison contre moi.

Je ne dois pas prendre le risque de devenir une cible, ou un otage. Il est facile, en effet, de déplacer le centre des manifestations vers l'Élysée, avec un gouvernement complaisant. Et je ne veux pas me trouver dans la situation ridicule de lancer des appels au secours !

Par ailleurs, il faut que mon attitude reste lisible, compréhensible pour l'opinion publique : je préside, mais je ne gouverne plus. Je perds toute responsabilité dans la prise de décisions du gouvernement. Pour le souligner, une séparation géographique me paraît la meilleure illustration. Dès l'annonce de la nomination du Premier ministre, j'irai m'installer à Rambouillet.

C'est là que je travaillerai. Je ne me rendrai à l'Élysée que pour y exercer mes tâches obligatoires : présider le Conseil des ministres et le Conseil supérieur de la magistrature, et recevoir les lettres de créance des ambassadeurs.

La présidence du Conseil des ministres sera pour moi strictement formelle. Elle consistera à ouvrir les délibérations, et à donner la parole aux ministres. Quant aux conclusions, elles seront présentées à la presse par le porte-parole du gouvernement. Dans l'intervalle, j'aurai regagné Rambouillet.

Une difficulté me vient à l'esprit : qui devra représenter la France au Conseil européen, que j'ai contribué à créer voici quatre ans ? Les autres pays y envoient leurs Premiers ministres. Dans la ligne des sommets européens antérieurs, j'ai pris l'habitude de m'y rendre moi-même. Peut-être la solution juste consistera-t-elle à prendre en compte les sujets à l'ordre du jour, et y adapter la représentation française en désignant tantôt le président de la République, tantôt le Premier ministre ?

Alors se pose une question simple : quelle sera mon utilité ? Il me semble qu'elle se réduira à deux composantes : veiller, comme le prescrit la Constitution, au fonctionnement régulier des pouvoirs publics, et préserver la possibilité de rendre la parole au peuple français. Nous vivons des temps dangereux, avec la guerre froide et son risque de destruction mutuelle. La situation économique est fragile, avec un taux d'inflation qui tangente toujours les 10 %, et un environnement international défavorable. Des décisions imprudentes déclencheraient des dévaluations inévitables de la monnaie, qui feront réagir l'opinion. Dans un régime politique où la crise gouvernementale a cessé d'être un instrument d'ajustement politique, la sortie de l'impasse consiste à revenir devant les électeurs.

À cet effet, je disposerai de deux armes incontournables : le droit de dissolution dont la Constitution réserve, dans son article 12, la compétence exclusive au président de la République après une procédure de simple consultation ; et la possibilité de démissionner de ma fonction, ce qui ouvrirait le champ à une élection présidentielle, où je pourrai me représenter.

Le dispositif est en place. Je m'y tiendrai.

*

* *

Mon autre décision, en cas de victoire de l'opposition, est celle de nommer Premier ministre François

Mitterrand. Je le ferai après avoir reçu la démission de Raymond Barre, procédé aux consultations nécessaires, celle du président du Sénat et celle des présidents des grandes formations politiques, ce qui reporte l'annonce à mardi après-midi, ou mercredi, au plus tard.

Certains me reprocheront de ne pas tenter une manœuvre, en commençant par mettre en avant une personnalité susceptible de créer une division au sein de la majorité nouvelle, telle que Michel Rocard ou Pierre Mendès France. Je pense que cette approche, très « quatrième République », se retournerait contre moi, et fragiliserait l'institution présidentielle. L'opposition dispose d'un leader reconnu, François Mitterrand. Toutes les personnalités de l'opposition que je consulterai me feront la même réponse. À quoi pourrait servir la magouille du désespoir ? Les intéressés se déroberont. Les rangs se resserreront autour de François Mitterrand. Et le président de la République y aura laissé une partie de son crédit, que j'entends au contraire préserver.

Si l'opposition l'emporte, je nommerai donc Premier ministre François Mitterrand.

*

* *

Les supputations, les analyses, le retour en force des souvenirs, n'ont plus lieu d'être.

La nuit commence à noircir les grandes fenêtres du salon de Rambouillet.

Nous avons invité à dîner deux amis fidèles, Jean et Christine de C., afin de garder à cette soirée, quelle que soit son importance pour mes activités futures, un caractère de vie normale. Ils viennent d'arriver. Je les sens anxieux. Nous prendrons notre repas sur la table carrée que l'intendant Hennequin a installée dans un coin de la pièce, devant un écran de télévision.

J'ai demandé à la permanence de l'Élysée, où se trouvent Jean Sérisé, Jean François-Poncet, et Pierre Hunt, de ne pas m'appeler avant de connaître les résultats définitifs. On m'a seulement indiqué en fin d'après-midi que le taux de participation paraissait se situer à deux points au-dessus du niveau du premier tour. Deux points ?

Je sais que le scrutin va être extraordinairement serré. Je ne veux pas être déstabilisé par les approximations, les indiscrétions ou les résultats partiels. Attendons !

Il est huit heures moins cinq. La télévision est branchée sur la première chaîne publique, TF1, créée à la suite de l'éclatement de l'ancien ORTF, décidé en 1974.

Moins trois. Moins deux. Malgré les sourires, la tension crispe nos visages.

Vingt heures. Les bureaux de vote sont fermés. Le dépouillement commence. Je pense à toutes les mairies de France, où le bruit et la fièvre doivent monter, au fur et à mesure qu'on épelle les noms des candidats inscrits sur les bulletins de vote.

Le journaliste de la télévision apparaît à l'écran. Son humeur est austère. C'est un indice encourageant pour moi, car les journalistes étaient presque unanimes à prévoir le succès de l'opposition.

« À partir des dépouillements encore partiels, le scrutin s'annonce très serré, déclare-t-il. On ne peut pas exclure une légère avance de la majorité. »

Premier rayon de soleil parmi les nuages.

Les résultats par circonscription se succèdent, sans qu'on puisse encore en tirer d'enseignement. Puis, à 21 heures, une annonce des instituts de sondage :

« Il semble qu'on aille vers une courte victoire de la majorité. »

Nous sommes toujours assis à notre table de dîner, arrivés au dessert. Nous ne parlons pas, trop occupés à écouter. Les derniers résultats vont-ils inverser la tendance ? Il ne le semble pas ; la poussée de la majorité paraît générale dans le pays.

C'est maintenant l'annonce des résultats définitifs, ou presque, car il reste encore deux ou trois sièges en balance : la majorité l'emporte largement avec 289 sièges contre 200 pour l'opposition ! Mon cœur bat d'un rythme plus léger, comme s'il échappait à l'instant aux doigts qui le tenaient serré.

Dans le grand salon aux boiseries sombres, la sonnerie du téléphone retentit.

Le standard de l'Élysée m'avertit : le chancelier Schmidt vous demande.

J'entends la voix assurée d'Helmut Schmidt, qui me parle en anglais.

« Valéry, c'est Helmut. Je suis à Londres en train de dîner avec Jim Callaghan. Nous venons d'entendre le résultat des élections en France. Vous avez gagné, assez nettement il me semble. Nous voulions vous féliciter tous les deux. Évidemment, nous sommes sociaux-démocrates ! »

Sa voix s'éclaire d'un amusement.

« Nous pourrions réagir autrement ! Mais dans la situation de la France et de l'Europe, il était souhaitable pour nous tous que vous gagniez. »

Et l'affection réchauffe sa voix : « Bravo Valéry ! »

Helmut Schmidt ajoute :

« Je crois que Jim Callaghan veut vous dire quelque chose. »

Il lui passe l'appareil. J'imagine les deux compères en train de dîner dans le confort raffiné et volontairement modeste de Downing Street.

« Hello, ici Jim ! » Avec sa diction précise, ses phrases hachées et accentuées, nous changeons de monde.

« Comme Helmut, je voulais vous féliciter de votre victoire. C'est une bonne nouvelle pour nous tous. Nous allons pouvoir continuer à travailler ensemble. »

Pendant que je le remercie, j'entends des bruits confus à l'autre bout de la ligne, puis à nouveau Helmut : « Jim voudrait ajouter quelque chose. »

« Monsieur le Président, reprend Callaghan, compte tenu de mes responsabilités politiques, je préférerais que vous ne mentionniez pas ce coup de téléphone ! »

Je m'interroge : qui a raison, de la spontanéité d'Helmut Schmidt ou de la prudence de Callaghan ? Qui sert le mieux la qualité du débat politique ? Celui qui exprime clairement son point de vue, même s'il prend à rebrousse-poil la sensibilité de son parti, ou celui qui prend la précaution de taire, vis-à-vis des siens, le sentiment qu'il vient de formuler ?

Je ne mentionnerai pas, en effet, ce coup de téléphone, mais il m'est parvenu ! Les deux premières personnalités à me féliciter du résultat de nos élections sont les dirigeants social-démocrate et travailliste des deux plus grands pays d'Europe. L'enjeu était donc de taille pour la France !

Nous reconduisons maintenant nos deux invités jusqu'à la porte. Tout est devenu plus léger, l'air qu'on respire, le bruit des talons qui claquent sur les marches de pierre. La grande angoisse, prête à tout envahir, s'est enfuie.

Je refoule en moi l'excès de bien-être de la victoire. Je sais qu'il est le pire des conseillers ! Et d'ailleurs, en termes de suffrages, le succès tient à une courte marge !

Mais je vais pouvoir entrer dans le sommeil comme dans une mer tiède, et goûter le bonheur de dormir aussi légèrement, sans soucis et sans rêves, que dans le frais paradis de l'enfance.

La lame est passée tout près. Il faut déjà penser aux lendemains. Un fin granulé crisse sous mes paupières.

CHAPITRE II

Les lieux de vie du pouvoir

Nom ? : Giscard d'Estaing
Prénom ? : Valéry – René – Marie-Georges
Profession ? : Président de la République
L'Inspecteur : Président de la République, ce n'est pas une profession ! C'est une occupation.
*Votre adresse ? : Palais de l'Élysée – 55 et 57, rue du Faubourg-Saint-Honoré, Paris VIIIe*

Maintenant que les élections législatives ont été gagnées, et que je suis assuré d'exercer mes activités dans les mêmes conditions pendant trois ans, j'aimerais vous présenter les lieux de vie, c'est-à-dire les endroits où résident, travaillent, prennent leurs repas, et se reposent ceux qui exercent le pouvoir.

Si vous étiez président de la République, c'est ici que vous habiteriez, ici à l'Élysée, qu'on appelle pompeusement le palais de l'Élysée.

Quand je m'y suis installé il y a quatre ans, en 1974, je m'y suis senti mal à l'aise. Je ne parle pas des bureaux ou des pièces de réception que j'avais parcourus souvent durant la présidence du général de Gaulle, mais de la partie résidentielle de l'Élysée, celle qui constitue l'appartement privé.

Je n'en aimais pas l'odeur, renfermée, comme moisie, sauf dans les pièces où le soleil pénètre, celles qui donnent au sud sur un petit jardin carré et sur le parc. Quand je me réveillais, j'avais du mal à identifier l'endroit où je me trouvais.

En fin de journée, quand je quittais mon bureau, situé dans le bâtiment central, pour regagner ces « appartements privés », je traversais une petite antichambre, avant de pénétrer dans mon antre.

Je commençais par suivre un long couloir, dont la tenture rouge sang, décorée de gravures, me faisait penser au décor de la Maison Tellier de Guy de Maupassant, puis je trouvais une porte sur ma droite, je l'ouvrais, et j'étais enfin chez moi.

Peu à peu je me suis habitué à cet endroit, et réciproquement. Et même maintenant lorsque je reviens à l'Élysée le dimanche soir, après avoir coupé sur l'avenue des Champs-Élysées la file de voitures qui ramènent chez eux les promeneurs du dimanche, avec les visages des enfants écrasés sur les vitres pour regarder les autos qu'ils dépassent, et les couples vus de profil dont on imagine les doigts quittant le volant pour s'enlacer, quand je reviens dans cette ambiance de bonheur facile, j'éprouve une sensation de bien-être : dans l'escalier un silence feutré, assourdi ; les murs du couloir ont été repeints d'une couleur très française, blanc Trianon ; et lorsque j'entrouvre la porte et que j'aperçois l'enfilade des trois pièces qui forment mon univers et ma niche, mon corps se détend et mes muscles, libérés de leur maillage nerveux, retrouvent le confort de la souplesse.

*

* *

Même si l'Élysée est la plus connue, le président de la République dispose de trois autres résidences : le château de Rambouillet, le pavillon de chasse de Marly, et le fort de Brégançon, dans le Var.

Prenons, si vous le voulez bien, le temps de faire le tour du propriétaire, ou plutôt du locataire doté d'un bail de sept ans.

Commençons par l'Élysée.

Tous les Français savent que la résidence principale du président est l'Élysée. C'est à la fois son lieu de travail, et son habitation : son bureau et son logement ! L'Élysée est situé rue du Faubourg-Saint-Honoré, dans le VIIIe arrondissement de Paris.

J'ai passé ma petite enfance dans ce quartier car mes parents habitaient à deux pas de l'Élysée, en face de l'hôtel Bristol. J'avais aperçu par la fenêtre, le 6 février 1934, les casques noirs des gendarmes mobiles qui faisaient barrage aux cortèges des manifestants de la droite nationale. On entendait au loin crépiter des claquements d'armes à feu, grenades ou coups de fusil – j'étais trop petit pour savoir – dans le jardin tout proche des Champs-Élysées.

Tous les matins, je parcourais avec ma sœur le trottoir de l'Élysée, pour me rendre au cours Boutet de Montvel, rue Boissy-d'Anglas, où nous faisions nos premières études.

Nous pouvions apercevoir en face de l'Élysée une publicité affichée à la fenêtre de l'étage d'un immeuble : « Attila, le fléau des rats ». Cette annonce me terrifiait, avec son nom menaçant, et je n'en comprenais pas le sens. Elle y est restée pendant longtemps.

Les journalistes ont l'habitude d'appeler ce bâtiment le palais de l'Élysée. Ce n'est pas un palais, au sens du palais de Versailles ou de Fontainebleau, qui étaient des résidences royales, mais une demeure construite et aménagée pour l'usage d'un particulier.

Le particulier en question était le comte d'Évreux, petit-neveu de Turenne et de Mazarin. Il a fait appel à l'architecte Mollet, qui a conduit les travaux dans les années 1720. Le premier nom donné à l'Élysée a été celui d'hôtel d'Évreux, et on se moquait de son propriétaire, dans les salons railleurs de l'époque, pour avoir choisi de bâtir son hôtel loin du centre de Paris, dans un environnement jugé trop campagnard !

Les héritiers du comte d'Évreux vendirent son hôtel à la marquise de Pompadour, alors maîtresse de Louis XV. La trace la plus visible de son passage est le petit salon du rez-de-chaussée, où se situait l'alcôve de son lit. Celle-ci a été démolie du temps du président Vincent Auriol pour faire place à un ascenseur, d'ailleurs nécessaire. J'ai demandé qu'on accroche au mur de ce salon un très joli portrait de Mme de Pompadour peint par Boucher en 1757, où se retrouvent la grande élégance française de cette époque, et la gentillesse de la favorite.

À sa mort, elle légua l'hôtel d'Évreux à Louis XV, qui n'y vint jamais. À la veille de la Révolution, le bâtiment fut cédé à la duchesse de Bourbon, sœur du futur Philippe-Égalité, et prit le nom d'Élysée-Bourbon.

Pendant la période révolutionnaire, après avoir connu des usages successifs, l'hôtel est loué à un négociant qui organise des bals populaires dans les salons et le jardin. Il devient alors « l'Élysée ». Il est morcelé, et certaines parties sont louées par appartement : c'est ainsi qu'Alfred de Vigny y passe une partie de son enfance. Finalement, l'Élysée est vendu à Joachim Murat, beau-frère de Napoléon, et l'Élysée entre dans l'histoire moderne.

Je pense souvent aux événements tourmentés qui s'y sont succédé, et qui ont laissé derrière eux un dépôt d'ombres inquiètes. L'Élysée n'est pas une maison du bonheur. Il y a contraste entre la lumière éclatante qui entre l'été par ses portes-fenêtres, et la perception diffuse d'une insécurité, d'une menace qui y rôde, et qui met en alerte notre sixième sens, le sens du danger.

Napoléon s'y est installé pendant les Cent Jours de 1815, et il y est revenu précipitamment après Waterloo. C'est ici qu'il a signé son abdication, avant son départ pour Rochefort et Sainte-Hélène, dans une petite pièce qui donne sur le jardin et qu'on appelle le Salon d'argent, en raison de son décor néo-pompéien et du revêtement argenté de son mobilier. Je traverse ce salon pour rejoindre ma voiture dans le parc, quand je rentre à mon domicile, car j'évite d'utiliser la cour d'honneur pour les déplacements privés. Parfois, je marque un temps d'arrêt pour écouter le crissement nerveux de la plume de Napoléon sur le papier. Sage avertissement…

Les événements se succèdent dans le désordre, comme diraient les turfistes : le tsar Alexandre Ier s'y installe pendant l'occupation de Paris par les Alliés ; on y ramène le duc de Berry agonisant, mortellement blessé à la sortie de l'Opéra. Le prince-président Louis Napoléon Bonaparte est le premier à s'y installer comme président d'une République éphémère. Il utilise les lieux pour préparer son coup d'État et, celui-ci une fois réussi, il les quitte pour s'installer aux Tuileries.

Devenu maison des hôtes, l'Élysée reçoit la visite de la reine Victoria, puis celle du tsar Alexandre II, venu, en 1867, tenter sans grand succès de resserrer l'entente entre la Russie et la France. Pour adoucir son échec, la jeune princesse Catherine Dolgoroukov vient tous les soirs le rejoindre tendrement, en entrant par la porte du parc qui donne sur l'avenue de Marigny.

C'est le maréchal Mac Mahon, élu président de la République en mai 1873, qui en fait la résidence définitive du chef de l'État français. Douze présidents s'y succèdent jusqu'en 1939. L'Élysée reste fermé pendant l'occupation allemande. Il est rouvert en 1947 pour les présidents Vincent Auriol, puis René Coty.

Avec l'instauration de la Ve République, le général de Gaulle vient s'y installer le 8 janvier 1959. Il quittera l'Élysée pour Colombey-les-Deux-Églises, le lundi 28 avril 1969, au lendemain du rejet de son référendum, sans prononcer un mot.

Son successeur, le président Georges Pompidou, y résidera cinq années jusqu'à son décès, le 2 avril 1974.

Et me voici, encore jeune à quarante-huit ans, vingtième président, si le compte est exact, à occuper les lieux !

*

* *

Le général de Gaulle n'aimait pas l'Élysée. Il avait même recherché un autre endroit où l'on pourrait installer la présidence de la République. Son sens de l'histoire – l'histoire longue, celle qui se compte en siècles, et non en échéances électorales rapprochées – l'avait conduit à s'interroger sur l'utilisation possible du château de Vincennes, où il aurait pu siéger sous un chêne. Mais l'éloignement, l'incommodité manifeste, et les difficultés administratives de toute nature, l'avaient dissuadé de poursuivre ce projet.

Je m'interroge à mon tour. Il est évident que l'Élysée est mal adapté à l'usage qui en est fait. Mais où trouver un pareil espace à Paris ? Le Luxembourg eût été parfait, mais le Sénat y siège. Les Invalides seraient trop imposants, à moins d'aménager un espace le long de l'avenue de Latour-Maubourg. Finalement, la meilleure solution serait sans doute l'École militaire. Il serait alors nécessaire de retirer à la circulation la partie de l'avenue de la Motte-Picquet qui la longe, soit en la déplaçant, soit en la remplaçant par un tunnel. Rêveries… Et j'imagine le concert de protestations et d'invectives que déclencherait une telle proposition ! C'est un projet qu'on ne peut imaginer que pour son successeur… Si je devais effectuer un second mandat, ce serait le moment d'y penser !

L'Élysée est donc la résidence où je suis installé. La perception de cet endroit ne m'est pas indifférente dans l'action que je poursuis. Je le ressens comme étant un lieu de drames, de changements violents, d'instabilité, voire même de situations grotesques. J'aurais été plus à l'aise dans une maison calme, sécurisante, comme on peut en voir au centre des villes de province. André Malraux, que j'avais aperçu pour la première fois en Alsace au printemps 1945, du haut de la tourelle de mon char, coiffé d'un gigantesque béret basque noir qui lui pendait jusqu'à l'épaule, et la manche ornée d'une tête de mort et de deux tibias entrecroisés, André Malraux aurait trouvé dans ma réaction vis-à-vis de l'Élysée un argument en faveur de sa thèse « Giscard ne réalise pas que l'histoire est tragique ! ». Non, je ne le réalise pas toujours, c'est vrai, mais surtout je ne désire pas qu'elle le soit ! L'histoire n'est pas pour moi l'occasion offerte aux dirigeants en place d'éprouver des émotions fortes, ou de se lancer dans des gesticulations excessives, comme j'en ai été le modeste témoin à la libération de Paris, après l'affreuse humiliation de la débâcle de 1940, dont nous préférons ne jamais parler. C'est plutôt l'art et la manière de conduire les peuples vers leur épanouissement, et leur bien-être paisible.

*
* *

Me voici désormais habitué à l'Élysée, et presque heureux d'y revenir. J'y dispose d'un refuge : c'est ce qu'on appelle les Appartements privés. Du temps du général de Gaulle, personne n'y pénétrait lorsqu'il les regagnait en fin de journée. J'ai maintenu la même règle. C'est une condition nécessaire pour retrouver une respiration normale, et pour reprendre de la distance par rapport au tumulte de la journée.

Ces appartements occupent l'aile est du palais de l'Élysée. Celle-ci forme un angle droit, d'abord parallèle au Faubourg-Saint-Honoré, puis, en retour, le long de la rue de l'Élysée.

Au rez-de-chaussée se trouvent successivement un petit salon, un salon, une bibliothèque et une salle à manger.

Du temps du président Pompidou, épris d'art contemporain, ces pièces avaient été aménagées dans le style décoratif des années 1970 : épaisse moquette blanche bouclée, fauteuils profonds à dossiers bas, beaux objets décoratifs du sculpteur Lalanne, dont une console constituée d'une longue planche portée par deux oiseaux – des autruches ? – en porcelaine de Sèvres. Le président Pompidou avait fait transformer par le peintre israélien Agam le petit salon d'entrée en une pièce destinée à abriter la méditation, à l'image de ce qui existe à New York dans l'immeuble des Nations unies. Agam avait recouvert les murs de panneaux aux couleurs mobiles, changeantes en fonction de l'angle de vue.

J'ai souhaité rendre à cette partie des appartements leur caractère antérieur. J'y ai été beaucoup aidé par le directeur du Mobilier national Jean Coural qui s'est appliqué à rechercher dans ses trésors de beaux meubles français de la seconde moitié du XVIIIe siècle, d'un style dépouillé convenant à l'endroit.

Le petit salon est devenu le salon des cartes. On a installé sur ses murs des cartes géographiques représentant les lieux du monde que j'ai besoin de mieux connaître. La première carte a été une représentation détaillée du Moyen-Orient, d'Israël et des Territoires palestiniens. Cette année, on y a suspendu une carte de l'Afrique, depuis la Libye jusqu'au sud du Zaïre. Les fauteuils sont recouverts d'un velours gaufré, couleur cerise. J'y reçois parfois ceux de mes visiteurs avec lesquels je souhaite avoir un entretien paisible, Helmut Schmidt notamment. Les membres du gouvernement, et les hommes politiques français ne se rendent en effet que dans la partie officielle du bâtiment.

Le salon a retrouvé son aspect antérieur, mais pour la bibliothèque la tâche a été compliquée. Ses boiseries avaient été heureusement conservées dans les sous-sols. Elles ont été remontées à leur emplacement initial. Le mobilier avait été dispersé. Il a fallu partir à la chasse. Le Mobilier national a fini par dénicher les candélabres de la cheminée à l'ambassade de France à Belgrade ! La bibliothèque, bien astiquée, ronronne du plaisir de se retrouver chez elle. Et les présidents de la République, ceux du passé et peut-être d'autres dans le futur, pourront y faire prendre leur photo officielle, devant des rangées de livres qui ne me semblent pas abîmés par la lecture…

Quant aux éléments du décor pompidolien, ils ont été soigneusement rassemblés, en attendant de les mettre à la disposition du Centre Pompidou qui organisera leur présentation au public.

Seule la salle à manger a conservé son décor gris et blanc. Le plafond est éclairé par une série de stalactites de cristal, de longueur variée, qui se terminent en arêtes aiguës. Pendant les repas où je les vois osciller, je tremble que l'une d'entre elles ne se détache, et ne vienne perforer le crâne d'un invité !

C'est là que j'ai reçu, pour un petit déjeuner matinal, le 1er janvier, l'équipe des éboueurs chargés du ramassage des ordures dans le quartier de l'Élysée. J'entendais souvent, au petit jour, le choc des poubelles renversées dans l'avaloir du camion. Pourquoi ceux qui assument ce travail seraient-ils parmi les rares personnes à être tenues à l'écart de ce qui est, pour tous les Français, une veillée de fête ? Ils portaient des cache-têtes de laine verte, protégeant le front et le menton, car la nuit avait été déjà froide. Leur apparence ne m'a pas surpris, car elle était déjà celle de mes camarades de la 1re armée française, recrutés en Afrique du Nord et affectés au groupe de protection de l'escadron de chars dont je faisais partie. On nous transportait dans des camionnettes Dodge, et nous échangions des plaisanteries dans un vocabulaire imagé, qui prenait des libertés par rapport à la langue classique. On voyait des vapeurs de buée s'envoler de nos bouches. J'ai rarement l'occasion d'utiliser ce vocabulaire aujourd'hui, mais il m'en reste une facilité, voire un plaisir, à reprendre ce mode d'échange.

Mon geste a choqué beaucoup de monde, heurtant des conventions, des préjugés sur la manière d'exercer la fonction présidentielle, que je respecte sans les partager, et surtout des monopoles hypocrites, les monopoles de ceux qui prônent à longueur de plume une humanisation de la société et une fraternité plus chaleureuse, à condition de se réserver l'exclusivité de leurs manifestations.

Je garde un très bon souvenir de cette rencontre, et, soyons francs, si c'était à refaire, je le recommencerais sans problème.

*
* *

Mais c'est réellement au premier étage que se trouve le refuge. Il ne communique avec le reste du palais que par une seule porte. Le seuil de cette porte franchi, on entre dans un univers protégé.

Sur la droite sont situées deux pièces qui servent de chambre et de salle de bains à Anne-Aymone, quand elle réside à l'Élysée. Elles ont été aménagées pour Mme Claude Pompidou, et nous ne les avons pas modifiées.

Sur la gauche, on trouve deux chambres à deux lits, des lits à montants de cuivre, qui pourraient servir à nos enfants, mais que ceux-ci, par une conjuration unanime, refusent obstinément d'utiliser, à la seule exception de la veille d'un départ en vacances.

Au bout du couloir s'ouvre une grande pièce, dont la fenêtre donne sur la rue de l'Élysée. Ses murs sont recouverts d'un carrelage Art déco de couleur verte, et elle a été utilisée comme salle de bains par le général de Gaulle. C'est ici qu'on avait placé les installations nécessaires aux soins médicaux donnés au président Pompidou. Quand j'y suis entré, le premier soir de mon installation, pendant que l'intendant Guy Hennequin et le valet de chambre (mot suranné, mais je n'en trouve pas d'autre !) Walter Luttringer me faisaient faire le tour du propriétaire, il y régnait encore une odeur compacte de produits pharmaceutiques, une senteur camphrée, ces senteurs dont on a l'impression qu'elles vous remplissent la tête sans avoir même besoin de passer par les narines. Ces traces fraîches restaient oppressantes, comme si elles prolongeaient les dernières semaines de la vie du président Pompidou. Aussi ai-je refusé de m'en servir, et je n'y ai pénétré, je crois, qu'une seule fois depuis quatre ans. Elle est utilisée comme lingerie, et abrite les valises des voyages officiels.

La partie que j'occupe pour ma vie personnelle se situe entre le jardin et la rue de l'Élysée. C'est un « trois pièces », qui se compose d'un salon-bibliothèque, d'une salle à manger privée et d'une chambre à coucher. L'essentiel du mobilier a été apporté par le Mobilier national, en provenance de l'appartement du ministère des Finances qui m'a accompagné comme la coquille d'un escargot : le lit, la commode, le bureau, qui vient du château de Choisy-le-Roi, le secrétaire en marqueterie et les deux bibliothèques. J'y ai installé mes livres : Flaubert et Maupassant en livres de poche, et Tolstoï. Un tourne-disque. Mes vêtements dans un placard, et les chemises en face sur des rayonnages. La salle de bains date, elle aussi, du temps du président Auriol. Elle est solidement construite et n'appelle pas de travaux. Sa fenêtre ouvre sur le tronc des arbres du parc. Je n'y ai pas touché.

Cet appartement est entretenu avec beaucoup de soins par le valet de chambre, Walter Luttringer, un quartier-maître de la marine. C'est lui qui entretient mes vêtements, qui fait et défait mes bagages pendant les voyages officiels. Il exerce sa responsabilité à la perfection : jamais, depuis quatre ans, un seul retard, un seul oubli ou un seul faux pli !

C'est ici que je dors, et que je viens toucher terre dans la journée. Comme tout animal sédentaire, j'en ai fait mon terrier, pour le sommeil et pour la nourriture. Mais comme être humain j'y trouve mieux : la paix, un certain raffinement, et un brin de solitude.

Mon bureau, mon lieu de travail, est installé dans le bâtiment central. Je n'ai pas repris, pour mon usage personnel, le bureau du général de Gaulle. J'y avais vu trop souvent – plusieurs centaines de fois – le général de Gaulle pendant mes audiences hebdomadaires, ou bihebdomadaires, de ministre des Finances. Il était assis derrière le grand bureau de l'ébéniste Crescent, et j'apercevais entre les deux lampes à abat-jour de cuivre doré son visage très blanc, allongé, avec une légère asymétrie que soulignait le strabisme des yeux.

Il écoutait mon compte rendu de la situation économique et financière, voire budgétaire lors de la saison de préparation du budget, avec une sorte d'indifférence appliquée. Visiblement, le sujet ne l'intéressait pas. Mais, visiblement aussi, il considérait de son devoir d'y prêter attention. Un des traits les plus remarquables, et les plus rarement mentionnés, de la personnalité du général de Gaulle, était sa conscience professionnelle : il faisait tout ce que sa fonction lui imposait de faire. Je m'en étais aperçu en l'accompagnant dans un de ses déplacements en province. Je faisais partie de sa suite lorsqu'il parcourait le sud du département du Puy-de-Dôme, de Lempdes à Nébouzat. À chaque étape de son périple, une petite foule était rassemblée autour des élus locaux, curieuse et admirative de l'image du grand homme. Elle ne s'attendait pas à recevoir de message. Au surplus, le vent soufflait et le temps était glacé. De

Gaulle s'adressait pourtant à elle comme s'il s'agissait de l'Assemblée générale des Nations unies : il soignait son expression, ne lésinait pas sur son temps, et traitait les sujets, malgré la modestie du lieu, avec toute sa concentration d'esprit.

Pendant mes entretiens, il me posait peu de questions. Parfois il me faisait répéter un chiffre. Il ne manifestait pas d'impatience, mais je savais que dans son idée, ma présentation ne devait prendre que la moitié du temps. Effectivement, au bout d'une demi-heure, il marquait sa satisfaction. Satisfaction ambiguë : était-il soulagé que mon exposé soit terminé, ou était-il satisfait des résultats que je lui avais présentés ? Un bref mot de remerciement, et il prenait la parole. Il la gardait jusqu'à la fin de l'entretien, en exposant le sujet qu'il avait choisi et qui correspondait à sa préoccupation du moment. J'étais devenu un auditoire, un témoin, devant lequel, et sur lequel, il vérifiait sa démonstration. Je me disais qu'il devait agir ainsi avec d'autres, pour préparer ses interventions publiques. Avec son regard attentif et presque naïf à force d'observer, grossi par le verre des lunettes, il guettait, il surveillait plutôt, mes réactions. Je voyais bien que ce n'était pas mon approbation qu'il recherchait, mais qu'il vérifiait la manière dont je recevais ses arguments.

Quand il pensait avoir épuisé ce qu'il avait à dire, il se levait, faisait le tour de son bureau, et me reconduisait jusqu'à la porte. Il menait cette démarche d'extrême politesse, vis-à-vis d'un ministre d'importance restreinte, avec des gestes naturels et en même temps embarrassés, comme si sa taille, une fois déployée, devenait trop grande et l'encombrait.

Il me tendait la main, et attendait que je sois sorti pour refermer la porte.

Non, je ne m'assiérai pas dans le fauteuil du général de Gaulle.

*

* *

J'ai choisi un bureau d'angle, bien éclairé par quatre fenêtres. Pour arriver jusque chez moi à partir de l'antichambre, mes visiteurs traversent d'abord le salon doré – le bureau du général de Gaulle – puis la pièce où sont installées mes secrétaires, Mme Marguerite Villetelle, arrivée avec moi du ministère des Finances, et son assistante. Cet itinéraire est moins solennel, moins impressionnant, que l'entrée directe dans le salon doré, mais c'est en même temps une pratique presque générale dans le monde moderne que ce transit par le secrétariat particulier, qui donne un aspect plus familier à la rencontre.

Avec cette disposition, mes collaborateurs et mes visiteurs peuvent entrer d'un côté dans mon bureau, et, de l'autre, je bénéficie d'un accès direct vers les appartements privés.

Les murs sont recouverts d'une tenture de soie verte. On y a accroché deux des tableaux d'Hubert Robert que possède l'Élysée. Et j'ai la chance d'avoir obtenu du musée de Bordeaux le prêt d'une des plus belles œuvres de la peinture française : *La Grèce expirant à Missolonghi*, d'Eugène Delacroix. Peut-être n'ai-je pas le sens du tragique de l'histoire, mais du moins je ressens l'émotion de la beauté tragique devant cette jeune femme, blessée au côté, qui porte l'espoir de la libération de son peuple ! Au-dessous, sur un bureau à cylindre, sont posées deux boîtes rouge et bleu qui contiennent les décorations de la Légion d'honneur et de l'Ordre national du mérite, ainsi que deux bronzes de la collection personnelle de Louis XIV, dont j'ignore la manière dont ils ont atterri à l'Élysée !

Entre les fenêtres qui donnent sur le jardin, j'ai placé un meuble venu, lui aussi, de la rue de Rivoli. C'est une écritoire qu'on peut utiliser pour signer, debout. Sur sa pente, là où on place sa feuille de papier, elle porte un livre consacré au président John Kennedy, que m'a donné sa sœur Eunice après son assassinat. Sa couverture représente l'image du président, jeune et souriant. Il me tient compagnie dans mon enthousiasme et dans mes illusions.

Devant mon bureau, deux fauteuils sont disposés selon l'usage. Mais j'y fais rarement asseoir mes visiteurs, car je n'aime pas cette posture où l'on paraît regarder ceux que l'on reçoit derrière une muraille, ou du haut d'un rempart. Je préfère les installer dans des fauteuils ou sur un canapé, disposés autour d'une table basse, dans l'angle de la pièce, là où le soleil jette sa lumière quand il passe à l'ouest. Et c'est à cet endroit que mes visiteurs ont défilé, depuis Jean Monnet jusqu'au président Sadate, et que je reçois mes Premiers ministres, Jacques Chirac, et maintenant Raymond Barre, pour nos entretiens réguliers.

Depuis mon installation, ce décor n'a pas changé. Quelques dossiers de plus posés sur le bureau, mais j'évite de les laisser s'accumuler, car leur empilement est un instrument de mesure optique du nombre des problèmes non réglés ! Au mur figure un grand graphique, mis à jour chaque quinzaine, qui décrit l'état d'exécution du budget de la France. C'est à la fois sa feuille de température et son bulletin de santé.

Malgré le choc pétrolier, je tiens à lui faire retrouver l'équilibre.

*
* *

Pour mieux faire connaître l'Élysée, pour dissiper le sentiment de mystère et de prétention qui l'entoure, j'ai décidé de l'ouvrir au public. Pour la première fois de son histoire, du moins depuis l'Empire, ses portes ont pu être librement franchies. L'événement a été annoncé dans la presse et par les radios. Nous n'avions pas d'idée sur le succès qu'il rencontrerait.

Le public entrait par la porte de la rue du Faubourg-Saint-Honoré, plus exactement par la petite porte située à gauche de l'entrée des voitures. Puis les visiteurs traversaient la cour entre les caisses d'orangers apportées de Versailles. On ne contrôlait pas leurs identités. Anne-Aymone et moi avions décidé d'accueillir les premiers visiteurs dans le vestibule. Nous serrions les mains de chacun. Un membre du cabinet est venu me chuchoter à l'oreille que la queue des visiteurs s'allongeait déjà jusqu'aux Champs-Élysées. Au bout d'une heure et demie, Anne-Aymone s'est éclipsée. Je suis resté jusqu'à la fin. On a dénombré plus de neuf mille visiteurs. Je pensais à ces candidats à la présidence des États-Unis dont on raconte que les mains finissent par gonfler durant leur campagne électorale en raison du nombre de poignées qu'ils donnent !

J'ai vécu le temps de ce défilé avec bonheur – la France en visite chez elle – et avec, en même temps, la satisfaction du coureur de fond qui vérifie qu'il peut tenir la distance...

La visite s'achevait par le salon Murat, où se réunit chaque mercredi matin le Conseil des ministres, et la salle des fêtes, où le général de Gaulle tenait ses conférences de presse.

*
* *

La seconde résidence présidentielle est le château de Rambouillet. C'est celle que je préfère, et de loin ! Je suis heureux de toute occasion qui m'y reconduit ! Bien qu'il soit situé en bord de ville – la paisible et souriante ville de Rambouillet –, c'est une maison de campagne.

De la fenêtre de ma chambre, je n'aperçois que de l'eau et des arbres. Le soir, les canards qui viennent se poser sur les canaux piquettent le ciel de taches qui s'assombrissent. On entend, très au loin, le murmure de la ville.

Rambouillet, malgré sa taille, n'a pas la prétention d'être un palais, ni un château royal. C'est une résidence à la française, en bordure de la magnifique forêt où Charlemagne venait chasser les grands animaux à l'épieu. Elle répond à l'idée que je me fais de l'élégance française : pas de pompe, pas trop de dorures, pas de décor baroque, des proportions justes, un peu au-dessus de la normale mais sans viser à l'écrasement.

La famille qui a longtemps possédé Rambouillet, la famille d'Angennes, n'était pas de sang royal mais faisait partie de ces dynasties bureaucratiques peu connues du public, une sorte d'aristocratie du pouvoir, distincte de la noblesse d'épée ou de robe, qui a constitué depuis les Valois l'ossature de l'Ancien Régime français, comme une sorte de prémonition de l'École nationale d'administration.

François Ier, pris de malaise au retour d'une expédition de chasse, a voulu faire étape chez son ami d'Angennes pour s'y reposer. Il n'a pas pu en repartir, et il est mort un mois plus tard dans la grande tour ronde qui porte depuis lors son nom. Son corps a été transporté de Rambouillet à Saint-Denis, et son cœur, comme la tradition le voulait, laissé en route.

L'avant-dernier propriétaire de Rambouillet avant la Révolution a été le duc de Penthièvre, descendant d'un des « bâtards », comme on disait à l'époque, de Louis XIV et de Mme de Montespan. Il était devenu par héritage l'homme le plus riche de France. D'esprit ouvert et extraordinairement généreux, il avait gagné l'estime des habitants de Rambouillet. Il consacrait aux dons aux « malheureux » le cinquième de ses revenus.

Devant la pression insistante de Louis XVI, chasseur fanatique qui rêvait d'acquérir la forêt de Rambouillet, riche en gibiers, pour compléter son domaine de Versailles, Penthièvre, assombri par son veuvage, a fini par lui céder le domaine. Quand il quitta le château, en janvier 1784, il voulut emporter ce qu'il avait de plus précieux : il fit extraire de la crypte du bourg les neuf cercueils de ses parents, de sa femme et de ses six enfants. Le cortège partit un matin de Rambouillet, « accompagné de tous les officiers de sa maison, et suivi d'une longue phalange de pauvres portant des cierges allumés ». La tourmente révolutionnaire a épargné le duc de Penthièvre. La Convention a salué son décès en 1793.

Du court passage de Louis XVI, il reste une trace : la Laiterie de la reine, construite dans le parc, un chef-d'œuvre du goût français. À chaque séjour, j'essaie de rendre visite à la « chevrière ». C'est une merveilleuse statue en marbre lisse représentant une jeune bergère qui s'apprête à se baigner. Assise sur un rocher, elle retient d'une main son dernier vêtement pendant que, de l'autre, elle caresse une chèvre qui trempe son menton poilu dans l'eau. C'est l'œuvre du sculpteur Pierre Julien, un des six enfants d'un menuisier d'un village de la Haute-Loire, qui connaissait bien la vie des troupeaux. Toute l'élégance, toute la jeunesse, toute la fraîcheur françaises sont rassemblées dans cette « jeune fille à la chèvre », aperçue au fond d'une grotte éclairée par une ouverture dans le plafond, d'où suintent des filets d'eau !

J'ai découvert Rambouillet lorsque le général de Gaulle m'y a invité pour une première chasse. C'était un mardi matin. J'étais ministre des Finances. Avant d'arriver dans la ville, on quittait la route sur la droite pour franchir la grille d'entrée. Un gardien muni d'un bâton lumineux vous indiquait le chemin ; un autre, plus loin, vous faisait prendre dans la futaie la longue avenue qui mène au château : première vue pour moi sur Rambouillet !

L'usage que je fais de cette demeure est déterminé par sa nature : jamais de réceptions officielles, mais des rencontres de caractère intime, protégées de la curiosité extérieure. C'est ainsi que la première réunion des sept – le G7 –, en décembre 1975, a fait connaître dans le monde entier le nom de Rambouillet ! Seuls les chefs d'État, et leurs ministres des Affaires étrangères, étaient logés dans la maison, guettés de loin par les caméras : le président des États-Unis, dans la tour François Ier, le chancelier Helmut Schmidt dans la chambre de Napoléon, dont les fenêtres donnent sur la cour. Ils ne sont sortis du domaine que le soir du dernier jour, pour se rendre à la mairie où ils ont tenu une conférence de presse.

Nous prenions nos repas ensemble dans la salle à manger du premier étage, face à la pièce d'eau qu'on appelle le Rondeau. Les glaces du mur, faisant vis-à-vis aux larges fenêtres, renvoyaient les reflets du soleil d'hiver. Nous étions tous les invités d'une partie de campagne. Cela facilitait la simplicité et l'intimité de nos discussions. Je ne sais si de telles circonstances pourront se reproduire ailleurs.

Après que Raymond Barre a été nommé Premier ministre, j'ai utilisé Rambouillet pour des séminaires gouvernementaux. Les ministres habitaient les chambres du château. Pas de rigueur vestimentaire, mais une tenue de fin de semaine à la campagne. Par ma fenêtre, au-delà du mince balcon en saillie que Napoléon a fait installer, dit-on, pour pouvoir rejoindre directement la chambre de l'Impératrice, j'apercevais Raymond Barre, tôt levé, arpentant le gravier du parc, suivi comme une ombre par mon chien noir qui cherchait à découvrir, en reniflant son odeur, l'identité de ce visiteur insolite.

Les réunions de travail avaient lieu au rez-de-chaussée, dans le salon de marbre, seul vestige de la décoration Renaissance du château. Elles étaient présidées par François Ier, dont le buste, affligé d'un nez interminable mais conforme au modèle, était posé sur le linteau de la cheminée. Les ministres, peu nombreux, jamais plus de vingt – c'est une condition absolue de l'efficacité gouvernementale ! – disposaient chacun de dix minutes pour présenter leurs projets : réorganisation de leur administration et principales actions à engager. Le tour de table durait près de trois heures. On l'interrompait pour une pause-café, servie sur place. Et la discussion générale reprenait. Elle était difficile à animer, car chacun des ministres cherchait à protéger son domaine de compétences et, pour mieux y parvenir, évitait d'envahir celui des autres ! J'y voyais un des traits du caractère français, qui handicape nos grandes actions : la rétention obstinée de l'information et du savoir, le refus de les communiquer aux autres. Vu de Sirius, le sol de la France doit apparaître comme composé de millions de petits cercles où chacun veille jalousement sur la connaissance qu'il détient, comme s'il s'agissait d'un bien propre à ne partager avec personne.

En dépit de ces difficultés, ces séminaires me paraissaient utiles pour donner aux membres du gouvernement le sentiment d'appartenir à un ensemble solidaire, et aussi pour les obliger à introduire au bout de leurs projets la dimension de la durée. Aussi je les répéterai, au moins une fois par an.

Mais Rambouillet, c'était surtout pour moi un lieu de vie personnelle, telle que j'aime la goûter : pas trop d'agitation, de grands espaces, de beaux arbres, et quand on rentre à l'intérieur, en fin de journée, une maison chaude où chacun des objets et des meubles porte une griffe française.

Je ne vous décrirai pas l'intérieur, laissez-moi seulement vous dire qu'une des ailes du château comporte au premier étage ce qu'on appelle l'« appartement d'assemblée ». C'est une enfilade de salons, décorée de boiseries d'une qualité sans doute unique en France, dues aux maîtres sculpteurs du XVIIIe siècle. Dans chaque pièce, une grande cheminée de marbre. Quand nous dînons avec Anne-Aymone, ou avec un ou deux de nos amis, nous prenons nos repas sur une table de jeu, dans l'angle du premier salon.

Le bâtiment principal, celui de la façade du parc, contient peu de pièces, mais celles-ci sont très vastes : au rez-de-chaussée, la salle à manger, et au-dessus une galerie qui longe tout le bâtiment et s'ouvre sur les chambres d'habitation.

La chambre du centre, avec ses deux grandes fenêtres, est celle du duc de Penthièvre, et à côté, après avoir traversé un vestiaire et un petit vestibule, se trouve la chambre dite « de la Reine ». C'est là où Marie-Louise s'est installée quand elle a fui Paris pour Rambouillet en 1814, avec son petit garçon, le roi de Rome, alors âgé de quatre ans. C'est cette partie de la maison que nous habitons.

Je viens à Rambouillet aussi souvent que j'en ai l'occasion, mais hélas moins souvent que je n'aimerais ! Cinq ou six fois à la saison des chasses ; durant deux ou trois fins de semaine au printemps. Quelques jours en juillet, à la veille des Conseils des ministres. J'y retourne toujours avec le même bonheur impatient qui s'éveille à partir de Coignières, à la vue des premiers arbres de la forêt.

Nous avons pris l'habitude d'y passer avec nos quatre enfants le dernier jour de l'année, et la nuit de la Saint-Sylvestre. Pas de serpentins, ni de confettis : un repas servi dans la petite salle à manger, avec un vin choisi par l'excellent caviste, Monsieur Kurtz, et un dessert au chocolat approuvé par le référendum des enfants. Sans bruit, sur la pointe des pieds, l'année glisse, et chacun rejoint sa chambre dans la grande bâtisse silencieuse et magique.

Le lendemain matin, 1er janvier, petite chasse avec les gardes du domaine. Les enfants, équipés de bâtons, tapent sur les buissons. Les chiens savourent le rare bonheur d'être invités ! Un faisan s'envole dans un ronflement de plumes, et quand il retombe, on entend un bruit mou sur le sol détrempé. Tout se termine par un déjeuner dans le pavillon de la Garderie, restauré pour

Vincent Auriol, où le repas est servi dans un service de la manufacture de Gien représentant des animaux de chasse.

Cette description confirme, s'il en était besoin, l'exclamation d'André Malraux, selon laquelle j'ignore le fait que l'histoire soit tragique. Mais enfin, peut-être existe-t-il, à ma décharge, au-delà des clameurs bruyantes de l'histoire, un espace plus serein et plus vaste, un cosmos qui nous enveloppe de plus haut, et dont on aperçoit le fourmillement lumineux au-dessus des branches défeuillées par l'hiver des arbres de la forêt de Rambouillet.

*
* *

La terrasse du fort de Brégançon est accrochée au ciel, juste à l'endroit où se trouve le paradis.

Quand on se penche sur le rebord de la balustrade qui ceinture la terrasse, surtout si l'on est, comme moi, vulnérable au vertige, on a du mal à apercevoir la dégringolade des arêtes rouges des rochers qui tombent verticalement dans la mer à plusieurs dizaines de mètres sous soi, bordées d'une frange d'écume blanche.

En relevant les yeux, on cherche l'horizon : une étendue liquide d'un bleu parfait, une céramique pure, qu'une imperceptible couture relie, très loin, à la pente descendante du ciel.

C'est le spectacle que rêvent de connaître toutes celles et tous ceux de nos compatriotes qui viennent chercher dans le Midi le soleil et la Méditerranée.

J'ai le sentiment de bénéficier d'un privilège excessif. Rien ne gâte cette volupté. Des deux côtés, la côte s'étire au loin, cendrée par la brume. Les seuls bruits, les seuls cris, sont ceux des enfants en vacances qui se baignent et sautillent sur la plage de Brégançon. Un cliquetis de sons, de rires aigus, épars dans le ciel, que le vent apporte et enlève comme des cerfs-volants.

Le fort de Brégançon est une bâtisse militaire, construite sur un îlot rocheux qui avance dans la Méditerranée, entre Hyères et Le Lavandou. On y accède par un chemin escarpé, et l'auto vous dépose sur le dallage en galets qui précède la voûte d'entrée. À l'intérieur se trouvent des bâtiments d'habitation et un jardin méditerranéen, verdoyant, touffu, hérissé de piquants, qui s'étend jusqu'à la falaise surplombant la mer.

Ce fort a été aménagé pour servir de résidence au général de Gaulle, alors président de la République, au cas où il déciderait de se rendre dans le Midi. Les travaux ont été réalisés par un ingénieur du Génie maritime. On en sent la griffe. Mais l'ensemble est confortable et lumineux, autant que peut l'être un fort. La décoration intérieure a été influencée par le président Pompidou, qui aimait passer auparavant ses vacances à Saint-Tropez, en compagnie des joueurs de pétanque et des amis de Françoise Sagan : de jolis tissus provençaux, et un mobilier léger de maison de bord de mer.

J'ai eu la surprise de lire, à l'automne de 1975, dans l'hebdomadaire *Le Point*, sous la plume d'une journaliste dont chacun connaissait les attaches politiques, qu'en recevant mes invités à Brégançon, je siégeais sur un trône. Je n'ai pas eu de mal à imaginer la mine satisfaite de ceux qui, dans les cafés ou dans les dîners, distillaient devant des auditoires médusés une description aussi captivante.

Je me suis interrogé sur l'origine possible de cette allégation absurde, qui alimentait une image dont mes critiques cherchaient à m'affubler : celle d'une prétention bordant le ridicule. J'en ai parlé à Anne-Aymone. Leur source ne pouvait provenir que de bavardages. Nous n'avions reçu en séjour, depuis le début du printemps, que le couple Chirac, venu pour un week-end de détente au cours duquel notre seul autre invité était notre fils Henri, âgé de dix-neuf ans. J'ai voulu en avoir le cœur net. J'ai appelé le Premier ministre au téléphone :

– J'ai lu dans *Le Point*, lui dis-je, que je recevais à Brégançon mes invités assis sur un trône. Ce sont des informations qui ne peuvent que me nuire.

– Oui, elles ne peuvent que nuire, me répond-il, mais je ne les ai pas lues.

– Sans doute, sans doute, mais vous avez été notre seul invité de ces derniers mois à Brégançon.

Silence. Puis mon interlocuteur reprend :

« Nous n'étions pas seuls. Je me souviens qu'il y avait aussi votre fils. C'est peut-être lui qui a donné cette information. »

Et là j'ai bondi, comme un fauve dont on attaque les petits. La conversation en est restée là.

Lors de mon séjour suivant à Brégançon, je suis allé faire le tour de la salle à manger. C'est une casemate, blanchie à la chaux. Sur la cheminée « trône » l'aigle en porcelaine qui m'a été remis aux États-Unis lors des fêtes du bicentenaire de l'Indépendance. Tous les fauteuils en bois fruitier provençal placés autour de la table sont de dimension semblable. Adieu, médisance !

Nous nous rendons à Brégançon plusieurs fois par an : chaque année pour la Pentecôte, où nous assistons à la messe à l'église de Bormes-les-Mimosas, puis au mois d'août pour une dizaine de jours de vacances qui s'inscrivent dans le calendrier bien français du bord de mer.

Tous les après-midi, à l'heure où la chaleur commence à tomber, je vais faire une partie de tennis avec le propriétaire voisin du domaine viticole de Brégançon, François Tézenas. Je m'y rends en auto, goûtant la liberté de tenir le volant. À la grille qui marque l'entrée de la presqu'île, une voiture de gendarmerie stationne en permanence. Elle guette mon passage, et s'engage d'une allure feutrée derrière moi. Les « vacanciers » me font des signes. Au retour, la voiture des gendarmes m'abandonne à l'entrée de la jetée.

Quand le soir commence à tomber, nous dînons dehors, sur la terrasse qui surplombe la mer. Sur la côte est, cachées parmi les pins maritimes, clignotent les quelques lumières des propriétés voisines.

Le personnel de l'Élysée qui nous accompagne à Brégançon est entièrement composé de marins. Ils me donnent le sentiment de retrouver leur milieu naturel. La gaieté est dans l'air, et la cuisine baigne dans l'huile d'olive. Dans la compétition qui oppose les huiles italienne, espagnole, grecque et française, il me semble que la palme revient à l'huile provençale. Je peux satisfaire pleinement mon goût pour le poisson, dont je sens se rapprocher le fumet grillé quand on l'apporte de la cuisine.

La voûte du ciel s'assombrit et se pique de points lumineux. Je cherche du regard la constellation d'Orion, la plus facile à identifier, comme je le faisais gamin, lorsque je campais sous la tente, presque en face, sur l'île de Porquerolles.

Et la nuit enrobe de sa paix le domaine, ce fort désarmé, désœuvré, qui veille sur une mer délivrée des barbaresques, et des galériens.

Les grillons cliquettent en entrechoquant leurs ailes sèches.

Oui, si vous étiez président de la République, vous goûteriez ici un bonheur presque parfait.

*
* *

À décrire l'Élysée, Rambouillet et Brégançon, on imagine une vie paisible, sereine, protégée. Il est exact qu'elle présente parfois ce caractère, mais elle peut aussi en avoir un autre.

Je ne vous ai parlé jusqu'ici que du décor. Je vais vous raconter le jeu des acteurs. La relation entre les deux n'est pas la même qu'au théâtre, où les personnages vont et viennent dans un cadre de contreplaqué conventionnel auquel ils ne se sentent aucunement liés. Ici, à la présidence, le décor vous colle à la peau ! Il fait partie intégrante de la fonction. Il en partage avec vous les bonheurs et les échecs.

C'est pourquoi j'ai souhaité vous le montrer, tel qu'il se présente à la fin de l'année 1978, au moment où j'aborde la deuxième partie de mon septennat, pour une navigation qui paraît avoir toutes les chances d'être rude.

CHAPITRE III

Choisir le Premier ministre et composer le gouvernement

Il me semble que les deux décisions les plus importantes auxquelles un président de la République doit faire face sont de choisir le Premier ministre, et d'engager une opération militaire.

Après la victoire aux élections législatives, je dois maintenant choisir et nommer un Premier ministre. Vis-à-vis de beaucoup de personnes, ce débat paraît purement théorique. Pour Raymond Barre, d'abord : Premier ministre sortant, il ne doute pas un instant qu'il doive être reconduit dans sa fonction. C'est une sorte d'avis général dans l'opinion, et chez les commentateurs. Pourtant la question n'est pas si simple, et cela pour deux motifs. L'existence d'un réflexe personnel chez moi : toute décision significative, même si elle paraît évidente, doit être précédée d'une période de réflexion, où l'on recense et vérifie les données, et la solidité du raisonnement. J'ai été souvent frappé par la manière improvisée, et presque insouciante, avec laquelle des décisions qui entraînent des conséquences durables sont prises. On paie longtemps le coût de ces légèretés. Le second motif tient à mon attachement à cette fameuse démocratie « forte et paisible » dont je rêve pour la France. Avant de rendre public un acte important de la vie politique, il me paraît souhaitable de procéder à un certain nombre de consultations.

Le rituel de ces consultations peut paraître inutile, voire même constituer un gaspillage de temps, pour les Français toujours rapides et impatients dans leurs réactions, et pour le milieu politique qui raisonne en termes de postes à pourvoir et qui attend de savoir vers qui tendre sa sébile.

Mais aussi conventionnelles qu'elles puissent paraître, les consultations des dirigeants apportent des informations utiles. Les Français viennent de voter ; leur vote a dérouté les pronostiqueurs, qui annonçaient l'échec de la majorité. Peut-on savoir ce qu'ils ont voulu réellement exprimer et, ce qui est presque aussi intéressant, les enseignements que les dirigeants politiques ont tirés du message qui leur a été adressé ?

Après avoir reçu les dirigeants de la majorité, j'invite à l'Élysée les responsables de l'opposition, François Mitterrand, Georges Marchais et Robert Fabre. Ils acceptent mon invitation, et viennent me rencontrer le 23 mars. Ils sont suivis, les jours suivants, par les représentants des forces économiques et sociales. *La Lettre de la Nation*, organe du nouveau RPR, ironise, dans un éditorial du 24 mars, sur « le carnaval de l'Élysée ». Il n'empêche que ma démarche vers la normalisation des relations politiques grignote du terrain. François Mitterrand m'a confié que, dans sa vie, il a eu un seul entretien avec le général de Gaulle, et qu'il n'a jamais parlé en tête à tête avec mon prédécesseur, Georges Pompidou. Pour moi, qui connais les pratiques allemandes et américaines, ces coutumes bizarres font un tort inutile à notre pays en creusant le fossé, déjà trop profond, entre les dirigeants de la majorité et de l'opposition. Ceux-ci peuvent prendre le risque de se parler, sans pour autant trahir leurs convictions !

La substance de ces entretiens a été limitée : des redites et des mises en garde. Mais enfin les responsables étaient ici, à l'Élysée, reçus sans traquenards ! Dans une Europe qui tend à s'unifier, et dans un monde qui envoie des signaux d'uniformisation, mon effort vise à réduire l'éloignement néfaste des Français entre eux.

Sur le fond du débat, c'est-à-dire le choix du Premier ministre, pas d'indications nouvelles : chacun s'attend, espère ou se résigne à ce que je nomme Raymond Barre : le champ est vide de compétiteurs. Le seul qui pourrait aspirer à cette fonction, au vu des résultats des élections, Jacques Chirac, n'y fait aucune allusion. Il préfère se consacrer à l'organisation et au renforcement de sa formation politique, dont il a mis en place le nouvel organigramme et qui lui est de plus en plus dévouée.

Un incident de parcours pittoresque apporte une perturbation dans le paysage : l'élection du président de la nouvelle Assemblée nationale, le 3 avril.

Cette élection au perchoir fait revenir dans ma mémoire le souvenir d'une autre : c'était en 1973, au lendemain de l'élection législative précédente. Le président Pompidou avait réuni pour le déjeuner, dans la salle à manger blanche du rez-de-chaussée des appartements privés, autour d'un coq au vin, l'état-major de sa majorité politique, qui venait d'être reconduite d'extrême justesse. La manœuvre visait à empêcher l'élection à la présidence de l'Assemblée nationale de Jacques Chaban-Delmas, qui avait pris de l'avance en annonçant déjà sa candidature. L'obsession des conseillers de Georges Pompidou, Pierre Juillet et Marie-France Garraud, qui avaient persuadé le président d'écarter Chaban-Delmas de son poste de Premier ministre en arguant que sa politique « trop à gauche » mettait en péril leurs conceptions étroitement réactionnaires, était d'éviter que l'élection de Jacques Chaban-Delmas au perchoir de l'Assemblée nationale ne constitue pour lui une revanche, qui puisse en préparer d'autres...

Le drame pour eux était qu'ils n'arrivaient pas à trouver de candidat à opposer à Chaban-Delmas. L'ambiance était au découragement et au fatalisme.

J'étais assis près du bout de la table, en tant que président du mouvement des Républicains indépendants. J'ai esquissé un geste pour attirer l'attention ; le président Pompidou m'a interrogé :

« Il n'y a qu'une seule personne qui puisse gagner contre Chaban-Delmas, ai-je affirmé, pendant que les convives devenaient attentifs, c'est Edgar Faure. »

Curieusement, il semble que personne n'y avait pensé !

« Il pourra compter sur les voix de l'UNR, dis-je au président Pompidou, si vous lui apportez votre soutien, et vous savez qu'il dispose de sympathies au centre. »

J'aurais pu ajouter, mais je préférais me taire, que beaucoup de députés du centre seraient enchantés d'avoir l'occasion d'échapper à la trop pesante discipline majoritaire !

Les convives se sont absorbés dans leurs réflexions. On avait le sentiment qu'un génie politique venait de survoler la pièce, en réussissant à éviter de se blesser aux stalactites du plafond. Mon mérite personnel m'apparaissait exagéré !

« Cela me paraît une bonne idée, me répond le président Pompidou, en détachant la cigarette accrochée à sa lèvre inférieure. Je vais y réfléchir », dit-il en s'adressant aux autres convives, pendant que l'on servait le café à table, selon la coutume auvergnate.

Le surlendemain, Edgar Faure était élu à la présidence de l'Assemblée nationale.

*

* *

Aujourd'hui, en avril 1978, par la malice des circonstances, la situation est exactement inverse.

Edgar Faure, qui a poussé jusqu'à un raffinement extrême la perception des moindres frémissements du pouvoir politique – on connaît sa jolie formule : « ce ne sont pas les girouettes qui tournent, c'est le vent » ! – Edgar Faure donc a détecté la montée en puissance de Jacques Chirac. Il est le président sortant de l'Assemblée nationale, et s'est assuré l'appui de Jacques Chirac dont le parti est le plus nombreux au sein de la majorité : il est pratiquement assuré de sa réélection. Il ne juge pas utile de m'appeler, bien que j'aie été son collaborateur et que je lui garde mon affection.

Mais, à l'annonce de la candidature de Jacques Chaban-Delmas, présentée comme personnelle, des mouvements commencent à agiter les députés nouvellement élus de l'UDF. Ils souhaitent marquer leur volonté de renouvellement par rapport au président en place. Le bouche à oreille se met en marche. Au sein du RPR, les amis de Jacques Chaban-Delmas souhaitent prendre leur revanche sur les artisans de son échec de 1974.

Edgar Faure est désigné comme candidat du groupe RPR par 109 voix sur 138.

Jacques Chaban-Delmas répond à ceux qui l'interrogent qu'il déclarera sa candidature en séance publique.

Edgar Faure hume le danger. Il cherche à me joindre au téléphone de l'Élysée. Je ne me sens ni l'envie de lui mentir, ni le courage de me lancer dans des explications compliquées sur les règles de conduite du président de la République. On lui répond que je suis en réunion. Il insiste, mais en vain.

Le surlendemain, 3 mars, Jacques Chaban-Delmas devance au premier tour Edgar Faure, par 153 voix contre 136. Cent vingt députés UDF ont voté pour lui, mais aussi une trentaine de députés RPR, qui ont échappé à la discipline de leur groupe. Et, au deuxième tour, il est élu président de l'Assemblée nationale avec 276 voix.

Ainsi le carrousel parlementaire, d'une législature à l'autre, a fait un tour complet ! C'est Jacques Chaban-Delmas qui chevauche maintenant la monture présidentielle à l'Assemblée nationale. Je souhaite que ce succès personnel guérisse en lui la plaie ouverte par son échec de 1974, dont je sais combien elle est profonde, et le rende disponible pour les nouvelles responsabilités que j'aimerais pouvoir lui confier, car j'ai pu observer combien, malgré ses allures décontractées, il avait été un excellent Premier ministre.

*

* *

Lorsque j'ai été élu, en mai 1974, j'ai pensé que la bonne solution pour moi serait d'avoir deux Premiers ministres successifs au cours de mon septennat. Une même personnalité résisterait difficilement à l'usure de ce poste, en prise directe pendant une durée de sept ans sur les mécontentements innombrables des Français. À l'inverse, plus de deux Premiers ministres nous ramènerait aux pratiques détestables de la IVe République.

Donc deux Premiers ministres : les élections législatives étant programmées pour le printemps 1978, le premier exercerait sa fonction de 1974 à 1978, et le second de 1978 jusqu'à l'élection présidentielle de 1981.

Cette belle mécanique a été perturbée par le départ prématuré de Jacques Chirac en août 1976. C'est alors que j'ai nommé Raymond Barre. J'ai déjà exposé les raisons de mon choix : la situation de l'économie française était gravement détériorée par une politique de relance dont l'objectif était justifié car l'année 1975 avait été marquée par une dépression mondiale, la plus forte depuis quarante ans ; mais cette politique avait été engagée avec des impulsions désordonnées, qui cumulaient les inconvénients de l'inflation, du déséquilibre des comptes extérieurs, et de la faiblesse du franc.

Il fallait que le Premier ministre, selon la formule de Colbert, « rétablisse l'ordre dans les finances ».

Depuis le début de mon mandat, je pensais qu'une de mes responsabilités était de préparer des hommes – et des femmes ! – à l'exercice du pouvoir, afin d'éviter que la France, à la suite d'un accident imprévisible, ne soit prise en défaut. C'est donc intentionnellement que j'avais nommé Raymond Barre comme ministre du Commerce extérieur, le 11 janvier 1976, lors d'un remaniement technique du gouvernement, poste dans lequel il remplaçait Norbert Segard, appelé à gérer les P. et T. J'avais connu Raymond Barre lorsqu'il était vice-président de la Commission européenne, chargé des questions économiques et monétaires. Il avait mené à bien, l'année précédente, les travaux de la commission chargée de réformer le financement de la construction, qui pesait trop lourdement sur les finances publiques. Mon objectif, en le faisant entrer au Conseil des ministres, où il n'avait jamais siégé, était de tester ses aptitudes à assumer des fonctions gouvernementales.

Je l'ai donc nommé Premier ministre au départ de Jacques Chirac, voilà vingt mois. Doit-il rester jusqu'au bout mon deuxième Premier ministre ?

*
* *

Pour qui tenterait de faire le portrait de Raymond Barre, le premier trait qui s'imposerait est la très haute opinion qu'il a de lui-même, poussée jusqu'à la limite. Rien ne l'ébranle, tout la confirme ! Elle explique ses succès personnels et professionnels.

Cette estime où il se tient est d'ailleurs sympathique, car elle ne prend pas la forme d'une comparaison avec les autres : elle se nourrit d'un sentiment de supériorité intellectuelle absolue. Celle-ci est liée à sa formation universitaire. Pour les grands universitaires, le monde se divise en deux catégories : leurs pairs, et tous les autres. Concernant Raymond Barre, j'imagine qu'il éprouve une certaine considération pour ceux qu'il juge comme ses égaux : Raymond Aron, Jean-Marcel Jeanneney ou Robert Marjolin. Les autres sont assis sur des bancs inférieurs, occupés à prendre des notes. Un trait caractéristique de son sentiment de supériorité est qu'il ne cherche pas à convaincre ses interlocuteurs : il leur assène ses certitudes, et s'amuse à les voir patauger dans leurs erreurs.

Quand je l'ai nommé Premier ministre, en août 1976, alors qu'il était inconnu des Français, j'ai assorti sa désignation d'un commentaire à finalité explicative : « Raymond Barre, ai-je déclaré, est un des meilleurs économistes français. » Mais un déclic a transformé l'expression en « le meilleur économiste de France ». Ce n'est pas ce que j'avais voulu exprimer : à mes yeux, il existait d'autres grands économistes : Edmond Malinvaud, Jean Sérisé, et, subsidiairement, moi-même. Mais l'étiquette lui est restée accrochée…

Je me suis souvent demandé, au cours de nos conversations sur la situation économique, comment il évaluait mon savoir personnel. Je ne suis pas sûr qu'il s'en faisait une haute idée, car ni ma formation ni mes écrits n'avaient de parfum universitaire. À l'inverse, si je peux me permettre cette appréciation familière, je le taxais d'une forme d'amateurisme, sans connaissance directe des ressorts de l'action, dans la mesure où il n'avait pas la pratique des finances publiques, comme peut seule la procurer la vérification de services fiscaux et comptables, ni non plus la connaissance des mécanismes fins de la dépense publique. Si bien que lors de nos discussions sur les questions économiques, je m'adossais au savoir de l'École polytechnique et de l'inspection des Finances, et lui à la force d'explication et de présentation de son brillant enseignement universitaire, tourné vers la macro-économie. Joutes à fleurets mouchetés auxquelles nous prenions du plaisir l'un et l'autre, sans céder un centimètre carré de notre terrain mais sans que cela altère notre bonne entente, car, sur le fond, nous partagions les mêmes analyses et nous poursuivions la même politique.

Raymond Barre est corpulent. C'est un atout précieux dans la vie publique. Les Français pensent que le poids, la circonférence, sont les indices d'une nature bienveillante et débonnaire. Ce sont les hommes gros qui racontent dans les cafés les histoires qui font s'esclaffer les autres. Quand la porte s'ouvre sur une silhouette arrondie, chacun s'attend à passer une soirée en joyeuse compagnie. Les maigres, les blêmes, inquiètent. Concernant les hommes corpulents, je m'interroge pour savoir s'il s'agit de muscles ou de graisse. Le président Georges Pompidou, dont la périphérie était voisine de celle de Raymond Barre, m'avait fourni la réponse en ce qui le concernait. Étant en voyage officiel en Turquie, au cours d'une visite sur un site antique, plombé par le soleil, il avait déplacé pour s'y asseoir un fût de colonne de marbre, pesant une centaine de kilos, sans effort apparent. Les magazines avaient publié cette image. Il s'agissait bien de muscles.

Raymond Barre est un travailleur infatigable, tenace, qu'aucun obstacle ne décourage. Il éprouve la même joie à affronter les vagues de difficultés successives que le grand Colbert, dont on rapporte qu'il se frottait les mains de plaisir en découvrant le matin les dossiers accumulés sur son bureau. À un moment où la France doit faire face aux tâches redoutables d'ajustement de son économie, en particulier de sa sidérurgie et de son industrie lourde, les qualités de Raymond Barre constituent un atout, auquel je ne vois pas d'alternative.

Une question me préoccupe : la tendance, ou la tentation, qui se développe chez lui, à s'intéresser à l'aspect proprement politique du débat.

Lorsque j'ai fait annoncer sa nomination, après l'avoir reçu à l'Élysée, il a marqué, dès sa sortie sur le perron, sa distanciation dédaigneuse par rapport aux jeux de la politique et à l'abus de l'expression médiatique.

Mais au cours de la campagne des élections législatives, il me semble que son attitude a évolué, sans que je réussisse à situer exactement sa ligne. Il déclare à la radio le 5 mars : « En ce qui me concerne, comme Premier ministre, je reste en dehors de ces formations politiques ! » Au fur et à mesure qu'il intervient dans la campagne, il est pris à parti par le RPR ; *La Lettre de la Nation* l'accuse : « M. Raymond Barre prend la tête de la division de la majorité. » Lorsque Jacques Chirac propose le 20 janvier une réunion commune de la majorité, les dirigeants du CDS et du Parti républicain en approuvent l'idée, mais exigent la présence du Premier ministre. La réunion est différée. Le 3 mars, à quinze jours des élections, l'UDF met en place sa nouvelle organisation, présidée par Jean Lecanuet, entouré de Jean-Pierre Soisson, Roger Chinaud et Jean-Jacques Servan-Schreiber, et se dote d'un bureau politique. Raymond Barre, interrogé, affirme qu'il ne fait partie d'aucune formation politique. Son penchant pour le CDS est bien connu des journalistes, mais il souligne qu'il n'en est pas membre.

Une autre singularité de son caractère est qu'il préfère être aimé de ses adversaires que de ses amis.

Il a ajouté à la confusion en présentant à Blois, le 7 janvier, le programme gouvernemental défini au cours du séminaire que j'ai réuni à Rambouillet, comme constituant une sorte de projet électoral. C'est aux partis politiques qu'il revient de proposer leur « plateforme » électorale, et non au gouvernement ! En commentant le texte devant la presse parlementaire, il ajoutait que « la politique du gouvernement ne procède pas de la majorité, majorité qui d'ailleurs, ajoute-t-il, n'est pas constituée du seul RPR ».

Ce va-et-vient et cette confusion des notions m'inquiètent, car ils s'inscrivent en sens contraire de l'effort que je poursuis pour mettre en place une démocratie forte et paisible, qui a besoin de s'appuyer sur des structures stables et démocratiques, aussi bien dans la majorité que dans l'opposition.

La posture d'un Premier ministre, qui se situe hors des partis dont il attend cependant qu'ils votent pour lui, et qui se proclame « chef de la majorité » sans reconnaître à celle-ci de rôle dans l'élaboration de la politique, évoque pour moi un fantasme qui perturbe depuis longtemps la vie politique de la France : celui de l'existence au sommet du pouvoir d'un espace libre, protégé des miasmes de la politique, espace où des personnalités indépendantes, aux compétences autoproclamées, conduiraient en toute sérénité les affaires du pays.

J'avoue que ce fantasme m'irrite. Il est commun à beaucoup d'hommes issus de la haute administration, et à quelques dirigeants d'entreprise. Ils traitent avec mépris le personnel politique, qu'ils jugent embourbé dans des combinaisons électorales. Ils n'affrontent jamais le suffrage universel, et quand ils l'essaient, à moins de le tenter dans des circonscriptions hautement protégées, leurs résultats sont piteux. Leur prédilection les porte vers des instruments d'influence éloignés de tout contact populaire, tels que le commissariat général au Plan. Le plus souvent, à l'exception notable de Georges Pompidou, leur gestion aboutit à un échec, car la conduite de la société politique appelle des compétences différentes, voire contraires, de celles d'une grande entreprise ou d'une haute administration. Mais le fantasme de ce « nether-world », comme diraient les Anglo-Saxons, subsiste dans une opinion publique qui n'arrive pas à comprendre que beaucoup des défauts qu'elle reproche au monde politique ne sont que le reflet des exigences qu'elle lui impose.

Depuis mon entrée dans la vie publique, j'ai toujours respecté la légitimité tirée des élections, pour les autres comme pour moi. Je n'en reconnais pas d'autre.

Raymond Barre croit à sa popularité. Il en recueille la preuve dans une multitude d'indices et de mots d'encouragement qui lui sont prodigués dans les gares et dans les trains, lorsqu'il se déplace à Lyon, ou par les artisans dont il constitue la clientèle, coiffeurs et restaurateurs. Il les cite volontiers, comme exprimant la sagesse populaire. Il est vrai que son image est bonne. Chacun reconnaît sa parfaite honnêteté. Son langage vigoureux, et même vif, qui contraste avec le ton sirupeux habituel, plaît au grand public, du moins quand il vise les catégories voisines. Oui, Raymond Barre est apprécié d'une grande partie de l'opinion. Son action politique est-elle pour autant populaire ?

Pour former mon jugement, je me réfère à la longue série d'indices mensuels que publie un institut de sondages, l'IFOP, associé au quotidien *France Soir*. La question posée est simple, et écarte toute ambiguïté : « Êtes-vous satisfait ou mécontent de Raymond Barre comme Premier ministre ? » Lors de sa nomination, il recueille un résultat positif, suivi d'une plongée. Pendant toute l'année 1977, il se maintient, avec des oscillations, légèrement au-dessous de l'équilibre. Puis, depuis le début de l'année 1978, il connaît une tendance à la baisse, accompagnée d'une montée du nombre des mécontents.

Comme les surveillants de plage, mes collaborateurs ont agité un petit drapeau pour me signaler un péril. On a vu apparaître sur les murs, depuis le début du mois de mars 1978, des affichettes : elles représentent un arbre, un chêne me semble-t-il, avec pour toute légende :

« Barre, confiance. » Qui les distribue, qui les colle, qui les finance ? Personne ne paraît le savoir. En rentrant à mon domicile, j'en aperçois une, rue de Longchamp. Jean Sérisé s'en amuse avec moi. Confiance pour quoi faire ? Existe-t-il des Premiers ministres de droit divin, ou sont-ils plus modestement nommés par le président de la République ?

Tout cela, me dis-je, n'a pas beaucoup d'importance tant que je resterai à ma place, car je sais pouvoir compter sur la loyauté parfaite de Raymond Barre. L'inquiétude est pour plus tard, lorsque les comètes viendront traverser en diagonale les constellations fragiles du ciel politique français.

*
* *

Tout compte fait, au sens littéral de l'expression, en prenant en considération d'une part la gravité de la situation économique et la difficulté des transformations à opérer, et, d'autre part, la compétence, la ténacité et la loyauté de Raymond Barre, je le nomme Premier ministre, le 31 mars.

Il reste maintenant à composer le gouvernement.

C'est un travail mené en commun avec le Premier ministre, qui fait des propositions, mais je dois reconnaître que les choix essentiels sont décidés par le président.

Je m'inspire de quelques principes simples.

D'abord limiter autant que possible le nombre des ministres, et éviter les appellations mirobolantes des ministères dont je ressens le ridicule, notamment vis-à-vis des Anglo-Saxons.

Prendre, comme premier critère de choix, la compétence vis-à-vis des tâches à exercer.

Conserver les ministres qui ont réussi dans leurs fonctions, sauf s'ils sont éliminés par le suffrage universel.

Écarter les ministres dont la gestion a été défaillante, sans leur proposer un autre poste au sein du gouvernement.

Enfin, faire entrer un nombre important de femmes, dans des postes de responsabilité.

Ces principes ont modelé sans peine le nouveau gouvernement. La seule épreuve pour moi a été de décider le départ de Michel Poniatowski du ministère de l'Intérieur. C'était une décision cruelle pour lui, car je savais qu'il adorait ce ministère : il en avait rêvé pendant des années, en espérant reproduire la trajectoire de son aïeul, le duc de Morny, ministre de l'Intérieur de Napoléon III. J'avais conscience que ce départ lui causerait une blessure lente à guérir, qu'il n'en accepterait pas les motifs et que, sans rien me dire, selon sa nature passionnée et secrète, il m'en garderait personnellement rancune.

Il avait été battu au second tour des élections dans sa circonscription du Val-d'Oise. Sans me prêter la rigueur d'un sénateur romain, j'étais décidé à appliquer les règles que je m'étais fixées : un ministre de l'Intérieur désavoué par le corps électoral ne pouvait pas retrouver son poste. Je mesurais toute l'inhumanité et la rigidité peut-être excessive de ce principe. Mais il s'inscrivait dans une ligne de respect démocratique, et je pensais que si je devais être moi-même battu en 1981, je quitterais à mon tour ma fonction.

Parmi les autres modifications on pouvait relever une entrée discrète : celle de Joël Le Theule, nommé ministre des Transports. Il s'agissait pour moi de reproduire l'expérience faite avec la nomination, en 1976, de Raymond Barre au ministère du Commerce extérieur : tester un nouveau venu pour vérifier s'il me serait possible de lui confier, plus tard, des fonctions plus importantes.

Une autre innovation était l'arrivée d'André Giraud au ministère de l'Industrie. J'avais fait sa connaissance lorsqu'il était major de la promotion précédant la mienne à l'École polytechnique et qu'il avait organisé mon bizutage, m'obligeant à apparaître en revêtant la tenue – ou l'absence de tenue ! – du génie de la Bastille !

C'était un ingénieur d'une capacité reconnue, notamment dans le domaine, encore confidentiel, des technologies nucléaires. Issu du corps des Mines, qui regroupe généralement les élèves sortis dans les premiers rangs de l'École polytechnique, il y jouissait d'un grand prestige qui tendait à en faire le « pape » de ce petit groupe. Je comptais sur lui pour mener à son terme le programme d'équipement de la France en centrales électronucléaires, programme engagé par son prédécesseur au ministère de l'Industrie, Michel d'Ornano, et auquel j'attachais la plus grande importance, puisqu'il permettait de protéger la France des secousses du marché pétrolier, en lui assurant une quasi-indépendance de sa fourniture d'électricité.

Simone Veil, toujours aussi populaire, conservait son portefeuille de ministre de la Santé et de la Sécurité sociale, et accédait au troisième rang dans la présentation du gouvernement.

Sur vingt ministres, quinze proviennent de la fonction publique, ce qui reste excessif, mais quatre seulement sont passés par l'École nationale d'administration.

Ainsi constituée l'équipe me paraît solide, compétente, relativement soudée, malgré, peut-être, une fragilité politique vis-à-vis de sa majorité parlementaire, fragilité sur laquelle je devrai veiller. Elle est de taille à faire face aux tâches redoutables qui l'attendent dans les trois années à venir.

CHAPITRE IV

Et maintenant qu'allons-nous faire ?

Et maintenant, maintenant où nous sommes assurés d'une majorité, maintenant où nous avons devant nous un espace ouvert de trois ans, libre de tout obstacle et dépourvu d'élections jusqu'en 1981, comment allons-nous tirer profit de cette occasion exceptionnelle ?

Qu'allons-nous faire ? Question passionnante pour moi, habité par ma hantise du « bon gouvernement » de la France. Quelles seront nos priorités ? Quelles actions à longue portée doivent-elles être engagées ?

Il est évident que nous allons continuer ce que nous avons entrepris depuis 1974 : les élections ne découpent pas la vie en rondelles ! Mais cela n'est pas suffisant : à circonstances nouvelles on doit répondre par des initiatives nouvelles.

La réunion du Conseil des ministres, le 6 avril, me donne une première occasion de m'exprimer. En entrant dans le salon Murat, situé au rez-de-chaussée de l'Élysée, j'ai fait le tour de la table du Conseil, recouverte de son tapis vert et ornée de sa pendule de bronze doré à double face pour que chacun puisse suivre l'heure. J'ai serré la main de chacun des ministres, en relevant les nouveaux visages, André Giraud, Joël Le Theule, Maurice Papon, Jean-Philippe Lecat. Seuls les ministres ont été invités. Les secrétaires d'État ne sont pas encore nommés.

Pendant que je m'assieds à ma place, la première réunion du Conseil des ministres, le 29 mai 1974, dix jours après mon élection, me revient en mémoire : un enthousiasme, une sorte de fièvre lyrique, m'habitaient. Le soleil inondait la pièce. Je me souviens avoir déclaré aux ministres, tout nouveaux, tout neufs, qui se tenaient droits dans leurs fauteuils Empire garnis de soie jaune : « Nous sommes ici pour changer la France, et non pour faire carrière, ni vous, ni moi ! »

Aujourd'hui, l'ambiance est plus sage, sans doute plus réaliste, tempérée par la crise. Quatre années ont passé, avec leur travail insidieux d'usure. Et puis avril n'est pas mai. Avril est le mois le plus cruel, a écrit T.S. Eliott ! Les ministres semblent intéressés, appliqués, mais le lyrisme de l'ambiance me manque.

J'indique ce que sont les grandes priorités de l'action gouvernementale : maintenir le rang et le rôle de la France dans le monde, poursuivre le redressement économique, accentuer le progrès social, accroître les responsabilités et les libertés. Je ne veux pas trop alourdir le propos, aussi je garde pour moi d'autres objectifs que j'ai en tête : organiser l'Europe, qui commence à prendre forme, et consolider la culture française, support si précieux et si fragile de notre identité menacée.

Raymond Barre reprendra ces thèmes dans son discours lors du débat de politique générale à l'Assemblée où il expose la politique du gouvernement, discours bien charpenté, qui donne un sentiment de détermination et de cohérence visant le retour à la santé de l'économie française. Il a recours à une belle formule : « Il n'y a pas d'autre loi pour nous que celle de l'effort. » Mais il glisse dans son texte une proposition bizarre, à laquelle il sait que je suis opposé : la mise à l'étude d'un prélèvement fiscal annuel sur les grosses fortunes. Au cours de nos conversations, lorsqu'il avait évoqué ce problème, je lui avais indiqué qu'après la taxation des plus-values, introduite en 1974, et avec l'imposition du revenu, des successions et du bénéfice des entreprises, la panoplie de l'impôt direct en France était complète, et suffisait à assurer une répartition équitable de l'effort fiscal. Si l'on chargeait trop la barque, on risquait de provoquer le départ des « entreprenants », en direction de pays à fiscalité plus modérée, et de reproduire l'exil des huguenots, à la suite de la révocation absurde de l'édit de Nantes, qui a handicapé sévèrement la créativité française.

Il m'avait écouté, mais, semble-t-il, mal entendu ! Nous aurons l'occasion d'en reparler.

Le long combat pour moderniser l'économie

L'effort à engager, ou plutôt à poursuivre, s'inscrit pour moi dans la continuité d'un long combat, auquel j'ai assisté comme étudiant, puis participé comme ministre, pour doter l'économie française de structures adaptées aux nécessités du monde moderne, qui lui permettent de se développer et de l'emporter sur ses concurrents.

C'est un combat à la fois idéologique et pratique.

Dans la foulée de la Libération de 1945, la gestion économique de la France s'est constamment inspirée d'une idéologie marxiste et bureaucratique. Je n'en suis pas surpris : dans les années 1950, l'enseignement que nous avons reçu à l'École d'administration privilégiait, comme modèle économique, la planification soviétique ! Je me souviens encore du mot « piatiletka », qui signifie en russe « plan de cinq ans » et qu'articulaient, avec une satisfaction gourmande, nos enseignants d'économie. Un des hauts fonctionnaires les plus brillants de la génération d'après-guerre me déclarait en janvier 1946, sur un ton lugubre derrière lequel je le sentais frissonner de plaisir : « Dans six mois, il n'y aura plus d'entreprises privées en France ! Le capitalisme français est au bord de l'effondrement. »

Cette approche idéologique a coïncidé par malheur avec la culture bureaucratique dominante de l'économie française. Ce n'était pas un mariage de raison, mais un vrai mariage de passion ! En France, le pouvoir administratif se considère comme situé au-dessus du pouvoir politique et, bien entendu, très au-dessus du pouvoir économique. Il a conscience de représenter le bien public, qu'il appelle l'État, vis-à-vis des intérêts de toute nature. Cette attitude se trouve être, curieusement et sans que les intéressés s'en rendent compte, un héritage des régimes autoritaires, ceux de l'ancienne monarchie et de l'Empire, où les souverains veillaient à ce que les commis puissent dominer les féodaux, héritage repris à son compte par la République, lorsqu'elle s'est donné pour objectif d'unifier le pays contre les forces centrifuges, politiques ou régionales.

Ma hiérarchie personnelle est inverse : le pouvoir politique, expression ultime du choix démocratique des citoyens, comme le proposait déjà Montesquieu, me semble avoir sa place au-dessus du pouvoir administratif, qui reste un pouvoir essentiel mais « secondaire » de bonne gestion. Quant au domaine économique, il se situe dans une position latérale à la hiérarchie des pouvoirs : il a le droit légitime de conduire sa vie dans son propre espace, à condition de respecter les règles, et parfois les contraintes, que lui fixe le pouvoir politique.

Sur le plan idéologique, les performances du système marxiste et bureaucratique au cours des deux dernières décennies paraissent de plus en plus décevantes. Si ce système a pu sembler adapté à la première phase de la reconstruction du pays, où une forme de planification pouvait être nécessaire pour assurer le meilleur emploi des ressources encore trop rares, à un moment où nous nous inspirions avec admiration du fameux tableau de l'économiste américain Leontieff, ce même système s'est écarté du réel au fur et à mesure que l'économie se diversifiait, et que les lois du marché l'emportaient sur les directives administratives. L'exemple le plus probant et, en raison de ses conséquences humaines, le plus angoissant, est bien celui de notre sidérurgie qui, en dépit de tentatives de planification solennelles et répétées, s'enfonce dans la crise et côtoie désormais la faillite financière.

L'œil peut apercevoir un témoignage de cette domination idéologique dans la construction pendant les années 1960, par la Caisse des dépôts et consignations qui centralise la petite épargne, d'immenses ensembles immobiliers situés dans la banlieue de Paris et autour de la plupart des villes. Ces constructions inhumaines et lugubres, volontairement conçues comme telles, constituent un réseau de casernes sociales qui accueillent de plus en plus des populations fragiles ou immigrées, retranchées du reste de la société derrière leurs murailles de béton et leurs volets rouillés. C'est pour inverser cette tendance que j'ai obtenu, après un combat difficile, que l'aide de l'État s'oriente désormais en direction de l'aide au logement individuel.

Je suis de plus en plus persuadé que nous devons sortir de ce dispositif interventionniste et rigide. La situation de l'Allemagne, qui a mieux résisté que nous au choc pétrolier, constitue une référence utilisable pour trancher le nœud gordien qui associe en France une rigidité excessive et une inflation permanente. Et j'ai noté, dans le débat politique allemand, le consensus qui se forme autour de la nouvelle expression d'« économie sociale de marché ».

J'avais marqué un point important dans ce combat en 1964, dont le souvenir continue de m'encourager. Comme ministre des Finances, j'avais entrepris la préparation du budget de 1965, et je souhaitais pouvoir le présenter en équilibre. Le Premier ministre, Georges Pompidou, contestait mes efforts. Mes demandes compliquaient évidemment sa tâche, en lui imposant des arbitrages budgétaires sévères. Et surtout, Georges Pompidou n'en voyait pas l'utilité. Son expérience de banquier l'avait persuadé que la croissance de la masse monétaire, publique ou privée, était le soutien indispensable de l'expansion, la fontaine d'abondance ! L'inflation qui en résultait était sans doute un mal, mais un mal bénéfique. La presse avait été informée de cette divergence de vues, dont bruissait le milieu politique.

Nous nous sommes retrouvés à Bonn, en juillet 1964, pour le rituel sommet franco-allemand. Le général de Gaulle présidait la délégation française. Après le déjeuner, lui-même rituel, au château d'Ernich, résidence de l'ambassadeur en France, déjeuner qui procurait au général de Gaulle l'occasion de remercier ses interlocuteurs de la République fédérale, celui-ci m'a envoyé chercher par son aide de camp. J'ai rejoint le général de

Gaulle et son Premier ministre, Georges Pompidou, qui se tenaient seuls, dans un petit salon, debout, une tasse de café à la main.

« Je vous ai fait venir, Monsieur le ministre des Finances, m'a dit le général de Gaulle – car même dans la conversation courante il citait complètement vos fonctions et vos titres –, pour vous demander une information.

« J'ai suivi les travaux sur la préparation du budget. Selon vous, est-il possible de présenter un budget en équilibre ? Je ne parle pas de l'apparence des choses, mais de la réalité. Peut-on réellement, ce qui me paraîtrait souhaitable, proposer et exécuter un budget en équilibre ? »

Dans l'adjectif « souhaitable » je reconnais l'influence de ses entretiens avec l'économiste Jacques Rueff. Georges Pompidou se tient à côté du général de Gaulle, légèrement en retrait. Je vois bien que cette interrogation l'exaspère, car il a plaidé auprès du Général la thèse inverse. Ses yeux noirs jettent sur moi un regard charbonneux, comme pour me dicter ma réponse. Je sais qu'il me tiendra grief de ce que je m'apprête à dire.

Le général de Gaulle précise :

« J'aimerais que vous me répondiez par oui ou par non ! »

Je réfléchis à ma réponse, et à ses conséquences.

« Oui, c'est possible, lui dis-je. Avec quelques efforts, on peut présenter un budget qui soit en équilibre réel. »

Le Général se tourne alors vers son Premier ministre, dont le regard reste fixé sur moi. Il nous englobe dans un même geste des bras et déclare :

« Eh bien, c'est ma conclusion ! Je vous demande de me proposer un budget en équilibre pour 1965 ! »

Ce qui fut fait, et exécuté.

Depuis lors, la règle a été maintenue, malgré quelques défaillances, car ni Georges Pompidou, dont je suis devenu le ministre des Finances, ni même aujourd'hui Raymond Barre, ne partageaient pleinement, pour des raisons différentes, ma phobie des dépenses publiques excessives.

Au total, la situation de nos finances reste saine, en dépit du choc pétrolier de 1973 et de la dépression mondiale de 1975, qui a pesé sur nos recettes. Je l'observe à partir du fauteuil de mon bureau sur les grands tableaux où des lignes colorées retracent l'exécution des budgets des trois dernières années et celui de l'année en cours. Ils sont mis à jour, chaque quinzaine, par les soins des services de la Comptabilité publique.

Cette politique aboutit à ce que l'endettement de la France reste faible, parmi les plus faibles, je crois, des grands pays industrialisés, et que la charge des intérêts de la dette pèse peu sur notre budget. La part des recettes fiscales absorbée par la charge annuelle de la dette publique se situe au voisinage de 3 %.

Nos faiblesses se trouvent ailleurs : dans la rigidité excessive de notre économie qui la prive de toute marge de manœuvre pour s'adapter aux changements de la conjoncture, et dans la permanence de la fièvre inflationniste, entretenue par le réseau inextricable d'indexations qui s'est implanté dans toute l'économie.

Je cherche à définir la meilleure répartition des tâches entre nous : le Premier ministre s'attachera à extirper l'inflation ; il en a la compétence et le courage. Et il entreprendra la réforme des structures industrielles obsolètes, action pour laquelle il est indispensable de pouvoir agir directement sur l'outil gouvernemental.

Pour encadrer et appuyer son action, je lui adresserai une lettre au début de chaque semestre, lui indiquant les priorités de l'action gouvernementale et les ordres du jour des Conseils des ministres des six mois à venir. Ainsi le travail du gouvernement sera-t-il tiré constamment vers l'avant[1].

Quant à moi, j'aurai à veiller à la libéralisation de l'économie, et à la poursuite des grands équipements du pays, au premier rang desquels figurent la modernisation de notre téléphonie, la construction des centrales électronucléaires, et le développement de notre programme aérospatial.

*

* *

Le combat de Raymond Barre contre l'inflation est admirable et héroïque. Il me fait penser au célèbre tableau de la lutte entre Tobie et l'ange. Il faut dire que Raymond Barre maîtrise parfaitement ce sujet qu'il traite à fond dans ses ouvrages d'économie, sur lesquels bûchent les étudiants en sciences économiques. Mais le mal est tenace : la France est imbibée d'inflation. Toutes les catégories économiques et sociales partagent cette intoxication.

Les chefs d'entreprise rêvent de répercuter intégralement dans leurs prix les mouvements des matières premières, y compris le pétrole et ses dérivés, et leurs charges salariales, et font le siège des administrations pour obtenir des ajustements en hausse.

1. Une de ces lettres, en date du 13 novembre 1980, est publiée en annexe, p. 599.

Les syndicats revendiquent des augmentations de salaires compensant intégralement les hausses de prix, sans accepter de prendre en compte les suppléments de rémunération tirés de l'ancienneté, et en y ajoutant une progression annuelle du pouvoir d'achat, telle qu'elle résulte des documents du Plan.

Raymond Barre lutte sur tous les fronts, bouche une à une les failles par où suinte l'inflation. Il est récompensé de ses efforts par le ralentissement de la hausse des prix. Après une forte augmentation au début de l'année 1978, la hausse des prix décroît progressivement, pour n'être plus que de 0,4 % par mois à la fin de 1978 : on peut espérer que l'impact sur les prix du premier choc pétrolier, celui de 1973, est en train d'être absorbé !

Mais dans l'opinion, ce résultat est occulté par les mouvements sociaux qui accompagnent la réforme inévitable de notre industrie sidérurgique et de notre secteur minier, réforme qui s'accompagne d'une réduction drastique de leurs effectifs.

Les causes de cette crise sont principalement extérieures : c'est l'arrivée sur le marché mondial de nouvelles productions, générées par des investissements considérables, notamment japonais, et par l'effondrement des cours du transport maritime. Il devient moins cher de transporter de l'acier de Tokyo à Rotterdam, que de lui faire parcourir quelques centaines de kilomètres sur le réseau terrestre européen.

Asphyxiée par ses difficultés financières, et par son désir d'accroître le volume de sa production, la sidérurgie française a trop peu investi dans la productivité, sauf à Fos-sur-Mer. Ses structures restent compliquées : à côté d'Usinor et de Sacilor, subsistent plusieurs entreprises moyennes. Les effectifs appelés à disparaître se comptent, hélas ! par dizaines de mille, au minimum vingt mille.

Le gouvernement est impliqué dans ce drame, car les partenaires sociaux sont hors d'état de parvenir à un accord, bien qu'il s'agisse d'entreprises privées, et feront inévitablement appel à un financement public massif.

Le climat social est tendu, souvent même violent. La situation en Lorraine se dégrade de mois en mois. Le milieu politique, en particulier le Parti communiste, loin de contribuer à la recherche de solutions, jette de l'huile sur le feu.

Les dirigeants de l'industrie sidérurgique demandent à être reçus à l'Élysée. Je les connais bien, car j'ai eu à négocier avec eux les concours financiers de l'État lorsque j'étais ministre des Finances. Ils sont deux à se rendre au rendez-vous, Jacques Ferry, président de la Chambre syndicale de la sidérurgie française, qui a succédé au fameux Comité des forges, dissous en 1940, et Emmanuel de Mitry, de la maison Wendel, qui représente la sidérurgie lorraine.

Dans le dossier qui m'a été remis pour préparer cet entretien, j'ai relevé deux chiffres. La capacité annuelle de production française en acier est de l'ordre de 31 millions de tonnes, et les besoins de l'économie française sont de l'ordre de 21,5 millions de tonnes. La sidérurgie est donc condamnée à exporter près du tiers de sa production, ce qui lui impose de rester compétitive sur le marché mondial. Le second chiffre concerne l'endettement : le montant des dettes à long terme des entreprises sidérurgiques va dépasser cette année le chiffre de leurs ventes annuelles, et les taux d'intérêt à long terme, tirés par la politique monétaire américaine, dépassent 10 %. Tout nouvel endettement est devenu impossible.

Mes interlocuteurs paraissent le ressentir eux-mêmes. À la différence des années où la croissance des besoins aspirait vers le haut une sidérurgie triomphante, je les sens acculés, malgré leurs éminentes qualités personnelles, à une logique de désespoir. Le seul problème désormais est celui de l'accompagnement social de la restructuration.

Il va falloir attendre le 24 juillet 1979, après de graves incidents à Longwy, une marche des syndicalistes lorrains sur Paris, d'autres conflits dans le Nord et dans la Loire, et une démonstration massive en Lorraine à la tête de laquelle viennent plastronner les responsables politiques de la gauche, y compris François Mitterrand, qui pourtant connaissent bien la réalité douloureuse du dossier, pour qu'un accord puisse être enfin signé entre les partenaires sociaux, c'est-à-dire l'ensemble des syndicats, à l'exception de la CGT, et le patronat de la sidérurgie, accord qui prévoit l'instauration d'un régime de préretraite à 55 ans, voire 50 ans, pour les ouvriers de la sidérurgie, à un niveau de rémunération jugé acceptable.

Raymond Barre a atteint l'objectif qu'il s'était fixé. La charge pour les finances publiques sera lourde. Mais il n'existait pas d'alternative. Puisse cette leçon être entendue dans d'autres secteurs, tant qu'il est encore temps de réaliser à un coût social et économique moindre les adaptations inéluctables !

Les décisions courageuses de Raymond Barre dans sa lutte contre l'inflation, et pour l'adaptation de nos structures industrielles, lui coûtent cher en termes de popularité.

Son taux d'approbation chute fortement à partir du printemps 1978. Au mois de juin, ce taux se situe à 37 %, et la baisse va se poursuivre à l'automne. Je ne suis pas épargné, mais avec un décalage : l'opinion reste nettement positive en ma faveur en 1978, et encore pendant le premier semestre de 1979, le rapport entre les satisfaits et les mécontents évoluant au-dessus de 60 %. Pour la première fois, en septembre 1979, le nombre des mécontents dépasse celui des satisfaits. Cette situation ne durera pas, mais le signal d'alarme a été tiré !

La libéralisation de l'économie française

Pendant que se poursuit le rude combat contre l'inflation, je soutiens les efforts destinés à desserrer le carcan qui étreint l'économie française. La mesure symbolique à mes yeux réside dans la suppression du contrôle des prix. Tous les prix de vente restent encore fixés par l'administration ! Il en résulte un combat incessant entre les services du contrôle des prix, les producteurs, et les commerçants, grands et petits. Le petit et le moyen commerce représente encore 70 % des ventes au détail. La grande distribution reste minoritaire, même dans l'alimentation. Chacun s'efforce de faire reconnaître par l'administration l'augmentation de ses coûts, et d'obtenir leur répercussion intégrale dans ses prix de vente.

Helmut Schmidt, le chancelier social-démocrate allemand, tourne notre pratique en dérision. « Je ne comprends pas, me dit-il, comment vous pouvez prétendre fixer tous les prix dans l'économie française ! Il en existe des centaines de mille ! Même un génie ne réussirait pas à les connaître ! »

La France est le seul grand pays occidental à conserver cette pratique. Nos voisins d'Allemagne et du Benelux l'ont abandonnée, et laissent à la concurrence le soin de moduler les prix. Leurs performances sont meilleures que les nôtres. En particulier, la hausse brutale des prix du pétrole a été partiellement épongée par leur économie, alors qu'en France elle a secoué l'échelle des prix depuis le bas jusqu'en haut.

Je suis décidé à ce que la totalité des prix soit libérée avant la fin de mon présent mandat, c'est-à-dire le printemps de 1981. J'ai demandé au nouveau ministre de l'Économie, René Monory, de s'engager à fond dans cette politique.

René Monory est un homme sage, pondéré, mais déterminé, avec des convictions solides. Je me dis qu'il y a de l'Antoine Pinay dans cet homme-là. Il représente à mes yeux le type même des hommes que les Français devraient rechercher pour les gouverner. D'origine provinciale, il a interrompu tôt ses études pour entrer dans la vie professionnelle. Il a travaillé dans la mécanique et a fini par s'établir comme garagiste. Il est maire de la petite ville de Loudun, dans le Poitou, et la qualité de sa gestion lui assure des réélections faciles.

J'avais remarqué sa présence à la commission des finances du Sénat, où ses interventions étaient marquées du sceau du bon sens, et d'une autorité naturelle.

Il partage ma conviction de la nécessité d'abolir le régime de la fixation administrative des prix en France.

Mais nous nageons à plein contre-courant. L'inflation persistante depuis 1973 renforce les Français dans leur conviction quasi unanime que la taxation est le seul moyen de freiner la hausse des prix. Tous les sondages d'opinion le confirment. Personne, ou presque, ne croit aux vertus et à l'efficacité de la concurrence. Seuls les commerçants de détail réclament l'abolition de la taxation, et de son corollaire, le contrôle des prix, mais sans doute est-ce dans l'espoir de les majorer.

À partir du mois de juin, le dispositif de libération des prix industriels est lancé. Le gouvernement estime qu'il contrôle suffisamment les principaux leviers macro-économiques : progression de la masse monétaire et des crédits bancaires à l'économie, contenue dans des limites raisonnables, évolution modérée des rémunérations, pause des charges fiscales et sociales. À la fin de juin, le tiers des prix industriels est ainsi libéré. Et René Monory annonce que l'opération sera achevée le 31 août.

Au mois d'août, précisément, il décide la libéralisation du prix du pain, mesure hautement symbolique car le prix du pain a été rarement libre en France au cours des deux derniers siècles, ce qui rend sa libération fortement impopulaire. Le président de la Fédération de la boulangerie, un boulanger très humain et chaleureux du Val-d'Oise, Francis Combe, qui vient m'apporter tous les ans à l'Élysée la galette des rois, m'assure que la liberté des prix n'entraînera pas de hausse. « Les boulangers seront si heureux, me dit-il, de recouvrer leur liberté et de voir disparaître les contrôles, qu'ils n'augmenteront pas leurs prix ! » Mais il ne tient pas ses troupes en main : en deux mois, les prix des différentes variétés de pain augmentent de 10 %.

L'opinion publique désapprouve massivement cette politique. Les intéressés eux-mêmes sont réticents. Un grand patron du secteur économique, connu pour ses opinions ultra-libérales, répond par un grognement à la question que je lui pose, au cours de la visite d'un Salon :

– Êtes-vous satisfait de la suppression du contrôle des prix sur vos produits ?

– Évidemment, évidemment… Mais il ne fallait pas le faire si vite !

Pas si vite ? Il y a maintenant deux décennies que l'économie française étouffe sous une réglementation anachronique, qui rigidifie la concurrence et déforme les choix d'investissement, sans profit pour personne car la hausse de nos prix industriels reste imperturbablement supérieure à celle de nos principaux concurrents, notamment allemands. Pas si vite ? Je serais plutôt tenté de répliquer : C'est déjà bien tard !

Quand je vois l'immensité de la tâche à accomplir, je reste angoissé, et je m'émerveillerais presque qu'on puisse trouver des hommes et des femmes pour tenter de redresser la situation : notre pays est intimement imprégné d'inflation, et toutes les forces politiques et syndicales se mobilisent pour tenter d'empêcher les adaptations qu'on sait pourtant être inévitables ! Le remède suprême désiré par l'ensemble de la population, et proposé sans relâche par l'opposition, réside dans la généralisation de l'assistanat et l'appel au financement budgétaire, cette caisse noire que les citoyens localisent quelque part entre la Banque de France et le ministère des Finances, et dont ils imaginent que les ressources sont inépuisables, sans qu'ils soient jamais appelés à les compléter !

Le gouvernement continue d'avancer sur la voie qu'il s'est fixée. Il engrange quelques résultats positifs. L'économie donne au second semestre certains signes de reprise. L'emploi, qui s'était détérioré, se stabilise. Le chômage évolue autour d'un million trois cent mille chômeurs, chiffre encore trop élevé, qui résulte de la dépression de 1975 et des restructurations industrielles en cours. René Monory gagne son pari de maintenir la hausse des prix de détail juste au-dessous de 10 %, d'ici la fin de 1978, malgré l'allégement du contrôle des prix. Le taux de croissance se maintient à 3,2 %, et la production industrielle est repartie. En dépit du coût des achats de pétrole, le commerce extérieur est revenu à l'équilibre, et les cours de la Bourse ont progressé depuis l'indice 500 jusqu'à 720. Ces quelques signaux, bien qu'encourageants, ne sont pas encore de nature à satisfaire l'opinion. Le climat social est lourd, et nos cotes de popularité restent médiocres.

Cette situation pourra se modifier, pensais-je, si l'année 1979 confirme, et améliore même, ces résultats, puisqu'il faut un délai d'environ six mois avant que l'opinion publique ne perçoive une tendance plus favorable de l'économie.

Des pronostics raisonnables permettent d'envisager une année 1979 meilleure : la croissance économique devrait s'accélérer et se rapprocher de 4 %, la hausse des prix pourrait revenir à un niveau plus modéré, autour de 6 %, et les Français commenceraient à respirer plus facilement, en pensant qu'ils sortent enfin de la crise.

Tel est le thème de mes entretiens hebdomadaires avec Raymond Barre, en novembre et décembre 1978, pendant que celui-ci défend le projet de budget pour 1979 devant un Parlement houleux. Comme deux navigateurs sur une mer encore agitée, nous guettons les éclaircies que nous croyons apercevoir dans le ciel devant nous, lui plus réaliste, moi plus confiant…

Nous ne pouvons pas apercevoir encore la barre noire qui se forme sous l'horizon et qui va remettre tous nos efforts en question, celle du deuxième choc pétrolier.

Le deuxième choc pétrolier

Le premier choc pétrolier, celui de 1973, avait, à sa manière, davantage de panache ! Il était le fruit d'un événement historique, la guerre du Kippour où l'État d'Israël avait riposté aux attaques de ses voisins arabes, et le résultat de l'embargo sur les livraisons de pétrole décidé par l'Arabie Saoudite, qui avait asséché le marché mondial.

Le deuxième choc pétrolier, intervenu en 1979, six ans plus tard, est moins connu, et j'imagine que beaucoup de mes lecteurs auraient du mal à en situer la date et à en identifier les causes. Et pourtant son ampleur a largement dépassé celle du premier.

Son caractère le plus redoutable a été la répétition du phénomène. Cette répétition a lassé la patience de l'opinion publique, qui venait à peine d'entrevoir sa guérison, et il a fait craquer les nerfs de ceux qui n'étaient pas prêts à accepter de nouveaux sacrifices. Le langage des dirigeants, en particulier les appels à l'effort de Raymond Barre, devenait inaudible.

Au départ, ce deuxième choc pétrolier a été déclenché, lui aussi, par un événement politique : la situation troublée de l'Iran.

Le 18 janvier 1979, le shah quitte son pays pour Assouan, en Égypte. J'avais compris, lors de notre entretien à la Guadeloupe[1] avec le président Jimmy Carter, que les autorités américaines avaient décidé de retirer leur soutien au régime du shah et que, dès lors, celui-ci était condamné. Des affrontements sanglants opposent à Téhéran les forces loyales au régime et les manifestants. Le 1er février, l'ayatollah Khomeyni

1. *Le Pouvoir et la Vie*, tome I, chapitre 3.

arrive dans la capitale où il est acclamé par plusieurs millions d'Iraniens. Après de nouveaux affrontements, l'armée iranienne se disloque, et le pouvoir passe entre les mains de groupes de guérillas. La voie de la République islamique est ouverte. Le 13 février, l'ambassade des États-Unis est attaquée.

Cette révolution entraîne la suspension progressive des exportations de pétrole brut par l'Iran. À la différence de 1973, où la hausse a été brutale, le deuxième choc pétrolier ne résulte pas d'une situation de pénurie, mais du déclenchement d'une poussée à la hausse des prix encouragée par les pays producteurs et les compagnies pétrolières, poussée qui va se poursuivre tout au long de l'année.

Les décisions se succèdent : l'Aramco, qui contrôle le pétrole saoudien, procède à une réduction de ses livraisons et à une augmentation de ses prix. En février, le Qatar et les Émirats arabes unis relèvent de 8 % le prix de leur pétrole. Sur le marché libre, les tensions sont fortes. En mars, l'Opep entre dans la danse, et décide d'ajouter au 1er avril une nouvelle hausse de 9 %, s'ajoutant à celle de 5 % appliquée en janvier. Compte tenu des complications du mécanisme des prix, la hausse sera largement supérieure à 15 %, à partir du mois d'avril.

L'OCDE annonce des prévisions économiques qui compromettent déjà les résultats attendus du plan Barre : une hausse des prix en France aggravée de 1 %, et une croissance ralentie de 0,3 %.

Mais la flambée se poursuit. L'Iran ouvre la surenchère au mois de mai, suivi du Venezuela et de la Libye. La hausse atteint maintenant 30 à 35 %.

Les conséquences pour la France doivent être revues à la hausse. L'augmentation supplémentaire des prix pourrait atteindre 1,8 %, ce qui nous ferait franchir à nouveau le seuil annuel des 10 %, et la croissance serait réduite de 1 %.

Le pessimisme gagne les chefs d'entreprise. Les consommateurs diminuent leurs achats. On voit surgir le risque d'une crise économique en 1980.

*

* *

Il est temps pour nous de faire le point. Faut-il maintenir le cap de la politique économique ? Faut-il en changer ? Je reçois le Premier ministre dans mon bureau, à la veille du Conseil des ministres du 11 juillet 1979. Il revient d'Irak, où il pense avoir obtenu des assurances concernant l'approvisionnement énergétique de la France.

Les chiffres commencent à être mieux connus : pendant le premier semestre, le coût de l'approvisionnement de la Communauté européenne en pétrole a augmenté de 57 %.

– Je ne vois pas de raison de modifier la ligne de notre politique, me déclare Raymond Barre. Le poids de notre facture pétrolière va s'alourdir. Pour maintenir l'équilibre de notre commerce extérieur, nous devons accroître nos exportations, et pour cela rester compétitifs. Cela nous impose la modération de l'évolution des salaires. Le pouvoir d'achat a encore augmenté en 1978. Je pense que cette année, l'objectif devrait être le maintien du pouvoir d'achat. Pour éviter le ralentissement de l'activité, nous devrons accepter une certaine dégradation de l'équilibre budgétaire. C'est le seul assouplissement à envisager.

– Oui, mais n'allons pas trop loin dans cette direction ! lui répliqué-je, et uniquement du fait de la diminution des rentrées fiscales.

Je pense en effet que dans la tourmente que nous traversons, la solidité des finances publiques de la France constitue un point d'ancrage.

Le lendemain, au Conseil des ministres, je présente le projet de « croissance sobre ».

« La France, dis-je, dégagée de toute échéance électorale, doit consacrer ses forces à s'adapter au nouvel état du monde, en évitant toute illusion et tout pessimisme. »

Je développe l'idée que le niveau élevé des prix du pétrole est appelé à se maintenir, et que cette situation entraîne deux conséquences pour nous : redoubler d'efforts pour réaliser des économies d'énergie ; et accélérer la réalisation de notre programme électronucléaire, pour avancer en direction de l'indépendance énergétique. « Nous devons, dis-je en conclusion, veiller à une juste répartition des efforts, qui épargne les catégories les plus défavorisées. »

Parallèlement, nous engageons, avec nos partenaires européens et américains, une action visant à limiter les achats de pétrole, pour rééquilibrer le marché. Cet effort culmine avec la réunion à Tokyo, dans la dernière semaine du mois de juin 1979, du groupe des sept pays les plus industrialisés, groupe que la France avait pris l'initiative d'institutionnaliser lors du sommet de Rambouillet en 1975.

Les débats de Tokyo portent exclusivement sur la fixation de plafonds d'achat par les grands pays importateurs de pétrole. Il se forme des alliances inhabituelles : d'un côté les États-Unis et la France, qui soutiennent des limitations strictes, de l'autre l'Allemagne et le Japon, qui essaient de protéger leurs importations d'énergie. L'Allemagne est représentée par le ministre libéral de l'Économie, Otto Lambsdorff, qui complique longuement les discussions. Il faut l'intervention du chancelier Helmut Schmidt pour remettre les choses en ordre. La Grande-Bretagne se tient à l'écart d'un débat qui la concerne peu, en raison des ressources pétrolières de la mer du Nord. Mais son représentant retient l'attention générale, puisqu'il s'agit du Premier ministre Margaret Thatcher, qui fait sa première apparition sur la scène internationale !

Nous réussissons à grand-peine à nous mettre d'accord sur la fixation de plafonds d'importation de pétrole. Ceux-ci seront définitivement arrêtés, au cours d'une réunion technique des ministres de l'Énergie à Paris, au mois de septembre.

*
* *

Au cours de la réunion de Tokyo, l'empereur du Japon, Hirohito, a offert un dîner au Palais impérial en l'honneur des sept participants. Mon ancienneté relative comme chef d'État m'a valu d'être placé à sa droite. L'empereur portait un vêtement traditionnel. Un petit interprète était assis sur une chaise, en retrait entre nous. Sa présence était d'autant plus indispensable que l'empereur ne s'exprimait pas en japonais moderne mais dans une variante ancienne de la langue, incompréhensible pour ses contemporains – ce qui, à vrai dire, ne faisait aucune différence en ce qui me concerne !

À bout de conversation banale, je me suis décidé à poser à l'empereur une question aussi sotte que déplacée :

« Les autorités américaines ont imposé en 1945 l'abrogation du culte impérial. Comment se sent-on lorsqu'on a été proclamé dieu pendant une partie de sa vie, et que soudain on cesse de l'être ? »

L'empereur a écouté la traduction de ma question que lui soumettait l'interprète, avec une bienveillance souriante et indifférente inscrite sur son visage tourné vers moi.

« On s'y habitue », me répond-il, et après un léger temps de silence : « Je ne pense pas que cela fasse beaucoup de différence. »

C'est, du moins, ce que l'interprète a traduit.

Je suis resté silencieux, embarrassé de mon indélicatesse.

*
* *

Dès le mois d'octobre, le vent mauvais a recommencé à souffler. Le Koweït relève de 10 % le prix de son pétrole. Il est suivi par une vague d'augmentation, où se rejoignent les pays producteurs arabes et le Venezuela. L'Irak et la Libye annoncent, le 18 décembre, une nouvelle augmentation, au-dessus du prix-plafond fixé à Genève. La conférence de l'Opep, réunie à Caracas, se termine par un désaccord qui provoque de nouvelles hausses

L'année 1979 s'achève ainsi avec des cours du pétrole compris entre vingt-quatre et trente dollars le baril, alors qu'elle avait débuté sur un niveau de onze à quatorze dollars. La hausse des prix du pétrole brut aura été en moyenne de 100 %.

La facture est particulièrement lourde pour la France. Le prélèvement supplémentaire avoisine les trente milliards de francs, ce qui représente l'équivalent du quart de notre budget.

L'opinion publique a du mal à supporter ce second choc pétrolier. On la comprend. Elle avait accepté, plus au moins volontiers, mais elle avait finalement accepté, les sacrifices qui lui étaient demandés. Elle avait confirmé lors de l'élection de 1978 notre majorité, contre les assauts répétés et irréalistes de la démagogie. Elle avait entrevu la sortie du tunnel. Et voici que tout recommence. Le même film en noir et blanc – davantage de noir que de blanc – est projeté sur l'écran.

Nos cotes de popularité connaissent un véritable plongeon. Un sondage de l'IFOP indique, au mois de septembre, que ma cote de popularité a chuté de huit points depuis le mois de juillet. Pour la première fois, le pourcentage des mécontents (44 %) dépasse celui des satisfaits (40 %). La situation se redresse en octobre, avec 45 % de satisfaits contre 40 % de mécontents.

Pour Raymond Barre, la sanction est plus sévère. Il recueille, en septembre, 26 % de satisfaits contre 57 % de mécontents. Et cet état de choses va se prolonger jusqu'à la fin de l'année.

Quand j'évoque ces chiffres devant lui, Raymond Barre n'en paraît pas troublé. Il me semble qu'il perçoit l'impopularité comme une garantie de l'authenticité de ses efforts.

Pour moi, c'est différent. J'ai du mal à accepter, un peu à la manière du général de Gaulle – quoique le contexte soit différent – de ne pas être en phase avec la majorité du peuple français. Ce n'est pas une réaction politique, mais plutôt une perception affective : cette situation minoritaire signifie que les Français ont cessé de croire, au moins pour le moment, que je travaille pour leur bien commun.

Cette situation d'affaiblissement offre une opportunité inespérée au monde politique d'effacer ses deux déceptions de mars 1978 et de juin 1979, aux élections législatives et européennes. Il s'y précipite la tête en avant, l'opposition pour accentuer ses attaques, et la majorité pour accroître ses divisions.

Ces attitudes s'expliquent en partie par des déceptions électorales : la gauche était persuadée de gagner les élections de 1978, qu'elle a perdues, et le nouveau RPR a du mal à admettre qu'à l'élection au Parlement européen, en juin 1979, la liste conduite par Jacques Chirac, qui a obtenu 16 % des voix, ait été largement distancée par celle animée par Simone Veil qui a recueilli 27,4 % des suffrages.

Les critiques de l'opposition sont normales. On peut seulement s'étonner qu'elles s'expriment uniformément sur tous les sujets, car il y a visiblement dans l'action gouvernementale des initiatives qui méritent d'être approuvées, ne serait-ce qu'en matière d'environnement, d'avancées de protection sociale ou de propositions sur l'informatique et la liberté. Le tir se concentre sur le « plan Barre », avec un déchaînement de violence qui surprend. Georges Marchais, leader du Parti communiste, déclare le 9 août, il est vrai à son retour de vacances : « Moi, je suis toujours prêt à m'unir avec le diable pour faire échec à la politique Giscard-Barre. » Qui serait ce diable ? Les commentateurs s'interrogent.

La presse s'associe à cette campagne sévère. *Le Monde* titre son bilan de trois ans de gouvernement Barre : « Pourquoi avoir échoué dans tant de domaines ? » Plus étonnant, *Le Figaro* fait chorus en estimant que « l'action de Raymond Barre a échoué ».

Ces campagnes expliquent en partie la baisse de popularité du Premier ministre et de moi-même. Mais un fait remarquable me rassure : malgré leur outrance, ces déclarations ne réussissent pas à déclencher de forts mouvements sociaux. La rentrée d'octobre ne donne lieu à aucune manifestation syndicale importante, pas même à la rituelle grève de la SNCF, ou à celle des transports parisiens. Il semble que la désaffection du gouvernement ressemble davantage au découragement qu'à l'hostilité.

J'essaie de soutenir l'action de Raymond Barre en multipliant les interventions. D'abord au Conseil des ministres du mois d'août, en rappelant qu'à environnement international inchangé, la France aurait pu atteindre un taux de croissance compris entre 3,5 % et 4 %, une hausse des prix ramenée à 8 %, et un redressement progressif de l'emploi.

Au début septembre, je déclare à *Paris Match* : « Nous devons nous adapter à un monde qui va venir, et ne pas nous accrocher à un monde qui s'en va ! » Ce que j'exprime d'autant plus volontiers que c'est le fond de ma pensée.

Et puis, dans l'émission télévisée « Une heure avec le président de la République » – que j'ai instaurée depuis un an sur la suggestion de mon collaborateur chargé de la communication, qui est mon ancien camarade du lycée Janson, le diplomate Pierre Hunt, émission où je réponds en direct aux questions de deux ou trois journalistes choisis par la chaîne –, je fais l'éloge public du Premier ministre : « Il faut être juste dans sa critique. M. Barre est un homme d'une honnêteté à toute épreuve. J'ai accepté les récentes mesures qu'il a proposées pour solde de tout compte. »

Et je termine cette intervention sur un mot qui paraît faire mouche : celui de « consensus ». « La France a surtout besoin d'un consensus social. » Et je cite pour exemple deux sujets, les négociations sur les bas salaires et sur la durée du travail, qui sont des thèmes favoris de la CFDT. Georges Marchais s'en étouffe d'indignation, et répond, à la manière dont Bergson décrivait le comique de répétition : « Non, non et non ! » François Mitterrand compare mon allocution « à de l'eau sur une toile cirée », mais laisse percer son embarras en réclamant, comme préalable, « un énorme effort de justice entre les Français ».

Deux mois plus tard, le plus brillant des syndicalistes français, Edmond Maire, qui a reçu le message et écouté les réactions, déclenche une tempête en affirmant au *Républicain lorrain* que « la gauche connaîtra l'échec aux prochaines présidentielles, quel que soit son candidat ».

Un sondage de la SOFRES paraît lui donner raison. À la question posée : « Si les élections présidentielles avaient lieu maintenant, pour qui voteriez-vous ? » les personnes sondées répondent : 53 % pour VGE contre 47 % pour François Mitterrand ; 52 % pour VGE contre 48 % s'il s'agissait de Michel Rocard ; et 64 % contre 36 % dans le cas d'un duel avec Georges Marchais.

*
* *

L'affrontement le plus inquiétant est celui qui se déroule au sein de la majorité.

Ce n'est pas une surprise : il n'est que la suite naturelle des rivalités qui se sont manifestées lors de la préparation des élections législatives. Les plaies se sont avivées. Le RPR a mal ressenti la poussée de la jeune UDF dans l'élection de 1978, et encore plus mal, comme je l'ai écrit, la brillante percée de la liste de Simone Veil, comportant en deuxième place le président de l'UDF, Jean Lecanuet, à l'élection européenne. Les dirigeants du RPR voient dans le regroupement des partis du centre droit et du centre une manœuvre, voire un complot, pour les éliminer du pouvoir. Or, ils conservent de leur filiation du gaullisme, pourtant désormais lointaine, la conviction qu'ils ont une vocation naturelle à exercer le pouvoir en France, et que toute solution concurrente est illégitime.

L'existence d'un gouvernement de centre droit, dont ils constituent la majorité mais qu'ils ne dirigent pas, leur est positivement insupportable. Aussi mènent-ils une guerre de harcèlement contre le gouvernement de Raymond Barre. Aussi longtemps que celui-ci est en position de force, le combat reste feutré. Le soin de mener la guérilla est délégué à des comparses, tel Pierre Charpy, qui décoche dans *La Lettre de la Nation*, organe du mouvement, ses flèches empoisonnées en direction du Premier ministre.

J'en suis d'autant plus surpris que j'avais de la sympathie pour lui. Il m'avait invité à déjeuner, lorsque j'étais jeune député et qu'il était lui-même rédacteur en chef de *Paris-Presse*, seul quotidien du soir orienté à droite, dans un restaurant situé en face de la Bourse, qui avait une allure de caveau de vigneron. J'avais été flatté de cette attention portée par un important personnage de la presse à un débutant en politique. Nos échanges m'avaient paru chaleureux.

J'ai été surpris de le retrouver plus tard, dans mes conférences de presse, vieilli et aigri, bien qu'à ma connaissance rien ne nous ait opposés. C'est à lui qu'a été confiée la tâche ingrate et sans gloire de planter des banderilles dans le flanc du taureau Barre.

Aussitôt que la situation politique se dégrade, au fur et à mesure que sont ressentis les effets du deuxième choc pétrolier, le ton monte, et l'affrontement se déplace maintenant en direction de l'Assemblée nationale. Le grand débat va s'ouvrir à propos du projet de budget pour 1980.

Le président du groupe parlementaire du RPR s'adresse le 16 octobre au gouvernement : « Nous sommes arrivés à une heure de vérité, déclare-t-il. S'il y a une sorte de blocage de la part du gouvernement... beaucoup de membres de ce groupe se décideraient alors à franchir le pas, et ne voteraient pas le budget ! »

Des escarmouches préliminaires donnent le ton. Le groupe parlementaire du RPR conteste la plupart des propositions du gouvernement de Raymond Barre. Pour les faire adopter celui-ci en est réduit à faire appel à un article de la Constitution, l'article 49, alinéa 3, qui permet de considérer un projet de loi comme adopté si une motion de censure n'est pas votée par le Parlement. Je n'aime pas cette procédure, qui me semble devoir être réservée à des sujets d'importance vitale, autrement elle exerce une pression excessive sur le Parlement. J'en fais l'observation à Raymond Barre.

– J'en conviens, Monsieur le Président, me répond-il. Mais je n'ai pas d'autres moyens de faire passer les textes. Le groupe du RPR s'oppose pratiquement à toutes nos propositions.

– C'est bien ce que j'observe, dis-je, mais toutes ces propositions n'ont pas la même importance, ou la même urgence !

En disant cela, je cherche à rectifier un réflexe propre à l'administration et au milieu politique français, réflexe selon lequel, aussitôt qu'un texte de loi a été élaboré par les services d'un ministère et proposé par le ministre, il devient impérieux qu'il soit adopté par le Parlement dans le plus court délai, même si les textes d'application ne seront publiés que beaucoup plus tard !

– Je tiendrai compte de votre observation, me dit Raymond Barre, mais je crois que je ne pourrai pas éviter le recours à l'article 49 pour faire passer le budget !

– C'est différent, et je vous comprends dans ce cas. Le budget est un acte vital pour le pays, mais il faudra veiller au respect des dispositions constitutionnelles !

Il me semble que depuis son accident de santé du mois d'octobre, Raymond Barre a retrouvé son tonus. Lorsque j'avais appris l'existence de sa maladie, j'étais allé lui rendre visite au Val-de-Grâce. Je l'y avais trouvé en pyjama, adossé à son oreiller, entre des draps bleus. La pâleur étalée sur son visage trahissait sa fatigue. Je l'ai encouragé à se reposer. Mais dès la fin de la semaine, il a rejoint Matignon.

La guérilla continue. Pendant l'absence du Premier ministre, le barème de l'impôt sur le revenu pour 1980 a été repoussé par 340 voix contre 119, le groupe UDF étant seul à voter le texte. Il n'y a donc plus de recettes pour couvrir les dépenses, mais l'examen du projet de budget se poursuit.

Un nouvel incident survient à propos de la politique de la famille. La loi sur l'interruption volontaire de grossesse de 1974 indiquait, en effet, qu'il serait procédé à un nouvel examen du texte au bout d'un délai de cinq ans. C'était une concession faite à l'époque à l'opposition de droite, pour lui fournir l'occasion d'évaluer après un certain délai les conséquences pratiques de la loi.

Le Conseil des ministres du 3 octobre 1979 adopte la proposition que je lui fais de reconduire purement et simplement la loi dans son texte initial. Le débat avait eu lieu, il avait été approfondi : je ne voyais pas de motif de changer la loi. Pourtant Jacques Chirac, Premier ministre en exercice en 1974, annonce qu'il ne votera pas ce texte qui est une incitation à l'avortement. Je donne une interview au journal *La Croix*, où je rappelle que la loi sur l'avortement a un objectif social, qui vise à répondre aux situations des femmes en détresse, et rien de plus. La loi est adoptée le 19 décembre 1979 par 270 voix contre 195, en conformité avec son texte initial. Jacques Chirac vote contre le projet de libéralisation de l'interruption de grossesse, déposé et défendu en 1974 par le gouvernement qu'il dirigeait[1].

Le 4 décembre 1979, le groupe RPR refuse de voter le projet de loi sur la Sécurité sociale, et le Premier ministre a recours, une fois de plus, à l'article 49, alinéa 3, qui commence à atteindre la célébrité. Les commentaires indiquent que Raymond Barre rassemble à cette occasion la quasi-unanimité des députés RPR contre lui.

Mais c'est à propos du vote final sur le budget que va se dérouler le véritable affrontement.

Chacun sait que le vote annuel du budget est un acte essentiel de la vie politique : sans budget, un gouvernement est incapable de gérer le pays. C'est donc le vote du budget qui définit la majorité gouvernemen-

1. *Journal officiel*, Assemblée nationale. Première séance du 19 décembre 1979, p. 12.301.

tale, composée des députés qui donnent au pouvoir en place les moyens dont il a besoin pour agir. Cette vérité d'évidence est ressassée à l'envi par le milieu politique français, qui en fait un de ses dogmes de base.

Or le projet de budget pour 1980 parcourt un itinéraire douloureux : déjà dépouillé de ses recettes, voici que des députés de la majorité annoncent publiquement qu'ils ne voteront pas l'ensemble.

Devant le comité central du RPR, réuni le 9 décembre, Jacques Chirac qui le préside prononce une diatribe contre la politique du gouvernement, qu'il accuse de vouloir « plaire au peuple » et « de s'en remettre aux humeurs de l'opinion qu'il baptise nécessité ».

La hache de guerre est déterrée. Raymond Barre, qu'il est difficile de taxer de démagogie, réplique le 12 décembre dans les colonnes du journal *Rhône-Alpes* : « Je ne suis pas disposé à m'incliner, sous prétexte de concertation, devant la volonté d'une formation de la majorité parlementaire. » Pierre Charpy envenime le débat dans *La Lettre de la Nation*, organe officiel du RPR, en s'interrogeant sur le point de savoir si « le Premier ministre a l'intention de prendre la place que tient Georges Marchais à gauche dans l'insulte et la calomnie ». Des voix plus modérées, dont celle du jeune député Antoine Rufenacht, élu RPR du Havre, s'élèvent pour calmer le jeu.

Mais la machine est lancée. Bien que le Sénat ait adopté le budget le 11 décembre, Raymond Barre est contraint de recourir au fameux article 49-3, pour faire adopter sans vote, le 17 décembre, le budget de 1980. Le RPR avait exigé, comme contrepartie d'un vote positif, que le gouvernement réduise d'au moins deux milliards de francs les dépenses courantes, pour augmenter d'autant les investissements. Raymond Barre, pénétré de la justesse de ses propositions, s'y est refusé, en ramenant à deux cents millions de francs le montant des économies qu'il pouvait s'engager à réaliser.

C'est alors que survint un incident cocasse. Le Conseil constitutionnel, saisi à la fois par le président de l'Assemblée et, grâce à la réforme que j'avais fait adopter en 1974, par le groupe socialiste, déclare non conforme à la Constitution le projet de budget pour 1980. Sa décision repose sur des arguments de procédure : alors que la première partie fixant le montant des recettes n'avait pas été adoptée, la discussion ne pouvait pas se poursuivre sur la seconde partie. La France va commencer l'année sans budget !

Je me suis tenu à distance de ce débat de procédure, en considérant que c'était prioritairement l'affaire du gouvernement et de sa majorité. Bien entendu j'approuvais l'attitude de Raymond Barre, mais je l'avais invité, on s'en souvient, à respecter strictement les dispositions constitutionnelles. Et au fond de moi veillait un instinct venu de l'heureux temps où j'étais ministre des Finances, qui me faisait considérer avec une sympathie amusée les propositions d'économies avancées par un groupe politique dont je savais qu'au moment où il faudrait les traduire en décisions concrètes, celles-ci se heurteraient inévitablement à la réaction instinctive des Français devant toute mesure d'économie qui se résume dans la formule : « Pas celle-là ! Et pas pour moi ! »

Aussi, je me contente de convoquer une session extraordinaire du Parlement le 27 décembre pour adopter deux lois de finances : l'une permet à l'État de percevoir ses recettes au-delà du 1er janvier 1980. Elle est adoptée le jour même, sans recours à l'article 49-3, et elle est déclarée conforme à la Constitution. La seconde confirme les dépenses du budget, telles qu'elles ont été fixées par le texte présenté le 17 décembre, y compris les deux cents millions d'économies nouvelles à réaliser par le gouvernement.

Ainsi la péripétie, la sérieuse péripétie du budget de 1980, qui a ébranlé la majorité, se trouve-t-elle close, entre Noël et le Nouvel An. Close en ce qui concerne le budget, mais la cicatrice sera plus longue à guérir.

*

* *

J'essaie de faire le point, en cette fin d'année tourmentée. Pour l'opinion, l'essentiel réside évidemment dans la secousse économique et sociale provoquée par le second choc pétrolier, qui a renvoyé à plus tard l'espoir d'une embellie. Le cours du pétrole importé par la France dépasse maintenant trente dollars le baril[1]. La situation extérieure retient moins l'attention du public. Pour moi, il en va évidemment autrement.

Depuis l'élection du Parlement européen au printemps dernier, événements et visites se sont succédé : le retrait des forces françaises du Tchad, la prise en otage du personnel de l'ambassade américaine à Téhéran, l'élimination par la France de Bokassa en République centrafricaine, la venue à Paris du successeur de Mao Zedong, les troubles à la grande mosquée de La Mecque, l'aggravation de la crise en Afghanistan, où le président Amin, ami personnel de Leonid Brejnev, est renversé, jugé, et exécuté le jour même, et le déploiement par l'Union soviétique de missiles nucléaires à moyenne portée, pointés sur l'Allemagne.

---

1. Soit un peu plus de cent dollars, exprimés en valeur 2006.

Mon attention se partage entre l'intérieur et l'extérieur, d'autant plus que les menaces venues du dehors peuvent déstabiliser notre fragile équilibre interne.

Depuis l'élection de mars 1978, il me semble que la fièvre électorale est retombée dans le pays, absorbé par ses difficultés économiques. Mais cette fièvre échauffe toujours le milieu politico-médiatique, dont la vie est scandée par les échéances électorales et qui fourbit maintenant ses armes en vue de l'élection présidentielle de 1981, qui se rapproche à l'échéance de dix-huit mois !

Dans le camp socialiste, l'autorité de Mitterrand, tenu pour responsable de l'échec de 1978, est contestée par la montée en puissance du jeune, talentueux, versatile, et au demeurant sympathique, Michel Rocard. Son père, professeur à l'École normale supérieure de sciences et chercheur renommé en énergie des particules, a soutenu ardemment ma candidature en 1974. Quant à Michel Rocard lui-même, il ne fait pas mystère de son ambition présidentielle. De nombreux élus du terrain commencent à se rallier à sa candidature, d'autant plus que les sondages électoraux lui donnent maintenant l'avantage sur François Mitterrand.

Dans la majorité dite présidentielle, les choses sont plus feutrées. Les attaques se concentrent sur le gouvernement, et sur la politique économique menée par Raymond Barre. Celui-ci, selon la formule peu élégante employée par *Le Nouvel Observateur*, me sert de plastron et me protège de sa large silhouette. Dans les propos critiques des dirigeants politiques, je suis relativement épargné. Les responsables de l'UDF, provenant pourtant de partis traditionnellement divisés, se montrent d'une loyauté parfaite et affrontent avec courage l'impopularité du moment. Jacques Chirac se laisse aller à une confidence dans laquelle il annonce que « de toute manière, le président de la République sera battu à l'élection présidentielle de 1981 », sans que l'on puisse distinguer s'il s'agit d'une prévision ou d'un souhait.

Mais d'une manière qui peut paraître étrange, je ressens en cette fin d'année une forme de sérénité. Peut-être celle-ci est-elle due à la publication du dernier sondage publié par l'IFOP-*Le Point*, qui prévoit ma réélection dans tous les cas de figure, avec une avance de 57 % par rapport à François Mitterrand, et de 53 % contre Michel Rocard. Les contorsions démagogiques de François Mitterrand sur les conséquences du second choc pétrolier, et sur les restructurations industrielles que chacun sait être inévitables, ne paraissent pas lui avoir bénéficié. Peut-être aussi suis-je encouragé par le résultat des élections partielles dans l'Essonne et dans l'Indre, où notre majorité profite de la division de la gauche pour conquérir de nouveaux sièges.

Mais cette sérénité tient surtout à un trait de mon caractère, cette forme de fatalisme optimiste, qui me fait croire que, dès lors que le nécessaire est en place, les résultats suivront.

Je retrouve en moi, dans l'estomac ou dans les tripes, selon le vocabulaire de chacun, une sensation assez semblable à celle que j'éprouvais quand je m'initiais, du temps du ministère des Finances, au pilotage des avions, et que je traversais, en tenant serrées dans ma main des commandes que je contrôlais mal, un épais grumeau de nuages qui offrait toutes les nuances du blanc au gris foncé. Soudain, l'un des nuages se déchire, et laisse apercevoir une percée vers le bleu du ciel. La confiance revient, et, avec elle, la perception d'un bonheur léger.

Le message de fin d'année

C'est dans cet esprit que je prépare mon message de vœux aux Français pour la soirée du 31 décembre 1979. C'est déjà la sixième fois !

Je n'aime pas cet exercice, qui me paraît terriblement conventionnel, et même à la limite indiscret dans la mesure où il vient interrompre dans l'intimité des Français une soirée faite pour les rires, les chansons et les baisers, par l'apparition quasi sépulcrale d'un personnage que personne n'a réellement invité.

Quant aux propos que je peux tenir, il est difficile de les arracher à la banalité ou à l'emphase, surtout pour une sixième déclaration.

J'imagine sans peine la tonalité des réactions de la presse : « Le président de la République s'en est tenu à des généralités, il n'a annoncé aucune mesure concrète. » Comment pourrait-il en être autrement ! Je n'ai pas une conception de mon pouvoir à ce point personnelle que je puisse annoncer des « décisions » que le gouvernement n'a pas délibérées, et qui devront, de toute manière, être approuvées par le Parlement !

Nous avons passé la fête de Noël à Authon avec nos enfants, et mes parents qui nous avaient rejoints. Anne-Aymone avait décoré de guirlandes d'argent un merveilleux arbre de Noël dont la tête grattait le plafond. J'ai regagné Paris pour enregistrer mon texte. Je le mémorise dans l'auto. Je l'ai prévu aussi court que possible, mais jamais assez court, et je le prononcerai sans lire un papier, pour lui conserver une manière de spontanéité.

L'enregistrement est prévu dans un angle de la salle des fêtes, attenant au salon Murat. Les murs sont revêtus de boiseries blanches, à moulures dorées. L'ensemble ne me paraît pas trop chargé, afin d'éviter la pompe des palais officiels.

Un petit décor y a été campé, composé d'un fauteuil emprunté à la salle du Conseil des ministres et d'un bureau plat, sur lequel on a posé la pendule de mon arrière-grand-père, sans doute pour faire plus intime.

Je demande qu'on enlève ce bureau. Les techniciens protestent, car il leur facilite l'installation de leurs micros, mais je persiste dans mon refus : qui aurait l'idée saugrenue de se camper derrière un bureau pour présenter des vœux à sa famille ? Je parlerai assis, dans le fauteuil.

Il me faut passer par l'inévitable maquillage, que je redoute car il me tend la peau. Je demande à la maquilleuse que la teinte soit foncée, pour éviter la pâleur lunaire de certaines émissions, qui ferait croire qu'un fromage blanc a été miraculeusement doté du don de parole. Les techniciens installent les micros-cravates, dont les fils se glissent entre le veston et le pantalon.

Je me remémore la « check-list » de ce type d'émission établie pendant la campagne de 1974 : me tourner légèrement pour éviter de donner à l'auditeur, en étant de face, la sensation d'une posture trop autoritaire ; s'assurer de la détente de mes épaules, car leur maintien exprime le langage de mon corps ; éviter tout mouvement des mains qui, en cherchant un contact, traduirait le besoin de me protéger d'une angoisse ; et enfin veiller à ce que les muscles de mes jambes soient souples pour assurer le confort de mes mouvements. Me voici prêt à enregistrer.

Mais à qui vais-je m'adresser ? Qui va m'écouter ? Il y a peu de personnes devant moi, quatre ou cinq techniciens tout au plus, et Pierre Hunt. Et une seule caméra, qui m'observe de son œil glauque de cyclope.

Où sont les spectateurs, où sont les auditeurs, où sont les Françaises et les Français ? Derrière la caméra, au-delà d'un long espace interstellaire que les ondes devront traverser.

Suis-je intimidé ? C'est une question qu'on m'a souvent posée. La réponse est négative. Non, je ne suis pas intimidé, je n'éprouve pas d'appréhension, sauf celle d'oublier une phrase de mon texte. C'est surprenant de la part de quelqu'un qui est embarrassé de prononcer un petit discours à ses proches en craignant d'être submergé par l'émotion ! Je me sens calme, dans une sorte de bien-être, et, bien qu'il soit flou et invisible, tapi dans les cavernes tièdes de ses maisons, j'aime le public auquel je vais m'adresser.

Je fais un signe de la tête pour indiquer que je peux commencer l'enregistrement. Le cameraman lève un bras, le tient suspendu, puis l'abaisse brusquement. La caméra émet un sifflement feutré. Elle tourne.

Mes vœux portent d'abord sur la paix, que je sais être menacée : « Un danger de guerre existe, dis-je, et l'équilibre du monde repose sur le sang-froid de quelques hommes. » Des mots défilent dans ma tête que je ne prononce pas : Afghanistan, Pologne, Israël.

Puis j'évoque le deuxième choc pétrolier, en soulignant que l'année qui s'achève avait prouvé que la France était mieux armée pour l'encaisser que lors du premier. Et je mentionne quelques résultats à mettre à l'actif de notre pays, car le dénigrement constant de l'opposition est lassant, et démoralise l'opinion : « le regain de la sidérurgie, le développement rapide de la production d'électricité nucléaire qui nous assurera une forme d'indépendance énergétique, et le lancement réussi de la première fusée européenne Ariane », qui a eu lieu la veille de Noël.

Je rappelle qu'en dépit de contraintes économiques sévères, le pouvoir d'achat des travailleurs a augmenté, et que nous avons veillé à ce que le sort des personnes âgées et des titulaires de bas revenus soit particulièrement amélioré.

Et je conclus par une évidence : la nécessité pour les Français de s'unir, pour mieux faire face à la crise. Ce souhait est tellement élémentaire qu'en l'articulant, il me semble que ma voix sonne creux, comme lorsqu'on énonce une platitude. Il me faudrait indiquer comment y parvenir, communiquer à ceux qui m'écoutent l'ardeur nécessaire pour le tenter. Je n'ai même pas le droit de fermer les yeux. La caméra surprendrait mon geste. J'aimerais trouver des mots plus convaincants, plus chaleureux, plus proches.

Mais je m'adresse à une lentille, à une pupille sans paupière : elle ne connaît pas les frissons, les hésitations, les douceurs.

Bonne année à vous tous !

Selon l'usage, nous procédons à deux autres enregistrements, que nous allons regarder pour les comparer. Le second est un peu plus lent, avec quelques silences, et d'un ton plus souple. Le troisième me paraît déclamatoire, et revêt la tonalité mécanique d'un texte appris par cœur. Tout compte fait, Pierre Hunt et les techniciens, que je consulte, sont unanimes pour préférer la deuxième version. C'est donc elle qui sera diffusée ce soir, au début du journal télévisé !

Quant à moi, je partirai en voiture, en longeant le Cours-la-Reine et les quais de la Seine, accompagné d'une auto suiveuse, pour regagner Rambouillet où je dînerai avec ma famille, six personnes autour d'une table ronde, supervisé par l'incomparable Guy Hennequin, sans regarder l'émission. Aucun de mes enfants ne demandera à la voir.

Adieu, année 1979, avec ses taches d'ombre et ses rais de lumière, ses bruits de foule et ses applaudissements clairsemés ; avec nos efforts tenaces, et nos résultats ambigus semblables à ceux de Sisyphe aux prises avec son rocher ; année de tourments et de tourmentes. Tu fais désormais partie de mon itinéraire personnel.

CHAPITRE V

Les grands projets pour la France

Je crois que les Français aiment la grandeur. Ils ont besoin de grandes ambitions et de grands projets. C'est un des meilleurs traits de leur caractère.

Quand ils en sont privés, ils se réfugient dans la vanité, une vanité difficilement supportable, qui les dévalorise, et parfois les ridiculise aux yeux des étrangers. La vanité n'est pas l'ombre de la grandeur, mais la montée de sève de la petitesse.

Je suis comme eux : j'aime ce qui est grand, et j'en éprouve le besoin.

D'où cela nous vient-il ? D'un gène datant de l'Empire romain, fertilisé par la vitalité des tribus germaniques ? Du souvenir de l'époque où le niveau de notre population faisait de nous le premier pays d'Europe, en étirant notre présence de Madrid jusqu'à Moscou ? D'un romantisme hérité de notre souche celto-gauloise et entretenu par les bardes du haut Moyen Âge, en attendant l'arrivée de Victor Hugo ? Il nous faut de l'espace, du grand air, comme on l'aperçoit et le respire depuis la terrasse du château de Versailles. Oui, nous avons besoin de grandeur !

Le général de Gaulle avait répondu à ce besoin, en proposant aux Français une référence tirée de l'histoire : rétablir le rang et l'indépendance de la France, tels qu'elle les connaissait avant la guerre.

Pour le réussir, il lui fallait prendre appui sur le socle immense des événements de la guerre.

Je me souviens d'une de ses répliques, à l'occasion de l'entretien hebdomadaire que j'avais avec lui, comme ministre des Finances. Au moment où la conversation allait s'achever, et où l'ambiance commençait à être plus détendue, je me suis permis de lui poser une question :

– Des deux grandes actions que vous avez accomplies, mon Général, la participation de la France libre à la guerre et la mise en place de la Ve République, quelle est celle que vous préféreriez que l'histoire retienne ?

– La guerre, évidemment ! m'a-t-il répondu, en accompagnant sa réponse d'un geste de ses deux bras, comme s'il s'adressait à une foule. La guerre ! C'est là que l'on faisait de grandes choses !

De grandes choses ! Aujourd'hui, la référence à des actions militaires peut rarement être invoquée, à l'exception de la brillante et courageuse intervention de la Légion étrangère à Kolwezi, l'année dernière. L'expression contemporaine de la grandeur se retrouve dans les grands projets, et dans la recherche des performances. Les grands projets rassemblent les Français alors qu'ils se chamaillent sur les petits !

J'ai cherché à identifier les grands projets que nous pouvions proposer aux Français d'aujourd'hui, et qui parleraient à leur imagination. Après en avoir débattu avec les différents ministres, et avoir participé aux séminaires gouvernementaux que je réunissais à Rambouillet, nous en avons retenu cinq, ou plus précisément cinq plus deux.

Les voici : assurer l'indépendance énergétique de la France par un programme unique au monde de construction de centrales électronucléaires ; rattraper le retard de notre équipement téléphonique ; développer la construction d'avions civils ; aménager un réseau de transports à grande vitesse ; participer à la grande aventure de l'espace.

Les deux derniers grands projets étaient d'une nature différente : accélérer et compléter la construction européenne ; et aménager en vraie grandeur le territoire national.

Les cinq premiers requièrent des capacités scientifiques et techniques. Ils n'ont de sens qu'à condition d'atteindre le niveau de la compétition mondiale. Ce sont des projets d'ingénieurs, davantage que de juristes ou d'hommes politiques. Nos grandes écoles d'ingénieurs, et les Instituts universitaires de technologie, mis en place par Alice Saunier-Seïté, sont capables de fournir l'encadrement humain nécessaire.

Je cherche à m'assurer, en tenant des réunions périodiques, de l'état d'avancement de ces projets. En dépit du second choc pétrolier, il me semble qu'ils sont sur la bonne voie.

Chacun d'eux a exigé, à un moment ou à un autre, une décision ou un choix. Ces décisions ont été prises en temps utile, grâce à l'action des ministres, désignés pour leur compétence, depuis Michel d'Ornano jusqu'à André Giraud, et maintenus en place pour toute la durée nécessaire.

Je souhaite, en mon for intérieur, que la réalisation de ces grands projets constitue, malgré toutes les difficultés de notre époque, une manifestation éclatante de la capacité technologique et économique de la France. J'aimerais que les Français en soient fiers.

Le lancement de la première fusée Ariane

Je rêvais d'assister au départ de la fusée Ariane. Son lancement réveillait en moi l'image des premiers pas des astronautes sur la Lune, auxquels j'avais assisté depuis l'Auvergne, dans la salle à manger de la maison de mes parents où la famille s'était rassemblée au grand complet, devant un écran de télévision en noir et blanc. Mes parents paraissaient captivés par cette aventure, qui semblait plus étonnante encore aux personnes de leur génération, comme l'illustration d'un livre de Jules Verne en grandeur réelle. Il s'agissait d'un projet américain, voulu par le président Kennedy. Cette fois-ci, la tentative était française.

Le lancement devait avoir lieu le samedi 15 décembre 1979, à partir de la base de Kourou, située en Guyane. Je souhaitais m'y rendre. On me l'a fortement déconseillé, en raison des incertitudes techniques qui subsistaient. Une présence présidentielle donnerait un trop grand écho à un échec toujours possible. Je me suis incliné à regret, car j'imaginais la sensation que me ferait ressentir ce décollage, avec sa première phase lente et terrifiante, au-dessus d'un coussin de flammes et de fumée blanche qui s'écrase sur le sol.

Au jour dit, je me suis rendu dans les locaux du CNES, à Évry, dans l'Essonne. Le ministre de l'Industrie, André Giraud, accompagné du secrétaire général du CNES et du conseiller scientifique Jacques-Émile

Blamont, m'attendait à l'entrée. Les autres membres de l'état-major du CNES étaient partis pour Kourou.

On nous conduit dans une salle en demi-sous-sol dont les murs sont tendus de rideaux noirs. Des alignements de chaises ont été placés face à un écran géant. Le public est composé, me semble-t-il, d'ingénieurs et de chercheurs. Bien que je ne puisse pas les reconnaître, en raison du faible éclairage, je me sens à l'aise parmi eux. Le monde scientifique me rappelle les années passées à l'École polytechnique. C'est une période de ma vie que j'aime retrouver. Les rapports personnels sont simples, faciles, fondés sur l'intelligence. Je m'y trouve plus à l'aise que dans le monde politique, dévoré par ses ambitions et aigri par ses calculs déçus.

On me fait asseoir au premier rang, à côté d'André Giraud. Un peu plus loin, les personnalités locales sont installées, préfets et maires. Je vais leur serrer la main.

Sur le grand écran, on peut apercevoir Ariane, accrochée en parallèle à sa tour de lancement. Une voix venue de Kourou, à la tonalité caverneuse, nous explique que les liaisons visuelles et sonores sont directes, et que le lancement va se dérouler sous nos yeux en temps réel. Un calculateur fait défiler sur un côté de l'écran les minutes et les secondes du compte à rebours. Il reste seize minutes à attendre.

Pour détourner mon impatience, j'essaie de me remémorer les étapes successives du projet.

L'aventure spatiale française a pris son départ du temps du général de Gaulle, en même temps que les programmes d'atome militaire, départ modeste car il s'agissait seulement de développer les vecteurs de la force de frappe. Nous étions loin de la haute atmosphère. Mais les chercheurs se rendirent compte que ces fusées d'essai pouvaient donner naissance à un lanceur de satellites. Le général de Gaulle prit, en 1961, deux décisions importantes : celle de mettre un satellite en orbite, grâce à la fusée Diamant, et celle de créer une Agence spatiale spécialisée, le CNES[1].

L'équipe de direction du CNES, peu nombreuse mais très brillante, réussit au fil des années à se doter d'une véritable compétence spatiale. Mais elle échoua, faute de moyens, dans la mise au point d'un lanceur lourd. Il apparaissait que nos ressources financières nationales n'étaient pas suffisantes pour assurer la réussite du projet.

Aussi, à partir de l'année 1973, chemina l'idée de créer une Agence spatiale européenne, pour élargir la collecte des moyens. Comme ministre des Finances, j'avais été associé à ces réflexions. J'avais émis des réserves, sans doute malvenues, mais liées aux responsabilités de ma fonction, sur la possibilité de poursuivre simultanément deux programmes, l'un français, et l'autre européen.

Après mon élection, il a fallu choisir. J'ai pensé que nous ne pouvions pas continuer à disperser nos ressources entre un programme national, vraisemblablement voué à l'échec, et un vaste projet européen. J'ai donc décidé d'interrompre le programme national de la fusée Diamant, et de nous engager à fond dans le projet européen, en essayant de donner à la France une position de leader dans ce domaine.

Cette décision n'était pas facile à faire accepter. Les chercheurs entretiennent souvent une relation d'amour avec l'objet de leur recherche. Ils ne voient plus que lui ; ils se sentent tout près d'aboutir ; ils sont furieusement jaloux des interventions qui compliquent leur

1. Centre national d'études spatiales.

démarche ; ils acceptent de sacrifier pour elle une partie de leur vie quotidienne. Je comprenais leur colère et leur frustration. Mais il fallait avancer.

Le CNES a joué parfaitement le jeu, en assumant la responsabilité du programme européen Ariane, et en réalisant l'aménagement du Centre spatial guyanais, sans lequel l'espace ne pouvait pas s'ouvrir à l'Europe[1].

Les charges paraissent équitablement réparties : 64 % pour la France, pays leader du programme, 20 % pour notre premier partenaire l'Allemagne, et 5 % pour la Belgique et pour la Grande-Bretagne.

L'Agence spatiale européenne (ESA) sera installée à Paris…

André Giraud, qui a remarqué ma distraction, se penche vers moi.

« Je vous préviens, Monsieur le Président, nous allons entrer dans la phase active du lancement. »

Le compteur est à moins dix minutes. Les secondes s'égrènent. On a l'impression qu'elles s'accélèrent. Ariane est toujours immobile sur l'écran. Il me semble apercevoir à sa base quelques bouffées de vapeur.

Moins huit, moins sept. La voix venue de Kourou retentit à nouveau.

« Nous avons le regret de vous annoncer, proclame-t-elle, toujours aussi sépulcrale mais avec quelque raison cette fois, que la séquence de lancement a dû être interrompue. Ariane ne sera pas mise à feu. Le lancement est retardé. »

Brouhaha dans la salle. On perçoit des commentaires angoissés, désabusés. Le ton monte, avec cette fois des interrogations.

---

1. Le site de Kourou, par sa proximité avec l'Équateur, est particulièrement adapté au lancement de satellites destinés à être mis en orbite.

André Giraud a réussi à se renseigner. Il m'explique que les détecteurs ont noté une défaillance de pression dans l'un des quatre moteurs qui autorisent le largage.

« Ce n'est sans doute pas trop grave, poursuit-il, mais il va falloir vérifier les détecteurs, et les moteurs. Cela peut prendre une semaine. Je préviendrai votre cabinet dès que la date du nouvel essai sera fixée. »

Je traverse avec lui la salle en sens inverse. On a rétabli la lumière. Mon regard aperçoit des visages soudain pâles, angoissés. Déçus, je le comprends, mais ce n'était après tout qu'un essai. Il y a tellement de facteurs à prendre en compte, de détecteurs, de circuits électriques par dizaine de milliers. J'entrevois dans ma tête un écheveau inextricable de fils rouges et bleus, tantôt en faisceau, tantôt entrecroisés.

« Tenez-moi au courant, dis-je à André Giraud. Informez-moi quand vous saurez quelque chose de précis. Je reviendrai pour le prochain tir. »

Dans l'auto qui me ramène à l'Élysée, j'imagine les commentaires qui vont accompagner l'annonce de la nouvelle : « déception », « échec ». Déception pour les techniciens, « auxquels on ne peut rien reprocher ». Échec pour le gouvernement et pour le président de la République, qui avait tenu à assister au lancement. C'est à la fois naturel, et absurde, car je n'ai pas un millionième de responsabilité dans le déroulement de la séquence de lancement. Ni davantage de mérite, m'objecterez-vous, dans l'hypothèse où le tir aurait été réussi ! Sauf celui d'avoir décidé le programme.

La nuit est déjà tombée sur Paris. J'aperçois les feux verts et rouges de la porte d'Orléans. Une chaîne ininterrompue de phares vient à notre rencontre, pour ramener chez eux les banlieusards de Paris sud.

Ne vous inquiétez pas, Ariane, nous reprendrons l'expérience jusqu'à ce qu'elle réussisse. Mon optimisme inguérissable me murmure que c'est pour bientôt. Et dans l'assoupissement qui me gagne, Racine chantonne : « Nous ne vous laisserons pas mourir aux bords où vous fûtes laissée... »

*

* *

Le second essai a été annoncé pour le samedi 22 décembre, huit jours plus tard. Le tir est prévu à quinze heures.

Comme promis, je reviens à Évry. Même accueil, même scénario. Je m'installe sur mon siège à quatorze heures quarante, entouré des mêmes voisins. Le public me paraît moins nombreux, et plus soucieux.

La séquence du lancement a démarré. Les minutes défilent : nous voyons passer « moins dix minutes », « moins huit minutes ». Quand nous nous rapprochons de « moins six », la tension est perceptible dans la salle. Sur les genoux les mains sont fébriles.

Moins six minutes. La même voix revient dans le haut-parleur de l'écran et annonce : « Un signal rouge s'est allumé sur le tableau de contrôle. »

Nouvel arrêt ; nouvelle anxiété. Les techniciens murmurent derrière nous qu'il doit s'agir d'une défaillance du capteur. On annonce à l'écran que cette nouvelle défaillance ne devrait pas empêcher le tir. Il sera retardé d'une heure et demie au maximum.

J'attendrai donc sur place.

Le compte à rebours prend du retard. À dix-sept heures trente, la nouvelle tombe : « Le lancement d'Ariane est annulé pour aujourd'hui. »

Le scénario de départ d'Évry se reproduit à l'identique. En me raccompagnant, André Giraud me fait partager les informations qu'il a recueillies :

– Les conditions météorologiques étaient en train de se dégrader à Kourou, et le signal rouge provenait d'un mauvais fonctionnement du système de contrôle. Aucune défaillance n'a été décelée dans le troisième étage de la fusée. Les deux premiers étages ont déjà fait l'objet d'essais réussis. Je pense qu'on pourra reprendre l'expérience lundi, et peut-être même – il baisse la voix – demain dimanche. Reviendrez-vous, Monsieur le Président ?

– Non, je le regrette, réponds-je, j'ai trop d'obligations que j'ai retardées, et que je ne peux plus annuler. Mais vous me remplacerez, et vous assisterez au succès d'Ariane.

Je ne lui ai pas donné la vraie raison : je pense qu'il ne faut pas importuner Ariane. La présence de ces grands dignitaires lui pèse. Elle aurait aimé nous faire plaisir, mais ces attentions répétées lui imposent trop de contraintes. Ariane préfère se débrouiller seule, et s'envoler.

Dans l'auto de retour, les mêmes expressions me reviennent, cette fois en caractères gras : déception, échec.

*
* *

Le troisième essai a été effectivement avancé au lendemain dimanche. Après quelques complications, le compte à rebours a été stoppé à moins deux minutes, vingt-neuf secondes ! L'incident, concernant le fonctionnement d'un clapet, n'était pas sérieux. Le processus a pu reprendre, et à dix-huit heures quatorze Ariane s'est enfuie sous la poussée de ses quatre moteurs crachant des flammes, envolée majestueuse d'abord, puis de plus en plus rapide jusqu'à s'effacer de la visibilité du ciel. Dans quatorze minutes le moteur du troisième étage s'arrêtera, et le satellite sera placé sur son orbite.

À six heures vingt, André Giraud m'appelle au téléphone à Authon, où je viens d'arriver en hélicoptère. Il n'a pas besoin de m'annoncer la nouvelle : le ton de sa voix suffit, éclatante au bout du fil, débordante de bonheur.

« Tout s'est bien passé, me dit-il. Il y a eu un petit pépin avant le départ, une histoire de clapet, qu'on a pu corriger tout de suite. C'est un grand succès. Les techniciens pleurent de joie. » Et il devient lyrique : « Nous sommes heureux de vous faire ce merveilleux cadeau de Noël ! »

Il reprend cette phrase dans la conférence de presse qu'il improvise quelques minutes plus tard, et il ajoute :

« Cette grande victoire d'Ariane marque la volonté de l'Europe d'obtenir une indépendance. »

Une indépendance technologique, c'est vrai dans quelques domaines : l'atome, et aujourd'hui l'espace. Mais pour l'indépendance, la grande indépendance politique de l'Europe, cette volonté existe-t-elle chez nos partenaires ? Pas encore, je le crains. Il faudra attendre, et y travailler.

Le satellite qu'Ariane a lancé poursuit sa trajectoire, et se faufile entre les étoiles.

Pendant ce temps, sur notre planète, nous poursuivons notre travail d'organisation. La convention qui a créé l'Agence spatiale européenne va entrer en vigueur l'année prochaine, après sa ratification par la France. La société Arianespace deviendra opérationnelle en mars

1980, sous l'active impulsion d'un président français, Frédéric d'Allest.

*
* *

Le gouvernement a décidé, au mois de février 1979, de réaliser un système national de télécommunication par satellites. Ces satellites « Telecom I » seront construits par la société française Matra.

Et, après l'accord que m'a donné à Moscou Leonid Brejnev, deux cosmonautes français ont été sélectionnés, et subissent un entraînement en Union soviétique pour un vol prévu à la mi-1982.

Ainsi, comme pourrait le chanter Georges Brassens – « Je suis entré par la porte, par la Porte des Lilas ! » – l'Europe est entrée dans l'espace par une porte, une porte française.

J'aimerais que les Français en soient conscients, et puissent en être fiers. Seuls les Américains et les Russes s'en sont montrés capables jusqu'ici. La coopération européenne nous a aidés, certes. Sans elle nous n'aurions pas pu réunir les moyens de réussir. Mais la recherche, la technologie, le montage des opérations ont été effectués par nos savants et nos ingénieurs.

Dans la gigantesque pénombre qui entoure notre planète navigue désormais une petite flamme tricolore.

La marche vers l'indépendance énergétique de la France

Les mesures prises pour réduire la dépendance énergétique de la France ont été décidées voilà quelques années, au cours de deux réunions tenues à l'Élysée le

28 janvier et le 1er février 1975, deux réunions parce qu'une seule n'aurait pas suffi à épuiser le sujet.

Le « gratin » du gouvernement et de la haute administration y était rassemblé, autour du Premier ministre, Jacques Chirac, et du ministre de l'Industrie, Michel d'Ornano. Le commissaire général au Plan, Jean Ripert, et le délégué général à l'Énergie, Paul Mentré, participaient à la discussion. J'avais souhaité que notre représentant aux Nations unies se joigne à eux, en raison de la dimension internationale du problème.

Ce type de réunion me mettait en état de bonheur. L'idée de débattre sérieusement, attentivement, avec les personnalités responsables et compétentes, d'une question vitale pour notre pays, et de rechercher, « sans préjugés et sans crainte », les meilleures solutions, représentait pour moi l'idéal même de l'exercice de ma fonction. Mon corps et mon esprit se sentaient alertes et disponibles. Qui croirait qu'on puisse se sentir à ce point heureux dans l'exercice d'une tâche gouvernementale ?

La convocation de cette réunion portait le titre pompeux de « Conseil central de planification », hérité des pratiques antérieures, bien que j'aie déjà exprimé mes doutes sur les mérites de la planification dans une économie de plus en plus concurrentielle. Dans le cas d'espèce, il paraissait pourtant justifié : l'importance globale du sujet, les multiples relations entre les structures administratives et les entreprises, l'extraordinaire complexité des choix à effectuer appelaient une approche planificatrice.

Les débats avaient été soigneusement préparés. Mon collaborateur, François Polge de Combret, avait établi une note de synthèse sur la politique énergétique française qui résumait parfaitement le sujet, complétée d'une annexe consacrée à l'énergie nucléaire.

Je m'étais plongé avec délices dans la lecture de ces notes, en m'installant dans mon bureau d'angle du premier étage de l'Élysée, dont les volets des fenêtres qui donnaient sur les Champs-Élysées n'étaient jamais fermés. Ainsi, puisque c'était l'hiver, je participais à la vie nocturne de Paris, ronronnante et lumineuse, avec le roulement des voitures et l'éclat intermittent des phares, vie suffisamment lointaine, grâce à la distance et aux vitres des fenêtres, pour ne pas perturber ma lecture.

J'avais demandé à ma secrétaire, Marguerite Villetelle, qu'on évite de me déranger, et je me plongeai dans les feuillets du dossier comme pour la préparation d'un concours. Le seul bruit était celui du battement feutré et rythmé de ma pendulette posée devant moi sur ma gauche.

*
* *

Le constat était impressionnant. La vulnérabilité énergétique de la France dépassait celle de la plupart des pays industriels. Notre approvisionnement en énergie dépendait pour plus des trois quarts de l'étranger (76 % en 1974), et était composé pour plus des deux tiers de pétrole (67 %) dont la France est pratiquement dépourvue.

Il faudrait nous fixer un objectif à dix ans d'échéance, soit en 1985. Nous ne pouvons malheureusement pas prétendre à l'indépendance énergétique totale, comme la visent les États-Unis d'Amérique, richement dotés en pétrole. Michel d'Ornano, et ses services, proposent de faire régresser en dix ans de 16 à 21 points notre taux de dépendance extérieure, qui serait ainsi ramené de 76 % à 60 % ou même 55 %. La différence entre ces deux chiffres tient à l'espoir qu'entretient encore Elf-Aquitaine de découvrir du pétrole dans l'off-shore français, au large de la Bretagne.

Pour réduire cette dépendance, nous ne disposons que de deux moyens : réduire la consommation globale, et développer des sources nationales d'énergie. Nous retenons ainsi un chiffre de consommation d'énergie, publique et privée, pour 1985 en net recul, mais qui reste à un niveau compatible avec la poursuite d'une expansion au taux de 5 %. Cette consommation réduite ne serait alimentée par les importations de pétrole qu'à hauteur de 44 %, contre 67 % l'an dernier.

Nos réflexions sont conduites en concertation étroite avec nos partenaires allemands qui se fixent exactement les mêmes objectifs que nous : ramener en 1985 à 44 % la part de leurs besoins d'énergie couverte par leurs importations de pétrole.

Pour ce qui est des ressources nationales, nous poursuivrons nos recherches de pétrole dans l'Atlantique, sur lesquelles les informations fournies par Elf sont imprécises, et nous mettrons le maximum de moyens dans la recherche et le développement des énergies nouvelles, notamment solaires.

Mais ne nous berçons pas d'illusions : ces espoirs et ces nouveautés ne résoudront pas notre problème. Les espoirs restent aléatoires, et la contribution des énergies nouvelles ne dépassera pas, au mieux, en 1985, 3 % de nos besoins. Nous avons besoin d'une composante plus forte, celle d'un recours massif à l'électricité nucléaire.

*

* *

La question avait été abordée au cours d'un conseil tenu dans les deux derniers mois de la présidence de Georges Pompidou. La décision d'autoriser Électricité de France à engager la construction d'une première tranche de treize centrales en 1974 et en 1975 avait été prise. Mais de nombreuses questions de principe restaient à trancher : quelle serait finalement la technologie retenue ? En conserverions-nous deux, qui étaient en compétition, ou une seule, et laquelle ? À quelles entreprises EDF ferait-elle appel pour construire ces centrales : plusieurs groupes étant candidats, qui choisir ? Quel serait enfin le montage juridique préférable : une seule entreprise gérant l'ensemble des centrales, ou des entreprises différentes selon les zones de production ?

Une fois ces problèmes réglés, il fallait dimensionner l'ensemble : combien de centrales fallait-il construire pour assurer progressivement l'indépendance énergétique de la France ?

*
* *

Le débat sur le choix technologique était âpre et confus. Âpre, parce que les enjeux étaient considérables, et confus parce que les données techniques étaient incompréhensibles pour le grand public, et même pour le milieu politique informé.

Après avoir écarté les propositions les plus incertaines, deux technologies restaient en présence. Toutes deux employaient l'eau « légère » et non plus l'eau « lourde » qui avait connu la célébrité lors des recherches des années 1940. La première de ces technologies avait été développée aux États-Unis par la société Westinghouse, sous le nom de Centrale à eau pressurisée[1] ; la seconde par la société General Electric, sous l'appellation de Centrale à eau bouillante. Il fallait donc choisir entre l'eau pressurisée et l'eau bouillante.

Le Conseil réuni par le président Pompidou avait marqué une préférence pour « l'eau pressurisée », mais sans écarter définitivement l'autre technique.

Chacune de ces techniques avait son défenseur, son champion dans l'industrie française, qui souhaitait obtenir les marchés.

Le champion de « Westinghouse-eau-pressurisée » était la société Creusot-Loire, héritière de la célèbre entreprise Schneider dont le dernier dirigeant familial, Charles Schneider, avait eu l'audace d'anticiper l'arrivée de l'ère du nucléaire en préparant ses usines à fournir les équipements nécessaires. Les compétences de Creusot-Loire en matière de construction de chaudières étaient incontestables.

Quant au champion de « General-Electric-eau-bouillante », c'était la Compagnie générale d'électricité, ou plutôt son talentueux président, Ambroise Roux. Celui-ci avait développé un extraordinaire réseau d'influence. Ingénieur des Ponts et Chaussées, il avait dirigé sous la IVe République le cabinet d'un ministre de l'Industrie appartenant à la gauche chrétienne. Son aspect

1. Dans les deux cas, c'est l'eau qui joue le rôle de modérateur des neutrons, et qui emporte la chaleur produite par la réaction nucléaire. Dans un réacteur à eau bouillante, *l'eau est portée à ébullition dans le cœur*, et la vapeur est directement envoyée dans les turbines. Dans un réacteur à eau pressurisée, la pression *maintient l'eau en état liquide* même à plus de trois cents degrés. Ce circuit primaire transfère sa chaleur à un circuit secondaire de plus basse pression, où l'eau est vaporisée et envoyée aux turbines pour produire l'électricité.

physique était celui d'un chanoine selon la tradition rabelaisienne, rond, la peau blanche, le visage fendu d'un large sourire. Il vous tendait une main molle et complice. Son ressort final étant celui de l'intérêt, il attendait le moment où le même réflexe, c'est-à-dire un calcul d'intérêt, s'emparerait de son interlocuteur. Alors, trêve de banalités, nous pouvons passer aux choses sérieuses !

Sa remarquable habileté lui avait permis de constituer un réseau où il regroupait la plupart des grands chefs d'entreprise. S'éloignant hardiment des racines de la démocratie chrétienne, il s'était bâti une théorie politique qui tenait dans une formule simple : « Le rôle des hommes politiques de droite, lorsqu'ils accèdent au pouvoir, est de servir les intérêts des grands dirigeants d'entreprise, tels qu'il appartient à ceux-ci de les définir. » On conçoit qu'une telle théorie lui valût de nombreux soutiens, et lui ait gagné la sympathie de la cellule des conseillers politiques du président Pompidou, à défaut de lui-même. Quant à moi, il flairait dans mon « libéralisme avancé » je ne sais quel parfum gauchiste qui l'inclinait à la méfiance. Son malheur était de ne pas avoir engagé à temps son groupe d'entreprises dans la technique du nucléaire civil. Il comptait davantage sur ses relations politiques que sur ses arguments technologiques. Il partait dans la course avec une bonne longueur de retard.

Un élément supplémentaire compliquait la situation, celui de la pression qu'exerçait le Commissariat à l'énergie atomique. Cette institution de haute technologie avait la responsabilité de conduire tout notre effort de recherche et de développement en matière nucléaire. Pour le nucléaire militaire, elle agissait en liaison avec le ministère de la Défense. Concernant le nucléaire civil, elle conduisait elle-même ses travaux. Son équipe de chercheurs, animée par André Giraud, après Francis Perrin, était d'un excellent niveau. Sa branche d'activités militaires la protégeait des ingérences extérieures par une règle de confidentialité, difficile à percer.

Or, le Commissariat avait développé de son côté une filière nucléaire française, qu'il souhaitait voir adopter. Cette filière ne paraissait pas aussi performante, et ne présentait pas les mêmes garanties, que les deux filières américaines, à eau pressurisée et à eau bouillante. Et surtout, elle ne disposait pas de références internationales. Or, pour se développer, notre industrie électronucléaire avait un besoin vital d'exporter. On ne pouvait pas retenir cette filière, mais le Commissariat à l'énergie atomique continuait de mener un combat d'arrière-garde.

*

* *

L'ensemble de ces problèmes a été réglé au cours de deux conseils, l'un tenu au début de l'année 1975, le suivant au mois de juin.

Désormais, l'équipement de la France en énergie électronucléaire suivra une trajectoire précise.

Une seule technologie serait retenue, celle des centrales à eau pressurisée.

Électricité de France passera ses commandes au consortium conduit par Creusot-Loire. Celui-ci devra se rapprocher de Westinghouse en vue de « franciser » la filière, et de développer un acteur français au niveau mondial.

Quant au rythme de construction, il serait porté à sept engagements de nouvelles centrales pour chaque année 1976 et 1977, soit quatorze au total, visant une mise en service en 1982, suivi d'un rythme de cinq centrales par an, au fur et à mesure de l'augmentation des besoins et aussi pour remplacer celles des centrales thermiques qui étaient vieillissantes et déficitaires.

Au terme de ce gigantesque effort, la France sera dotée d'un parc de 59 centrales d'électricité nucléaire, ce qui la placera au deuxième rang mondial, derrière les États-Unis, qui disposent de 104 centrales, mais loin devant l'Union soviétique, la Grande-Bretagne et l'Allemagne, qui comptent respectivement 35, 23, et 17 centrales. Alors que la part de l'électricité nucléaire dans le bilan énergétique français a représenté 2 % en 1973, le remplacement des anciennes centrales thermiques permettra d'élever peu à peu la proportion d'électricité d'origine nucléaire vers un taux qui devrait dépasser 75 % à l'horizon de l'an 2000 !

La France n'aura pas atteint la totale indépendance énergétique, mais elle s'en sera rapprochée, plus que tout autre pays. Sa fourniture d'électricité sera tenue largement à l'abri des chocs qui risquent de se produire tôt ou tard sur le marché du pétrole, cette matière fossile qui ne se renouvelle pas et dont les cours, désormais mondiaux, fluctuent au moindre soubresaut politique.

*

* *

Cette aventure n'aurait pas pu être menée à bien sans l'expertise d'Électricité de France. L'interrogation sur le choix entre un opérateur unique et des opérateurs régionaux n'a pas attendu longtemps sa réponse.

EDF exerçait depuis la guerre le monopole de la production et de la distribution d'électricité. Son éclatement aurait provoqué un choc culturel que l'opinion n'était pas préparée à accepter. Au surplus, un problème qui me paraissait essentiel depuis l'origine, celui de la sécurité des centrales – car j'étais conscient que notre programme ne résisterait pas à un accident – aurait été plus difficile à résoudre si les responsabilités avaient été dispersées. L'équipe d'EDF, sous la remarquable direction de Marcel Boiteux, offrait les meilleures garanties.

Le choix d'EDF comme opérateur unique offrait un autre avantage : celui de faire passer le Parti communiste et son organisation syndicale satellite, la CGT, du camp des adversaires du programme, ce qui aurait dû être leur positionnement naturel, à celui des soutiens solides de cette politique.

L'URSS entretenait, en effet, sous le couvert d'organisations pacifistes, une campagne permanente d'agitation contre les développements nucléaires, qu'ils soient civils ou militaires. C'était, évidemment, les réalisations militaires qui étaient ses cibles privilégiées, mais pour les atteindre ou les affaiblir, il pouvait être utile d'englober dans la même réprobation toutes les activités nucléaires civiles. Partout, en Europe de l'Ouest, des manifestations pacifistes violentes organisées par les partis d'extrême gauche s'opposaient à la construction de nouvelles centrales.

Le Parti communiste français aurait dû normalement suivre ce mouvement. Or, il ne l'a pas fait. Nos partenaires s'interrogeaient sur cette absence d'opposition.

« Comment faites-vous, Valéry, me demandait Helmut Schmidt, pour que la construction de vos centrales nucléaires se déroule sans incident ? Ici tous nos chantiers sont pratiquement bloqués ! »

Depuis la fin de la guerre, et la nationalisation de l'ensemble du secteur de la production et de la distribution d'électricité, la CGT s'était installée en force dans EDF. Elle avait bénéficié de la protection du ministre communiste de l'Industrie Marcel Paul. À chaque élection syndicale, en raison de la politique sociale généreuse mais très coûteuse de l'entreprise, elle consolidait sa majorité. Peu à peu, le Parti communiste en avait fait un de ses bastions, d'autant plus que le comité social d'entreprise y gérait une cagnotte considérable, alimentée par un prélèvement automatique de 1 % sur toutes les ventes de courant électrique.

Si la construction des nouvelles centrales nucléaires avait été dispersée entre plusieurs structures, le Parti communiste risquait de voir disparaître une de ses places fortes. Par contre, au cas où cette responsabilité serait confiée à EDF, la menace disparaissait, et la solidité du bastion en sortait renforcée.

*
* *

Le Parti communiste a fait ses calculs comme, bien entendu, nous avons fait les nôtres. L'attribution à EDF de l'ensemble des marchés de construction des centrales nucléaires, décidée pour les raisons que j'ai indiquées, coïncidait avec ses souhaits. Il en a tiré les conséquences en soutenant le programme.

Ce soutien a été continu et, à ma connaissance, sans menace ni chantage. Georges Marchais a prononcé à Rennes, en février 1979, un discours favorable à la politique électronucléaire. Et lorsque de violents incidents se sont déclenchés en Bretagne à la suite de l'annonce de la construction d'une centrale à Plogoff, le comité fédéral du Parti communiste du Finistère Sud a pris une position publique en faveur du projet.

Ainsi, pour des motifs qui étaient les siens, et non les nôtres, mais que nous avions pris en compte dans notre évaluation, le Parti communiste a facilité la construction du réseau de nos centrales nucléaires. Dont acte !

*
* *

Dans tout cela, il s'agit de comités, de rapports, de calculs chiffrés. Mais où est la vie, où sont les mains qui dessinent les projets, les bulldozers qui remuent la terre, les ouvriers casqués qui ajustent la tuyauterie ? Je n'avais jamais aperçu une de ces fameuses centrales, seulement au loin, dans la vallée de la Loire, près de Beaugency, la silhouette du chantier de construction de la centrale nucléaire de Saint-Laurent-Nouan.

Comme je dois me rendre dans le Nord et le Pas-de-Calais, au mois d'octobre 1979, pour ouvrir un « dialogue républicain » avec les élus de cette région, sévèrement touchée par les mutations économiques, j'ai imaginé de faire un détour pour aller visiter la centrale de Gravelines, près de Dunkerque, une des plus modernes du pays.

Le 9 octobre, le cortège automobile s'arrête à cette centrale, avant de parcourir la Flandre française, de Dunkerque à Cassel. Les participants ne se doutent pas que cette visite est pour moi une récompense : la découverte en grandeur nature de notre programme électronucléaire. Le ministre de l'Industrie, André Giraud, me pilote. On le sent à l'aise comme un poisson dans l'eau, même pressurisée ! C'est lui qui était commissaire à l'Énergie atomique lors des décisions de 1975.

Qu'est-ce qui me frappe le plus dans cette visite ? D'abord l'immensité du bâtiment. Il est gigantesque, sans être oppressant, grâce à de grands volumes aérés. Ensuite le silence. Le niveau sonore ne dépasse jamais celui d'un ronronnement. Dans ce lieu où se déroule une réaction nucléaire, rien ne semble bouger. On me montre l'emplacement où on introduit, dans une cage vitrée, le combustible nucléaire. Tout est net, méticuleux, totalement immobile. Les générateurs électriques tournent plus loin.

La troisième impression est celle de l'exigence absolue de sécurité. Le fonctionnement de la centrale est contrôlé dans une seule salle, disposée en longueur. Sur tout le mur du fond sont installés des tableaux de mesure et de surveillance. Ils sont jalonnés, me semble-t-il, d'une infinité de compteurs numériques et de petites ampoules rouges.

J'interroge l'ingénieur en blouse blanche, chargé de la surveillance :

– Combien êtes-vous, lui dis-je, pour assurer le contrôle ?

– Nous sommes une petite équipe qui assure une veille constante, me répond-il. Je suis seul pour le moment, mais il y a toujours un technicien présent, jour et nuit, qui peut immédiatement faire appel aux autres.

André Giraud passe devant moi. Il a la tête enfoncée entre les épaules, comme toujours, mais cette fois-ci il la penche en avant pour déchiffrer les indications du tableau de bord, d'un bout à l'autre. Les aiguilles paraissent immobiles sur les cadrans, seuls les chiffres des compteurs défilent à un rythme rapide. Et toujours ce léger bourdonnement, ces grésillements, comme une petite musique d'accompagnement.

Je me sens pris d'une forme de vertige. Ce n'est pas la frayeur, mais la perception que la sécurité de ces installations impose une vigilance constante : pas de relâchement, possible, pas d'amateurisme, pas un instant de distraction. Et la réaction doit être instantanée, si l'un des cadrans détecte une défaillance !

Quelle est notre chance de disposer d'une culture technique et d'un sens des responsabilités qui nous mettent à l'abri des incidents, grands ou petits ! Combien de pays dans le monde peuvent-ils compter sur des équipes d'ingénieurs assurant un tel niveau de sécurité ? N'y a-t-il pas là une limite à ne pas franchir pour la diffusion des technologies électronucléaires ?

Je sors de cette cathédrale sourdement frémissante, à la fois admiratif et impressionné. On a regroupé, pour que je les salue, les membres du personnel actuellement au travail. Ils sont peu nombreux, tous des hommes, et tiennent à la main leurs casques de plastique blanc. Ce sont des ingénieurs, des informaticiens et des agents d'entretien. Je prends conscience que le fonctionnement de la centrale est hautement mécanisé. Nous échangeons quelques mots, et j'essaie de les interroger. Ils sont jeunes, de trente à quarante ans. On devine qu'ils saisissent l'importance et, oserai-je dire, la gravité de leur tâche. Il n'existe plus de couches sociales : dans leur activité, ce sont les meilleurs.

La visite est achevée. J'en garderai le souvenir en mémoire pendant les jours suivants, accompagné d'une forme d'admiration devant un outil qui me dépasse et m'absorbe par sa puissance et sa nécessité.

*

* *

Le prolongement de cette visite aura lieu dix jours plus tard, à l'occasion de ma visite officielle – qui est aussi ma première visite – en Chine. Pour que l'industrie électronucléaire française atteigne le niveau international indispensable à sa survie, car le rythme de nos commandes nationales ne suffira pas à garantir son activité, il lui faut vendre des centrales à l'extérieur. La Chine ne dispose pas encore de l'ensemble de la technologie nucléaire. Nous allons lui proposer la construction d'une ou deux centrales. Si elle l'accepte, ce sera un premier pas vers l'ouverture du marché mondial.

Certes, l'industrie nucléaire française a obtenu un beau succès, en mai 1976, par l'annonce surprise de la vente de deux centrales à l'Afrique du Sud, jusqu'ici chasse gardée des fournisseurs américains. Mais j'avais conservé une attitude de réserve vis-à-vis de ce contrat, en raison de la situation politique en Afrique du Sud, et de la vivacité des réactions que cette annonce ne manquerait pas de provoquer chez nos amis africains. Il en irait tout autrement de la Chine ! Pour éviter que n'interviennent des initiatives mal coordonnées, j'avais décidé la création d'un Conseil de politique nucléaire extérieure. Le rôle de ce Conseil est de définir notre politique en ce qui concerne l'exportation des techniques, équipements et produits nucléaires sensibles. Sa création a été publiée au *Journal officiel* du 2 septembre 1976. Recevant le secrétaire d'État américain, Henry Kissinger, pour un petit déjeuner la semaine suivante, je lui ai exposé ce que serait désormais notre ligne de conduite, pour lutter contre les dangers de la prolifération nucléaire militaire.

La révolution du téléphone

Pour évoquer la modernisation du téléphone, je peux utiliser une plume plus légère, car la situation que nous avons trouvée était tout simplement grotesque.

Elle faisait la joie des chansonniers. Le grand humoriste Fernand Raynaud l'avait évoquée dans son célèbre numéro du « 22 à Asnières ». Installé dans une cabine téléphonique, aux prises avec une opératrice, Fernand cherchait vainement à obtenir une communication téléphonique avec le 22 dans la commune voisine d'Asnières, en région parisienne, pendant que dans la cabine voisine, le client joignait instantanément un abonné aux États-Unis !

Il fallait attendre plusieurs semaines, voire plusieurs mois, avant que le téléphone soit installé dans un nouveau logement ou un nouveau bureau. Les appareils, qui restaient la propriété de l'État, étaient tous du même modèle, antique et sans aucune innovation. Les centraux téléphoniques imposaient une attente à toute personne qui formait un numéro : entre le moment où le numéro était composé et le déclenchement de la sonnerie chez leur correspondant, un délai de près de dix secondes était occupé par une sorte de grésillement chevrotant, tandis qu'aux États-Unis, en Grande-Bretagne et dans les pays scandinaves, la connexion était immédiate.

Cette situation était incompatible avec la prétention française de devenir une nation moderne et freinait l'installation des entreprises, mais elle n'intéressait guère le milieu politique, sauf pour des interventions individuelles en faveur des candidats à l'abonnement. Les ministres des PTT étaient choisis dans les dernières minutes de la composition des gouvernements, pour consoler un candidat insatisfait.

J'ai considéré cet état de choses, en estimant que cela ne pouvait pas durer : avant la fin de mon mandat, me suis-je dit, les Français devront disposer d'une téléphonie moderne, accessible à tous et performante.

Il fallait d'abord identifier les causes de cette étrange situation. Étrange, en effet, car les Télécommunications disposaient d'un corps d'ingénieurs de très bon niveau, la demande du public était forte, et l'exploitation financièrement rentable.

L'explication tenait à la rigidité totale du système. Les Télécommunications, grandes oubliées de la planification, avaient bien été détachées des « Postes et Télégraphes », mais à peine ! Elles ne disposaient d'aucune autonomie financière et étaient enfermées, du haut en bas, dans un carcan monopolistique d'où toute concurrence était bannie.

Pour mener la transformation nécessaire, j'ai eu la chance de pouvoir compter sur deux hommes excellents.

D'abord le secrétaire d'État Norbert Segard. C'était un homme venu du Nord, où il professait à Lille dans un Institut technologique. Il appartient à une famille de pensée caractéristique de cette région : celle de la démocratie chrétienne, ouverte sur les questions sociales et réaliste en matière de données économiques. Il m'a été chaudement recommandé par Maurice Schumann, le porte-parole de la France libre, dont ma mère écoutait la voix d'or tous les soirs, portée par les ondes de la BBC.

Norbert Segard peut s'appuyer sur la brillante équipe technique conduite par l'ingénieur général Thiry. Celui-ci est un homme jeune, au visage souriant, à l'œil vif. Il est issu de la formation classique de l'École polytechnique, puis des Télécommunications, et maîtrise parfaitement la technique, en pleine évolution. Il incarne la modernité telle que je la souhaite, ouverte et compétente.

Ils se sont mis au travail pour atteindre le but fixé. La première décision que je prends à leur demande, contre l'opposition déterminée du ministère des Finances, est d'autoriser France Télécom à emprunter sous sa propre signature, au lieu d'être enserré dans le carcan des emprunts contingentés par le Trésor.

Puis ils abordent le problème de l'ouverture du secteur à la concurrence. Il existait plusieurs entreprises pour répondre aux besoins de construction de lignes et de fabrication d'appareils, mais elles étaient placées dans un système si rigide que celui-ci réussissait le tour de force de cumuler le désordre et l'absence de concurrence !

Après plusieurs mois de réflexion et de discussions difficiles avec des interlocuteurs qui se défendent bec et ongles en nous proposant trois technologies différentes, le dispositif est prêt, et je peux l'approuver.

L'industrie française du téléphone sera regroupée en deux ensembles de dimension comparable : Thomson-CSF avec la maîtrise du spatial, c'est-à-dire de la téléphonie par satellite, et la Compagnie générale d'électricité, pour la commutation classique.

Ce qui est décisif, cette fois-ci, ce sont les chiffres : on installera entre 1976 et 1980 huit millions de lignes nouvelles, alors qu'il n'en existait que sept millions en tout en 1975 ! Le projet du budget pour le téléphone a augmenté de 70 % entre 1975 et 1976. Un chiffre encore : on arrive à un énorme marché de cent trente-cinq milliards de francs jusqu'en 1980, si on intègre toutes les sources de financement.

Le programme se déroule régulièrement, sous l'œil méticuleux de Norbert Segard et de Gérard Thiry. Les Français vont pouvoir téléphoner autant qu'ils le souhaitent, et le grésillement d'attente, déjà réduit, disparaîtra en 1980. L'abonné du « 22 à Asnières » fera bien de changer de numéro s'il ne veut pas être submergé d'appels !

Pour souligner notre progrès technologique, nos deux amis, entourés d'une équipe de techniciens, viennent me présenter le « Minitel » dans la salle des fêtes de l'Élysée. Je suis éberlué par la performance. Thiry m'explique que si, dans la recherche d'un abonné au téléphone, on commet une légère faute en orthographiant le nom, le Minitel poursuivra sa recherche en direction du nom exact.

Comment les Français, habitués à l'usage des annuaires téléphoniques, réussiront-ils à se familiariser avec un instrument aussi sophistiqué, qui requiert l'utilisation d'un clavier et d'un certain nombre de touches aux dénominations abstraites : « sommaire, retour, répétition », et d'autres ? Je reste perplexe.

Thiry, qui a deviné ma pensée, interrompt ma méditation :

« Ne vous trompez pas, Monsieur le Président, nous avons procédé à de nombreux tests. Toutes les personnes auxquelles nous avons présenté cet appareil, quels que soient leur âge et leur situation sociale, s'y sont habituées rapidement. Il a suffi de leur faire exécuter quelques manipulations, et quelques recherches de noms, pour qu'elles se sentent à l'aise ! »

Une grande ombre est venue obscurcir cette réussite. Norbert Segard a demandé à venir me voir à l'Élysée. Je lui ai donné rendez-vous. J'avais déjà remarqué sa pâleur, et les signes visibles de sa fatigue.

« Je suis venu vous dire, Monsieur le Président, que mon médecin vient de me confirmer que j'étais atteint d'une maladie grave. » Il ne la nomme pas. « Je vais être obligé de subir des traitements intensifs. Dans ces conditions, je ne pourrai pas continuer d'exercer ma fonction. Je vous demande de bien vouloir accepter ma démission. »

Il est ému par ce qu'il m'annonce, et moi de l'entendre formuler. Un signal intérieur, l'observation des traits de son visage, me font pressentir que la réalité est encore plus sérieuse qu'on ne la lui a décrite.

Je le remercie de sa simplicité et de sa franchise, et je l'encourage à se faire soigner sans délai. Pour ce qui est de sa fonction, je lui demande d'attendre quelques jours, pour que je puisse y réfléchir.

Je pense à son épouse, courageuse et charmante, charmante comme les Françaises, sans ostentation ni provocation, mais avec un sourire lumineux et sensible. J'aimerais savoir ce qu'elle pense, je l'appelle au téléphone pour l'interroger, et je comprends qu'elle préférerait que son mari soit déchargé de son poste, incompatible désormais avec son état de santé, mais qu'il reste au gouvernement, pour que le choc du changement ne soit pas trop rude pour lui.

C'est ce que j'ai décidé de faire. Le 8 novembre 1978, Norbert Segard abandonne son poste de secrétaire d'État aux Postes et Télécommunications, et devient ministre délégué chargé d'adapter la société et les administrations françaises à l'utilisation des techniques avancées. Pierre Ribes, expert comptable renommé et rapporteur spécial du budget des P et T à l'Assemblée nationale, le remplace.

La modernisation de notre téléphone n'est peut-être pas une œuvre aussi large qu'un boulevard du préfet Haussmann, mais c'est au moins une avenue le long de laquelle la France avance vers la modernité.

À lire les nouvelles, et à feuilleter les magazines, pourtant friands de vie quotidienne, il semble que presque personne n'en parle, et qu'on ait déjà oublié les délais et les attentes.

Nous ressentons, avec tous les acteurs concernés, la fierté d'avoir arraché notre téléphone à l'archaïsme, et mis en place en six ans un des instruments essentiels de la société de communication.

Qui le sait ? Et qui s'en souviendra ?…

Le décollage des avions civils

Quand on recherche les créneaux que l'industrie française peut espérer occuper dans le monde, celui de l'aviation civile s'impose. C'est un domaine où la France dispose d'une tradition et d'une compétence reconnues.

Nous avions pour cela deux actions à conduire : faire accepter par les Américains l'atterrissage du Concorde sur leurs aéroports ; et lancer le nouvel avion Airbus sur le marché mondial.

Le Concorde était une réussite esthétique et technique parfaite. Une vraie merveille, qui a coûté cher, et même très cher. Pour être franc, je dois dire que j'avais soulevé des objections comme ministre des Finances, au cours du Conseil des ministres où sa construction a été décidée, car le devis me semblait largement sous-estimé. Le général de Gaulle, tout en retenant mes observations, était passé outre. Et maintenant le Concorde vole, et il faut essayer de le rentabiliser.

Cet avion avait été conçu pour desservir les États-Unis, mais ceux-ci ne l'autorisaient pas à atterrir. Il se contente donc d'effectuer des vols en direction de l'Amérique latine, sans chance de devenir rentable.

Air France a présenté des demandes pour faire escale à New York. Elles ont déclenché des tempêtes de protestation. Tout le monde s'y est mis : la presse, les médias, les associations de riverains de l'aéroport Kennedy, les défenseurs de l'environnement. Les arguments sont multiples : celui du bruit insupportable des moteurs au décollage et à l'atterrissage du Concorde, et la pollution du ciel de la ville par le vol supersonique. Sans doute ce concert est-il alimenté en sous-main par les avionneurs américains, enchantés de jouer ce bon tour à leurs concurrents européens. Quoi qu'il en soit, l'autorité administrative refuse de donner l'autorisation d'atterrissage. Notre ambassadeur à Washington, Jacques Kosciusko-Morizet, se démène. En vain.

Un point reste obscur. La compétence d'autoriser l'atterrissage appartient-elle aux autorités fédérales, ou locales. Il est confirmé que l'aéroport de New York est bien un aéroport fédéral. Je décide d'en saisir mes interlocuteurs, le président Gerald Ford et son secrétaire d'État Henry Kissinger, et je leur présente le dossier : les innombrables tests effectués par les Britanniques et par nous-mêmes en Europe sur le niveau de bruit et sur la pollution contredisent les affirmations des adversaires de Concorde. Il s'agit d'une manipulation protectionniste. Le président Ford et Henry Kissinger paraissent ébranlés par mes arguments. Ils décident de confier le dossier à une personnalité indépendante et objective : le secrétaire aux Transports, William Coleman. Celui-ci ouvre des auditions, et se donne trente jours pour décider. Les passions se déchaînent. Le 24 février 1976, le Parlement de l'État de New York vote une résolution interdisant l'atterrissage de Concorde. William Coleman envisage d'ouvrir néanmoins une autorisation provisoire de seize mois pour des atterrissages à New York et à Washington.

Je décide de saisir l'opportunité qu'offre mon voyage officiel aux États-Unis, prévu pour le 17 mai, pour faire progresser le dossier. Ce voyage s'inscrit dans la célébration du bicentenaire de l'indépendance des États-Unis, le 4 juillet 1776, indépendance qui a bénéficié du soutien actif – et sans aucun doute décisif – des forces terrestres et navales françaises. Je fais connaître mon intention d'arriver à Washington, et d'en repartir, en Concorde.

Pour cela, des vols préparatoires devront être effectués. Ils se déroulent sans incident. Quelques manifestants agitent des pancartes hostiles. La presse présente sobrement les essais.

Et le 17 mai au matin, nous décollons de Paris, Anne-Aymone, le ministre des Affaires étrangères Jean Sauvagnargues et moi, et notre suite, pour arriver à Washington avant d'être partis, en raison du décalage horaire. Par le petit hublot du Concorde, je regarde défiler les forêts printanières de Virginie, les maisons de style colonial et les méandres imposants du Delaware, comme George Washington n'a jamais pu les apercevoir. Nous atterrissons sans entendre de bruit, et roulons doucement sur la piste de l'aérodrome militaire d'Andrew.

Quand nous sortons de l'appareil, par l'avant, en descendant les marches d'une haute passerelle, je me retourne pour contempler sur ma gauche le long nez effilé du Concorde, semblable à celui d'un poisson narval. L'équipage a ouvert un clapet dans le fuselage, où il a installé mon fanion tricolore qui claque au vent.

Nous serons à l'heure pour l'accueil traditionnel dans le jardin de la Maison-Blanche et pour la visite que je vais rendre, cet après-midi, au cimetière d'Arlington, où j'ai souhaité déposer une gerbe de fleurs sur la tombe du président John Kennedy.

L'expérience va se poursuivre, et Air France assurera au cours des mois suivants la desserte régulière de New York en Concorde.

Au mois d'août, William Coleman fait part de son appréciation positive, et indique qu'il transmettra à la prochaine administration le dossier de l'autorisation d'atterrissage du Concorde avec un avis favorable.

Le ciel de l'océan Atlantique a été sillonné depuis par les Concorde britanniques et français, seuls avions supersoniques à avoir assuré une liaison régulière dans le monde.

Concernant la construction d'avions civils, la France a connu un succès extraordinaire avec le lancement de la Caravelle. Malheureusement cet appareil n'a pas réussi à évoluer, et à s'imposer auprès des grandes compagnies internationales. Cette prouesse est restée sans suite.

Les tentatives suivantes se sont soldées par des échecs. La compagnie Marcel Dassault a bien produit un excellent appareil civil, le Mercure, entré en service sur les lignes de la compagnie Air Inter, mais Air France s'est refusé obstinément à aller au-delà de sa commande initiale, laissant dépérir le projet.

La mise en place du consortium européen, et à vrai dire franco-allemand, Airbus, crée une opportunité nouvelle à partir de 1976. Il va falloir œuvrer sans relâche pour assurer l'ouverture du marché mondial, monopolisé par les constructeurs américains Douglas, Lockheed, et Boeing depuis la fin de la guerre, au nouvel avion, dont les qualités sont incontestables.

Le démarrage est lent, mais à partir des années 1978-1979, se produit une véritable envolée. Le Salon international de l'aéronautique et de l'espace du Bourget, auquel je me rends au début juin 1979, permet de faire le point. Ventes et options ont quadruplé depuis le début de 1978 et progressent chaque mois. Elles dépassent maintenant trois cent cinquante appareils, ce qui constitue un record absolu, dont cinquante en avril et cinquante-trois en mai ; parmi lesquels trente-trois appareils sont commandés – enfin ! – par Air France.

La France occupe désormais la deuxième place dans le monde occidental pour la construction aéronautique civile. Celle-ci emploie directement cent trois mille personnes, et indirectement environ deux cent trente mille salariés. Sa productivité et sa compétitivité sont satisfaisantes. Elle a vocation à devenir notre première industrie exportatrice.

Un grand projet réussi, dont il faudra poursuivre le développement.

Le réseau de transport rapide : autoroutes et TGV

Le quatrième « grand projet » est d'équiper notre territoire national en moyens de transport rapide.

L'activité économique repose de plus en plus sur la rapidité et la fluidité du transport. Or nous sommes en retard. Après le grand effort de construction des routes au XVIIIe siècle, qu'on reconnaît encore à leur tracé rectiligne, réalisées à la pelle et à la pioche, par des corvées paysannes, puis la construction de notre réseau ferré, avec ses remblais et ses tunnels, au cours du XIXe siècle, nous n'avons pas suivi au XXe siècle, sans doute du fait des deux guerres, le développement du trafic. Le réseau local est bien entretenu, mais maintenant il nous faut construire : des autoroutes, et des voies de chemin de fer rapides.

Pour les autoroutes, le grand signal a été donné, sous le gouvernement de Jacques Chaban-Delmas, en 1969, par l'initiative audacieuse du ministre de l'Équipement, Albin Chalandon, qui a proposé de construire des autoroutes à péage. C'était une démarche sacrilège en tous points ! Elle attaquait la hiérarchie napoléonienne des Ponts-et-Chaussées, en créant des structures distinctes, elle confiait à des entités nouvelles le soin de passer des marchés, et elle retirait à la Direction du budget son privilège de discuter annuellement, point par point, et carrefour par carrefour, les programmes d'investissements de la Direction des routes.

Albin Chalandon s'attendait sans doute à rencontrer une opposition insurmontable quand il est venu expliquer son projet à son collègue des Finances, bardé des notes et des mises en garde de ses services. Mais j'ai compris que c'est lui qui avait raison : nous ne construirions jamais le grand réseau d'autoroutes dont nous avions besoin si nous restions ligotés par la procédure budgétaire annuelle, et par les formalités administratives qui naviguent sans fin entre les départements et l'administration centrale. Il fallait introduire une structure « entreprenante ».

Je lui ai donné mon accord, en tant que ministre des Finances, et nous avons présenté le projet en commun au Conseil des ministres, qui l'a adopté.

Plusieurs chantiers ont été ouverts, en direction du nord et de l'ouest. Il restait à donner une cohérence à l'ensemble, ce qui nous a conduits à tracer de nouvelles dessertes, dans une perspective d'aménagement du territoire. Un plan d'ensemble d'équipement autoroutier a été adopté en juin 1977. Il prévoyait la mise en service de 6 150 kilomètres d'autoroutes en 1983. En 1978 et 1979 sa mise en œuvre s'est poursuivie régulièrement. Le centre de la France étant, comme toujours, délaissé, le gouvernement a décidé d'ajouter au programme la construction d'une autoroute en direction de Clermont-Ferrand, et l'aménagement par étapes de la liaison Paris-Toulouse.

En regardant cette carte autoroutière, je vois une France bien dessinée, avec des artères qui desserviront tout le territoire national. Il reste encore, pour arracher la France au centralisme des transports, à tracer de longues diagonales en direction du sud-ouest à partir de Lyon, et entre la vallée de la Loire et l'embouchure de la Seine.

Les trains à grande vitesse ont été conçus par les ingénieurs de la SNCF, en liaison avec les techniciens de la société Alstom. Ils les ont soigneusement mis au point, et ont progressivement augmenté leur vitesse, avant de les présenter au gouvernement. Il ne leur manquait rien, sauf le financement.

La mise en service des TGV nous impose la construction de lignes nouvelles, pour des raisons de vitesse et d'encombrement des voies, notamment sur l'axe surchargé Paris-Lyon. Cette construction coûte évidemment très cher.

Le gouvernement a négocié en 1979 un contrat avec la SNCF. Il lui apportera les ressources nécessaires à sa modernisation, notamment pour les TGV. En contrepartie, il lui demande un effort de réduction de son déficit. La SNCF s'engage à le diminuer de moitié d'ici 1982. Pourra-t-elle tenir parole, ou, plus exactement, la laissera-t-on tenir sa parole, car, à la moindre amélioration de ses résultats, les revendications risquent de se déchaîner ?

*

* *

Voilà les grands projets en cours.

Le lecteur a compris que j'y mettais mon cœur. J'y mets aussi mon bonheur. Ils représentent dans la vie publique l'équivalent de la sculpture dans l'art : la rhétorique s'efface derrière le modelé de l'œuvre.

J'aime les réunions au cours desquelles on les décide. J'aime suivre leurs réalisations, avec les désillusions inévitables, j'aime aussi me rendre sur le terrain et rencontrer ceux et celles qui les conduisent, ces Français actifs, calmes, compétents, qui savent réagir devant l'événement imprévu, sans criailleries et sans fuir leurs responsabilités. Ces Français qui portent leur pays à bout de bras, sans beaucoup de reconnaissance médiatique.

Nous poursuivrons ces projets jusqu'au dernier jour de l'échéance présidentielle, et même, si Dieu le veut, comme eût dit Pierre l'Ermite dans les faubourgs de Clermont, ou plus exactement si les électeurs le veulent, au-delà…

CHAPITRE VI

Les fissures dans l'ordre mondial

Pendant que Raymond Barre-Sisyphe repousse inlassablement le rocher de l'inflation, et que nous mettons en œuvre les projets pour la France, le monde change autour de nous.

Il change inévitablement, même si nous trouvons l'immobilité plus sécurisante, car il est pétri par les activités humaines, et celles-ci sont en perpétuel mouvement.

Il me semble que dans cette courte période de trois ans, de 1978 à 1981, il évolue plus rapidement. Nous nous étions accoutumés à un équilibre, ou plutôt à un faux équilibre, celui de la guerre froide. Dans cette étrange situation de « destruction mutuelle assurée », si rien ne bouge, on peut penser que tout va bien. Mais les choses commencent à bouger, et on voit apparaître des failles dans le système. Le régime pro-occidental du shah d'Iran s'est effondré ; les forces armées soviétiques sont entrées en Afghanistan ; la Pologne est au bord de l'explosion ; la hiérarchie politique de l'URSS donne des signes de fort vieillissement ; et les États-

Unis s'apprêtent à changer de président, et donc de politique.

Parallèlement, nous poursuivons nos efforts pour faire de l'Europe une puissance politique.

*
* *

Dans quelles proportions ces questions absorbent-elles mon temps ? C'est une question que se posent les Français, et ils ont droit à une réponse. Dans tous les pays d'une certaine importance, dont évidemment la France, les dirigeants ont à répartir leur activité entre les problèmes intérieurs et extérieurs.

Il n'y a pas de règle absolue, et d'ailleurs l'opinion publique française présente des exigences contradictoires : elle vous reproche de trop voyager, mais elle relève, pour la critiquer, votre absence dans les réunions internationales.

Il est vrai qu'il existe, parmi les chefs d'État, de véritables maniaques des déplacements officiels. Ils circulent autour de la planète comme des lièvres sur la neige. La fréquence de leurs déplacements est généralement inversement proportionnelle à la taille de leurs pays. Les dirigeants des grands États voyagent moins, et chacune de leurs visites répond à un critère d'utilité. C'était la pratique du général de Gaulle, et j'en ai retenu la leçon.

S'il fallait tenter une évaluation, je dirais que pour un pays à forte responsabilité internationale, comme les États-Unis d'Amérique, l'attention portée aux problèmes intérieurs et extérieurs se répartit par moitié : cinquante cinquante ; pour un État à moindre influence internationale, comme le nôtre, la proportion souhaitable est sans doute de consacrer les deux tiers du temps aux problèmes intérieurs, et un tiers aux questions extérieures, à condition de compter les activités européennes au nombre de nos problèmes intérieurs car, même si l'opinion n'en est pas encore consciente, les activités européennes affectent de plus en plus directement notre vie nationale.

Le hasard, maître du monde selon Blaise Pascal, a bien fait les choses pour moi en 1980. Il a prévu deux voyages dans les puissances appelées à exercer une influence grandissante sur notre planète : au début de l'année en Inde, et à la fin de l'année en Chine.

Le voyage en Inde

Le voyage en Inde se déroule dans des circonstances particulières. Théoriquement je suis l'invité du président de la République, le président Reddy, mais, en raison de la forte imprégnation britannique de ce pays, les pouvoirs du président sont essentiellement protocolaires.

L'invitation m'a été adressée, en fait, par le gouvernement, or le gouvernement vient de changer. Des élections générales ont eu lieu au début du mois de janvier 1980, et elles ont donné l'avantage au parti du Congrès, ramenant ainsi au pouvoir Mme Gandhi qui en avait été écartée il y a trois ans.

Indira Gandhi est une personnalité exceptionnelle, dotée d'un charisme éclatant et d'une volonté de fer. La chance l'a bien servie quand elle a épousé son mari, dont le nom de famille n'a rien à voir, sauf l'homonymie, avec celui du Mahatma Gandhi, dont l'esprit et l'âme flottent toujours au-dessus de l'Inde.

Elle est la fille du Pandit Nehru, qui a été le premier dirigeant de l'Inde indépendante, et elle lui a succédé à la tête du parti du Congrès.

Lorsque j'étais passé à New Delhi, voilà sept ans, comme ministre des Finances, elle m'avait invité à prendre le thé dans le bureau qu'elle occupe au Parlement.

N'ayant pas de sujet précis à débattre, je lui avais demandé : « Quelle est la différence entre l'action que vous conduisez, Madame, et celle que menait votre père ? »

Elle m'a regardé avec un sourire glacé sur ses dents d'émail éclatantes.

« Moi, je suis impitoyable ! » m'a-t-elle répondu.

Lorsque j'arrive à New Delhi, le 27 janvier, son parti détient la majorité absolue, et la voici à nouveau Premier ministre.

Il se trouve, à mon étonnement, que je suis le premier président de la République française à me rendre en Inde, second pays du monde par sa population, et terre imprégnée, il y a trois siècles, d'une forte présence française.

Ce voyage ayant peu d'enjeux concrets, à l'exception des questions nucléaires, je peux me consacrer à la découverte de l'Inde.

Une première évidence : c'est un pays immense, entre l'Himalaya et l'océan Indien, mais inaltérable dans son identité.

L'œuvre qu'y a accomplie la Grande-Bretagne est digne d'admiration. Sans doute a-t-elle ses revers, et beaucoup des grands châteaux anglais de la fin du XVIIIe siècle et du XIXe siècle ont-ils été construits grâce à un transfert de richesses et de revenus provenant de l'Inde. En contrepartie, avec des moyens humains réduits, elle a doté le pays d'une capitale de niveau mondial, d'un réseau ferré, d'un système éducatif et universitaire performant, et d'institutions parlementaires. Elle y a surtout implanté sa langue et ses manières.

La démonstration la plus éclatante de cette influence britannique, et de la capacité de l'Inde à survivre « telle qu'en elle-même » à travers la période coloniale, est donnée par la parade militaire qui célèbre l'indépendance du pays, le 26 janvier, sur le Reypath, les Champs-Élysées de New Delhi : ouverte par des éléphants menés par leurs cornacs, elle fait se succéder des fusées montées sur des camions-porteurs soviétiques et des unités formées par le strict entraînement britannique, dont les uniformes, les coiffures, les turbans, les montures, mettent en évidence avec éclat la diversité de l'Inde. Les hommes ont un maintien superbe, la peau très sombre et les traits fins. On m'a installé sur une petite estrade, a côté de celle du président Reddy. Je pense n'avoir vu nulle part jusqu'ici un cortège aussi brillant que celui-ci.

En me retournant vers la tribune officielle, j'aperçois, assise au deuxième ou au troisième rang, derrière la délégation française, Mme Indira Gandhi, attentive et détendue, comme une démonstration de la culture de l'humilité indienne.

Vue d'ici, je veux dire vue d'Inde, la France paraît un pays lointain, peu connu, plutôt sympathique grâce à la haute silhouette du général de Gaulle et au message de liberté que nous avons lancé, il y a déjà longtemps. À l'exception, peut-être, de quelques familles, le souvenir de nos comptoirs a disparu de la conscience collective du peuple indien.

Selon l'usage, mon voyage doit se poursuivre, et s'achever, par une visite du pays. Me souvenant des superbes images du *Siddharta* de Hermann Hesse, j'ai demandé à visiter Bénarès et le parc voisin où le Bouddha conduisait sa prédication, au milieu d'un troupeau de daims. Heureuse idée ! Bénarès est un lieu inspiré, et compte parmi les rares endroits du monde où l'on perçoit directement une présence spirituelle, comme à Rome et à Jérusalem. Est-ce celle des morts ? Ils sont étendus au bord du Gange, enveloppés de tissus gris, et ils se réduisent en cendres au-dessus de petits bûchers, veillés par les membres de leur famille. Est-ce l'eau du fleuve sacré, dans laquelle s'immergent les pèlerins avec, eux aussi, un drapé gris ou safran noué au-dessus des tiges de leurs jambes maigres et noires ?

Nous avons suivi le Gange dans un bateau prêté par le maharadjah du lieu, un bateau tout en hauteur, sans doute construit dans les années 1920, couronné d'une cheminée verticale. Les techniciens du service téléphonique de l'Élysée qui m'accompagnent ont installé sur le pont un engin bizarre et encombrant, autour duquel ils s'affairent. C'est un nouvel appareil téléphonique grâce auquel ils vont pouvoir, m'affirment-ils, entrer en contact avec l'Élysée.

« Ça y est, nous les avons ! » s'exclament-ils avec la joie d'un pêcheur qui tient un gros poisson au bout de sa ligne. Et ils me tendent l'écouteur. Je distingue, en effet, au milieu d'un grésillement cacophonique une voix à la prononciation française. Le temps d'entendre « Allô » et de répondre « Allô », et la conversation est interrompue.

« Nous allons rétablir la communication », me disent les techniciens, le visage enfiévré par la réussite.

Pendant ce temps la ville glisse devant nous, le long du Gange, un enchevêtrement de maisons en hauteur, qui empiètent les unes sur les autres sans qu'on puisse identifier leurs bases, et de grands escaliers inclinés vers le fleuve, sur lesquels descendent des femmes en sari, et des hommes chargés de branchages. Je suis hypnotisé par la fumée qui s'élève au-dessus des bûchers. Pas un cri, pas un geste rapide, pas de frontière tracée entre la vie et la mort.

La visite tant attendue du parc aux daims se révèle décevante. Il est bourré de statues, au sourire figé et niais. Un gigantesque bouddha domine l'ensemble. Cette statue est célèbre, m'apprend-on, dans tout le monde bouddhique. Pendant qu'on me gave d'explications, je cherche à retrouver l'image sublime sur laquelle s'achève l'œuvre d'Hermann Hesse, celle d'un visage apaisé et sensible qui se superpose lentement à notre vision du monde, et qui, peu à peu, la brouille et l'efface.

De retour à Delhi, je signe avec Mme Gandhi les accords de coopération qui ont été préparés par notre excellent ambassadeur, André Ross, qui était en poste à Kinshasa il y a deux ans, lors de notre opération de Kolwezi.

Le plus important concerne notre collaboration dans le domaine nucléaire. L'Inde est, comme nous, privée de pétrole. Nous avons formé pour elle trois cents ingénieurs et techniciens indiens, et installé deux usines d'eau lourde, répondant à ses choix technologiques. Notre coopération s'étendra au domaine de la pétrochimie, de l'océanographie et des énergies nouvelles. Nous condamnons ensemble les interventions militaires et les ingérences politiques, ce qui s'applique évidemment au cas voisin de l'Afghanistan.

Pendant le long trajet du retour, j'essaie de rassembler mes impressions. J'ai été l'objet d'un accueil très courtois, nos entretiens ont témoigné d'une bonne entente, mais sur un fond d'indifférence.

L'Inde a été au centre du dispositif colonial anglais pendant deux siècles, placée entre le Moyen-Orient, l'Afrique de l'Est, et la péninsule malaise. C'est l'époque où le fonctionnement remarquable des institutions de la Grande-Bretagne, administratives, navales et militaires, lui ont assuré une forme de suprématie mondiale. Le régime colonial de l'Inde, s'appliquant à une civilisation ancienne et sûre d'elle-même, et à une organisation sociale préexistante, a donné naissance à une société anglo-indienne remarquable à beaucoup d'égards, malgré ses défaillances sociales, et très différente de nos civilisations euro-méditerranéennes.

La manière audacieuse et habile par laquelle la Grande-Bretagne a accepté et organisé l'indépendance de l'Inde, aidée en cela par les dirigeants indiens Gandhi et Nehru, a permis de maintenir la toile de fond anglo-indienne. Le lieu d'ancrage de l'Inde en Europe, que celle-ci soit unie ou non, restera situé en Angleterre et à Londres.

Parmi ses grands partenaires, l'Inde attache une importance particulière à l'Union soviétique, placée au nord sur le même méridien qu'elle, entre la Chine et l'Occident. Le mélange propre à l'Inde de conservatisme spirituel et sociétal, et d'orientation à gauche lorsqu'il s'agit de dialectique mondiale, lui permet de s'accommoder du communisme poststalinien.

C'est ce même mélange – les Américains diraient « mix » – qui lui fait tenir ses distances vis-à-vis d'une Amérique jugée trop exclusivement capitaliste et prédatrice.

Dans ce réseau de relations de l'Inde, l'espace pour la France est relativement étroit. Le correspondant naturel de l'Inde dans l'Union européenne restera la Grande-Bretagne, à moins que celle-ci fasse la faute de s'en éloigner. Pour nous, il ne peut s'agir que de bilatérisme renforcé, portant sur les secteurs où nous visons l'excellence.

L'Inde demeurera toujours un continent superbe, doté d'une spiritualité intense et magique ; un lieu de voyages et de méditations ; un grand marché appelé encore à se développer ; un regroupement de chercheurs et d'ingénieurs d'une intelligence aiguisée. Mais nos comptoirs sont désormais fermés, notre langue n'est plus parlée, et la tombe de la lointaine aïeule d'Anne-Aymone, Madeleine Deridan, née en 1768 à Delhi et épouse du général Perron, se délite dans la solitude, non loin du Tāj Mahal.

Il n'y a plus de rêve indien possible pour la France, mais il nous reste de belles opportunités à saisir.

Le voyage de Marco Polo

Lorsque notre avion s'est posé à Pékin, ou du moins dans l'heure qui a suivi notre arrivée en Chine, j'ai été saisi, possédé, par deux impressions violentes : une intense curiosité, et la découverte de ma totale ignorance de ce pays. Je ne pouvais pas identifier un seul des caractères que j'apercevais sur les panneaux de direction et sur les murs, et je ne comprenais pas un seul des mots que j'entendais prononcer autour de moi. Un gouffre d'ignorance vis-à-vis d'une des grandes civilisations du monde, et d'un peuple qui n'était pas loin de représenter le cinquième de la population du globe.

En revanche, une curiosité intense. Celle-ci me venait de loin. Comme mes camarades de classe se moquaient de moi à cause de mes yeux noirs et bridés, en m'appelant « le Chinois », comme une de mes sœurs portait la tache de naissance mongole, caractéristique, disait-on, de l'ethnie mongole, j'avais élaboré un fantasme : celui de porter en moi un gène venu des plateaux mongols, et arrivé en Gaule romaine avec une des grandes invasions. J'avais dévoré les récits de la révolte des Boxers, et *Cigale en Chine*, un roman de Paul d'Ivoi, auteur tombé aujourd'hui dans un oubli total, comme disparaîtront sans doute les hommes politiques du présent. J'étais dévoré de curiosité sur la Chine, ce qui rendait encore plus insupportable le caractère absolu de mon ignorance.

La délégation qui m'accompagnait comprenait deux ministres présents en raison de leurs fonctions : le ministre des Affaires étrangères, Jean François-Poncet, et le ministre du Commerce extérieur, Jean-François Deniau. Elle était complétée par Alain Peyrefitte, qui avait publié son ouvrage retentissant sur le réveil de la Chine, et Jean Lecanuet, qui présidait la commission des Affaires étrangères du Sénat. J'y avais ajouté un ami, l'ancien député socialiste et excellent historien, Arthur Conte. Bref une délégation brillante, capable de représenter la France dans cet immense empire, sorti de sa torpeur puis de ses convulsions révolutionnaires.

En face de nous, nous rencontrions une équipe de transition, ou plutôt une équipe en transition. Le successeur de Mao Zedong était encore formellement le président Hua Guofeng, qui m'avait rendu visite à Paris, mais dans la lutte feutrée qui l'avait opposé en 1979 à Deng Xiaoping – le conservateur contre le réformiste – ce dernier avait pris l'avantage. Il avait réussi à faire nommer Premier ministre un homme, Zhao Ziyang, acquis à ses idées réformistes, et qu'on aurait même pu qualifier de libéral.

Le trajet depuis l'aéroport s'est effectué sur une route à deux voies, ressemblant à une bonne route départementale française. Au-delà des arbres bordant la chaussée, j'apercevais des paysans au travail – pas de rizières évidemment, puisque nous sommes au nord de la Chine, mais de petits champs carrés, que les paysans travaillaient en conduisant une charrue, tirée par des buffles. Des paysans au travail, des buffles, me voici dans la Chine de mes rêves.

L'arrivée à Pékin déçoit. Les murailles de la ville ont été abattues pour laisser la place à de larges avenues. Des attroupements innombrables de cyclistes aux carrefours, peu d'autos. De toute manière la police fait le vide pour laisser passer notre cortège. De ce que j'aperçois de la foule, il me semble qu'elle est en uniforme bleu-gris. Hommes et femmes en pantalons, portant la casquette Mao, la hideuse casquette avec laquelle le styliste, s'il est encore en liberté, a réussi à enlaidir tout un peuple.

Le convoi suit la longue avenue qui perce la ville d'est en ouest. J'ai regardé dans l'avion la carte de Pékin. Sur notre gauche, derrière des immeubles staliniens, j'essaie d'apercevoir le quartier des Légations où les diplomates occidentaux ont été assiégés pendant la fameuse révolte des Boxers, en juin 1900. Plus loin la gare de Pékin, et l'immense place Tiananmen (la Porte de la Paix céleste). J'éprouve un frisson. Un frisson authentique accompagné de chair de poule, en découvrant enfin, sur notre droite, le grand mur rouge du Palais impérial, que nous appelons la Cité interdite. La porte d'entrée est décorée d'un portrait de Mao, entouré de deux inscriptions en caractères d'or, dont je ne comprends évidemment pas le sens. Par l'ouverture, on jette un regard sur les grands toits recourbés, recouverts de tuiles vernissées et décorés aux angles par des dragons, ou des animaux mythiques qui éloignent les mauvais esprits.

Notre cortège poursuit sa route en direction de la résidence des hôtes. C'est une sorte de parc, ou de cité, où les dirigeants chinois reçoivent leurs invités, à la manière de notre hôtel Marigny. L'ensemble est composé de grands pavillons incolores, construits dans les années 1960.

Nous y sommes accueillis par Mme Zhou Enlai, veuve de l'ancien Premier ministre, que j'avais rencontré à Paris. Elle continue la publication de ses œuvres, et m'en adresse des exemplaires, en chinois et en anglais. Nous entretenons ainsi une correspondance.

Elle porte encore la tenue Mao, veste et pantalon gris. Les Chinois de la délégation l'entourent d'un respect visible. Malgré la difficulté de communication, elle met une grande amabilité dans son accueil, accompagné du rituel, mais naturel, sourire chinois.

Dès cet après-midi, je me rendrai au palais de l'Assemblée pour des entretiens et un dîner officiel, où je me servirai maladroitement des baguettes, assisté par le ministre des Affaires étrangères.

Le lendemain j'aurai un entretien avec le président Hua Guofeng, puis, après une visite du Palais impérial, j'assisterai avec lui à une représentation au théâtre du Pont-du-Ciel. Là, stupéfaction ! Le ballet est *Le Lac des cygnes*. L'Opéra de Paris a aidé à la formation des ballerines. Les danseuses chinoises portent des tutus blancs, et des croissants de lune dans les cheveux. À la fin du spectacle, le président Hua insiste pour que nous montions sur la scène, pour nous faire photographier au milieu de la troupe. Conscient de l'étrangeté de l'image, j'essaie une timide dérobade. Elle est vaine : nous voici l'un et l'autre, debout de part et d'autre de la maîtresse de ballet, entourés des jeunes ballerines, méticuleusement alignées, un genou à terre ! Les photographes s'en donnent à cœur joie !

La révolution culturelle des années 1965 a visé à déraciner les traditions et les structures de la Chine ancienne. En dépit de sa brutalité, et même sa cruauté, qu'on a feint d'ignorer en France, elle n'a pas empêché les anciens rites de commencer à refaire surface. La Chine retrouve sa civilisation, méticuleuse malgré le tumulte du nombre. Elle applique soigneusement son protocole, et respecte l'exactitude.

C'est ainsi que je rencontrerai successivement Deng Xiaoping, deuxième personnage du régime, puis le nouveau Premier ministre Zhao Ziyang.

Avec le président Deng, ce sont des retrouvailles. Il me tend les bras, et je fais de même ! D'où vient cette forme d'intimité ? La vie de Deng a été très éprouvante. Il est né dans une province de l'ouest, le Sichuan, au sein d'une famille paysanne qui disposait d'une certaine aisance. Après la première guerre, il a fait partie du groupe d'étudiants chinois, recrutés par notre consulat, qui ont fui l'anarchie régnant dans leur pays pour venir poursuivre leur formation en France. Afin de compléter leurs bourses, il leur fallait travailler. Deng a été ouvrier dans une usine de verrerie, située au sud de Montargis. Il m'en parle à chaque rencontre. C'est l'époque où ils ont fondé avec Zhou Enlai, qui partageait la même expérience, lui dans les usines Renault, les Jeunesses communistes chinoises.

Sa relation avec le président Mao a été tumultueuse, tantôt étroite, tantôt proche de la persécution. Communiste convaincu, il a participé à la Longue Marche. Après avoir été le numéro deux du parti, il a pris ses distances. Aussi a-t-il été cloué au pilori de la Révolution culturelle. Son fils a été jeté par la fenêtre, et en est resté infirme. Avec le déclin de Mao, et les excès de la « bande des Quatre » qui l'exécrait, Deng a su mener une patiente réhabilitation. Il a gagné l'estime des grands chefs militaires, les chefs de l'armée populaire, qui, au moment de choisir entre la bande des Quatre et lui, ont arbitré en sa faveur. Dans quelques semaines doit d'ailleurs s'ouvrir à Pékin le procès public de la bande des Quatre, dont la veuve de Mao reste encore la principale inspiratrice.

Et le voici, deuxième personnage de la Chine, visiblement prêt à assumer la direction du pays.

De son séjour en France, et du soutien que je lui ai apporté au temps de sa défaveur, est née une relation particulière entre nous, que j'appellerai une estime affectueuse. Nous avons du plaisir à nous retrouver, et à nous écouter. Du moins je goûte celui de l'entendre. C'est un maître de l'usage de la parole.

La Chine est un pays qu'on peut gouverner par des mots. C'est un mystère pour moi de savoir comment l'information y circule, mais il semble que les Chinois soient renseignés sur tout, le moindre accident de santé de leurs dirigeants et les tensions imperceptibles du pouvoir, et qu'ils reçoivent intégralement les messages simplifiés qu'on leur adresse.

Il n'y a aucun enseignement pratique à en tirer, dans un pays de contestation permanente et institutionnelle comme la France, sauf d'avoir recours, si on y parvient, à quelques formules fortes. J'en égrène dans ma tête certaines qui me reviennent en mémoire : « l'exercice solitaire du pouvoir », le « oui mais », le « monopole du cœur », « regarder la France au fond des yeux », le « bon choix pour la France ». Serai-je capable d'en trouver une nouvelle, suffisamment frappante, pour la prochaine élection présidentielle ?

Deng Xiaoping est petit, d'apparence frêle et enveloppée à la fois. Frêle à cause de ses mains blanches, et de son cou replié sous sa tête ronde qu'il paraît avoir du mal à supporter ; enveloppée en raison de la circonférence de son tour de taille. Il me semble frais, reposé, comme ceux qui se sentent portés par la perception du succès.

Il me fait asseoir dans un fauteuil aux accoudoirs revêtus de dentelle blanche, nos deux interprètes installés derrière nous. Il ouvre l'entretien :

« Les choses vont mieux, me dit-il, le pays commence à bouger. Nous débutons par l'agriculture. Il faut rendre leurs terres aux paysans. C'est la meilleure manière de les encourager à produire plus. Il faut aussi relever les prix. Je crois que les paysans sont contents de notre politique. Il faut également réformer l'industrie. »

Il se penche vers moi, en ajoutant :

« Nous avons fait de grandes bêtises dans le passé. C'est fini. Nous ne les recommencerons pas. La Chine va se moderniser, mais il nous faut du temps ! N'oubliez pas que nous sommes encore un pays en développement, un pays pauvre. »

Ainsi, il introduit la durée dans le raisonnement. Il fait appel à l'effet du temps, comme toujours dans la pensée chinoise.

Je suis de plus en plus gêné pour l'écouter par la présence d'un objet posé par terre, entre nous. C'est une cuvette en porcelaine ou en émail blanc, une sorte de pot de chambre sans anses qui lui sert de crachoir.

Quand je sens le crachat approcher, je détourne la tête pour refouler le haut-le-cœur qui me guette.

« Vous pouvez me faire confiance, reprend-il, l'économie chinoise va s'ouvrir. Il y a encore beaucoup de résistances à surmonter. Mais nous y arriverons en poursuivant le programme des "quatre modernisations", et ce sera une bonne chose pour vous. Mais vous devrez faire davantage d'efforts pour venir sur le marché chinois ! »

Au moment où je m'apprête à l'interroger sur les achats de centrales nucléaires par la Chine, qui a annoncé l'année dernière qu'elle avait décidé d'y renoncer, il me fait un signe de la main pour m'indiquer qu'il souhaite poursuivre :

« Je pense, me dit-il, que vous allez me questionner sur nos commandes de centrales nucléaires. Nous avons réexaminé le dossier – il sourit – et nous venons de décider que nous étions prêts à vous acheter deux centrales. Le Premier ministre vous en parlera tout à l'heure, mais j'ai préféré vous en réserver la nouvelle. »

C'est en effet une excellente nouvelle ! Si cette commande est confirmée, après la commande sud-africaine et la coopération finlandaise, l'industrie électronucléaire française prendra réellement pied sur le marché mondial.

Après un crachat furtif, Deng Xiaoping change brusquement de sujet :

– J'ai entendu dire que vous alliez dîner dans des familles, chez des personnes qui vous reçoivent chez elles. C'est une très bonne idée. Je souhaiterais faire comme vous. Pouvez-vous me dire comment vous vous y prenez ?

– J'ai indiqué dans une rencontre avec des journalistes, lui réponds-je, que j'irais volontiers dîner chez les Français. Depuis, je reçois des invitations : plus de soixante mille, je crois, à l'heure actuelle. Une de mes collaboratrices trie les demandes, pour varier les endroits et aussi les activités des personnes qui nous reçoivent. Ensuite, on fixe d'un commun accord la date du repas, et on leur indique qu'ils peuvent inviter quelques-uns de leurs amis, s'ils le souhaitent. Le jour venu, nous nous rendons chez eux, vers sept heures et demie, dans une seule voiture et sans prévenir la presse. Au début, ils sont un peu intimidés, mais très vite la glace fond, et tout se passe très bien.

Pendant que l'interprète traduit mon texte, Deng hoche longuement la tête en signe d'approbation.

« C'est bien, très bien, répond-il. Pourrez-vous me préciser les détails quand vous serez rentré en France ? Je suis vivement intéressé. C'est une bonne manière d'aller rencontrer les gens. »

Effectivement, après mon retour, ma collaboratrice Eliane Signorini lui fera parvenir un mode d'emploi détaillé.

Puis il aborde les thèmes de politique extérieure. Il condamne l'entrée des forces soviétiques en Afghanistan, dont il me prédit l'échec. Il répète son opposition à toutes les formes d'intervention militaire, mais juge inappropriées les réactions des États-Unis. La Chine reste prête à favoriser la libération des otages américains détenus en Iran, mais elle dispose de peu de moyens de pression. Deng Xiaoping m'interroge sur les conséquences possibles de l'élection de Ronald Reagan comme président des États-Unis. Il est très proche, m'affirme-t-il, du clan taïwanais, qui a largement financé sa campagne.

Il effleure la situation politique française, mais je me dérobe. Il a le temps de prédire ma réélection, que paraissent annoncer les sondages, comme le président Mao avait, en 1974, prévu mon élection.

Quand nous nous quittons, il me dit en français : « Au revoir ! », et il ajoute en chinois : « J'espère vous revoir bientôt. »

Je lui réponds :

« Moi aussi, j'espère bien vous revoir. Mais la prochaine fois ce sera en France ! »

Il me prend les mains. Je souhaite intérieurement que cette estime affectueuse se transpose au niveau de nos deux pays.

La réunion suivante, avec le Premier ministre, se déroule suivant les règles classiques. Les deux délégations sont assises face à face, le long d'une table, encadrant d'un côté le Premier ministre chinois, et, du côté français, moi-même. Un tapis recouvre la table, et devant chaque place est disposée une tasse de thé à couvercle, que des hôtesses viennent périodiquement remplir de thé au jasmin.

Après que les photographes ont opéré, les travaux commencent, travaux classiques, où les sujets bilatéraux sont passés systématiquement en revue. Jean François-Poncet est assis à ma droite, l'interprète à ma gauche. Nous évoquons l'accord consulaire, qui va être signé par les ministres des Affaires étrangères. Puis le Premier ministre confirme l'annonce que m'a faite Deng Xiaoping : la France construira en Chine deux centrales nucléaires de neuf cents mégawatts, d'une valeur de quatre milliards de francs chacune.

Je le remercie de cette décision, mais j'évite d'y mettre une satisfaction excessive, qui donnerait à croire à mes interlocuteurs qu'ils nous font une faveur exceptionnelle. C'est un accord qui répond à nos intérêts mutuels, certes les nôtres, mais aussi les intérêts de la Chine qui a un besoin impérieux de diversifier ses sources d'énergie.

Le voyage se termine par une tournée en zigzag, qui nous conduit de Xian à Shanghai. À Xian d'abord, où nous marchons entre les rangs des soldats de terre grise qui gardent le tombeau du premier empereur, puis de Xian à Cheng Du, dans l'ouest de la Chine. Après un survol interminable de pics enneigés, un paysage désertique hérissé de pointes blanches, nous finissons par atterrir à Lhassa, au Tibet. C'est moi qui ai demandé à me rendre au Tibet. Je sais que les dirigeants chinois se sont beaucoup interrogés avant de donner leur accord. La présence militaire chinoise au Tibet fait l'objet d'une vive contestation internationale. Allais-je l'alimenter par ma visite ? Mon intention était différente. Je souhaitais adresser un signe, un signe lisible, de mon intérêt pour le Tibet « de toujours ».

Ce livre n'est pas, malheureusement, un récit de voyages, et je n'ai pas le loisir de vous décrire l'émerveillement que j'ai ressenti de pouvoir contempler, enfin, le Potala dressé contre un ciel bleu pâle, la plus haute muraille du monde, dans tous les sens du terme.

À l'intérieur du palais, nous errons de cour en cour, dans l'atmosphère ultra pure et raréfiée, jusqu'aux appartements privés du Dalaï-Lama, qu'on a laissés intacts, comme s'il les avait quittés la veille : des tuniques accrochées aux patères et des photos posées sur les meubles, ou fixées au mur, photos de groupes, ou images de visiteurs, accompagnés du Dalaï-Lama souriant.

Deux anecdotes, deux instantanés, méritent d'être évoqués. Quand nous sommes revenus à la maison des hôtes, sorte de baraquement en ciment gris, dépourvu de chauffage, l'équipe restreinte qui m'accompagnait était en effervescence. Mes collaborateurs avaient réussi à mettre en service le fameux équipement téléphonique qu'ils avaient transporté, neuf mois plus tôt, à Bénarès.

Mon aide de camp, le fidèle et brillant colonel Renard, m'attend à l'intérieur de ce bunker lugubre pour m'annoncer une grande nouvelle. Il y met la solennité de Talma sur la scène de la Comédie-Française.

« Michel Rocard vient d'annoncer sa candidature à la présidence de la République ! »

Il s'imagine sans doute me toucher, m'émouvoir, voire me bouleverser. Rarement une nouvelle m'a paru sonner plus creux. Dans ces montagnes, proches du toit du monde, dans cette civilisation de prières murmurantes, quelle pouvait être l'importance d'une telle annonce ? Je ne ressentais rien, que l'inutilité et l'insignifiance de notre agitation politique. C'était sans doute un coup destiné à François Mitterrand plus qu'à moi, mais celui-ci ne tarderait pas à réagir. J'ai remercié le colonel Renard pour le tour de force de son équipe de communication. En n'ajoutant aucun commentaire à propos de ce qu'il m'avait annoncé, j'ai lu sa déception sur son visage, mais comment exprimer le fait de n'avoir rien à penser ?

L'autre instantané concerne la visite de la ville de Lhassa qu'a faite en fin de journée notre fille Jacinte.

Elle me l'a raconté à son retour, à la nuit tombée.

« Quand les soldats chinois rentrent dans leurs casernements, en fin de journée, nous a-t-elle dit, une autre vie commence dans la ville, complètement différente de celle que vous y avez vue. Il y a des petites lumières, des bougies allumées, partout. Et les gens cherchent à vous vendre des images du Dalaï-Lama qui sont accrochées devant les boutiques. » Jacinte, qui sait pourtant comment contrôler ses réactions, semble très émue par cette apparition, dans la ville rendue à elle-même, de la vie du Tibet d'hier.

C'est un avion de transport chinois qui nous ramène à Cheng Du, puis à Shangai. Je dois y prononcer une conférence devant les étudiants dans la grande salle de l'université Fudan. Ces étudiants ont eu rarement l'occasion d'entendre un dirigeant démocratique étranger. Ils remplissent la salle, qui consiste en un long quadrilatère aux murs de béton gris, garni de gradins sur lesquels sont posés des bancs et des tables, dans une ambiance de pauvreté austère. Les étudiants m'écoutent en silence, ou plutôt écoutent la traduction de mes propos qui leur est faite par une interprète en costume Mao de drap gris. À la fin de mon discours, ils explosent en applaudissements, que j'imagine être une satisfaction devant la nouveauté.

Quand je sors de la salle, en traversant les rangs des étudiants curieux et intimidés, je tombe sur le groupe des correspondants des médias français qui suivent mon voyage. Le journaliste du *Figaro*, à la chevelure hirsute, m'interpelle d'un ton accusateur : « Votre discours m'a déçu ! Vous auriez pu tout de même les encourager à lutter pour la démocratie ! » Que répondre ? Je ne suis pas venu donner des leçons, que les Chinois n'attendent pas de moi, mais témoigner d'un intérêt, d'un respect mutuel, et d'une ouverture d'esprit. Je gagne silencieusement la sortie.

Long survol du Nord-Ouest chinois, en sens inverse. Je mets de l'ordre dans mes idées. Il existe manifestement une chance à saisir dans les relations franco-chinoises. Beaucoup d'éléments nous rapprochent : l'ancienneté de notre identité, une même notion du rôle du temps, un passé marqué par des secousses révolutionnaires. Notre position dans le monde contemporain présente des similitudes : l'affirmation de notre indépendance, notre hostilité vis-à-vis du recours à la force, des relations de partenariat et non de soumission vis-à-vis de nos alliés, pour nous les États-Unis d'Amérique et pour eux l'Union soviétique. La taille de nos économies paraît à l'heure actuelle voisine. C'est une bizarrerie statistique entre un pays de soixante millions d'habitants, la France, et un autre qui en compte vingt fois plus ! Cette apparente égalité ne pourra pas durer si la Chine réussit son développement, mais elle fournit, pour le moment, une plateforme sur laquelle nous pouvons gérer nos échanges avec un sentiment d'équilibre. Et j'ajoute que nous avons beaucoup à observer et à apprendre les uns des autres. Sans y mettre d'ostentation, la société chinoise conserve la colonne vertébrale de sa civilisation : le respect des anciens, la préférence donnée à l'ordre sur le désordre, la recherche du succès du groupe avant le succès personnel, toutes notions que l'évolution contemporaine disloque dans notre pays.

Ces rencontres m'ont convaincu que nous avons devant nous une chance solide de développer une relation de confiance mutuelle entre la Chine et la France. Vis-à-vis d'un pays appelé à tenir une place sans cesse plus importante dans la vie internationale, c'est un enjeu formidable. Nous devrons lui prêter toute notre attention.

Quant à moi, dans cet avion qui survole maintenant le sillon du fleuve Jaune, lieu de naissance de la nation chinoise, je me fais le serment de mettre un terme à ma scandaleuse ignorance.

Lorsque je reviendrai ici, je devrai être capable d'identifier les caractères, d'écouter la langue, de reconnaître les dynasties, et de situer les grands monuments culturels. Il m'y faudra beaucoup de lecture : des livres racontant l'histoire du pays et analysant les étapes de sa civilisation, les grands romans classiques publiés en France, et aussi les romans policiers dont les Chinois raffolent. J'en ferai mes délices.

Après quelques centaines de kilomètres, nous entrerons en Sibérie, c'est-à-dire en Russie, et nous y resterons sans interruption jusqu'à la mer Baltique, à quatre heures à peine de notre arrivée à Paris.

Paris avec ses cheminées, coiffées de fumée, ses sorties d'écoles, sa foule animée sur les trottoirs, la place de la Concorde, encombrée de voitures mais gardant son dessin superbe, puis l'Élysée – pas le palais, mais l'appartement.

La chaleur, les corridors, et les senteurs familières du retour, où les fibres du corps, crispées par le long voyage, peuvent enfin se détendre.

*

* *

Déjà en 1979, le milieu politique commence à affûter ses armes, qui peuvent être destructrices à défaut d'être mortelles, en vue de l'élection présidentielle. Celle-ci est encore lointaine, à l'échéance de deux ans. Je me suis fixé la règle de ne m'en occuper, c'est-à-dire de me préparer – car j'ai l'intention d'être de nouveau candidat, ce dont personne ne doute dans l'opinion –, qu'à partir de l'automne de 1980, six mois avant la date prévue. Ai-je raison ? L'avenir me le dira…

Tout en suivant quotidiennement les efforts du gouvernement pour redresser l'économie, tout en l'incitant à poursuivre avec ténacité l'action de modernisation réformiste, même si elle est contrariée par les difficultés que nous traversons, mon attention reste attirée par les craquements qui se font entendre autour de nous.

Je m'excuse auprès du lecteur de ces va-et-vient que me dicte la simultanéité des événements intérieurs et extérieurs : un jour une crispation sociale, un autre un bruit de bottes dans le monde. Mais peut-il accepter de comprendre que tel est mon sort pendant ces deux années ? Ce n'est pas un choix personnel, mais la nécessité des faits qui me l'impose.

La révolution iranienne

Depuis la rencontre de la Guadeloupe, du 5 au 7 janvier 1979, où les quatre dirigeants occidentaux – allemand, américain, britannique, et français – se sont réunis à mon invitation[1], et à la demande du chancelier Helmut Schmidt, pour discuter de la réponse à apporter au déploiement des missiles à moyenne portée soviétiques, pointés sur l'Allemagne, je sais que le sort du shah d'Iran est scellé.

Le président Jimmy Carter nous a annoncé sans ambage que les États-Unis avaient décidé de retirer leur soutien au régime du shah. Sans ce soutien, le régime est désormais perdu. Je garde en mémoire le compte rendu de la mission que Michel Poniatowski a effectuée auprès du shah, le 27 décembre dernier. Il l'avait trouvé lucide mais « triste, fatigué, et désabusé ». Les Américains, croyait-il, le soutiendraient jusqu'au bout. Mais en huit jours, le vent a tourné…

Jimmy Carter nous fait part de son pronostic. C'est l'armée qui va prendre le pouvoir, et qui rétablira l'ordre

1. *Le Pouvoir et la Vie*, tome II, chapitre 9.

dans le pays. Ses chefs sont pro-occidentaux, et la plupart d'entre eux ont reçu une formation aux États-Unis.

Le shah voit plus juste : « Il s'agit, a-t-il dit à Michel Poniatowski, d'une renaissance religieuse forte qui a permis au long conflit qui existe depuis cinquante ans entre le clergé shiite et notre dynastie de tourner à l'épreuve de force. »

C'est bien ainsi que les choses vont se dérouler.

Le 16 janvier, le shah quitte son pays pour Assouan, en invoquant des raisons de santé. Pour assurer l'intérim, il installe derrière lui un Conseil de régence. Le désordre est à son comble. Le gouvernement de Chapour Bakhtiar, nommé par le souverain, est investi par la Chambre, mais la rue ne reconnaît que l'autorité de l'ayatollah Khomeiny, toujours en résidence en France, à Neauphle-le-Château. Celui-ci communique avec la foule par des cassettes que la radio diffuse. Il annonce la création d'un « Conseil provisoire de la révolution islamique ».

Le gouvernement de Chapour Bakhtiar décide de s'opposer au retour de l'ayatollah. Cette attitude déclenche des manifestations populaires les 28 et 29 janvier. La répression armée fait de nombreuses victimes.

L'ayatollah Khomeiny décide alors de revenir en Iran, et il arrive le 2 février à Téhéran où il est acclamé par plusieurs millions d'Iraniens.

Après une dernière épreuve de force le 9 février entre l'armée loyaliste et les unités de l'armée de l'air appuyées par les manifestants, qui fait plusieurs centaines de morts, le gouvernement Bakhtiar est balayé, et la totalité du pouvoir revient aux partisans de l'ayatollah, qui contrôlent désormais la capitale et s'emparent des ministères.

Le pouvoir théocratique est installé en Iran, et l'armée, contrairement à la prédiction de Jimmy Carter, se rallie ou se disloque.

J'ai suivi avec beaucoup d'attention le déroulement de ces événements, grâce à la qualité des informations que nous transmet notre ambassadeur à Téhéran.

Comme toujours dans les périodes révolutionnaires, on voit apparaître des règlements de comptes, et surgir des tribunaux d'exception.

Je me préoccupe du sort des dirigeants iraniens qui m'ont accueilli lors de ma visite en Iran, au mois d'octobre 1976. Beaucoup d'entre eux ont fui le pays, soit en direction de la France, comme Chapour Bakhtiar, soit, plus nombreux, vers les États-Unis. Quelques-uns sont restés, dont l'ancien Premier ministre Hoveyda.

Je le connaissais bien. Il a été Premier ministre du shah pendant treize ans, jusqu'en 1977. C'est lui qui a été chargé de m'apporter à Paris l'invitation officielle du shah à visiter l'Iran. Il est un ami personnel d'Edgar Faure, et fait partie du comité de son Nouveau Contrat social. Un jour où ce comité tenait sa réunion dans le Poitou, il est venu y participer, et avait fait le voyage avec Anne-Aymone, dont Edgar Faure désirait la présence.

Il est francophone, francophile et de culture libérale. Pendant ma visite à Téhéran, il m'a reçu chez lui pour un déjeuner en plein air. Des exemplaires récents du *Monde* et du *Figaro*, ouverts pour la lecture, s'étalaient sur un fauteuil de jardin. J'avais souhaité ce tête-à-tête pour le mettre en garde contre les excès de la police politique iranienne, la sinistre Savak.

Il m'avait donné raison, en m'assurant qu'il entretenait souvent le shah de cette question, pour souligner le tort que cette police, et ses agissements, faisait au pays. La difficulté venait, m'a-t-il dit, de ce que les dirigeants de l'opposition prônaient ouvertement l'assassinat du shah, et que des réseaux clandestins étaient organisés à cette fin.

– Que vous luttiez, c'est compréhensible, lui ai-je répondu, mais rien ne justifie les tortures, et les exécutions sommaires. Il serait très important que le shah fasse une déclaration publique à ce sujet.

– Vous me rendriez un grand service, me dit-il, en en parlant vous-même au shah. Cela donnerait une autorité plus grande à ma démarche.

C'est ce que j'ai fait. J'ai recueilli la même réponse du shah, le visage sombre et découragé :

« Ils veulent me tuer, m'a-t-il dit, ils le répètent publiquement tous les matins. Que voulez-vous que je fasse ? Que je me laisse tuer ? »

J'ai repris le même raisonnement :

« Vous avez parfaitement le droit de vous défendre. Vous pouvez arrêter les comploteurs, et les faire juger. Mais la communauté internationale ne peut accepter ni la torture, ni les exécutions. Je ne suis même pas convaincu qu'elles contribuent à vous protéger. Elles font monter la violence et déchaînent la haine. »

Il m'a écouté, le regard triste. Je ne suis pas à même d'imaginer les réactions d'un homme qu'on incite publiquement à abattre, et qu'on informe tous les jours des violences préparées contre lui. Il a incliné la tête et, après un instant de silence, m'a répondu :

« J'ai entendu votre conseil. J'y réfléchirai. »

Notre ambassade à Téhéran m'apprend au mois de mars que Hoveyda va être traduit devant un tribunal révolutionnaire, et qu'il risque la peine de mort.

Je décide d'intervenir directement auprès de l'ayatollah Khomeiny, auquel je n'ai jamais rien demandé. Je lui fais porter un message.

Des sources iraniennes m'apprennent qu'après avoir reçu ma lettre, l'ayatollah Khomeiny a rédigé une note manuscrite, destinée au Premier ministre.

Dans cette note, il indique :

« Son Excellence le président V. Giscard d'Estaing, président du Gouvernement français, m'a demandé d'empêcher l'exécution de M. Hoveyda. À la demande du président français, je vous demande de surseoir à toute action dans ce sens. »

Or le tribunal révolutionnaire a poursuivi à la hâte ses travaux, et M. Hoveyda a été exécuté trois jours plus tard, le 7 avril, après avoir été interrogé la veille dans sa cellule par une journaliste de la télévision française.

Aux demandes d'explication adressées par le Premier ministre, le président du tribunal a prétendu avoir reçu le courrier trop tard.

J'exprime dans une déclaration « mon émotion et ma grave préoccupation devant les conditions dans lesquelles a été exécutée la sentence contre M. Hoveyda ».

Le surlendemain, le tribunal révolutionnaire de Téhéran, réuni dans la nuit, fait exécuter onze personnalités de l'ancien régime, une demi-heure après le prononcé du verdict, dont l'ancien ambassadeur à Paris, le général Pakravan.

La tourmente se déplace maintenant en direction des États-Unis. Une foule mêlée de révolutionnaires et d'étudiants islamistes pénètre le 4 novembre dans l'ambassade des États-Unis à Téhéran, laissée sans protection, et prend en otage tout le personnel qui s'y trouve.

Cet acte est évidemment inacceptable, et contraire à toutes les règles du droit international. Au lieu de réagir, les autorités iraniennes forcent à démissionner le Premier ministre, Mehdi Bazargan, nommé par l'ayatollah Khomeiny au mois de février, et soupçonné de tendances proaméricaines…

Après consultation avec Helmut Schmidt, nous décidons d'exprimer notre solidarité à Jimmy Carter, et de lui indiquer que nous apporterions notre soutien à toute mesure qu'il serait conduit à prendre. Il me remercie par l'envoi d'une de ces petites notes manuscrites qu'il affectionne.

La proposition d'échanger les otages contre l'extradition du shah d'Iran est catégoriquement rejetée par les États-Unis. Ceux-ci bloquent tous les avoirs publics iraniens dans les banques américaines, et arrêtent les importations de pétrole en provenance d'Iran.

Ils saisissent le Conseil de sécurité des Nations unies, qui adopte une résolution, à laquelle nous nous associons, demandant la libération immédiate des otages.

Le 5 décembre, les étudiants qui occupent l'ambassade annoncent leur refus d'appliquer la résolution, et l'Iran commence sa dérive loin des côtes du droit international.

Le président Carter invite les Nations unies à prendre des sanctions économiques en vue d'obtenir la libération des otages. Les pays européens appuient cette demande.

Cette situation insupportable va perdurer pendant toute l'année 1980. Au mois d'avril, Jimmy Carter reproche aux alliés des États-Unis leur manque de soutien, et annonce un nouveau train de sanctions économiques contre l'Iran.

Les neuf ministres des Affaires étrangères européens se réunissent à Luxembourg pour arrêter une attitude commune. Je demande à notre ministre des Affaires étrangères, Jean François-Poncet, de faire montre d'une grande fermeté, car on sent un flottement chez nos partenaires, y compris allemands, réticents à détériorer leurs relations avec l'Iran, dont l'Allemagne a été en 1979 le premier partenaire commercial. Helmut Schmidt m'assure qu'ils adopteront une attitude identique à la nôtre, car il serait inconvenant de manquer de solidarité vis-à-vis des États-Unis.

La dégradation atteint les États-Unis eux-mêmes. Une intervention militaire improvisée pour récupérer les otages aboutit à un échec piteux. Les membres du commando n'ont pas réussi à atteindre Téhéran, à partir de leur base de Tabas, et se replient hors d'Iran après avoir subi des pertes. Aucun des partenaires des États-Unis n'a été prévenu de cette opération, avant l'annonce publique de son échec. Ulcéré de ne pas avoir été consulté, le secrétaire d'État aux Affaires étrangères, Cyrus Vance, démissionne. C'est un coup sérieux pour Jimmy Carter, car il est de la trempe des grands secrétaires d'État américains, de Dean Acheson à Henry Kissinger, et jouit de l'estime et de la confiance des alliés des États-Unis, dont les nôtres.

Le président Carter le remplace par un ami personnel, le sénateur Edmund Muskie, inconnu des Européens, auquel la presse attribue une posture de « colombe », ce qui ne galvanise pas les alliés des États-Unis pour durcir leurs sanctions.

Il faudra attendre l'élection du président Reagan, au mois de novembre, pour qu'un arrangement coûteux soit négocié par l'administration sortante, et que les otages soient restitués en janvier 1981, après une détention qui aura duré quatorze mois, et qui a sans doute privé Jimmy Carter de ses chances de réélection.

L'invasion de l'Afghanistan

La dégradation des rapports transatlantiques à la fin de la présidence de Jimmy Carter est encore accentuée par les suites données à l'entrée des troupes soviétiques en Afghanistan, le 27 décembre 1979, accompagnant le coup d'État de Babrak Karmal, et l'exécution de son prédécesseur Haizullah Amin.

Jimmy Carter réagit vivement, et dénonce cette violation flagrante du droit international. Les Européens font de même. Je reste en contact téléphonique quotidien avec Helmut Schmidt, et nous nous posons la même question : qui a décidé cette opération ?

Dans tout système politique vieillissant, et le système soviétique est manifestement sénilisant, le pouvoir politique ultime reste entre les mains du dirigeant en place. On ne peut pas agir sans son accord, mais se contente-t-il d'« approuver », ou « prend-il » lui-même la décision ? Cette question est importante dans le cas particulier, car sa réponse désigne le point d'application de nos efforts. S'agit-il de Leonid Brejnev, de l'armée, ou du Parti communiste de l'URSS ? Leonid Brejnev a certainement joué un rôle, en raison de ses liens personnels avec les dirigeants communistes afghans, et de la haine qu'il portait à Hafizullah Amin pour avoir écarté, puis fait assassiner son ami, le président précédent Taraki.

Dans le message qu'il m'a adressé – et Helmut Schmidt a reçu le même – il précise que « la décision n'a été prise qu'après de longs débats du bureau politique ». La direction du parti ne serait donc pas le moteur de cette affaire. Dans ce cas, ce serait plutôt l'armée, qui n'a pas voulu conserver plus longtemps sur son flanc sud un foyer d'infection. Le déroulement complexe de l'opération, le largage de parachutistes à grande échelle, paraissent indiquer une forte implication de l'appareil militaire.

C'est donc sur Brejnev qu'il faut exercer notre pression, pour le détacher de cet aventurisme, en soulignant tout le dommage qu'il cause à l'image de respectabilité et de pacifisme qu'il cherche à se donner.

Nous décidons de nous concerter d'ici le prochain sommet franco-allemand pour élaborer une déclaration commune. Cette déclaration commune sera publiée le 5 février. Son ton est catégorique : condamnation de l'intervention soviétique en Afghanistan, qui doit prendre fin sans délai ; confirmation de notre appartenance à l'Alliance atlantique, et au respect de ses engagements ; demande adressée à l'Union soviétique de démontrer par des gestes concrets l'intention annoncée dans ses messages du retrait de ses forces. Nous tenons à souligner, dès le départ, la convergence des positions de la France et de l'Allemagne, car la réaction de la Commission européenne nous paraît particulièrement faible.

Le débat en cours entre les États-Unis et leurs partenaires porte sur trois propositions avancées par le président Carter : interrompre les ventes de céréales à l'Union soviétique, dont la récolte est déficitaire, interdire la vente à l'URSS d'un certain nombre de matériels technologiquement avancés, et boycotter les jeux Olympiques de Moscou.

La réponse du gouvernement français est particulièrement rapide et ferme. Nous sommes prêts à soutenir les deux premières propositions américaines, bien que la Commission européenne ait recommandé de ne pas suspendre les ventes « normales » de la Communauté à l'Union soviétique, mais de se contenter d'interrompre l'aide alimentaire à l'Afghanistan, ce qui frise le grotesque. Helmut Schmidt approuve notre position, notamment sur les matériels technologiques, mais je sens chez lui la réticence traditionnelle des dirigeants allemands à intervenir dans les décisions des entreprises.

Nous agissons auprès de nos partenaires européens pour établir un front commun, ce qu'ils finissent par accepter, et nous signons, avec les grands pays producteurs de céréales, un accord pour qu'ils ne remplacent « ni directement ni indirectement » les livraisons à l'Union soviétique refusées par les États-Unis.

Tout irait bien, et la solidarité serait parfaite, s'il n'y avait la question des jeux Olympiques. Certains pays sont d'avis de suivre les États-Unis, et de refuser la participation ; d'autres sont d'avis contraire, sous la pression de leurs milieux sportifs, ou de leurs intérêts. Les rapports s'enveniment entre les deux camps. La France se tient à distance de ce débat car la décision n'est pas urgente. Or, survient un coup de théâtre : les États-Unis renoncent à leur demande de boycott et cessent d'en parler, laissant dans une situation particulièrement inconfortable les gouvernements qui avaient répondu à leur appel, britannique, néerlandais, et même allemand. Le conseiller spécial pour la sécurité du président Carter, Zbigniew Brzezinski, venu en Europe pour coordonner notre position commune, n'en souffle pas mot. J'interroge Helmut Schmidt sur sa réaction :

« J'en suis encore plus surpris que vous, me répond Helmut, d'autant plus que nous avions déjà pris une position favorable à la demande des États-Unis. Mais c'est toujours la même chose ! » conclut-il d'un ton désabusé.

Ce nouveau climat d'irritation et de défiance complique la grande discussion en cours au sein de l'OTAN, où le président Carter demande à ses alliés européens d'accepter l'installation sur leur sol de fusées Pershing, et de missiles de croisière, pour contrecarrer le déploiement de missiles SS20 soviétiques. Mais ne va-t-il pas, cette fois encore, changer brusquement de cap, comme il l'a fait pour la bombe à neutrons ? Après avoir solennellement annoncé en 1977 sa production en série et son stockage en Europe, et obtenu, après un débat serré en Allemagne, l'acceptation de ce programme, le président Carter a soudainement annoncé, dans un discours prononcé le 7 avril, qu'il ajournait la fabrication de bombes à neutrons.

Ces va-et-vient imprévisibles ont ébranlé l'intimité de la relation germano-américaine, si confiante dans les années 1960. Le fiel de la méfiance s'est introduit dans ces fissures, et la responsabilité exclusive en revient aux revirements de Jimmy Carter, qui ignorait délibérément le tort qu'il faisait à ses partenaires, principalement allemands, en plaçant leurs dirigeants en porte à faux vis-à-vis de leur opinion publique. Il ne pouvait pas leur demander d'expliquer à leurs citoyens la nécessité stratégique absolue d'accepter la présence sur leur sol de la bombe à neutrons, et décider, un an plus tard, qu'après tout, sa production serait néfaste.

Le résultat de ces revirements a été de modifier le positionnement des partenaires des États-Unis. Comme nous ne participions pas directement aux décisions de l'OTAN, nous avons été moins affectés par cette crise de la défiance. Ainsi, la position relative, en termes de proximité, qui se décrivait comme étant États-Unis – Allemagne – France, s'est-elle subtilement inversée, au moins dans l'esprit des dirigeants allemands, pour devenir, à cette époque, États-Unis – France – Allemagne.

Pendant cette longue crise afghane, à un an de l'élection présidentielle, François Mitterrand choisit de caracoler dans le paysage électoral français. J'en suis d'autant plus déçu que, dès le départ, j'ai cherché à placer cette crise hors du débat politique français. Le 2 janvier, cinq jours après l'invasion soviétique, j'ai proposé au premier secrétaire du Parti socialiste et au secrétaire général du Parti communiste de rencontrer notre ministre des Affaires étrangères, qui leur communiquerait toutes les informations dont nous disposions. Ils ont accepté cette invitation.

Quelques jours plus tard, Georges Marchais s'envolait pour Moscou, sa première visite officielle depuis mai 1974. Tour à tour agressif et insultant, à la télévision soviétique, notamment dans les propos qu'il tient sur Pierre Joxe, proche collaborateur de François Mitterrand, il éprouve le besoin de justifier « l'assistance de l'URSS à l'Afghanistan, menacé par une intervention militaire extérieure », évidemment non identifiée. Et il ajoute, contre toute vraisemblance, que « les troupes soviétiques ne participent pas à la guerre civile afghane ». Pourquoi, dans ces conditions, le recours aux lâchers de parachutistes ?

François Mitterrand n'est pas embarrassé par les déclarations de son partenaire. Il adopte l'attitude inverse, en dénonçant la « faiblesse » de la réaction française. Il ne s'encombre pas des faits, passe sous silence le communiqué rédigé en commun avec les sociaux-démocrates allemands, et notre acceptation rapide des sanctions économiques proposées par les États-Unis. Il ne suggère rien, ni, évidemment, une action militaire contre l'URSS, ni même un durcissement des sanctions, mais il pense avoir trouvé un thème, celui de ma « faiblesse », qu'il exploitera tout au long de la crise afghane, en condamnant ma rencontre à Varsovie avec Leonid Brejnev, dont l'objet était une mise en garde, et en omettant l'annonce par celui-ci d'un premier retrait d'unités militaires soviétiques, vis-à-vis de laquelle il me fera jouer le rôle humiliant pour la France de « petit télégraphiste ».

Cela constitue un prélude à la prochaine campagne présidentielle, mais je lui reproche d'avoir choisi ce terrain. Mon attitude est dictée par une évaluation des intérêts de la France et des risques que court la paix, risques que j'ai évoqués dans mes vœux de début d'année.

Il se trouve que je connais assez bien le passé de François Mitterrand, depuis ses amitiés d'extrême droite d'avant-guerre, la longue période passée à Vichy sous l'Occupation, son étrange nomination au lendemain de la guerre comme directeur de *Votre beauté*, le magazine d'Eugène Schueller, et la mise en scène truquée de son attentat dans les jardins de l'Observatoire, dont le hasard veut que j'ai entendu le premier récit qu'il en a fait, d'une voix encore haletante. Dans la campagne présidentielle de 1974, où je partais cependant perdant, je n'ai eu recours à aucun de ces faits pour l'affaiblir, pensant qu'il existait, à notre niveau, un code sur les lignes jaunes à ne pas franchir. Jusqu'ici il m'avait semblé, à quelques égratignures près, respecter ce code, et voici que sur un sujet d'intérêt national, lui qui s'apprête à nommer des ministres communistes au gouvernement alors que nous sommes en période de guerre froide avec l'Union soviétique, se lance dans une campagne que les Anglo-Saxons désignent du nom évocateur de « character assassination », à seule fin de garnir son escarcelle électorale.

Je lui en veux d'autant plus de ce manquement au code que le thème choisi, celui de la faiblesse, est particulièrement blessant pour moi. Cette faiblesse ne m'a pas empêché d'assumer le 18 mai 1978 la responsabilité complète de l'envoi du 2e Régiment étranger de parachutistes à Kolwezi, sans possibilité de retour, alors que François Mitterrand, présent ce jour-là à l'Assemblée nationale, se perdait dans des arguties de procédure en expliquant que cette opération demandée par les autorités du Zaïre, et dont il paraissait ignorer l'urgence, soulignée par toutes les radios, « ne lui paraissait pas conforme aux accords de coopération ».

Mais j'irai plus loin dans le temps, pour retrouver mes souvenirs et mes émotions de l'hiver 1944-1945. La guerre continuait durement. L'armée américaine était secouée dans les Ardennes par la contre-offensive du maréchal von Rundstedt, les unités britanniques se frayaient un chemin difficile et sanglant en direction des Pays-Bas. Et le milieu politique français, ignorant ces combats, s'adonnait à Paris à ses délices rituels enfin retrouvés. Beaucoup de ces hommes politiques étaient en âge de combattre, dont, parmi d'autres, François Mitterrand. Lorsque nous écoutions les nouvelles qui nous parvenaient, grésillantes, dans la tourelle de nos chars, nous échangions des regards étonnés, en nous demandant : « À quoi jouent-ils ? »

Non ! pas de thématique de la faiblesse : vous sortez du code ! Quand je l'ai entendu poursuivre sa campagne tout au long de cette année difficile, j'ai eu la désillusion de découvrir qu'il existait chez François

Mitterrand, à côté de son grand talent, un trait soigneusement dissimulé dans l'ombre de son caractère, et dont l'orchestre médiatique qui jouait en sa faveur ne me paraît pas avoir relevé la partition, celui du cynisme à finalité électorale.

La menace sur la Pologne

Notre plus grande inquiétude vient de la situation en Pologne. Nous y sentons fermenter les germes d'une explosion. Si cette explosion se produit, les conséquences peuvent être dévastatrices, car l'Union soviétique ne pourra pas éviter une intervention militaire et, connaissant le courage désespéré des Polonais, les affrontements seront sanglants.

C'est Helmut Schmidt qui, le premier, m'a alerté sur ce danger.

Au cours des années récentes, la situation politique et sociale est restée fragile. Le pays supporte mal l'occupation militaire soviétique, et l'étouffement autoritaire que lui imposent le Parti communiste et l'appareil policier. Les conditions de vie, d'alimentation et de chauffage sont sévères. Les produits alimentaires sont rationnés. En 1976, après la dure récession de 1975, on a assisté à des grèves, tournant parfois à l'émeute. Elles ont été réprimées par la police.

Depuis 1976 règne un calme relatif. Les Polonais, catholiques croyants et pratiquants, ont eu le bonheur de voir élire pour la première fois, en octobre 1978, un pape polonais, Jean-Paul II. La gestion du premier secrétaire du Parti communiste, Edward Gierek, s'efforce de répondre aux demandes populaires, en obtenant des crédits internationaux, dont les nôtres, pour garnir les rayons des magasins d'État de produits de consommation importés.

Nous avons tenu à Paris, en octobre 1979, le cinquième Sommet franco-polonais. En dehors des relations économiques et des investissements qui se développent trop lentement au gré des Polonais, j'ai eu deux entretiens confidentiels avec Edward Gierek. Nous nous connaissons bien. Il parle couramment le français, qu'il a appris comme élève de l'école d'une commune du Puy-de-Dôme, Bourg-Lastic, où son père travaillait dans une mine de charbon. Il a passé sa petite enfance en Auvergne avant d'émigrer avec sa mère, remariée à un mineur polonais en Belgique. C'est, à sa manière, un communiste français, convaincu mais correct. Sa mère, catholique pratiquante, retournée après la guerre en Pologne, lui reproche son manque de foi. Je crois qu'il me respecte parce qu'il sait que je ne cherche pas à lui jouer de mauvais tours. Les propos qu'il me tient ne donneront lieu à aucune indiscrétion.

Je le reçois pour un tête-à-tête à l'Élysée. Nous n'avons pas besoin d'interprète. Pour cette fois, j'utilise le bureau du général de Gaulle, où on lui sert une tasse de café, qu'il pose sur la table basse.

« Je suis très soucieux, me dit-il, la situation politique se détériore. Les Polonais sont mécontents. Nous sommes obligés de réduire les subventions aux produits alimentaires. Elles pèsent trop lourd sur le budget. Cela fait monter les prix de la viande pour les consommateurs, sans rien rapporter aux paysans. On nous annonce des grèves. L'industrie souffre de l'augmentation continue des prix du pétrole. Bien sûr nous avons notre charbon, mais tout le pétrole et le gaz sont importés d'Union soviétique. La situation est préoccupante. J'en parle à Leonid Brejnev. C'est mon ami, vous le savez. Sa mère est de famille polonaise. Mais il ne semble pas réaliser la gravité de la situation. »

Il reprend son souffle, comme s'il cherchait une idée.

– Si vous rencontrez Leonid Brejnev, me dit-il, vous devriez lui en parler. Est-ce que vous le verrez bientôt ?

– Je suis allé à Moscou au mois d'avril. Normalement, il doit venir à Paris l'an prochain.

Nous nous séparons, en convenant d'une nouvelle réunion à l'automne de 1980, cette fois à Varsovie. À son regard, et à sa lourde démarche, je le sens angoissé.

Au début janvier 1980, peu après l'invasion soviétique en Afghanistan, Helmut Schmidt m'appelle au téléphone.

– Valéry, je suis de plus en plus inquiet de la situation en Pologne, me dit-il. Le mécontentement gronde. Le pouvoir est désemparé. On peut craindre le pire.

– Le pire serait quoi ? lui dis-je.

– Une intervention militaire soviétique. Les Soviétiques ne pourront pas supporter que l'anarchie s'installe en Pologne, encore moins qu'ils ne l'ont supporté en Afghanistan. Gierek m'a appelé. J'ai senti que c'était un homme aux abois. Il ne contrôle plus vraiment la situation. Il m'a parlé de syndicats autonomes qui se développent partout dans le pays. S'ils déclenchent une grève, ce sera l'explosion. Et l'armée soviétique interviendra.

– Que pouvons-nous faire ? lui demandé-je.

Je sais que les Allemands sont mieux renseignés que nous. Malgré la barrière opaque de l'Allemagne de l'Est, ce sont les voisins de la Pologne.

– Gierek nous demande d'intervenir auprès de Brejnev pour le dissuader à tout prix d'intervenir militairement en Pologne. Cela mettrait le feu au pays, me dit-il.

– Est-ce que vous pensez pouvoir agir vis-à-vis de Brejnev ?

Silence d'Helmut Schmidt. Il prend son temps avant de me répondre.

– Je ne suis pas sûr que cela serve à quelque chose. Brejnev doit être conscient des risques que lui ferait courir une intervention en Pologne, après l'Afghanistan. Mais puisqu'on nous le demande, je pense qu'il vaudrait mieux le faire.

– Nous devons nous revoir, lui dis-je, à l'occasion du sommet franco-allemand. Nous pourrions nous rencontrer la veille, pour parler de ce que nous pouvons faire.

– D'accord, Valéry, me dit-il. Bonne soirée pour vous et pour Anne-Aymone de la part de Locki.

Le 3 février, la journée est très chargée. Jean François-Poncet a eu deux jours d'entretiens avec son homologue britannique, le raffiné et raisonnable Lord Carrington, à propos de l'Afghanistan. Les instructions qu'il a reçues de Madame Thatcher sont manifestement celles d'un alignement pur et simple sur la position américaine. François-Poncet et le ministre allemand Genscher élaborent un texte commun d'une grande fermeté vis-à-vis de Moscou, mais qui évite le piège d'un retour à la politique des blocs.

Pendant ce temps Helmut Schmidt et moi reprenons notre conversation à propos de la Pologne.

– Nous pourrions ajouter à la déclaration une mise en garde sur la Pologne, dis-je.

– Bonne idée, approuve Helmut, en tirant sur son cigare.

« Ce sera fait. Mais il faudrait prévenir directement Brejnev qu'en cas d'aventure soviétique en Pologne, nous réagirons violemment, et que nous déclarerons publiquement que c'est la fin de la politique de détente.

Je compte aller à Moscou au printemps. Vous devriez en faire autant. Il vous écoutera plus que moi, car il doit vous juger moins dépendant des États-Unis que moi ! s'exclame-t-il en riant, pensant à ses déconvenues avec Jimmy Carter.

« Je le verrai si cela peut être utile, précisé-je, mais je n'irai pas à Moscou. Je m'y suis rendu l'an dernier. C'est à son tour de se déplacer. Avant de prendre ma décision, je voudrais d'abord en savoir plus sur la situation en Pologne. »

Et comme je l'ai fait l'an dernier pour l'Iran, je demande à Michel Poniatowski de se rendre en Pologne pour rencontrer directement Edward Gierek, qu'il connaît bien. Je sais que le jugement de Michel est sûr, et que son expérience de combattant de la France libre lui a donné le sens des grands événements. La souche polonaise de sa famille et sa démarche directe et débonnaire rendront la conversation plus facile.

Il avait rencontré Gierek deux ans auparavant, et il en avait rapporté une impression optimiste. C'était en janvier 1978. Gierek paraissait insouciant. Il jugeait que la situation économique allait s'améliorer et que de nouveaux crédits permettraient d'accroître l'importation de biens de consommation. Il n'anticipait pas le deuxième choc pétrolier, et estimait que Leonid Brejnev lui gardait sa confiance.

Or, au cours de notre dernier entretien à Moscou, Brejnev m'avait fait comprendre qu'il mettait en doute la capacité de Gierek à surmonter la crise polonaise.

Michel est parti aussitôt pour Varsovie, au début mars, et dès son retour il est venu me présenter oralement les enseignements de son voyage. Nous nous installons cette fois dans mon bureau, le bureau d'angle, où il est venu si souvent. C'est un bonheur pour moi de le revoir, et quel regret de l'avoir perdu à cause de cette mésaventure électorale de 1978, vis-à-vis de laquelle il était désarmé !

« Les choses ont beaucoup changé en Pologne », me dit-il. Et il m'énumère les causes du mécontentement populaire : les prix sont en hausse constante, l'énergie, nécessaire pour se chauffer, est de plus en plus chère. La production baisse dans les usines. Les dirigeants polonais perçoivent que les responsables soviétiques, eux-mêmes aux prises avec les difficultés que leur cause l'embargo américain sur les céréales, ne leur font plus confiance, et se préparent à un durcissement de leur occupation, et sans doute à la mise en place en Pologne, comme les Russes en ont acquis depuis longtemps le savoir-faire, d'un gouvernement plus docile à leurs intérêts.

« Gierek a présenté une suggestion, poursuit Michel. Il y met beaucoup d'insistance. Il suggère que vous rencontriez Brejnev pour l'alerter sur l'orientation des relations Est-Ouest en Europe qui s'engage sur une bien mauvaise voie ; dangereuse avec cet arsenal de missiles qui s'entassent de part et d'autre ; dangereuse également avec l'invasion de l'Afghanistan, qui est une aventure incertaine, où les politiques se sont laissé entraîner par les militaires. »

C'est le dirigeant d'un pays communiste qui s'exprime ainsi, du second pays par importance du bloc de l'Est ! Et il confirme mon intuition sur le rôle prépondérant des militaires dans l'aventure afghane. Il tire sans doute cette information de ses conversations – en polonais – avec Brejnev.

Gierek insiste auprès de Michel Poniatowski sur l'utilité d'une rencontre avec Brejnev. Quand il évoque le danger d'une intervention militaire soviétique en

Pologne, il a recours à une belle formule, dont je ne sais pas s'il l'improvise ou s'il la répète : « La population polonaise se battrait avec ses mains, mais l'armée avec ses fusils. » Et il dresse un parallèle avec les grèves de Gdansk en 1970, qui ont entraîné la chute de Gomulka.

« Voici de façon précise la demande qu'il vous présente, conclut Michel. C'est de l'autoriser à proposer à Brejnev de venir vous rencontrer à Varsovie. Gierek comprend que dans les circonstances actuelles, vous ne vouliez pas vous rendre à Moscou. C'est pourquoi il propose Varsovie. Brejnev fera la moitié du voyage, et tout sera prévu pour faciliter votre tête-à-tête.

« Il vous fera part des réactions de Brejnev à sa proposition par l'intermédiaire de l'ambassadeur de Pologne à Paris. »

Je consulte discrètement autour de moi sur l'opportunité et les risques de ce voyage. Jean François-Poncet y est catégoriquement hostile pour des raisons internationales et nationales. À l'extérieur, on y verra une démarche isolée de la France, sans grande chance de résultats, à un moment où les États-Unis œuvrent à rétablir la solidarité des Alliés face à l'aventure soviétique en Afghanistan. Sur la scène française, on me taxera de complaisance vis-à-vis de Brejnev. On dira que c'est une manie chez moi de vouloir jouer à tout prix un rôle personnel.

« On s'interrogera sur les contreparties que vous attendrez de Brejnev en échange de cette rencontre. Vous pouvez compter sur François Mitterrand pour développer ce thème. La presse anglo-saxonne se déchaînera contre vous. »

Le Premier ministre Raymond Barre est d'un avis exactement contraire.

« Il faut rencontrer Brejnev, me dit-il. J'y réfléchissais moi-même, et je songeais à vous le proposer. »

Il réfute les arguments de Jean François-Poncet en répliquant : « Si on devait s'arrêter à ce genre d'arguments, il n'y aurait plus de politique étrangère possible pour la France. D'ailleurs, si les États-Unis pensaient que c'est leur intérêt de faire une telle démarche, ils ne s'embarrasseraient pas de nous pour l'entreprendre. »

En raison de la gravité du sujet, je formalise ma question :

– Vous pensez que si Brejnev donne son accord, il est souhaitable que je me rende à Varsovie pour le rencontrer ?

– Tout à fait, Monsieur le Président. C'est à vous de prendre la décision, mais c'est l'avis que je vous donne.

Helmut Schmidt, que je consulte par téléphone, me paraît moins assuré. Il prend le temps de s'interroger.

« Je vous ai déjà dit, je crois, que le même problème se pose pour moi. Je dois, en principe, aller rencontrer Brejnev à Moscou à la fin du printemps. »

Puis, comme il le fait souvent avec moi, il se met à penser à haute voix. Il comprend l'étonnement de Brejnev devant la vivacité de la réaction américaine concernant la Pologne. Après tout, les États-Unis ont laissé faire sans rien dire les ingérences soviétiques en Afrique, puis, il y a trois ans, en Afghanistan.

Comme je lui exprime mon inquiétude de voir les Soviétiques en tirer la conclusion qu'ils peuvent, sans trop de risques, tenter la même opération en Pologne, Helmut réagit très vite.

« C'est à craindre ! J'ai reçu des nouvelles de Gierek. Il est très inquiet sur la situation intérieure. »

Nous convenons de rester en contact.

Le 25 avril, au Conseil européen de Luxembourg, où l'ordre alphabétique nous place côte à côte (Deutschland et France), et où nous écoutons les récriminations amères de Mme Thatcher sur la contribution qu'elle juge excessive de la Grande-Bretagne au budget de la Communauté européenne, Helmut Schmidt me confie :

« J'ai répondu à Brejnev que je me rendrai à Moscou à la fin du mois de juin. »

L'ambassade de Pologne m'informe que Gierek propose la date du 19 juin pour la réunion à Varsovie. Dès lors ma décision est prise. Je rencontrerai Brejnev à Varsovie.

*

* *

Un dernier intervenant était venu me conseiller. Il s'agit d'Arthur Conte, un Perpignanais chaleureux, à l'accent de rocaille. Je l'avais rencontré, jeune député socialiste, dans la IVe République agonisante. Après l'arrivée de De Gaulle, qu'il avait soutenu, il s'était éloigné de la politique pour écrire des livres d'histoire. Il insiste pour me voir d'urgence. Il a quelque chose de très important à me dire. Je le reçois le lendemain après-midi.

Voici, en résumé, son message : « J'ai une proposition à te faire : tu dois être l'homme de la paix. Nous allons vers la guerre. Les Soviétiques ont fait un choix. L'entrée de leurs forces en Afghanistan montre qu'ils préparent les positions stratégiques du prochain conflit mondial. Le déploiement de leurs missiles SS20 empêchera l'Allemagne de réagir. Nous sommes désormais placés sur ce que les Américains appellent une *collision course*. Nous allons à la guerre ! Toi seul peux l'empêcher. »

Tant d'emphase me déconcerte :

– Arrête, lui dis-je, je n'exagère pas mon importance !

– Tu as tort. La clé de la décision est en Union soviétique. Or qui peut leur parler ? Ils n'ont aucune confiance en Jimmy Carter. Ils se méfient des Allemands. Margaret Thatcher vient d'arriver, et ils la jugent trop dépendante des Américains. La cause de la paix a un impact formidable ! Si tu réussis, ton destin change. Tu auras une image comme celle de Briand !

– Sais-tu, dis-je, que Gierek a eu la même idée que toi ? Il me propose d'organiser une rencontre avec Brejnev à Varsovie.

– Il faut accepter, explose Arthur Conte. Le soleil danse sur les collines des Corbières. « N'écoute personne ! Prépare soigneusement ta mise en garde, et mets-y toute ta conviction. »

Malgré sa persuasion et ce que je ressens de son affection, et bien que je partage son raisonnement, au fur et à mesure qu'il développe ses arguments, il provoque l'effet inverse. Il a un mot, une posture que je ne peux pas retenir : « tu seras l'homme de la paix ! » Tout se crispe en moi à cette évocation d'un rôle, d'une importance qu'on cherche à se donner, en émergeant des faits pour se porter sur l'avant-scène. Oui, André Malraux, je n'ai pas le sens de la mise en scène de l'histoire, sur un fond de champs de bataille et de corps mutilés !

Je pense à ce que j'ai lu dans une biographie de Thomas Jefferson, que j'avais achetée à Monticello. Lui qui était la personnalité la plus admirée en Amérique, après le dieu Jupiter Washington (ce que je n'imagine nullement être), éprouvait une forme de rejet vis-à-vis de la gesticulation qu'imposent les hautes fonctions. Dès qu'il le jugeait possible, il s'en arrachait pour se retirer chez lui, loin de tout, sur sa colline de Monticello.

Au fur et à mesure qu'Arthur Conte s'exprime – et il s'exprime en ami ! – je sens quelque chose en moi se recroqueviller : non, je ne chercherai pas à représenter « l'homme de la paix » sur la couverture des magazines, après et avant d'autres ; je voudrais seulement déterminer s'il y a quelque chose d'utile qu'on puisse entreprendre.

*

* *

Vous vous étonnerez de la longueur de ce récit, qui reprend certains des sujets que j'ai déjà traités. Vous vous demanderez aussi pourquoi il vient à cette place ?

C'est parce qu'il est au cœur même de la problématique du pouvoir et de la vie. Nous sommes à moins d'un an maintenant de l'élection présidentielle, qui peut déchirer le parchemin d'un coup de couteau. Ces six années de pouvoir m'ont sûrement changé. Le pouvoir est entré en moi avec ses longues griffes, et je ne peux plus regarder le monde extérieur avec la même insouciance. C'est pourquoi je cherche à vous faire partager l'état actuel – l'état nouveau – de ma manière de raisonner et de décider.

À cet égard, deux indications.

Comme vous l'avez sûrement remarqué, dans l'ensemble des arguments qui me sont présentés, le sort individuel des Polonais compte peu. La préoccupation exprimée porte sur la paix et la guerre, sur la solidité ou sur la fragilité des alliances. C'est ce que j'appellerai la sensibilité stratégique. Pour moi, j'ai constamment une image en tête : celle d'une rue dans une ville polonaise, avec un char soviétique, et son long tube horizontal pointé sur la petite foule des passants. Va-t-il tirer ? Et puis-je faire quelque chose pour l'empêcher ?

C'est ici que mon mode de raisonnement diffère de ceux que j'ai entendus. Ils raisonnent sur les « conséquences », alors que je m'interroge sur la « probabilité », faible héritage sans doute de ma formation mathématique.

Mes interlocuteurs cherchent à prévoir quelle sera la séquence des événements qui se dérouleront selon que l'on prendra telle ou telle position. Exercice difficile, plus dialectique que rigoureux, et qui peut aboutir, comme on l'a bien vu, à des recommandations contradictoires.

Je me pose une question différente : quelle est la probabilité que ce que je ferai puisse modifier le cours des événements ? Un risque sur mille, ou sur deux, que le canon soviétique tire finalement sur la petite foule vêtue de manteaux noirs ?

Si une chance existe de réduire le risque, il faut la saisir, et ne pas en monnayer le prix. Si elle n'existe pas, mieux vaut se dispenser d'une gesticulation inutile, même si celle-ci vous faisait apparaître comme « l'homme de la paix ».

J'ai cherché, vous l'avez vu, à savoir si cette chance existait. Je me suis interrogé dans le climat lourd et nerveux qui est celui de cette échéance présidentielle, qui pèse déjà sur nous. Et la conclusion lentement formée pendant ces deux mois était que cette mise en garde avait une chance non négligeable d'être utile.

J'irai donc à Varsovie, alerter Brejnev[1].

*

* *

Sur le chemin du retour, je m'arrête dans la commune de Sion, en Meurthe-et-Moselle, pour célébrer avec ses habitants le sixième anniversaire de mon élection.

Un journaliste me tend un exemplaire de *France-Soir*. Ce journal a commandé un sondage sur l'opportunité de mon voyage à Varsovie. 63 % des Français l'approuvent : bonheur intérieur !

*

* *

Pendant l'été et l'automne 1980, la situation va continuer à se durcir en Pologne. Début juillet, des grèves éclatent dans deux villes polonaises, provoquées par la hausse du prix de la viande. Le 14 août, ce sont dix-sept mille ouvriers des chantiers de Gdansk qui se mettent en grève, pour protester contre la mise à pied d'un syndicaliste. Le 24, l'équipe gouvernementale est remaniée, avec le départ des éléments les plus durs. Pendant ce temps, Michel Rocard avance en France une proposition cocasse : il demande « que la Marine

1. La rencontre à Varsovie est racontée dans *Le Pouvoir et la Vie*, tome II, chapitre 9 (« La marche sur les sommets »).

nationale aille chercher sur la plage les Polonais qui souhaiteraient quitter leur pays ». Ses amis politiques l'accueillent par un haussement d'épaules.

Les négociations s'ouvrent entre Lech Walesa et le gouvernement, pour faire reconnaître les syndicats autogérés qui prolifèrent partout dans le pays.

Le 5 septembre, Edward Gierek, jugé trop dur par les Polonais et trop mou par les Soviétiques, est démis de toutes ses fonctions « pour raisons de santé ». Et la Pologne entre dans la grisaille d'un régime de transition, où la société communiste va progressivement se disloquer tout en luttant pour se maintenir au pouvoir.

Les autorités soviétiques et les dirigeants de l'Allemagne de l'Est se déclarent résolus à ce que la Pologne reste « socialiste ». La République démocratique allemande, « alliée de la Pologne, y veillera avec ses amis ».

Malgré ces coups de clairon, l'intervention militaire soviétique n'a pas eu lieu. La foule polonaise n'a pas vu couler de sang sur ses blousons noirs et ses manteaux noirs. Notre intervention, celle d'Helmut Schmidt et la mienne, y a-t-elle contribué ? Ce double geste pèse trop peu dans la balance des événements pour que nous puissions l'affirmer catégoriquement. Mais si peu soit-il, nous avions le devoir de le tenter : ma conscience ne me le reprochera jamais. François Mitterrand continue de jacasser sur ma « complaisance ». À défaut de gagner le pouvoir, faut-il vraiment chercher à l'abaisser ?

*

* *

Pendant que les failles s'élargissent dans le bloc de béton de l'Est, nous assistons à une rotation rapide des présidents aux États-Unis. Certes, la durée de nos mandats n'est pas la même : quatre ans aux États-Unis contre sept ans en France. Il n'empêche : pendant mon septennat, j'ai eu à travailler avec quatre présidents successifs : Richard Nixon, Gerald Ford, Jimmy Carter, et à partir de janvier 1981 Ronald Reagan. Chaque fois il m'a fallu nouer connaissance, et répéter les mêmes évidences, depuis La Fayette, jusqu'à l'héroïsme des plages du Débarquement.

Il m'a fallu aussi analyser leur caractère, et évaluer leur tempérament. Que puis-je dire en un seul mot ? Nixon est le meilleur professionnel ; Ford le plus humain ; Jimmy Carter le plus idéaliste ; et Ronald Reagan, le plus ferme dans ses convictions.

La période de présidence de Richard Nixon a été courte pour moi : de juillet à août 1974. Lorsque j'ai été élu le 19 mai 1974, je suis venu passer la nuit dans mon appartement de fonction du ministère des Finances, encore situé au Louvre, en face de l'arc de Triomphe du Carrousel. J'avais toujours un téléphone posé sur ma table de chevet. À deux heures du matin, sa sonnerie a retenti. J'ai cherché à tâtons le récepteur, et j'ai entendu la voix du standardiste du ministère m'annoncer : « Le président des États-Unis demande à vous parler. » Il semblait en être aussi étonné que moi ! Encore un déclic, puis la voix alerte d'une secrétaire de la Maison-Blanche. Et je reconnais le débit légèrement nasillard de Richard Nixon. « Monsieur le Président, je suis très heureux d'apprendre votre élection comme président de la France », me dit-il en anglais à accent californien.

Je ne suis pas certain qu'il me reconnaîtrait s'il me voyait. Je l'avais croisé dans l'antichambre de l'Élysée, un an après son échec devant John Kennedy, et le général de Gaulle, du bureau duquel il sortait, m'avait alerté : « Il faudra vous souvenir de cet homme, m'avait-il dit. Il jouera un grand rôle dans la vie de son pays. »

Puis j'avais été chargé de l'accueillir à Orly, à sa descente d'avion, lorsqu'il était venu assister, à Notre-Dame, aux obsèques du général de Gaulle. J'avais remarqué qu'il était maquillé, le visage poudré pour les images de la télévision, bien que ce fût la nuit.

Il m'avait retrouvé aux Açores en décembre 1971, aux côtés du président Pompidou, lorsque nous débattions, avec Paul Volcker, de la première dévaluation du dollar depuis la guerre.

Son ton est chaleureux dans l'appareil téléphonique. Il est vrai que c'est encore l'après-midi pour lui. « Je serai heureux de travailler avec vous. Nos pays ont une longue tradition d'amitié. Il faudra nous rencontrer bientôt. »

À son débit, je me rends compte qu'il lit un texte, préparé par ses services. Il le fait avec aisance et m'appelle « Mr President », comme si ce titre m'était acquis, alors qu'il est le premier à l'employer ! Nous nous quittons cordialement.

Oui, un grand professionnel !

La présidence, ou plutôt la demi-présidence, de Gerald Ford, car elle a duré d'août 1974 à la fin décembre 1976, a été l'âge d'or des relations franco-américaines. L'équipe qu'il formait avec Henry Kissinger était exceptionnelle : d'un côté le bon sens, l'affabilité, et un réalisme proche des sentiments populaires, et de l'autre, une culture historique, un savoir-faire diplomatique et une agilité intellectuelle hors du commun. Nous avons pu rétablir l'harmonie dans les relations tendues entre les États-Unis et la France, bien que la période fût difficile en raison du débat sur la limitation des armements nucléaires, sujet sur lequel la France entendait conserver son autonomie de décision. Henry Kissinger est le seul diplomate, me semble-t-il, à avoir jamais compris que l'affirmation de l'indépendance d'un pays qui, en raison de la grandeur de son passé, entend conserver intacte sa liberté de décision, n'est pas synonyme d'hostilité. Notre rencontre à la Martinique, terre caraïbe et française, et le lancement en commun du G7 à Rambouillet, ont été les fruits de cette bonne entente.

Quant à Jimmy Carter, nous avons traversé ensemble des moments difficiles : le second choc pétrolier, la crise en Iran, l'invasion de l'Afghanistan. Sur le fond, nos positions sont souvent proches, mais sa méthode est déconcertante : des déclarations vigoureuses, suivies, parfois, de revirements imprévisibles, qui déconcertent nos amis allemands. Le dommage est moindre pour moi, car je m'efforce de me tenir à distance, en raison de notre position particulière vis-à-vis de l'OTAN. Nous avons cependant un domaine de bonne coopération, c'est la politique de non-prolifération nucléaire où, malgré l'activisme de notre Commissariat à l'énergie atomique, j'adhère pleinement à la rigueur des objectifs de Jimmy Carter, et aussi une volonté commune de limiter les importations de pétrole.

Et voici le président Ronald Reagan ! Il a été élu le 4 novembre 1980, à l'âge de soixante-neuf ans, avec une nette avance sur Jimmy Carter. Celui-ci n'avait pas vu arriver son échec. Je l'avais interrogé prudemment à Venise sur ses chances de réélection. Il m'avait répondu avec optimisme, convaincu, m'a-t-il dit, que son concurrent, Ronald Reagan, serait perçu par les électeurs comme constituant une menace pour la paix, en raison de ses propos guerriers. Il me semblait de mon côté que la situation économique était défavorable, avec un taux d'inflation élevé et un niveau de chômage inhabituel aux États-Unis, et que Ronald Reagan disposait d'un art exceptionnel de la communication avec l'électorat populaire. J'en ai conclu que les présidents en place n'étaient pas nécessairement les juges les plus lucides du résultat du processus électoral.

Ronald Reagan prendra ses fonctions en janvier, à la fin de la fameuse période du « Lame Duck », le canard boiteux, c'est-à-dire le délai qui sépare aux États-Unis le moment où le nouveau président est élu, au début du mois de novembre, de celui de son entrée en fonction, à la fin du mois de janvier suivant. L'ancien président reste en place, mais dispose d'une autorité réduite.

Je connais assez bien ses convictions, à partir des déclarations qu'il a faites au cours de sa campagne : celles d'un libéralisme économique doctrinal sur le plan intérieur, d'une reconstitution massive de la puissance militaire des États-Unis, et du traitement de l'Union soviétique comme puissance maléfique. Il a envoyé George Schultze, qui enseigne à l'université de Stanford, informer les dirigeants européens « amis » de ses intentions. Je l'ai reçu longuement à l'Élysée. Cela reste sommaire, et je souhaiterais en savoir plus.

Le directeur du SDECE[1], Alexandre de Marenches, vient me voir à l'Élysée. C'est un géant, qui porte mous-

1. Service de documentation et de contre-espionnage.

tache, et un bon vivant. Il a été nommé à ce poste par Georges Pompidou, qui avait confiance en sa loyauté, et je l'ai maintenu dans sa fonction pour le même motif. Je sais qu'il s'est constitué un réseau d'amitié parmi les chefs des services de renseignements des pays orientés à droite. Il me dit disposer de contacts avec certains collaborateurs proches de Ronald Reagan, qui l'introduiront auprès du futur président. Il pourra peut-être m'apporter des informations utiles.

Je lui donne mon accord pour qu'il fasse un rapide aller et retour aux États-Unis. Le voici à nouveau dans mon bureau, juste après la prise de fonction de Reagan.

« J'ai été reçu par le président », me dit-il, gonflé d'une satisfaction qui amplifie son embonpoint naturel.

J'éprouve des craintes pour la solidité de son fauteuil, revêtu d'une jolie soie grise et bleue, qui fait entendre des craquements.

– Il m'a chargé d'un message pour vous, poursuit-il. C'est un message oral : « Dites au président français que *I need a victory*[1]. »

– Que veut-il dire ? demandé-je, plutôt surpris.

– Il pense que les États-Unis ont été humiliés par l'affaire des otages de Téhéran, qu'ils doivent retrouver leur dignité, et que pour cela *I need a victory*.

– Il pense à une victoire militaire ?

– Oui, à un succès militaire, d'une manière ou d'une autre.

– Vous lui avez demandé où il pensait pouvoir obtenir ce succès ?

– Il n'avait pas d'idée précise, me répond Marenches. Il a évoqué les Caraïbes ou le Moyen-Orient. Pour lui,

1. « J'ai besoin d'une victoire. »

ce n'est pas l'endroit qui compte, mais le rétablissement du prestige des États-Unis. C'est pour cela qu'il a insisté : « I need a victory. »

Pour l'empêcher de répéter une troisième fois la formule dont il paraît si fier, je commence à m'interroger sur le lieu possible de cette victoire. Je n'en vois qu'un seul. Depuis plusieurs mois, le président Sadate m'entretient de ses rapports de voisinage avec la Libye. Il en considère les dirigeants comme dangereux, capables de monter des actions terroristes. Il souhaiterait qu'une opération commune permette de s'en débarrasser. Un argument plaide en son sens : est-il justifié de laisser une ressource aussi précieuse que le pétrole, dont les prix ne cessent de monter, entre les mains de dirigeants irresponsables, qui la gaspillent dans l'achat de matériels militaires sophistiqués au lieu de contribuer au développement du grand pays voisin qu'est l'Égypte ? En réponse à Sadate, j'avais écarté l'hypothèse d'une action concertée limitée à l'Égypte et à la France. Avec le concours des États-Unis, ce pourrait devenir différent.

« Vous pourriez parler au président Reagan, indiquai-je à Alexandre de Marenches, du cas de la Libye. Vous jugerez de sa réaction. »

Marenches est sorti de mon bureau, fier de son importance. Enfin, il se voit chargé d'une grande mission ! Il repart aussitôt pour Washington.

J'envoie un message au président Sadate, comme nous en avons l'habitude. Celui-ci réagit avec enthousiasme. Mon état-major particulier m'informe au début du mois de mars que les études ont commencé. Les Égyptiens se chargeraient des opérations terrestres à la frontière. Les États-Unis assureraient la couverture aérienne et navale de l'opération. Et les forces d'intervention françaises – les plus performantes – agiraient à Tripoli et sur les lieux de pouvoir.

À la fin mars, la programmation se poursuit. J'indique qu'aucune action ne pourra intervenir avant l'élection présidentielle française. Et à partir de la mi-avril, je perds le fil…

CHAPITRE VII

L'Europe : le grand parcours

Un sujet de satisfaction intense est pour moi de contribuer à la construction de l'Europe politique. Dans cette courte période, 1978-1981, nous réussirons à ajouter deux pierres d'angle à l'édifice : l'union monétaire, avec l'introduction de l'ECU, et l'élection démocratique du Parlement européen.

Pour bien les juger, il faut, je crois, porter son regard sur l'ensemble. Les dirigeants en place en Allemagne, en France, en Italie, au Benelux et en Irlande, sont d'accord pour considérer que l'union de l'Europe est un projet politique, un projet qui change de nature avec le temps qui passe : d'abord un projet de réconciliation entre les Européens, qui évolue désormais vers la construction d'unc puissance politique, à l'échelle mondiale. Seuls les Britanniques et les Danois restent réservés. Le Premier ministre travailliste, Jim Callaghan, favorable au progrès de l'Europe mais prudent et fragilisé dans son parti, perd les élections en mai 1979 au profit de l'ultra-conservatrice Margaret Thatcher, acquise à l'idée d'une Europe du libre-échange, sans rien de plus, et déterminée dans sa démarche.

C'est une chance exceptionnelle qui fait que Helmut Schmidt, Giulio Andreotti, Pierre Werner et Gaston Thorn au Luxembourg, Léo Tindemans en Belgique et moi-même, partagions les mêmes convictions européennes. Pour nous, l'Union européenne est un projet « en soi », dont nous devons déterminer à la fois la meilleure architecture et le cheminement le plus sûr, et non un lieu de rencontre où les États membres viennent débattre de leurs intérêts nationaux.

Cette approche « européenne » était déjà celle des célèbres pères fondateurs : c'est l'honneur et le mérite de leur démarche, dans les années de l'immédiat après-guerre.

Bien qu'on ait l'habitude de considérer les fondateurs comme un groupe homogène sans chercher à distinguer entre Jean Monnet et Robert Schuman, il me semble que leur approche politico-culturelle de l'union de l'Europe présente certaines différences.

Pour Jean Monnet, l'inspiration vient de l'autre côté de l'Atlantique. C'est une construction symétrique – pas nécessairement identique – de celle des États-Unis. Son modèle démocratique est anglo-saxon. L'appellation d'« États-Unis d'Europe » décrit bien son projet.

Pour Robert Schuman, catholique et germanisant, la source est continentale. Sans pousser l'analogie trop loin, on peut la chercher quelque part à l'intérieur du Saint Empire romain germanique. Sa capitale est Aix-la-Chapelle, plutôt que Bruxelles.

La conception fédérale de Jean Monnet s'apparente à celle de Hamilton, qui souhaitait un pouvoir central fort et interventionniste. Celle de Schuman serait plus proche de la culture allemande, et paradoxalement de celle de Jefferson, qui défendait ardemment les libertés locales.

Personnellement, j'inclinerais plutôt vers la deuxième attitude. Je partage la répulsion de Thomas Jefferson, troisième président des États-Unis, concernant l'envahissement par la sphère gouvernementale de toutes les formes d'activité politiques et sociales, maladie, hélas, typiquement française ! Un paradoxe curieux veut qu'aussitôt que les dirigeants politiques occupent un poste de responsabilité, leur attitude s'inverse ! C'est ainsi que le président de la Commission européenne, Roy Jenkins, premier Britannique à occuper cette fonction, à la nomination duquel je ne suis pas opposé, ne laisse échapper aucune occasion de chercher à étendre le domaine de compétence de la Commission.

Heureusement, ce type d'interrogations ne divise pas les dirigeants européens en place. Nous sommes d'accord pour penser que les deux prochaines avancées à accomplir concernent le Parlement européen, et la monnaie européenne.

*
* *

L'élection du Parlement européen au suffrage universel faisait partie, implicitement pour moi, explicitement pour nos partenaires du Benelux, des conclusions du dernier Sommet européen tenu à Paris, en décembre 1974. Nous y avons décidé de nous réunir « au moins trois fois par an et chaque fois que nécessaire », en baptisant désormais nos réunions du nom de « Conseil européen ».

En même temps, nous chargions le Premier ministre belge, Léo Tindemans, de procéder à une enquête générale sur le devenir de l'Union européenne.

En contrepartie de ce renforcement de la « branche exécutive » de l'Europe, nos partenaires souhaitaient une avancée symétrique pour le Parlement.

Cette élection populaire prenait toute son importante aux yeux du lobby bruxellois, qui en attendait le renforcement de l'autorité du Parlement. Or, parmi les trois institutions européennes, le Parlement et la Commission sont considérés par ce lobby comme des institutions conformes au projet européen, tandis que le Conseil est une structure honnie, car il est composé des représentants des gouvernements nationaux.

Cette appréciation est évidemment inexacte et ne respecte pas la vision institutionnelle du traité de Rome, qui fait du Conseil le décideur ultime du système, mais peu importe ! C'est celle qui prévaut au moment d'ouvrir le débat électoral, et c'est elle qui fournit leurs arguments aux partisans comme aux adversaires du projet.

La discussion a commencé très tôt, dès la publication du rapport Tindemans, en janvier 1976, qui confirme la proposition d'élire le Parlement européen au suffrage universel. Les communistes se déchaînent : ils accusent le gouvernement de pratiquer une politique de démission nationale : « c'est la fin de toute politique indépendante ».

Les socialistes expriment une approbation prudente. Ils y mettent comme condition que le Parlement soit élu au scrutin proportionnel.

Quant à l'UDR, elle se divise entre ceux qui refusent purement et simplement le projet, et ceux qui pensent qu'il ne faut aller ni trop vite, ni trop loin.

Les partisans du front du refus se regroupent sous la bannière enflammée de Michel Debré, et gouailleuse d'Alexandre Sanguinetti.

Le Premier ministre en place, Jacques Chirac, lui-même UDR, s'étonne de la violence de ces réactions. Il s'interroge : « Ne s'agite-t-on pas autour d'un faux problème dans la mesure où le traité de Rome, en vigueur depuis dix-huit ans, prévoit expressément l'élection du Parlement européen au suffrage universel ? »

À l'automne de 1976, les ministres des Affaires étrangères se mettent d'accord sur un acte qui fixe le nombre de députés européens par pays, et la période de l'élection. Le choix de la loi électorale reste de la compétence des États membres.

Cet acte doit être soumis à la ratification du Parlement sous forme de projet de loi. Or, Michel Debré soulève une objection majeure : ce projet est inconstitutionnel, affirme-t-il, car il transfère, en réalité, une partie de la souveraineté nationale entre les mains du Parlement européen. Avant de pouvoir l'adopter, il faut réformer la Constitution ! »

Cet argument vise à atteindre le président de la République, gardien de la Constitution.

Je n'ai pas l'intention de me laisser manipuler, tant l'argument me semble spécieux, mais je ne voudrais pas non plus donner le sentiment d'une attitude désinvolte vis-à-vis du respect de la Constitution. Aussi je prends l'initiative, le 3 décembre 1976, de consulter officiellement le Conseil constitutionnel, dont le président est un gaulliste historique, Roger Frey, sur la constitutionnalité de la loi, avant de la soumettre au Parlement.

Ce débat juridique passionne le milieu politique, et crée un véritable suspense. Le journal *Le Monde* publie des pages entières de tribunes où des juristes – éminents – et des responsables politiques confrontent leurs arguments.

Le 30 décembre, le Conseil constitutionnel rend son avis : il déclare conforme à la Constitution l'acte organisant l'élection. Le gouvernement va pouvoir soumettre le projet de loi au Parlement au printemps de 1977.

Roger Frey a tenu à venir me présenter lui-même l'avis du Conseil qu'il préside. J'ai beaucoup de sympathie pour lui. On lui a fait quitter son poste de ministre de l'Intérieur, dix ans plus tôt, en se déchargeant sur lui de la responsabilité de la sinistre affaire de l'enlèvement et de l'assassinat du Marocain Ben Barka. Il est calme et souriant, mais je le sens aussi pénétré de son importance. Le débat que son institution a tranché était grave, et lui confère une stature que cet homme, en réalité timide, perçoit comme une consécration.

– Je viens vous rendre l'avis que vous m'avez demandé, Monsieur le Président de la République. Je crois que c'est celui que vous souhaitiez. Le projet de loi a été jugé conforme à la Constitution.

– Le débat a-t-il été difficile ? lui demandé-je.

– Pas vraiment difficile, mais très long ! Tous les aspects juridiques ont été examinés. Je peux vous apporter un avis motivé, qui rejoint d'ailleurs mon sentiment personnel, car il n'y avait pas d'argument sérieux de sens contraire. Je suis heureux de le faire.

C'est vrai qu'il semble heureux : il a exercé sa haute fonction, il a le sentiment d'avoir agi en homme libre, selon sa conscience.

Et je suis heureux, moi aussi, d'observer son bien-être, et de recevoir la confirmation de la bonne nouvelle que j'attendais : le Parlement européen va pouvoir être élu au suffrage universel.

*

* *

La date de l'élection est fixée au dimanche 10 juin 1979. Les Allemands, les Italiens, les Belges et les Luxembourgeois voteront le même jour que nous. Les Britanniques, suivant leurs usages électoraux, auront voté le jeudi précédent.

C'est la première fois que les électrices et les électeurs français se prononceront sur une liste nationale de quatre-vingt-un noms, selon la règle d'un scrutin proportionnel à un tour.

Les grandes manœuvres ont commencé, à partir de janvier 1979, pour la préparation de ces listes. Chaque grand parti a décidé de présenter la sienne, à gauche comme à droite, le Parti socialiste accueillant parmi ses candidats les Radicaux de gauche. Personne ne manque à l'appel : on peut choisir entre une liste d'extrême droite, une liste du PSU « pour l'autogestion », une liste trotskiste, celle des écologistes, et un pullulement de petites listes, sans aucune chance, sauf aux yeux de leurs têtes de liste qui entraînent à leur suite quatre-vingts victimes anonymes, de franchir le seuil fatidique de 5 % des voix !

Le milieu politique a suivi avec passion la désignation des têtes de liste. Deux cas ont polarisé l'attention.

Celui de l'UDF, toute fraîche encore de sa naissance récente. Le débat était humainement délicat : Jean Lecanuet, président du mouvement, souhaitait manifestement conduire la liste. Mais il était isolé dans son désir. La plupart des dirigeants, Michel Poniatowski en tête, recommandaient une personnalité emblématique, éloignée du fameux débat du général de Gaulle et de Jean Lecanuet sur l'Europe en 1965, et qui symboliserait le renouvellement. Ils se relayaient auprès de moi pour venir soutenir le choix de Simone Veil.

Celle-ci a une excellente image, et un passé émouvant. Sa personnalité impressionne et attache à la fois. Toujours vêtue d'un tailleur Chanel coupé dans un tissu épais, à gros points de couleur, elle garde la marque de son éclatante beauté de jeunesse. Les épreuves de la vie l'ont modifiée, sans l'abîmer. Son visage ne porte nulle trace, ni autour de la bouche, ni dans les yeux, d'amertume ou de haine. Sa présence au milieu des ministres génère, étrangement, une forme de sérénité, un au-delà de la souffrance. D'ailleurs, il m'est impossible de lui parler de son passé ! Lorsque je lui ai demandé de m'accompagner à Auschwitz où elle avait été détenue, le 18 juin 1975, elle a refusé, sans remerciement ni explication. Le fer rouge faisait encore sentir sa brûlure.

Son jugement est indépendant, mais il n'est pas dépourvu d'obstination. Acceptera-t-elle ce rôle ? Je la sais très attachée à la cause de l'Europe, et convaincue de la nécessité de faire avancer son union. Mais je sais aussi que des liens d'amitié l'unissent à Jacques Chirac. Et souhaitera-t-elle mettre un terme à la fonction ministérielle qu'elle exerce depuis 1974 ? Le mieux est de l'interroger.

Sa réponse me prend par surprise :

« Je serais heureuse de conduire cette liste, Monsieur le Président, me répond-elle. Cela fait maintenant cinq ans que j'occupe le même poste au gouvernement. Je crois que j'y ai donné l'essentiel de ce que je pouvais donner. Je souhaite pouvoir contribuer au progrès de l'Europe. Il n'y a pas de plus grande cause pour moi, comme vous pouvez l'imaginer ! » Et alors son visage s'éclaire d'un sourire lumineux, surprenant, presque joyeux. Chaque fois que j'ai rencontré sur elle ce sourire, j'ai senti que la souffrance, aussi loin qu'elle ait pu aller, n'avait pas détruit en elle le noyau lumineux de l'être.

Je connais maintenant sa réaction. Je la communiquerai sans commentaire aux dirigeants de l'UDF, car c'est à eux de décider : finalement, Simone Veil conduira la liste baptisée UDF-UFE (Union pour la France en Europe). Elle sera accompagnée, notamment, de Jean Lecanuet, Michel Poniatowski et Edgar Faure.

Quant au RPR, qui a choisi de se présenter seul, Jacques Chirac a annoncé qu'il conduirait en personne la liste. J'ai appris cette nouvelle en écoutant la radio posée sur la table du petit déjeuner, le repas le plus agréable, le plus confortable, celui que je préfère, avec son odeur de café chaud dans les pots de porcelaine et la senteur feuilletée des croissants, ce repas qui s'ouvre sur une journée nouvelle. Mon premier réflexe a été celui d'une surprise amusée qui me faisait rire, malgré ma bouche pleine.

Encore ! me suis-je dit. N'a-t-il pas été candidat, il y a deux ans, par un coup audacieux et brillant, à la mairie de Paris ? Ne s'est-il pas présenté l'année dernière à la députation en Corrèze ? De toute manière, je n'imagine pas qu'il ait l'intention de siéger au Parlement européen, pas plus d'ailleurs que François Mitterrand qui conduit la liste du Parti socialiste.

C'est une pratique typiquement française : les grands dirigeants politiques ne peuvent pas laisser passer une élection générale sans présenter leur candidature, même s'ils n'ont pas la moindre intention d'exercer la fonction qu'ils sollicitent auprès des électeurs ! Et ceux-ci, les électeurs, assistent à leurs manœuvres, comme des témoins effarés, en faisant semblant d'accepter leurs explications successives pour justifier leurs candidatures, puis pour expliquer l'impossibilité d'exercer leurs mandats. Il serait souhaitable, me dis-je en avalant une gorgée de café au lait, de corriger cette anomalie qui nous singularise en Europe ! La solution réside sans doute dans une limitation impérative du cumul des mandats, et donc des candidatures. L'UDF va mettre en place une commission présidée par le jeune député François Léotard, pour formuler des propositions sur ce point.

Quant à la candidature européenne de Jacques Chirac, elle répond, me dis-je, à une autre préoccupation. Le RPR n'est pas encore remis de son échec relatif aux élections législatives de 1978, où son avance sur la jeune UDF a été jugée par lui insuffisante. Il voudrait éviter que la même performance ne se reproduise à l'élection européenne, où la liste conduite par Simone Veil apparaît comme une concurrente redoutable. Pour l'empêcher, il a besoin de jeter tout son poids dans la balance.

*

* *

Je n'ai pas l'intention de participer à la campagne électorale. Mes convictions sont connues, mais mon rôle n'est pas, je crois, de peser sur le choix des Français.

Au cours d'un voyage en Alsace, à Hœrdt, capitale saisonnière de l'asperge, où s'est rassemblé un auditoire de quinze mille personnes, je précise, le 14 mai : « Je n'interviendrai pas dans votre choix », et je me contente de rappeler que l'organisation de l'Europe est une question de survie pour les Européens face aux grandes puissances, et que « c'est aussi l'intérêt de la France de conduire l'organisation de l'Europe ! Quand on est à la tête, on conduit, quand on est à la traîne, on subit ! »

J'observe les péripéties de la campagne depuis l'Élysée. Le ministre de l'Intérieur, Christian Bonnet, me fait parvenir chaque jour, en fin de soirée, un compte rendu des principales interventions.

Tout commence par un débat désormais classique sur les temps de parole dans les médias. Ses adversaires politiques reprochent au Premier ministre de trop intervenir dans le débat. Raymond Barre leur oppose une réponse typiquement barriste dans un discours prononcé à Toulon : « Les autres ont plus de temps que moi pour parler, puisqu'ils n'ont que ça à faire ! » Le public l'ovationne.

Comme il y a onze listes en présence, le problème des débats télévisuels ne comporte pas de solution satisfaisante, et l'on se trouve placé devant une contradiction classique de la psychologie française : l'opinion réclame l'égalité des temps de parole, même en faveur de listes qui n'ont aucune chance d'avoir un élu, au nom du respect de la diversité de l'expression politique, et elle se désintéresse de plus en plus du débat, qu'elle juge confus et incompréhensible en raison de la multiplicité des interventions.

Ce thème donne lieu à des incidents burlesques, qui égaient la campagne. Alors que les quatre « grands », Simone Veil, Jacques Chirac, François Mitterrand et Georges Marchais sont réunis pour un débat à Europe 1 – en l'absence des représentants des petites listes – François Mitterrand s'indigne « du matraquage par le fait du président de la République », qui pourtant ne dit pas un mot, comme je suis bien placé pour le savoir, du Premier ministre et des membres du gouvernement. Il est approuvé par Jacques Chirac « qui comprend parfaitement son indignation et la partage sans réserve ». Ce dialogue vertueux est interrompu par l'irruption dans le studio de Jean-Edern Hallier, qui s'est invité lui-même à participer au programme. Celui-ci, qui conduit la liste bretonne « Régions-Europe », démunie des ressources qui lui permettraient de faire imprimer des bulletins de vote, est expulsé *manu militari* par les appariteurs musclés de la station, agissant sans doute au nom de l'égalité des temps de parole !

En suivant de plus près la campagne, je suis étonné de constater que les candidats se préoccupent davantage d'attaquer leurs alliés que de préciser leurs vues sur l'organisation de l'Europe.

Georges Marchais ouvre le feu par une confidence faite aux téléspectateurs d'Antenne 2, en leur racontant sa rencontre avec François Mitterrand au lendemain de sa défaite de 1974, défaite qui est visiblement sortie de la mémoire des médias : « Il était effondré, dit-il, et c'est moi qui lui ai dit qu'il fallait se battre ! » Le Parti socialiste s'indigne de la volonté du Parti communiste de « salir » les responsables du Parti socialiste, et prépare sa réplique.

Celle-ci vient à point au cours du « Festival européen » de Leeds organisé par le Parti travailliste britannique, à l'initiative du Premier ministre, James Callaghan, celui qui m'avait exprimé l'an dernier par téléphone, à Rambouillet, sa satisfaction devant la victoire de notre majorité. François Mitterrand saisit cette occasion, en espérant peut-être que les brumes de la Manche étoufferont le son de sa voix, pour attaquer le Parti communiste français. Il recommence le lendemain à Saint-Étienne : « Le Parti communiste, assène-t-il, développe à propos de l'Europe des thèmes primitifs, des slogans qui ne reposent sur rien, une doctrine néo-poujadiste ; il est en train d'abrutir l'opinion. »

Il n'en épargne pas pour autant Simone Veil, en l'honneur de laquelle il dégaine le poignard de l'attaque personnelle : « Cette attitude un peu apolitique, déclare-t-il, il paraît que cela plaît, mais cela fait cinq ans qu'elle est ministre ! C'est de la fausse innocence, et je ne voudrais pas que le noviciat de Mme Veil se termine par des vœux perpétuels ! »

La situation est symétrique dans la majorité. La position du RPR est particulièrement difficile à gérer, car il est écartelé entre son aile passionnément anti-européenne, qu'incarne aux yeux de ses militants le respecté et respectable Michel Debré, et les tendances plus modérées, favorables à l'Europe, qui se souviennent encore que c'est Georges Pompidou qui a fait approuver par référendum quelques années plus tôt l'entrée de la Grande-Bretagne dans la Communauté européenne. Ces tendances sont animées par Olivier Guichard, Jacques Chaban-Delmas, et les ministres RPR du gouvernement de Raymond Barre.

L'appel de Cochin

En toile de fond de cette opposition, se trouve l'interprétation à donner à l'« Appel de Cochin » lancé par Jacques Chirac.

Ce texte, un des plus étranges de cette période[1], a été rendu public sous le titre « Appel aux Français », le 6 décembre 1978, depuis l'hôpital Cochin où Jacques

1. Le texte de l'appel de Cochin figure parmi les documents publiés en annexe (voir p. 593).

Chirac se remettait des conséquences de l'accident dont il avait été victime le 26 novembre, lorsque sa voiture avait dérapé sur une plaque de verglas près d'Ussel, en Corrèze. Il dénonce, sur un ton emphatique, les conséquences de la politique suivie par la France. « Il est des heures graves de l'histoire des peuples, déclare-t-il, on prépare l'inféodation de la France, on consent à l'idée de son abaissement », et il ajoute : « Comme toujours quand il s'agit de l'abaissement de la France, le parti de l'étranger est à l'œuvre, avec sa voix paisible et rassurante… »

Le parti de l'étranger ! L'expression enflamme les commentateurs, enchantés que l'acte d'accusation soit enfin tombé. Mais ce « parti de l'étranger », quel est-il ? Qui vise en réalité cette grave accusation ? La quasi-unanimité me désigne du doigt, mais la réponse me paraît un peu courte : quelque idée que je me fasse de l'importance de ma fonction, je ne constitue pas un parti à moi tout seul, et Jacques Chirac aurait-il accepté d'être nommé Premier ministre par le président du « parti de l'étranger » ? Pense-t-il à l'UDF, à la droite modérée, aux amis de Jean Lecanuet ? Où se situent les frontières de ce parti ? Englobent-elles ceux qui, au sein de son propre parti, contestent sa ligne de conduite ?

Nombreux sont ceux qui jugent cet appel excessif. Olivier Guichard réunit un groupe de vingt-quatre députés RPR qui prennent leurs distances vis-à-vis de cette agression. Robert Boulin fait de même. Edgar Faure, qui a été l'an dernier le candidat de Jacques Chirac à la présidence de l'Assemblée nationale, déclare : « Il n'y a aucune compatibilité entre la position de Jacques Chirac et la mienne ! » Les onze membres du gouvernement publient un communiqué où ils expriment vigoureusement leur soutien à la politique de Raymond

Barre, et leur « solidarité » avec lui. Et, pour faire bonne mesure, Alain Peyrefitte adresse une lettre à tous les députés RPR où il stigmatise « les propos outranciers du président du RPR », et dénonce « les personnages occultes qui semblent s'être emparés de l'appareil de notre mouvement ».

Jacques Chirac prend conscience qu'il a fait un faux pas, et qu'il est allé trop loin. Il s'abstient désormais de faire référence à son appel, et laisse le « parti de l'étranger » dormir en paix. Mais le point intéressant pour moi est de savoir si cet appel traduit réellement sa pensée.

Lorsqu'il annonce, peu de temps après, qu'il prendra la tête de la liste de son parti à l'élection européenne, il le fait sur le même ton, en expliquant que son objectif est de dire non « à la politique de supranationalité, à l'asservissement économique et à l'effacement international de la France ». Le choix de l'intitulé de sa liste : « Liste de défense des intérêts de la France en Europe » fournit une indication révélatrice. Il ne s'agit pas pour la France, comme elle l'a fait depuis vingt-cinq ans, de s'associer avec ceux aux côtés desquels elle s'efforce de bâtir l'union de l'Europe, mais bien de regarder l'Europe « du dehors », en ayant pour seul objectif d'y défendre les intérêts nationaux de la France, intérêts qui sont souvent assimilés à la puissance des lobbies plutôt qu'identifiés à une réflexion sur la longue histoire de notre pays. Et il maintient pendant la campagne sa ligne critique vis-à-vis des institutions européennes, en soulignant son désaccord avec les positions défendues par la liste de Simone Veil.

Le 2 juin, à une semaine du scrutin, il déclare, à Bagatelle, devant plusieurs dizaines de milliers de personnes, « sur l'Europe, ce qui nous sépare de l'UDF est incomparablement plus profond que ce qui nous unit ! ».

Ainsi, au moment où la campagne s'achève, on voit apparaître dans le ciel du mois de juin un surprenant arc-en-ciel : à une extrémité du spectre lumineux, on trouve l'hostilité absolue du Parti communiste au projet d'union de l'Europe, puis les réserves vigoureusement exprimées du RPR, suivies de l'approbation nuancée mais nette du Parti socialiste, et enfin du soutien déterminé apporté par l'UDF à la liste de Simone Veil !

Mais que vont dire les électeurs ?

*
* *

Le 9 juin au soir, le dépouillement des bulletins est animé. J'aime observer à l'écran l'activité fébrile des scrutateurs, ces Françaises et ces Français totalement absorbés par leur tâche, et qui s'y consacrent avec une forme de professionnalisme acquis pour le temps d'une soirée !

Les premières estimations apparaissent dès vingt heures. Elles placent en tête la liste de Simone Veil. Dans la soirée, les évaluations s'affirment jusqu'à donner les résultats définitifs. J'en prends connaissance le lendemain matin. Ils comportent plusieurs surprises. D'abord, le très beau score obtenu par la liste de Simone Veil qui obtient 27,39 % des voix, soit plus du quart des suffrages. Elle est suivie dans l'ordre par la liste socialiste, qui recueille 23,73 % des voix, et la liste communiste avec 20,59 % des votants. La dernière liste est celle de Jacques Chirac, qui obtient 16,09 % des voix.

Les petites listes totalisent ensemble 12 % des voix, mais aucune ne franchit le seuil de 5 %. Seuls les écologistes s'en approchent avec un résultat de 4,38 % des suffrages.

Une grande tache d'ombre, toutefois : le taux de participation ne s'élève qu'à 60 %, contre 66 % en Allemagne, et 86 % en Italie.

La mécanique d'attribution donne quarante et un sièges à l'opposition, et quarante à la majorité, avec une forte avance de l'UDF sur le RPR. Cela ne va pas arranger les relations entre eux, mais les couleurs de l'arc-en-ciel se sont inversées : les deux listes qui ont soutenu des positions pro-européennes scintillent sous le soleil !

Pendant que Georges Marchais et Jacques Chirac, qui viennent d'être élus, cherchent à s'éclipser discrètement en démissionnant de leur mandat de député européen, François Mitterrand imagine une sortie plus avantageuse pour lui. La Commission nationale de recensement des votes rectifie légèrement les résultats du scrutin, en considérant comme légitime l'utilisation comme bulletin de vote des professions de foi lorsque celles-ci comportent la liste des candidats, mais non de celles où les noms ne figurent pas. Cette décision, rectifiée plus tard par le Conseil d'État, fait perdre un siège au Parti socialiste, et en attribue un à la liste de Simone Veil. François Mitterrand s'insurge et, dans un élan d'indignation vertueuse, annonce que dans ces conditions, il renonce à exercer son mandat de député européen, et s'attribue l'élégance de laisser sa place au candidat suivant sur la liste. Cette justification est d'autant moins nécessaire que tout le monde savait que François Mitterrand n'avait aucune intention d'occuper son siège !

Sur les quatre têtes de liste qui se sont présentées à l'élection européenne, et qui ont occupé les médias pour défendre avec véhémence leurs convictions, une seule, Simone Veil, siégera effectivement au Parlement européen. Par la suite, on se chagrinera de ce que les électeurs se désintéressent des élections européennes. On les comprend ! Triste France…

Le nouveau Parlement européen se réunit le 17 juillet à Strasbourg pour élire son président. À l'échelle de l'Europe, les résultats ont traduit une légère poussée à droite, due notamment à l'effondrement du Parti travailliste en Grande-Bretagne.

Les trois groupes, libéral, conservateur et démocrate-chrétien, se mettent d'accord pour présenter la candidature à la présidence de la tête de liste française, Simone Veil. Cela me semble une excellente idée, porteuse de symboles forts : celui d'une femme, qui a survécu à la déportation, et qui accepte de travailler à la réconciliation des Européens. Mais le vote se fait à bulletins secrets, et comme toujours le pronostic est serré.

J'appelle au téléphone Helmut Schmidt pour souligner la valeur symbolique qu'aurait l'élection de Simone Veil.

– Je suis bien d'accord, me répond-il, ce serait un excellent choix. J'aime beaucoup Mme Veil, mais j'appartiens au Parti social-démocrate, et je n'ai aucune autorité sur nos députés à Strasbourg !

– Bien sûr, lui dis-je, cela ne dépend pas directement de vous. Mais si vous pensez que ce serait une bonne solution, vous avez peut-être le moyen de le faire savoir à vos amis.

Un moment de silence. Helmut tire sans doute sur son cigare. Pendant qu'il réfléchit, il doit observer le Rhin, à travers la large vitre de son bureau de la Chancellerie. Il reprend :

« Oui, ce serait vraiment très bien ! Je vais voir ce que je peux faire, mais je ne vous garantis rien. Ce serait une bonne chose – il s'interrompt –, oui, une belle chose, qu'elle soit élue président. »

La roue tourne. Les sociaux-démocrates et les communistes présentent des candidats séparés, ce qui accroît les chances de Simone Veil. La situation s'éclaircit. Mais voici qu'un député français, Christian de La Malène, président du groupe qui réunit les députés RPR et quelques députés irlandais, et premier adjoint de Jacques Chirac à la mairie de Paris, dépose soudainement sa candidature. Le premier tour se déroule dans la confusion. Christian de La Malène recueille trente-huit voix, d'extrême droite et d'eurosceptiques, suffisamment pour mettre Simone Veil en ballottage !

Celle-ci est élue au deuxième tour, avec trois voix de majorité, devant les candidats social-démocrate et communiste qui ont maintenu leurs candidatures séparées.

Le Parlement européen s'habitue désormais à sa nouvelle nature. L'élection au suffrage universel ne l'a pas doté de nouveaux pouvoirs, comme l'annonçaient les Cassandre de l'euroscepticisme, mais lui a conféré une vraie légitimité démocratique, légitimité encore fragile qu'il devra apprendre à exercer sans déborder de ses compétences. Je fais confiance à Simone Veil pour l'y aider.

Le Système monétaire européen

1979 sera aussi l'année de naissance du Système monétaire européen.

Cette naissance a été préparée par des réunions successives, tenues en 1978. L'avant-projet a été mis au point au cours d'un dîner à l'Élysée, qui réunissait quatre personnes : le chancelier allemand, son secrétaire d'État, Horst Schumann, le gouverneur de la Banque de France, Bernard Clappier, et moi. Nos collaborateurs avaient préparé un document d'excellente qualité, qu'il ne nous restait plus qu'à confirmer. Mais Helmut Schmidt, avec sa minutie et son grand professionnalisme, entendait le vérifier. Nous l'avons relu ligne par ligne, en lui apportant quelques améliorations de forme. Son économie reposait sur trois idées nouvelles : les marges de fluctuation, c'est-à-dire les écarts de valeurs entre les monnaies européennes, seraient limitées à 2,5 % ; en cas de dépassement de cette limite, l'effort à accomplir serait partagé entre la monnaie la plus forte et la monnaie la plus faible, alors que jusque-là seule la monnaie la plus faible était mise à contribution ; enfin, la valeur de chaque monnaie serait exprimée à partir d'une unité de référence.

C'est ce document que nous avons présenté à nos partenaires de l'Europe des neuf, réunis pour un Conseil européen dans la ville de Brême, les 6 et 7 juillet.

J'avais fait précéder ce Conseil par des consultations, tenues à l'Élysée, auprès des principaux responsables politiques français, c'est-à-dire les chefs de parti et les présidents des groupes parlementaires : Jacques Chirac et Claude Labbé pour le RPR, qui expriment leurs réserves sur l'idée de monnaie européenne ; François Mitterrand pour le Parti socialiste, qui, accompagné de Gaston Defferre, juge ces consultations « de bonne méthode si elles se déroulent dans le respect mutuel ». Robert Ballanger, comme président du groupe communiste à l'Assemblée nationale, condamne cette entreprise « purement formelle », mais qui a tout de même lieu, à la différence des pratiques du passé. Enfin, Jean Lecanuet, accompagné de Roger Chinaud pour l'UDF.

À sa sortie de l'Élysée, Jean Lecanuet tient des propos critiques à l'égard du président du RPR qui s'oppose à l'entrée de l'Espagne dans la Communauté européenne.

Les débats du Conseil européen ont été languissants, jusqu'au déjeuner final, qui a eu lieu le lendemain dans une villa mise à notre disposition par la ville de Brême. C'est une construction, ou une reconstruction, datant de l'entre-deux-guerres. Elle n'est pas laide, sans que rien permette de dire qu'elle soit belle. Je me dis qu'elle doit ressembler à la maison qu'habitaient mes parents à Coblence, pendant l'occupation belgo-française de la Ruhr, où ma sœur aînée et moi sommes nés. Les fauteuils sont profonds, en tissu de tonalité beige. Nous sirotons un café sans goût. Le ciel d'été est bleu et sa luminosité envahit la pièce, où nous flottons comme dans un aquarium.

C'est alors que Helmut Schmidt, qui préside notre réunion, réussit, avec l'aide du Belge Léo Tindemans et du Luxembourgeois Gaston Thorn, à faire adopter notre document. Le président du Conseil italien, Giulio Andreotti, l'accepte sous réserve que la marge de fluctuation soit élargie pour la lire, jusqu'à 6 %, ce à quoi nous donnons notre accord. Le Premier ministre irlandais approuve le texte, et annonce, à l'ébahissement de James Callaghan, que la livre irlandaise se détachera de la livre britannique. Seuls les Premiers ministres britannique et danois maintiennent leur opposition, mais, se sentant isolés, ils finissent par céder.

C'est après le déjeuner que j'ai introduit ma proposition[1] de donner à l'unité monétaire européenne nouvelle, par rapport à laquelle s'exprimera désor-

1. *Le Pouvoir et la Vie*, tome I.

mais la valeur des monnaies nationales, le nom, simplement descriptif, de « European Currency Unit » ! Seul le Premier ministre belge, Léo Tindemans, auquel j'adresse des signes désespérés de se taire, s'aperçoit aussitôt que les initiales de la nouvelle monnaie formeraient le mot ECU. Helmut Schmidt, de son côté, flaire le stratagème qui l'amuse. Jim Callaghan, encore absorbé par l'affaire de la livre irlandaise, reste sans voix… Le nom d'ECU est finalement retenu pour la nouvelle unité monétaire européenne[1].

Le projet de création du Système monétaire européen va suivre maintenant son parcours institutionnel : Conseil des ministres des Finances et Comité du gouverneur des Banques centrales, avant d'être soumis au prochain Conseil européen de décembre, pour entrer en vigueur dès janvier 1979. Sur le plan monétaire, les rouages européens fonctionnent bien : les réunions se tiennent à un bon niveau d'expertise, et sans recherche excessive d'exposition médiatique.

Deux obstacles compliquent le parcours. D'abord, pendant l'été 1978, l'instabilité monétaire persistante : le cours de l'or à Londres approche à nouveau son record absolu, et à Paris le dollar est à son taux le plus bas : 4,39 francs. Le franc fait preuve de résistance car nous enregistrons un excédent commercial depuis cinq mois consécutifs. La chute du dollar s'accélère au mois d'août, et le 15 octobre le deutsche Mark est réévalué par rapport aux monnaies européennes. Ces remous rouvrent le débat sur le « réalisme » du SME.

1. La monnaie européenne gardera ce nom jusqu'au traité de Maastricht, ratifié par référendum, qui mentionne explicitement l'ECU. Il sera abandonné par la suite, sous la pression du ministre allemand des Finances Theo Waigel, sans opposition de la France.

La Grande-Bretagne saisit cette occasion d'exprimer à nouveau ses réserves.

Le second obstacle est un conflit d'intérêt entre les agriculteurs français et l'Allemagne à propos des « montants compensatoires monétaires ». Ces montants, dont la technique est incompréhensible pour les simples citoyens, à l'exception des agriculteurs, ont pour objet de maintenir l'unité des prix agricoles en Europe, à un moment où les monnaies européennes flottent entre elles. Or la dernière réévaluation du deutsche Mark n'a pas été compensée, ce qui cause un sérieux dommage aux agriculteurs français.

En dépit de ces obstacles, la volonté majoritaire est confirmée par le Conseil européen du 5 décembre. Cinq États donnent leur accord. Ils sont rejoints une semaine plus tard par l'Italie. Et, trois jours après, l'Irlande par une décision courageuse, car elle rompt avec une politique centenaire d'unité, puis de parité monétaire, avec la Grande-Bretagne, annonce qu'elle adhère au système monétaire. Désormais le Système monétaire européen regroupera huit des membres de l'Europe à neuf. Seule la Grande-Bretagne fera exception.

L'entrée en vigueur de ce système est fixée au 1er janvier 1979. Le problème des montants compensatoires présents et futurs n'étant toujours pas réglé, cette date ne peut pas être respectée. Un accord équilibré est finalement trouvé le 6 mars, à Bruxelles, avec le concours de la Commission. Et le Conseil européen du 12 mars, réuni à Paris, sous présidence française, décide que le Système monétaire européen commencera à fonctionner dès le lendemain, 13 mars 1979.

Ainsi, le 13 mars 1979, les monnaies européennes, à l'exception de la livre sterling, sont désormais liées entre elles. Elles ne doivent pas s'écarter de plus de

2,5 % de leur taux pivot. Et l'ECU devient la nouvelle unité de compte des neuf.

C'est une révolution technique et silencieuse, sans barricades, et sans sang versé : elle introduit une nouvelle solidarité entre les États d'Europe, et met fin à une période de tourments et de désordres monétaires qui ont coûté cher aux consommateurs et aux citoyens.

Mais l'œuvre n'est pas achevée. C'est une première étape, sans doute la plus difficile, sur la voie qui devra mener jusqu'à une véritable monnaie européenne.

Pour moi, ce qui compte le plus, c'est que nous ayons pu inscrire dans le texte l'étape suivante ! Comme cela arrive souvent pour les décisions qui n'ont pas d'effet immédiat, cette disposition est passée pratiquement inaperçue. Nous en avons redirigé la formulation avec Helmut, assistés de nos deux collaborateurs. Elle précise qu'après deux ans, on pourra examiner la possibilité de créer un « Fonds monétaire européen », équivalant au Fonds monétaire international, et de donner à l'ECU un véritable statut de monnaie de réserve. Ce jour-là, la monnaie européenne sera née.

Nous sommes décidés, avec Helmut Schmidt, à franchir ensemble cette nouvelle étape. Dans deux ans ? Oui, dans deux ans, en 1981, ce qui n'est pas loin ! Bien sûr, il y a l'échéance électorale sur le parcours, mais je ne la redoute pas trop, ou plutôt pas encore !

Les élargissements en Europe

Dans cette courte période, nous avons conclu un accord d'adhésion permettant l'entrée de la Grèce dans la Communauté européenne, et préparé deux autres, visant l'accession du Portugal et de l'Espagne.

Ces accords présentent des traits communs : ils concernent des pays authentiquement européens par leur situation géographique, leur passé historique et leur culture. Tous les trois avaient été empêchés de devenir plus tôt membres de la Communauté par l'existence de leurs régimes politiques, consistant en dictatures qui ne respectaient pas les exigences démocratiques de la famille européenne. Il leur a fallu attendre, pour chacun d'eux, une mutation démocratique.

Le premier cas a été celui de la Grèce. Celle-ci venait de sortir, en 1974, de l'extravagant et oppressif régime des colonels. Une initiative imprudente de leur part à propos de Chypre a précipité leur chute.

Le nouveau dirigeant grec, Constantin Caramanlis, jouit d'une figure emblématique de sauveur, un peu à la manière du général de Gaulle en 1944. C'est un homme grand, au regard assuré sous une broussaille de sourcils noirs. Il n'est pas athénien, mais macédonien, comme Philippe et Alexandre. On le sent volontaire, et même sans doute autoritaire, quoique respectueux des règles démocratiques. Il s'habille avec beaucoup de recherche, dans des costumes de couleur grise, parfois claire. Il sait que son pays est encore fragile, avec le souvenir d'une guerre civile longue et meurtrière, et le départ récent de la monarchie. Les relations avec son principal voisin, la Turquie, située en vis-à-vis sur la mer Égée, sont celles de la paix armée, avec le doigt sur la détente. Et la Turquie dispose d'une supériorité militaire et aérienne.

Nous nous entendons bien, et nous avons plaisir à nous voir, malgré notre différence d'âge. Peut-être cela tient-il au long exil qu'il a passé à Paris, dans un appartement du boulevard Beauséjour où je lui rends visite, avec, pour seule distraction, les rencontres avec ses amis, les parcours de golf et la lecture quotidienne de la presse hellénique.

Il estime que la seule manière de consolider un régime démocratique en Grèce, ancien État européen, est de la faire entrer dans la Communauté européenne. Les objectifs économiques ne sont pas ceux qui dictent sa démarche : il se fixe clairement un objectif politique, et il compte sur moi pour l'aider à l'atteindre. Il n'a pas tort !

Dans son bureau de Premier ministre, au-dessus du palais du Parlement, gardé par des evzones en jupe blanche chaussés de pantoufles à gros pompons noirs, et coiffés d'un bonnet rouge, cher à Eugène Delacroix, il m'explique que la Grèce a un droit naturel à faire partie de la Communauté européenne :

« Toute votre pensée politique, tout votre vocabulaire de discussion vient de Grèce ! » me dit-il. Et il commence une longue énumération : « Philosophie, démocratie, tyrannie, dialogue, dialectique sont des mots strictement grecs ! »

Et je complète : « On peut y ajouter démagogie, cynisme, aristocratie, hypocrisie, orthographe, arithmétique, téléphone ! »

Il éclate de rire. « Je vois que vous connaissez bien le grec », me dit-il.

Oui, assez bien. Je me souviens de l'enseignement merveilleux de notre professeur de première, M. Dubreuil, qui nous enseignait la lecture des dialogues de Platon au point que nous arrivions presque à les déchiffrer directement nous-mêmes. J'en garde encore une familiarité avec l'écriture et la prononciation des mots grecs.

Mais la culture n'est pas tout, et j'ai l'impression qu'elle ne convainc que moi ! Nos partenaires, Helmut

Schmidt en tête, se préoccupent davantage de la situation économique de la Grèce, encore peu développée, qui aura besoin de transferts financiers massifs de la part de ses partenaires. Helmut Schmidt n'est pas persuadé de la stabilité politique du pays, et lorsque je lui explique que la meilleure manière de la consolider, c'est d'accueillir la Grèce en Europe, il ne me répond que par des soupirs !

La négociation s'est achevée. Il restera encore, bien entendu, à faire ratifier le traité d'adhésion par les neuf partenaires, mais le gouvernement grec veut marquer, par une manifestation solennelle, la conclusion de l'accord.

Il nous invite à venir le signer à Athènes, le 28 mai 1979. La chance veut que ce soit pendant la présidence française de la Communauté. C'est donc moi qui signerai l'acte de baptême de la Grèce en Europe. J'y pense pendant que la caravelle du GLAM m'achemine vers Athènes, et que nous sortons de la couverture des nuages pour entrer dans l'espace bleu, ou plus exactement gris-bleu, de la Grèce. J'en éprouve une intense émotion. D'habitude, le fait de signer un document me laisse indifférent, à l'exception de quelques textes, comme la loi d'aide aux handicapés de 1975, ou du refus d'exercer le droit de grâce. Mais cette fois-ci, je pense à Athéna, avec son casque et sa lance.

La signature a lieu dans un bâtiment doté d'un péristyle de colonnes de marbre blanc, au-dessus de la ville d'Athènes. On peut apercevoir l'Acropole, et deviner plus loin le Pirée et la facette scintillante de la mer. Les délégations sont regroupées derrière chaque Premier ministre, suivant l'ordre alphabétique. Nos tenues de bureaucrates détonnent dans ce décor. Il nous faudrait davantage de blanc, et des étoffes souples, rejetées sur l'épaule ! Constantin Caramanlis prononce un beau discours qu'on nous traduit dans l'oreille, discours qu'il articule avec une prononciation sifflante et rocailleuse. Peut-être est-ce l'accent macédonien ?

Au moment de signer, face à un grand document encore vide, sur lequel les autres participants viendront parapher après moi, j'éprouve un instant d'éblouissement, que l'intensité de la lumière explique, et je vois revenir la silhouette de mon professeur, M. Dubreuil, avec son col blanc cassé, sa veste noire et son pantalon rayé, qui épelle pour nous, lycéens assis derrière nos pupitres de bois jaune, les temps irréguliers des verbes grecs. Cela me semble si loin, trop loin dans le temps, et loin aussi dans l'espace. Pourtant, cela se passait à Paris, c'est-à-dire aussi en Europe.

Pour l'Espagne et le Portugal, la négociation a été d'un modèle classique. Leur droit à l'adhésion était évident, mais il se heurtait en France à une opposition politique et professionnelle déterminée. L'opposition politique venait du RPR et de son chef Jacques Chirac : ils répétaient qu'ils s'opposeraient à l'adhésion de l'Espagne, qui mettrait en péril la politique agricole commune et causerait des dommages irréparables à l'économie du sud-ouest de la France. La même position était adoptée par le Parti communiste. Georges Marchais déclarait, en août 1978, à la fureur des communistes espagnols : « L'entrée de l'Espagne dans le Marché commun n'est pas de nature à résoudre les problèmes qui se posent à la classe ouvrière et au peuple espagnol. »

Cette position était relayée par l'ensemble des organisations agricoles qui s'opposaient à l'adhésion de l'Espagne, particulièrement les groupements représentatifs de la viticulture, des cultures maraîchères, et de la production fruitière du Languedoc et des départements du

Sud-Ouest. Je comprenais ce premier réflexe de crainte vis-à-vis de la concurrence d'un pays avantagé par son climat et le niveau encore très bas de ses salaires. Mais à la réflexion, il ne me paraissait ni réaliste, ni justifié.

Pas réaliste, car nous ne pourrions pas nous opposer longtemps à l'adhésion d'un pays dont nous étions les seuls voisins en Europe, et que soutenaient l'ensemble de nos partenaires. À trop y insister, nous risquions de réveiller la vieille méfiance antifrançaise, toujours dormante depuis les guerres napoléoniennes.

Cette crainte ne me paraissait pas non plus justifiée. Il y avait certainement des précautions de calendrier à prendre concernant l'ouverture des frontières à des productions de fruits et de légumes saisonnières en avance sur les nôtres, en raison de l'ensoleillement, mais au total la grande et belle région du Sud-Ouest, qui est une de celles que je préfère pour la finesse de sa civilisation et son exceptionnelle qualité de vie, avait beaucoup à gagner en devenant un grand lieu d'échanges avec la péninsule Ibérique, au lieu de s'enfermer dans le fond d'une impasse acculée au mur pyrénéen. Cela supposait, évidemment, que ce territoire soit mis en condition de pouvoir tirer parti de cette opportunité. D'où mon idée d'un plan de développement du « grand Sud-Ouest », accompagnant l'entrée de l'Espagne dans la Communauté européenne.

Je suis allé présenter personnellement ce plan à Mazamet, dans le Tarn, le 17 novembre, au terme d'un périple qui m'avait conduit dans l'Ariège, département saigné à blanc par les pertes cruelles de la guerre 1914-1918, puis dans l'Aveyron, à Rodez et Villefranche-de-Rouergue, où ma rencontre avec Robert Fabre, ancien président des Radicaux de gauche et signataire du Programme commun, avait captivé les commentateurs politiques qui y voyaient une habilité préélectorale, pour se terminer dans le Tarn.

Ce plan du grand Sud-Ouest avait été préparé en concertation étroite avec les responsables locaux, bien que les présidents des régions intéressées, tous trois membres de l'opposition, se soient abstenus de se rendre à Mazamet. Il comportait vingt-sept programmes à réaliser en dix ans. Quinze milliards de francs étaient prévus pour les cinq premières années. « Notre ambition est de faire du Sud-Ouest un modèle de nouvelle croissance », ai-je déclaré. La part belle était faite aux voies de communication, aux énergies nouvelles, notamment solaires, à la promotion des productions viticoles et forestières, et des industries aéronautiques et spatiales. Au total, les réactions ont été positives. La seule mauvaise humeur venait des élus socialistes, qui auraient voulu qu'il soit présenté devant les assemblées locales, où il aurait probablement été mis en pièces.

En parallèle, j'exprime la position des instances politiques françaises en faveur de l'entrée de l'Espagne dans la Communauté.

Je ne veux pas prendre l'opinion par surprise. Dès le 5 juillet 1978, dans un entretien télévisé avec des journalistes diffusé sur TF1 et France 2, et relayé par France Inter, j'explique notre engagement dans le sens de l'ouverture de la Communauté aux pays de l'Europe du Sud : Espagne, Grèce, Portugal. Il s'agit, dis-je, « d'organiser l'Europe dans les frontières de sa civilisation et de son histoire ! ».

Mon voyage officiel en Espagne, où nous sommes reçus chaleureusement par le jeune couple royal qui nous installe dans le palais d'Aranjuez, à la fin juin 1978, me fournit des occasions multiples de confirmer la position de la France.

Au sein du RPR lui-même, des voix divergentes se font entendre. Jacques Chaban-Delmas déclare, au cours des assises du RPR de la Gironde, que « sans l'Espagne, le Portugal et la Grèce, l'Europe serait tronquée ! ». Et Maurice Couve de Murville, pape de l'orthodoxie gaulliste en matière de politique étrangère, reconnaît le même jour, au micro d'Europe 1, « que les pays du Sud ont maintenant un régime politique normal et par conséquent vocation à l'adhésion », tout en soulignant « les problèmes agricoles de première grandeur que posera l'élargissement ».

La négociation progresse, mais elle est serrée. Le ministre des Affaires étrangères Jean François-Poncet m'en rend régulièrement compte lors de nos entretiens hebdomadaires. Des difficultés apparaissent sur la sidérurgie et le textile, en raison des bas coûts espagnols. Pour les produits agricoles, nous sommes évidemment, avec les Italiens, les seuls concernés, car ni l'Allemagne, ni la Grande-Bretagne, ni le Benelux n'ont de productions concurrentes. La Commission, qui conduit le débat, négocie au plus près. À aucun moment nous n'envisageons la possibilité d'un échec.

Mais Jean François-Poncet attire mon attention sur une évolution dommageable : « La délégation espagnole attribue de plus en plus les difficultés qu'elle rencontre à l'attitude de la France. Elle cherche à nous en faire porter la responsabilité. Le président du gouvernement espagnol, Adolfo Suarez, en diffuse la nouvelle dans le milieu politique espagnol. Il vous met personnellement en cause. »

J'en suis abasourdi, moi qui ai été le seul des grands dirigeants internationaux à aller sur place, le 27 novembre 1975, entraînant avec moi le président allemand, Walter Scheele, saluer la transition démocratique, et qui ai pris des positions publiques, sans périphrases, en faveur de l'adhésion de l'Espagne !

– Qu'y a-t-il de vrai dans tout cela ? demandé-je à Jean François-Poncet, élu du Lot-et-Garonne et convaincu comme moi du caractère inévitable de l'élargissement à l'Espagne.

– Pas grand-chose, me dit-il. La négociation est évidemment difficile, parce qu'elle est très technique. Elle porte sur des suppressions de contingents, des calendriers d'ouverture des frontières pour les produits sensibles, et sur l'affectation des aides financières que nous acceptons. Il n'y a pas de questions politiques dans tout cela. Mais les Espagnols sont des négociateurs très durs. C'est une tradition ancienne, et bien connue, de leur diplomatie. Nous devons faire avec, conclut-il en souriant.

– Mais y a-t-il un danger d'échec ?

– Je n'en vois pas, me répond-il. Mais jusqu'au dernier moment la délégation espagnole s'efforcera de maximaliser ses gains. Comme vous recevez bientôt le président du gouvernement espagnol, vous pourrez lui confirmer votre position.

La visite d'Adolfo Suarez à Paris est en effet prévue pour le 26 novembre 1979. Il aura normalement des entretiens avec son homologue français, le Premier ministre Raymond Barre, et Jean François-Poncet. Mais en raison de l'importance de l'Espagne, et de notre voisinage, je le recevrai également à l'Élysée pour un déjeuner, suivi d'un entretien. Le déjeuner regroupe Raymond Barre, Jean François-Poncet, notre ambassadeur à Madrid, Emmanuel de Margerie, et toute la délégation espagnole.

Après le repas, je l'emmène dans mon bureau pour une conversation à laquelle assiste Jean François-Poncet.

J'observe mon invité : il est jeune, vigoureux, de taille moyenne, aux cheveux noirs et brillants. On le sent bien portant, satisfait de lui-même, et conscient de l'importance de sa fonction. Il est vrai qu'il accomplit une performance remarquable au service de la « transition démocratique » de l'Espagne. Il a réussi à faire oublier ses liens avec l'ancien régime du général Franco, et à être reconnu comme un interlocuteur valable par les partenaires de la transition. Il est aidé en cela par l'appui du roi Juan Carlos. Celui-ci a su adopter une attitude d'une grande habileté, et, si je puis dire, d'une grande utilité. Cette attitude est faite d'une ouverture dans les rapports personnels, et d'une forme de prudence joyeuse dans l'expression des positions politiques. Il se tient près de ses interlocuteurs, mais à distance suffisante des difficultés. Lorsque je lui ai parlé de la Constitution espagnole, et de la référence possible à la Constitution de la Ve République, il m'a répondu :

« Je ne souhaite pas avoir autant de pouvoir que vous ! Cela ne conviendrait pas à l'Espagne. Tout ce que je souhaite, c'est de pouvoir exercer une certaine influence, toujours dans le sens de la modération, et de contribuer au dialogue entre les Espagnols. Pour réussir cela, il faut éviter de disposer d'un pouvoir direct trop visible. »

La conversation avec Adolfo Suarez est difficile car, à ma honte, je ne parle pas l'espagnol, et lui ne connaît ni le français, ni l'anglais courant. Nous avons recours à deux interprètes.

Après quelques détours de conversation, je pense qu'il vaut mieux aborder directement le sujet :

– Vous êtes préoccupé, je crois, lui dis-je, par la longueur des négociations d'adhésion.

– Oui, c'est trop long, me répond-il. Nous nous heurtons aux négociateurs français, et ils nous causent beaucoup de difficultés.

Je vois qu'il ne maîtrise pas encore la langue diplomatique, à moins que ce ne soit la traduction qui soit défaillante !

– Ce ne sont pas des difficultés que nous cherchons à créer, mais des intérêts légitimes qu'il faut savoir prendre en compte de part et d'autre. Vous avez les vôtres. Il faut accepter que nous défendions aussi les nôtres.

– Oui, mais cela dure trop. Et nous avons le sentiment qu'une fois une difficulté résolue, on en invente une autre !

Je préfère détourner l'entretien, qui ne nous fait pas progresser.

« Il faut laisser la négociation aux négociateurs, lui dis-je. Je leur fais confiance pour régler les problèmes, avec tous nos partenaires, dans un délai raisonnable, et je vous rappelle que c'est la Commission, et pas la France, qui a la responsabilité de conduire les négociations d'adhésion. »

De cet entretien sans chaleur, je retire un sentiment d'inconfort. Manifestement, Adolfo Suarez a un préjugé contre la France, qu'il cherche à faire partager par ses compatriotes. D'où cela lui vient-il ? De l'asile donné jadis par la France aux réfugiés politiques espagnols ? De sa perception que la France est peuplée de gauchistes incorrigibles, ce qui exprime pour Raymond Barre et pour moi un certain recentrage politique ? Du désir d'affirmer son autorité vis-à-vis d'un voisin jugé trop arrogant, ce qui a été souvent justifié ?

De toute manière, je le regrette, car dans l'Europe qui se construit, nos deux pays méditerranéens, à expérience africaine, auront plus souvent l'occasion de défendre des intérêts communs que de se quereller. Et puis, sans aller jusqu'à ressusciter le « pacte de famille », je préférerais que les deux pays riverains des Pyrénées manifestent l'un pour l'autre des sentiments de respect et d'affection, comme mon père les ressent vis-à-vis des Espagnols, et dont il m'a, peut-être, transmis le gène.

Il ne me dit pas un mot, en revanche, de la lutte contre le terrorisme de l'ETA, dont je m'attendais qu'il me parle. Je comptais lui dire, après avoir interrogé Alain Peyrefitte, que nous étions disponibles pour développer notre coopération policière et judiciaire, mais que de leur côté, les autorités espagnoles devaient veiller à compléter leurs dossiers de demandes d'extradition, car ceux-ci manquaient souvent des preuves qui permettaient à nos tribunaux de leur donner suite.

De retour à Madrid, Adolfo Suarez fait présenter par ses collaborateurs une version caricaturale de sa visite à Paris. Selon notre ambassadeur à Madrid, les journaux relatent que j'aurais délibérément cherché à l'humilier : lorsqu'il s'était présenté à l'Élysée, il n'y avait personne dans l'antichambre pour l'accueillir. Il aurait monté l'escalier, et m'aurait trouvé regardant par une fenêtre, le dos tourné ! Ce récit de haute fantaisie, démenti par les photos prises depuis son arrivée et celle de sa suite, jusqu'à son départ, témoignerait en tout cas de sa remarquable familiarité avec les lieux ! Mais pourquoi ce dommage inutile fait à la bonne entente franco-espagnole ?

*

* *

Mais les circonstances vont m'offrir une nouvelle occasion, celle-ci dramatique, de manifester ma solidarité envers l'Espagne, et son roi.

Le 23 février 1981, le secrétaire général de l'Élysée, Jacques Wahl, fait irruption dans mon bureau, vers dix-huit heures.

– Il y a eu un coup d'État en Espagne, m'annonce-t-il.

– Un coup d'État, qu'est-ce que cela veut dire ? Et que devient le roi ?

– Un coup d'État militaire. Des officiers, conduits par un colonel, ont envahi les Cortès et chassé les membres du gouvernement. Il semble qu'ils aient des complices dans l'entourage proche du roi. On n'en sait pas plus.

– Prévenez-moi, lui dis-je, dès que vous aurez d'autres nouvelles.

Ce soir-là, j'avais prévu de rentrer dîner chez moi, rue Bénouville, avec Anne-Aymone et nos quatre enfants. Pendant le trajet en auto, place de l'Alma et au Trocadéro, je garde le cœur serré. À mon arrivée, Anne-Aymone m'annonce que la permanence de l'Élysée m'a appelé, et demande que je la rappelle.

Je le fais aussitôt.

– Avez-vous des nouvelles d'Espagne ? demandé-je.

– La situation paraît toujours confuse, me répond-on, mais il semble que l'armée ne suive pas. Les chefs militaires sont divisés.

– Rappelez-moi quand vous saurez quelque chose de nouveau, dis-je.

Et je m'assieds près du téléphone, dans ma chambre, sur le rebord du lit. Une idée me vient : le plus simple serait d'appeler Juan Carlos. Il m'a donné le numéro de sa ligne directe dans la villa-palais, la Zarzuela, qu'il habite à l'ouest de Madrid.

Je compose le numéro. À ma surprise, une voix répond tout de suite. C'est celle du roi Juan Carlos.

Il est surprenant qu'une voix, que la prononciation de quelques syllabes, puisse exprimer autant de choses : je le sens à la fois terriblement angoissé, et déterminé.

Je m'annonce au téléphone, et lui dis :

– Je vous appelle parce que j'ai appris les nouvelles d'Espagne, et je me demandais s'il y avait quelque chose que nous puissions faire.

– Je vous remercie, président, car c'est ainsi qu'il m'appelle, mais je crois que la situation commence à se redresser, me répond-il d'une voix ferme, et lasse. Le chef d'état-major vient de me téléphoner pour m'assurer de la loyauté de l'armée. Je fais au téléphone, avec mes collaborateurs, le tour des commandants de chacune des grandes régions. Ils m'expriment tous – il marque un temps d'arrêt – ou presque tous, leur fidélité. Le colonel Satelo – du moins c'est le nom que j'entends – a quitté les Cortès, et je viens de rappeler à la radio mon attachement à l'ordre constitutionnel.

« Je viens de vivre des heures terribles, poursuit-il. J'ai découvert que le complot avait des ramifications ici même, autour de moi, à la Zarzuela. Mon propre chef d'état-major était impliqué dans la conjuration. D'ailleurs vous le connaissez : c'est lui qui vous a accueilli quand vous êtes venu me voir. »

Je me souviens en effet d'un officier de taille moyenne, rigide dans son uniforme kaki, qui m'attendait à l'entrée de la villa. C'était sans doute lui.

– Y a-t-il quelque chose d'utile que nous puissions faire pour vous manifester notre soutien ? lui demandé-je. Une déclaration conjointe avec nos partenaires ?

– Je ne pense pas que ce soit souhaitable. Cela pourrait même être exploité contre nous. Il vaut mieux laisser la situation se dénouer d'elle-même. Il prend un temps de réflexion. « Si je voyais quelque chose, président, je vous rappellerais. Mais je vous remercie de m'avoir exprimé votre soutien dans ce moment d'épreuve pour moi. »

Nous avons raccroché, lui à la Zarzuela, et moi rue Bénouville. Les choses ont commencé à s'arranger dès le lendemain.

Je n'ai plus entendu sa voix jusqu'à l'élection présidentielle.

*
* *

Parmi les griefs que me faisait Adolfo Suarez, il y en avait un qui était fondé, bien que son interprétation fût erronée : je pensais que les élargissements successifs de la Communauté rendaient indispensable une réforme de ses règles de fonctionnement. Il ne s'agissait pas, comme l'imaginait Suarez, de faire obstacle à l'entrée de l'Espagne, mais d'accompagner cette entrée par une adaptation des institutions.

C'est la thèse que j'avais défendue, sans beaucoup de succès, lors du Conseil européen de Brême, en souhaitant que l'élargissement à douze, incluant donc l'Espagne, soit l'occasion d'une réflexion collective sur les institutions. Je reprends ce thème dans une lettre que j'adresse le 12 septembre 1979 à l'ensemble des chefs de gouvernement, pour leur proposer de créer un comité de trois sages chargé d'étudier le fonctionnement des institutions européennes après l'élargissement. J'y suggère notamment que « les décisions à l'unanimité soient réservées aux seules questions très importantes ».

Finalement, c'est le Conseil européen du 6 décembre 1979 qui met en place ce comité de trois « sages », un Britannique, un Néerlandais et un Français, Robert Marjolin. Cette initiative ne provoque aucune réaction négative de la part de la Grèce, qui fera son entrée dans la Communauté l'année suivante, ni du Portugal. À aucun moment elle ne compromet, ni ne ralentit, la candidature de l'Espagne.

Je reçois un renfort inattendu de la part de l'Association des docteurs en droit réunie à Bordeaux pour son congrès sur « L'actualité du droit européen », qui tire la sonnette d'alarme en déclarant : « L'Europe à douze ne fonctionnera pas si la règle du veto continue de s'appliquer ! »

En dépit des tourments de notre époque, l'Union européenne a bien avancé sur son grand parcours : la voici dotée d'un Parlement démocratiquement élu et d'un système monétaire, comportant une unité de référence. Une réflexion est engagée sur la manière d'améliorer le fonctionnement de l'Europe élargie à douze membres. Nous ne sommes encore qu'à moins de quarante ans de la fin de la guerre, moins de trente ans du lancement du projet d'union de l'Europe, et nous voyons le sillage d'écume blanche s'élargir derrière notre navire !

Si le vent de l'histoire veut bien nous aider, nous atteindrons la rive de l'Europe unie, où la jeune déesse mythologique nous a donné rendez-vous.

CHAPITRE VIII

Culture et identité française

Le musée d'Orsay

Un grand espace, très haut, huit ou dix mètres, sans que je puisse bien en évaluer la hauteur, très long, trente ou quarante mètres, complètement vide, et très froid. Si froid que nous portons tous des pardessus à l'intérieur du bâtiment, ce que j'ai horreur de faire car c'est contraire à ma prétention auvergnate de résister à toutes les formes de glaciation.

Les vitres n'ont pas dû être dépoussiérées depuis des années. À travers cette toile d'araignée, le regard réussit à capter le flot de la Seine, sur lequel glissent des péniches, et le quai des Tuileries, en face, où se succèdent des grumeaux de voitures quand les feux de circulation de la place de la Concorde les libèrent en passant au vert.

Nous sommes le 18 novembre 1980. Je connais bien l'espace où nous nous trouvons : c'était le salon de l'hôtel d'Orsay, lorsque celui-ci était encore en activité. Nous y avons tenu plusieurs congrès de notre mouvement des Républicains indépendants, la taille de cette pièce étant suffisante pour abriter le nombre restreint de ses dirigeants. Nous la choisissions sans doute en raison du prix modeste de sa location. Mais il y avait encore des ampoules aux lustres, et ce salon était chauffé !

Aujourd'hui, plus rien : une grisaille humide en attente de démolition ! Et pourtant j'y viens avec bonheur, un bien-être proche de l'ivresse, car c'est ici, dans cette pièce, sur ces murs plâtrés, qu'on va me présenter les maquettes d'aménagement de ce qui pourra devenir le musée d'Orsay.

Que d'épreuves pour ce bâtiment ! Une gare de chemin de fer construite, à la belle époque industrielle, sur les plans d'un architecte tourangeau, jeune et brillant, Victor Laloux, qui imagine, en raison du caractère marécageux du sous-sol, de placer sa superstructure de fer et de verre sur des flotteurs. Puis le trafic ferroviaire se réduit après la dernière guerre à quelques dessertes de banlieue, en direction de Versailles. La SNCF choisit de l'abandonner progressivement. Elle autorise l'abbé Pierre à y organiser sa collecte de couvertures et de vêtements lors des grands froids de l'hiver 1956, froids qui imposent des souffrances cruelles aux mal-logés et aux sans-logis, et suscitent un extraordinaire élan de solidarité de la part des Parisiens qui y sont venus en foule, les bras chargés de ballots rassemblant tout ce qu'ils ont pu trouver dans leurs placards. Puis elle loue son rez-de-chaussée à la Compagnie Jean-Louis Barrault-Madeleine Renaud, où nous allons assister à quelques représentations théâtrales.

Je connais bien sa façade tournée vers la Seine, avec sa grande horloge, car elle est située en face du trajet que j'ai parcouru des centaines, ou plutôt des milliers de fois pour me rendre de notre domicile jusqu'au ministère des Finances, encore installé au Louvre. Au début les aiguilles de cette pendule marquaient les heures, sur un cadran transparent, illuminé la nuit. Puis elles se sont figées dans l'immobilité : le temps s'est arrêté pour elles. Dans le bâtiment de la gare, l'hôtel d'Orsay continuait encore à fonctionner à un niveau réduit. Il avait perdu sa clientèle de passage et abritait quelques manifestations, dans un décor apparemment grandiose mais dégradé par manque d'entretien. Puis est arrivée la sentence finale : la SNCF, étranglée par ses difficultés financières, et poussée par la folie immobilière qui s'est emparée de Paris et des responsables politiques dans les années 1970, a mis la gare en vente, en vue de sa démolition. Des promoteurs sont sollicités pour y construire un hôtel. Je me souviens avoir vu, dans un bureau de l'Élysée, des projets, présentés pour un concours d'architecture, qui étiraient une façade gigantesque, de style néo-stalinien, sur le front de Seine. De hauts fonctionnaires venaient les contempler avec l'admiration requise dans ce lieu de pouvoir.

La demande de permis de construire un hôtel est déposée en mai 1970. Elle recueille les avis favorables de la Commission supérieure des Monuments historiques et du ministère de la Culture en décembre 1970. Le 24 décembre, le préfet de Paris délivre l'autorisation de démolir le bâtiment de la gare.

Un changement ministériel amène Jacques Duhamel au ministère de la Culture. Celui-ci émet, en février 1971, un avis défavorable au projet d'hôtel et le 26 février Albin Chalandon refuse le permis de construire. En 1973, Jacques Duhamel fait prendre la décision de classer le bâtiment comme monument historique. Le risque de démolition est écarté mais il reste à définir l'usage et l'avenir de la gare désaffectée.

Aussitôt après mon élection, j'ai demandé à l'excellent secrétaire d'État à la Culture, mon ami Michel Guy, dont j'ai regretté le départ provoqué par sa cohabitation difficile avec Jacques Chirac, de prendre immédiatement les dispositions nécessaires pour prévoir l'utilisation de la gare d'Orsay, de même qu'il était invité à porter un coup d'arrêt à l'autoroute dont la construction était décidée sur le bord de la Seine, le long de l'île de la Cité, en vis-à-vis de Notre-Dame, et interdire la démolition projetée de la Cité fleurie qui abritait des ateliers d'artistes.

Nous étions placés, me suis-je dit, devant une opportunité extraordinaire : d'un côté un grand bâtiment vide, que l'État allait acquérir, admirablement situé, et proche du musée du Louvre ; et de l'autre un siècle, le XIXe siècle, qui compte parmi les plus créatifs et les plus talentueux de notre histoire culturelle, et qui se situe à l'égal des plus grands, le XIVe, le XVIe, le XVIIe et le XVIIIe siècles, et qui pourtant est le plus mal logé de tous, pratiquement sans abri, à l'exception du modeste Jeu de Paume des Tuileries !

La gare d'Orsay devrait devenir le musée du XIXe siècle français : le musée d'Orsay !

Aussitôt imaginé, le projet déchaîne mon enthousiasme. Il ne faut pas perdre de temps, d'autant plus qu'il reste plusieurs étapes à franchir : d'abord, l'acquisition de la gare. La SNCF, même si elle est exigeante sur le prix demandé qui sera payé en définitive par l'État, qu'elle appelle par ailleurs à combler ses déficits, est enchantée de s'en débarrasser. Puis la restauration d'ensemble du bâtiment qui aura besoin de travaux importants, notamment la remise en état de la grande verrière qui couvre le fond de l'édifice. Enfin l'aménagement du musée lui-même, son décor et la présentation des collections qu'il devra abriter : c'est le sujet qui nous réunit aujourd'hui.

Le ministre de la Culture, Jean-Philippe Lecat, et le président du musée du XIXe siècle que nous avons nommé en 1978, Jean-Philippe Lachenaud, m'accompagnent dans cette visite. Ils sont l'un et l'autre pleinement qualifiés pour remplir leur fonction.

Jean-Philippe Lecat est un ancien élève de l'École nationale d'administration, et maître des requêtes au Conseil d'État. Mais c'est surtout un Bourguignon, au savoir varié, passionné de la belle histoire du duché de Bourgogne – que nous avons trop tendance à négliger. Il est gai, souvent facétieux, ce qui en fait un compagnon particulièrement agréable. Quoique partageant, je crois, l'ensemble de mes idées, il est politiquement prudent, et a réussi l'exploit de rester invisible à Dijon où je m'étais rendu pour une réunion électorale pendant le premier tour de la campagne de 1974, lorsqu'il s'agissait de choisir entre Jacques Chaban-Delmas et moi. On n'a pas réussi à retrouver sa trace. Aujourd'hui, je pourrais affirmer que c'est un ministre de la Culture-né ! Si Michel Guy se passionnait pour l'art contemporain, Lecat est davantage l'homme de la culture historique, de la biographie des artistes et de la muséographie. Avec le XIXe siècle, il va trouver matière à s'employer !

Jean-Philippe Lachenaud appartient, lui, à la Cour des comptes. Il a été directeur de l'architecture au ministère de l'Environnement, et a contribué à l'aménagement de la ville nouvelle de Cergy-Pontoise, avant d'être élu maire de Pontoise. C'est un homme jeune, au poil noir, réservé, presque taciturne. On le sent méthodique et décidé : il est de taille à affronter le monde effervescent des conservateurs de musée.

Dans ce grand espace, si haut, nous ont été présentés les différents projets sous forme de maquettes et de plans. Après le choix du projet d'architecture, entre six équipes concurrentes, la recherche des candidats à l'aménagement de la gare n'a pas été facile. Il ne s'agit pas d'un problème d'architecture proprement dit, et, d'autre part, compte tenu de la qualité extraordinaire des œuvres à présenter, il faut viser le plus haut niveau international. Jean-Philippe Lecat me dit avoir eu beaucoup de peine à identifier les talents adaptés au projet. « S'agissant d'une partie essentielle de notre patrimoine culturel, lui ai-je dit, il serait souhaitable que le projet d'aménagement soit l'œuvre d'un Français ! Mais ce n'est pas une obligation. »

Pendant qu'il poursuivait ses investigations, une idée m'est arrivée de Venise ! Au mois de juin, nous nous sommes rendus deux fois à Venise : pour le Conseil européen d'abord, puis pour le sommet des sept pays les plus industrialisés, quinze jours plus tard. La municipalité, héritière des Doges, et le président du Conseil italien, Francesco Cossiga, ont multiplié les efforts pour nous offrir un accueil digne de la ville : les neuf dirigeants européens ont été reçus à dîner dans un palais situé sur le Grand Canal, loué et aménagé pour l'occasion. La décoration en était remarquable : le repas était présenté dans un service de faïence du XVIe siècle, et la table était décorée de reproductions en porcelaine des célèbres fontaines romaines.

Les participants à nos rencontres ne semblaient pas remarquer la qualité des soins mis à nous recevoir. J'en étais déçu pour nos hôtes italiens. Helmut Schmidt, dont je cherchais à attirer l'attention sur le raffinement du décor, s'est contenté d'émettre un murmure approbatif, puis a aussitôt détourné la conversation. Pour manifester mon admiration, j'ai demandé à Francisco Cossiga s'il pouvait me dire qui était responsable de cette merveille de présentation. Après s'être renseigné auprès d'un agent du protocole, il m'a répondu :

« C'est Gae Aulenti, une décoratrice qui travaille entre Milan et Venise. Une des meilleures d'Italie, je crois. »

À mon retour à Paris, je communique l'information à Jean-Philippe Lecat.

« Vous devriez lui demander de nous présenter un projet », lui dis-je.

Ses maquettes figurent parmi celles que nous découvrons aujourd'hui, associées aux dessins architecturaux de Colboc. Elles sont complétées par des plans accrochés aux murs. Jean-Philippe Lachenaud commente les six propositions en compétition. Je m'abstiens de toute réaction, afin de pouvoir recueillir, en fin de parcours, l'avis personnel des uns et des autres. Lorsque la comparaison est terminée, je me tourne vers Jean-Philippe Lecat pour l'interroger sur sa préférence.

Je juge à son regard qu'avant de s'exprimer, il aimerait bien connaître ma propre préférence, afin d'éviter de se trouver en porte à faux. Je reste de glace : la température de la pièce me le facilite. Seule la dignité de nos fonctions nous empêche de relever le col de nos manteaux ! Finalement, Jean-Philippe se lance :

« Le projet qui me paraît le meilleur est celui de Mme Aulenti. D'ailleurs, c'est vous qui nous l'avez fait connaître ! » Précision désormais inutile…

Je consulte du regard les collaborateurs qui nous accompagnent. Ils hochent presque tous la tête en signe d'approbation, à la manière des « nodders » que les moguls d'Hollywood des années 1930 avaient l'habitude de placer dans leur entourage pour approuver leurs choix.

« C'est aussi mon sentiment, dis-je. Il me semble qu'il distance nettement tous les autres. Il nous permet presque de voir ce que peut devenir le musée d'Orsay ! »

Nous nous rapprochons de la maquette, et nous faisons cercle autour d'elle. En nous penchant, nous découvrons l'entrée du musée, située au-dessous du salon où nous nous tenons, suivie d'une longue perspective qui s'étend jusqu'au vitrail du fond, où elle s'achève par une sorte de mezzanine. Des volumes cubiques ou rectangulaires encadrent cette perspective en servant de socles à la présentation des statues. Sur les côtés, des espaces réservés à des accrochages de tableaux, puis au premier étage, une galerie occupant toute la longueur du bâtiment, où seront présentés les chefs-d'œuvre de l'école impressionniste. Gauguin et les Nabis seront installés dans un espace attenant, où ils se retrouveront entre eux.

On rêve déjà, en regardant cette maquette qui utilise l'ampleur de la gare pour en faire un espace d'accueil, animé, varié, où les œuvres viendront occuper la place qu'elles auront choisie elles-mêmes. Oui, c'est décidé, nous retiendrons le projet de Gae Aulenti ! Je murmure seulement à l'oreille de Jean-Philippe Lecat :

– Il me semble que les supports du rez-de-chaussée gagneraient à être moins massifs. Il ne faudrait pas que cela ressemble à un temple égyptien ! Pouvez-vous en parler à Mme Aulenti ?

– Je veux bien essayer, Monsieur le Président. Mais je ne vous garantis rien. C'est une femme très déterminée.

Avant de partir, Jean-Philippe Lachenaud tient à nous faire visiter le chantier de la gare, en cours de travaux.

Ce bâtiment fantôme est émouvant comme tous les lieux qui ont été utilisés à un certain moment pour une activité humaine, débordante, faite de pas rapides et de bousculades, et qui sont désormais désertés, à l'exception d'une odeur de ciment humide qui monte du sol.

Des ouvriers sont en train de replacer l'immense verrière du fond. Une sorte d'échafaudage dégingandé s'élève jusqu'au plafond.

– Combien de temps faudra-t-il pour achever les travaux ? demandé-je à Jean-Philippe Lachenaud.

– Encore un an et demi, me répond-il. L'architecture pourrait être terminée à la fin de 1982. Ensuite il faudra sans doute deux ans pour réaliser les aménagements. Mais maintenant que le projet est choisi, nous allons pouvoir gagner du temps.

*
* *

En quittant ce bâtiment, la tête pleine d'images, je suis préoccupé et je retourne dans ma tête une idée que j'aimerais bien voir mettre en œuvre.

La préoccupation, ou plutôt l'inquiétude, si vous préférez, est de savoir à quelle période on fera débuter le XIXe siècle français. Pour son achèvement, la question est plus facile à résoudre : les années 1900 et l'avant-guerre de 1914 marquent fortement la coupure. Mais pour le commencement ? Il est évident que le Premier Empire en est exclu. C'est quelque part pendant la Restauration que commence le XIXe siècle. La révolution de 1830, et la monarchie de Juillet en font évidemment partie. Mais ce découpage ne convient pas aux conservateurs du musée du Louvre. Le département des peintures est tenu en mains par deux fortes personnalités, Pierre Rosenberg et Michel Laclotte. Ce sont des hommes d'une compétence reconnue, mais ils me semblent être habités d'un instinct possessif : ils tendent à considérer le musée du Louvre et les œuvres qu'il contient comme leurs biens propres. Ils n'envisagent pas qu'on puisse en disposer sans leur accord. Or, d'après les échos publiés dans les gazettes, s'ils sont prêts à se résigner à l'aménagement du musée d'Orsay, c'est sous deux conditions expresses : qu'il soit placé sous la tutelle directe du musée du Louvre, dont il constituerait alors un département, et que son objet soit d'être le musée de la Peinture du XIXe siècle, au sens qu'ils lui donnent, c'est-à-dire, en réalité, la peinture de la deuxième moitié du XIXe siècle.

Il me semble que ce serait dommage, car on morcellerait à l'excès la créativité de ce siècle qui a pris des formes multiples, littéraires, musicales, théâtrales et, bien entendu, sculpturales. En peinture, il comporte à la fois des prolongements d'écoles antérieures et des anticipations d'expressions à venir. Mais, franchement, quelle que soit la pensée à la mode, et la mode change, on ne peut pas décider qu'Ingres, né en 1780, est un précurseur qui appartient au XIXe siècle, et que Delacroix, de dix-huit ans son cadet, est un peintre romantique retardataire, qui, lui, n'y appartient pas. Ils ont été contemporains, ont lu les mêmes livres, ont traversé les mêmes révolutions – deux en dix-huit ans – ont assisté aux mêmes découvertes, ont connu les mêmes amitiés, et ont été réunis par la mort dans la même décennie de 1860. C'est un débat qu'il vaut mieux laisser discuter aux visiteurs. L'originalité de ce musée devrait être précisément de rassembler dans la même coquille créatrice, dans la même fournaise, ce qui vient d'avant et ce qui annonce la suite, à l'image de la vie de Victor

Hugo, né avant le Premier Empire et porté jusqu'à son tombeau par le cortège populaire de la IIIe République. Je ne crois pas que ce musée doive être celui d'une école de peinture, mais plutôt celui d'un âge de la création culturelle, durant le grand bouleversement qui s'étend depuis la fin de l'ère monarchique jusqu'à l'installation d'un régime démocratique apaisé. J'essaierai d'agir en ce sens, mais ce sera un combat isolé, car je me heurterai à la cohorte des spécialistes sûrs d'eux-mêmes, comme eût dit de Gaulle, et à l'indifférence bienveillante du grand public.

Quant à mon idée, elle procède de la même réflexion. Intégré à la gare d'Orsay, il existait un hôtel. Cet hôtel comportait évidemment des chambres et des suites. Elles étaient installées sur plusieurs étages le long de la rue de Lille. Ne serait-il pas possible de les utiliser pour illustrer les autres formes de création artistique du XIXe siècle, à l'image de l'émouvant appartement de Pouchkine à Leningrad, ou de la chambre où Verdi composait ses opéras à Busseto ? On pourrait montrer au public le « gueuloir » de Flaubert à Croisset, le salon tropical du petit hôtel de Maupassant, les chambres des poètes Baudelaire ou Mallarmé, les lieux où composaient Berlioz ou Saint-Saëns, le salon de photo de Nadar, et les fameux ateliers de peinture dont nous possédons les reproductions. On pourrait y joindre un bureau d'architecte. Il ne s'agit pas seulement de meubles, mais aussi d'objets, de vêtements, de lunettes, de crayons, de pipes, de tout ce petit bazar dont la vie est faite, et qu'elle laisse derrière elle comme un sillage incroyablement modeste.

Il est vrai que nous conservons aussi à Paris les maisons de Victor Hugo et celle de Balzac ; et depuis peu l'atelier de Claude Monet à Giverny, mais ces endroits sont éloignés les uns des autres. La présentation au même point des « lieux de création du XIXe siècle » donnerait peut-être une idée plus vivante, plus accessible, plus émouvante par sa sobriété matérielle, de cet extraordinaire fusionnement créatif, qui fut pendant un siècle l'éclatant honneur culturel de la France.

Lorsque j'ai fait part de mon idée à Jean-Philippe Lecat, je l'ai senti perplexe. Sur les plans du futur musée, les chambres sont affectées du nom de bureaux.

– A-t-on vraiment besoin d'autant de bureaux ? lui ai-je demandé, songeant aux fonctionnaires désœuvrés des contes de Maupassant.

– Pour le musée, certainement pas, me répond-il, mais cela permettrait de desserrer certains services trop à l'étroit au Louvre.

– Pensez quand même à mon idée : reconstituer le décor humain de la création. Les visiteurs viendraient y toucher la main des artistes disparus. À la vitesse où vont les choses, nous donnerions un lieu de résidence visible à toutes ces œuvres – peintures, musique, livres – qui sont aujourd'hui dispersées dans le monde, au gré des enchères publiques.

Lecat s'absorbe dans une attitude réfléchie, qui est l'expression polie de l'impossibilité. Si je le peux, je reviendrai sur ce sujet. Peut-être pourrait-on commencer à une échelle modeste. Je suis persuadé que cela passionnera le public. Et si cela le laissait indifférent, on interromprait l'expérience[1].

---

1. Les conclusions de la réunion du 10 novembre 1980 sur le musée du XIXe siècle figurent en annexe (voir p. 597).

La Cité des sciences de la Villette

Il existe un parallèle entre le musée d'Orsay et la Cité des sciences. Tous deux visaient à utiliser des locaux inemployés, mais le parallèle s'arrête là.

L'administration avait eu l'idée, dans les années 1960, d'installer sur le site de l'abattoir délabré de la Villette un véritable temple moderne de l'abattage. C'était un monument gigantesque, dédié au massacre scientifique de dizaines de milliers d'animaux. La solidité de son béton dépassait celle du mur de l'Atlantique.

Hélas, le commerce des animaux de boucherie avait connu une évolution différente. Ce ne sont plus les animaux qu'on transportait, mais leurs carcasses. La société d'économie mixte, en dépit de renflouements coûteux, avait connu la faillite financière. Et le temple de l'abattage subsistait, isolé, abandonné, dans le XIXe arrondissement du nord de Paris.

Des convoitises s'étaient manifestées. Une salle de spectacles, le premier « Zénith », y avait été installée. La Ville de Paris souhaitait y construire des logements sociaux et des équipements collectifs. Mais les abattoirs de la Villette restaient debout, comme un sous-marin échoué sur une plage, et personne ne voulait payer leur démolition. L'État était propriétaire de l'ensemble. C'était à lui de décider.

Depuis plusieurs années, la petite équipe de mes conseillers qui s'occupait de la science et de l'industrie, équipe animée par François de Combret[1], insistait sur la nécessité de doter la France d'un grand instrument de pédagogie scientifique, un véritable musée des sciences et de la technologie. Ils me citaient toutes les initiatives

1. Secrétaire général adjoint de l'Élysée.

prises aux États-Unis et en Europe, et m'adjuraient de ne pas laisser la France à la traîne.

Nous disposons bien du palais de la Découverte, installé dans le Grand Palais, que j'avais visité comme lycéen. J'avais été émerveillé par les centaines de décimales du nombre Pi – au-delà du fameux 3,1416 – qui ornaient la corniche de la coupole d'entrée ! Nous avons aussi le musée des Arts et Métiers, dans le quartier du Marais. Mais les nouveaux développements de la science, l'atome, l'espace, l'électronique, la cybernétique, la biologie, y étaient peu représentés.

Nous nous étions interrogés sur les solutions possibles. À la demande de François de Combret, je suis allé visiter, en tout petit comité, le site de la Villette. Là aussi, j'ai trouvé une sorte d'adéquation naturelle. Le bâtiment était imposant, et, à vrai dire, beau, malgré sa destination funèbre. Son architecture était vigoureuse et moderne, prédestinée à abriter une Cité des sciences.

Au mois d'octobre 1978, j'ai tenu un Conseil restreint sur l'aménagement du parc de la Villette. Il fallait choisir le président de la commission chargé d'élaborer le projet scientifique et technique : la personnalité désignée a été Maurice Lévy, ancien président du CNES. Quant à la présidence de l'établissement public d'aménagement, je souhaitais le confier à Paul Delouvrier.

La préparation du projet était compliquée par le fait qu'il intéressait trois ministères : les Universités pour son contenu, l'Environnement à cause du parc, et la Culture parce qu'il s'agissait d'un musée. J'ai décidé de ramener ce nombre à deux : Alice Saunier-Seïté, ministre des Universités, et Jean-Philippe Lecat, ministre de la Culture.

Alice Saunier-Seïté m'a proposé la liste des personnalités devant composer le Conseil consultatif chargé de réfléchir à la conception du musée des Sciences et de l'Industrie. Cette liste comportait, entre autres, trois titulaires du prix Nobel : Louis Néel, Alfred Kastler, François Jacob, et le professeur Paul Germain, secrétaire perpétuel de l'Académie des sciences. Elle y avait ajouté l'architecte pressenti pour l'aménagement, Roger Taillibert.

Les premiers crédits figuraient au budget de 1979, puis de 1980. Le 3 juillet 1979, j'ai signé le décret créant l'Établissement public de la Villette. Le projet volerait désormais de ses propres ailes…

L'Institut du monde arabe

La création de l'Institut du monde arabe répondait à un tout autre besoin. Les deux chocs pétroliers avaient rempli les caisses des États arabes du Moyen-Orient, et déclenché une crise économique dans les pays industriels. Nous avions tenté de nouer avec les pays producteurs de pétrole un dialogue, pour mieux évaluer nos intérêts communs. Cette démarche avait abouti à la convocation d'une conférence internationale qui s'est tenue à Paris, en décembre 1975, à l'invitation conjointe de l'Arabie Saoudite et de la France. Cette conférence a inauguré ce qu'on appelle le dialogue Nord-Sud. Pendant cette phase de préparation, j'ai découvert combien la connaissance de nos cultures réciproques était réduite. Nous conservions de vieux schémas culturels, datant les uns de l'Empire ottoman et les autres de la période coloniale.

Nous ne devions pas nous laisser enfermer dans le dialogue uniquement centré sur le prix du pétrole et le recyclage des pétrodollars. Il était important, je crois, de progresser aussi sur la voie d'une meilleure compréhension de nos cultures et de nos civilisations. C'était la plus sûre manière de désamorcer les tensions à venir, et j'ai pensé que la France pouvait en donner l'exemple, en lançant un signal fort : créer à Paris un Institut du monde arabe. Celui-ci aurait une double mission : mieux faire connaître aux Français l'histoire et la nature de la civilisation arabe de la grande époque ; et servir de lieu de recherche pour les spécialistes et pour les universitaires intéressés par l'étude des points de rencontre entre le monde arabe et le monde occidental. J'ai demandé à l'Arabie Saoudite de participer à la création de cet Institut ; elle m'a donné son accord.

Cette fois-ci, il ne s'agissait pas d'aménager un bâtiment existant, mais d'en construire un nouveau, d'où la nécessité de trouver d'abord un emplacement.

Les deux ministres qui pilotent l'opération, le ministre des Affaires étrangères et le ministre de la Culture, se sont mis d'accord sur le choix d'un site. Il s'agit d'un espace vide, situé à mi-distance entre la tour Eiffel et le métro aérien du pont de Grenelle. On l'aperçoit quand on longe la rive gauche de la Seine. Ce terrain est disponible, m'assure-t-on, et situé dans un quartier facilement accessible, très fréquenté par les touristes. Je n'ai pas à exprimer d'avis personnel, mais cette proposition me semble adaptée à la nature du projet.

Quelques mois passent, et je me renseigne sur l'état d'avancement du chantier.

« Il est en panne, me répond Jacques Wahl, le secrétaire général de la présidence de la République, qui a succédé à Jean François-Poncet, la mairie de Paris refuse de donner le permis de construire. »

Avec l'entrée en vigueur du nouveau statut de la Ville de Paris, l'octroi des permis de construire ne dépend plus de la préfecture, mais de la mairie.

– Quelles objections sont faites par la mairie ? demandé-je.

– Elle souhaite récupérer ce terrain pour y installer des équipements sportifs.

J'en suis surpris. Je connais bien ce terrain, et le quartier avoisinant est peu peuplé.

– A-t-on connaissance de ces projets sportifs ?

– Pas vraiment. C'est plutôt une intention, mais le refus de la mairie est catégorique.

J'appelle alors au téléphone Jean François-Poncet.

– On me dit que vous rencontrez des difficultés pour la construction de l'Institut du monde arabe, lui dis-je.

– C'est exact, la mairie de Paris refuse de nous délivrer le permis de construire.

– Vous devriez appeler Jacques Chirac et lui expliquer l'intérêt du projet.

– Je l'ai déjà fait, mais il maintient ses objections. Je peux recommencer, si vous le souhaitez.

– Essayez encore, lui dis-je.

Finalement, le permis de construire n'ayant pas été octroyé, la mairie a proposé à la place un terrain situé sur la rive gauche de la Seine, près de la gare d'Austerlitz. C'est là que l'Institut sera finalement implanté.

Le concours d'architecture conduit à retenir le projet de Jean Nouvel, élégant et lumineux. Il reste à donner un contenu à cet Institut. Son objet est de devenir l'instrument efficace d'une meilleure compréhension de la civilisation arabe. Il nous faut l'ouvrir à nos partenaires européens, et même essayer d'y intéresser les spécialistes universitaires américains. Paris deviendrait un lieu de rencontres et de connaissances mutuelles. Nous contribuerions à apaiser la frustration de nos interlocuteurs arabes, et notamment de leurs nouvelles élites, devant notre ignorance de l'extraordinaire rayonnement cultuel qui a été le leur durant une longue période de leur histoire, et qui est sans doute appelé, du fait de leurs ressources pétrolières, à connaître une renaissance[1].

Identité française et patrimoine

Musée d'Orsay, Cité des sciences sont des réalisations qui tournent autour de l'idée de l'identité française. L'affirmation et la protection de cette identité constituent une de mes grandes préoccupations. Je sens de manière instinctive que l'évolution contemporaine rend cette identité fragile. L'opinion publique n'en a pas conscience. Elle puise son confort dans le fait que la France a été, jusqu'à une période récente, le pays le plus peuplé d'Europe, que la suprématie intellectuelle de ses élites a fait de la langue française l'outil de communication diplomatique et littéraire par excellence, et que l'aventure coloniale lui a donné une dimension, ou plutôt l'apparence d'une dimension mondiale.

Aujourd'hui ces données sont modifiées. La pression démographique de l'immigration en provenance des pays pauvres du continent africain, qui en rend plus difficile l'intégration, la vocation reconnue à la

---

1. Je ne résiste pas au plaisir de raconter une anecdote. Lorsque j'ai quitté l'Élysée, au mois de mai 1981, j'ai donné l'ordre à l'intendant de faire porter à l'Institut du monde arabe les présents que j'avais reçus des chefs d'État arabes. Parmi eux figurait un service à café en or offert par le roi d'Arabie Saoudite. Quelques semaines plus tard, j'ai vu arriver à mon domicile une lettre du directeur de l'Institut, m'indiquant, sur un ton pincé, qu'il manquait une petite cuillère à ce service ! Je ne lui ai pas répondu, mais sa lettre m'est apparue comme un chef-d'œuvre de sottise, et d'indélicatesse. J'ai souhaité, *in petto*, que cette petite cuillère lui reste en travers du gosier !

langue anglaise de devenir langue mondiale, le réveil ou l'émergence de puissances nouvelles qui captent l'imagination font de l'identité française un îlot menacé. Or la France n'existe que par son identité, à la différence de la Chine qui existe du fait du peuple Han, de la Russie du fait de son immensité, et des États-Unis du fait du dynamisme de leur puissance.

Cette identité française je la perçois, je la ressens en moi, surtout lorsque je siège dans des réunions internationales, mais comment la définir ? Elle n'est pas de nature ethnique, car les Français ne sont pas une population homogène. Elle n'est pas, non plus, quoi qu'on dise, de nature linguistique, car le français est une langue romane parmi d'autres, qui est parlée dans d'autres États, en Suisse, en Belgique et au Canada. Et de toute manière la langue n'est pas le support unique de l'identité nationale, comme on le vérifie pour l'anglais et pour l'espagnol.

Alors cette identité française, quelle peut-elle bien être ? S'il me fallait tenter une définition, sur un terrain labouré depuis longtemps par les sociologues, je dirais qu'elle est constituée de l'ensemble des éléments de natures diverses avec lesquels les habitants du territoire français ont pris l'habitude de vivre en commun. C'est une identité faite de l'accumulation de données, de lieux, de paysages, de modes de nourriture et de vêtements, et aussi, bien entendu, de formes d'expression et de pensée, des hommes et des femmes qui ont vécu, et qui vivent, au sein de l'ensemble identitaire français.

Le rôle d'un dirigeant français est d'avoir conscience de la fragilité contemporaine de cette identité, et d'agir pour sa protection.

J'ai pris conscience du retard de notre pensée politique sur ce sujet lorsque j'ai demandé au Conseil des ministres d'instaurer un régime de visas pour l'entrée en France des citoyens des nouveaux États indépendants d'Afrique. Jusqu'en 1978, ils pouvaient en effet accéder à notre territoire sans aucun document de séjour. J'ai vu la stupéfaction se peindre sur les visages, et j'ai entendu fuser les objections.

– Mais alors, m'a fait remarquer Robert Galley, ministre de la Coopération, les Français devront obtenir un visa pour se rendre dans ces pays !

– Évidemment, lui ai-je répliqué, si ces États en décident ainsi. Et c'est d'ailleurs conforme à la norme internationale.

Sur un sujet voisin, le Conseil d'État a donné un avis défavorable au projet de décret du ministre de l'Intérieur, instaurant une « carte d'identité infalsifiable » ! Pourquoi, me suis-je dit, délivrer des documents d'identité si ceux-ci sont aisément falsifiables et font l'objet d'un trafic clandestin ?

*

* *

Parmi les éléments constitutifs de notre identité figure évidemment notre patrimoine. C'est pourquoi je me suis voué à sa protection : patrimoine paysager, patrimoine historique et culturel.

Il y aurait beaucoup à écrire, et ma tête foisonne de souvenirs. Je pense aux textes que j'ai signés.

La directive relative à la protection et à l'aménagement du littoral a été approuvée le 25 août 1979. À un moment où l'exploitation touristique et immobilière dévastait les côtes de pays voisins, la France rassemblait dans un texte unique l'ensemble des principes qui doivent guider l'aménagement et la protection des côtes maritimes.

Un décret d'octobre 1978 porte création d'une direction du Patrimoine au ministère de la Culture. Alors que la France est avec l'Italie le pays du monde le plus riche en patrimoine, aucune direction n'en avait jusqu'ici la charge, en dépit du foisonnement de services qui composent notre administration.

Je pense aussi à deux expositions que j'ai eu le bonheur d'ouvrir au Grand Palais, à l'automne de 1980, et qui m'ont davantage captivé l'esprit que le brouhaha préélectoral.

L'une portait sur « La vie mystérieuse des chefs-d'œuvre ». Son objet était de présenter au public la contribution essentielle, et pourtant peu connue, que la science apporte à la protection des grandes œuvres d'art : leur découverte et leur authentification, leur entretien, la recherche de leurs états successifs, et l'art si délicat de leur restauration.

L'autre visait à montrer aux Français la manière dont leur patrimoine culturel s'était enrichi depuis cinq ans. Elle présentait tous les objets et toutes les œuvres d'art acquis par l'État entre 1975 et 1980, qu'ils proviennent de dons, d'achats, ou de « dations », c'est-à-dire de la remise d'objet d'art en paiement des droits de succession, procédure que j'avais mise en œuvre en 1970.

L'organisation de cette exposition avait été assurée par Maurice Aicardi, expert au savoir encyclopédique, qui me rendait régulièrement visite à l'Élysée et qui présidait la commission chargée d'approuver les « dations ». Il s'était entouré de tous les grands experts de la muséographie française, Hubert Landais, Pierre Quoniam, Jean Favier et Daniel Alcouffe notamment. La collection était tout simplement époustouflante. Elle s'était enrichie de deux musées nouveaux : le Musée impérial à Fontainebleau grâce aux dons du prince

Napoléon, et le musée Picasso à l'hôtel Salé. Cent chefs-d'œuvre avaient été sélectionnés, dont le portrait d'Hélène Fourment par Rubens, celui de la ballerine Marie-Madeleine Guinard dans sa robe rouge framboise par Fragonard, et celui de la jeune marquise de Santa-Cruz par Goya, les deux couples enlacés de *La Danse à la ville* et *La Danse à la campagne* de Renoir, les *Rosiers sous les arbres* de Klimt, et des pièces exceptionnelles comme l'épée du Grand Frédéric et le collier de la Légion d'honneur que portait Napoléon. Le contenu d'un nouveau musée mondial à soi tout seul !

J'avais rédigé moi-même la courte préface du catalogue. Elle débutait et se terminait par la même phrase : « Ces œuvres d'art et ces objets précieux sont à vous ! » Je voulais dire qu'ils appartenaient aux Français, individuellement et collectivement, et qu'ils avaient été acquis et rassemblés pour les soustraire à la dispersion ou à l'exil. Chaque Français pouvait s'en sentir propriétaire, et le patrimoine identitaire de la France s'en trouvait élargi et protégé.

Nous étions le 14 novembre 1980, et c'est ainsi que je suis sorti d'un musée pour entrer directement dans l'arène électorale…

*

* *

Je pense enfin à une initiative qui a contribué à sensibiliser les Français à l'importance de protéger leur patrimoine : c'est l'instauration en 1980 de la première « année du Patrimoine ». L'idée m'en avait été donnée par le ministre de la Culture, Jean-Philippe Lecat, en 1978. Il nous a fallu deux ans pour la mettre en œuvre. Nous voulions y associer sans exclusivité les collectivités locales, les propriétaires, les seize mille associations de volontaires de la protection du patrimoine. Leur engagement a été prodigieux : plus de quatre millions de brochures ont été distribuées.

L'« année du Patrimoine » s'est terminée sur deux manifestations : le 8 décembre, la séance de clôture à la Conciergerie, où étaient rassemblés tous les acteurs de la protection du patrimoine. J'ai saisi cette occasion pour replacer cette action dans sa perspective d'ensemble ; puis deux jours plus tard, à la Maison de la Radio, la remise des prix du concours « Chefs-d'œuvre en péril » animé depuis dix-huit ans par Pierre de Lagarde, en présence de Michel d'Ornano et de Jean-Philippe Lecat. J'ai rappelé aux acteurs de cette manifestation, et aux lauréats souvent modestes qui y étaient récompensés, qu'il y avait environ trente mille monuments en France, classés ou inscrits à l'Inventaire, et qu'il y avait donc une œuvre immense à poursuivre, dans laquelle l'État s'engageait à fond, puisqu'en 1980 le ministère de la Culture a dépensé plus d'un milliard de francs pour protéger et rénover le patrimoine !

Lorsque le rideau tombe sur la première « année du Patrimoine », un historien, Pierre Nora, émet une observation judicieuse. En 1974, écrit-il, le « patrimoine » est un concept notarial. En 1981, le même terme exprime l'appropriation collective par les Français de leur héritage culturel. Et il note que ce basculement de sens peut être « daté » – ce qui est presque sans précédent en linguistique – de l'« année du Patrimoine » de 1980.

SECONDE PARTIE

Quand le pouvoir se détache de la vie

« J'ai appris à prévoir qu'il arrivera rarement aux hommes imparfaits qui accèdent à cette haute fonction de la quitter avec la même réputation et la même faveur que celles qui les y ont portés. »

Thomas JEFFERSON,
Adresse inaugurale, 4 mars 1801.

CHAPITRE IX

Premières approches

C'est à mon retour de Chine, le 22 octobre 1980, que j'ai pris conscience de la proximité de l'élection présidentielle : dans sept mois désormais.

J'y ai peu pensé jusqu'ici. Les candidatures déjà annoncées de Michel Rocard et de Georges Marchais m'ont semblé n'être que des manœuvres préparatoires. Et tous les sondages, sans exception, me donnent gagnant dans la compétition. Mon optimisme naturel se nourrit de ces prédictions, et je pense qu'il sera toujours temps d'entrer en campagne dans les derniers mois de mon mandat.

Il me semble d'ailleurs qu'une élection et une réélection ne sont pas des épreuves de même nature. Dans le premier cas, on sort en quelque sorte du néant, on est neuf, et le problème est de se faire connaître. Dans l'hypothèse d'une réélection, on est en place, observé et jugé par tous depuis près de sept ans. On n'a plus besoin de se faire connaître, mais plutôt de justifier son action. Mon émission télévisée mensuelle « Une heure avec le président de la République » m'en fournit l'occasion.

C'est du moins ce que je pense en cet instant. Mais viendra bien le moment où un déclic se produira, et où les yeux du public se fixeront sur un feuillet du calendrier, un petit feuillet blanc détachable, qu'on arrachera le soir du jour fixé pour l'élection du président de la République, le 10 mai 1981.

Pour vous décrire mon parcours pendant cette période, pour partager avec vous ce qu'ont été exactement mes intentions, mes craintes, mes émotions et mes déceptions durant ces quelques mois, le plus simple est, je crois, de recourir à la présentation chronologique. D'abord parce que le travail se poursuit, que les événements ne se mettent pas en congé, et qu'ils ne vous offrent pas spontanément des plages de réflexion qui vous permettent de vous préparer à l'élection.

Mais aussi parce que vous n'êtes pas le seul acteur, loin de là : la scène est remplie des déclarations et des gesticulations des autres candidats ; les coulisses sont parcourues des manœuvres feutrées de ceux qui se positionnent en vue de l'échéance ; enfin, le programme distribué tous les jours par les médias aux spectateurs fait état des informations, des rumeurs, des démentis et des calomnies en tout genre qui circulent autour du théâtre électoral.

Pour que vous puissiez accomplir ce parcours comme moi, à ma place – ce que je ne vous souhaite qu'à moitié ! – il faut que nous tenions dans nos mains le même fil, celui qui fixe la séquence des événements. D'où le choix d'un récit chronologique, une sorte de journal d'un voyage dont on connaît bien le point de départ, mais dont on ignore jusqu'au dernier moment le point d'arrivée.

CHAPITRE X

Octobre

« Dans l'azur attendri d'octobre pâle et pur, qui mire aux grands bassins sa langueur infinie. »

Stéphane MALLARMÉ.

La France que je retrouve à mon retour de Chine n'a pas beaucoup changé. Elle baigne dans une sorte d'été indien, chaud et sec. Je reprends le fil de mes activités en inaugurant avec Jean-Philippe Lecat la Foire internationale d'Art contemporain, en signant la loi sur la participation des salariés dans l'entreprise, et en recevant Jean-Claude Simon venu me présenter le rapport que je lui avais demandé sur un sujet brûlant : l'éducation et l'informatisation de la société. C'est un moment de jouvence pour moi, car Simon est un de mes camarades des classes préparatoires du lycée. C'est un esprit agile, et beaucoup plus rapide que le mien dans l'élucidation des problèmes d'analyse mathématique que j'allais étudier chez lui, en face de la place de l'Alma.

Puis vient le tour de Raymond Barre, pour son rendez-vous hebdomadaire.

– Comment va la situation économique ? lui demandé-je, sans grand effort d'originalité.

– Elle reste difficile, me répond-il. L'Arabie Saoudite a relevé le prix de son pétrole à trente-deux dollars. La production industrielle s'améliore, mais elle reste encore au-dessous du niveau de l'an dernier. Le plus préoccupant est toujours la course des salaires et des prix. Le ralentissement de la hausse des prix que nous attendions ne s'est pas produit : certains secteurs, comme l'automobile, ont abusé de la liberté. Pour les salaires, nous enregistrons une hausse de 3,5 % pour le dernier trimestre. La course entre les salaires et les prix constitue à elle seule une spirale inflationniste, qu'il va falloir briser !

Le ton de Raymond Barre se durcit. Je ne retrouve pas chez lui la forme d'allégresse de ses premiers combats contre l'inflation, mais plutôt un entêtement blessé.

« De toute façon, il faut maintenir notre cap, poursuit-il, il n'existe pas d'autres solutions ! »

Il est vrai que l'opposition qui multiplie ses critiques ne brille pas par ses propositions.

– Et la situation sociale ? lui demandé-je.

– Elle reste tendue, mais elle n'empire pas, en dépit des circonstances. L'attention des syndicats se concentre sur Manufrance[1], mais tout le monde reconnaît qu'on ne peut plus empêcher sa liquidation, car la chute des ventes est catastrophique. Les élus de Saint-Étienne ne le contestent pas. L'autre sujet d'irritation pour les syndicats, ce sont les mesures que vous nous avez demandé de prendre pour stopper les flux d'immigration. Mais là, ils ne sont pas suivis par leurs troupes.

---

1. Manufacture d'armes et cycles de Saint-Étienne.

– Il faudrait essayer de trouver des sujets d'optimisme, dis-je, il n'est jamais bon de laisser l'opinion s'enfoncer dans le découragement et l'amertume.

– Je vous comprends, Monsieur le Président, mais il ne faudrait pas non plus égarer l'opinion publique ! Il faut qu'elle sache qu'elle devra accepter des sacrifices !

Je le sens accroché, buté sur ses certitudes. Sur le fond, il a certainement raison, mais la vie des sociétés démocratiques est une bataille, dans laquelle on a besoin d'un espace de manœuvre. Je comprends qu'il me sera difficile de compter sur lui pour élargir cet espace !

Deux rendez-vous succéderont au sien.

D'abord la visite de mère Teresa, la religieuse d'origine albanaise qui partage la vie des enfants et des habitants des quartiers les plus pauvres de Calcutta. Au lieu d'écrire « pauvres » je devrais inscrire « misérables ». Car de même que Karl Marx avait défini le prolétariat comme étant la catégorie de ceux qui sont démunis de tout, de même la pauvreté de Calcutta représente l'absolu de la pauvreté !

La longue robe de coton blanc que porte mère Teresa, maintenant assise en face de moi, est bordée d'un léger liséré bleu. Ce liséré d'un bleu cendré fait pâlir par son élégance toutes les créations de la haute couture parisienne ! Il introduit un fragment de ciel, ou de fumée légère, dans l'évocation de la misère que mère Teresa côtoie dans sa lutte quotidienne. Elle souhaiterait que nous soyons davantage sensibilisés à une détresse que nous ne connaissons que par des images, et jamais par des odeurs, ou le toucher d'un petit membre mutilé. Je l'assure de notre soutien, je lui dis notre engagement de faire davantage. C'est bien peu ! Elle me remercie pourtant, et je l'accompagne jusqu'au palier, car l'honneur que je ressens de cette visite est pour moi.

Le lendemain, 28 octobre, je réunis pour une séance de travail suivi d'un déjeuner l'ensemble des élus du Massif central, appartenant à la majorité et à l'opposition. Ils sont pratiquement tous présents, de Michel Debatisse à Maurice Pourchon. Le moment est venu de donner une suite au Plan Massif central que j'ai lancé au Puy-en-Velay, en 1975. La plupart des chantiers sont en cours. L'autoroute de Thiers à Lyon se réalise par tranches. La construction de celle qui arrivera de Paris, en desservant Bourges et Montluçon, pour aboutir à Clermont-Ferrand, a été décidée il y a deux ans, en franchissant allégrement l'obstruction des services centraux du ministère de l'Équipement, qui n'y prévoyaient aucun trafic. Mais nous ne devons pas en rester là : notre but est d'achever le désenclavement historique du Massif central en direction de la Méditerranée et de l'océan Atlantique, par la construction de nouvelles autoroutes, et de moderniser ses équipements éducatifs et sanitaires en concertation avec les responsables locaux. L'atmosphère est détendue. Nous nous sentons entre nous, malgré nos différentes options politiques, et convenons de prolonger le Plan Massif central jusqu'en 1985.

Mon dernier rendez-vous du mois d'octobre aura lieu avec André Bergeron, le secrétaire général du syndicat CGT-FO. J'ai beaucoup de sympathie pour lui, comme j'en avais pour son prédécesseur, Robert Bothereau, qui goûte sa retraite au voisinage de Beaugency. La raison de cette sympathie est simple : ils sont typiquement français par leurs qualités et par leurs défauts. Ils respectent un code nécessaire à leur survie, celui d'une démagogie qui les conduit à présenter des demandes irréalistes et insolvables, avec la vague illusion que la caisse noire de l'État sera là pour les financer. Au sortir de leurs rencontres, ils dénoncent devant les médias l'étroitesse de vue et « l'attitude totalement négative » qu'ils ont trouvée chez leurs interlocuteurs. Bergeron ne m'épargne pas. Mais que vient-il me dire cette fois-ci, puisque c'est lui qui m'a demandé ce rendez-vous ?

« Je suis venu en ami, me dit-il, pour vous alerter sur le tort que commence à vous faire votre Premier ministre. Il ne veut écouter personne. Au début nous l'avons soutenu, car c'est un homme honnête et courageux, et nous connaissions son action à la Commission européenne. Vous savez que je souhaite votre réélection. Ce n'est pas que j'appartienne à votre parti, mais vous me semblez être, si vous me permettez, un homme juste. Et comme secrétaire général de FO, je ne veux pas voir les cocos au pouvoir. Mais maintenant trop c'est trop ! » Comme il paraît enchanté de sa formule, il la répète, ainsi que je l'ai souvent entendu faire par les délégués syndicaux : « Trop c'est trop ! » Et il ajoute : « Il faut nous donner du grain à moudre, sinon nous ne pourrons pas tenir nos troupes. »

Nous nous quittons, en échangeant de grandes poignées de main, non pas complices, mais cordiales.

Après son départ, je me pose la question : que devient dans tout cela la préparation de l'élection présidentielle ? Il faut que je me renseigne auprès de mon gourou politique, Jean Sérisé, d'une finesse et d'une humanité béarnaises. Sa fréquentation me permet de comprendre pourquoi Henri IV, en dépit de son accent rocailleux et de ses convictions religieuses vacillantes, s'est fait adorer des Français !

– Les candidats à l'élection présidentielle se pressent déjà, m'annonce-t-il. Marie-France Garaud vient d'annoncer sa candidature à l'Élysée. Michel Debré se prépare, et, comme vous l'avez entendu dire au Tibet, ce qui a dû émouvoir les moines bouddhistes, ajoute-t-il en souriant, Michel Rocard a présenté la sienne.

– Pensez-vous que Rocard ira jusqu'au bout ?

– J'en doute, me répond-il, ce n'est pas dans son caractère de se battre. Vous savez que je le connais bien ! C'est un homme sincère et généreux. Mais il prend des décisions trop rapides, qui ne tiennent pas la route.

Je me souviens en effet de les avoir vus travailler ensemble dans les années 1960 à la commission des Comptes de la Nation. « En tout cas, s'il a l'intention de continuer, reprend-il, il a commis une erreur en annonçant qu'il retirerait sa candidature au cas où François Mitterrand présenterait la sienne. C'était inutile, d'autant plus que Mitterrand est parfaitement décidé à se présenter. Mais le plus important pour vous, bien sûr, c'est l'attitude de Jacques Chirac.

– Vous avez des informations à ce sujet ? lui demandé-je.

– Pas des informations, mais des rumeurs, des quantités de rumeurs, des montagnes de sous-entendus. On ne parle bien entendu que de premier tour. Personne ne le voit figurer au second tour !

Cette conversation me remet en mémoire une note que m'a fait parvenir quelques jours plus tôt François de Combret, secrétaire général adjoint de l'Élysée, où il me rendait compte d'un entretien qu'il avait eu avec Alain Devaquet, député RPR de Paris.

Celui-ci avait déjeuné récemment en tête à tête avec Jacques Chirac, qui lui avait paru « obnubilé par l'idée de provoquer la défaite du président sortant par un report des voix RPR sur le candidat socialiste au deuxième tour de l'élection de 1981 ». Dans le numéro du *Monde* du 18 octobre, le journaliste André Passeron développait le même thème.

Selon Alain Devaquet, la tactique de Jacques Chirac lui était dictée par la crainte d'assister à l'effondrement du RPR.

« Il est effectivement moribond, ajoutait-il. Il n'est porteur d'aucune idée; Jacques Chirac n'est capable que de "coups". Et le RPR est divisé intérieurement : la candidature de Michel Debré est un cancer qui le mine de l'intérieur. »

En me souvenant de cette note, et en écoutant la voix paisible de Jean Sérisé, je m'aperçois que ces rumeurs ne me passionnent pas. J'ai de la peine à les prendre au sérieux. Jacques Chirac a été mon Premier ministre pendant deux ans. Malgré son départ de 1976, il doit en conserver des souvenirs. Et les sondages indiquent que, s'il se présentait, les électeurs le placeraient loin derrière moi au premier tour. Quel serait pour lui l'intérêt de cette opération ?

Le candidat que j'aurai sans doute à affronter sera François Mitterrand. Tout indique qu'il s'y prépare. C'est un poids lourd de la politique. Il domine nettement le lot, et la candidature de la gauche lui revient naturellement. Il ne commet pas de faute dans ses déclarations, sauf de temps à autre une perfidie, un coup de dague empoisonnée, comme pendant le sommet de Venise. Il fera tout pour prendre sa revanche de sa défaite de 1974. Cela fait partie du jeu. Il ne paraît pas avoir de programme, au-delà de celui dont il a besoin pour se faire élire, mais ce sera le problème de sa campagne.

En attendant, les sondages d'opinion me donnent régulièrement une avance sur lui. Aucun d'eux ne me place perdant.

*
* *

Comme une main qui se pose sur un front enfiévré, je termine ce mois d'octobre par une visite à Autun, à l'invitation de son maire, mon ami de longue date, le sénateur Marcel Lucotte. Il y a mis une telle insistance que je n'ai pas pu me dérober, et on a dégagé, dans mon emploi du temps encombré, la journée du 31 octobre.

J'aurais eu bien tort de l'éviter, car ce voyage est un enchantement. Par sa taille, par son histoire, par la gentillesse et la simplicité du peuple bourguignon, Autun représente exactement la France que j'aime. En passant devant la cathédrale, je pense à la malice de l'histoire qui a fait de Talleyrand le dernier évêque d'Autun avant la Révolution.

Marcel Lucotte a bien organisé le déroulement de la journée. Elle est remplie jusqu'au bord. Elle débute par une prise d'armes à l'École militaire, où un très jeune élève me remet un livre, suivie de la visite de la cathédrale. Le cortège parcourt les belles allées ombragées, pour aller inaugurer le Centre social, imaginé et réalisé par le maire. Nous empruntons la rue piétonnière en discutant avec les commerçants, ou plutôt les commerçantes. Quand nous débouchons sur la place de l'Hôtel-de-Ville, nous la découvrons remplie d'une foule animée et joyeuse. Mon contact avec elle est d'autant plus facile que je me sens intérieurement détendu par la spontanéité de son accueil. Je serre les mains, m'appuie sur les épaules, embrasse les gamins et les fillettes. Le printemps est revenu. À la mairie ce sont les manifestations et les propos rituels, suivis d'un déjeuner républicain, à la gastronomie appuyée.

Un moment d'émotion : Autun a été libérée, pendant l'été 1944, par le 2e régiment de dragons dans lequel j'ai servi. À la suite de la libération de la ville, plusieurs jeunes gens se sont engagés, dont mon ami Roger Durieux. Nous sommes entrés ensemble en Allemagne, dans notre char « Carrousel ». J'ai demandé qu'on invite mes camarades au repas. Nous nous sommes retrouvés dans un coin de la pièce, les yeux troublés par l'émotion. Il me semblait que les vêtements conventionnels dont nous étions revêtus étaient un déguisement, et qu'au-dessous d'eux, nous portions encore nos treillis verts et nos manches roulées. J'ai eu du mal à m'éloigner d'eux.

Un détour par la piscine avait été organisé, que Marcel Lucotte avait peuplée de plongeurs. Je me suis demandé s'il n'avait pas imaginé un moment que je pourrais les rejoindre.

Il nous restait à gagner le « Hall de l'Agriculture », où je devais m'adresser aux agriculteurs du voisinage. Ils étaient alignés, hommes et femmes, sur des chaises pliantes. On avait installé un pupitre, hérissé des micros des médias et drapé d'un tissu tricolore. Ils étaient là pour écouter non des jeux de mots ou des effets lyriques, mais des réponses précises, massives, à leurs préoccupations.

Chaque fois que je m'adresse à un auditoire rural, je pense au massacre, à l'holocauste des paysans français pendant la guerre de 1914-1918, à leur piétinement englué dans la boue, à leur courage obstiné vis-à-vis d'un conflit dont ils ne partageaient qu'incomplètement les enjeux, à l'exception de leur fibre patriotique.

Et je sais que mon auditoire n'a qu'une seule question à me poser : « Qu'allons-nous devenir ? » Ce groupe, le plus sédentarisé de la société française, cantonné sur les mêmes terroirs depuis mille ans, façonnier de nos paysages, de nos villages et de leurs clochers, que va-t-il devenir à l'heure de la mécanisation, et de la concurrence des grands espaces cultivés ? Il a réussi à se forger un semblant de cuirasse, en raison de son poids politique, lors de l'entrée en vigueur du Marché commun. Mais ce bouclier protecteur réussira-t-il à survivre aux coups que vont lui assener, de l'intérieur et de l'extérieur, les fanatiques du libre échange ?

C'est bien cela, l'interrogation que je lis dans leurs yeux. Une chose est certaine : je ne leur mentirai pas, je ne m'en sortirai pas par des boniments, car je respecte trop leur dignité, et la vie démunie qu'ils ont menée pendant des siècles, dans des masures édifiées sur du sol battu et dépourvues de mobilier et de lumière. Je cherche avec eux le moyen de les protéger contre les artifices de la concurrence, de consolider et d'améliorer la qualité de leurs produits, et de les faire bénéficier de la solidarité nationale en leur restituant leur part du progrès technologique collectif.

Ils m'applaudissent. Les ai-je convaincus, les ai-je rassurés ? Probablement pas. Mais ils ont compris que j'étais de leur bord. Maintenant, tel qu'est leur caractère, ils me jugeront sur les résultats.

En achevant cette journée fatigante et réconfortante, je joue avec deux idées. Dans la fonction que j'exerce aujourd'hui, et que d'autres ont assumée avant moi, la référence aux notions que nous servons varie d'un être à l'autre ! Pour le général de Gaulle, la France était une personne à dimension historique, attachante et belle, souvent mal servie par le peuple français. Pour moi, il me semble que l'idée que je me fais de la France est celle de la rencontre d'un paysage et d'un peuple, qui se sont façonnés matériellement et que je ne peux pas imaginer séparés l'un de l'autre.

L'accueil que je viens de recevoir à Autun, de la part des élus et de la foule, accueil si cordial et si bienveillant, est-il représentatif de l'état d'esprit des Français ? Cet échantillon ne représente évidemment que ceux qui ont bien voulu se déranger. Mais dans la rue piétonnière, où il y avait « tout le monde », les visages étaient souriants, et les marchandes m'offraient avec de grands gestes d'amitié les fleurs de leurs étalages. Pourtant les difficultés économiques ne sont pas loin : Le Creusot, durement frappé par la crise de l'industrie lourde, ne se trouve qu'à quelques dizaines de kilomètres.

Je m'attribue la capacité de juger l'état d'esprit de l'opinion par l'observation de quelques détails : les regards que je croise dans la rue, les sourires ou les crispations sur les visages, et le fameux langage du corps, exprimaient l'hostilité ou le bien-être des personnes que je rencontre. Ce n'est pas une prétention, comme le penseront ceux de mes critiques qui m'attribuent volontiers ce trait de caractère, mais c'est sans doute une illusion ! Cette illusion me fait croire aujourd'hui à Autun que les Français dont je ne sais pas s'ils me soutiennent, en tout cas m'acceptent.

CHAPITRE XI

Novembre : le souper

Le mois de novembre n'est pas comme avril un mois cruel, c'est un mois doux. La terre s'enveloppe de brouillard. On entretient le souvenir des morts. Les arbres détachent leurs dernières feuilles. C'est la saison des grandes chasses.

Le mois de novembre 1980, à cinq mois de l'élection présidentielle, commence par un débat au Conseil économique sur le projet de Plan. C'est un débat traditionnel qui n'éveille, d'habitude, que peu d'intérêt. Mais cette fois, l'intervention qu'y effectue Raymond Barre le 4 novembre provoque des réactions passionnées. Selon lui, « les années à venir, de 1981 à 1985, seront les plus dures que le monde aura connues depuis la fin de la Seconde Guerre mondiale ». « Dans ces conditions le maintien du pouvoir d'achat est un objectif ambitieux que nous pouvons chercher à atteindre, et les circonstances internationales pourraient imposer d'y renoncer temporairement », ce qui signifierait, comme la presse s'empresse de le relever « la baisse du niveau de vie des Français ». Et il termine sur une évocation apocalyptique : « Si les partenaires sociaux ne respectent pas certaines disciplines en matière de revenus, le VIIIe Plan ne s'achèvera pas sans que l'inflation s'aggrave, sans que les entreprises s'affaiblissent, et sans que l'emploi se détériore profondément. »

Ces propos qui expriment une analyse sans doute exacte, quoique trop pessimiste à mes yeux, sont destinés aux spécialistes du Conseil économique, qui les accueillent par des hochements de tête. Mais lorsqu'ils sont transposés dans l'opinion publique, ils causent des ravages en devenant : « Raymond Barre propose de baisser le niveau de vie des Français ! »

Je me demande si le Premier ministre a bien mesuré les conséquences psychologiques de ses déclarations. Lors de notre entretien hebdomadaire du lundi suivant, je lui pose la question :

« J'ai lu dans la presse le texte de votre intervention devant le Conseil économique. J'imagine qu'on en a extrait les propos les plus alarmistes, mais je crains qu'ils n'aient pour effet de décourager l'opinion. »

Raymond Barre se redresse droit dans son fauteuil, comme piqué par une guêpe.

– Ne comptez pas sur moi, Monsieur le Président, pour ne pas dire la vérité aux Français !

– Je ne vous demande pas de déformer la vérité, répliqué-je, mais vous savez que dans quelques mois les Français vont avoir à faire un choix difficile. S'ils font un mauvais choix, ce sera une catastrophe pour notre pays. Nous devons tout faire pour le lui éviter. Nous devons donner aux Français des raisons d'espérer. À quoi sert de multiplier les mises en garde ?

Raymond Barre s'enferme, peut-être par conviction, peut-être aussi parce qu'il refuse d'admettre que les propos qu'il a tenus auraient pu en effet être évités :

« Vous savez que je souhaite votre réélection, Monsieur le Président, et que je ferai tout ce que je peux pour y contribuer. Je suis persuadé d'ailleurs que vous serez réélu, mais avec une marge réduite. Dans votre campagne, il faudra dire la vérité au pays ! »

Je vois qu'il ne m'a pas entendu. Il est évidemment sincère, mais je pense à la mise en garde d'André Bergeron. La formation universitaire rigoureuse du Premier ministre occulte le fait qu'on ne vote jamais par désespoir, que les électeurs cherchent à atteindre la petite lumière entraperçue parmi les branches, et qu'il peut y avoir une contagion de l'enthousiasme aussi persuasive que celle du pessimisme.

Le message de l'inquiétude a été reçu. Le nombre de ceux qui se déclarent mécontents de l'action du Premier ministre augmente de 52 à 59 %. Il en va de même pour moi : la proportion des mécontents qui était restée stable depuis le début de l'année 1980, avec des taux compris entre 35 % et 42 %, s'élève en novembre au niveau de 47 %, triste record que je n'avais jamais connu.

*

* *

Pour tenter d'inverser cette détérioration, j'ai recours à deux moyens.

D'abord remettre à jour les objectifs que j'ai fixés au gouvernement, et qui devront être atteints d'ici la fin de mon mandat. Ils concernent tous les ministres. Avec mes collaborateurs, nous avons recensé vingt-neuf actions prioritaires, qui sont rendues publiques le 13 novembre. Elles concernent les secteurs les plus divers : assurance veuvage, Institut de l'enfant, distribution d'actions aux salariés, assurance vieillesse gratuite des mères de famille nombreuse, égalité des femmes et des hommes dans le travail, protection du littoral, lutte contre l'alcoolisme, développement des carburants non pétroliers, parmi d'autres.

Je les regroupe en trois rubriques : domaine social, domaine économique, domaine des grandes fonctions de l'État.

Dans la lettre d'envoi à Raymond Barre, j'indique que « j'attache une importance particulière à la réalisation effective de ce programme. Les ministres devront présenter le bilan de la mise en œuvre de ces vingt-neuf actions au cours du premier trimestre de 1981[1] ».

L'autre approche concerne les grands programmes d'aménagement régional. Je sais que la France souffre de sa centralisation excessive, et je suis un partisan déterminé de la décentralisation, comme je l'ai affirmé dans mon discours prononcé à Dijon. La décentralisation passe par une bonne définition de l'identité et des compétences des régions. Je n'imagine nullement de doter la France d'une structure fédérale, mais plutôt de confier dans l'avenir des tâches centralisées aujourd'hui dans les ministères parisiens, en matière de développement économique, de modernisation des infrastructures, de formation professionnelle, de gestion et de promotion des activités culturelles, à des instances régionales.

Cela passe par une transformation du rôle des départements, qui devraient voir disparaître leur rôle d'étage intermédiaire d'administration « générale », pour se concentrer sur leur mission d'aide à la personne et de démocratie de proximité.

1. Ce document figure parmi les annexes (voir p. 599).

Un projet de loi en ce sens a été déposé au Sénat. Le ministre de l'Intérieur, Christian Bonnet, s'évertue à le défendre. Il doit affronter la coalition des départementalistes, majoritaires au Sénat car le département constitue leur circonscription d'élection, et des jacobins parisiens, issus du RPR. Tous les amendements déposés visent à dénaturer le projet. Je crains qu'il ne soit difficile de le voir adopter avant la fin de mon mandat, mais comme président de la République de culture parlementaire, si tel était le cas, je devrais m'y résigner.

La question des grands équipements régionaux est d'une autre nature. Ces grands équipements, ferroviaires, routiers, universitaires, hospitaliers, réseaux de communication, demeurent dans le domaine de l'État, qui en assure le financement. Je me suis efforcé de leur donner toute l'ampleur nécessaire dans le cas de la Bretagne, du Massif central, de la région Nord-Pas-de-Calais secouée par la crise, et du grand Sud-Ouest.

La perspective de l'entrée de l'Espagne dans la Communauté européenne se rapproche, aussi devons-nous faire vite. Le délégué à l'aménagement du territoire, André Chadeau, est chargé de faire le point sur l'avancement du programme du grand Sud-Ouest, un an après son lancement à Mazamet. Sur le milliard de francs de crédits supplémentaires prévus en 1980, sept cent cinquante-cinq millions ont été engagés, nous dit-il. Soixante-dix opérations de développement régional ont permis la création de mille neuf cents emplois. Le Conseil des ministres du 19 novembre décide d'ouvrir une nouvelle tranche de crédits supplémentaires de un milliard cent millions de francs en 1981 pour ce plan. Ils seront consacrés à la poursuite des efforts dans le domaine éducatif, dans les communications, l'hydraulique, la recherche et l'innovation.

La fusée du développement du grand Sud-Ouest français doit décoller à temps pour le rendez-vous spatial de l'entrée de l'Espagne !

Pour prolonger l'espace géographique du Sud-Ouest, le gouvernement annonce un programme spécial pour la région Poitou-Charentes. L'autoroute Paris-Bordeaux devra être achevée en 1981, et des bretelles mises en place vers Niort et Saintes. Les aides à la production agricole instaurées dans le grand Sud-Ouest seront étendues au Poitou.

*

* *

La mi-novembre ramène la commémoration du 11 novembre 1918.

C'est un jour chargé pour moi d'une émotion particulière. Je ne suis pas un fanatique des commémorations, et je trouve même que les commémorations sont trop nombreuses dans notre pays. Elles perdent leur pouvoir d'évocation et d'émotion. Le public, généralement clairsemé, voit défiler devant lui un cortège maigrelet, précédé du syndicat des élus locaux. Souvent il s'interroge : qu'y commémore-t-on ? Et à peine la queue du défilé a-t-elle terminé son parcours, que le flux des automobiles reprend possession de la chaussée et efface tout ce qui vient d'être rappelé.

Mon attachement à la journée du 11 novembre tient au fait qu'il s'agit de la dernière grande victoire militaire de l'histoire de France, et donc du peuple français dans sa tradition guerrière. Sans doute avons-nous bénéficié du soutien de nos alliés, sans doute l'intervention américaine a-t-elle été décisive, à partir de 1917, mais le commandement des forces alliées était français, l'Armistice a été signé sur le sol de la France, et la plus lourde part du poids humain des combats, l'affreuse saignée, a été supportée pour l'essentiel par le peuple français, avec une importante contribution britannique, que nous avons tendance à sous-estimer.

Lorsque j'étais maire de la ville de Chamalières, dans le Puy-de-Dôme, j'avais imaginé d'organiser une manifestation populaire pour commémorer le 11 novembre : les habitants étaient invités à participer à une marche qui faisait le tour de la ville. Les anciens combattants venaient en tête, suivis des écoles dont chacune envoyait une délégation, et d'une musique militaire, détachée par le 92e régiment d'infanterie. Le conseil municipal marchait ensuite, mêlé à la petite foule des habitants. L'ensemble était sérieux et joyeux. Un de mes amis américains présent là par hasard, et dont la voiture s'était arrêtée pour laisser passer le défilé, s'est exclamé : « Je ne croyais pas que ce soit possible en France ! »

L'idée m'est venue, au début de ma présidence, d'organiser une « Journée de la Victoire », qui aurait eu lieu le 11 novembre et qui aurait regroupé l'ensemble de nos commémorations militaires. J'ai vite déchanté, et j'ai dû battre piteusement en retraite devant le tohu-bohu des protestations. Non pas celles des combattants, car les deux organisations représentatives de ceux qui étaient effectivement sous les armes le 8 mai 1945 – comme moi-même –, c'est-à-dire Rhin-et-Danube, pour la 1re armée française, et l'Association des anciens de la 2e DB, pour la division Leclerc, ont approuvé mon intention. Les protestations sont venues des autres, comme en 1959, lorsque le général de Gaulle a proposé de ramener à un chiffre symbolique la retraite des anciens combattants, dont l'administration coûtait plus cher que la valeur des sommes distribuées.

Aujourd'hui, 11 novembre 1980, j'ai tenu à rendre un hommage solennel à ceux qui avaient effectivement combattu, et qui ont souvent été ignorés dans la répartition des distinctions honorifiques.

Comme chaque année, ainsi que j'en ai inauguré la tradition, j'ai décoré huit anciens combattants et résistants, en haut de l'avenue des Champs-Élysées, sur le parvis de l'arc de Triomphe, sous lequel est passé le défilé de la victoire de 1918. Mon état-major a vérifié soigneusement leurs états de service militaires. La plupart sont des héros inconnus, dont une femme, résistante et déportée. Quand je les embrasse, après les avoir décorés, et que nos regards se croisent, souvent émus, je lis dans leurs yeux qu'ils savent que nous sommes des camarades.

Après le défilé, le ministre des Anciens Combattants, Maurice Plantier, lui-même mutilé, a organisé un banquet en l'honneur de mille cinq cents anciens combattants, venus de toute la France. Le banquet a lieu aux Invalides, sans doute le plus beau monument de Paris, élégant, vigoureux, qui souligne l'importance que la France du XVIIe siècle, ignorante de l'assurance maladie, attachait aux mutilés, aux invalides, aux handicapés, à tous ceux qui avaient échappé aux violences des combats, et aux découpes cruelles d'une chirurgie primitive.

Je traverse les tentes où sont installées les tables, et je serre toutes les mains au passage. Je reconnais parmi les invités, mon camarade Gabriel Grand qui était le conducteur de mon char pendant la campagne d'Allemagne. Même maintenant où j'écris, et où tout cela est déjà loin, je retrouve l'émotion que j'ai ressentie pendant ces instants, et le rythme qu'a pris ma respiration. Bonheur précieux de la mémoire.

L'allocution que j'ai prononcée leur était destinée. Elle n'avait pas de finalité médiatique. Je leur ai parlé d'unité de la République, et de solidarité entre les Français. J'ai souligné que les difficultés et les changements inévitables éveillaient chez nos concitoyens un sentiment d'inquiétude, de crainte et d'insécurité, mais que nous devions empêcher que certains exploitent ces sentiments en faisant renaître la haine et la violence. Et j'ai glissé à leur intention un remerciement pour les services rendus à la France. Je ne les connaissais pas tous, loin de là, mais je me suis adressé à chacun d'eux individuellement.

*
* *

Le 21 novembre nous nous rendons, Anne-Aymone et moi, à Saumur pour la prise d'armes de la promotion de notre fils Louis, qui y effectue son service militaire. Nous y retrouvons, pour une cérémonie très simple suivie d'un vin d'honneur, les familles de ses camarades et la maréchale de Lattre de Tassigny, marraine de la promotion. Je suis surpris de lire à mon retour, dans la presse d'opposition, des critiques venimeuses sur cette visite. « À quel titre, écrit-on, le président de la République s'est-il rendu à Saumur ? Son fils est un militaire comme les autres ! » Précisément, nous avons rejoint les familles de ceux qui servaient avec lui. Pourquoi n'explique-t-on pas plutôt aux Français que je suis un des rares dirigeants politiques – le seul ? – dont les deux fils ont effectué leur service militaire pendant la durée de son mandat, sans aucune intervention ni demande d'affectation ? Blessure secrète que je garderai pour moi.

*
* *

Une rumeur court dans Paris depuis le début du mois, une de ces rumeurs qui font penser qu'en France la politique côtoie le vaudeville : Jacques Chirac et François Mitterrand se seraient rencontrés pour un souper secret. Le côté singulier n'est pas qu'ils aient pu souper, car il est normal qu'ils veuillent assouvir leur appétit, chacun de son côté, mais bien le fait qu'un tel événement réel ou imaginaire déclenche l'agitation de tous les chroniqueurs et commentateurs, qui cherchent fiévreusement la réponse à deux questions : se sont-ils vraiment rencontrés ? Que se sont-ils dit ?

Sur la rencontre elle-même, je ne dispose d'aucune information, et je n'ai donc pas d'opinion. Le premier à l'avoir mentionnée est Jacques Wahl, le secrétaire général de l'Élysée. Il l'avait entendu évoquer, au cours d'un dîner qui rassemblait les jeunes dirigeants administratifs de sa génération. Il n'en sait pas davantage.

J'interroge Jean Sérisé. Il me fait part de la même réponse. Il précise toutefois que ce fameux souper aurait eu lieu, selon les journalistes, chez Madame de Lipkowski ou chez Édith Cresson. Mais, de toute manière, ajoute-t-il, Jacques Chirac oppose un démenti catégorique à cette rumeur. Il dénonce une machination de ses adversaires politiques. Quant à François Mitterrand, qui sait pratiquer le silence, il se contente d'un haussement d'épaule.

Le ministre de l'Intérieur, Christian Bonnet, qui a remplacé Michel Poniatowski, a recueilli lui aussi cette rumeur dans les notes quotidiennes qu'il m'adresse et que je parcours distraitement, mais il ne dispose d'aucune certitude, positive ou négative, sur la véracité de l'information. Il me confirme le démenti catégorique de Jacques Chirac.

Je n'en saurai pas plus, et je ne chercherai pas à en savoir davantage. Ce n'est que beaucoup plus tard que je recueillerai, de la bouche même de François Mitterrand, sa version de ce souper [1].

Les interrogations des commentateurs se déplacent alors vers une nouvelle question : quelle est exactement la stratégie présidentielle de Jacques Chirac ? Je n'ai pas l'occasion de la connaître, puisque je ne l'ai pas revu depuis le déjeuner en tête à tête où je l'avais invité à l'Élysée, le 24 janvier dernier, pour lui parler de l'aggravation de la situation internationale. Je m'en tiens donc à ce qu'en rapportent les journaux. Jean Sérisé m'en fait l'analyse.

Les propos sur les convergences politiques entre le RPR et le Parti socialiste garnissent les colonnes du *Monde* et celles des hebdomadaires politiques. Ils me paraissent appartenir au genre de l'agitation super-

---

1. Le récit de François Mitterrand, tel qu'il me l'a fait lorsque je lui ai rendu visite le 15 décembre 1995, dans son appartement de l'avenue Frédéric-Le Play, figure parmi les documents annexes de ce livre (voir p. 602). J'ai hésité à le placer ici même, mais j'ai décidé finalement de ne pas le faire, car je n'en avais pas connaissance lors de la période que je décris. Les lecteurs scrupuleux attendront d'avoir fini la lecture du livre avant de consulter les annexes. Ils auront les mêmes informations que celles dont j'ai disposé pendant l'hiver 1980-1981. Les lecteurs plus curieux se reporteront tout de suite aux annexes. Ils en sauront plus que moi !

ficielle des esprits, fréquente dans le milieu politico-médiatique français, qui bloque toute réflexion sur le fond. Le Parti socialiste est arrimé au programme commun de la gauche, dont on imagine mal que le RPR puisse faire accepter le contenu par ses électeurs. Et Jacques Chirac, qui porte un attachement fidèle au président Pompidou, connaît bien l'aversion militante que celui-ci éprouvait à l'endroit de François Mitterrand.

Il faut tourner le regard dans une autre direction, celui des calculs politiques. Une journaliste du *Point*, Geneviève Galey, proche de Jacques Chirac, analyse dans les déjeuners de presse la stratégie qu'envisage le président du RPR : dans un premier temps, me faire battre à l'élection présidentielle, par un report des voix du RPR sur le candidat socialiste ; puis dans un deuxième temps profiter du raz de marée provoqué dans l'électorat modéré par l'arrivée au pouvoir des tenants du programme commun pour gagner les élections législatives, et mettre François Mitterrand en situation de faiblesse, voire de départ.

Lorsque Jean Sérisé me rapporte ces savants calculs, j'y vois avant tout un signal de la dégradation de notre société politique : aucun projet, aucun enjeu de fond pour notre pays, situé pourtant dans un univers dangereux, où notre économie est fragile. Rien qu'un échafaudage de combinaisons et de manœuvres électorales. Je ne pense pas que cela puisse constituer un jeu gagnant pour qui que ce soit, et je me refuse à l'attribuer à Jacques Chirac. Ce sont des propos, parmi beaucoup d'autres, tenus par ceux qui imaginent que la politique n'a pas d'autre réalité que manœuvrière, et que le seul objectif à poursuivre est d'arriver au pouvoir pour le pouvoir, sans avoir la moindre idée de s'en servir à des fins collectives.

Il n'empêche que dans ces propos flotte un relent malsain, un fumet d'après-souper, qui alourdit l'atmosphère de cette fin du mois de novembre.

CHAPITRE XII

Noël à la Guadeloupe

Décembre ressent la morsure de l'hiver. Les brouillards s'étalent dans la campagne, au sol durci par le froid. Les branches des arbres craquent sous le poids du givre. Les oiseaux sont noirs. On aperçoit des colonnes de fumée qui montent à la verticale dans un ciel plombé, ou bleu pâle. Les animaux découpent leurs empreintes sur la neige. Mais enfin, je ne suis pas ici pour rédiger un calendrier…

Les premiers jours du mois de décembre 1980 sont occupés par un Conseil européen, qui se tient à Luxembourg. Pour la première fois, nous siégeons à dix, car le Premier ministre grec nous a rejoints. Ce Conseil est consacré aux questions internationales : position commune à adopter vis-à-vis des États-Unis, rapports Est-Ouest, conflit du Proche-Orient. Helmut Schmidt souhaite que nous aboutissions à une déclaration vigoureuse. Il est venu en discuter avec moi au cours d'une rencontre privée à l'Élysée, le 10 novembre dernier. Le nouveau président des États-Unis, Ronald Reagan, est en train de constituer son équipe. Nous nous réjouissons de voir arriver au poste de secrétaire d'État

George Schultz, que nous avons eu l'occasion de bien connaître, car il a été notre collègue comme secrétaire au Trésor des États-Unis, lorsque Helmut Schmidt et moi gérions les finances de nos pays respectifs.

Helmut Schmidt, irrité par les flottements de l'administration Carter, insiste pour que l'Europe adopte un ton plus déterminé. Nous nous mettons d'accord sur la formule : « Pour mieux servir la paix, nous souhaitons que s'établissent un dialogue et une concertation entre une Amérique forte et une Europe assurée d'elle-même et de son rôle. »

Nous renouvelons notre mise en garde à l'Union soviétique contre une intervention en Pologne, et nous proposons d'apporter une aide économique aux Polonais.

En fin de réunion, nous décidons de développer l'usage de l'ECU, et d'autoriser les institutions européennes à émettre des emprunts libellés en Ecus. Certains des participants, britanniques et danois, redoutent que ce soit une étape vers une « majorité monétaire » de l'Europe. Ils ont raison, mais ils se trompent : ce n'est pas une menace, c'est une chance.

*

* *

La routine de fin d'année, la préparation des fêtes sont interrompues par l'annonce d'une triste nouvelle : le décès subit du ministre de la Défense, Joël Le Theule. C'est une grande perte pour le pays, et c'est un deuil pour moi. Il bénéficiait d'une estime générale, ce qui est un fait exceptionnel, dans la classe politique. Il s'était spécialisé dans les questions de défense. Ses administrés de Sablé, dans l'ouest de la Sarthe, l'adoraient et le réélisaient triomphalement. Il consacrait trop de ses forces à ses multiples tâches. Son médecin l'avait mis en garde, mais il n'avait pas ralenti son rythme de travail parisien et sarthois. Le samedi 13 décembre, il avait reçu à déjeuner chez lui dans la Mayenne, Alice Saunier-Seïté, venue inaugurer un atelier décentralisé de la Bibliothèque nationale. Le préfet de la Sarthe, Philippe Sauzay, et François Fillon, son attaché parlementaire, participaient au déjeuner. Joël Le Theule décédait brusquement dans la nuit. Son organisme a fini par craquer. Dimanche matin, Philippe Sauzay m'a appelé pour m'informer de sa mort subite. Je lui ai dit : « C'est une grande perte pour vous. » Il m'a répondu : « Pour vous aussi. »

Il était membre du RPR, ce qui ne l'empêchait pas de manifester vis-à-vis du gouvernement une loyauté parfaite. Il figurait en tête de la petite liste de personnalités auxquelles je me réservais de faire appel comme Premier ministre, si la vacance du poste venait à se produire : il était calme, raisonnable, et déterminé.

C'était un chrétien pratiquant. Je me suis rendu à ses obsèques dans l'église de Sablé. Ses parents portaient leurs vêtements de deuil. Toute la ville était là.

*
* *

Par un clin d'œil du sort, dans lequel il ne faut voir ni logique ni rationalité, mais le jeu mystérieux des coïncidences, je suis saisi, par l'intermédiaire de Jean Sérisé, d'une demande de rendez-vous de la part de Pierre Juillet. Sérisé me signale que cette demande est urgente…

Je n'ai pas revu Pierre Juillet, sauf dans des parties de chasse, depuis 1974. Il était à l'époque le conseiller politique du président Georges Pompidou auquel il a rendu de grands services. Il aime s'afficher comme un homme de pouvoir discret, et ne s'exprime jamais dans les médias. Son esprit a une grande capacité de synthèse, ce qui est rafraîchissant. Tout cela tranche sur les analyses contournées du milieu politico-médiatique. Il recherche les propositions stratégiques : c'est lui qui a imaginé pour Jacques Chirac d'annoncer sa candidature à la mairie de Paris, décision qui a assuré sa survie politique. Quant à sa culture, elle est celle d'un bonapartiste de droite, partisan de la fermeté, ardemment nationaliste, et hostile à l'intégration européenne. Il pousse inconsciemment le mimétisme jusqu'à reproduire la gestuelle de l'Empereur, dont il a la taille. Quand il réfléchit, il marche de long en large, la tête en avant et les mains jointes derrière le dos. Pendant qu'il vous écoute, il tire longuement sur sa pipe.

En décembre 1973, il m'avait demandé de venir le voir à l'Élysée, et m'avait reçu dans l'appartement situé dans les combles, et qu'on appelle l'Appartement du roi de Rome, sans doute parce que celui-ci l'a habité au temps des Cent Jours, lorsque Napoléon avait fixé sa résidence à l'Élysée.

Quel était l'objet de cet entretien ? Malgré le ton cordial qu'il lui a donné, s'agissait-il d'une mise en garde ?

Il voulait me parler, m'a-t-il dit, de la succession du président Pompidou. J'en ai été d'autant plus surpris que personne n'évoquait encore cette éventualité à cette date. Il a commencé par me rassurer :

« Ce n'est pas un problème actuel, m'a-t-il dit. Ne croyez rien de ce qu'on raconte sur la santé du président. Mais il faut commencer à réfléchir à l'avenir. »

Son propos, si je l'ai bien compris, était de me prévenir contre la tentation d'une candidature isolée. Il m'a décrit en détail la puissance de l'appareil en place, politique et administratif.

« Dans notre système politique, un candidat qui se présente seul, m'a-t-il affirmé, n'a aucune chance d'arriver en tête ! Il est sans pouvoir devant la mobilisation des appareils politiques, et l'influence des préfets. » Tiens, pensai-je, voici le Second Empire qui laisse percer le bout de son oreille !

« Nous devons nous rassembler, reprit-il, autour d'une candidature d'union. C'est bien votre avis, n'est-ce pas ? »

Cette conversation est déroutante. D'une part il n'envisage pas le départ prochain du président Pompidou, et de l'autre, je sais qu'il a l'obsession d'empêcher à tout prix l'élection de Jacques Chaban-Delmas à la présidence de la République.

– Au total, je pense comme vous, lui dis-je. Mais cela dépend aussi des personnes. Nous n'avons guère de règles pour désigner ce candidat d'union !

– C'est vrai, mais dans la pratique ce sera différent. Il y a peu de personnes qui peuvent prétendre à la candidature, et le mieux préparé est en général le Premier ministre.

Je perçois enfin son objectif : il consiste à déblayer le terrain autour de Pierre Messmer, pour que celui-ci soit en bonne position pour affronter Jacques Chaban-Delmas.

En me raccompagnant à la porte, entre les plans inclinés de la toiture, il ajoute avec un sourire cordial :

« Il faudra reparler de tout cela. Nous devrons nous revoir. »

Je l'ai revu en effet à l'Élysée, cinq mois plus tard, quand je l'ai fait venir pour lui proposer le poste de ministre de la Défense du nouveau gouvernement. Il a décliné ma proposition courtoisement mais fermement, sans me donner de raisons convaincantes pour son refus.

Depuis, il a fait partie de l'entourage de Jacques Chirac, et celui-ci m'avait demandé de le recevoir après les mauvais résultats des élections cantonales de mars 1976, pour me recommander de « ressaisir » l'opinion par un discours qui fasse choc. L'intervention que j'ai prononcée alors, sans chaleur ni conviction car je n'en sentais pas l'objet, a sans doute été la plus creuse de mon mandat.

Le voici qui entre dans mon bureau de l'Élysée. Le passage des années l'a peu changé, et il garde toujours un regard aussi vif. L'usure du temps est peut-être proportionnelle à la taille, voire même pour d'autres à la circonférence.

Nous nous asseyons. Il aborde tout de suite le sujet : « Vous vous étonnez peut-être de ma démarche ! »

J'esquisse un geste de dénégation…

– Si je me suis permis de vous déranger, me dit-il, c'est que vous risquez de perdre l'élection présidentielle.

– Oui, c'est possible, lui réponds-je.

– Cela devient même probable, poursuit-il. Le climat de l'opinion est en train de changer. Cela a commencé cet automne. Jusque-là vous étiez imbattable, malgré les accusations misérables montées contre vous. Mais il y a un mouvement, une désaffection ou une désillusion, appelez-la comme vous voulez, qui est en train de gagner l'opinion. Vous devez réagir, sinon vous risquez de perdre.

Et il ajoute un commentaire :

– Que vous perdiez, c'est votre affaire ! Vous en êtes seul juge. Mais ce qui me préoccupe c'est le sort de la France. L'élection de François Mitterrand, et de sa bande d'alliés, serait une catastrophe pour le pays. Nous nous enfoncerions encore plus dans la crise, le franc serait dévalué, et je redoute que les institutions de la Ve République n'y résistent pas. C'est ce que prévoyait, vous le savez, le président Pompidou.

– J'en suis conscient, moi aussi, lui réponds-je. Mais quelle est votre recommandation ?

– Il faut changer de gouvernement, pas seulement de Premier ministre, mais de gouvernement. Avec le Premier ministre actuel, vous ne pouvez pas gagner ! Je le respecte comme homme, et je reconnais son intégrité, mais il vous tire vers le bas.

Pierre Juillet sort de sa poche un papier qu'il déplie. Il y a noté des chiffres : selon l'IFOP, 57 % des Français sont mécontents de l'action de Raymond Barre, et 27 % seulement l'approuvent.

– Comment pouvez-vous aborder une campagne dans ces conditions ? Mais si vous vous contentiez de changer Raymond Barre, ce serait interprété comme un signe d'ingratitude, d'autant plus que vous avez approuvé sa politique. C'est le gouvernement qu'il faut changer, en indiquant que nous abordons une nouvelle période, et qu'il nous faut un nouveau langage et une nouvelle politique.

– Avez-vous pensé à qui pourrait être Premier ministre ? lui demandé-je.

– À la limite cela n'a pas beaucoup d'importance. Il n'aura pas le temps de gouverner ! L'essentiel est qu'il soit nouveau, et surtout qu'il s'exprime sur un ton différent. On aurait pu penser à Joël Le Theule, et je crois que vous y aviez pensé vous-même. Vous pourriez faire appel à Simone Veil. Mais il y en a sans doute d'autres… Concernant le gouvernement, vous avez besoin d'avoir un ministre de l'Intérieur capable d'agir, comme Poniatowski. Je vois les choses du dehors : dans les campagnes montées contre vous – et c'est comme cela que vos adversaires vont chercher à vous abattre, car ils sont incapables de vous battre politiquement – lorsque les services découvrent qui falsifie les documents, on n'en tire aucune conséquence et l'opinion reste désemparée. Il faut lui désigner les coupables ! Ma recommandation porte sur un autre poste, celui de ministre de la Défense. Il marque un temps d'arrêt. « Vous devriez y nommer l'amiral de Gaulle. »

J'ai un mouvement de surprise. Il m'observe d'un regard amusé :

– Je vois bien votre étonnement, me dit-il. Mais réfléchissez ! Votre principal adversaire dans cette campagne sera Jacques Chirac. Il veut vous faire battre, et il entretient l'illusion qu'il y aura, lors des élections législatives suivantes, un raz de marée qui le portera au pouvoir.

– C'est du billard à trois bandes, dis-je.

– Pour le contrer, reprend Pierre Juillet, la présence de l'amiral de Gaulle à vos côtés rendrait ses attaques impossibles. Réfléchissez-y, puisque vous venez de perdre Joël Le Theule.

J'ai du mal à imaginer les conséquences de cette formule. Malgré son ingéniosité, je la sens improbable.

– Pensez-vous, demandé-je à Pierre Juillet, que l'amiral de Gaulle accepterait d'entrer au gouvernement ?

– Il faudrait l'interroger, me répond-il. De toute manière c'est un homme de devoir.

Nous en restons là. Il prend congé. Je lui indique que je lui ferai part de mes conclusions.

*
* *

Pour éclairer mes réflexions, je procède à quelques sondages. D'abord auprès de Jean Sérisé. Je lui raconte la visite de Pierre Juillet.

– Ce qu'il vous a dit n'a rien de surprenant. Le remplacement de Raymond Barre est le sujet du jour. Il a succédé dans les conversations du milieu politique au mystérieux dîner entre Mitterrand et Chirac.

– Mais vous, que pensez-vous de sa recommandation ?

– Il est évident que la présence de Raymond Barre sera un handicap pour vous dans la campagne présidentielle. Mais il est évident aussi que vous n'avez rien à lui reprocher. Si vous changez de Premier ministre, il respectera votre décision. C'est un homme correct, très attaché aux institutions. Il sait que c'est à vous de nommer le Premier ministre.

– De toute manière, je l'ai prévenu. Quand je l'ai désigné à nouveau après les élections législatives de 1978, je lui ai indiqué que ce serait sans doute pour une durée de deux ans, car j'avais l'intention de nommer un nouveau gouvernement un an avant l'élection présidentielle…

La vérité est que mon projet initial lors de mon élection de 1974 était de garder Jacques Chirac comme Premier ministre jusqu'en 1978, et de procéder ensuite au changement de l'équipe. Son départ précipité a modifié mon calendrier.

– Lui le sait peut-être, mais certainement pas son entourage. Ils se répandront dans Paris, Philippe Mestre en tête[1], en criant à l'ingratitude, et en dénonçant un sacrifice effectué sur l'autel de la démagogie. Les dirigeants du CDS, avec lesquels Barre entretient des liens étroits, feront chorus ! Vous ne pourrez rien faire pour l'en empêcher.

– Nous ne pouvons pas non plus nous contenter d'évaluer les réactions, lui dis-je, il faut essayer de déterminer ce qu'il est utile de faire. Quand j'ai dit à Raymond Barre que je comptais changer de gouvernement avant l'élection présidentielle, c'est parce que je pensais qu'il fallait aborder cette élection avec un souffle nouveau. Depuis nous avons joué de malchance avec le second choc pétrolier. La situation économique et sociale s'est dégradée. J'ai soutenu les efforts de Raymond Barre pour la redresser. Il sait que je lui fais confiance. Je viens de le manifester en le raccompagnant sur le perron de l'Élysée, malgré les rumeurs qui courent dans la ville. Mais l'échéance présidentielle approche. Il ne faut pas se tromper de stratégie !

– Si vous deviez changer de gouvernement, réplique Jean Sérisé, cela ne pourrait réussir qu'avec une équipe capable de présenter un vrai projet nouveau. Je n'en vois pas. La seule exception possible serait Chaban-Delmas, mais cela m'étonnerait qu'il prenne ce risque.

Sans en avoir parlé, je suis arrivé à la même conclusion que lui. J'ai fait défiler dans ma tête tous les choix possibles. Simone Veil apporterait une incontestable nouveauté, et un préjugé favorable de l'opinion, mais elle préside le Parlement européen, et il serait coupable d'interrompre son premier mandat. Elle refuserait sans doute de le faire. Quant à un homme politique, il fau-

1. Philippe Mestre était directeur de cabinet de Raymond Barre, après avoir été membre du cabinet de Pierre Messmer.

drait qu'il appartienne au RPR pour être accepté de la majorité parlementaire, compte tenu de sa composition. J'avais déjà réfléchi à ce problème en 1976, lors du départ de Jacques Chirac. Olivier Guichard et Alain Peyrefitte m'avaient fait part de leurs réticences. Le Theule, qui aurait été un choix possible, vient malheureusement de disparaître. Le seul qui ait aujourd'hui l'envergure d'un chef de gouvernement est Jacques Chaban-Delmas, l'actuel président de l'Assemblée nationale. Je vais le recevoir.

Pour être précis, ma décision concernant le maintien de Raymond Barre, ou le changement de gouvernement, ne dépendra pas directement de la réponse que me fera Chaban-Delmas. Sa réaction sera un des éléments de mon choix, parmi d'autres. Ma méthode consiste en effet à regarder un problème sous tous ses angles, et celui-ci est suffisamment important pour appeler un examen minutieux. Examinons donc l'angle Chaban-Delmas.

*
* *

Jacques Chaban-Delmas a demandé à venir à l'Élysée par l'entrée du parc, en évitant la cour où sont stationnés les journalistes. Pourquoi ce goût du mystère ? Il exerce une fonction politique importante, moi aussi. Il est normal que nous nous rencontrions. Je n'ai fait naturellement aucune objection à son souhait.

Quand l'huissier l'introduit dans mon bureau, je vois qu'il est en excellente forme. Ses jambes sont un peu arquées, et, comme tous ceux qui ont pratiqué longtemps les sports de haut niveau, il donne l'impression d'exercer continuellement la souplesse de ses muscles.

Nous échangeons des paroles de bienvenue. Nos rapports sont agréables : j'ai été pendant quatre ans son ministre, et je pense qu'il a été un excellent Premier ministre, méthodique et précis, malgré son apparence d'amateurisme, et meilleur sans doute que l'opinion ne l'a jugé.

– J'ai souhaité vous voir, lui dis-je, pour avoir votre sentiment sur la situation politique.

– Elle n'est pas bonne, me répond Chaban-Delmas, à cause de la détérioration de l'économie. Mais elle n'est pas meilleure ailleurs, ni aux États-Unis ni chez nos voisins. Vous n'y pouvez rien, et Raymond Barre non plus. Seulement les Français commencent à être lassés des efforts qu'on leur demande, et qui ne produisent pas de résultats. Je ne crois pas que cela ait des conséquences sur la prochaine élection présidentielle. Vous serez réélu confortablement. D'ailleurs Mitterrand le sait. Il ne croit pas à son succès !

C'est une information importante pour moi, car Chaban-Delmas et Mitterrand, qui appartiennent à la même génération politique, entretiennent des liens discrets.

– Auriez-vous un conseil à me donner, une recommandation à me faire, pour essayer de sortir les Français de leur morosité ?

– Je ne vois pas grand-chose. Le langage de Raymond Barre ne les convainc plus, et même les irrite. Mais je n'imagine pas qu'il puisse en changer. Il sourit de ses dents éclatantes pour mettre en valeur la finesse de sa remarque.

– C'est à vous, me dit-il, d'occuper le devant de la scène !

– Oui, je le sais, d'autant plus que l'élection n'est plus que dans quatre mois ! Mais je ne peux pas le faire seul. Comment voyez-vous l'action que vous pourriez conduire vous-même ?

C'est une ouverture ambiguë, le maximum de ce que je suis en situation de dire. Il s'attendait visiblement à cette question, et avait préparé sa réponse. Tout ce qui précédait n'était qu'un amuse-bouche !

« Je vous apporterai tout le soutien possible, me répond-il. Je le ferai à partir de ma fonction, qui est importante et qui me donne une certaine influence. Mais je ne souhaite pas en changer. D'ailleurs, je n'y suis pas préparé. Peut-être pourrons-nous en reparler plus tard. »

Et pour me signifier qu'il a compris le message, il ajoute :

« Je ne vous conseille pas de changer de gouvernement ! Maintenant, c'est trop tard : cela apparaîtrait comme une combine ! Gardez Barre, mais demandez-lui de se faire plus discret. » Et il ajoute, en soulignant sa formule d'une ondulation de la main : « Presque invisible ».

Pendant qu'il parle, je l'écoute attentivement et je l'observe. C'est une discipline que je m'impose pour ne pas être gagné par la prolixité habituelle aux dirigeants politiques, qui transforme leurs « consultations » en monologues.

Mais il y a un argument qu'il ne mentionne pas et qui me paraît décisif. Je le situe quelque part dans son dos : l'élection de 1974 a brisé une de ses vertèbres. Bien que sa candidature ait été parfaitement correcte, son positionnement était difficile, presque impossible, entre le clan pompidolien qui était fanatiquement décidé à le faire battre, et ma démarche qui, en proposant « le changement dans la continuité », faisait passer de mon côté l'argument de la nouveauté.

Il a mal accepté sa défaite, et ne l'a même pas acceptée du tout. Bien qu'il ait retrouvé de hautes fonctions, la fêlure qui vous interdit tout geste fort reste présente en lui.

Nous poursuivons notre échange de vues, désormais en roue libre car je connais sa position. Je décide de l'accompagner jusqu'à sa voiture, pour qu'il reparte par l'endroit où il est arrivé. Nous descendons le petit escalier recouvert de moquette verte situé derrière mon bureau, et nous arrivons dans l'antichambre dallée de carreaux de marbre noirs et blancs, qui ouvre sur le jardin, entre le bâtiment principal et les appartements privés. De là on aperçoit l'arrière de la voiture du président de l'Assemblée nationale, où son chauffeur et l'inspecteur de police chargé de sa protection l'attendent.

Je lui ouvre la porte de l'antichambre, nous nous serrons la main sur le seuil, et Jacques Chaban-Delmas commence à s'éloigner. Puis, après quelques pas, il se retourne d'un mouvement brusque, et revient vers moi, le visage transfiguré. Il esquisse un geste, en levant le bras, et en me disant seulement :

« Et pour Jacques Chirac ! »

Il achève son geste qui est celui d'un bras levé et d'un poing serré qui s'abattrait en tenant un poignard.

Dans son regard, je vois qu'il imagine trouver en moi une complicité.

Puis il repart.

Je contemple, pétrifié, sa voiture disparaître derrière les bosquets du parc.

*

* *

Le vingtième anniversaire de la création de l'OCDE[1] vient apporter un élément supplémentaire au dossier. Après que j'ai prononcé le discours d'usage, son secrétaire général, le Néerlandais Van Lennep, toujours vêtu avec grand soin et sur lequel le temps n'a pas plus de prise que sur l'acier chromé, me commente le dernier rapport sur les prévisions économiques de son organisation.

Le ton est pessimiste, voire catastrophique : « La zone de l'OCDE est entrée dans une phase de récession économique, due au second choc pétrolier. Le PNB de la plupart des grands pays a probablement reculé au second semestre de l'année en cours. Le chômage devrait continuer à s'aggraver. »

Quand on pense que l'opinion publique réagit avec un délai d'environ six mois aux changements de données économiques, cela signifie que l'élection présidentielle de mai 1981 a toutes les chances de se dérouler dans un climat profondément déprimé par la récession.

Les perspectives concernant l'inflation ne sont pas plus encourageantes. Le taux d'inflation se maintiendrait autour de 10 % en France comme aux États-Unis, alors qu'il se réduirait en Allemagne jusqu'au niveau de 3 %, d'où des tensions monétaires probables entre nos pays. Les États-Unis, sous la ferme impulsion de Paul Volcker, ont porté leur taux d'escompte à 13 %.

Ces chiffres confirment la vision pessimiste de Raymond Barre. Ils laissent peu d'espace pour une nouvelle politique économique.

Je suis en possession, désormais, de l'ensemble des données du dossier. Je vais y réfléchir, selon ma

1. Organisation pour la coopération et le développement économique, dont le siège est à Paris, au château de La Muette.

méthode, durant les semaines prochaines, pour laisser se décanter la solution jusqu'à ce qu'elle devienne évidente. Mais sans vouloir encore conclure, je sens que la balance penche en faveur du maintien de Raymond Barre.

*
* *

L'approche des fêtes de Noël comporte des éléments joyeux et chaleureux.

D'abord le traditionnel Noël des enfants de l'Élysée. Préparé chaque année par l'épouse de Jean Sérisé et la responsable des services sociaux de l'Élysée, il rassemble tous les enfants du personnel de l'Élysée, auxquels se joignent les élèves d'écoles peu favorisées de la banlieue parisienne. Anne-Aymone remet des cadeaux, avec la joliesse de son sourire et de ses gestes. Tous les ans, on recherche une attraction différente : Chantal Goya et Claude François se sont succédé. J'ai accompagné Claude François au piano. Une autre fois, on a fait appel à des marionnettes, avec le célèbre Nounours de l'émission « Bonne nuit les petits », dont j'ai imité la voix.

Cette année nous avons demandé au prestidigitateur espagnol Garcimore d'animer la soirée. Nous avions fait sa connaissance au cours d'un dîner dans un restaurant de Courchevel, où il exécutait un tour qui avait laissé pantoise ma faculté d'analyse : après vous avoir fait choisir une carte qu'il ne regardait pas, et replaçait dans son paquet, il lançait une carte au plafond où elle se fichait avec une punaise, puis il vous demandait d'annoncer votre choix, et il retournait ensuite la carte du plafond : c'était bien elle ! Un tel talent méritait de visiter l'Élysée. Il s'était fait accompagner d'une ménagerie de petits animaux et d'oiseaux qu'il avait dressés pour le délice des enfants, qui poussaient des hurlements de plaisir.

Tous ces artistes étaient bénévoles.

*
* *

Le lendemain je me rends aux Invalides en compagnie d'Anne-Aymone pour inaugurer les locaux de soins, qui ont été rénovés. Il y a quatre ans, j'étais venu rendre visite à un de mes camarades qui y était en traitement, et j'avais été impressionné par le contraste entre la qualité du personnel soignant, médecins et infirmières, dont on sentait la compétence et l'attention portée à ceux dont ils avaient la charge, et le délabrement des locaux. Un programme de modernisation a été décidé. Le ministre des Anciens Combattants, Maurice Plantier, en a suivi la réalisation avec attention. Il vient d'être achevé. Les résultats sont éloquents : pas de luxe, mais de belles salles fraîchement repeintes et bien éclairées, des chambres confortables, aussi accueillantes que celles des meilleures cliniques privées. Et, par les fenêtres, la vue sur le dôme doré des Invalides.

Maurice Plantier, qui pilote ma visite, me fait assister à un spectacle émouvant : un assaut d'escrime entre deux invalides, amputés de leurs jambes, et revêtus de la tenue blanche et des masques d'escrimeurs, qui font cliqueter leurs fleurets à partir de leurs fauteuils roulants.

Pour que je puisse m'adresser à l'ensemble des personnes en traitement, on a aligné sur plusieurs rangs, cinq me semble-t-il, tous ceux et celle – car il y a une femme – qui se déplacent en fauteuil roulant. Le personnel d'encadrement et de soins se tient debout le long des murs.

Je prononce quelques mots. Je ne cherche pas à évoquer leurs souffrances, tant la disproportion est grande, mais je leur dis combien je me réjouis de les voir accueillis et soignés dans des locaux qui leur offrent des conditions de vie dignes et des soins de qualité. C'est une expression, d'ailleurs insuffisante sur la grande échelle des épreuves humaines, de la solidarité de la Nation.

Je les quitte, après avoir serré la main de chacun d'eux, pour aller assister, dans l'église voisine de Saint-Louis des Invalides, à la messe dite en mémoire de Joël Le Theule.

*

* *

De retour à l'Élysée, je reçois à déjeuner les dirigeants du Centre des jeunes agriculteurs de la région de Limoux, dans l'Aude. La première image encourageante, c'est qu'ils sont effectivement jeunes ! Rien n'est plus déprimant que la revendication de l'appellation de « jeunes » par des personnages qui ont perdu depuis longtemps la spontanéité et l'enthousiasme du premier âge de la vie !

Leurs propos ne sont pas démagogiques. Ils portent surtout sur le foncier, c'est-à-dire le nouveau territoire de l'exploitation adapté aux besoins d'une agriculture en transformation rapide, et sur les conditions financières qui permettent l'installation des jeunes. Ils ont au gouvernement deux interlocuteurs pour les entendre, Pierre Méhaignerie, et Michel Debatisse, qui sort directement de leurs rangs.

*
* *

Il me reste, avant de partir pour la Guadeloupe, à exercer ma fonction de « protecteur de l'Académie française », en recevant les nouveaux élus : Marguerite Yourcenar, première femme à accéder à l'Académie française, et Michel Droit. Ils sont accompagnés par le duc de Castries, directeur en exercice. Cette formalité est un préalable nécessaire à l'achèvement du parcours académique. Si le « protecteur » refuse de recevoir l'élu, celui-ci ne peut pas être admis dans la compagnie. De tels cas ont été rares : on cite le cas du général de Gaulle refusant de recevoir Paul Morand, pour faits de collaboration, mais finissant par l'accepter quelques années plus tard.

L'Académie avait cherché, jadis, un protecteur pour la défendre contre ceux qui tentaient, au XVIIe siècle, de mettre la main sur elle, et elle a trouvé comme dernier recours le roi lui-même.

L'interprétation de mon rôle reste conforme au souhait initial de l'Académie : la protéger contre les tentatives des grandes administrations éducatives ou culturelles d'intervenir dans son fonctionnement et dans sa gestion ; et bien entendu, m'abstenir moi-même de toute ingérence dans la vie de l'institution.

Mes visiteurs sont des personnalités brillantes et contrastées : Marguerite Yourcenar, écrivain et poétesse à la plume érudite et audacieuse, dont les *Mémoires d'Hadrien* ont connu un succès universel, qui vit à présent sur la côte Est des États-Unis ; et Michel Droit, journaliste qui a conduit une interview célèbre du général de Gaulle pendant la campagne de 1965. Ils me sont présentés par le duc de Castries, historien des XVIIe et XVIIIe siècles.

Notre conversation est libre, et pour moi agréable. Une poignée du sel de la culture sur les fauteuils de mon bureau ! J'observe particulièrement Marguerite Yourcenar, à la voix basse, dont je sais que la campagne à l'Académie a été orchestrée par mon ami d'enfance, Jean d'Ormesson. J'irai assister en février à la réception sous la Coupole. C'est Jean qui prononcera le discours de bienvenue. J'en attends à l'avance un délice pour l'esprit.

Ils ressortent en procession : la voie est libre pour le Quai Conti…

*

* *

Oui, notre départ pour la Guadeloupe ! Nous avons décidé d'aller y passer le dernier Noël de mon mandat. Ce déplacement n'aura rien d'officiel, et je ne participerai à aucune manifestation locale.

L'idée m'en est venue en cherchant l'endroit où nous pourrions assister à la messe de minuit, sans donner à notre présence un caractère présidentiel. Je me suis déjà rendu aux Antilles trois fois durant mon septennat. J'ai accueilli dans chacune des îles un président des États-Unis, dont aucun n'y était jamais venu : Gerald Ford à la Martinique, et Jimmy Carter à la Guadeloupe. Mais il s'agissait de déplacements officiels. Cette fois notre visite sera privée. Nous emmènerons nos deux fils Henri et Louis, ainsi que notre fille cadette et son mari.

Nous utiliserons les avions de ligne, et je ne serai suivi que d'un seul accompagnateur, l'inspecteur Jacques Gence.

Nous nous installons dans la cabine située au deuxième étage du Boeing 747 d'Air France, là où le fuselage fait apparaître une protubérance disgracieuse. Même si l'époque des vacances scolaires est lointaine pour moi, il en reste toujours une tonalité joyeuse dans les départs en vacances, qui secouent la routine quotidienne.

L'avion décolle et prend la direction de l'ouest. Quelques minutes plus tard, une hôtesse fait une annonce : « Nous avons un petit problème mécanique. Nous devons retourner à Roissy pour un contrôle. »

Le commandant de bord sort de son habitacle, situé au même étage que nous, et vient près de mon siège :

– Je suis désolé, Monsieur le Président, m'indique-t-il, mais nous avons une baisse de pression dans un des moteurs. Nous pourrions continuer le vol, mais le règlement m'oblige à faire demi-tour. L'ennui est que nous devons vider certains réservoirs, car l'avion est trop lourd pour se poser. Nous allons tourner au-dessus de la forêt de Rambouillet jusqu'à ce que l'avion soit suffisamment allégé.

– Cela prendra combien de temps ? lui demandé-je.

– Un peu plus d'une heure. Nous serons posés dans deux heures à Roissy. Il sera trop tard pour repartir aujourd'hui. Vous devriez prévoir un nouveau départ demain.

Cette contrariété n'est pas grave. Chacun des membres de notre petite troupe l'accepte en souriant, pendant que l'avion commence à virer sur son aile.

La presse voit dans ce départ manqué un signe du destin. Un quotidien titre « Giscard empêché de se rendre à la Guadeloupe ! ». Un autre : « Le départ raté de Giscard ».

Les journalistes se plaignent souvent de l'attitude des hommes publics à leur égard. Nous leur fournissons des arguments pour le faire. On les fait attendre pendant des heures, sans se soucier de leur bien-être. On leur distribue des communiqués qui délaient des nouvelles insignifiantes, en essayant de leur dissimuler les désaccords ou même l'âpreté des débats. Beaucoup d'hommes politiques pensent que le rôle des journalistes n'est pas seulement de faire leur éloge, mais de se consacrer exclusivement à cette haute mission, et tout écart les irrite et provoque un appel téléphonique au directeur de la publication.

En sens inverse, une présentation constamment négative des faits blesse l'épiderme. Pourquoi ne pas imprimer que le président de la République et sa famille, au lieu de mobiliser un des avions de la flotte gouvernementale, a eu recours, comme chacun, à une compagnie aérienne civile ? Pour tous ceux qui ont assisté, à l'occasion des réunions au sommet, au déploiement extravagant des moyens en personnel accompagnant les déplacements des grands dirigeants du monde, pourquoi ne pas relever que le président de la République française n'est suivi que par un seul agent de sécurité ?

Le deuxième trajet se déroule sans encombre, et nous goûtons, dans le décor superbe de la Guadeloupe, des journées de tourisme ensoleillées.

Nous assistons à la messe de minuit dans l'église du village de Vieux-Habitants, sur la côte ouest de Basse-Terre. Toutes les paroissiennes qui chantent dans la chorale sont noires. Elles possèdent instinctivement l'art du chant, la voix qui se projette facilement vers l'extérieur, le sens du rythme, et par moments de douces modulations. En les écoutant chanter des hymnes chrétiens, je me dis qu'il leur a fallu une infinie tolérance et soumission pour accepter de se convertir à une religion prêchant la fraternité qui leur était enseignée par la communauté des hommes blancs, cette même communauté qui leur faisait subir, à elles et à leurs enfants, les pires traitements du servage. Au sortir de l'église, dans la nuit, j'embrasse des joues noires.

Nous faisons une tournée en voiture, pour aller découvrir le nord-ouest de l'île et sa végétation tropicale. Nous y rencontrons un couple de jeunes touristes métropolitains, dont la pâleur trahit l'arrivée récente. Ils déclinent leur nom. Je crois entendre « Papalardo ». Ce sont un étudiant en médecine marseillais et sa jeune épouse. Ils font leur voyage de noces. Nous les invitons à déjeuner, et les intégrons à notre petit groupe. Ils resteront nos amis.

Le voyage se poursuit avec un passage aux Saintes, où un touriste du style contestataire des beaux quartiers parisiens m'interpelle de loin en criant : « Où sont tes diamants ? » Comme je m'avance vers lui pour lui donner les précisions géographiques souhaitées, il déguerpit dans la pénombre qui commence à tomber, la queue serrée entre les jambes, sans demander davantage d'informations !

Puis une arrivée à Saint-Barthélemy, où l'atterrissage sur la piste ondulée nous donne une sensation de trampoline, et une courte escale à Saint-Martin, encore ignorée des spéculateurs fonciers.

Nous revenons à la Martinique pour y prendre l'avion du retour. Le commandant de bord invite mon fils Henri dans le poste de pilotage au moment d'assister à l'atterrissage à Roissy. Quand Henri nous rejoint, il nous déclare, hilare :

« Nous nous sommes posés sur trois moteurs, nous dit-il. Il y avait un moteur en panne ! »

Heureusement, cette information restera ignorée ! Autrement le titre eût été facile : « Giscard empêché de revenir en France ! »

Nous traversons le hall de l'aérogare, suivis par les regards curieux du public.

Nos dernières vacances sont terminées.

*

* *

Il me reste à enregistrer mes vœux de fin d'année. Quel message adresser aux Français ? Le milieu politique est hypnotisé par l'élection présidentielle. Michel Debré et Marie-France Garaud ont confirmé leur candidature, celle-ci en l'assortissant de critiques acerbes, à ce point excessives qu'elles annulent d'elles-mêmes leur portée, mais qui me donnent un avant-goût de la future campagne.

Les Français sont lassés de la crise, recroquevillés dans l'inquiétude et la frustration. Il faut, je crois, leur tenir un langage calme, qui les rassure, et ouvre un espace qui leur permette d'accueillir le retour de la confiance.

D'une manière qui peut sembler paradoxale, l'inquiétude des Français me rapproche d'eux. J'ai envie de leur parler comme quelqu'un qui s'exprime à l'intérieur de leur groupe, et non comme un donneur de leçons, pérorant du dehors.

Je leur rappelle que la France avance sur la voie de l'indépendance énergétique : la part d'électricité d'origine nationale sera en 1981 de 70 % contre 45 % en 1973. Je souligne la stabilité et l'efficacité des institutions. Je confirme, ce qu'on a trop tendance à oublier, que la France est une république de liberté : « Chacun de nous peut se déplacer comme il veut, pratiquer sa religion, lire et écouter ce qui lui plaît, critiquer, s'exprimer comme il l'entend. » C'est intentionnellement que je mentionne la critique au nombre de nos libertés !

« Je ne suis pas optimiste, dis-je, mais j'ai confiance dans le progrès de la France » et je conclus par une citation de Charles Péguy : « À l'héritage français nous demanderons cette forme de courage si particulière et si éminente que l'historien sera obligé de l'appeler le courage français, ce courage fait essentiellement de calme et de clarté. »

Je ne crois pas que je pouvais en dire beaucoup plus. En tout cas je n'ai cherché à tromper personne. Et je conclus sur mes vœux chaleureux pour les Françaises et les Français.

Quant au « courage français », nous en aurons grand besoin en 1981 !

CHAPITRE XIII

Janvier 1981 : l'attente

L'année 1981 débute mal pour moi parce qu'elle commence par une routine, je devrais dire une corvée, celle des cérémonies de vœux.

Le rituel des vœux aujourd'hui en vigueur a été imaginé en 1959, au début de la Vᵉ République. Il s'agissait alors, sans doute, d'affirmer le pouvoir du souverain président, le général de Gaulle, en faisant défiler devant lui les représentants de l'ensemble des institutions et des corps constitués. On n'avait oublié personne. La substance des vœux échangés dans ces circonstances n'avait guère de signification.

Ce dispositif a été maintenu par le président Pompidou, et j'en ai hérité au début de mon mandat. Comme je m'étais engagé publiquement, pour répondre à la critique de ceux qui faisaient courir le bruit que mon élection risquait d'affaiblir le régime, « à laisser les institutions de la Vᵉ République exactement dans l'état où je les avais trouvées », j'ai appliqué cette formule à l'ensemble du rituel républicain. Le protocole et, notamment, les règles du service à table sont restés ceux qui étaient pratiqués du temps du général de Gaulle. Je n'ai jamais donné, contrairement à une rumeur maligne, répandue par ceux qui cherchent à me nuire dans l'esprit des Français, aucune instruction nouvelle à ce sujet.

De même, j'ai été conduit à perpétuer le cérémonial des vœux. J'ai bien essayé de le simplifier en regroupant certaines des délégations, mais le résultat a eu peu de portée. Alors que l'opinion publique s'imagine sans doute que je suis heureux et flatté de me pavaner pendant près d'une semaine devant les présentateurs de vœux, j'en suis profondément irrité. Cela me paraît constituer le festival de la banalité et de l'hypocrisie.

De la banalité, car le contenu de tout ce qui vous est dit et souhaité reste conventionnel ! La seule originalité consisterait, au lieu d'exprimer des vœux, visant à protéger la santé de la personne et à améliorer les performances de l'économie, à se donner la liberté de souhaiter qu'elles prennent le chemin inverse. Au moins, cela donnerait du mouvement à l'air confiné de la salle des fêtes !

Quant à l'hypocrisie, elle atteint, dans une année qui précède une élection, des sommets qu'on croirait inaccessibles ! Un calcul mental rapide m'indique que, parmi ceux qui m'adressent leurs vœux « chaleureux et sincères », deux sur trois ne voteront pas pour moi au premier tour de l'élection présidentielle, et un sur deux votera au second tour en faveur de celui qui prendra ma place !

Ce spectacle me confirme dans l'intention que j'ai de donner, si je suis réélu, un ton nouveau à notre formalisme institutionnel. Je souhaiterais qu'il évolue vers un républicanisme plus dépouillé, moins conformiste et moins rituel, un peu à la manière dont Thomas Jefferson imaginait de pratiquer sa présidence. Je voudrais écarter tout ce qui est inutile, pompeux, ou désuet. Deux fêtes nationales, le 14 Juillet et le 11 Novembre, suffisent largement pour honorer notre histoire et nos morts. Afin de souligner la modernité, je proposerais, dès le mois de juin, de ramener la durée du mandat présidentiel de sept ans à cinq ans, en m'appliquant cette règle à moi-même.

Et pour les vœux rituels, ils se limiteraient à ceux du gouvernement, du personnel de l'Élysée, de la garde républicaine, et à ceux du corps diplomatique, puisque, dans ce cas, c'est la France qui exprime ses souhaits aux dirigeants des pays qui sont ses partenaires dans le monde.

*
* *

Aujourd'hui, 2 janvier 1981, j'ai reçu pour le petit déjeuner les agents du service de sécurité de l'Élysée, qui seront en fonction dans la journée ; Anne-Aymone nous a rejoints. Ces agents sont huit en tout, gardes républicains et policiers, et permanents du service téléphonique. L'Élysée n'est pas gardé comme un fortin. Je les vois jeunes, sportifs, et éveillés. C'est à travers leur réseau qu'Adolfo Suarez aurait réussi, telle l'anguille au milieu des mailles du filet, à se faufiler jusqu'à mon bureau du premier étage. Je leur en fais le récit, qui les fait sourire. Ils paraissent intimidés, mais pas réellement, car ils ont l'habitude de me rencontrer dans l'antichambre.

Ils sont suivis par les membres du gouvernement, Raymond Barre en tête. La tradition veut qu'ils se réunissent pour un petit déjeuner au ministère de l'Intérieur, place Beauvau, et qu'ils se rendent ensuite à l'Élysée, en traversant à pied le faubourg Saint-Honoré, dont on arrête pendant quelques minutes la circulation. Les automobilistes, éberlués, assistent à ce manège.

C'est Raymond Barre qui ouvre le feu, en me présentant les vœux du gouvernement. Il prévoit une année 1981 difficile, et souligne avec un sourire que le gouvernement devra suivre « le chemin des crêtes ». Il m'assure de la fidélité et de la loyauté du gouvernement. Je ne doute ni de l'une, ni de l'autre.

Dans ma réponse, je demande au gouvernement « d'achever tout ce qui a été entrepris, et de tenir tout ce qui a été promis ».

Pendant que nous échangions ces propos aimables, l'approche de l'élection présidentielle crée l'effervescence parmi les commentateurs politiques. On voit resurgir un thème récurrent de la politique française, celui qui explique les sept changements de système politique que la France a connus au cours du XIXe siècle, le thème de la « nature du régime ». Alors que je n'ai rien changé aux institutions de la Ve République, à l'exception de la suppression de la censure politique au cinéma, et de la saisine du Conseil constitutionnel par les parlementaires de l'opposition, on peut lire des déclarations comme celle de Philippe Saint-Robert, qui pousse la perversité jusqu'à dénoncer dans une tribune du *Monde*, un « fascisme à visage libéral, tout entier soumis à l'intérêt d'un clan ». Pierre Charlot atteint un autre sommet de la divagation en décrivant « une royauté sans la charte, associant autoritarisme sans contrôle et mépris de l'opinion ». Jacques Robert, président de l'université Paris II, sort de sa réserve universitaire pour affirmer avec emphase que « la France connaît une présidence impériale ; un halo monarchique nimbe notre pouvoir, pouvoir absolutiste, qui domine et subjugue l'administration ».

Il se trouve que j'ai suivi avec beaucoup d'attention le déroulement des campagnes présidentielles américaines, depuis l'élection de John Kennedy en 1960. Quelle que soit l'ardeur de la compétition, je n'ai jamais eu connaissance de déclarations aussi surprenantes, vis-à-vis desquelles je ne réagirai pas et dont il ne faut certainement pas exagérer l'importance, mais qui sont préoccupantes dans la mesure où elles manifestent un véritable dévergondage de la pensée politique qui peut corrompre, et malheureusement égarer, l'opinion des Français.

*

* *

Je suis heureux de trouver devant moi une équipe solidaire, compétente, sans rivalité de personnes.

Quels que soient les arguments qui militent en faveur d'un changement de gouvernement – l'indice de popularité de Raymond Barre enregistre une nouvelle baisse à 31 % selon un institut de sondage, et 27 % selon un autre – j'ai rapporté de mes réflexions guadeloupéennes la conviction que la désignation d'un nouveau gouvernement serait une imprudence et une erreur. Cette conclusion s'appuie sur trois arguments.

1. Il n'y a pas d'autre politique économique possible que celle conduite par Raymond Barre, même si la présentation pourrait en être différente.

2. Il n'existe pas, pour le moment, dans le milieu politique, de personnalité susceptible de déclencher un élan dans le pays.

3. Et surtout, argument décisif, la composition de la majorité parlementaire rendrait impossible l'approbation d'un nouveau gouvernement par l'Assemblée nationale. Mon attachement à la culture parlementaire exclut que je puisse désigner un gouvernement sans majorité.

Ainsi les jeux sont faits. La décision prise apaise au moins ma conscience, si elle ne m'aveugle pas pour autant sur les difficultés ! J'irai au combat présidentiel avec l'équipe gouvernementale qui va rester en place.

*
* *

Le 8 janvier, je remets à l'Élysée des décorations au titre d'une promotion spéciale, consacrée aux « droits de l'homme ». Il m'a semblé que nos grands ordres nationaux devaient honorer les mérites de ceux qui agissent, souvent dans une relative obscurité, au service des droits de l'homme. Les ministères sociaux ont été invités à faire des propositions. Le petit groupe des personnalités rassemblées dans la salle des fêtes, accompagnées de leur famille, compte dans ses rangs Pierre Bloch, ancien président de la LICRA[1], l'abbé Pierre, que j'ai dû faire rechercher, car il s'est éloigné des feux de l'actualité, Louis Petitti, et Mme Gazzoli-Ulmann.

*
* *

1. Ligue internationale contre le racisme et l'antisémitisme.

Un Conseil des ministres extraordinaire se réunit à Rambouillet le 16 janvier pour faire le point sur l'état d'avancement des vingt-neuf actions prioritaires que j'ai demandé au gouvernement de mettre en œuvre avant la fin de mon mandat. Je sens chez les ministres une vraie solidarité, et le désir d'achever leur tâche. L'équipage du navire résiste bien à la tempête.

Nous déjeunons dans la salle à manger du premier étage. Sa grande fenêtre donne sur la pièce d'eau où glissent des canards. C'est une belle journée d'hiver dont le calme m'envahit.

*

* *

La liste des candidats à l'élection présidentielle se confirme et s'allonge. Michel Debré et Marie-France Garaud maintiennent leur candidature, malgré les pressions de l'état-major du RPR. Cette dernière fait de moi sa cible favorite, négligeant François Mitterrand et les communistes. Qu'est devenu l'héritage politique de Georges Pompidou dont Marie-France Garaud était la conseillère ? Et que signifie une démarche totalement personnelle, qui ne pourra les conduire qu'à un résultat final risible ?

Arlette Laguiller et Georges Marchais ont annoncé de leur côté leur candidature, comme en 1974. Le Parti socialiste a entamé la procédure de désignation de son candidat, et tout indique que ce sera François Mitterrand. Il rendrait publique sa décision, me dit-on, aux alentours du 25 janvier.

Toujours un silence pesant du côté de Jacques Chirac sur ses intentions. En revanche, ses lieutenants s'expriment sans retenue. Leur cible privilégiée est Raymond

Barre, et sa politique de rigueur. Mais ils me décochent aussi leurs flèches, là où ils pensent qu'elles peuvent me blesser. Un de ses fidèles, Bernard Pons, annonce dans la presse que « de toute façon, le président sortant sera battu au deuxième tour de l'élection présidentielle ».

Cette situation devient ridicule. Nous nous connaissons bien avec Jacques Chirac depuis maintenant onze ans, lorsqu'il exerçait la fonction de secrétaire d'État au Budget auprès du ministre des Finances que j'étais. Il a joué un rôle important dans mon élection en 1974, et je l'ai nommé aussitôt après Premier ministre. Cela fait maintenant un an que je n'ai plus eu le moindre contact avec lui, depuis le déjeuner où je l'ai invité à l'Élysée. Il faudrait que cette attitude de raideur cesse. Nous exerçons chacun d'importantes responsabilités, et la France va entrer dans un grand débat. Nous devons nous montrer capables d'en discuter sereinement.

Je l'appelle au téléphone pour lui proposer un rendez-vous, qu'il accepte. Il souhaite, comme Jacques Chaban-Delmas, que son arrivée soit discrète, pour éviter les journalistes qui observent la cour d'honneur par la fenêtre de la salle de presse. Je lui donne mon accord pour qu'il utilise l'accès par le parc.

Dès son entrée dans mon bureau, je réalise que l'entretien sera difficile. Il a le visage fermé, le front plissé, les lèvres serrées.

– Je vous ai demandé de venir, Monsieur le Premier ministre[1], lui dis-je, parce que l'échéance de l'élection présidentielle approche, et que je souhaitais vous en parler, car il me semble normal que nous échangions nos réflexions à ce sujet.

---

1. Un ancier Premier ministre conserve son titre, même après qu'il a quitté la fonction.

– J'ai répondu à votre invitation, me répond-il.

– J'aimerais, lui demandé-je, que vous me disiez si vous avez l'intention d'être vous-même candidat.

Jacques Chirac écarte les bras en s'enfonçant dans son fauteuil, et me répond d'une voix qui monte de la gorge :

« Je ne peux pas vous répondre, ma décision n'est pas encore prise ! »

Je reprends :

« Ce que vous me dites me surprend ! Notre ami commun Jean-Marc Vernes[1], que j'ai rencontré cette semaine, m'a prévenu que vous lui aviez demandé de constituer des stocks de papier pour vos affiches. »

Léger embarras de mon interlocuteur. Puis il me répond :

« Il faut se préparer à toutes les éventualités. »

Jacques Chirac marque un moment de silence, réfléchit et reprend :

– De toute manière, Monsieur le Président, je ne sais pas si vos collaborateurs ont le courage de vous le dire, mais vous serez battu à l'élection présidentielle ! Votre situation se dégrade très vite. Je préfère vous le dire.

– C'est peut-être vrai, lui réponds-je, la situation est moins bonne qu'à l'automne dernier. Certains sondages me donnent perdant, d'autres encore gagnant. La marge est faible, et vous savez que tout se décidera dans les dernières semaines. J'espère que vous participerez à ma campagne.

– J'agirai dans l'intérêt du pays, me répond-il.

À mon tour je reste un moment silencieux, puis je l'interroge sur le ton de la conversation :

« Les journalistes racontent que vous auriez dîné avec Mitterrand à l'automne. Que faut-il en croire ? »

1. Jean-Marc Vernes, président du groupe Béghin-Say.

Irritation visible de Jacques Chirac.

Il se redresse dans son fauteuil, ses yeux noircissent :

« Vous savez que j'ai opposé un démenti catégorique à cette information ! Ce sont, comme vous le dites, des racontars de journalistes ! »

Il me regarde et je le regarde. Nos regards se croisent avec cette curiosité particulière qui conduit les yeux de ceux qui dissimulent la vérité à scruter les yeux de ceux qui les écoutent pour essayer d'y déchiffrer s'ils sont avertis de leur tromperie.

Je détourne la conversation vers des sujets faciles, toujours disponibles pour éviter qu'un entretien trop bref ne soit interprété à l'extérieur comme un signal de rupture.

Au moment de nous quitter, je lui dis :

– Quand vous aurez pris votre décision, je vous demande de bien vouloir m'en prévenir.

– Bien entendu, me répond-il.

Ce sera notre dernier entretien. Je n'aurai plus de ses nouvelles jusqu'au coup de téléphone que je lui donnerai, fin avril, entre les deux tours de l'élection.

Lorsque la porte s'est refermée sur l'huissier qui raccompagne Jacques Chirac jusqu'à sa voiture, je ne fais venir personne, ni ma secrétaire Marguerite Villetelle, ni aucun de mes collaborateurs. J'ai besoin d'un moment de silence. Je retourne m'asseoir sur le canapé qui tourne le dos à la fenêtre, et j'essaie de réfléchir.

Cette conversation me laisse une impression pénible, et, comme il m'arrive lorsque mon cerveau paraît bloqué par une difficulté de compréhension, j'ai la sensation qu'une toile d'araignée s'est étalée sur mon visage.

Visiblement, Jacques Chirac ne souhaitait pas venir me parler. D'ailleurs il ne m'a rien dit, en dehors de la prophétie concernant mon éventuelle défaite. Il n'a pas répondu à ma question sur sa candidature. Pourtant sa décision paraît prise. Pourquoi ne pas avoir voulu m'en informer, même avec les précautions d'usage sur le secret à garder ?

Cette annonce ne m'aurait pas surpris. Tous les anciens Premiers ministres de la Ve République, à l'exception de Pierre Messmer, ont été, ou sont, candidats à la présidence de la République. Aucun, il est vrai, n'a été candidat contre le président sortant.

Je comprends donc que Jacques Chirac puisse avoir cette ambition, mais j'ai du mal à situer sa démarche. Il peut penser qu'en se présentant, il se positionne en vue d'une élection future. Les sondages ne lui donnent aucune chance de figurer au second tour : il est trop loin derrière François Mitterrand et moi-même pour avoir l'illusion de combler ce retard. Mais s'il obtient un bon résultat au premier tour, il se placera au premier rang des successeurs possibles. C'est un peu ce qui vient de se passer aux États-Unis, où Ronald Reagan l'a emporté sur George Bush dans les élections primaires, mais où ce dernier est devenu vice-président. Dans ce cas, pourquoi ne pas m'en parler ? Nous pourrions fixer une règle de conduite, en vue de la campagne, pour éviter que des affrontements partisans ne compromettent le résultat du second tour. Et si je devais perdre, comme il l'imagine, cette démarche lui donnerait le crédit moral lui permettant de devenir le dirigeant légitime de l'opposition.

L'autre hypothèse serait qu'il cherche le moyen de contribuer à mon échec. J'ai du mal à le croire. Sans doute est-ce le fruit de mon optimisme invétéré, que me reproche affectueusement Anne-Aymone. Mais j'ai des arguments de mon côté ! Je l'ai nommé Premier ministre, et les choses se sont bien passées. C'est lui qui a décidé librement de démissionner, en partie sous la pression de ses conseillers, ainsi que l'avait détecté Jean Sérisé au cours d'une mission d'information qui l'avait conduit à Matignon, au cours de l'hiver de 1976. Et surtout, la conséquence de mon échec serait un événement contraire au testament politique qu'il a reçu de ses deux maîtres, un maître éloigné, le général de Gaulle, et un maître très proche, Georges Pompidou : l'élection de François Mitterrand à la présidence de la République.

Deux confidences me reviennent en écho :

D'abord celle que m'a faite le général de Gaulle ici même, dans le bureau d'à côté, lorsqu'il m'a dit, entre les deux tours de l'élection présidentielle de 1965, dans un moment de pessimisme : « Et si je perds, je continuerai mon combat, et j'espère que vous y participerez, à mes côtés, car je n'ai pas l'intention de laisser la France entre les mains de François Mitterrand ! »

Et l'autre, dans le même bureau, où Georges Pompidou me reçoit pour un entretien hebdomadaire, huit ans plus tard, tassé par la fatigue des soins médicaux qu'il reçoit, et où il m'affirme, sans que je l'aie interrogé :

« Je n'ai pas l'intention de me représenter pour un second mandat. D'ailleurs ma femme y est très opposée. Mais il y a un cas où je suis décidé à me représenter : c'est s'il apparaissait que je sois le seul capable de battre Mitterrand ! »

Sans doute ces messages parviennent-ils aussi à Jacques Chirac. Mais la rumeur, et un article apparemment bien informé que publie le magazine *Le Point*, lui prêtent un autre raisonnement : l'arrivée au pouvoir de François Mitterrand et de ses alliés communistes déclenchera dans l'électorat modéré un tel vent de panique que lors des élections législatives qui suivront la gauche sera balayée, comme elle l'a été en juin 1968, après les événements du mois de mai. François Mitterrand sera obligé de se « soumettre ou de se démettre », avec une préférence pour qu'il se démette. Et la voie du pouvoir serait alors libre…

Si nous avions pu avoir la conversation que je souhaitais, je l'aurais mis en garde contre cette manière de penser. Je lui aurais rappelé que cela faisait maintenant vingt-deux ans que la gauche était écartée du pouvoir, et que ses dirigeants et une partie de ses militants souhaitaient fanatiquement y revenir, ce qui était compréhensible. La seule digue qui pouvait contenir cet appétit de pouvoir était la victoire de l'élection présidentielle, parce que toutes les objections au changement de majorité et à l'adoption du programme commun pouvaient y être présentées et rassemblées dans un seul vote. Si cette digue sautait, la marée s'engouffrerait, car il n'y aurait plus rien de nouveau à lui opposer, et elle balaierait les élections législatives. Parmi les pulsions les plus fortes d'une époque de frustration économique, comme celle que nous traversons depuis les chocs pétroliers, figure la tentation d'essayer la guérison par le changement.

Cela fait une demi-heure maintenant que je réfléchis. Tout cela n'a rien de bien nouveau. Je regarde la tenture de soie verte qui garnit les murs, et les tableaux de ruines romaines d'Hubert Robert. Toujours le grondement sourd de la circulation sur les Champs-Élysées. Je me lève du canapé pour aller déjeuner, et écouter les nouvelles du jour dans l'appartement privé. Je passe la main sur mon visage. La toile d'araignée a disparu. Tous ces arguments auraient mérité au moins d'être discutés entre un président de la République et un ancien Premier ministre qui appartiennent au même camp, comme je souhaitais le faire. Pourquoi est-ce impossible ? Curieuse France, ou curieuse époque…

*

* *

Le jeudi 22 janvier, je reçois dans la matinée le leader de la gauche travailliste israélienne, Shimon Pérès, qui effectue une visite d'information en France, où il rencontre les dirigeants des principales formations politiques. Il a vu la veille François Mitterrand et Jacques Chirac, qui l'a reçu à l'Hôtel de Ville.

Je suis heureux de faire sa connaissance, et de lui donner la vision exacte de la politique française au Proche-Orient, car celle-ci est systématiquement déformée, à des fins électorales, par le parti du Likoud, actuellement au pouvoir. C'est ainsi qu'on a reproché à la France d'avoir durci la « déclaration de Venise », relative au conflit israélo-palestinien, adoptée par le Conseil européen en juin 1980, alors que notre ministre des Affaires étrangères, Jean François-Poncet, s'était opposé au contraire à l'insertion dans ce texte d'une référence à « l'État palestinien », demandée par plusieurs de nos partenaires. De même, aux Nations unies, lors de la conférence spéciale sur la Palestine, la France, comme ses huit partenaires européens, a refusé de voter une résolution jugée excessive. La crainte de voir l'Europe prendre une initiative isolée qui romprait le consensus établi autour de l'accord de Camp David ne repose sur aucun fondement.

Je rétablis pour lui la vérité sur l'incident qui se serait produit lors du retour de Camp David du Premier ministre Menahem Begin, et qui avait été présenté comme un affront public fait au chef du gouvernement israélien. Lorsque j'ai appris que Menahem Begin s'arrêterait pour une brève escale à Londres, je lui ai adressé aussitôt une invitation pour qu'il fasse de même à Paris. Il a d'abord accepté cette invitation, et c'est ensuite, sous la pression d'un membre de sa délégation qu'il avait emmené à Camp David pour lui assurer la caution de l'aile la plus extrême de la droite israélienne, qu'il avait dû céder et changer d'avis, en invoquant un argument protocolaire pour ne pas faire étape en France.

Shimon Pérès m'écoute avec attention. Il a le regard intelligent d'un intellectuel de la politique. Je réalise qu'il cherche avec prudence et précaution le fil blanc qui pourrait conduire à la paix entre Israël et les Palestiniens. Il semble intéressé par mes informations, et il se sent visiblement à l'aise en France, où il compte de nombreux amis, dans un pays dont il goûte la liberté d'expression. Son débit est lent, car il surveille la qualité de son usage de la langue française, et il cherche à serrer de près sa pensée sur un sujet complexe et explosif. Il me paraît constituer une sérieuse chance d'avenir pour Israël.

Après qu'il m'a quitté, le secrétaire général de l'Élysée Jacques Wahl me fait part d'une réaction dont il a eu connaissance par un de ses amis, Jean Frydman, qui avait rencontré de son côté Shimon Pérès. Celui-ci lui avait raconté qu'il « avait été profondément choqué » par les propos que lui avait tenus Jacques Chirac la veille, au cours de leur entretien, où ce dernier lui avait confié qu'il serait candidat à la présidence de la République.

– Vous prenez donc le risque de faire battre Giscard ? avait interrogé Shimon Pérès.

– Je n'ai pas le choix, avait répondu Chirac. Il faut que je me mette très vite en situation de recours, car il va sortir à la fin de mars dans la presse américaine un dossier épouvantable sur le président. Un dossier qui le tue et l'empêche de se présenter.

Shimon Pérès lui avait demandé d'où il tirait cette information surprenante. Jacques Chirac lui a répondu qu'il ne pouvait pas livrer ses sources, mais qu'elles étaient totalement fiables.

Shimon Pérès n'avait pas voulu m'en parler, mais il souhaitait me faire connaître le contenu de cet entretien, qu'il avait lui-même très mal vécu.

Dans mon for intérieur, je lui suis reconnaissant à la fois de son silence et de sa correction, et je m'interroge sur la substance de ce « dossier épouvantable », et sur la manière dont Jacques Chirac pouvait en avoir eu connaissance, deux mois à l'avance.

*
* *

Le 24 janvier, comme prévu, la Fédération du Parti socialiste approuve par 84 % des voix la désignation de François Mitterrand comme candidat socialiste, au cours de ce que Pierre Mauroy, dans un vocabulaire inattendu, décrit comme une « grand-messe » tenue à Créteil.

Pendant la réunion qui suit cette grand-messe, à la porte de Versailles, François Mitterrand insiste sur l'unité du parti, et salue pour les remercier aussi bien ses fidèles que son ex-rival, Michel Rocard, à qui il prédit « un bel avenir ».

Puis François Mitterrand reprend, avec une habileté remarquable, la joute qui l'oppose au Parti communiste.

Il sait qu'il ne peut pas espérer gagner l'élection sans l'appoint des voix communistes. C'est le raisonnement qui l'a déjà conduit à conclure un accord avec le Parti communiste en 1965 pour affronter le général de Gaulle. Cet accord lui imposera d'accepter, le moment venu, la présence de ministres communistes au gouvernement. Il est conscient, dans cette période de guerre froide durant laquelle l'Union soviétique continue de déployer ses missiles SS20 en direction de l'Europe de l'Ouest, qu'une partie de son électorat risquerait de mal réagir à l'éventualité de l'arrivée des communistes dans les allées du pouvoir. D'où une tactique de harcèlement constant qu'il mène vis-à-vis du Parti communiste, qui ne va jamais cependant jusqu'à la remise en cause du futur pacte gouvernemental. Le Parti socialiste continue de dénoncer l'invasion de l'Afghanistan, et met en garde contre une intervention soviétique en Pologne. Lionel Jospin, nouveau secrétaire du Parti socialiste, ayant évoqué l'invasion du Tchad par les troupes libyennes, le journal *L'Humanité* lui répond qu'il apporte son « soutien à la position de l'Élysée ».

En riposte, George Marchais exaspéré par ces piqûres révèle, en janvier, qu'une « vaste opération politique est en cours » : « Le RPR de Jacques Chirac et Michel Debré prend des contacts avec le Parti socialiste de François Mitterrand pour constituer un trait d'union entre le Parti socialiste et la majorité actuelle. » Emporté par sa découverte, il affirme que le « consensus à trois Mitterrand – Chirac – Giscard d'Estaing a déjà commencé à fonctionner ».

Puis, ulcéré par les attaques de François Mitterrand qui sous-entend que le Parti communiste, manipulé par le Kremlin, favoriserait ma réélection, en contrepartie d'une politique plus complaisante vis-à-vis de l'Union soviétique, Georges Marchais perd ses nerfs et change de cible. Il m'attaque grossièrement en utilisant les arguments les plus éculés : les châteaux, les cadeaux, et ma malheureuse famille qui n'a rien à voir dans cette affaire.

Le plus intéressant pour moi, qui observe ces querelles de l'extérieur, c'est la manière dont elles dissimulent sous un rideau de fumée et une tempête d'invectives la question essentielle qui reste celle du maintien du pacte électoral en vue du second tour de l'élection, et celle de la promesse faite de l'entrée des ministres communistes au gouvernement, dont Georges Marchais rappelle bruyamment l'exigence.

*

* *

La fin du mois est animée par la visite officielle du président de la République du Brésil, João Figueiredo, accompagné de son épouse et d'une importante délégation, venue pour signer des accords économiques et culturels.

J'ai fait dérouler le tapis rouge en leur honneur, car le Brésil est un pays promis à un grand avenir, et, en même temps une nation souriante et sympathique. Tout y passe : un dîner officiel au grand Trianon, à la suite duquel nous recevons la colonie brésilienne de Paris. Puis un dîner en retour, offert par le président brésilien au Pré-Catelan. Anne-Aymone y porte une robe d'une élégance époustouflante, créée pour elle par Jean-Louis Scherrer. Elle est, de loin, la présidente la plus élégante que la France ait connue. Malgré sa grande discrétion et sa simplicité, elle attache un intérêt passionné à ses vêtements, et ne commet jamais la moindre faute de goût. Parfois elle me regarde de travers, quand elle juge que le col de mon veston bâille un peu trop. L'opinion publique éprouve du respect pour elle. Elle ne mentionne jamais le fait que son père était un brillant militaire de carrière, arrêté par les Allemands pour faits de résistance et mort dans un camp de déportation, et qu'elle est elle-même pupille de la Nation. Sa cote, dans les trop rares sondages qu'on lui consacre, est toujours supérieure à la mienne. Je ne crois pas qu'elle y attache beaucoup d'importance car elle ne brigue aucune récompense.

Après avoir tenu une séance de travail à l'Élysée avec sa délégation, et signé les importants contrats convenus, j'emmène le président Figueiredo faire une visite à l'École nationale d'équitation de Saumur. Le président Figueiredo est un ancien général de cavalerie, passionné d'équitation. Notre ambassadeur à Brasilia a fait état de ses goûts, et j'ai pensé qu'une visite au Cadre noir de Saumur serait le meilleur moyen de les satisfaire.

La présentation des cavaliers, sous la conduite de l'écuyer en chef, le lieutenant-colonel Durand, monté sur son cheval Myosotis, est superbe. Les cavaliers et leurs chevaux sont regroupés en deux formations de douze. Ils nous font assister à deux présentations, la reprise des Sauteurs, et ce qu'on appelle la reprise de Manège. Le président Figueiredo est admiratif de la maîtrise des cavaliers, et moi je suis émerveillé par ce spectacle auquel j'assiste pour la première fois. Je me fais le reproche intérieur de ne pas leur avoir rendu visite plus tôt.

Nous poursuivons notre visite, encore impressionnés par cette leçon magistrale de précision et de calme, où les chevaux se croisent et s'entrecroisent au même rythme, l'encolure arrondie, à quelques centimètres de distance, sans effort apparent de leurs cavaliers, en nous rendant à l'abbaye voisine de Fontevrault, où nous sommes accueillis par Olivier Guichard. Il nous présente les tombeaux des Plantagenêt et notamment celui où Aliénor d'Aquitaine repose sous son gisant de pierre, près de son fils, Richard Cœur de Lion. Puis nous déjeunons dans la chapelle Saint-Lazare, servis par un traiteur angevin. Et ce sera le moment des adieux aux Brésiliens.

CHAPITRE XIV

Février : l'enjeu et les banderilles

Cette année, le 2 février tombe un lundi. C'est le jour de mon anniversaire. J'aime cette journée qui est celle d'une fête religieuse, où le vieillard Siméon prononce ses superbes paroles d'identification de l'enfant dans le Temple de Jérusalem. J'ai cinquante-cinq ans. Ce n'est pas un chiffre magique, mais le simple décompte d'une année de plus. J'irai, comme chaque fois, déjeuner au domicile de mes parents avenue Henri-Martin, là où j'ai passé mon adolescence. Tout le monde y est réuni, ma mère et mon père, Anne-Aymone, et mes quatre frère et sœurs. L'atmosphère est détendue. La présidence est loin, effacée, disparue. La conversation ignore les sujets politiques. Un moment de vrai bonheur, où la vie n'a pas encore inscrit ses meurtrissures.

L'après-midi sera rempli des rendez-vous classiques : le sondeur d'opinion Jean-Pierre Brûlé, le député-maire de Dijon Robert Poujade, Marceau Long, secrétaire général du gouvernement, venu me parler de l'ordre du jour du prochain Conseil des ministres, et le Premier ministre Raymond Barre, pour son entretien hebdomadaire du lundi. Son analyse reste aussi lucide, et malheureusement pessimiste.

Pendant le mois de janvier la production industrielle a poursuivi son lent déclin, m'apprend-il. La consommation des ménages a connu une légère amélioration. Le déficit commercial extérieur s'est creusé, sous l'effet de la hausse des prix des produits énergétiques. L'emploi se détériore, avec un nombre de chômeurs qui avoisine 1 560 000. La hausse des prix a repris, et l'augmentation des salaires, provoquée par un réseau touffu d'indexations, est deux fois plus rapide que dans les pays voisins.

Raymond Barre relève pourtant certains éléments positifs : le moral des chefs d'entreprise a cessé de se détériorer. Ils envisagent la possibilité de nouvelles embauches. Et surtout la situation des finances publiques reste saine, et meilleure que celle de nos principaux concurrents : un déficit budgétaire contenu, et un faible taux d'endettement. Ainsi la France sera-t-elle dans une position plus favorable que celle de ses partenaires pour tirer parti de la reprise économique qui devrait se produire dans les douze ou dix-huit mois à venir, lorsque l'économie mondiale aura digéré les effets du second choc pétrolier.

Dans l'intervalle, Raymond Barre énumère les mesures ponctuelles qui pourraient être prises pour donner des impulsions à certains secteurs de l'économie, ou pour corriger des injustices sociales criantes.

Tout cela me paraît exact et raisonnable. C'est évidemment la ligne qu'il faut tenir. Mais ce langage peut-il convaincre une opinion mal informée par ses représentants politiques et syndicaux, et par son système éducatif, sur les réalités de l'économie moderne, et qui reste persuadée que la croissance et l'emploi sont prêts à obéir aux coups de sifflet de la démagogie ?

Le soir de mon anniversaire, comme chaque année, nous allons au théâtre en famille. L'accueil du public est bienveillant mais réservé, sans chaleur excessive. C'est un signe révélateur de la période préélectorale où nous sommes entrés. Un trait de caractère des bourgeois français qui constituent le public de ce théâtre, trait hérité sans doute d'une prudence acquise par l'expérience historique, consiste dans de tels moments à prendre leurs distances vis-à-vis de toutes les tendances politiques, afin de pouvoir se compter, le moment venu, dans le camp des vainqueurs.

Au retour du théâtre, dîner à notre domicile de la rue Bénouville. Cette année, pas de restaurant, contrairement à notre habitude. La fête reste en famille.

*
* *

Le lendemain Jacques Chirac rend publique sa candidature à la présidence de la République. La nouvelle fait évidemment les titres des journaux, mais sans provoquer d'effet de surprise, tant elle était attendue. Je l'apprends moi-même par les agences de presse, où je lis le commentaire qui accompagne sa décision. Il en appelle « à l'ardeur de l'espérance et au sursaut de la volonté pour arrêter le processus de dégradation que connaît actuellement la France ! ». Dégradation : le ton est donné. On en saura davantage dans quelques jours car il annonce qu'il exposera dans une conférence de presse, le 10 février, la logique de sa candidature.

*
* *

Deux jours plus tard, nous nous rendons à Lille pour une cérémonie émouvante, qui me serre le cœur, celle des obsèques de Norbert Segard. Le mal contre lequel il luttait, d'ailleurs sans plus guère d'espoir, a fini par l'emporter.

Ses obsèques ont lieu dans la chapelle de l'Institut catholique de Lille, établissement où Norbert Segard a donné son enseignement. La nef est pleine à craquer d'une foule émue et recueillie. Son épouse fait montre d'une grande sérénité. Dans cette cérémonie sans emphase on retrouve certains des traits qui caractérisent ce « courage français » que j'ai cité, le 31 décembre dernier, dans mes vœux.

Se souviendra-t-on du travail remarquable que Norbert Segard a accompli pour tirer la France de l'époque du téléphone médiéval ? C'est la question que je me pose dans l'avion qui me ramène à Villacoublay, après cette manifestation qui m'a ému au point de me faire ressentir l'existence dans mon cœur, en dépit de mon ignorance anatomique – ou à cause d'elle – d'une sorte de poche noire, qui enregistrerait le vide.

*

* *

La journée du jeudi est consacrée aux traditionnels entretiens franco-allemands, la trente-septième réunion de cette nature. Ces entretiens se tiennent cette fois à l'Élysée, là même où a été signé par le général de Gaulle et le chancelier adenauer le traité de l'Élysée, traité qui les a institués.

Le rituel que nous appliquons à ces entretiens est sans doute trop rigide. Il reproduit à la minute près le déroulement des innombrables rencontres auxquelles j'ai participé comme ministre des Finances, puis comme président de la République. Il a l'avantage de la continuité, car, pour moi, l'habitude arrête le temps. Mais il faudra songer à le rénover, pour lui donner une vitalité nouvelle, après la prochaine élection.

Cette fois-ci le rituel a peu d'importance, car la gravité des sujets à traiter l'emporte sur la forme. Et il m'offre l'occasion d'entretiens totalement ouverts et chaleureux avec mon grand partenaire et ami Helmut Schmidt.

Nous concentrons notre attention sur trois sujets : la situation internationale, l'aide au cinéma, pour sauvegarder la création, et la monnaie européenne.

L'entrée en fonction de l'administration Reagan aux États-Unis ouvre une ère nouvelle dans les relations internationales. Helmut Schmidt, soulagé d'être débarrassé des contradictions de la période Carter, souhaite que nous donnions un nouveau contenu aux relations transatlantiques. Nous élaborons une déclaration commune de politique étrangère, qui fait suite à celle adoptée l'an dernier. Nous y affirmons trois principes : équilibre dans la sécurité (réponse aux missiles SS20 soviétiques), modération des comportements politiques (mise en garde contre une intervention militaire soviétique en Pologne), et égalité dans les responsabilités face aux grands problèmes (nouveau code des relations transatlantiques). Nous concluons sur la nécessité d'affermir la cohésion politique de l'Europe « pour rendre à l'Europe un rôle conforme à sa tradition historique ».

Sur le plan culturel, nous décidons la relance de l'enseignement de nos deux langues, et la mise en place d'un fonds commun d'aide au cinéma.

Enfin, nous jugeons satisfaisant le fonctionnement du système monétaire européen, et nous examinons les conditions du passage à la deuxième étape, que nous souhaitons l'un et l'autre pouvoir être prochaine.

Nous échangeons en privé quelques remarques sur la prochaine élection présidentielle française. Helmut se déclare certain de ma réélection, mais peut-être, me dit-il, avec une marge réduite. Quoique appartenant à la même famille politique que François Mitterrand, il s'inquiète des conséquences de son alliance avec le Parti communiste.

Quant à Jacques Chirac, il estime qu'on ne peut pas lui faire confiance, et d'ailleurs, remarque-t-il, « que vient-il faire dans cette élection ? ».

Je n'oserais pas affirmer que la France, malgré les efforts de Raymond Barre et les miens, ait déjà une bonne qualité de gouvernement, mais je puis assurer, au moment où nous allons nous séparer, Helmut et moi, au terme de ce dernier Conseil franco-allemand de mon septennat, que le couple franco-allemand a bénéficié, en dépit des souvenirs cruels et des crises, d'une gouvernance chaleureuse et solidaire. Notre poignée de main se prolonge.

« *Good luck !* Valéry », me souhaite-t-il.

*
* *

Jacques Chirac tient le 10 février la conférence de presse qu'il a annoncée, puis il participe au « grand débat » organisé par TF1. Il dresse un bilan sévère de l'action de mon septennat : « une France affaiblie de l'intérieur, minée par le chômage et l'inflation », dont « l'autorité est contestée à l'extérieur par une démarche trop hésitante », notamment vis-à-vis de l'Union soviétique.

Il ne s'embarrasse pas de la réalité des faits, en affirmant que « le chef de l'État l'a contraint à démissionner de son poste de Premier ministre en août 1976 », alors que chacun sait désormais qu'il avait pris lui-même la décision de s'en aller plusieurs mois auparavant.

Plus singulière encore, de la part de quelqu'un qui a conduit le gouvernement pendant deux ans, et qui a été suivi par Raymond Barre qui ne passe pas pour un collectiviste forcené, est l'affirmation selon laquelle on a vu « s'insinuer un collectivisme rampant au cours du septennat ».

Au cours des premiers voyages qu'il entreprend en province, dans le Limousin et le Sud-Est, il accentue les thèmes de sa campagne. En se positionnant à égale distance entre les deux candidats que les sondages placent en tête, il ne fait plus allusion à la majorité, et il rompt avec la pratique de la Ve République en refusant de s'engager avant le premier tour sur son éventuel désistement en faveur du candidat de la majorité placé en tête par les électeurs.

La recherche de l'enjeu

Ainsi les pions sont-ils en place sur l'échiquier, deux noirs et deux blancs : François Mitterrand, Georges Marchais, Jacques Chirac, et moi.

Assurément il y en aura d'autres, mais sans chances sérieuses, d'après les sondages, de dépasser le seuil fatidique de 5 % des suffrages exprimés. La partie se jouera donc à quatre.

Quel est son véritable enjeu ?

L'enjeu le plus apparent est de désigner celui qui sera président de la République. Chacun de nous a ses raisons pour le désirer.

S'agissant de François Mitterrand, c'est l'effet d'une longue démarche. Il a été candidat il y a déjà seize ans contre le général de Gaulle. Que recherche-t-il ? Veut-il installer une forme de présence nouvelle qui occultera l'image de ses errements antérieurs : son voisinage avec l'extrême droite fascisante d'avant-guerre, sa longue présence dans les allées du pouvoir de Vichy ? Souhaite-t-il prendre sa revanche sur le milieu politique qui l'a humilié en 1959, lorsque le Sénat a voté à l'unanimité moins deux voix la levée de son immunité parlementaire à la suite de la manipulation du faux attentat du jardin de l'Observatoire ? Pourquoi a-t-il pris le risque, extraordinairement audacieux, de faire alliance avec le Parti communiste, encore stalinien, pour se présenter à l'élection présidentielle contre le général de Gaulle dont il a dénoncé l'action dans son livre : *Le Coup d'État permanent* ? Est-ce seulement le besoin de l'affirmation et de la reconnaissance données à son réel talent personnel ? Ce grand manœuvrier poursuit-il des objectifs stratégiques, internationaux, économiques ou sociaux ? J'en doute. Chaque fois que je l'ai entendu intervenir à l'Assemblée nationale, j'ai été plus impressionné par sa rhétorique que par sa conviction. Mène-t-il simplement un grand jeu avec la vie, au plus haut niveau ? Il lui consacre, en tout cas, beaucoup d'efforts ingrats, dans sa rude activité d'élu local d'opposition. Peut-être est-il simplement le plus grand joueur de nous tous, un personnage à la manière faustienne ou à celle d'un héros de Boulgakov, qui imagine que son art du jeu le mènera plus loin que la vie ?

Georges Marchais, lui, a les pieds bien calés sur terre. Du communisme, il retient surtout la pugnacité et la solidarité. Cette solidarité avec ses camarades du monde ouvrier est manifestement authentique. De l'enseignement de Marx, il a retenu la définition du prolétariat : le groupe de ceux qui sont démunis de tout. C'est pourquoi il réunit dans une haine sincère tous ceux qui, selon lui, dépouillent les prolétaires de leurs chances : les capitalistes, les chefs d'entreprise, les possédants, et moi-même. Si les circonstances le lui avaient permis, aurait-il été sanguinaire ? Je ne peux évidemment pas répondre à cette question, car on sait seulement comment les révolutions commencent, mais son regard noir sous la broussaille épaisse de ses sourcils laisse planer le doute. Quand il se rend en visite en Union soviétique, il y est fêté comme un allié. A-t-il conscience de l'existence du goulag ? Peut-être estime-t-il, à la manière dont Thomas Jefferson jugeait la grande Terreur de 1794, qu'il est inévitable que les ajustements historiques laissent derrière eux une longue traînée de victimes…

Il sait qu'il n'a aucune chance de l'emporter dans la compétition, mais il sait aussi que Mitterrand ne peut pas être élu sans son aide. Cette situation l'irrite, car il est lucide sur le jeu mené par Mitterrand. Aussi est-il décidé à obtenir qu'en cas de succès, son parti ait sa large part du pouvoir. Il aimerait sans doute que ce soit le cas pour lui-même ; mais il est conscient d'avoir commis une faute grave en approuvant l'intervention soviétique en Afghanistan, et il sait que Mitterrand est un homme politique trop avisé pour prendre le risque de le placer dans un poste de grande visibilité, où il s'exposerait à ses écarts de langage. Aussi vise-t-il à accroître, autant qu'il est possible, la part de son parti dans le résultat final.

Pour Jacques Chirac, ce qui l'anime c'est un désir fanatique d'accéder à la présidence de la République. Cette obsession efface pour lui tout le reste, les convictions aussi bien que le respect des règles. D'où lui vient cette passion ? On a du mal à en situer les objectifs, car ses annonces se font en zigzag : on l'a entendu successivement prôner « un travaillisme à la française », et voici qu'il reproche maintenant à Raymond Barre son libéralisme insuffisant. Son ambition, me semble-t-il, est de nature famélique. Ne prenez pas le mot au sens péjoratif, mais dans sa signification d'« affamée », à la manière dont il m'avait confié qu'il dissimulait un sandwich dans sa serviette lorsqu'il se rendait au Conseil des ministres. Cette faim du pouvoir est sans doute personnelle, mais aussi de caractère clanique : il n'admet pas que le pouvoir puisse être exercé par d'autres que les membres de son clan.

Quant à moi, les données sont plus simples. C'est évidemment mon point de vue de le dire, et je ne suis pas le mieux placé pour l'exprimer. J'ai commencé une tâche que j'ai définie comme étant « de moderniser la France sans rompre avec son passé ». Ce travail est engagé mais est loin d'être achevé. Je souhaite le poursuivre. En tant que « bête à concours », je m'estime le plus qualifié pour le faire. Et puis je n'ai pas envie de connaître la défaite. Cela ne m'est jamais arrivé jusqu'ici, dans la longue succession des élections, à l'exception d'une candidature fantaisiste à la mairie de Clermont-Ferrand, bastion fortifié de la gauche, au début des années 1960.

Lorsqu'on analyse cet enchevêtrement d'ambitions personnelles, de revanches à prendre, d'appétits à satisfaire, on en vient à penser que si l'enjeu se réduisait à cela, il ne vaudrait pas la peine de déranger trente millions d'électeurs, de dévaster la forêt de Gâtine, et quelques autres, pour imprimer des affiches et des bulletins de vote, et de dépenser des centaines de millions de francs en formalités administratives.

Si c'était bien là l'enjeu, sans doute serait-il préférable de recourir à une procédure plus simple : un concours, ou, à la limite, comme dans l'Athènes antique, un tirage au sort.

*
* *

À quel moment puis-je réfléchir à l'enjeu de cette élection ? Pendant mes trajets en voiture, entre l'Élysée et l'appartement où habite ma famille, rue Bénouville ; le soir, à l'Élysée, quand le palais se vide ; ou durant mes repas, lorsque je les prends dans la bibliothèque de l'appartement privé. Ma pensée se forme ainsi par morceaux, sans plan préétabli, et c'est ainsi que je vous la présente.

Gouverner au centre

L'année dernière, en inaugurant la Foire de Lyon avec Raymond Barre, j'ai surpris mon auditoire, qui s'attendait à des développements économiques, en lui présentant quelques réflexions sur la nécessité, mais aussi la difficulté, de gouverner au centre.

« Nous sommes à ma connaissance, ai-je dit à mon auditoire lyonnais, le seul pays démocratique au monde dont les dirigeants des quatre formations qui expriment notre vie nationale ne se rencontrent jamais ni dans la majorité, ni dans l'opposition, ni maintenant entre la majorité et l'opposition[1]. Cette raideur excessive est nuisible à l'intérêt de la France.

---

1. François Mitterrand m'a confié, par la suite, qu'il avait eu un seul entretien en tête à tête avec le général de Gaulle, et aucun avec Georges Pompidou.

« Mais, ajoutai-je, la voie du "juste milieu" n'est pas la plus aisée car on est exposé à y subir deux fois plus de critiques, car on tire sur vous depuis les deux bords. »

C'est l'expérience que je vis tous les jours, mais je reste persuadé que la voie du « juste milieu » est la meilleure. Elle permet de rapprocher les propositions que peuvent présenter les différents groupes qui composent la société, et encourage à en faire la synthèse. Elle favorise l'harmonie sociale, et développe la tolérance. Elle évite les coups de bascule trop brusques que les gestions extrêmes imposent à la société, et qui lui coûtent cher : l'équivalent de plusieurs années de progrès.

Pour être complet, la voie du juste milieu n'est sans doute pas compatible avec la réalisation des grandes mutations sociales : l'abolition du servage et de l'esclavage, ou le passage d'une société féodale à une société démocratique. Mais cela est maintenant derrière nous. Nous en sommes venus au stade d'ajustements plus fins.

La politique du centre souffre de deux handicaps :

Celui que j'ai évoqué à Lyon, qui consiste dans le fait d'être attaqué des deux côtés à la fois, ce qui assure une prime exceptionnelle à la mauvaise foi : ce qu'on entreprend est dénoncé comme étant à la fois trop, et trop peu !

Cette situation a été celle de Jean le Bon à la bataille de Poitiers, protégé par son jeune fils qui lui avait crié : « Père, gardez-vous à droite ! Père, gardez-vous à gauche ! » Il a fini par être fait prisonnier…

Que le bien se situe entre les deux extrêmes est une vue qui a été largement acceptée par tous ceux qui ont recherché une approche rationnelle de la politique. Comme principe politique, elle a été le fondement du libéralisme de la pensée, depuis Montesquieu jusqu'à Alexis de Tocqueville. Sur le plan doctrinal, cette vue a rarement été contestée.

Mais sa faiblesse, et ceci constitue son second handicap, est d'avoir été rarement capable de susciter un élan émotionnel, alors que les positions extrêmes réussissent souvent à s'identifier à des pulsions affectives fortes.

Ma chance, en 1974, a été de donner un contenu émotionnel à la voie du « juste milieu », en lui conférant les couleurs de la jeunesse et du changement. D'où la montée de l'enthousiasme au fur et à mesure du déroulement de la campagne. Puis-je espérer renouveler cet exploit en 1981, après sept ans d'un exercice difficile du pouvoir ?

Le pouvoir clanique

Parmi les différentes formes de despotisme, il en existe une qui est rarement dénoncée, et qui m'irrite particulièrement : c'est le pouvoir clanique. Il consiste à utiliser les instruments de la démocratie pour installer au pouvoir un groupe – un clan – qui ne le recherche que pour s'en attribuer les avantages. Les deux ressorts du pouvoir clanique sont la peur et la faveur. Le milieu politique est naturellement craintif, car les situations personnelles y sont fragiles. Les intéressés, en attente d'investiture électorale, savent que toute déviation par rapport à la ligne du clan serait aussitôt sanctionnée. Quant aux faveurs publiques, dans un pays qui en est assoiffé, qu'il s'agisse de décorations, d'avancement ou d'attribution de primes, elles sont strictement réservées aux membres du clan.

La démocratie devrait être, selon moi, un système ouvert qui tire vers le haut les représentants choisis par les électeurs. Le pouvoir clanique en est la négation absolue.

Dans la démarche actuelle du RPR nouvellement créé, on voit apparaître les signes d'une évolution vers le pouvoir clanique, qu'il s'agisse des investitures ou des nominations. Les ministres issus du RPR se tiennent cois, quelles que soient les convictions ou les indignations qu'ils m'expriment en privé, qu'ils partagent avec Raymond Barre.

Le plus attristant dans cette évolution, c'est qu'elle prétend s'inscrire dans la tradition du gaullisme. Aucun des nouveaux dirigeants ne s'est vu pourtant confier de fonction importante par le général de Gaulle. Le seul qui soit dans ce cas, Michel Debré, est fermement écarté de la course au pouvoir.

Le général de Gaulle, dont j'ai été le ministre pendant sept ans, avait réuni autour de lui une équipe dont la légitimité tenait à ce que ses membres avaient combattu sous ses ordres pour la libération de la France. Ils ne recherchaient pas le pouvoir pour le pouvoir, et restaient modestes quant à son usage.

La montée de l'esprit clanique, dont j'aperçois les signes et que personne ne pourra me reprocher d'avoir pratiqué, constitue une source d'inquiétude car elle risque de compromettre le bon fonctionnement de notre régime démocratique.

Le nouveau RPR n'est pas le seul, pour autant, à céder à la tentation clanique. Le parti de la démocratie chrétienne en est également menacé. Quiconque n'appartient pas à son cercle intime est secrètement excommunié. Je crois que Raymond Barre a tort de s'appuyer exclusivement sur lui, car il constitue une base trop étroite pour accéder au pouvoir.

La réalité de l'enjeu

Quel sera le choix sur lequel, en définitive, les Français se prononceront ? Je ne parle plus des questions de personne, mais des grands enjeux, des grandes orientations, qui peuvent être déterminés par une élection.

J'essaie de passer en revue les enjeux possibles.

L'un des plus classiques est la question de savoir si le pays doit être gouverné par le peuple, ou par une élite. La question ne se pose pratiquement plus en France. Dans notre République, la souveraineté vient du peuple. Subsiste-t-il encore, provenant des vestiges de ce débat, des sensibilités enfouies dans notre subconscient social ? Georges Marchais et Pierre Mauroy font-ils vibrer une corde réelle lorsqu'ils parlent du « gouvernement des châteaux » ? La gauche serait alors l'expression du peuple, et la droite celle des élites. C'est une extraordinaire simplification, car si c'était exact, les élites seraient, selon le sens des scrutins, aussi nombreuses, voire plus nombreuses, que le peuple. Dans la perspective historique, il se peut même que le débat soit aujourd'hui inverse. La gauche est favorable à un pouvoir fort et très interventionniste, ce qui implique de confier la gestion à une élite bureaucratique. Étant moi-même partisan d'une large décentralisation, comme je l'ai déclaré à Dijon, je souhaite alléger le pouvoir central, et rapprocher les décisions du peuple. Non, cet enjeu historique, malgré les relents venus du passé, ne sera pas cette fois-ci au centre du débat.

Le choix porte-t-il alors sur le système économique, entre le capitalisme et le marxisme ? En partie, sans doute, mais avec de fortes modifications. Le marxisme reste l'évangile de référence de la gauche, mais il est peu lu, et mal connu de ses dirigeants. J'en sais moi-même seulement ce que le brillant essayiste britannique Isaiah Berlin en a écrit dans un éblouissant livre de deux cents pages. Certaines notions sont surannées, telle la dictature du prolétariat, qui en constituait pourtant l'élément central. La pénétrante analyse sociologique de Karl Marx s'est appliquée à une société exclusivement industrielle, profondément transformée depuis, et devenue largement une société de services. Le Parti communiste chinois, sous l'impulsion de Deng, se détache du marxisme, et n'en conserve que le vocabulaire.

La même remarque s'applique au capitalisme triomphant, qui n'existe plus guère en France.

Le jeu de balance s'effectue entre deux mouvements psychologiques : la crainte, et la demande de liberté.

La crainte pousse à donner la préférence à une société protégée, et bardée de statuts garantissant des avantages acquis. C'est une société statique, peu créative, modelée selon un système bureaucratique.

La demande de liberté exigerait l'allègement de beaucoup de contraintes, et l'acceptation de la concurrence. L'État y serait privé d'une partie de ses pouvoirs de gestion directe, mais se verrait reconnaître des droits nouveaux, pour assurer la police du système et exercer une fonction d'arbitrage. La société serait alors plus aérée, tournée vers la créativité, et contrainte à l'adaptation. La croissance économique y serait plus forte.

Ma préférence personnelle va naturellement à la seconde formule. La culture traditionnelle de la gauche française, représentée aujourd'hui par François Mitterrand, pousse vers la première, c'est-à-dire le marxisme bureaucratique. C'est pourquoi le programme commun de la gauche est cohérent avec lui-même, lorsqu'il propose d'effectuer, dès le départ, une large vague de nationalisations.

Nous nous trouvons devant un enjeu important, qui affectera l'avenir économique de la France. J'imagine qu'il est perçu par l'opinion surtout dans sa composante psychologique : la crise fait passer la crainte avant la demande de liberté, et favorise la France des protections et des corporations.

Il faudrait que je parvienne à communiquer aux Français le désir du mouvement et de la libération de leurs énergies ; l'appel à l'esprit de création et, à la limite, d'aventure. Ce ne sera pas facile, car le vent souffle en sens contraire, un vent qui apporte le pessimisme et qui invite à fermer les volets.

C'est donc là un enjeu authentique. Si le débat se ramenait à lui, je crois que la partie serait gagnable.

Le débat portera-t-il également sur la construction de l'Europe ? C'est peu probable, car la gauche n'est pas en situation de l'ouvrir. François Mitterrand se dit favorable au progrès de l'Union européenne, bien qu'il n'ait pas voté en faveur du Traité de Rome, et se soit abstenu sur la CED[1]. Le Parti socialiste partage son inclination pour l'Union européenne, à la naissance de laquelle il a contribué. Mais ses alliés communistes sont enfermés dans une opposition fanatique à ce projet, encouragés en sous-main par les Soviétiques qui y voient une manœuvre pour étendre l'influence des États-Unis en Europe.

1. Traité instituant une Communauté européenne de défense.

Quant à moi, ma position « proeuropéenne » est bien connue. Elle a été ratifiée par les électeurs lors de la première élection européenne, et n'est guère contestée. Il y a peu de chances, dans ces conditions, que François Mitterrand se risque à en faire un thème central de l'élection.

De son côté, Jacques Chirac cherchera à éviter de prendre position sur ce sujet. Son surprenant « Appel de Cochin » résonne encore dans les mémoires, et l'échec de la liste qu'il a conduite à l'élection du Parlement européen a été une leçon sévère, qui l'invite à la prudence.

Dans ces conditions, exit le thème de l'Europe !

Un autre débat qui pourrait se présenter à l'opinion est le choix entre la continuité et le désir de changement. Les avantages de la continuité sont relativement faciles à présenter, mais ils ne réussissent pas à contrarier la pulsion du désir de changement.

Ce désir est particulièrement fort chez nous autres, Français. Est-il lié à l'impulsivité de notre tempérament gallo-romain ? Tient-il à la curieuse perception que les Français ont du temps, à la différence d'autres cultures ? Les Français voient devant eux un temps très court, de l'ordre d'une année, voire même un temps plus réduit, celui qui les sépare des prochaines vacances ou de la rentrée scolaire. Il leur est difficile de s'intéresser au moyen terme. Cette perception tient peut-être à notre culture paysanne, qui vivait au rythme des saisons et qui nous impose son cycle.

Or la continuité apporte peu de résultats dans le court terme, tandis que le changement peut faire espérer des améliorations immédiates.

On rencontre aujourd'hui un argument qui milite fortement en faveur du changement, qui est la durée du système en place. Une longue durée, qui s'étend de 1958 à nos jours : vingt-deux ans ! On peut comprendre que ce délai soit devenu insupportable à l'opposition, et que l'opinion publique se lasse de nos éternelles redites…

Pourtant, le désir de changement n'est pas un argument en lui-même. Il ne serait satisfaisant que si le changement apportait une solution meilleure. Ce ne serait pas aujourd'hui le cas. Interrogées sur le point de savoir si « la gauche ferait mieux que le pouvoir actuel », une nette majorité des personnes sondées répond par la négative.

Le désir de changement n'est pas l'expression d'un jugement, mais celui d'une curiosité : il y a trop longtemps que nous assistons au même spectacle ! C'est peut-être le moment d'aller regarder ce qu'il y a de l'autre côté de la porte.

*

* *

Ce tour d'horizon m'apaise l'esprit. Il m'aide à comprendre que l'élection ne se réduira pas à un pugilat simpliste entre François Mitterrand et moi, pugilat pour lequel j'éprouve une répugnance instinctive, mais qu'elle porte sur des enjeux forts, que je devrai m'efforcer de rendre visibles à l'opinion.

Le choix du système économique devrait normalement tourner à mon avantage, car les propositions de François Mitterrand sont anachroniques. Un nouveau tour de vis en direction de l'étatisme ne pourrait que rendre plus rigide une économie qui souffre déjà de son ankylose ! Les Français le paieraient très cher, sur la longue durée, en termes de croissance et d'emploi. Je pourrais, je crois, les en persuader, bien que je ne sois guère aidé par une presse économique malheureusement peu influente, et qui dans tout autre pays démolirait, voire ridiculiserait, le contenu d'un tel programme.

Sur le plan du désir de changement, les choses seront plus difficiles. Le choix se fera sans doute au dernier moment.

La grande question est évidemment de savoir si le débat portera sur ces enjeux, ou si, entraîné par le poids des habitudes du milieu politique, et par la préférence de la télévision pour le spectacle des joutes de personnes, il ne dérivera pas vers l'affrontement pur et simple entre les candidats.

Les élections précédentes nous fournissent quelques indications. En 1965, au premier tour de l'élection, la compétition entre le général de Gaulle et Jean Lecanuet au sein de la majorité a été centrée sur la question de l'Europe. En 1969, il s'est agi d'une comparaison entre les capacités des personnes, Alain Poher et Georges Pompidou. Et en 1974, le débat a porté sur le choix entre le « changement de société » proposé par la gauche, et la formule que j'avançais, du « changement dans la continuité ».

Qu'en sera-t-il cette fois-ci ?

Sans trop de complaisance je devrais, je crois, l'emporter. De peu, sans doute, et à condition que chacun dans notre camp veuille bien jouer le jeu.

Je fais part de mon analyse au Premier ministre au cours de notre entretien du lundi après-midi. Raymond Barre m'écoute avec attention, et m'approuve. Il me fait part de son pronostic :

« Vous serez réélu, me dit-il, mais à une courte majorité. »

Mon optimisme est toujours là, à me prodiguer ses conseils. Je suis moins pessimiste que Raymond Barre ; pendant que celui-ci me répond, je laisse vagabonder mon imagination. Au voisinage de 53 % pensai-je en silence…

*
* *

Pendant cette fin de mois, la vie poursuit son cours, indifférente à mes analyses et à mes réflexions.

Nous partons, pendant les vacances d'hiver, skier à Courchevel avec nos enfants.

Puis les rendez-vous se succèdent : Maurice Schumann, Jean-Jacques Servan-Schreiber, le sénateur Rudloff, le cardinal Marty avec son accent pierreux du Rouergue. Je reçois à déjeuner Simone Veil, président du Parlement européen, et son mari. Puis je m'entretiens avec des journalistes, Serge Maffert, Noël Bergeraux, et Jim Hoagland du *Washington Post*. Je donne une interview au *Figaro Magazine*. Bref, la routine présidentielle, dans ce qu'elle peut avoir de plus intéressant, et de plus normal.

Ce défilé est interrompu par un nouveau deuil, le décès du général Vanbremeersch, chef d'état-major des armées, frappé par une reprise du cancer qui l'avait déjà atteint il y a quelques années. C'est un homme attachant, qui appelle la sympathie et le respect, digne et courageux. Sa haute silhouette et son teint, blanc et rose, rappellent ses origines flamandes. Il a été déporté en Allemagne, très jeune, pour faits de résistance, comme son prédécesseur, le général Méry. Puis il a conduit une carrière militaire brillante et classique, dans l'armée de terre. Lorsque le général Méry m'a quitté pour être nommé chef d'état-major des armées, j'ai appelé son ami, le général Vanbremeersch, comme chef de l'état-major particulier du président.

Le poste de chef d'état-major des armées, auquel je l'ai nommé, est le plus élevé de la hiérarchie militaire. Le général Vanbremeersch avait toutes les capacités pour l'exercer. Je souhaitais qu'il reste confié à un officier issu de l'armée de terre, car celle-ci n'avait pas encore achevé son rétablissement après la secousse que lui avaient infligée les coupes budgétaires sévères effectuées au profit de la « force de frappe », du temps de la présidence de Georges Pompidou.

Un seul problème se posait, mais il était sérieux : la santé du général Vanbremeersch lui permettait-elle d'occuper ce poste ? Le mieux, pensai-je, était de lui poser personnellement la question.

Je l'ai donc fait venir dans mon bureau, au printemps dernier, à partir du petit hôtel particulier que l'état-major occupe rue de l'Élysée. Il est arrivé en uniforme, et porte des gants blancs, qu'il a enlevés. Après qu'il s'est assis, l'entretien a commencé.

– Le départ à la retraite du général Méry va me conduire à nommer un nouveau chef d'état-major des armées, lui ai-je dit. Ce poste vous revient, et je serais heureux de vous y désigner. Mais je suis informé de vos problèmes de santé, dont vous m'avez vous-même parlé. Avant de vous nommer, je voulais connaître votre sentiment.

– C'est le plus beau poste de la carrière militaire, carrière à laquelle j'ai consacré toute ma vie, m'a-t-il répondu. Ce serait un grand bonheur d'y être nommé, et je vous remercie d'y avoir pensé. Malheureusement, il y a ce problème de santé que vous avez mentionné, et qui m'empêche de vous donner une acceptation immédiate. Je dois être sûr de pouvoir exercer pleinement cette fonction, et pour cela j'ai besoin de connaître l'avis de mon médecin.

– C'est parfaitement légitime, lui dis-je. Dans quel délai pensez-vous être à même de m'apporter votre réponse ?

– Cela ne devrait pas être long, quelques jours sans doute, à moins que mon médecin ne juge nécessaire de me faire subir certains examens. Dans ce cas, je pourrai vous répondre dans deux semaines tout au plus.

Il est revenu me voir dix jours plus tard. Même décor, même uniforme de drap kaki, avec la barrette coloriée de ses décorations. Il est rayonnant, presque souriant.

– Je suis heureux de pouvoir vous apporter, Monsieur le Président, une réponse positive. Mon médecin a tenu à effectuer un examen complet de mon état de santé. Il m'en a donné les résultats avant-hier. Je pourrai assumer pleinement la fonction que vous m'avez proposée.

– Ce n'est pas la seule question ! lui dis-je. A-t-il pu vous dire si cette surcharge de responsabilités ne risquait pas de compromettre votre propre santé ?

– Je le lui ai demandé. Il m'a répondu qu'après ses examens, il n'avait pas d'inquiétude à ce sujet.

– Dans ce cas, lui dis-je, je vais procéder à votre nomination. Le général Méry m'a demandé comme dernière satisfaction de passer la revue du 14 Juillet avec moi. Votre décret s'appliquera aussitôt après.

Nous nous sommes quittés, lui heureux et moi rassuré. Et me voici dans la nef de pierre blanche de Saint-Louis des Invalides, bordée des deux côtés par les étendards effrangés capturés par les armées françaises, en train d'assister à ses obsèques.

On a installé, selon l'usage, deux fauteuils de velours rouge et deux prie-Dieu pour Anne-Aymone et pour moi. Derrière nous, Raymond Barre est présent, accompagné de son épouse, et de tous les membres du gouvernement. De l'autre côté de l'allée se tiennent Mme Vanbremeersch, ses enfants et, me semble-t-il, trois de ses petits-enfants. De la place où je suis, j'ai du mal à les apercevoir, mais je sens venir jusqu'à moi, rasant le sol, l'onde sourde de leurs reproches.

Les honneurs militaires sont rendus dans la cour des Invalides. Dans ce pays du désordre et volontiers du laisser-aller, l'organisation est parfaite. Les trois armées sont présentes, ainsi que l'École de Saint-Cyr. On a posé sur le cercueil le képi du général Vanbremeersch. L'air est vif et sec, et le soleil d'hiver allonge sur les pavés les silhouettes des participants.

Ai-je eu tort de le nommer ? Suis-je indirectement responsable de sa mort ? Lui ai-je causé, comme à un ami, un des plus grands bonheurs de sa vie ?

Pendant que je m'interroge, je regarde la cour. Les arcades des galeries sont remplies d'un public attentif et silencieux, comme dans un théâtre italien. Les tambours font entendre leur grondement, auquel les murs renvoient un écho de pierre.

*
* *

L'agitation autour de l'élection présidentielle se poursuit dans le milieu politico-médiatique parisien. Elle tourne autour des divisions de la gauche entre les socialistes et les communistes, savamment entretenues et contenues à la fois par l'habileté de François Mitterrand, en plantant ses banderilles dans les flancs du taureau Marchais qui réagit par des mugissements furieux.

Elle s'alimente aussi des interrogations sur la stratégie de Jacques Chirac pour le second tour de l'élection. Pierre Mendès France a l'habitude de recevoir régulièrement des personnalités de gauche, au cours d'un déjeuner qu'il offre le mardi à son domicile de la rue du Conseiller-Collignon. Un des participants a raconté à un de mes collaborateurs, rencontré en ville, qu'au cours du déjeuner du mois de février, la conversation avait tourné autour de l'attitude de Jacques Chirac. Pierre Bérégovoy, proche conseiller de François Mitterrand, qui se disait persuadé que je finirais par l'emporter, estimait que Jacques Chirac changerait de tactique au dernier moment, pour éviter de figurer dans le camp des perdants après avoir déserté le sien. Les autres convives, dont Charles Hernu, étaient d'un avis contraire : « Il ira jusqu'au bout », affirmaient-ils.

*

* *

Les visiteurs que j'ai reçus dans l'ancien bureau du général de Gaulle, au cours du mois de février, tels que les ambassadeurs, les dirigeants des cercles universitaires, ou le prince héritier de Norvège, ont eu la surprise d'y apercevoir le général de Gaulle, ou plus exactement son portrait. La ressemblance est frappante. Le général de Gaulle est peint grandeur nature, debout, vêtu du costume gris croisé qu'il affectionnait, la main gauche appuyée sur une table. C'est un tableau que j'ai commandé, au nom de l'État, au peintre Chapelain-Midy, dont j'avais remarqué les œuvres dans une galerie de la rue de Seine.

Il n'existe, en effet, aucun portrait à l'Élysée, en dehors des copies des œuvres de Winterhalter représentant les souverains contemporains de Napoléon III qui décorent le salon des portraits. Ces copies datent du Second Empire. Depuis, rien ! Aucun des présidents de la République n'est représenté. Notre République ne soigne guère son passé. Je pense aux monuments publics de Londres, archipleins des portraits des hommes d'État victoriens, ou à la résidence du Premier ministre, le fameux 10, Downing Street, dont l'escalier est décoré des images de tous les Premiers ministres britanniques successifs.

Pour combler cette lacune, j'ai souhaité faire exécuter deux portraits du général de Gaulle et du président Georges Pompidou, qui seront accrochés sur le palier du premier étage.

Au moment de la commande, j'ai reçu le peintre pour discuter avec lui de son projet. À mon étonnement, Chapelain-Midy n'avait jamais eu l'occasion de rencontrer le général de Gaulle. Il lui a fallu travailler à partir de photographies, dont il m'a demandé de lui faire parvenir une collection.

Lorsqu'il est venu me présenter le portrait, il a souligné un détail singulier : « J'ai cherché partout, m'a-t-il dit, mais je n'ai jamais réussi à trouver une image où figure la main gauche du général de Gaulle. Aucune ! J'ai été obligé de l'imaginer à partir de sa main droite. »

Le portrait a été provisoirement installé sur un chevalet, dans un angle de l'ancien bureau du général de Gaulle. Lorsque je le traverse pour gagner le mien, je ressens un choc tant sa personnalité paraît présente.

Le Général tient sa tête droite, légèrement rejetée en arrière. Comme à son habitude, le col de sa chemise est blanc. Le léger strabisme de ses yeux fait imaginer qu'il porte un monocle. Il est attentif et regarde de haut, comme toujours, le défilé de ses visiteurs, de haut à cause de sa taille, mais sans expression de mépris, calmement appuyé sur sa main imaginaire.

CHAPITRE XV

Mars : la candidature

C'est la date du 2 mars que j'ai choisie pour annoncer ma candidature à l'élection présidentielle. Je souhaitais en effet ne la déclarer formellement que dans un délai de « vingt à cinquante jours » avant l'élection, pour ne pas perturber trop tôt, et trop longtemps, l'exercice de ma fonction.

Cette annonce est le type même du non-événement, car chacun savait déjà que je serais candidat. Je suis le quatrième, et dernier, des quatre grands à entrer en scène.

Pour expliquer au public ma décision, j'ai choisi la formule d'une courte allocution télévisée, qui évite de passer par l'intermédiaire des commentateurs. J'explique brièvement mon projet qui est de « poursuivre la modernisation de la France, sans rompre avec son passé ». Je n'entre pas dans les détails, car ce sera l'objet de la campagne elle-même. Et j'indique quel sera très probablement mon concurrent du second tour : François Mitterrand, comme le pronostiquent tous les sondages. J'essaie d'adopter un ton simple, qui rompe avec la solennité présidentielle, et j'ai choisi pour l'enregistrement un coin de la salle des fêtes qui ne comporte ni boiseries ni dorures, pour que les téléspectateurs ne se sentent pas transportés dans un palais officiel.

À partir de cette annonce j'entre dans une zone nouvelle et difficile : comment concilier désormais ma fonction présidentielle et ma posture de candidat ? Et qui suis-je en réalité ? Un président qui veut se faire réélire, ou un candidat parmi les autres ? Je n'ai guère de précédent pour me guider, à l'exception du cas du général de Gaulle lors de sa réélection en 1965. Mais en réalité cet exemple ne me sert à rien, car celui-ci n'était aux yeux des Français ni un président ni un candidat, mais le général de Gaulle !

J'aimerais pouvoir en parler avec des hommes en qui j'ai confiance, mais je ressens soudain un immense sentiment de solitude. Certes, je conserve des collaborateurs précieux, comme Jean Sérisé, mais la vie et le pouvoir ont dispersé mes amis : Michel Poniatowski siège au Parlement européen, Michel d'Ornano est absorbé par sa fonction ministérielle où il excelle, Jean Lecanuet cumule plusieurs mandats sénatoriaux et locaux. J'ai la nostalgie de ma petite équipe solidaire de 1974, jugée trop réduite à l'époque, mais combien active et chaleureuse ! Et j'ai l'impression pénible, quand je réfléchis, de me trouver assis au sommet d'une pyramide, et de n'apercevoir que le vide autour de moi. C'est cela, me dis-je, dont j'avais beaucoup entendu parler, et que je n'avais jamais ressenti à ce point jusqu'ici, c'est cela la solitude du pouvoir.

La réponse que je me fais à moi-même est simple, peut-être même l'est-elle trop : jusqu'à l'ouverture de la campagne officielle, je reste président ; à partir de cette ouverture, je ne serai plus que candidat.

Il devient urgent de mettre en place le dispositif de la campagne. De qui ai-je besoin : de plusieurs personnes sans doute. D'abord d'un directeur de campagne qui coordonne et active l'ensemble du dispositif. Puis d'un responsable de la communication, car la campagne fait de plus en plus appel à l'image. On me dit que François Mitterrand a trouvé un publicitaire de grand talent, bourré d'idées. L'équipe devrait comprendre aussi un animateur des comités de soutien, pour organiser le porte-à-porte et la campagne sur le terrain. Pourquoi ne pas choisir une femme ?

Je commence à prendre conscience qu'à force de me positionner comme président de la République, j'ai déjà pris du retard. Il faut agir vite.

Le premier choix est celui du directeur de campagne. J'ai eu la chance d'avoir en 1974 un préfet, Lucien Lanier, qui a fait un travail remarquable et contribué, sans aucun doute, à mon élection. Les préfets sont les hommes les plus qualifiés pour accomplir cette tâche, car ils disposent à la fois de compétences d'organisation et d'expérience politique, acquise dans la vie locale.

J'appelle donc au téléphone le ministre de l'Intérieur, Christian Bonnet. Dans notre vie antérieure, nous utilisions nos prénoms, car nous avons été élus pour la première fois ensemble, lui dans le Morbihan, moi dans le Puy-de-Dôme, et nous avons animé ensemble, pendant les deux dernières années de la IVe République agonisante, le groupe des « jeunes députés ». Maintenant, dans la vie officielle, je le désigne par son titre.

« Monsieur le ministre, lui dis-je, je vous appelle pour que vous m'aidiez à trouver un bon directeur de campagne. J'aimerais que ce soit le meilleur préfet de la nouvelle génération. Il faudrait évidemment qu'il accepte, et qu'il partage nos idées. »

Au lieu d'une réponse, j'entends une sorte de gémissement, comme la plainte d'un oiseau dans les arbres la nuit.

« Monsieur le Président, me dit-il, ne commettez pas cette erreur ! Ne prenez pas un préfet. L'opposition va déjà dire que vous vous servez des avantages de votre position, et que vous utilisez l'administration pour vous faire réélire. En désignant un préfet, vous lui offrez une cible facile. Je vous supplie de renoncer à cette idée. »

J'écoute sa voix humide et insistante. Je le reconnais bien ! C'est un homme loyal et affectueux, mais hélas ! craintif. Il n'a pas sa place dans une bataille. Lorsque Michel Poniatowski a quitté son poste, à la suite des élections municipales de 1977, c'est Raymond Barre qui m'a recommandé de choisir Christian Bonnet, jusque-là ministre de l'Agriculture, pour le remplacer, en m'affirmant : « Dans la période difficile que nous traversons, la première qualité à attendre d'un ministre de l'Intérieur, c'est une loyauté absolue. Vous pourrez compter sur celle de Christian Bonnet ! »

C'est exact : sa loyauté est parfaite. Mais il faudrait aussi d'autres qualités pour oser affronter les adversaires. Les seuls ministres de l'Intérieur qui aient laissé un souvenir, de Georges Mandel à Jules Moch, et de Morny à Poniatowski, sont ceux qui ont été capables de mener des combats !

J'ai été irrité par la faiblesse de l'action du ministre de l'Intérieur lorsqu'il s'est refusé à communiquer sur les résultats obtenus par ses services pour démonter la manipulation des faux documents attribués à l'ex-empereur Bokassa. On se souvient des faits. Bokassa remettait comme cadeau à ses visiteurs officiels la seule production de la Centrafrique, qui consistait en des plaquettes de carton noir sur lesquelles étaient fixés de petits diamants, qu'on appelle des brillants en bijouterie. Leur valeur était de l'ordre de quelques milliers d'euros. Il m'a offert ceux qu'il destinait à mon prédécesseur lors de son séjour en France, au printemps de 1974, où il attendait d'être reçu en visite officielle, puis de nouveau, en 1975, à l'occasion du sommet franco-africain réuni à Bangui. Ces présents ont été déposés dans une salle du second étage de l'Élysée, en compagnie des porcelaines des chefs d'État européens et des pièces d'orfèvrerie des souverains arabes. Je ne l'ai jamais visitée durant mon septennat, me réservant de leur donner leur destination définitive à la fin de mon mandat. Il est absurde de penser que j'aurais pu, dans l'intervalle, me lancer dans le commerce des cadeaux officiels.

Après que Bokassa eut été déposé par nos soins – ce dont l'opinion publique n'a jamais pris vraiment conscience – il a cherché le moyen de se venger. Une navette s'est instaurée entre sa résidence d'exil en Côte-d'Ivoire et certains cercles parisiens. Et on a vu apparaître dans la presse, *Le Canard enchaîné* suivi par *Le Monde*, des documents tapés à la machine et signés apparemment de Bokassa, visant à établir que ses cadeaux avaient une valeur considérable.

Cette manipulation avait pour objet de persuader l'opinion publique que ces « brillants » représentaient une valeur importante, et que je chercherais à en tirer un avantage personnel.

Mes collaborateurs, qui conservaient dans leurs archives la correspondance officielle avec la République centrafricaine, ont comparé les signatures et les titres que se donnait l'ex-empereur aux différentes époques. Ils ont constaté que ces documents n'avaient pas été rédigés à la date qu'ils portaient. Il restait à savoir comment et par qui ils avaient été manipulés. Un intermédiaire, Roger Delpey, qui faisait la navette entre la Côte-d'Ivoire et la France, a commis l'erreur de se rendre à l'ambassade de Libye, pays qui avait tissé des liens étroits avec Bokassa, pour y solliciter l'argent dont il avait besoin pour financer la poursuite de sa campagne. Dès lors, les services de la Surveillance du territoire étaient habilités à surveiller ses agissements. Ils ont fini par découvrir dans le fond du jardin de la maison qu'il habitait à Meudon, la tonnelle où il rédigeait ses fausses attestations.

Pour disposer des munitions nécessaires, une pile de feuillets blancs avait été revêtue à l'avance de la signature de Bokassa. La machine à écrire qui s'y trouvait a été identifiée par les services comme étant celle qui avait servi à taper les documents publiés dans la presse. Devant ces découvertes, Roger Delpey s'est effondré et a décrit en détail la machination.

Quand j'en ai été informé par mes collaborateurs, j'ai appelé le ministre de l'Intérieur pour qu'il communique sur ce succès de ses services.

– Je le regrette, Monsieur le Président, mais je n'en ai pas le droit. Ces faits sont couverts par le secret de l'instruction !

– Curieux secret, lui ai-je répondu, car je suis attaqué quotidiennement sur ce sujet par la presse d'opposition, qui publie des documents me mettant en cause. Vous savez que je me suis fixé une règle, au début de mon septennat, m'interdisant de poursuivre les journaux[1]. Et voici que vos services découvrent le petit atelier où sont fabriqués ces documents et même la machine à

1. Mes deux cousins, François et Jacques Giscard d'Estaing, contre lesquels l'hebdomadaire *Le Canard enchaîné* avait publié des accusations analogues, ont déposé l'un et l'autre plainte en diffamation. La cour d'appel de Paris, dans deux jugements longuement argumentés, en date du 23 décembre 1980, a constaté que ces accusations constituaient une diffamation et a condamné solidairement pour diffamation les responsables du *Canard enchaîné*. Le texte intégral de ces deux jugements a été publié dans la *Gazette du Palais* en date du 26 février 1981.

écrire sur laquelle ils ont été tapés. Quel inconvénient y a-t-il à le faire savoir ? Je ne vous demande pas de révéler aucun interrogatoire, ni de citer un nom, mais seulement de faire connaître la découverte faite par vos services qui ne m'a pas surpris, mais qui peut être mise à leur actif !

– C'est malheureusement impossible, me répète-t-il. Je le regrette profondément, mais je vais vous faire parvenir le procès-verbal détaillé de ce qu'ils ont trouvé.

Sa voix a pris un tintement métallique, celui qu'Alphonse Daudet prête à la colère des faibles. Je comprends que sa seule obsession est de ne se voir attribuer aucun rôle personnel dans une affaire dont il mesure les risques politiques qu'elle fait courir, et dont il tient à tout prix à se tenir à l'écart.

Et moi, de mon côté, je me remémore la superbe exclamation de Tocqueville dans la partie de ses Souvenirs où il raconte la venue de la duchesse d'Orléans, en février 1848, accompagnée de son petit garçon âgé de dix ans, dans l'hémicycle de l'Assemblée nationale. Celle-ci doit proclamer la régence, mais voici que les tribunes sont envahies par des émeutiers. La séance est présidée par le président Sauzet, qui « se démenait d'une étrange manière, se relevait, s'asseyait encore, et ne concluait à rien ». « Ce fut un grand malheur pour la maison d'Orléans, estime Alexis de Tocqueville, d'avoir un honnête homme de cette espèce à la tête de la Chambre un pareil jour : un coquin hardi eût mieux valu ! »

Le ministre de l'Intérieur me fait parvenir les documents annoncés. Ils décrivent en détail le petit atelier où les faux documents sont cachés, et racontent la confession de l'auteur. Il y ajoute, je ne sais pourquoi, une photo prise par un de ses agents où l'on aperçoit Roger Delpey et le rédacteur en chef du *Canard enchaîné*, installés à une table dans un café à l'angle du quai Voltaire. Ils sont assis sur des chaises de bistrot et penchent la tête en avant sur le guéridon de marbre, pour se rapprocher et échanger leurs secrets. On dirait un tableau de Cézanne, au sujet de leur conversation près. Cette photo ne m'est d'aucun usage.

En fin de journée, Christian Bonnet me rappelle pour renouveler sa supplique :

« Si j'insiste autant, Monsieur le Président, c'est pour vous rendre service. » Et je suis sûr d'ailleurs que c'est bien son intention ! « Vous allez être réélu ! Ne gâchez pas vos chances en donnant aux Français l'impression que vous mobilisez l'appareil d'État pour vous soutenir. Cela se retournerait contre vous ! »

C'est entendu, je ne prendrai pas de préfet comme directeur de campagne. Ce n'est pas que le ministre de l'Intérieur m'ait convaincu, mais il m'a lassé ou, pour être plus précis, il a éveillé en moi cette lassitude, cette forme de découragement qui vous saisit quand on doit combattre les arguments, vrais ou faux, de ceux dont on attendait normalement qu'ils vous apportent leur concours.

*

* *

Je suis vraiment en retard. Huit ou neuf semaines restent avant l'élection, dont le premier tour est fixé par le Conseil constitutionnel au dimanche 26 avril. Rien n'est encore préparé, et c'est ma faute.

Je me suis imaginé que, pour un président sortant, la campagne se réduirait à un tour de France citoyen, et qu'il n'y avait pas besoin d'organisation. Je me rends compte que c'est faux et que, à l'image de toute compétition, lorsqu'on se rapproche de l'échéance, le passé et même le présent perdent de leur importance, et que seul compte l'espace qui reste à parcourir devant soi.

Le 3 mars, je tiens une réunion pour structurer différemment ma campagne. Au lieu d'un seul directeur, il y en aura deux : un pour l'organisation, et l'autre pour la communication, auxquels s'ajoutera un responsable des comités de soutien. Il me faut des hommes jeunes, talentueux, et qui soient volontaires pour la tâche.

Après avoir épluché la liste des personnalités politiques qui répondent à ces critères, je retiens trois noms : ceux de Jean-François Deniau, de Jean-Philippe Lecat et de Monique Pelletier. Je sollicite leur accord, qu'ils me donnent par téléphone. Ils sont jeunes, et leur talent est incontestable. Jean-François Deniau, qui a montré ses capacités dans les difficiles négociations de Bruxelles, sera responsable des dossiers et des thèmes. Il sera assisté de Jean-Claude Casanova et de Jean-Pierre Raffarin. Jean-Philippe Lecat, ancien élu RPR de Bourgogne et homme de culture, prendra en charge la communication et sera mon porte-parole. Et Monique Pelletier, juriste énergique et courageuse, coordonnera la mise en place des comités de soutien.

Ils démissionnent tous les trois de leurs postes ministériels et vont s'installer au PC de la campagne, un petit immeuble loué hâtivement rue Marignan, près de l'avenue Montaigne. Tant qu'à porter un nom de bataille, je préfère que cela soit celui d'une victoire, dont tous les écoliers connaissent la date.

Ces démissions n'entraîneront pas de remaniement ministériel, d'autres ministres en exercice seront chargés d'assurer l'intérim de leurs ministères.

Et je prépare ma participation au « grand débat » sur TF1, avec des journalistes, prévu pour le 10 mars.

*
* *

En répondant aux questions des journalistes, j'essaie de communiquer sur plusieurs points.

D'abord, en rendant transparente ma position politique. Pour cela, je précise les choix qui seraient les miens, ce qui est, je crois, inédit, si je ne devais pas figurer au second tour de l'élection : j'annonce que je voterais pour François Mitterrand contre Georges Marchais, et pour Michel Debré ou Jacques Chirac contre François Mitterrand. Je tiens à me dégager ainsi des clivages politiques traditionnels, en cherchant à privilégier les grands intérêts de la France.

Ensuite, en proposant de poursuivre la modernisation politique du pays en mettant fin à la pratique du cumul des mandats.

Je réserve les questions économiques et sociales pour le Forum sur l'avenir auquel je dois participer avec des jeunes.

Enfin, je m'ouvre aux interrogations des journalistes, en leur disant qu'ils ont pleine liberté pour me questionner sur les sujets de leur choix.

À celui qui me demande pourquoi je n'ai pas parlé plus tôt des diamants de Bokassa, je réponds : « C'est parce que la question ne m'a jamais été posée ! Or j'ai participé à de nombreuses émissions au cours des derniers mois. Cela m'a permis de voir, dis-je, qu'il y avait à la fois la bassesse des attaques et la lâcheté des questions ! » Quant aux brillants eux-mêmes, qui m'ont été offerts comme à tous les visiteurs qu'a reçus Bokassa, ils ont été vendus par une procédure publique, et leur montant versé à des œuvres caritatives centrafricaines, ce que confirmera un communiqué du secrétariat général de la présidence[1]. Celui-ci décrira en détail la procédure et l'affectation de la somme. Les journalistes n'insistent pas, et l'affaire semble trouver son dénouement. Mais je me dis que cela n'est pas le cas dans l'opinion, à cause de la magie du mot, qui a été vicieusement exploitée et qui évoque de fabuleuses richesses. Quelle calamité que le sol de la République centrafricaine n'ait pas contenu plutôt des améthystes, ou de la malachite !

*
* *

François Mitterrand, de son côté, commence sa campagne par un discours à Beauvais, qui sera suivi, annonce-t-il, de vingt-quatre réunions publiques régionales.

Je lis avec attention son texte, publié par l'AFP. Je le trouve excellent, de son point de vue. Il se place d'emblée dans l'hypothèse de la victoire, et il cherche à rassurer l'opinion sur ses conséquences. Il veut démontrer que « l'alternance proposée par les socialistes constitue la seule issue possible à la crise que traverse la société française ». On voit poindre le thème du changement de société. Et il récuse les arguments de ceux qu'il entend dire : « les socialistes, c'est le désordre ».

Il complète son positionnement, la semaine suivante, au cours de l'émission « Cartes sur table », en affirmant

1. Le récit détaillé de l'« affaire des diamants » figure dans *Le Pouvoir et la Vie*, tome II, chapitre 7.

qu'il cherche à réunir tous les Français qui veulent une « autre politique ». Et il prononce, habileté suprême, une attaque sévère contre les dirigeants communistes : « Tant que les dirigeants communistes resteront éloignés de l'union qu'ils ont brisée, tant qu'ils se cantonneront dans une attitude et dans une campagne passionnément et parfois calomnieusement antisocialistes, tant qu'ils resteront alignés sur des positions étrangères dans des affaires aussi graves que celle de l'Afghanistan, il ne me paraît pas raisonnable de penser, pour que le gouvernement mène une politique harmonieuse, qu'il y ait des ministres communistes ! »

Ce qui rend sa démonstration encore plus brillante, c'est qu'il est parfaitement décidé en lui-même à faire entrer des ministres communistes dans le gouvernement qu'il formera, car il est suffisamment réaliste pour savoir que c'est la condition de la victoire qu'il espère.

Lorsqu'il s'éloigne de ses présentations rhétoriques, il devient plus approximatif. Intervenant à son tour dans le « grand débat » sur TF1, il affirme que « les Français savent que je suis celui qui pourra le plus réellement s'attaquer au problème du chômage ». Et il poursuit « si je parviens à réduire le nombre des chômeurs… je donne un élément supplémentaire à la relance ». C'est ce que les rhéteurs appelleraient une lapalissade. Quant aux mesures à prendre, à la stratégie à conduire, il ne fournit aucune indication ! Si Raymond Barre, directement confronté aux difficultés du problème, l'écoute, il doit suffoquer d'indignation. Je vois bien que ce sera le point faible de sa campagne, mais est-il possible d'en persuader les Français qui n'ont, par malheur et sans qu'ils en soient individuellement responsables, qu'une culture économique réduite ?

Dans son ton et dans sa présentation, François Mitterrand s'efforce d'installer l'image de la « force tranquille ». C'est le slogan que lui a proposé le publicitaire Jacques Séguéla, que je n'ai jamais rencontré mais dont chacun m'affirme qu'il a une créativité exceptionnelle. Il est l'homme à la mode du moment. On voit apparaître sur les murs les premières affiches de cette « force tranquille ». La présentation est habile : l'image d'un petit village en haut d'une colline, couronné de son église. Pourquoi pas, à condition de ne pas y entrer ! Jean-Philippe Lecat m'assure tenir de bonne source que cette campagne, et son slogan « La force tranquille » ont été imaginés pour le lancement d'un nouveau produit de la société Danone. L'entreprise ayant renoncé à introduire sa gamme, le président de Danone, Antoine Riboud, aurait autorisé le publicitaire à utiliser ses thèmes pour d'autres campagnes. D'où le paysage rustique et paisible, et la petite église. Il n'y manque qu'un grand pot de yaourt ! Au premier plan de l'affiche, le candidat est représenté entouré de ses principaux collaborateurs. Ainsi ce n'est pas un homme seul, il peut s'appuyer sur une équipe ! Je cherche à identifier les personnages. J'en reconnais quelques-uns, et soudain mon cœur bondit d'indignation. Comment est-ce possible ? Claude Cheysson. Nous sommes rue de Longchamp, au coin de l'avenue Victor-Hugo. L'affiche est collée sur le côté d'une petite maison, celle d'un ancien marchand de charbon. Je demande au chauffeur de ralentir pour que je puisse vérifier. Oui, il n'y a aucun doute, c'est bien lui, je suis sûr de le reconnaître.

Claude Cheysson ! La scène me revient en mémoire. Au printemps de l'an dernier, le problème du renouvellement de la Commission européenne s'est posé. Nous devions désigner deux commissaires dans la nouvelle

Commission qu'allait présider le Luxembourgeois Gaston Thorn. Je souhaitais donner un signal fort de notre engagement européen en envoyant des personnalités actives et compétentes dont, si possible une femme, siéger à Bruxelles. Or, parmi nos deux commissaires sortants figurait le vice-président de la Commission, chargé des questions économiques et monétaires, François-Xavier Ortoli. Il y avait tout intérêt à le conserver dans ce poste, et sa compétence le justifiait. Le renouvellement ne pouvait alors porter que sur le second poste, qu'occupait le diplomate Claude Cheysson.

J'ai commencé à m'interroger sur la personne que nous pourrions nommer et, comme chaque fois qu'il s'agit de places à pourvoir, vos pensées les plus intimes sont décelées, et la rumeur filtre à l'extérieur.

Simone Veil, alors président du Parlement européen, a demandé à me rencontrer. Je l'ai reçue avec plaisir :

– Je suis venue pour vous parler du cas de Claude Cheysson. On m'a dit que vous n'aviez pas l'intention de le renommer à la Commission européenne.

– C'est exact, lui réponds-je. Je crois que nous devons donner un signal de renouvellement. Comme il n'est pas question de changer Ortoli, le renouvellement ne peut porter que sur le poste de Cheysson.

– Je vous demande de ne pas le faire, insiste-t-elle. Cheysson accomplit un excellent travail à la Commission. Nos partenaires des pays associés regretteront unanimement son départ.

– Je me réjouis qu'il ait fait du bon travail. C'est d'ailleurs normal. Mais ce raisonnement conduirait à interdire tout renouvellement. Je ne l'ai pas beaucoup vu dans les réunions européennes !

– C'est lui qui m'a demandé d'intervenir auprès de vous, me dit-elle.

À ce moment, une pensée me traverse l'esprit.

– Je ne fais pas de nomination politique, lui dis-je. J'ai désigné Georges Vedel au Conseil constitutionnel. À aucun moment je ne lui ai demandé de me soutenir ! Mais nous sommes à un an d'une échéance difficile pour la France. Je ne voudrais pas que ceux que je nomme fassent campagne contre moi…

– C'est évident, Monsieur le Président, me réplique-t-elle. Je suis sûre de sa loyauté.

– Lui avez-vous posé la question ?

– Non, mais en raison de sa démarche, elle va de soi. Il se tiendra en dehors de la prochaine campagne.

Connaissant la conscience scrupuleuse de Simone Veil, je sais qu'elle en est persuadée.

– Je préférerais, lui dis-je, que vous lui posiez directement la question. Il faut être clair : je ne lui demande rien, mais si je devais suivre votre recommandation, je souhaiterais qu'il prenne l'engagement, comme vous le dites, à se tenir à distance de la campagne.

– Volontiers. Je lui poserai la question et je vous communiquerai sa réponse.

Quelques jours plus tard, on me signale un appel téléphonique de Simone Veil. Ma secrétaire me passe la communication.

« J'ai pu rencontrer Claude Cheysson, me dit-elle. Il a paru surpris par ma question. “Il est évident que si le président me renouvelle à la Commission européenne, m'a-t-il déclaré, je respecterai une stricte neutralité lors de l'élection présidentielle.” Comme je voulais en être bien sûre, ajoute Simone Veil avec un sourire dans la voix, je le lui ai fait répéter : “Vous vous y engagez ?”

« “Oui, je m'y engage, a-t-il répondu. Cela va de soi !” »

Je n'aime guère les réponses « qui vont de soi » : elles sont généralement évasives.

Contre mon gré, j'ai donc désigné François-Xavier Ortoli et Claude Cheysson comme membres français de la Commission européenne. Ils ont pris leurs fonctions il y a moins de trois mois.

Et voici qu'au détour d'une rue, sur un grand panneau de la « force tranquille », au-dessus d'un marronnier, je reconnais Claude Cheysson au milieu du groupe des collaborateurs rapprochés de François Mitterrand !

Il est vrai qu'il se tient un peu guindé, avec la bouche de travers, et sur le visage une expression béatement sournoise.

J'espère qu'il y a un confessionnal dans la petite église !

*
* *

Jacques Chirac poursuit sa campagne, mais il m'est difficile de comprendre quel adversaire il cherche à atteindre avec les moulinets de la rapière qu'il fait tournoyer au-dessus de sa tête. Il veut apparaître comme le recours unique contre le « socialo-communisme » que représente François Mitterrand, et contre le « risque sans changement » que je suis censé incarner, et qu'il place sur un pied d'égalité. Il laisse jaillir sa préférence intime en déclarant : « Si l'on veut rendre à ce pays la confiance et l'espoir, fût-ce au prix de la défaite du président de la République, c'est l'intérêt de la France qui m'importe, et non pas l'intérêt de tel ou tel homme ! »

Participant à son tour à l'émission télévisée de « Cartes sur table », le 9 mars, il déplace sa ligne de tir : ce n'est plus Raymond Barre qu'il vise, il cherche à m'atteindre directement. Il reprend l'argument éculé d'une « très grande faiblesse sur l'Afghanistan ». Il va jusqu'à affirmer que « la France a laissé envahir ce pays par l'Union soviétique ». Qu'imaginait-il ? Un saut de parachutistes français sur Kaboul ? Le déclenchement par la France d'un conflit nucléaire, où, isolés ou non, nous aurions été anéantis ?

Pour faire sortir la France du chômage croissant, il propose une diminution importante de la fiscalité sur les particuliers, mais n'envisage aucun mode de financement. Pas un mot sur l'envolée des cours du pétrole, ni sur le programme électronucléaire en cours.

Il déclare d'entrée de jeu : « Je serai présent au second tour, j'en suis persuadé ! » C'est un langage normal pour tout candidat, mais ce n'est pas ce que prévoient les sondages. L'ensemble des instituts le crédite de 16 à 18 % des voix au premier tour de l'élection ; ils attribuent 24 à 26 % à François Mitterrand, et me donnent entre 27 et 29 % des suffrages. Qui espère-t-il dépasser ?

L'avantage de ce positionnement est évidemment de lui permettre d'entretenir l'ambiguïté sur ses intentions du deuxième tour.

*
* *

Au lendemain de cette émission, j'ai le bonheur de lire, de déguster plutôt, un article qu'Edgar Faure a fait paraître dans *Le Figaro* sous le titre : « Le Roi, vraiment ? » On le retrouve tout entier, avec son intelligence lumineuse et caustique, sa culture, et sa malice :

« Aux approches du scrutin décisif un certain nombre de politologues et de pamphlétaires, écrit-il, s'avisent tout d'un coup de la parenté qui existe entre une république présidentielle et une monarchie élective.

« La belle découverte que voilà !

« Pendant la présidence de De Gaulle, un hebdomadaire satirique nous offrait une chronique intitulée "La Cour", dont le protagoniste était… le Roi.

« Veut-on nous faire croire aujourd'hui que VGE serait plus roi que ses prédécesseurs ? Est-il un tyran impétueux succédant à des souverains fainéants ? »

Edgar Faure rappelle trois de mes « avancées démocratiques » : l'initiative de la procédure des questions directes posées aux ministres en leur présence par les députés ; le droit de recours direct des parlementaires au Conseil constitutionnel ; le refus d'avoir recours, pendant mon septennat, à la délégation de pouvoirs, c'est-à-dire aux décrets-lois et aux ordonnances.

Et il conclut :

« En se soumettant au verdict du corps électoral, le président actuel, tout roi qu'on l'imagine, montre bien qu'il reconnaît le seul souverain de la France qu'est son peuple.

« Les faux procès ne doivent pas oblitérer les vrais problèmes. »

*

* *

Le secrétaire général du syndicat Force ouvrière m'a demandé un nouveau rendez-vous. Je le reçois avec plaisir. Il me paraît être en excellente forme. Ses cheveux sont coupés court, et collent à son crâne. Il porte des lunettes légères, dont les verres sont cerclés de métal, et on entrevoit dans sa bouche les éclats dorés des dents qui ont été soignées. Il arbore un large sourire, mais je sais que sa tâche est difficile, car il doit naviguer habilement entre un patronat auquel il doit arracher des concessions suffisantes pour satisfaire ses adhérents, et le syndicat communiste CGT qui l'accuse en permanence de trahir ses intérêts.

– Alors, Monsieur le Président, vous n'avez pas suivi mon conseil ! m'interpelle-t-il. Vous n'avez pas changé votre Premier ministre.

– J'ai réfléchi à vos arguments qui étaient justes, lui réponds-je. Mais il y avait aussi des éléments de sens contraire : il n'existe pas, et vous le savez bien, d'autre politique économique possible. Et Raymond Barre a une solidité et une compétence que personne ne conteste. Enfin, de toute manière, c'était trop tard.

– Vous n'y avez rien gagné ! réplique Bergeron. Votre cote continue de baisser. Vous êtes parti, si vous ne faites rien, pour perdre l'élection. Or, comme je vous l'ai dit, je souhaite, ou plutôt je préfère, votre réélection. Je suis socialiste, mais je n'ai pas confiance en François Mitterrand, et il sera trop dépendant des communistes. Alors je viens vous apporter une idée qui vous fera gagner, et j'espère que cette fois vous m'écouterez !

– Quelle est cette idée ? lui demandé-je, ma curiosité piquée.

– Il faudrait que vous annonciez qu'aussitôt élu, vous ajouterez une semaine à la durée des congés payés obligatoires, c'est-à-dire la cinquième semaine ! Vous montreriez qu'au lieu d'être éloigné des gens, comme vos adversaires vous le reprochent, vous comprenez leur demande. Et de toute façon l'économie n'y perdra rien, ajoute-t-il avec un sourire, car si vous êtes battu, vos adversaires le feront tout de suite !

– C'est une idée intéressante, mais j'ai besoin d'y réfléchir.

– Je ne vous conseille pas de le décider tout de suite, reprend Bergeron, car cela serait perçu comme de l'affolement, et vos adversaires vous reprocheraient d'acheter vos électeurs ! Mais vous devriez l'annoncer dès maintenant.

C'est vrai qu'il faut y réfléchir. Les roues dentées des mécanismes de la pensée se mettent à tourner. Nous travaillons à relancer l'économie, à remonter son taux de croissance. La durée de nos congés obligatoires est déjà une des plus longues du monde industriel, et ce signal serait interprété comme un relâchement de nos efforts. Une mesure globale ne serait pas justifiée. Peut-être que des négociations pourraient s'ouvrir dans les branches les plus compétitives.

C'est une proposition habile, intéressante, qui viendrait compléter, le moment venu, sous une forme plus souple, les résultats de notre redressement. Mais pas maintenant, et pas pour « acheter » l'élection !

Je remercie chaleureusement André Bergeron de sa visite, et de sa suggestion.

*
* *

J'ai le bonheur de terminer ce mois de mars en participant au Forum sur l'avenir organisé par « Génération sociale et libérale », le mouvement des jeunes giscardiens. Tout change : le ton de voix, les vêtements, la souplesse des gestes. Enfin la gaieté et l'imagination en politique ! Je m'y plonge comme un poisson dans l'eau : mes raideurs, mes regrets, mes inhibitions s'envolent ! Les jeunes chantent, plaisantent, racontent. Une délégation est revenue de Chine, et nous raconte « la vie en jaune », selon le titre du livre qu'ils publient pour raconter leur expérience.

Quand je prends la parole, je n'ai plus la perception de ces publics rances et blasés de trop de réunions publiques. Les mots volent sur les têtes et ébouriffent les cheveux. De temps à autre, une interpellation aiguë fait dériver mon discours.

Je présente le plan pour le plein emploi des jeunes, que je compte appliquer aussitôt après mon élection. Il s'inscrit dans la continuité de l'excellente action menée par Christian Beullac, ministre de l'Éducation, en faveur de la formation professionnelle et du rapprochement entre le système éducatif et les besoins.

Les jeunes présents m'approuvent. Je sens leur confiance bourdonner dans leurs applaudissements.

*
* *

Il me reste à participer, le 30 mars, à l'émission rituelle « Cartes sur table ». Je saisis cette occasion pour souligner deux aspects de mon septennat.

D'abord la stabilité institutionnelle : pas de dissolution ; toutes les élections ont eu lieu à la date prévue ; aucun changement de loi électorale ; deux Premiers ministres, seulement, en sept années. Nous nous rapprochons de la démocratie paisible que je souhaite. Il semble aussi que nous avancions vers un certain consensus des Français : « En dépit du choc pétrolier, l'année 1980 aura connu le plus petit nombre de jours de grève en France depuis seize ans ! »

Et je réponds aussi aux accusations portées par la diplomatie approximative et guerrière de François Mitterrand et de Jacques Chirac. Jamais, dis-je, jamais depuis le départ du général de Gaulle la France et ses représentants n'ont eu une meilleure image en Europe et dans le monde ! Quant aux propos de François Mitterrand concernant ma rencontre à Varsovie avec Leonid Brejnev, et ma prétendue complaisance vis-à-vis de l'Union soviétique, je les estime « offensants pour le président de la République, et donc attentatoires à la bonne réputation de la France à l'extérieur ». Et j'ajoute que « lorsqu'on connaîtra le détail de cette conversation, et à ce moment-là, bien des jugements apparaîtront à la fois légers et injustes[1] ».

*
* *

C'est en rentrant à l'Élysée après l'émission que j'ai perçu enfin la nature de la campagne que je souhaitais faire. Le trajet était court, depuis la rue Cognacq-Jay. L'auto a suivi le quai d'Orsay et traversé la Seine sur le pont Alexandre-III, dont les bas-reliefs dorés décrivent d'un côté les mérites de la Seine, et de l'autre ceux de la Neva. L'odeur des marronniers en fleur donnait une tonalité de flânerie et de fête à cette toute première soirée printanière. Des badauds s'accoudaient sur les parapets. Les plus hardis cerclaient de leurs bras la taille de leur jolie compagne.

De toute manière l'organisation de ma campagne sera faible. C'est entièrement ma faute : je m'y suis pris trop tard, et, en vérité, je ne ressentais pas la nécessité de faire campagne. J'étais président de la République, et j'étais suffisamment connu, en bien ou en mal. J'avais

1. Andreï Gromyko écrira plus tard dans ses Mémoires qu'il n'avait « jamais pu comprendre les reproches qu'on [m']avait faits à ce sujet ». « C'est nous qui aurions dû lui faire des reproches, dit-il, car le président français était venu nous tenir des propos faits de mise en garde et de menaces. »

beaucoup parlé, réformé, proposé, commémoré. Les électeurs disposaient de tous les moyens de choisir ! Je découvre maintenant que ce raisonnement est faux. L'élection ne porte pas sur le passé, sur l'œuvre accomplie, mais sur ce que les gens attendent de l'avenir. Ils demandent à savoir ce qu'on leur annonce, ou pire, ce qu'on leur promet. Il va falloir que je m'adresse à leur imagination, que je suscite leur enthousiasme, tout en restant crédible. Comment faire ? Je n'ai pas une grande connaissance des techniques de la publicité. Je préfère l'expression directe.

Pendant que les autos nous croisent, phares allumés, je me souviens de deux campagnes qui m'avaient séduit.

Celle de Jacques Duclos, le candidat communiste lors de l'élection présidentielle de 1969. Celui que le député Tixier-Vignancour avait décrit comme « le pâtissier cynique venant déposer sur le bureau de l'Assemblée nationale le saint-honoré de la trahison » avait conduit une campagne électorale remarquable par l'économie de ses moyens. Il circulait en train de voyageurs, pratiquement seul, et s'adressait aux groupes rassemblés pour l'entendre, notamment dans les gares, avec sa voix tonitruante et son accent des Pyrénées. Les électeurs l'avaient récompensé avec un beau, mais inutile, succès. Ce précédent ne m'était d'aucun usage !

L'auto est arrivée dans le parc de l'Élysée. J'ouvre la porte du salon d'argent, et je monte l'escalier qui conduit à l'appartement privé. Je poursuivrai ma réflexion dans la bibliothèque.

Le second exemple de campagne est celle qu'a menée Adlai Stevenson en 1956. Le président Eisenhower se représentait pour un second mandat. C'était un héros national, immensément populaire. Personne ne voulait se risquer à l'affronter. Le camp démocrate cherchait désespérément un candidat. Il a fini par convaincre le gouverneur de l'Illinois, Adlai Stevenson, de se présenter. Stevenson était un intellectuel bourgeois, allié à une famille fortunée de Chicago, qui avait une curieuse tête d'œuf et un sourire charmeur. On n'attachait guère d'importance à sa candidature, et on se satisferait de sa part d'une simple figuration. Or, à la surprise générale, il a conduit une campagne remarquable, qui a éveillé l'attention du public. Cette campagne se limitait à des discours thématiques, qu'il rédigeait lui-même et qui étaient reproduits dans la grande presse.

Une dizaine en tout. Son intelligence et son éloquence limpide ont fini par créer un petit mouvement, puis par déclencher une marée d'enthousiasme. Eisenhower a été facilement réélu, mais la campagne d'Adlai Stevenson est restée longtemps dans les mémoires. J'avais demandé à Marietta Tree, rencontrée dans la campagne anglaise et dont je savais qu'elle avait été sa protectrice et son amie, de me retrouver le texte de ses discours. Elle m'a envoyé un fascicule défraîchi, que j'ai conservé avec soin. Je viens de relire deux discours, dont l'un, célèbre, sur le besoin d'éducation.

Enfin ! Voici la campagne que je souhaite : un tour de France ponctué d'interventions. L'organisation se chargera d'établir le calendrier, de rassembler les auditoires, et de sonoriser les salles. Pas de tribune, d'effet de voix, d'yeux qui roulent dans leurs orbites ; pas de promesses jetées à pleines brassées pour remplir les bouches béantes. J'écrirai moi-même mes discours. Bien sûr, Jean Sérisé et son équipe rassembleront la documentation, mais je tiendrai la plume.

Ces réunions auront lieu en fin de journée. Je rentrerai tous les soirs à Paris, car je ne dors jamais aussi bien que dans mon lit. La matinée sera consacrée à rédiger l'intervention suivante. Au début de l'après-midi, quelques rendez-vous de contact et d'information. Et puis rebelote ! Je repars pour une nouvelle tournée.

Je tiens enfin ma campagne. Merci, Jacques Duclos et Adlai Stevenson ! Mais il va falloir que je sois bon, très bon…

CHAPITRE XVI

Avril : journal de la campagne, et premier tour de l'élection

Je ne vous raconterai pas les réunions de la campagne électorale, qui ont débuté hier soir à Metz, en Lorraine, et se poursuivent ce soir, premier jour du mois d'avril, dans l'ouest de la région parisienne, à Pontoise et à Meudon. Il faudrait faire appel à une carte de France, recouverte de petites flèches bariolées. J'essaierai seulement de vous communiquer les réactions qui m'ont marqué, depuis la totalité de l'accueil des élus locaux, qui ouvrent la séance, jusqu'à l'atmosphère, l'ambiance, que je perçois dans la salle. Je suis extraordinairement sensible aux réactions du public, ce qui est à la fois une force, car je pense pouvoir détecter ainsi l'évolution de l'opinion, mais aussi une faiblesse, car si la salle reste froide, je me mets à parler faux.

C'est Platon, dans son dialogue d'*Ion*, qui nous explique la similitude qui existe entre trois catégories d'orateurs : les prêtres, les hommes politiques et les acteurs de théâtre. Tous trois sont sur la scène et s'adressent à un public qu'ils veulent convaincre ou séduire. Leurs seuls outils sont la parole et le geste.

Ils recherchent l'inspiration, et quand ils la trouvent, écrit-il, leurs visages s'enflamment et leurs cheveux se dressent sur leur tête. Ce n'est pas une éventualité qui me concerne !

Ce début de campagne est chaleureux, plutôt calme. Les opposants sont absents des réunions, et les participants sont heureux d'avoir l'occasion d'applaudir. Comme ils se retrouvent entre eux, suffisamment nombreux, ils peuvent croire en la victoire, en dépit des sondages serrés que publie la presse. J'ai l'impression qu'ils vivent encore sur la perception de mon avance antérieure.

Pendant que je prononce mon discours, je regarde toujours les rangs du fond, et les portes d'accès. Quand la salle est pleine, je me sens plus à l'aise, et je guette les derniers arrivants, qui se tiennent debout, faute de place assise.

Je ne peux pas m'empêcher de comparer chaque réunion à celle qui l'a précédée en 1974.

Cette sensation est particulièrement forte samedi soir, quand je retourne en Alsace. Mon circuit débute par Colmar. En 1974, avant la réunion, j'avais dîné dans l'appartement d'une famille alsacienne qui soutenait ma campagne. J'ai tout aimé, la nappe, la vaisselle, la cuisine, les attentions silencieuses dont on m'entourait, et les sourires des deux femmes de la maison. Je m'y serais installé ! Aujourd'hui, je me rends directement dans la salle de réunion, pleine à craquer. Cris, applaudissements. L'auditoire m'est acquis et, ce qui est mieux, festif ! Si toute ma tournée se faisait dans la plaine d'Alsace, quel bien-être ce serait pour moi !

Je repars pour Strasbourg en empruntant l'autoroute dont j'ai promis qu'elle serait construite et achevée avant la fin de mon septennat, car je supportais mal l'idée que le pays de Bade, de l'autre côté du Rhin, soit desservi par une autoroute, et que l'Alsace en reste réduite à la voirie nationale. Il manque encore quelques tronçons pour que l'ouvrage soit complet. On m'explique que cela tient à des problèmes de tracé, dans les communes où la terre est précieuse.

À Strasbourg, je suis accueilli par toute la démocratie chrétienne au grand complet, Pierre Pflimlin et le ministre Daniel Hoeffel en tête, et les libéraux alsaciens. Les sympathisants du RPR sont venus en grand nombre, mais leurs dirigeants dansent d'un pied sur l'autre, car ils s'efforcent de maintenir un particularisme gaulliste dans une province dont la population éprouve un sentiment profondément unitaire.

J'évoque dans mon discours mon action en faveur de l'Europe, et l'élection au suffrage universel du Parlement européen de Strasbourg, qui vient de décider de tenir toutes les sessions cette année dans la capitale alsacienne. Simone Veil est assise au premier rang. Je cite son nom, et une ovation monte dans la salle. Puis je raconte la manière dont j'ai découvert Strasbourg, en avril 1945, en traversant la ville sur notre char au tout petit matin, pour atteindre le point d'embarquement d'où nous traverserions le Rhin sur des radeaux pneumatiques. Succès assuré !

Le retour se fait dans la nuit, notre avion se faufile au milieu des étoiles.

*

* *

Ce que j'ai eu à faire cette semaine n'était pas aussi riant.

Mardi matin, j'ai reçu le vice-Premier ministre Mieczyslaw Jagielski, pour recueillir ses informations directes sur l'état d'extrême tension qui règne dans son pays, depuis les affrontements violents de mars, et la préparation d'une grève générale par le syndicat Solidarnosc. Les manœuvres Soyouz 81 du Pacte de Varsovie viennent de se dérouler sur les territoires polonais, tchécoslovaque et est-allemand.

Je le quitte pour me rendre rue de Marignan, où Jean-Philippe Lecat doit me présenter les affiches de ma campagne. Celles-ci sont toutes disposées à la même hauteur sur les murs d'une salle. Lecat a mis en concurrence trois agences différentes. Je ne suis pas très impressionné par leur créativité. Tous les projets sont identiques : une photo de mon visage, soulignée par un slogan. Sans doute leur a-t-on imposé ce format. Je fais le tour de cette galerie de moi-même. Je n'aime pas me regarder en photo, jamais gai, jamais de rire éclatant, à la manière de John Kennedy ou de Jean Lecanuet, je parais aussi congelé que la pellicule ! On dirait que la prise d'image fait remonter sur mon visage la timidité de mon adolescence, qui s'étale comme une cire dans une expression de distance que le public prend pour de la hauteur.

Quant aux slogans, ils décrivent en termes variés ma capacité à diriger la France. J'imagine que tous les candidats en diront autant. Il n'y a ni trouvaille, ni accroche. Je me tourne vers Jean-Philippe Lecat :

« Il n'y a rien de très emballant, lui dis-je. Ne peut-on pas imaginer quelque chose de plus communicant, qui crée une surprise, ou déclenche une envie ? »

Je pense à l'affiche de ma campagne de 1974, prise par un photographe dans le petit square du Louvre[1],

1. Situé à l'emplacement de l'actuelle pyramide de verre de l'architecte Pei.

où je suis assis sur un banc de bois, à côté de ma fille Jacinte, âgée de treize ans, avec ses cheveux noirs tirés en arrière.

« De toute façon, c'est trop tard, me répond-il. Nous n'aurions plus le temps de faire imprimer l'affiche ! »

J'aime bien les consultations où il ne reste plus rien à choisir… Nous faisons le tour de la salle, en nous arrêtant devant chaque image et plus longuement devant une qui me paraît plus ouverte, plus accueillante. Mon buste est tourné de côté ; on aperçoit bien mes yeux, un peu plus grands que nature ; et je porte un costume gris, avec des petites rayures bleues, d'allure printanière.

« C'est celle aussi que je préfère », déclare Jean-Philippe Lecat, avant que j'aie ouvert la bouche.

Le choix est fait.

*
* *

Jeudi matin, Jean-François Deniau et Monique Pelletier ont réuni au palais des Congrès, porte Maillot, les responsables des comités de soutien. C'est un public vigoureux et déterminé. Je leur présente les grands thèmes de ma campagne, et ma méthode de communication. Ils paraissent les approuver, mais dans la discussion qui suit, ils reprennent tous le même thème : il faut être davantage présent sur le terrain ! Les électeurs ont besoin de vous voir ! Ils ont raison, mais il ne reste plus que vingt-cinq jours de campagne…

Dans l'après-midi, je reçois Raymond Barre, venu me présenter son compte rendu hebdomadaire de la situation économique. Celle-ci reste mauvaise. Seul le commerce extérieur cesse de se dégrader. Peut-être allons-nous atteindre le bout du second choc pétrolier ?

Raymond Barre participe activement à la campagne. Il écarte avec un mépris professoral les propositions et les critiques de Jacques Chirac. « Cela fait deux ans qu'il répète les mêmes choses, me dit-il. Il ne paraît pas se souvenir de la situation qu'il m'a laissée ! » Puis il enchaîne sur les propos de François Mitterrand. Il est visible qu'il a étudié le programme commun avec soin, en mettant des annotations dans la marge. « Si par malheur François Mitterrand était élu, il conduirait l'économie française à la faillite. Le franc devrait être dévalué, et nous franchirions dans l'année le cap des deux millions de chômeurs. » Ce sont les propos qu'il tient le soir devant les auditoires qu'il surchauffe, mais les Français sont-ils en condition de les entendre lorsque les sirènes du changement dans la facilité chantent à leurs oreilles ?

*

* *

La semaine suivante est particulièrement chargée, avec des réunions dans l'est de la région parisienne, à Provins, Reims et Troyes, puis à Lille et dans le Nord, pour continuer par le Languedoc, avec des discours à Mende, à Narbonne et à Montpellier.

Il me semble que la campagne trouve son rythme. Les auditoires sont plus nombreux et attentifs. Sans doute je suis moins nouveau et moins jeune qu'en 1974, mais ils paraissent satisfaits par le fait que le président de la République vienne à eux, et ils écoutent avec concentration mes messages, que je m'efforce d'abréger. Les femmes sont nombreuses dans l'auditoire, et j'aime regarder les taches claires qu'y mettent leurs visages.

Nous sommes entrés dans la période de la campagne officielle, et je dois en accepter les contraintes. La liste complète établie par le Conseil constitutionnel comprend dix candidats, et ils sont tous placés sur un pied d'égalité vis-à-vis des prestations médiatiques. S'il devait y avoir un débat, ce serait un débat à dix, ce qui signifie qu'il n'aura pas lieu. On nous attribue des temps d'antenne, avec de petites séquences où nous pouvons accueillir des invités, qui nous interrogent ou nous donnent la réplique. Il va falloir enregistrer toutes ces émissions, avec le droit d'effectuer trois essais, entre lesquels on pourra choisir le meilleur. Je le fais sans plaisir. J'ai l'impression de ne m'adresser à personne, et je n'aime pas l'idée d'être un bonimenteur de moi-même. Il faut avant chaque enregistrement se prêter au maquillage, qui me dessèche la peau. Et surtout, j'ai la conviction intime que c'est inutile ! Qui peut avoir la patience ou la perversité de regarder le défilé lugubre de ces dix personnages en quête de voix ? Mes comités de soutien ont raison : il faut aller sur le terrain.

Le marécage

Au-dessous de la campagne officielle, très au-dessous, se déroule une autre campagne. Elle se situe dans un marécage : c'est la basse campagne des rumeurs et des calomnies.

Lorsque j'étais enfant, nous jouions pendant les vacances d'été à construire des petites cabanes de branchages dans les bois. Pour égaliser le sol, il fallait soulever des cailloux, et lorsque nous déplacions une pierre, nous découvrions en dessous un grouillement de bestioles répugnantes, à moitié collées dans les mottes de terre. C'étaient des cloportes ! Je retrouve ces cloportes dans la basse campagne de 1981.

Leur apparition remonte à l'automne de 1979. Il semble, d'après les bruits de la ville, que certains responsables de la campagne de François Mitterrand aient conclu, après leur échec aux élections législatives de 1978, qu'il serait impossible de m'abattre sur le plan politique, car j'étais trop en phase avec les attentes de l'opinion. Il fallait changer complètement de tactique, et recourir désormais à un autre procédé : la « character assassination », expression américaine qui se traduit d'elle-même.

Ils n'y sont pas allés de main morte ! Je sais bien qu'il faut savoir accepter les attaques dans la vie publique, car elles font partie du jeu et constituent même une forme de contre-pouvoir. Mais les limites ont été hardiment franchies. Un journaliste ami me faisait observer que depuis le début de cette campagne en octobre 1979 jusqu'à aujourd'hui, au début du mois d'avril 1981, il n'y avait pas eu un jour, pas un seul jour insistait-il, où l'un des organes de l'opposition – *Libération, Le Monde, Le Matin de Paris*, ou encore *Le Nouvel Observateur* – n'ait publié un article insidieux ou pervers à mon endroit, ce qui était sans précédent et témoignait de leur acharnement à regagner le pouvoir.

Pour alimenter leur campagne, ils allaient fouiller dans toutes les poubelles, au risque de publier des informations grotesques. *Le Monde* a reproduit sur deux colonnes la nouvelle selon laquelle mon épouse Anne-Aymone aurait été mêlée à un trafic portant sur des actions de la société Rhône-Poulenc, pour un montant de plus de un milliard de francs. Afin de donner une apparence de respectabilité à cette médiocre insinuation, le journal prend une tonalité quasi officielle en écrivant « qu'un ordre d'achat aurait été transmis avant le départ en Allemagne fédérale, le 7 juillet 1980, du couple présidentiel ». Pour tous ceux qui connaissent Anne-Aymone et qui la savent infiniment plus scrupuleuse que ses détracteurs, et qui sont informés qu'elle n'intervient jamais dans la gestion financière ou boursière, cette affirmation est burlesque. Mais pour le grand public, qui se contentait de lire les titres des journaux, elle pouvait troubler les esprits.

Ce sont les agissements de Bokassa qui fournissent la matière préférée de leurs chroniques. Celui-ci vit en Côte-d'Ivoire dans une sorte de résidence surveillée que lui a attribuée le président Houphouët-Boigny, lorsque j'ai refusé sa demande de venir s'installer en France. Le président ivoirien est un ami pour lequel j'éprouve beaucoup d'estime. Il ne fait guère surveiller Bokassa, car il imagine, dans sa sagesse africaine, que les Français sont trop intelligents pour prêter attention à ses élucubrations. De mon côté, je pensais que les journalistes se souviendraient que c'était moi qui, avec l'aide du président Senghor, avais pris l'initiative de déposer par la force l'ex-empereur centrafricain, et qui avais laissé sans réponse sa demande insistante d'être accueilli en France en visite officielle après son couronnement, ce qui eût constitué une circonstance idéale pour recevoir des cadeaux.

Un va-et-vient continu de cloportes porteurs de messages vengeurs s'établit entre Abidjan et Paris. La dernière trouvaille a consisté à faire rédiger par Bokassa une lettre circulaire qu'il a adressée à tous les chefs d'État de l'Afrique francophone. Je n'en avais pas connaissance, jusqu'à ce que le général Eyadéma, président de la République du Togo, de passage à Paris, m'en parle de lui-même.

– Je vous ai apporté, me dit-il, la dernière lettre que m'a envoyée Bokassa. Elle a été postée à Paris, et tous mes collègues, les chefs d'État africains, l'ont reçue. Vous la connaissez certainement déjà, puisque Jacques Chirac, que j'ai rencontré avant-hier, m'en a parlé. Il vous l'a sûrement communiquée.

– Non, je ne la connais pas, réponds-je. Que dit-elle ?

– Il reprend ses attaques contre vous, mais cette fois il change de registre : il vous reproche de l'avoir déposé par la force, et illégalement. Il dénonce l'exil qui lui est imposé.

– Sur ce point, il a raison, dis-je, nous l'avons effectivement déposé, avec l'aide de l'opposition locale, dont son prédécesseur le président David Dacko. Mais ce n'était pas illégal. Nous avons agi en concertation avec les chefs d'État africains, dont vous-même !

– C'est vrai, approuve-t-il. Il fallait s'en débarrasser après les violents incidents étudiants du mois de janvier, où il a fait tirer sur des lycéens.

– Nous avons attendu de connaître les conclusions de la commission d'enquête africaine sur ces incidents, présidée par un haut magistrat sénégalais. Quand le président Senghor me les a communiqués, à la fin du mois d'août, nous avons décidé d'agir.

– Vous avez bien fait, et je vous approuve, conclut le président Eyadéma.

– Vous pourriez le dire, lui fais-je remarquer en souriant, aux journalistes français, car ils paraissent avoir oublié que c'est nous qui avons débarqué Bokassa !

Le mot « débarqué » n'est pas très constitutionnel, pensai-je, mais il serre la vérité d'assez près !

– Pourquoi vous a-t-il envoyé cette lettre ? ajouté-je.

– Ce n'est pas lui qui l'a envoyée. Toutes ces lettres sont parties de Paris. Il a dû en dicter des passages au téléphone. Vous me demandez pourquoi. C'est pour vous nuire, pour se venger d'avoir été déposé. Il ne vous pardonne pas de l'avoir fait partir, ni lui ni ses conseillers français, comme son collaborateur Espinasse qui gérait ses intérêts privés, et qui sont revenus à Paris. Alors il dit n'importe quoi : mais de toute façon cela n'a pas d'importance, conclut Eyadéma philosophiquement, Bokassa est fou. Il boit trop !

Cela n'a pas d'importance, en effet, sauf de donner de la pâture aux cloportes, qui vont s'en régaler, sans jamais rappeler que c'est nous qui avons mis fin à ce régime resté en place depuis vingt ans, alors que personne ne se souciait d'y mettre bon ordre ! Mais cette tentative de ranimer la polémique fera long feu. Les excès mêmes de cette lettre la condamnent à l'insignifiance : aucun journal ne se prêtera à la reproduire.

Je remercie le président Eyadéma de sa démarche, et nous nous levons tous les deux pour prendre congé. Je le raccompagne jusqu'à l'antichambre, et je lui restitue son enveloppe, que je n'ai nulle intention de conserver. Je suis frappé, en passant devant la fenêtre, par la luminosité du printemps qui ensoleille le parc. La cohorte des ombres noires, des diables de pacotille, s'est envolée. Il n'en subsiste rien.

*

* *

Cette campagne de « character assassination » quotidienne est évidemment organisée. Elle se poursuit en utilisant des thèmes variés : la prétention monarchique, la vie dans les châteaux, les abus du pouvoir, et autres fantaisies.

Je ne pense pas que François Mitterrand en soit l'inspirateur. Nos rapports ont toujours été corrects, et quelque reproche qu'on me fasse, chacun peut constater que je ne me suis jamais livré à aucune attaque personnelle contre lui. Il se contente, je crois, de laisser faire. Mais cette bénédiction silencieuse suffit à légitimer la campagne aux yeux de ses partisans. Son collaborateur intime, Roland Dumas, qui est aussi l'avocat en titre du *Canard enchaîné* est bien placé pour faire circuler l'information. Il reçoit rue de Bièvre des journalistes d'investigation auxquels il distille la substance de la campagne.

Dans Paris, où tout se raconte, des rumeurs décrivent le complot. N'ayant pas eu une seule fois en sept ans recours aux écoutes téléphoniques, ce dont, semble-t-il, personne ne me sait gré, et n'ayant jamais fait appel aux renseignements des services secrets, j'en suis tenu à ne connaître comme informations que celles que mes collaborateurs recueillent dans leurs rencontres en ville.

La coordination serait assurée, depuis un an et demi, par un groupe de cinq ou six journalistes, qui se rencontrent régulièrement. Certains sont mus par leurs convictions, d'autres proviennent des milieux d'extrême droite, mais, après tout, le venin est apolitique.

Or, voici qu'ils viennent de se démasquer eux-mêmes ! Ils ont annoncé la création d'un comité au nom ronflant, le « Comité d'information et de vérité sur le Septennat », qui se propose de m'interpeller. Parmi les animateurs de ce groupe se retrouvent Jean-Edern Hallier, Philippe de Saint-Robert, Dominique Jamet et l'inévitable Roger Delpey, dont les aventures judiciaires alimentent toujours la chronique et qui a pris Roland Dumas pour défenseur.

Les membres de ce comité ne se livrent, évidemment, à aucune recherche sur l'« information et la vérité »[1]. Ils ne rencontrent ni l'ambassadeur de France en République centrafricaine, ni Monsieur Copperman[2], l'administrateur britannique du Comptoir national du diamant, en RCA, ni les agents qui ont enquêté sur les activités de Roger Delpey, ni, bien entendu, mes collaborateurs chargés des questions africaines.

La seule activité du comité est d'organiser, le 14 avril, une manifestation devant le portail de l'Élysée pour y remettre une lettre ouverte au président de la République. Elle est si piteuse qu'elle se disloquera devant la loge d'entrée. Et elle s'accompagne de la publication, le 30 avril, dans *Le Matin de Paris*, de cette même « lettre ouverte au président de la République » dont le style d'indigence vertueuse fait peu d'honneur aux talents de ses brillants signataires. Le directeur du journal, Claude Perdriel, qui n'apprécie pas le ton de cette campagne, s'oppose à une insertion gratuite de ce placard. Il devra être payé au tarif de la publicité. Un haut personnage de l'entourage de Mitterrand se rend dans les locaux du *Matin* pour y acquitter la facture.

---

1. La liste complète des membres de ce comité figure dans le placard publié par *Le Matin de Paris*. Ce sont : Philippe de Saint-Robert, Jean David, Dominique Jamet, Pierre Boutang, Roger Delpey, Bernard Thomas, Pierre Bourgeade, Jean Bothorel, Erik Orsenna, Jean-Paul Aron, Emmanuel Maffre-Baugé, Jean Bourdier, Roger Garaudy, Bertrand Renouvin et Jean-Edern Hallier.

2. Le texte de la lettre de M. Copperman, parue dans *The Economist* du 18 février 1989, a été publié dans *Le Pouvoir et la Vie*, tome II, chapitre 7.

Cette « lettre ouverte » étant publiée entre les deux tours, je ne dispose d'aucun délai pour répondre aux questions qu'elle pose, aussi perfides que fantaisistes : « Une concession de chasse a été octroyée au président de la République française par l'Empire centrafricain. Quelle est sa superficie ? Quels sont ses coûts de maintenance, et qui payait ? » « Quels sont les châteaux achetés par la famille, ou offerts et rénovés aux frais de l'État ? » « Quelles sont les nominations des membres de la famille aux conseils d'administration de sociétés publiques depuis le début du septennat ? », etc. Ces inepties ne méritent même pas de démentis, mais la formulation des questions, qui affirment au lieu d'interroger, est calculée pour égarer l'opinion crédule et de bonne foi[1].

Les animateurs du comité s'intéressent aussi à la mystérieuse conspiration montée outre-Atlantique, entre Los Angeles et New York, et dont Jacques Chirac avait entretenu Shimon Pérès, il y a deux mois, conspiration qui devait me « tuer ». La fin mars est dépassée, et rien ne s'est produit. Jacques Wahl, le secrétaire général de la présidence, insère dans mes dossiers du soir des télégrammes d'agence de presse américaine qui font état d'une escroquerie à grande échelle, portant sur des pierres précieuses, dans laquelle on aurait essayé de m'impliquer. Les contrôles effectués par l'administration américaine ont rendu impossible le montage de l'opération, qui s'est effondrée dans le ridicule. On n'en entendra plus jamais parler, mais comment Jacques Chirac en avait-il été informé à l'avance ?

1. Jean-Edern Hallier est venu me voir quelques années plus tard pour s'excuser du procédé, et me demander de l'aider à publier son ouvrage *L'Honneur perdu de François Mitterrand*, dont il m'a remis le manuscrit. Je n'ai donné aucune suite à sa démarche.

Je laisse la pierre tombale retomber sur le grouillement de ces cloportes dans la vase. Je sais qu'ils ne périront pas, car leur nature est d'être indestructibles, mais au moins j'en serai délivré, et je pourrai respirer plus librement !

*

* *

Le samedi 11 avril, avant de recevoir le nouveau secrétaire d'État américain, le général Haig, que je connais bien car il a facilité, lorsqu'il était commandant en chef de l'OTAN, l'acheminement de nos forces aéroportées vers le Zaïre, avant donc de le recevoir, je suis confronté à un incident cocasse.

Mon conseiller pour les affaires africaines, Martin Kirsch, vient me voir d'urgence pour m'informer que le bruit court avec persistance à Libreville que le président Bongo financerait la campagne électorale de Jacques Chirac. Il me recommande de l'appeler afin de le mettre en garde contre cette immixtion dans les affaires françaises.

Je demande à ma secrétaire de joindre le président Bongo. Au bout de quelques minutes à peine, elle me transfère la communication : le réseau téléphonique est performant.

Je reconnais la voix et l'accent du président Omar Bongo.

« J'espère que vous allez bien, me dit-il. Je suis content d'avoir de vos nouvelles. On me dit que votre campagne se passe bien ! Je suis sûr que vous serez facilement réélu ! ».

Comme le temps m'est compté, j'en viens directement aux faits :

« Elle se passe plutôt bien, mais elle se passerait encore mieux si vous n'apportiez pas votre soutien financier à mon concurrent Jacques Chirac ! »

Un long moment de silence, avant une réponse qui contient tout, depuis la résignation africaine jusqu'à la prononciation gabonaise, où chaque syllabe est détachée, avec un accent mis sur les finales :

« Ah ! vous le savez ! » me dit-il.

Je conseille au lecteur de répéter à haute voix cette formule, et il imaginera mieux ce que j'ai pu ressentir !

« Oui, je le sais, et je vous déconseille de le faire ! Nous avons des règles strictes pour le financement de nos campagnes électorales, et il est formellement interdit d'accepter des contributions étrangères. »

Je l'entends au bout du fil rechercher une explication. Celle-ci finit par arriver :

« Vous savez bien que je suis votre ami, et que je souhaite votre réélection. En finançant Chirac, j'aurai davantage d'influence pour le déterminer à vous soutenir ! »

Inutile d'insister. Je préfère conclure :

« Monsieur le président, je vous recommande de ne pas intervenir dans les affaires françaises. Quels que soient vos motifs, je ne peux pas l'accepter ! »

Nous échangeons des politesses, et nous en restons là.

Après trois jours, je reçois une lettre personnelle du président Bongo, écrite sur un superbe papier bleu. Il renouvelle ses explications : il ne cherche aucunement à me nuire, mais pense que c'est au contraire un bon moyen pour lui de faciliter ma réélection en se donnant un instrument de pression sur mon concurrent ! Le ton est affectueux et sincère.

Le président Bongo a dû se méprendre sur le sens exact de ma mise en garde, car il lui donne une autre interprétation. La suite appartient à la chronique. On m'informe que la semaine suivante, un de ses ministres, Georges Rawiri, s'est présenté au poste de garde de l'Élysée, en demandant à être reçu par le responsable de la permanence. Il transportait avec lui une valise remplie de billets de banque. Le responsable a eu la sagesse de l'éconduire, en lui indiquant que l'Élysée n'acceptait pas ce genre de contributions, et l'a renvoyé à l'état-major de ma campagne, rue de Marignan. Dans l'intervalle, Jean Sérisé, heureusement alerté, a prévenu la rue de Marignan de ne pas le recevoir, et de l'éconduire. Ce qui a été fait.

Pittoresque et surprenant intermède. Puis la campagne reprend son cours. À Mende, à Narbonne, et pour finir à Montpellier, que je retrouve avec bonheur, avec son square en forme d'œuf et le merveilleux jardin du Peyrou, je parle de paix, de liberté, de travail et d'emploi. J'évoque la solidarité nécessaire entre les Français. Il y aura peu, ou pas, de reprise de mes propos dans la presse nationale. Décidément la campagne d'Adlai Stevenson n'aurait pas fait recette en France !

*

* *

J'ai accepté pour le mardi 14 avril une invitation au « Carrefour de l'amitié ». Il s'agit en fait d'une rencontre avec les différentes tendances maçonniques. Quelle que soit la divergence qui résulte de mes options personnelles, je m'y rends avec plaisir. Je respecte l'effort de pensée de la franc-maçonnerie, et j'ai nommé dans mon gouvernement un de ses anciens grands maîtres, Gilbert Prouteau. Les thèmes que je développe, au Sofitel d'Issy-les-Moulineaux, doivent être familiers à leurs oreilles : la liberté d'expression – n'ai-je pas supprimé dès mon arrivée la censure politique au cinéma ? –, le respect des droits de l'opposition – ne lui ai-je pas permis de saisir directement le Conseil constitutionnel ? –, les visages inclinés au-dessus des assiettes du dîner paraissent faire des signes d'approbation. Je ressens un bien-être, car j'aime participer au monde des idées et je suis heureux d'en débattre ! Un des organisateurs de la soirée, Philippe Dechartre, me remercie en termes chaleureux. Je regagne mon domicile par le boulevard périphérique, détendu et réconforté par cette rencontre.

*
* *

La soirée du 15 avril sera un enchantement : elle sera consacrée à Cézanne, depuis Aix-en-Provence jusqu'à Marseille ! L'arrivée à Aix, à l'angle du cours Mirabeau, est toujours pour moi la source du même émerveillement : le ruissellement des fontaines, l'ombre dentelée des platanes au tronc clair, une ambiance de liberté, d'insouciance et de culture, à l'image de ce qu'on aimerait trouver et garder dans la vie.

La salle est pleine. Il n'y en a pas de plus grande, me précise le maire. J'ai choisi de parler à Aix de notre effort d'indemnisation des rapatriés d'Afrique du Nord, car ils sont très nombreux dans la région, mais aussi de l'enjeu national de l'élection et de la place de la France dans le monde. Les applaudissements font trembler les vitres des fenêtres. Auditoire sans doute acquis d'avance. J'ai de la peine à me frayer un chemin vers la sortie, en serrant toutes les mains et en embrassant toutes les joues brunes ou poudrées qui s'offrent à moi. Je sens un filet de sueur couler entre mes omoplates. Chacun repart de cette réunion avec un soleil dans la tête.

C'est le leader de la majorité, Jean-Claude Gaudin, qui me reçoit à Marseille. Il est plus marseillais que nature ! Son accent ferait pâlir celui de Raimu, mais je sais qu'il est authentique. Ses parents, de condition modeste, habitent les quartiers sud de la ville. Quand il fait beau, ils s'asseyent sur des chaises en bois, devant leur porte, pour contempler le spectacle de la rue.

Jean-Claude Gaudin parle d'abondance à la tribune de la grande salle du palais des Congrès, où se tient la réunion. Je regrette que nous ne soyons pas revenus au Stade Vélodrome, comme en 1974. Il paraît que c'était impossible, car on y effectue des travaux de rénovation. Nous y avions vu tomber la nuit, une nuit d'abord claire, dont le bleu s'est épaissi jusqu'à ce qu'il soit piqueté des premières étoiles. Les rangs du public s'assombrissaient. On ne distinguait plus que des taches compactes, dont les applaudissements jaillissaient comme des claquements de fouet, qui couraient d'une extrémité à l'autre.

J'ai choisi de parler ce soir du bilan social du septennat, de la condition des personnes âgées, que nous avons améliorée en sept ans plus qu'au cours d'aucune autre époque de notre histoire, du soutien aux familles, qui vient d'inverser, encore faiblement, la tendance de notre natalité, de la grande loi de 1975 en faveur des personnes handicapées, du rôle et du droit des femmes dans notre société. Je regarde les notes préparées par mes collaborateurs, mais elles me sont peu utiles. C'est mon cœur que je laisse parler, mon cœur que François

Mitterrand avait agressé pendant notre débat de 1974, ce qui lui avait attiré une verte réplique, et qui décrit ce soir, devant cette foule attentive, tout ce qu'il a essayé d'entreprendre pour soulager leur misère, ou leurs peines…

Mais je parlerai aussi de Marseille, Marseille que j'aime depuis que j'y suis venu en tournée, comme jeune inspecteur des Finances, où j'y habitais un hôtel situé en face du Vieux-Port. C'est la plus belle ville de la Méditerranée occidentale. Elle devrait en être la capitale, mais elle se laisse distancer par Barcelone. Elle joue de malheur : les décolonisations africaines ont désorganisé son trafic maritime ; les grandes huileries ont disparu ; il n'y subsiste, à une exception près, aucune entreprise à dimension européenne ; le cours Pierre-Puget, la « rive gauche » marseillaise, a été déserté par ses habitants qui étaient souvent les responsables économiques de la ville. Il faut donner une nouvelle chance à Marseille ! La salle s'échauffe, m'applaudit. Jean-Claude Gaudin m'approuve par des hochements appuyés de la tête. Il a su s'entourer d'une brillante et jeune équipe, dont plusieurs membres figurent déjà dans les conseils municipaux des différents quartiers. Je compte sur eux comme ils pourront compter sur moi ! J'ajoute, par une phrase sybilline dont Gaudin perce aisément le mystère, que si je suis élu, Marseille devra être représentée au gouvernement par un ministre.

Il est vrai que, dans l'autre camp, Gaston Defferre doit tenir exactement le même langage !

Dans l'auto qui me ramène à l'aéroport de Marignane, je mets les points sur les « i » à l'intention de Jean-Claude Gaudin, qui m'accompagne :

— Si je suis élu, lui dis-je, je compte que vous ferez partie du gouvernement.

– C'est ce que j'avais compris, me répond-il. Et dans cet homme actif, généreux, qui a beaucoup travaillé et beaucoup enseigné, parfois emporté par sa parole, mais soucieux, aussi, de reconnaissance, je vois grandir ce dont chacun de nous guette l'arrivée : enfin, une bulle de bonheur !

*
* *

Le lendemain matin, après le rituel enregistrement de télévision, et une interview donnée au journal *Sud-Ouest*, je pars pour la Corse. J'y reviens avec plaisir.

Alors que le milieu politique parisien, animé par ce que de Gaulle aurait appelé un quarteron d'élus rancis, entretient une agitation permanente à propos des revendications des nationalistes corses, la situation me paraît relativement plus simple. La grande majorité des Corses, et donc le pouvoir démocratique en Corse, partagent deux convictions : celle d'être des Français à part entière, et celle de souhaiter disposer d'une autonomie suffisante pour pouvoir gérer, selon leurs préférences, les affaires insulaires de la Corse. Je suis d'accord sur ces deux points, et d'ailleurs, mon plus proche conseiller politique, Jean Riolacci, est un préfet corse. Quant aux modalités de la gestion autonome, elles peuvent être précisées par analogie avec l'évolution en cours en Europe pour élaborer, ici et là, des structures régionales. Deux dimensions doivent être prises en compte : les besoins financiers de l'île, qui exigent le maintien d'une forte solidarité avec le continent, et les facilités données à l'accès des jeunes élites corses aux différents métiers, ou fonctions, exercés sur le continent. Dans tout cela, rien de surhumain, à condition d'encourager la prise de responsabilité par les nouveaux dirigeants corses, désormais plus réalistes et mieux préparés à l'exercice des tâches de gestion.

En ce qui concerne la revendication nationaliste extrême telle qu'elle est exprimée par quelques exaltés et aussi par des idéalistes sincères, elle trouve sa limite dans l'expression démocratique de la population, où elle reste très minoritaire.

Et pour le reste, c'est-à-dire l'exploitation démagogique du sentiment identitaire des Corses, il est le fait de groupuscules où se retrouvent toutes sortes de composantes : les unes financières ou mafieuses ; les autres portées par la frustration d'ambitions déçues et l'aspiration à des fonctions que l'électorat leur refuse, et enfin les intrigants de toute nature qui s'interrogent pour savoir s'il n'y a pas là une opportunité à saisir. Ils sont encouragés par les médias, qui s'intéressent davantage aux activités des poseurs de bombes, et aux mascarades des hommes cagoulés, qu'à la vie quotidienne des femmes corses dans les villages. Là comme ailleurs, la clé du problème réside dans l'expression démocratique, dont nous devons veiller à ce qu'elle reste libre, et non manipulable.

Et puis il y a la beauté de la Corse, somptueuse et sauvage. On doit être reconnaissant à tous ceux qui contribuent à la protéger.

Ce sont les idées, un peu banales il est vrai, que je retourne dans ma tête pendant que l'avion de location nous transporte de Bastia à Ajaccio.

J'ai déjà raconté la réunion publique d'Ajaccio[1]. Les commentateurs en ont surtout retenu le charme des

1. *Le Pouvoir et la Vie*, tome I : Les femmes dans la vie publique.

jambes bronzées d'Alice Saunier-Seïté, dont l'observation a paru les surprendre ! Et ils ont laissé de côté l'attentat meurtrier organisé à Ajaccio, qui reste le fait marquant de cette journée.

J'ai bien écrit « organisé », car j'en ai eu l'intuition pendant le trajet en avion depuis Bastia. Déjà une lettre anonyme avait été reçue par la police d'Ajaccio, prévenant de la préparation de cet attentat. À deux reprises, et bien que la durée du vol soit courte, le pilote a transmis à l'inspecteur qui m'accompagnait, Jacques Gence, la demande insistante de la tour de contrôle d'Ajaccio pour que nous atterrissions à l'heure exacte prévue. Nous sommes arrivés avec trois ou quatre minutes de retard, en raison d'un orage très violent, qui a éclaté au-dessus d'Ajaccio. À l'instant même où nous devions atteindre l'aérogare, et pendant que l'avion roulait encore en direction du parking, Philippe Sauzay, qui était près de moi, a entendu une déflagration sourde. C'était une bombe qui explosait dans le hall d'accueil, celui que nous devions traverser, blessant neuf personnes, dont deux grièvement.

Pourtant le programme s'est déroulé comme prévu, avec un accueil à la mairie d'Ajaccio, où j'étais reçu par le maire Charles Ornano, qui a tenu à me montrer l'emplacement où il présente désormais l'habit vert de chasseur de la Garde, que portait Napoléon, et dont j'ai demandé au musée de l'Armée de le mettre en dépôt à Ajaccio, puis la réunion sous un chapiteau dont les bat-flanc ont été relevés pour laisser circuler l'air torride ; pendant donc tout cet après-midi, j'ai gardé en moi la sensation oppressante de la dualité du monde : la vie qui poursuit son parcours immuable, indifférente au drame, et de l'autre côté la détresse des victimes, blessées et terrorisées, maintenues à distance suffisante pour éviter d'entendre leurs plaintes, dans les locaux où elles sont soignées.

Avant de quitter Ajaccio, je suis allé visiter les blessés à l'hôpital de la ville. L'homme le plus gravement atteint, un Suisse me dit-on, a déjà été transporté à Marseille, où on doit l'opérer pour tenter de lui sauver la vie[1]. Une femme est étendue sur un lit de métal blanc, dans un *cubicle* de verre dont la porte est ouverte sur le couloir. Elle est jeune, brune, et a des traits fins. Son regard est vide, sans doute sous l'effet des drogues antidouleur. J'essaie de lui parler. Je ne crois pas qu'elle m'ait reconnu, et ma visite la laisse sans réaction. C'est la première fois, me dis-je, que je me trouve en face d'une victime d'un acte terroriste. J'ai connu des victimes de la guerre, mais il me semble qu'il existe entre elles une différence. Dans le cas de la guerre, elles étaient prises dans une logique, celle du conflit, si horrible soit-elle. Elles identifiaient le mal qui les frappait. Ici c'est la surprise totale, la foudre venue de nulle part, la solitude, et sans doute bientôt, dès que l'actualité aura été balayée, l'indifférence.

Le sentiment de cette indifférence, de ce non-intérêt, de cette absence de participation, m'habite pendant le trajet du retour vers Paris. À l'aéroport, je suis allé regarder le lieu de l'explosion. Le sol est recouvert de morceaux de verre, de lambeaux arrachés aux cloisons de plâtre ou de ciment. Des papiers, des dossiers sont dispersés à tous vents. Les médias annoncent la nouvelle sur un ton factuel, et passent à la rubrique suivante. Quelles clameurs pousseraient-ils s'il s'agissait du chef d'État d'un pays du Moyen-Orient, ou d'Amérique !

---

1. Il décédera de ses blessures.

Oui, l'indifférence ! Les services de police montrent peu d'empressement à remonter la filière en direction des organisateurs de l'attentat. Les commentaires du milieu politique sont ambigus. Certains s'interrogent sur le point de savoir si, après tout, je ne vais pas même tirer avantage de cet attentat dans l'opinion.

Je garde, en surimpression, l'image des traits creusés de la jeune femme, et de son regard éteint.

Décidément, me dis-je comme Hamlet, il y a quelque chose de pourri au royaume de Danemark !

*

* *

Le lendemain, le moment de l'attentat est passé et la routine reprend le dessus. Je donne une interview à *Ouest-France*, puis je reçois Mme Beytout, qui dirige le journal *Les Échos* depuis la disparition de son mari, qui l'avait racheté à la famille Servan-Schreiber.

Je donne audience au ministre des Affaires étrangères du Congo-Brazzaville, avant d'avoir un entretien avec Jacques Soustelle. Celui-ci, qui porte encore la malédiction de ses liens avec l'OAS et qui a demandé que son rendez-vous ne soit pas annoncé, est un interlocuteur intéressant, voire attachant. Il porte au-dessus du front une couronne de cheveux frisés, comme les taureaux de corrida. La démarche de sa pensée est strictement intellectuelle, c'est-à-dire qu'elle est à la fois irréaliste et éloignée des lieux communs. Il abhorre François Mitterrand, qu'il a côtoyé autrefois dans les rencontres du centre gauche, et qu'il a fréquenté lorsque ce dernier gérait, en 1956 et en 1957 comme ministre de l'Intérieur, la répression des premiers soulèvements en Algérie. Et il exècre Jacques Chirac, en témoignant d'une fidélité surprenante à la pensée du général de Gaulle qui l'a pourtant écarté, et d'un mépris cinglant pour l'opportunisme. Il m'assure de son soutien, dont je ne doute pas et qui m'est sympathique, mais qui, sur le plan des chiffres, ne m'apportera pas de gros bataillons !

Il me reste à effectuer un dernier enregistrement pour les radios, et enfin, je m'envole en hélicoptère pour Authon, où je passerai la fête de Pâques.

*
* *

Les deux jours de Pâques constituent une oasis de sérénité à une semaine du premier tour de l'élection. Les médias sont démobilisés, ce qui tient sans doute au fait que les journalistes ont pris des vacances. Seul un photographe du journal régional, *La République du Centre*, vient nous surprendre à la sortie de l'église d'Authon. Les paroissiens, selon une culture locale dont la trace remonte au temps des Valois, où la capitale était en Touraine, respectent et protègent même notre intimité.

Nos quatre enfants sont venus nous rejoindre, Jacinte avec son mari. Ils sont, comme toujours, insouciants et pleins de vivacité. La politique appartient à un monde qui visiblement n'est pas le leur, et auquel le seul lien qui les unisse est l'affection qu'ils me portent. Henri est une exception. Il fait partie de l'équipe – brillante ! – qui anime le mouvement des jeunes giscardiens, et vient d'être élu conseiller général du canton de Marchenoir, où sa simplicité et son humour font merveille.

Mais il me faut repartir. L'hélicoptère décolle dimanche en début d'après-midi, selon l'itinéraire habituel, en direction d'Issy-les-Moulineaux.

Nous survolons la Beauce, quadrillée par ses champs de blé, et nous apercevons au loin, sur la gauche, les toits d'ardoise de Chartres et de sa cathédrale.

La vision de Chartres me remémore un récit que m'a fait Jean Sérisé. Depuis plusieurs mois, il a pris l'initiative d'entrer en rapport avec certains élus socialistes. « Ils sont excédés, me dit-il, par l'irréalisme du programme commun de la gauche, et par le poids excessif du Parti communiste dans la définition de la ligne politique de leur parti. Ils restent solidaires de leur mouvement, mais si le programme commun échoue, alors ils sont décidés à reprendre leur liberté. » Parmi eux, m'indique Jean Sérisé, figurent notamment le maire de Chartres, un député-maire du Nord, un membre du Conseil d'État, et un ou deux autres. J'ai demandé à Sérisé si je devais les rencontrer.

– Je vous le déconseille, m'a-t-il répondu. Cela serait connu, et alimenterait la campagne sur les tractations louches avec le Parti socialiste. Mais je garderai le contact avec eux.

– Non ! lui dis-je, je préfère les voir. Il est utile pour moi de savoir ce qu'ils pensent. Quant aux commentaires éventuels, pourquoi s'en préoccuper ? Il est normal que je reçoive des élus !

Le dîner a eu lieu dans le décor vaguement surréaliste de la salle à manger blanche de l'appartement privé, dû au décorateur du président Pompidou. La conversation a été détendue. Elle a confirmé ce que je croyais : il existe au sein du Parti socialiste une tendance, sans doute minoritaire, qui souhaiterait se détacher de l'irréalisme de l'extrême gauche, et bâtir une force de gestion située à gauche, sur le modèle de la social-démocratie européenne. Elle cherche sa voie, qu'elle n'a pas encore trouvée. Si François Mitterrand est élu, elle devra renoncer à sa tentative. S'il est battu, ce qu'ils me paraissent préférer, il y aura peut-être une occasion à saisir pour faire avancer leur projet. Nous n'allons pas plus loin. Ce n'est souhaitable ni pour eux, ni pour moi.

Lorsque je les vois repartir, de dos, en file indienne, accompagnés de Jean Sérisé, et que je reste seul dans cette pièce, décorée à la limite de l'absurde, en compagnie d'une table de bar supportée par deux grandes autruches en porcelaine de Sèvres, pendant que les maîtres d'hôtel en livrée bleu et rouge desservent les restes éparpillés du dîner, je ressens une douce nostalgie. Ce dîner ressemblait à la politique comme j'aurais aimé la connaître, et comme elle ne peut pas exister en France : une conversation libre et détendue entre des personnes, hommes et femmes, appartenant à des tendances différentes et qui échangent leurs arguments sans l'obsession de convaincre, mais avec le secret espoir de mieux se comprendre.

L'hélicoptère atterrit près du boulevard périphérique. La voiture qui m'attend dessine une courbe pour me cueillir au pied de l'appareil. Elle se tient à distance prudente des pales, qui tournent encore. Puis nous regagnons l'Élysée, à travers un Paris désert.

La dernière semaine de campagne

Le lundi de Pâques ne sera pas chômé pour moi. Je profite de cette soirée de dimanche dans cet Élysée silencieux pour établir un point rapide de la situation, et évaluer ce qui peut encore être fait.

La campagne s'est déroulée jusqu'ici sans incident majeur, à part l'attentat d'Ajaccio. Dans les réunions publiques, chaque candidat ne rencontre que ses partisans, ce qui limite leur impact. La presse écrite reproduit rarement le texte des discours, et se consacre davantage aux éléments anecdotiques, et souvent répétitifs, de la campagne. Sur ce terrain, les radios et les télévisions sont mieux placés que les journaux.

Les scores des candidats semblent avoir peu varié. François Mitterrand se maintient au-dessus de 25 % des suffrages. Jacques Chirac n'a pas effectué la percée qu'il escomptait, et ne franchit pas la barre des 20 %. Quant à Georges Marchais, il tourne autour des 15 %.

Pour moi, il semble que l'amélioration observée à la fin de 1980 ne soit pas confirmée. Les trois premiers mois de l'année m'ont donné de mauvais sondages. Depuis le début de la campagne, les taux de satisfaction enregistrent une légère remontée de l'ordre de cinq points. La moyenne des sondages me crédite aujourd'hui de 28 % des voix.

Ainsi, le total des voix des deux candidats de droite avoisine 48 %, alors que celui des deux candidats de gauche s'élève seulement à 40 %. Il est vrai que, parmi les petits candidats, les représentants de la gauche sont les plus nombreux.

Dans cette dernière ligne droite, il faudrait que je puisse améliorer mon résultat de manière significative, pour préparer le second tour. Je dois encore tenir des réunions importantes en Bretagne et à Lyon, mais je ne peux pas trop compter sur leur influence. Il reste alors les médias. La campagne officielle des dix candidats est désertée par les téléspectateurs. Il n'est pas utile de trop compter sur elle, il vaut mieux recourir aux radios, Europe 1 et Radio Monte-Carlo, dont la tonalité est plus chaleureuse. Et je concentrerai mon attention sur la dernière émission télévisée, sous forme d'un appel d'une durée de quelques minutes, que j'enregistrerai jeudi matin. Peut-être sera-t-il regardé. Peut-être sera-t-il entendu.

*

* *

Mardi, je dois interrompre mon travail de communication pour laisser la place à une réunion éprouvante, celle du Conseil supérieur de la magistrature, qui doit me donner son avis sur l'application de la peine de mort à un homme que les assises ont condamné, et qui a épuisé toutes les voies de recours. C'est un homme jeune, qui a enlevé puis étranglé un enfant. Il a poussé le cynisme jusqu'à se porter volontaire pour participer aux recherches visant à retrouver le corps de sa petite victime. Les jurés ne lui ont trouvé aucune circonstance atténuante. Si les membres du Conseil me donnent un avis négatif sur la grâce, je suivrai leur recommandation, et il devra être exécuté.

Je suis décidé toutefois à surseoir à l'exécution jusqu'à l'élection présidentielle, car je ne voudrais pas que le sort d'un homme soit mêlé à nos joutes électorales et je sais que mon principal concurrent est hostile à la peine capitale.

Mais je tiens à ce que la procédure soit complète et que la justice ait achevé son parcours. Si je suis réélu, je donnerai suite à l'avis du Conseil supérieur de la magistrature. Si c'est mon concurrent qui devient président de la République, je lui remettrai tous les éléments du dossier entre les mains, pour qu'il puisse statuer en pleine connaissance de cause.

*

* *

Après avoir enregistré, jeudi matin, le dernier appel de ma campagne, destiné à être diffusé vendredi soir, au milieu des autres, je quitte Paris pour les trois dernières réunions qui auront lieu à Lyon, puis en Auvergne, à Chamalières et à Chanonat.

Le choix de Lyon, comme dernier lieu de grande réunion, est un signe amical en direction de Raymond Barre. Celui-ci, de son côté, se dépense sans compter. Il dénonce avec véhémence les « fantaisies ruineuses » du programme commun de la gauche – et exerce son ironie sur le fameux « microcosme parisien ». Nos thèmes de campagne sont parallèles, mais le ton choisi est différent. Pour Raymond Barre, c'est celui de la conviction et de la polémique passionnée. Quant à moi, je préfère éviter le recours à la véhémence, car je pense toujours à cette partie fragile et timide de l'électorat que je préfère convaincre que bousculer.

J'ai choisi pour thème de ce discours qui achève une campagne que je décris comme « décevante et exaltante », la situation économique et l'action qu'elle appelle : l'emploi, l'indépendance énergétique, la libération des forces productrices. Et je conclus sur la portée du choix que vont faire les Français.

Lorsque j'arrive dans la salle, que je ne connaissais pas car elle vient d'être aménagée récemment, j'y suis accueilli par le maire, Francisque Collomb, le visage éclairé par un large sourire.

C'est un représentant typique de la bourgeoisie lyonnaise, calme, assuré, prudent, mais inébranlable dans ses convictions.

« Tout va bien, me dit-il, en me tendant une main large comme une palme, la salle est pleine. Les gens sont impatients de vous entendre ! »

Elle est effectivement pleine. Un brouhaha monte des rangs où le public est assis, ponctué de salves d'applaudissements. Raymond Barre, qui est arrivé avant moi, vient à notre rencontre. C'est lui qui sera le premier orateur, après les quelques mots de bienvenue de Francisque Collomb qui flottent au-dessus du tumulte.

Là où je suis assis, je vois la salle de biais, comme si j'étais placé dans un angle, et au-dessus, dominant la tribune, s'élève une sorte de perchoir sur lequel Raymond Barre s'adresse à la foule. Cette architecture bizarre me fait penser à un dessin de Daumier. La voix de Raymond Barre s'enfle et retentit, amplifiée par la sonorisation. Il décrit avec véhémence la catastrophe économique qu'entraînerait la gestion socialiste. Je l'écoute, mais en même temps je mets au point dans ma tête les premières phrases de mon intervention, que je souhaite toujours adapter aux réactions de l'auditoire. Par un curieux effet acoustique, l'espace est découpé en trois volumes successifs : l'emplacement où je suis, la tribune où s'exprime Raymond Barre, que je vois de dos, les épaules arrondies, agrippé au pupitre avec ses deux mains qu'il détache de temps à autre pour pointer vers la foule un doigt qui transforme son affirmation en menace ; et au-delà, loin de nous, flottant au-dessus du public comme une nuée biblique, l'espace où tonne la voix catégorique et parfaitement audible de l'orateur. Le public est enchanté de ce qu'il entend. L'apocalypse qui lui est annoncée vibre en symbiose avec ses convictions. La conclusion se prolonge par un long roulement d'applaudissements. L'adversaire, absent de la salle, est définitivement mis au tapis lorsque Raymond Barre, en sueur, descend avec bonhomie de son perchoir dont il surveille les marches, en oscillant d'une jambe sur l'autre.

C'est à mon tour de parler. Comme chaque fois, je fais avec mes yeux le tour de l'auditoire, pour savoir à qui je m'adresse. C'est une foule nombreuse, de deux à trois mille personnes, remuée et soulevée par les propos combatifs de Raymond Barre. Elle attend maintenant l'estocade.

Je ne reprendrai pas le même registre. D'abord il n'est pas le mien ! Tout ce qu'a dit Raymond Barre est juste, tous les cataclysmes qu'il a décrits se produiront : le chômage augmentera, le gonflement des déficits provoqués par la démagogie dépensière acculera à la dévaluation du franc. Oui, tout ce qu'il annonce est vrai, mais il s'adresse à des convaincus. En réchauffant les convaincus, gagne-t-on le soutien des autres ? Peut-être, car on imagine que les convaincus ainsi mobilisés iront porter la bonne parole autour d'eux.

Je ne veux pas trop décevoir les personnes présentes, mais je m'adresse à un autre public, un public absent. Je voudrais l'atteindre par son désir de comprendre ; j'aimerais qu'il sache que je ne l'insulte pas. S'il fallait repousser une invasion, combattre une épidémie meurtrière, je devrais faire entendre le tonnerre de la voix. Aujourd'hui, il s'agit seulement d'appeler à un choix raisonnable. Nous sommes dans le domaine de la persuasion, dont il faut étendre les ondes au-delà des limites de cette salle. Du moins est-ce ce que je crois.

Je reprends pratiquement les mêmes thèmes que Raymond Barre, mais sous un autre angle : j'essaie de montrer comment nous pouvons avancer, progresser, réussir. Je mets les objectifs devant nous, et laisse les propositions aventureuses de nos concurrents derrière, dans la pénombre. Les applaudissements sont moins nombreux à interrompre mes développements, mais il me semble que l'auditoire est attentif, comme éveillé. Je conclus sur l'enjeu, en le projetant dans l'avenir : une France active, prospère, respectée dans le monde, ou bien une France livrée à l'aventure financière, repliée sur elle-même, contestataire de la modernité, et isolée en Europe. La vague d'applaudissements est longue, générale dans toute la salle, comme un poumon qui respire. Avons-nous chacun, Raymond Barre et moi, gagné une seule voix ?

Nous repartons dans la nuit en direction de Clermont-Ferrand. Devant nous, dans le lointain, surgissent les grains de lumière de la ville. Dans une demi-heure je regagnerai la maison, le havre de tous les autrefois, je retrouverai ma chambre, et mon lit, avec sa couverture de coton bleu. J'entendrai l'Auzon s'éparpiller en écume sur les roches de lave noire. Adieu, campagne électorale, adieu présidence de la République : tout est fini. Je m'endors.

*

* *

Il me reste à tenir deux réunions symboliques en Auvergne. Selon les règles, les médias ne retransmettront plus les événements. Je le ressens comme une forme de liberté !

Depuis mon élection à la présidence de la République, j'ai cherché à éviter que l'Auvergne ne devienne un champ clos du débat national. Mes manifestations ont été relativement discrètes, à l'exception du lancement du « Plan Massif central », au Puy-en-Velay, en 1975. Lors des échéances électorales, je me contente de participer à deux réunions, l'une à Chamalières, la ville de la banlieue résidentielle de Clermont-Ferrand, dont j'étais maire, et l'autre à Chanonat, le village de la maison familiale, où je suis électeur.

La salle de réunion de Chamalières, la salle Villars, est une longue pièce éclairée par quelques fenêtres accrochées en hauteur. On dirait un ancien manège, ou même la chapelle Sixtine, dépouillée de ses fresques ! Je retrouve les adjoints qui garnissent le premier rang, et les commerçants de la ville contre lesquels nous avons joué un match de football. Cette réunion n'a rien d'un meeting : les participants sont venus retrouver leur ancien maire, et l'observent avec une curiosité amusée pour savoir si sa fonction l'a beaucoup changé.

Je n'ai pas apporté de notes, et je parle d'abondance. Comme il n'y aura pas de reprises médiatiques, je peux me laisser aller, et dire tout ce que j'ai sur le cœur. Je souhaite que la majorité retrouve son unité ! On peut admettre qu'il y ait plusieurs candidats, mais il n'est pas acceptable qu'ils s'attaquent les uns les autres. En le faisant, ils découragent une partie de leurs électeurs, et prennent le risque de l'échec car lorsque la critique émane de nos propres rangs, elle acquiert une crédibilité supplémentaire ! On parle de querelles d'hommes : c'est une manipulation médiatique pour déformer la réalité : je ne critique personne ; je cherche à convaincre les indécis de rejoindre notre camp ! Et je termine sur l'Auvergne en décrivant ce qui a été fait, et en proposant ce qui reste à faire. On m'applaudit, comme on le fait entre amis : pas trop fort et pas très longtemps, mais le plus important pour moi est que tous les visages sont souriants. Nous nous levons, et nous nous attardons dans la salle, que je parcours de groupe en groupe, pour un long bavardage.

Le samedi, la campagne est close. Nos dix messages télévisés ont été diffusés hier soir, selon un ordre tiré au sort. Le quotidien régional, *La Montagne*, en présente une analyse succincte, sous nos photos en noir et blanc, qu'on aurait pu trouver épinglées sur le mur du bureau du shérif, dans un western américain.

Avant que tout soit achevé, je veux rencontrer, comme chaque fois, les habitants de Chanonat. Pour respecter la règle, ce ne sera pas une réunion, mais un buffet, qui ne risquera pas d'ailleurs de déséquilibrer mon compte de campagne : des plateaux de charcuterie, étoilés de cornichons, des tranches de pain de seigle, du fromage de Saint-Nectaire, et du vin rouge de la coopérative voisine de Veyre-Monton, avec des bouteilles de Fanta pour les enfants. Comme à l'habitude, des chiens se faufilent entre les jambes, la truffe éveillée, à la recherche d'une bonne affaire.

Je prends la parole, en détachant les mots clés de ma campagne : la paix, la solidarité, l'emploi, l'indépendance énergétique de la France. Une petite ovation salue ma péroraison : à qui s'adresse-t-elle ? Aux verres encore à moitié pleins, à moi-même, ou au bonheur simple d'être là ?

C'est tout. C'est fini. Il ne reste plus qu'à attendre.

Dimanche 26 avril 1981

Ce dimanche est, à Chanonat, un jour d'élection comme les autres. Il est exactement semblable à ceux que j'ai décrits le 12 mars et le 26 mars 1978. Si on les découpait, et si on les appliquait les uns sur les autres, il serait impossible de déceler la moindre différence.

Peut-être, pourtant, lorsque nous partons pour la mairie où nous allons affronter le mur phosphorescent des flashes, peut-être sens-je en moi une contraction d'angoisse. Ce n'est pas celle de mon sort personnel, qui n'est pas tellement présent, mais plutôt celle de l'extraordinaire différence entre les gestes simples de ces mains fraîches chez les uns, décharnées par l'âge chez les autres, bronzées par le travail des champs, soignées avec des vernis rouges, de toutes ces mains qui vont se contenter de déposer un nom dans une boîte, et l'immense bouleversement que cela provoquera, dans une direction ou une autre, au sein de notre société.

Je retourne à la maison. C'est là que j'attendrai les résultats.

Les bureaux de vote ferment à six heures dans les petites communes, à huit heures dans les villes. Le dépouillement sera long en raison du nombre de candidats.

C'est à sept heures moins dix que le maire de Chanonat, notre voisin, m'appelle au téléphone pour me communiquer les résultats.

À son ton de voix, je détecte un mélange de satisfaction et de frustration :

« Bravo, Valéry, m'annonce-t-il, tu es largement en tête. » C'est la cause de sa satisfaction. « Dans le vieux village, tu as la majorité absolue. Mais comme toujours, c'est Jussat qui nous plombe ! Et dans l'ensemble de la commune, tu manques la majorité de quelques voix. » D'où sa déception. Puis il me détaille les chiffres candidat par candidat. François Mitterrand est placé second, avec un bon score, un peu supérieur au résultat habituel des socialistes ; c'est à Jussat qu'il obtient son meilleur chiffre. Georges Marchais est en baisse.

Je regarde les maisons de Jussat par la fenêtre. Le vieux village de Chanonat abrite la population traditionnelle, les anciens agriculteurs, les commerçants, les artisans du bâtiment, les mécaniciens. Les noms de famille sont peu nombreux et entrecroisés. On les retrouve inchangés dans les registres d'état civil depuis deux siècles. Le vieux village donne régulièrement une majorité au centre droit.

Jussat était un hameau, dont les agriculteurs ont vendu les terrains à des promoteurs. Le lieu a vu disparaître son caractère antérieur sous la poussée des villas qu'on y a construites. Elles sont soignées, et même opulentes. Le clocher a du mal à émerger au-dessus des murs clairs et des terrasses fleuries de géraniums. Elles appartiennent aux « nantis » de la grande ville voisine, le plus souvent des cadres de la Banque de France ou des administrations publiques. Par crainte de voir mettre en question leurs privilèges, ils jugent prudent de voter à gauche.

L'heure passe. Il n'y a plus que quelques minutes à attendre avant que, les bureaux de vote enfin clos, les spécialistes des instituts de sondage retrouvent la liberté de publier leurs fourchettes.

Mon père et ma mère se sont installés devant l'unique appareil de télévision de la maison, situé dans la pièce du billard. Nous allons les rejoindre pendant que la cloche du village sonne ses huit coups, avec une minute d'avance.

Et soudain, l'écran de la télévision s'éclaire et s'enflamme. Nous sommes sur la première chaîne. Le présentateur déguste à l'avance l'émotion qu'il va nous causer.

« Voici, annonce-t-il, les premières fourchettes établies à partir des résultats déjà dépouillés. Il faut les interpréter avec prudence, car elles pourront être modifiées au fur et à mesure de l'arrivée des nouveaux dépouillements. » Et il commence l'énumération, pendant que les chiffres s'affichent à l'écran.

« Valéry Giscard d'Estaing est en tête, avec une fourchette de 27 à 29 % des voix. Il est suivi par François Mitterrand qui recueille entre 25 et 26 % des voix. Pour Jacques Chirac, son résultat se situerait entre

17 et 19 %. La surprise vient de Georges Marchais, qui n'obtiendrait que 14 à 16 % des voix. Tous les autres candidats se tiennent au-dessous de la barre des 5 %. Sur la base de ces estimations, on peut prévoir que le second tour se jouera entre Valéry Giscard d'Estaing et François Mitterrand. Je serai à même de vous donner des indications plus précises aux alentours de 22 heures. »

Simultanément débutent sur les trois chaînes les « soirées électorales » qu'elles ont organisées pour commenter les résultats. Ce sont des spectacles surprenants. On dirait une parade de dindons. Devant les journalistes, campés derrière une tribune de bois laqué, sur laquelle reposent des micros noirs dont les fils disparaissent dans des alvéoles, on voit surgir le défilé des candidats, ou plutôt des représentants de ceux-ci, car les candidats eux-mêmes, à l'exception de quelques fantaisistes, ont la prudence de se tenir à l'écart. Ils se réservent pour une « courte déclaration » qu'ils prononceront plus tard, lorsque les résultats définitifs seront mieux connus.

Ce sont donc des « seconds couteaux » qui débattent avec les journalistes. Ils se déclarent, sans exception, agréablement surpris et heureux des résultats. Ceux qui représentent des candidats ayant recueilli des scores infimes mettent en garde les commentateurs contre une interprétation simpliste des résultats : « Si l'on tient compte des abstentions et des bulletins blancs, si l'on se souvient que le temps de parole du candidat a été abusivement réduit sur les médias, le score qu'il a obtenu se situe bien au-delà des derniers sondages ! »

Les collaborateurs des candidats placés en tête sont les derniers à entrer dans le studio. Ils affectent une démarche lente, mais assurée, et le sourire qui s'étale sur leur visage pendant qu'ils tournent les yeux vers les uns et vers les autres exprime leur satisfaction, et sous-entend l'annonce, qui sait ? d'un prochain portefeuille ministériel.

Seuls les représentants de Jacques Chirac et de Georges Marchais ont du mal à dissimuler leur frustration.

Mes parents sont captivés, aspirés par l'écran. Je préfère interrompre la contemplation de ce spectacle, et je regagne ma chambre. J'y écouterai à la radio les résultats définitifs lorsqu'ils seront connus, entre dix heures et demie et onze heures. En attendant, pour me détendre, je me plonge dans les aventures de Sherlock Holmes.

Voici enfin l'annonce des résultats définitifs. Il manque encore ceux des Antilles et de la Guyane. Je m'assieds derrière ma table, et je note au crayon les chiffres pendant que la voix légèrement enflée du speaker les énumère :

VGE	28,3 %
François Mitterrand	25,8 %
Jacques Chirac	18,0 %
Georges Marchais	15,3 %
Brice Lalonde	3,9 %
Arlette Laguiller	2,3 %
Michel Crépeau	2,2 %
Michel Debré	1,7 %
Marie-France Garaud	1,3 %
Huguette Bouchardeau	1,1 %

Je relis lentement cette liste, en corrigeant les chiffres, pour que les décimales soient bien lisibles. Et je commence à tester mes réactions.

Je suis déçu par mon résultat. J'attendais mieux : en moi-même, sans clairement me l'avouer, j'imaginais que je dépasserais la barre des 30 %. C'était la récompense que j'espérais !

Pour Mitterrand, le résultat est sans surprise et répond à l'habileté de sa campagne. Il a réussi à s'attacher une partie, de l'ordre de 2 à 3 %, de l'électorat communiste.

Jacques Chirac voit s'éloigner son illusion de figurer au second tour de l'élection présidentielle. Il a sept points de retard sur Mitterrand, et dix sur moi.

Parmi les petits candidats, dont aucun ne franchit le seuil des 5 %, malgré leur tohu-bohu pendant la campagne et « l'égalité » dont ils ont bénéficié, un résultat me semble sévère et injuste, celui de Michel Debré. Sa stature d'homme d'État, le rôle qu'il a joué dans la fondation de la Ve République et son intégrité méritaient mieux. Dans ce chiffre de 1,7 %, je vois poindre le long museau froid de l'ingratitude.

J'en viens maintenant aux additions que je fais sur deux colonnes : si l'on se tient aux principaux candidats, ceux de la gauche, Mitterrand et Marchais, totalisent 41,1 % des voix ; ceux de la droite et du centre, Chirac et moi, 46,3 % des suffrages, ce qui nous donne une confortable avance.

Lorsque j'ajoute maintenant les « petits » candidats, le score devient plus serré. Le centre et la droite atteignent 49,3 % des voix, tandis que la gauche, en mettant à part Brice Lalonde dont l'électorat est sans doute composite, ne réunit que 46,7 % des suffrages. L'élection paraît donc gagnable.

J'ai coupé le téléphone, à l'exception du fil direct de la permanence de l'Élysée, car j'ai besoin de réfléchir. La seule communication que me transmette le standard de la présidence est celle de Michel d'Ornano. Nous commentons rapidement les chiffres.

– J'espérais mieux pour vous, me dit Michel, mais Mitterrand avec 26 % des voix est loin du raz de marée qu'il escomptait. Vous allez être réélu, mais il va falloir mener une campagne très active. Il faut que Chirac joue le jeu, et s'engage à fond !

– C'est vrai, j'aurais préféré un meilleur résultat, lui réponds-je. Je pensais que le travail accompli par les uns et les autres méritait mieux, mais l'essentiel est de gagner. Tout va dépendre de la campagne, et du débat en tête à tête que je vais avoir avec Mitterrand. C'est là que le résultat va se décider.

– Pas seulement, me réplique Michel. Il faut que tout le monde se mobilise pour votre grande réunion de fin de campagne à Paris. Je vais m'en occuper avec Deniau et Hubert Bassot. À demain !

La télévision s'est éteinte. J'entends mon père et ma mère remonter dans leur chambre, mais je ne distingue pas le murmure de leurs voix. Anne-Aymone qui était restée pour leur tenir compagnie vient me rejoindre.

Dehors pas de bruit, sauf le ruissellement de l'eau du ruisseau et un léger froissement du vent dans les feuilles des arbres. C'est donc fini, ce premier tour ! Il se réduit à ces chiffres, mal crayonnés sur une feuille de papier. Je me sens plus vide que las. Un bonheur que j'attendais me manque…

Pour m'endormir plus vite, j'ai besoin de changer d'univers. Je reprends ma lecture. Je suis à Londres en 1880, dans Baker Street, où j'attends un mystérieux visiteur, une femme voilée, en compagnie du Docteur Watson. La Tamise gronde au pied de la maison. Le sommeil m'engloutit.

CHAPITRE XVII

Fin avril et début mai : le deuxième tour, et l'élection

Ce matin, lundi 27 avril, il reste exactement onze jours utiles avant l'élection. Comment les employer au mieux ? Je pars pour le siège de ma campagne, rue de Marignan, où je réunis les différents responsables pour les remercier et fixer avec eux le programme des jours à venir : j'irai ce soir à Dole et à Dijon, mercredi à Bourges où Jean-François et Frédérique Deniau organisent un banquet républicain ; jeudi à Yvetot, et vendredi à Cagnes et à Toulon, mais les participants sont unanimes à déclarer qu'il faut concentrer tous les efforts sur la réussite du grand meeting populaire prévu à Paris le dimanche 3 mai. Il devrait rassembler plus de cent mille participants. Le surlendemain, je débattrai à la télévision avec François Mitterrand, s'il accepte le face-à-face, dont il conteste inlassablement les modalités. Ce seront les événements déterminants de la campagne du second tour.

La réunion de la porte de Pantin

C'est devenu une tradition dans la courte histoire présidentielle de la Ve République, de tenir une grande réunion publique à Paris, entre les deux tours de l'élection. En 1974, elle avait eu lieu porte de Versailles, cette année elle est prévue porte de Pantin. L'équipe d'organisation, remarquablement dirigée par Hubert Bassot, la prépare depuis plusieurs semaines. Elle comportera de nombreuses animations dans l'après-midi, animations qui permettront d'attendre mon intervention annoncée pour dix-huit heures. Cet horaire a été choisi, m'explique-t-on, pour permettre la reprise d'extraits de mon discours dans les journaux télévisés du soir.

Jean Sérisé est venu me voir dans mon bureau pour insister sur l'importance de la présence de Jacques Chirac à cette réunion.

« Il est maire de Paris, me dit-il, et ce serait la manifestation la plus tangible de son soutien. Jusqu'à présent il s'est peu exprimé, et s'est contenté de dire qu'il voterait pour vous à titre personnel. Le général de Bénouville et Marcel Dassault s'activent à le persuader de venir à votre réunion. Bénouville me tient au courant de ses démarches, mais il n'y a que vous qui puissiez l'inviter, et il ne pourra pas refuser. Vous devriez lui écrire ! »

J'appelle ma secrétaire, Marguerite Villetelle, qui occupe le bureau voisin, et je lui dicte une lettre d'invitation pour Jacques Chirac.

« Il faudrait que vous la tapiez tout de suite, lui demandé-je, et que vous la fassiez porter immédiatement au bureau de M. Jacques Chirac à la mairie de Paris. »

Elle revient quelques instants plus tard en m'apportant la lettre, que je signe et qu'elle reprend aussitôt pour l'acheminer.

Le lendemain matin, Jean Sérisé revient dans mon bureau.

– J'ai reçu à l'instant le général de Bénouville qui est dans un état de grande agitation. Marcel Dassault et lui sont furieux contre Chirac, qui refuse toujours de venir à votre réunion. Marcel Dassault l'a appelé pour lui dire que s'il persistait dans son refus, il publierait lundi une lettre où il condamnerait son attitude et énumérerait toutes les aides financières qu'il lui a apportées. Cette lettre est prête, a conclu Bénouville, elle est terrible, et cela devrait le faire réfléchir.

– Cela ne me regarde pas, dis-je. Je comprends la fureur de Marcel Dassault, et vous pouvez remercier le général de Bénouville pour ses efforts, mais c'est un problème entre eux. Je n'ai pas reçu de réponse à mon invitation. Si elle ne me parvient pas, j'appellerai Jacques Chirac au téléphone cet après-midi.

J'ai gardé en effet libre mon après-midi de samedi pour préparer mon discours, car je tiens à le rédiger d'un bout à l'autre moi-même. Il me faut au moins trois ou quatre heures pour cela.

Vers six heures, je demande qu'on cherche à joindre Jacques Chirac au téléphone. Le voici au bout du fil.

– Je vous appelle, lui dis-je, parce que je vous ai adressé une invitation à venir assister à la réunion que je tiendrai demain à la porte de Pantin. Je n'ai pas eu connaissance de votre réaction. Je reconnais que le délai est court, mais les organisateurs ont besoin de connaître votre réponse.

– J'ai bien reçu votre invitation, me répond-il. J'y ai réfléchi, mais je ne pense pas pouvoir venir.

– Votre présence serait importante, lui dis-je, en reprenant les arguments de Jean Sérisé, car ce serait la meilleure manifestation possible de l'unité de la majorité face à l'union de la gauche, dont vous avez dénoncé les périls au cours de votre campagne. J'ajoute qu'elle serait conforme à la tradition, en tant que maire de la ville où se tient la réunion. Votre décision vous appartient, mais il me serait utile de la connaître avant la réunion, pour pouvoir vous accueillir.

Jacques Chirac attend un instant avant de me répondre :

« Comme je vous l'ai dit, j'y ai réfléchi. » Il prend son temps. « Il ne m'est pas possible de venir.

– Je le regrette », lui dis-je.

Oui, je le regrette, mais de la part de celui que j'ai nommé Premier ministre, et au moment précis où Mitterrand dont il connaît l'aversion qu'il inspirait à son maître, Georges Pompidou, frappe à la porte du pouvoir, il est honteux et injustifiable de refuser de venir !

*

* *

Mon arrivée à la porte de Pantin, dans le XIXe arrondissement, est prévue une demi-heure avant mon discours. Une délégation conduite par Hubert Bassot m'attend à l'entrée.

« C'est un grand succès, m'affirme-t-il, nous avons plus de cent vingt mille personnes. » Je me méfie toujours des chiffres qu'avancent les organisateurs de manifestations, mais il semble qu'il y ait effectivement beaucoup de monde. Je lui demande de faire avec moi le tour des chapiteaux où se déroulent les animations : celui des enfants d'abord, avec des films et des dessins animés, puis ceux du vidéo-rock et du cinéma. Sous les chapiteaux des variétés, je salue Nicole Croisille, Mort Schuman, et la Bande à Basile, puis aux chansons d'autrefois, Georges Guétary. Quand j'arrive au chapiteau des sports j'y retrouve la charmante Véronique Trinquet, championne du monde d'escrime, que j'avais eu le plaisir de recevoir à Brégançon, venue en voisine de Saint-Tropez.

Le public s'organise en longues files qui cheminent maintenant vers la grande halle.

J'y pénètre par une entrée de côté, située près de la tribune, et j'aperçois les personnalités assises au premier rang. Leur qualité, et aussi leur variété sont impressionnantes. Je salue en premier Simone Veil, Raymond Barre et le président du Sénat, Alain Poher, et je fais un signe amical à tous ceux que j'aperçois et dont la liste est longue, depuis Jean Lecanuet et Michel Poniatowski, Alice Saunier-Seïté et René Monory, Michel d'Ornano, Alain Peyrefitte et Yves Guéna, Jean François-Poncet et Jean-Pierre Soisson, jusqu'à ceux que je distingue moins bien parce qu'ils sont éloignés sur la gauche de la tribune.

Je cherche des yeux les personnalités du monde culturel et sportif dont on m'a signalé la présence : Alain Delon et Mireille Darc, Louis de Funès, le pianiste Georges Cziffra et l'accordéoniste Yvette Horner, Jean Dutourd et le mousquetaire du tennis René Lacoste, Patrick Segal, Éric Tabarly, Michel Jazy, Jean Richard, Darry Cowl et, à côté de Gérard Oury, l'éclatante Michèle Morgan. Tout au bout du rang, assise comme une écolière, se tient Mireille Mathieu, qui fera tout à l'heure chanter *La Marseillaise* à la foule. Merci à vous toutes et à vous tous, pensé-je en mon cœur, et merci encore à tous ceux que je vois moins bien, et que je ne réussis pas à identifier. Thierry Le Luron n'est pas venu. Je lui ai envoyé il y a un mois un cadeau pour son vingt-neuvième anniversaire. Il m'a remercié le 2 avril en m'écrivant : « J'attendrai le 10 mai pour mettre la pendule à l'heure, à la bonne heure, la vôtre, celle de la France. » Visiblement, elle n'a pas encore sonné.

Je m'assieds au premier rang du public, avec Anne-Aymone. Alain Delon, très élégant avec sa chemise blanche et son costume noir, se lève à côté de moi pour lire au micro un texte de Victor Hugo sur le suffrage universel et la démocratie. Longs applaudissements dans la salle. Puis c'est au tour de Monique Pelletier, présidente de mes comités de soutien, de m'introduire. Elle le fait avec chaleur, en résumant en quelques minutes tous les enjeux du débat. Elle écarte la candidature de « l'homme des promesses impossibles », et elle « se refuse à avoir un président qui a toujours combattu les institutions de la Ve République, et qui est obligé pour survivre de négocier avec l'appareil communiste ! ». Monique Pelletier change de registre avant de me donner la parole : « Nous voulons, dit-elle, un président qui rassemble au lieu de diviser, qui préserve notre héritage et développe le progrès. Nous voulons une France forte, digne et exemplaire, un président qui protège nos valeurs culturelles et familiales, qui garantisse les libertés et la paix ! » Comment ne pas l'approuver ? La foule se déchaîne. C'est à mon tour de ne pas la décevoir. Je gravis par le côté les marches de la tribune, au milieu d'une marée d'applaudissements que j'entends osciller d'une extrémité à l'autre de la salle. Anne-Aymone me suit, et s'installe dans un petit fauteuil de tissu blanc semblable à ceux qu'on voit dans les salons d'aérogare. Elle s'y tient toute droite, les cheveux rassemblés en chignon. Je trouve devant moi un pupitre transparent, où poser mes papiers. Il est à une hauteur suffisante pour m'éviter de me pencher en avant pour les lire. Hubert Bassot a bien fait les choses !

Et je parle :

« Vous êtes devant moi, dis-je, plus de cent vingt mille, venus de toutes les régions et de toutes les profondeurs de la France. Pourtant je ne m'adresserai qu'à une seule personne : la France. » Et j'enchaîne : « Madame… »

L'idée m'est venue, à partir de mes lectures, d'utiliser une formule de rhétorique, appelée la prosopopée, qui consiste à s'adresser à un être abstrait comme s'il était un être vivant capable de vous écouter, et même de vous répondre. Il en existe des exemples fameux.

L'idée est peut-être excellente, mais, pendant que je parle, je me rends compte qu'elle a du mal à passer au sein de mon auditoire. Alors qu'elle était faite pour émouvoir, la voix que me renvoie la sonorisation résonne de manière plate et emphatique. L'effet est manqué, et je lis l'étonnement sur le visage des auditeurs des premiers rangs. Quand j'arrive à la fin de cette partie, je me sens soulagé, libéré d'abandonner cette fameuse prosopopée pour retrouver un ton naturel, et aborder mon vrai sujet : la gravité de la décision que les Français ont à prendre.

Je sais que je prêche un auditoire de convaincus, mais je pense aussi aux reprises des journaux télévisés. Aussi, j'annonce tout de suite à leur intention que nous comparerons mardi soir, en direct à la télévision, la valeur des solutions que nous proposons. Je fais allusion aux complications que crée encore François Mitterrand, qui chipote avec une nouvelle demande de pouvoir se faire accompagner par des témoins, ce qui déclenche les sifflets de la salle. Et je réplique : « Le débat ne pourra qu'être loyal puisqu'il aura trente-six millions de Français pour témoins ! »

Je rappelle ensuite les propositions de l'opposition. Un de mes sujets d'étonnement dans les campagnes électorales françaises, c'est la sorte d'ignorance, ou d'indifférence, de l'opinion, vis-à-vis des mesures qui lui sont annoncées et qu'elle aura finalement à subir. Je souligne que l'ensemble des prélèvements fiscaux et sociaux, que nous avons maintenus, malgré la crise, à 42 % du revenu national, passeront à plus de 50 % ! C'est annoncé, ce serait inévitable, mais quel électeur s'en soucie ? Il croit que cela ne s'appliquera pas à lui !

Puis je résume mes propositions : une France plus juste, une plus grande solidarité vis-à-vis des plus faibles et des plus démunis, prolongeant l'effort que nous avons accompli en faveur des personnes âgées.

Pour l'économie, dis-je, nous devons continuer de la libérer. Nous avons mis fin à la fixation administrative des prix, et nous devrons ramener, au fur et à mesure de notre redressement, le taux du prélèvement social et fiscal au seuil de 40 %.

Je rends alors hommage à la campagne menée pendant le premier tour par Jacques Chirac, que je qualifie d'utile et positive, en faveur d'une économie de liberté et de responsabilité, soustraite à la bureaucratie rampante.

Au fur et à mesure que j'approche de ma conclusion, j'essaie de projeter mes propos dans l'avenir.

Je souligne que nous devrons mettre le progrès au service de la qualité de la vie, et que la France doit connaître une société forte et paisible, assurant la sécurité de chacun.

« La question que je me pose est celle de savoir si nos vieux démons, nos vieux démons toujours présents, vont empêcher notre réussite en nous faisant lâcher prise ? »

Et j'ajoute :

« L'angoisse m'étreint le cœur quand je pense à ce que nous pouvons espérer être, et à ce que nous risquons de devenir. »

En prononçant cette phrase je me dis que, pour le coup, c'est bien de cette manière que se définit l'enjeu historique de cette élection ! Et pour mieux la faire entrer dans les têtes, je la répète.

Pendant que je lis mon texte à haute voix, je vérifie que pendant le temps où je l'écrivais hier, je me suis peu à peu libéré. Trop guindé au début, et plus naturel par la suite. C'est bien moi qui parle désormais ; il était temps !

Je m'adresse, pour conclure, à la jeunesse française. Je l'aime telle qu'elle est. Beaucoup d'observateurs disent qu'elle ne votera pas pour moi. C'est bien possible. Si je lui ai donné le droit de vote à dix-huit ans, ce n'est pas nécessairement pour qu'elle me renvoie des suffrages en cadeau !

« Faites de la France un pays que l'on respecte pour ce qu'il est, et qu'on envie pour ce qu'il va devenir !

« Faites de la France un exemple d'humanisme et de progrès, un témoignage de solidarité à l'intérieur et de générosité à l'extérieur ! Une lumière dans la nuit du monde ! »

Le comportement de la salle a changé, elle vibre maintenant comme les cordes d'un piano. Et je termine sur une image qui m'est chère : celle du peuple en marche !

« Que votre vote soit celui, non d'un peuple assis autour du feu qui baisse, mais celui d'un peuple en marche vers l'horizon où le matin s'allume ! »

Chaque phrase est saluée par une ovation. J'attends que la rumeur multiple s'éteigne avant de prononcer la suivante. J'ai gagné, non pas l'élection, certes, mais j'ai gagné pour moi : je me suis vidé vers les autres de tout ce que j'avais à leur dire.

Et maintenant je passe le micro à Mireille Mathieu, petite et frêle, mais avec une voix cent fois plus tonnante et juste que la mienne, qui fait chanter *La Marseillaise* aux personnes présentes, auxquelles je tiens à dire qu'elles ont 120 000 voix, et plus de 120 000 cœurs !

*
* *

En rentrant à mon domicile par les boulevards des Maréchaux, je tente d'évaluer l'impact de cette soirée. Mon discours a été bon, à l'exception de cette prosopopée ridicule dont le souvenir m'embarrasse au point de me faire rire dans la voiture. En développant mes arguments à la tribune, j'ai mesuré, par une sorte de dédoublement, que ce que j'affirmais était exact : les Français, et avec eux la France, auraient un intérêt évident à avancer dans la direction que je leur propose, au lieu de s'engager sur les pistes coûteuses et embrouillées que l'opposition leur fait miroiter comme des mirages.

La foule présente l'a compris. Elle m'a manifesté son soutien, même chaleureux. Mais, à la différence de 1974, je ne sens pas de marée montante dans le pays. Or, avec mon caractère de Verseau, avide de grands espaces et d'imagination, j'ai besoin, pour mon bien-être, de sentir un souffle porteur. Malgré toutes les bonnes volontés, malgré la mienne, il n'est pas là. Pas encore là ?

La rue Bénouville est totalement paisible, avec ses volets fermés et la lumière feutrée de ses lampadaires. Pas un promeneur, pas un chien, pas un claquement de talon sur les trottoirs. Ses habitants sont-ils conscients dans leur sommeil de ce qui s'est passé porte de Pantin ?

*
* *

La journée du lendemain, lundi 4 mai, est consacrée à des entretiens et à des interviews.

Un premier enregistrement à la télévision, puis la réception du CRIF[1], mené par son président. Je connais leurs revendications : assurer la sécurité de leurs établissements et de leurs écoles ; combattre la montée de l'antisémitisme en France. Je n'ai pas de mal à leur apporter les assurances qu'ils souhaitent, et j'aimerais leur communiquer la belle appréciation que le Grand Rabbin Kaplan m'a exprimée, ici même, quelques mois plus tôt : « Jamais, m'a-t-il dit, les Juifs de France n'ont été mieux considérés que sous votre septennat. » Je ne veux pas tirer avantage de ce jugement, mais je leur rappelle que c'est moi qui ai décidé le transfert au Panthéon des cendres du premier Juif qui y sera inhumé, René Cassin.

Bien qu'il ne soit pas évoqué, le conflit israélo-palestinien pèse sur notre entretien. C'est le parti de

1. Conseil représentatif des institutions juives de France.

droite qui est au pouvoir en Israël, et qui mène une diplomatie hyperactive pour gagner des soutiens à l'extérieur. Mais il existe aussi une gauche, dont Shimon Perès vient de me présenter les positions. La communauté juive de France, quoique solidaire d'Israël, est divisée sur ce sujet. Il ne me semble pas souhaitable d'introduire ce thème dans le débat électoral français, aussi je préfère m'en tenir aux demandes raisonnables et justifiées du CRIF.

La délégation suivante est celle des professions médicales. J'essaie de mettre davantage de liant dans leurs relations difficiles avec le ministre de la Santé, Jacques Barrot. Ils me disent regretter la gestion de Simone Veil. Nous confirmons, les uns et les autres, notre attachement à la médecine libérale...

Dans l'après-midi, trois interviews données à la suite : à *Ouest-France*, au *Parisien libéré*, et au *Figaro Magazine* de Louis Pauwels.

Puis Marceau Long, qui m'apporte l'ordre du jour du prochain Conseil des ministres de mercredi – le dernier du septennat – et le Premier ministre, Raymond Barre, pour son entretien hebdomadaire du lundi soir, comme si de rien n'était.

Je suis enfin libre de me préparer à la grande épreuve qui sera le débat de demain.

*

* *

L'approche de ce débat télévisé m'a confirmé dans l'idée que nous changions d'ère politique. Fini l'expression des grandes orientations politiques, et les gestes forts à la manière du général de Gaulle ! Désormais, la pratique devient celle des manœuvres, des calculs et des coups fourrés, le point culminant étant atteint par le contenu de la lettre que me fait porter François Mitterrand où il expose les conditions qu'il met au débat. Sa lecture, malgré l'« esprit de loyauté » qu'il revendique, m'inspire le sentiment d'un modèle de boursouflure et de mauvaise foi.

L'organisation de ce débat a donné lieu à des complications byzantines de la part de François Mitterrand et de son équipe de communication. À la question que les journalistes lui posaient : « Participerez-vous à ce débat ? » François Mitterrand a commencé par faire des réponses évasives : « Peut-être », ou « Cela dépendra des modalités ». Ensuite, la discussion a porté sur le choix du jour – mardi ou mercredi –, puis sur le format du débat et sa durée ; et encore sur la désignation des journalistes qui l'animeront ; sur le point de savoir qui ouvrirait le débat, et qui le conclurait. Et quand tout paraissait réglé, l'équipe mitterrandienne a présenté une nouvelle demande : celle de pouvoir être accompagnée de « témoins » sur le plateau, à la manière des duels au pistolet ! Des témoins pour quoi faire ? Les caméras auront-elles le droit de les filmer ? Pourront-ils approuver les interventions ? On n'en finira pas…

En définitive, chacun de nous aura droit à vingt-cinq invités. François Mitterrand les choisit parmi les caciques de son camp et des intellectuels engagés. Je préfère inviter vingt-cinq jeunes qui ont participé à la réunion de la porte de Pantin. Robert Badinter s'en émeut auprès de Jean-Philippe Lecat : « Je vois que vos invités sont très jeunes, remarque-t-il. Êtes-vous sûr qu'ils ne vont pas faire de bruit ? Qu'ils ne vont pas avoir des réactions trop spontanées ? »

« Trop spontanées ? » répliquai-je lorsque Lecat me rapporta ces propos. « L'expression est édifiante ! Vous pouvez le rassurer. Dites-lui que je ne modifierai pas mes invitations, et il n'y aura pas le moindre incident à déplorer. »

J'ai donné pour instruction à mes représentants dans cet affrontement confus de ne présenter aucune demande, et de s'en tenir à trois principes : simplicité, égalité et objectivité.

Ces discussions sont arbitrées par les représentants de la Commission de contrôle. J'ai perdu toute illusion sur la neutralité de son président, membre du Conseil d'État, depuis hier : un de mes amis, propriétaire d'un hebdomadaire économique, était dans le bureau du président à la veille du débat. Leur conversation fut interrompue par un appel téléphonique. À la nature des réponses qu'il entendait, il a compris que l'interlocuteur qui s'exprimait au bout du fil n'était autre que François Mitterrand. Tendu sous la pression des demandes de son correspondant, le président de la Commission de contrôle a fini par exploser, en s'exclamant : « Mais enfin, vous savez bien que je suis pour vous ! » Édifié par cette déclaration, mon ami m'a appelé à l'Élysée pour m'en prévenir.

« J'en suis moins surpris que vous, lui ai-je répondu. Mais c'est pour le moins maladroit de le déclarer ! » Et je pense en moi-même que les Français naissent, travaillent et meurent à droite, mais qu'ils sont instruits et informés à gauche, ce qui explique leurs tendances schizophrènes.

Lorsque j'arrive à la porte du bâtiment de la Maison de la Radio, quai Kennedy, la porte est qui conduit au studio où l'enregistrement doit avoir lieu, je suis accompagné seulement par l'inspecteur Jacques Gence, et je constate que le bâtiment est déjà envahi. Je l'ai fréquenté souvent, pour des émissions et des « face-à-face » désormais classiques. On pénètre par une large porte vitrée dans une antichambre, qui ouvre sur un corridor où se trouvent les loges de maquillage. Ce soir, cette antichambre est une ruche où bourdonnent les abeilles mitterrandiennes. Je n'y reconnais personne, sauf le fin visage de Robert Badinter, dont le frère a été mon camarade de classe au lycée Janson-de-Sailly, et qui paraît diriger les opérations. L'atmosphère me rappelle celle que j'avais trouvée à l'Assemblée nationale, à la fin de mai 1968, lorsque le personnel de service avait imaginé que le pouvoir avait déjà changé de camp.

Les huissiers et les appariteurs s'affairent autour des loges qui occupent toute la première partie du couloir. L'un d'entre eux me fraye un passage avec une dignité affectée, destinée à me prouver, sans doute, qu'on peut avoir ses convictions, mais rester capable d'exercer correctement sa fonction. Un homme jeune, grand, d'aspect effacé dans sa tenue de haut fonctionnaire, se présente à moi comme le représentant de la Commission de contrôle, chargé de m'accompagner. Il me pilote dans le corridor, tourne à angle droit, après être passé devant les portes entrebâillées des loges de l'équipe adverse, agitées de mouvements et d'exclamations, et s'arrête devant une porte fermée. « C'est ici que vous pouvez vous faire maquiller, me dit-il. Je reviendrai pour vous conduire au plateau. »

J'entre dans la loge, qui ressemble à toutes les autres, peinte en vert, avec une longue tablette percée de deux lavabos appliquée contre le mur de droite. Au-dessus des lavabos, un miroir, et, éparpillés sur la tablette, les houppes, les pinceaux, les boîtes de poudre, les tubes de crème de la maquilleuse. Je suis soulagé de retrouver Jean-Philippe Lecat et Pierre Hunt. Dans cette pièce sans fenêtre, éclairée par des tubes de néon blancs, nous constituons une petite cellule d'amis.

– Qu'est-ce que c'est que toute cette bande ? leur demandé-je, sur le ton vigoureux en usage dans les mess de sous-officiers.

– Ce sont les conseillers de François Mitterrand, me répond Pierre Hunt.

– Ce ne sont pas ses conseillers ! m'exclamé-je. Ils sont au moins une vingtaine. Et comment ont-ils réussi à entrer ?

– Si ! Ce sont les membres de sa cellule de communication. Et ils ont dû obtenir les autorisations nécessaires.

Je n'insiste pas, et je m'assieds dans le fauteuil de maquillage, face au miroir. J'ai enlevé ma veste.

« Pouvez-vous me faire un maquillage un peu foncé ? demandé-je à la maquilleuse. J'ai le teint mat. »

Il est vrai que j'éprouve une répulsion pour ces visages laiteux, lunaires, qu'on aperçoit parfois sur les écrans.

Pendant que la maquilleuse s'affaire, j'interroge mes collaborateurs :

– Y a-t-il du nouveau à propos du débat ?

– Le tirage au sort a eu lieu, me répond Jean-Philippe Lecat. C'est vous qui commencerez. Vous aurez chacun cinq minutes pour conclure, et c'est Mitterrand qui parlera en dernier. L'émission est prévue pour durer une heure cinquante.

– Et les journalistes ?

– Ce sont ceux qui ont été choisis en commun et pour lesquels nous avons donné votre accord : Michèle Cotta et Jean Boissonnat. Il n'y a pas de changement.

– Qui surveillera la prise d'images ?

– Ce sera Gérard Herzog pour vous, le frère de Maurice, et Serge Moati pour Mitterrand.

C'est une précaution importante, car un angle de prise de vue trop aigu, ou une exposition inerte prolongée, peuvent avoir des effets dévastateurs.

Avant d'entrer dans l'arène, je suis heureux que mon équipe soit aussi réduite, un entraîneur et un soigneur, par rapport à la prolifération des autres. Ce petit nombre est favorable à la détente et à la concentration, qui sont deux composantes décisives du succès.

On frappe à la porte. C'est le représentant de la Commission de contrôle qui vient me chercher.

« L'émission va commencer dans dix minutes, Monsieur le Président, me dit-il, on vous attend sur le plateau. »

Et nous partons en direction du studio, en marchant l'un derrière l'autre. Je ne presse pas le pas car je n'ai nulle envie d'attendre pendant dix minutes le démarrage du débat. Nous passons derrière un haut mur de carton, qui doit faire partie des décors, et nous voici sur la scène. François Mitterrand y est arrivé avant moi. Il s'entretient avec ses « témoins ». Je m'avance pour le saluer. Il se retourne, et nous nous serrons la main.

Je l'ai rencontré souvent, y compris dans des débats, mais je n'avais pas remarqué qu'il était aussi petit de taille, à stature napoléonienne. Il se tient droit, et n'est pas dépourvu d'une certaine dignité dans la démarche. Sa figure est longue et crayeuse entre les cheveux noirs qui l'encadrent. Elle est un peu disproportionnée par rapport à sa taille, mais cet écart devient moins apparent lorsqu'il est assis. Les rides de son visage sont marquées et verticales, à l'exception de celles de sa mâchoire, qui est agitée de mouvements latéraux. Son regard est attentif et autoritaire. Il parle d'une voix d'un beau baryton, qu'il module comme un avocat d'assises.

Nous nous asseyons chacun à la place indiquée, aux deux extrémités de la table. Les « témoins » de François Mitterrand déposent devant lui un épais dossier. J'ai apporté avec moi une chemise de papier vert, qui contient quelques références chiffrées, et quelques citations du programme socialiste.

La logistique, malgré son organisation rigoureuse, a oublié de placer sur la table une bouteille d'eau et des verres. Souhaitons de ne pas avoir la bouche trop sèche dans une heure et demie…

Les journalistes s'installent côte à côte entre nous, sur ma droite quand je regarde François Mitterrand. Je les connais bien, ils m'ont déjà interrogé tous les deux dans d'autres émissions.

La première à ma droite est Michèle Cotta. Elle a un visage fin, et des yeux vifs et fureteurs. Le triangle de sa figure me fait penser à un petit animal, une souris, ou, pour être plus gracieux, une musaraigne. Elle est la sœur d'un brillant agrégé d'économie politique, Alain Cotta, qui reproche à son collègue, Raymond Barre, son insuffisant libéralisme.

Un peu plus loin je reconnais Jean Boissonnat, il a les cheveux coupés en brosse, pas trop courts. C'est un chrétien de gauche, ou plutôt du centre gauche. Il est proche de Raymond Barre, et détient une compétence économique incontestable.

En les regardant disposer les papiers où ils ont consigné leurs questions, je me dis que Michèle Cotta votera sûrement pour François Mitterrand, et Jean Boissonnat probablement pour moi, après quelques hésitations. Au cours du débat, ils vont s'efforcer l'un et l'autre de confirmer leur image d'impartialité, mais la préférence politique est comme les plantes aquatiques : elle finit toujours par remonter à la surface.

Le maître des lieux, producteur ou metteur en scène, je ne sais, nous fait de grands gestes des bras. Une voix tonne au plafond pour annoncer le début de l'émission. Des ampoules rouges s'allument sur les caméras. L'émission est commencée.

*

* *

> *« Votre erreur essentielle est de sous-estimer l'importance des yeux humains ! Comprenez donc que si la langue peut dissimuler la vérité, les yeux jamais ! On vous pose une question inattendue : vous ne tressaillez même pas, en une seconde vous reprenez vos esprits et vous savez ce que vous avez à dire pour cacher la vérité, vous parlez avec une entière assurance et aucun trait de votre visage ne bouge, mais la vérité, alarmée par la question, ne fait qu'un bond du fond de votre âme jusqu'à vos yeux, et c'est fini ! On la voit, et vous êtes pris ! »*
>
> Mikhaïl BOULGAKOV, *Le Maître et Marguerite.*

Jean Boissonnat prend la parole pour établir les règles du jeu : les questions seront regroupées en trois parties, la politique intérieure, l'économie et la vie quotidienne des Français, et enfin la politique extérieure. Chacun de ces thèmes occupera trente minutes. Puis les journalistes nous poseront des questions pendant dix minutes, et nous aurons cinq minutes pour conclure.

Il rappelle aux « témoins » et aux rares invités qui sont assis sur des gradins, et que nous distinguons mal, tant l'éclairage de la scène est éblouissant, de s'abstenir de toute manifestation.

Michèle Cotta ouvre le feu, en m'adressant une question de politique politicienne :

« François Mitterrand a besoin des voix communistes pour être élu, et vous, VGE, vous avez besoin des électeurs de Jacques Chirac. Votre stratégie de reconquête de l'électorat chiraquien n'est-elle pas trop rapide ? Lorsque vous dites "Jacques Chirac a eu raison"[1], parlez-vous seulement de sa lutte contre la bureaucratie ? »

Avant de répondre à sa demande, je commence par saluer François Mitterrand, puis j'indique à Michèle Cotta que l'intérêt du débat ne me paraît pas porter sur la politique du second tour, mais sur l'enjeu pour la France : ce que Mitterrand ferait, s'il était élu, et ce que je ferais moi-même.

Je rappelle que j'ai pu agir depuis sept ans sans crise, sans dissolution, et sans vote de motion de censure. Cette situation ne sera pas modifiée si je suis élu. Si François Mitterrand est élu, il indique qu'il formera un gouvernement. Ce gouvernement se présentera-t-il devant l'Assemblée nationale, ou celle-ci sera-t-elle dissoute ?

François Mitterrand prend la parole, pour une première intervention qu'il a évidemment soigneusement préparée. Elle est constituée de trois citations qu'il emprunte explicitement à Jacques Chirac : le 22 mars, à Europe 1, celui-ci a déclaré, dit-il : « La France est dans une situation extraordinairement difficile. Je suis certain que la voie que nous suivrons, si M. Giscard d'Estaing était réélu, serait la même et conduirait encore plus vite à des désordres plus graves ! » Puis le 9 mars à Antenne 2 : « Nous sommes dans une situation

1. Elle fait allusion à mon discours de la porte de Pantin.

extrêmement préoccupante qui exige un changement complet de politique, et on ne change pas de politique avec les mêmes hommes. » Et la troisième citation en date du 4 mars, toujours de Jacques Chirac : « Oui, je porte un jugement négatif sur le septennat ! » François Mitterrand en conclut que, si je suis élu, je n'aurai pas de majorité.

Michèle Cotta lui fait remarquer qu'il n'a pas répondu à ma question.

François Mitterrand se lance alors dans un développement touffu et confus, d'où il ressort que ses intentions ne sont pas claires. Il formerait un gouvernement, mais il ne sait pas encore si celui-ci devrait se présenter devant l'Assemblée nationale, sauf si c'était pour adopter une nouvelle loi électorale. Déjà ! Il se prononce au passage en faveur de la représentation proportionnelle – « Le plus tôt serait le mieux » – ce qui implique l'arrivée des députés du Front national à l'Assemblée. La dissolution viendrait ensuite.

Je réplique, à propos des citations de Jacques Chirac utilisées par François Mitterrand, que ce sont toutes des déclarations antérieures au premier tour de l'élection, où chacun s'exprime avec une certaine véhémence. Au lendemain du premier tour, Jacques Chirac a indiqué qu'il voterait pour moi. Or le critère de la majorité, ce sont celles et ceux qui élisent le président de la République. Je disposerai donc d'un gouvernement et d'un Parlement qui pourront agir tout de suite.

La discussion traîne en longueur, et perd de son intérêt. François Mitterrand se contredit, en déclarant maintenant qu'il dissoudra tout de suite l'Assemblée nationale. Il me semble que ma position est plus solide que la sienne, mais je ne suis pas sûr que ce sujet passionne les téléspectateurs. Il serait temps de passer à un autre point.

Michèle Cotta relance la question de la majorité dont disposerait François Mitterrand : gouvernera-t-il avec les communistes, et dans quelles conditions ? Mitterrand élude la réponse, et nous avons droit pendant plusieurs minutes à un flux d'explications, dont ne jaillit aucune clarté : « recherche d'accord en vue des élections législatives, espoir d'un large rassemblement populaire ». Mais Mitterrand évite de reconnaître formellement que le gouvernement comportera inévitablement des ministres communistes, pour ne pas effrayer la partie de l'électorat qui redoute leur entrée.

Pendant que j'assiste, plutôt en spectateur, à ce développement embrouillé, je m'efforce de mieux identifier la vraie personnalité de François Mitterrand. Ce n'est pas un stratège comme de Gaulle, ou un pugiliste comme Georges Pompidou. C'est un escrimeur, un bretteur. Il n'a pas d'objectifs, rien que des desseins, qu'il cache. Il se tient sur la défensive, et guette l'occasion. Quand une brèche s'ouvre, il attaque, et son coup de fleuret peut être fulgurant.

Chacun de nous présente une conclusion rapide de cette première partie du débat. Je rappelle que si François Mitterrand est élu président de la République, il souhaite l'élection d'une majorité de socialistes et de communistes à l'Assemblée nationale, Assemblée qu'il aura, au préalable, dissoute. François Mitterrand me réplique qu'il veut battre les forces conservatrices qui ont marqué, sous ma conduite, le déclin de la France.

*

* *

Nous en venons enfin à l'économie.

Une question de Jean Boissonnat ouvre le débat. Elle me fait grincer les dents, tant elle est conforme aux idées reçues. « Vous sentez-vous prisonnier, me demande-t-il, des échecs de votre septennat ? » C'est un peu facile de me mettre sur le dos la crise mondiale et les chocs pétroliers !

Je réagis tout de suite :

« Non ! Pas de simplification abusive ! La France a vécu pendant sept ans à travers une crise mondiale. J'en ai porté le poids, j'en assume les responsabilités. La vraie question n'est pas de savoir si la France pouvait se soustraire à cette crise ; elle ne le pouvait pas ! Elle est de savoir si elle a fait tout ce qu'elle pouvait, compte tenu de ses ressources et de sa politique. »

Il est exact que je souffre sur ce sujet d'un handicap tactique, celui d'avoir eu à gérer l'économie française, handicap que François Mitterrand va chercher à exploiter à son avantage, en m'imputant toutes les difficultés qu'ont connues l'emploi et la croissance.

Les échanges deviennent plus vifs :

– Vous vous êtes toujours trompé ! m'assène François Mitterrand.

– Vous me faites penser au mot de Rivarol, lui répliqué-je : c'est un terrible avantage de n'avoir rien fait !

Avant d'aborder le problème de l'emploi, Jean Boissonnat interroge François Mitterrand sur ses projets de nationalisation.

– Je compte, dit-il, nationaliser les banques qui n'ont pas été nationalisées en 1945.

– Toutes les banques ? lui demande Boissonnat.

– Les banques, toutes les banques, réplique François Mitterrand, et onze, je crois, groupes industriels.

Ce « je crois » me laisse rêveur…

« J'ai fait vérifier ce que cela représente, lui dis-je, cela veut dire que dans l'industrie française il y aura 50 % de l'activité qui sera nationalisée. La France sera le seul pays d'Europe et le seul pays occidental à se trouver dans ce cas. »

Le débat sur l'emploi se réduit à une confrontation stérile de chiffres. Comme il n'existe pas de solution miracle, chacun énumère ses recettes. François Mitterrand parle de la semaine de 35 heures et de la retraite à 60 ans. Je lui réplique que la plupart des entreprises ne seront pas en état de supporter ces mesures, qui accroîtront le chômage au lieu de le réduire.

Et je suis frappé par le flou des références chiffrées de François Mitterrand. Lorsque je lui demande si les 35 heures qu'il propose seront payées avec un salaire de 40 heures ou un salaire correspondant à 35 heures de travail, il reste évasif, et répond que les partenaires sociaux devront en discuter. Sur le niveau du SMIC, il n'avance aucun chiffre, bien que le projet socialiste parle d'une augmentation de 30 à 33 %.

À propos du déficit budgétaire, qu'il considère comme « une des rares réussites de ma gestion », il reste, affirme-t-il, une « marge suffisante pour pouvoir l'augmenter ».

Je commets alors une maladresse, dont l'habile escrimeur va tirer parti. L'augmentation annoncée par François Mitterrand du déficit budgétaire conduit à une interrogation sur la solidité du franc. Mitterrand consulte son dossier.

– Du fait de nos incertitudes politiques, nous nous trouvons au taux plancher du système monétaire vis-à-vis du deutsche Mark, lui dis-je.

– Je connais bien la chute du franc par rapport au Mark ! En 1974…, répond-il, en feuilletant toujours ses notes, sans doute à la recherche de chiffres. Je m'aperçois qu'il ne connaît pas le cours du Mark. Je l'interroge : « Mais aujourd'hui ? »

Mitterrand me répond :

– Le chiffre de la soirée, de la journée ? Cela s'est aggravé…

– Comme ordre de grandeur ? lui demandé-je.

Et c'est ici que se situe sa trouvaille :

« D'abord je n'aime pas beaucoup cette méthode, me répond-il. Je ne suis pas votre élève ! Vous n'êtes pas le président de la République, ici, vous êtes mon contradicteur, et je n'accepte pas cette façon… »

Le fait d'être le président de la République n'a rien à voir avec le cours du deutsche Mark, mais Mitterrand marque un point. Il fait de moi un examinateur arrogant, et met de son côté tous les téléspectateurs qui ne connaissent pas le cours du deutsche Mark ! Je me rends compte de mon erreur, mais il est trop tard pour la rattraper. La discussion reprend son tour technique.

Jean Boissonnat et Michèle Cotta nous entraînent sur le terrain de la fiscalité. Et là je comprends mieux la pensée de François Mitterrand. Sur la gestion des grands équilibres économiques, j'ai observé qu'il n'avait guère d'opinion. Il reflète les vues de ses conseillers, et il pense qu'un certain laxisme budgétaire est possible et ouvre des marges d'action, sans entraîner de risques trop graves. Le déficit extérieur, le montant de la dette ne retiennent pas son attention. Quant à la reprise de la croissance, son analyse est extraordinairement simpliste puisqu'elle commence par supposer le problème résolu, ce qui permet d'utiliser les profits dégagés par la croissance, au lieu de la provoquer. Elle ne comporte aucune vraisemblance.

Par contre, en matière de fiscalité, il retrouve son flair politique. Il entend répondre aux demandes de ses électeurs, sans trop s'interroger sur les conséquences de ses décisions. Il a analysé leur état d'esprit : « faire payer les riches » ; « se méfier des entreprises » ; « souhaiter le nivellement de la société vers le bas ». Il confirme son projet d'instaurer un impôt annuel sur la fortune à partir de trois millions de francs, et, par une curieuse pirouette, il écarte le projet de doublement du taux des droits de succession qui figure dans le projet socialiste, pour se prononcer « pour la suppression des droits de succession en ligne directe et entre époux ».

S'est-il trompé de dossier ? Qui faut-il croire, le projet ou le candidat ?

Les deux journalistes en restent le souffle coupé ! Il est temps, pensent-ils, de passer à la politique étrangère.

*
* *

Jean Boissonnat suggère qu'on commence par parler de l'énergie, et me propose d'interroger François Mitterrand sur ce point.

« Pourquoi, lui demandé-je, voulez-vous interrompre le programme électronucléaire français exactement là où je l'ai conduit, alors que je considère que la poursuite de ce programme est indispensable pour nous libérer de la contrainte humiliante et inquiétante que font peser les producteurs de pétrole sur la France ? »

François Mitterrand me fait une réponse habile, qui révèle les contradictions et les approximations de sa pensée. Il veut « autant que moi assurer l'indépendance énergétique de la France ». Mais au lieu de miser sur le

« tout nucléaire » – ce que nous ne faisons d'ailleurs pas – il pense qu'il est possible de « réveiller » le charbon, alors que chacun sait que nos réserves s'épuisent et ne sont plus compétitives. Il recommande de faire appel aux énergies renouvelables, sans voir qu'elles ne peuvent fournir qu'un pourcentage réduit de nos besoins. La différence sera attendue, selon lui, des économies d'énergie qui peuvent « aboutir absolument aux mêmes millions de tonnes d'équivalent pétrole, sans poursuivre notre marche en avant vers le tout nucléaire ». Douce utopie.

Il m'est facile de lui répondre : François Mitterrand a déjà proposé en 1977 un moratoire sur le nucléaire. Tout le programme réalisé entre 1977 et 1981 aura donc été accompli sans lui. Et maintenant, il nous dit « j'empoche votre nucléaire, je continuerai ce que vous avez décidé, et je ne décide rien de plus ». Quant aux énergies renouvelables, j'ai créé le Commissariat à l'énergie solaire, et nous avons encouragé toutes les formes possibles d'économies d'énergie !

Ce round est nettement gagné aux points.

Sur la politique étrangère, le débat traîne en longueur. Les journalistes ne sont pas des spécialistes. À propos de l'Europe, nos positions ne sont pas éloignées. François Mitterrand est plus réservé que moi sur l'entrée de l'Espagne et du Portugal dans la Communauté européenne. « Alors que la France est la voisine et l'amie de ces deux pays, lui dis-je, elle ne va pas prendre une position négative au moment où tous nos partenaires sont favorables. Mais nous aurons besoin d'une négociation très attentive sur les productions méditerranéennes. » François Mitterrand recommande, lui, la démarche inverse : négocier d'abord, et, suivant le résultat, nous prononcer sur l'adhésion. Dans ce cas, nous risquons de perdre tous nos amis dans la péninsule Ibérique !

François Mitterrand reprend sa rengaine à propos de mon manque de fermeté, cette fois-ci à propos de la fixation des prix agricoles en Europe.

« Cela vous arrive assez souvent… », ajoute-t-il.

Je l'arrête, et lui demande de s'expliquer.

François Mitterrand : « Je me suis expliqué. »

VGE : « Ce sont des propos désobligeants. Quand je vous demande le taux du deutsche Mark, vous estimez que c'est une offense, et quand vous dites que je manque de fermeté pour défendre les intérêts de la France, vous jugez que cela fait partie de la conversation courante ! »

François Mitterrand se tient coi. Je découvre la variante Koutousov de sa stratégie : quand il estime que les forces adverses sont supérieures, il bat silencieusement en retraite !

Jean Boissonnat fait une relance sur la crise en Afghanistan.

« Vous connaissez cette déclaration de Chirac, du 9 mars 1980 ? » m'interroge Mitterrand.

Décidément, il doit passer ses nuits à lire les œuvres complètes de Jacques Chirac dans la collection du Livre de Poche !

VGE : « – Je vous en prie… »

François Mitterrand : « L'invasion de l'Afghanistan ? C'est une honte de s'être tu dans cette circonstance… et il parlait de vous ! »

VGE : « En êtes-vous certain ? » Et je lui rappelle la déclaration, qui mérite lecture, du Parti socialiste dont il était premier secrétaire, le 2 janvier 1980, après que les pays occidentaux, dont la France et l'Allemagne, avaient déjà porté des condamnations sévères sur l'action soviétique : « Le Parti socialiste condamne cette intervention, comme il a condamné les interventions américaines en Asie du Sud et en Amérique latine, ou les interventions du gouvernement français en Afrique. » Merci pour Kolwezi ! Et je lui rappelle aussi le vigoureux communiqué franco-allemand du 5 février 1980, qui avait tant irrité les dirigeants soviétiques.

Sur une question de Jean Boissonnat, François Mitterrand renouvelle ses critiques à propos de ma prétendue faiblesse lors de la rencontre de Varsovie. C'est un sujet usé, sur lequel je sais que la majorité des Français – et des Polonais ! – approuvent la mise en garde que j'ai adressée à Leonid Brejnev à propos d'une intervention armée en Pologne. Les sondages d'opinion témoignent d'un large soutien pour ma position. Et je sais aussi que ce rappel n'est pour lui qu'un faux-semblant, un trompe-l'œil, pour faire croire à la fermeté de son attitude vis-à-vis de l'Union soviétique, et mieux préparer l'acceptation, en France et surtout à l'étranger, de l'entrée des ministres communistes au gouvernement !

Au journaliste qui lui demande quelles sont les sanctions qu'il souhaiterait voir prendre, il répond en rejetant la tête en arrière, sur un ton de grande détermination :

« Moi je suis très partisan d'un accord avec la Russie, mais dans la fermeté, et non sous une certaine forme de soumission au fait accompli. » Et, pour souligner, s'il en était besoin, la vigueur de sa pensée, il ajoute : « Voilà ce que je veux dire ! »

Nous terminons cette partie consacrée à la politique extérieure par un court débat à propos d'Israël. Je mentionne le fait que François Mitterrand a utilisé le terme d'« État palestinien », expression que je n'ai jamais employée, mesurant le sens et la portée de chaque mot dans cette situation délicate. Et je profite de cette circonstance pour préciser que la photo affichée sur les murs de Paris, qui est censée me représenter dans un fortin jordanien en train de regarder à la jumelle le lac de Tibériade, est une odieuse manipulation, car cette photo a été prise à l'hippodrome de Longchamp, où j'assistais l'an dernier à l'arrivée du Prix de l'Arc de Triomphe !

« Je ne m'y suis pas intéressé… », répond vaguement François Mitterrand.

Et nous quittons le terrain déminé des Affaires étrangères.

*
* *

Il ne nous reste plus, à l'un et à l'autre, que les cinq minutes de nos propos de conclusion. C'est moi qui commencerai, puisque le sort a désigné François Mitterrand pour parler en dernier.

« Je ne m'adresse plus, dis-je, à François Mitterrand, et il le comprendra, je m'adresse aux téléspectateurs. Je souhaitais que ce débat soit utile, et nous l'avons conduit, mon interlocuteur et moi, de telle manière qu'il le soit. »

J'avais préparé un petit canevas, mais je l'ai ajusté dans ma tête au fur et à mesure que se déroulait la discussion. Et je poursuis :

« Il y a d'abord le choix entre deux majorités : la majorité en place, si je suis réélu, ou une majorité alternative, composée de socialistes et de communistes, si François Mitterrand dissout l'Assemblée nationale.

« Il y a ensuite le choix entre une économie fondée sur la responsabilité personnelle, que je propose, ou une économie de caractère bureaucratique, recommandée par mon concurrent, qui envisage de recruter cent soixante mille nouveaux agents dans la fonction publique, et d'étendre la nationalisation à près de 50 % de l'industrie française. »

Je souligne que l'économie française ne pourra pas résister à cette nouvelle injection de dépenses et de charges. Il faudra les payer et pour cela, tôt ou tard, créer des ressources nouvelles.

J'évoque le fait que le goût du changement, inscrit dans le caractère des Français, plaide en faveur de mon concurrent. Mais ce goût du changement nous a joué beaucoup de mauvais tours dans notre histoire ! Depuis 1974, mon concurrent n'a pas changé. Il tient les mêmes discours, et présente le même programme.

« Moi j'ai changé, parce que j'ai eu à supporter le poids de la conduite des affaires de la France. J'ai appris par la voie dure. Il m'est arrivé d'avoir tort. Mais cette action, au lieu de m'éloigner des Français, m'a rapproché d'eux. Je me suis transformé, et préparé à exercer une présidence de progrès pour la France, cette France que je souhaite avec vous porter très loin ! »

Jean Boissonnat me remercie, et donne la parole à François Mitterrand.

Celui-ci a tiré un feuillet de son dossier, et le garde sous les yeux. Je l'écoute parler avec un intérêt passionné, puisque je ne pourrai ni l'interrompre, ni lui répondre. Ce que je vous livre est évidemment ma réaction personnelle.

François Mitterrand revêt sa robe d'avocat. Il évoque d'abord les sujets qu'il aurait, dit-il, aimé traiter : le tiers-monde, l'Amérique centrale, et le rôle de la France. Puis il évoque l'extraordinaire mutation technologique, et ses effets sur l'emploi. Il y voit « l'arrivée d'un nouveau type de civilisation de la liberté, qui n'a pas été entreprise comme il convenait durant votre septennat[1] ».

Il se lance alors dans une exaltation, j'allais dire une prosopopée, de la liberté, qui vous coupe le souffle quand on pense qu'il va faire entrer des ministres communistes au gouvernement, et nationaliser une bonne partie de l'industrie française !

Soudain une partie inattendue de son développement révèle un trait de son caractère, une méchanceté vipérine qu'il réussit le plus souvent à dissimuler, et qui fait brusquement surface ici à un moment où je n'ai plus le droit de lui répondre :

« Le président de la République, sous le septennat de Monsieur Giscard d'Estaing, déclare-t-il, a abusé ; il s'est emparé du gouvernement de la République, il s'est emparé, en réalité, de la vie parlementaire, il a agi sur la justice, il a agi sur l'information par les moyens audiovisuels. » Le voici bien, le bretteur, l'homme des

1. Rappel de quelques dates :
8 novembre 1974 : création de la Commission informatique et libertés, présidée par Bernard Chenot.
10 juillet 1975 : dépôt du rapport rédigé par Bernard Tricot, et le professeur Catala.
4 octobre 1977 : présentation de la loi au Parlement.
6 janvier 1978 : promulgation de la fameuse loi instituant la Commission Nationale de l'Informatique et des Libertés (CNIL), reconnue comme une autorité administrative indépendante.
Parallèlement, j'ai demandé la mise en place, le 20 décembre 1976, d'une commission devant proposer les orientations souhaitables de l'informatisation de la société. Son rapport, rédigé par Simon Nora et Alain Minc, m'a été remis le 8 février 1978 et publié le 19 mai suivant. La France était, après le Land de Hesse et la Suède, le troisième pays au monde à avoir engagé cette réflexion.

coups bas, qui trempe son épée dans le poison. À la limite, cette agression serait excusable si elle était le fruit de la fatigue, ou de l'irritation devant un débat trop long, et privé d'eau minérale, mais elle a été soigneusement rédigée. Elle reprend, au mot près, la litanie des accusations qu'il a portées contre moi dans son ouvrage *Ici et maintenant*, comme il l'avait fait contre le général de Gaulle dans *Le Coup d'État permanent*. Et il les articule à un moment qu'il a choisi pour que je ne puisse pas lui répondre.

François Mitterrand termine, comme prévu, par un appel au changement, où il voit les socialistes et la gauche se rassembler dans un puissant mouvement populaire, dont il souhaite qu'il puisse même aller plus loin.

*
* *

Michèle Cotta nous remercie, et annonce la fin du débat. Les lumières s'allument, et font sortir de l'ombre les gradins du public. Ses « témoins » viennent féliciter et remercier François Mitterrand. Je bois un jus d'orange en passant devant le buffet, et regagne la loge de la maquilleuse pour qu'elle me nettoie le visage. Je me sens un peu las de cette longue mise en scène.

La voiture me ramène à mon domicile, en empruntant le dédale des petites rues du quartier de Passy. Je suis mécontent de moi-même : je n'ai pas réussi à frapper un coup décisif, celui dont j'aurais eu besoin pour gagner, je n'ai pas fait de trouvaille, comme l'avait réussi en 1974 mon exclamation magique sur « le monopole du cœur », ou comme à l'automne de 1977, lorsque Raymond Barre avait écrasé François Mitterrand en mettant en lumière sa faible compétence économique.

Et cela me conduit à tenter une évaluation de ce débat, aussi objective que possible, mais menée évidemment à partir de mon point d'observation.

Le niveau de la discussion a été élevé, autant qu'il pouvait l'être. Le talent de François Mitterrand est évident, et le place nettement au-dessus de la classe politique. Je ne connais personne qui aurait pu réaliser aujourd'hui une pareille performance, à l'exception de Raymond Barre, d'Edgar Faure, et sans doute de Pierre Mendès France. Mais sa prestation révèle une personnalité singulière, dont les traits apparaîtront vraisemblablement dans l'exercice du pouvoir, s'il est élu président de la République dimanche prochain.

D'abord il n'a pas de projet. C'est ce qui m'a frappé tout au long du débat. Il éprouve des aversions, il ressent des préférences et des inclinaisons, mais il n'opère pas dans son esprit de construction globale. Il déteste la droite française traditionnelle et la bourgeoisie d'argent, bien que ses amitiés de jeunesse le conduisent à conserver des liens étroits avec certains de ses membres. Sur l'économie, il se contente d'exprimer quelques lieux communs, sans y porter beaucoup d'intérêt. Je doute qu'il ait analysé les travaux de Marx ou les recherches de Keynes.

Son projet social comporte apparemment certaines touches de sensibilité, quelques réactions émotives venues de son proche entourage, ou de sa dure expérience d'élu local d'opposition. Mais on ne le voit ressentir que peu de vibrations affectives. D'où le côté convenu de son vocabulaire, et le caractère étonnamment abstrait de sa démarche.

C'est un empirique habile, qui sait se protéger par le recours à une expression prudente, empirique, que les circonstances de la deuxième moitié de sa vie politique, c'est-à-dire la recherche du pouvoir à tout prix, ont fait évoluer de la droite jusqu'à un positionnement de gauche.

On ne peut pas compter sur lui pour corriger les faiblesses flagrantes de l'économie française. Il paraît exclu qu'il puisse conduire des actions fortes, ni même surveiller de près la gestion. Il saura faire le nécessaire pour que l'opinion publique continue d'approuver son action, en flattant habilement ses défauts : la préférence pour l'oisiveté et l'assistanat, rebaptisée qualité de la vie, la rigidité du modèle économique et social, en espérant pouvoir ainsi se mettre à l'abri de la concurrence, et hélas ! la vanité, cette vanité qui a détérioré le caractère aimable et joyeux des Français, en décrivant « l'exception française » comme étant une posture d'avant-garde. Il n'a pas besoin de croire à ce qu'il dit, il lui suffit de penser qu'il est bon pour lui de le dire.

Je n'ai pas aimé ses coups fourrés. Ils étaient inutiles, et abîmaient ce que je crois être les bonnes règles de la vie publique. Quand il les portait, je pouvais lire dans ses yeux la jouissance qu'il éprouvait à libérer ainsi un trait profond de son caractère. Si les journalistes avaient été aussi des arbitres, ils lui auraient décerné un « carton rouge » ! En même temps j'ai pu mesurer son incontestable talent, et j'ai vu qu'il avait l'envergure et les moyens d'être président de la République.

*

* *

Au terme de ce débat, où je n'ai pas réussi à marquer de point décisif, le résultat du second tour dépendra désormais de deux facteurs : la violence du désir de changement des Français, et le comportement de Jacques Chirac.

Le Tout-Paris journalistique bruit de la rumeur selon laquelle l'état-major de campagne de Jacques Chirac donnerait la consigne de voter pour François Mitterrand au second tour de l'élection. J'aimerais en avoir le cœur net. Le mieux serait de m'en assurer moi-même.

Je demande à ma secrétaire de rechercher le numéro de téléphone de la permanence de Jacques Chirac, située rue de Tilsit ou rue de Presbourg, près de la place de l'Étoile, permanence qui reste active bien qu'il ne soit plus candidat. Elle me propose de l'appeler et de me transférer la communication.

« Non, lui dis-je. J'ai seulement besoin de connaître le numéro. »

Elle le trouve et je le note sur un feuillet que j'emporte avec moi dans l'appartement privé, car je préfère être tranquille en utilisant la ligne téléphonique qui y est installée.

Je m'assieds et je compose le numéro. Une voix féminine me répond : « Permanence de Jacques Chirac. À qui voulez-vous parler ? »

Je déploie mon mouchoir sur l'appareil, dans l'illusion de rendre ma voix moins facilement reconnaissable.

« Je voudrais parler à un membre de l'équipe. C'est pour demander un renseignement. »

Sa curiosité s'aiguise :

– De la part de qui ?

– Mon nom ne vous dira rien. Je suis un militant de Levallois-Perret.

Cette précision géographique la rassure.

« Attendez un moment », me dit-elle.

Un déclic, puis une voix masculine, peu aimable.

– Que voulez-vous savoir ? me demande ce grincheux.

– Je voudrais savoir comment voter dimanche.

À peine un temps mort. Il me répond tout de suite :

– Il ne faut pas voter Giscard. On a dû vous le dire !

– Oui, oui, réponds-je. Mais cela ne me suffit pas ! Je ne sais pas quoi faire. Est-ce qu'il faut m'abstenir, ou mettre un bulletin blanc ?

L'exaspération monte chez mon interlocuteur devant mon imbécillité.

« Il faut voter Mitterrand ! s'exclame-t-il. Au revoir », et il raccroche.

Me voilà fixé. Je reste un moment assis, à digérer ce conseil, dans la bibliothèque tendue de soie verte où le portrait de Mozart, assis devant son clavecin, m'observe à partir de l'alcôve. La voici donc la manœuvre, la honteuse et stupide manœuvre : chercher à me faire battre après avoir partagé le pouvoir avec moi, car sans ma victoire de 1974, c'est Mitterrand qui l'aurait exercé. Me faire battre pour récupérer le pouvoir pour eux seuls. Mais aussi un calcul inepte, car s'ils réussissent à m'écarter, ils recevront la marée du changement en pleine figure !

Et je regagne mon bureau.

*

* *

Le lendemain, le secrétaire général de l'Élysée m'apporte une confirmation.

Voici, me dit-il, la lettre que Philippe Dechartre fait diffuser dans Paris. Et il me remet un feuillet imprimé recto verso, avec en haut à gauche l'inscription : Philippe Dechartre, ancien ministre.

C'est le personnage qui m'a accueilli, il y a une quinzaine de jours, au « Carrefour de l'amitié », à Issy-les-Moulineaux, et qui a insisté pour m'accompagner jusqu'à la sortie. Il a été secrétaire d'État sous Georges Pompidou, ce qui lui a fourni l'en-tête de sa lettre. Cela n'a pas suffi à en améliorer le texte ! Je commence à la lire[1]. Elle débute sur un rappel politique : « depuis deux mois vous vous êtes engagés à fond derrière Jacques Chirac... Malgré l'hostilité des grands moyens d'information, vous avez remporté un grand succès ».

« Maintenant, il nous faut choisir pour le deuxième tour. » Je parcours rapidement la suite : « Le bilan du septennat tient en trois mots : chômage record, inflation galopante, France affaiblie dans le monde. » Et j'arrive à sa conclusion.

Il dévoile clairement la manœuvre : « Dans les élections législatives qui suivront l'élection du candidat socialiste nous reprendrons le combat que vous avez engagé et, n'en doutez pas, nous le gagnerons. » D'où sa recommandation :

« Je vous appelle sans hésitation à voter François Mitterrand, d'autant plus que le danger communiste est pour longtemps écarté. L'élection de François Mitterrand ne représente donc pas le risque d'un changement de société ou une menace pour nos libertés ! »

– Cette lettre est-elle largement distribuée ? demandé-je à Jacques Wahl.

– Il semble que oui, me répond-il. On parle de plus de cent mille exemplaires.

*

* *

1. Cette lettre figure dans les documents annexes (voir p. 611).

La dernière réunion de la campagne aura lieu à Bordeaux, où je serai accueilli par Jacques Chaban-Delmas. Avant d'y partir, j'enregistre mon appel de fin de campagne, qui sera diffusé vendredi soir, en même temps que celui de François Mitterrand. Je reprends les mêmes thèmes que dans la conclusion du débat qui nous a opposés. Puis, je me contente de choisir la version qui sera retenue : c'est la deuxième, dont le ton est plus spontané que la première. Quant à la troisième, elle souffre d'une tonalité de répétition.

Jean Sérisé demande à me voir pour me commenter les derniers sondages dont il a eu connaissance. Leur publication est interdite depuis huit jours, par l'effet d'une loi que j'ai fait adopter, pour éviter les risques de manipulation de dernière heure. Mais les instituts continuent de procéder à leurs enquêtes, et les chiffres qu'ils obtiennent circulent sous le manteau.

« Il vient d'y avoir encore deux sondages dans la journée d'hier, me dit-il, ils tiennent compte de l'effet de votre débat télévisé avec François Mitterrand. » Il s'arrête un instant. Je le guette. « Tous les deux vous donnent perdant. » Puis il corrige, ou plutôt complète : « Pas de beaucoup : 1 % dans un cas, 2 % dans l'autre. Et il reste encore de nombreux électeurs indécis. »

Une pierre lourde s'installe dans mon cœur, où elle séjournera longtemps, pas une pierre active, blessante, une pierre qui n'a d'autre nature que celle de sa lourdeur.

*

* *

C'est dans ces conditions que je vais aller parler à Bordeaux en fin de journée. Le public rassemblé sous le chapiteau n'a pas connaissance de ces sondages. Les personnes présentes croient encore à ma victoire, où du moins à la possibilité de ma victoire. D'ailleurs celle-ci répondrait à la tonalité du moment, une superbe soirée de printemps où le vent est tiède, où l'on goûte la douceur de vivre exceptionnelle du Sud-Ouest, entre les pins et l'océan, et où l'on croit sentir les effluves qui nous viendraient du vignoble. Les jeunes, garçons et filles, portent des tee-shirts blancs, avec des slogans victorieux imprimés en grosses lettres bleues. Le public est nombreux, sans qu'on puisse parler de rassemblement. Jacques Chaban-Delmas s'exprime en premier. Ses cheveux sont argentés et brillants. Il conserve une silhouette de jeune athlète, mais sa démarche me paraît plus empruntée. Lorsqu'il gagne la tribune, il projette ses bras en avant comme des balanciers pour s'équilibrer. Le texte de son intervention est parfait. Il décrit exactement ce qu'il conviendrait de faire. Je suis surpris en l'écoutant de la contradiction qui existe entre la justesse des propos qui sont tenus par certains de nos dirigeants politiques, et le faible impact qu'ils exercent sur la manière de raisonner, impulsive et contradictoire, de beaucoup de nos compatriotes...

Après quelques minutes, Jacques Chaban-Delmas change le ton de sa voix. Il le fait monter d'une octave, et adopte une sonorité métallique qui ressemble au tintement d'une crécelle d'étain. C'est dommage pour lui, car la modification du débit, qui devient déclamatoire, affaiblit son impact. Je sais qu'il a cherché à se corriger de ce tic. Mais ce soir il reste sans conséquence, car le public girondin l'aime, et l'ovationne.

Quand vient mon tour de m'exprimer, je ressens une impression que je vous souhaite de ne jamais connaître, et qui vide mon cerveau comme une cavité : la nécessité d'exprimer une confiance, d'appeler à un enthousiasme, pour répondre à l'attente de la foule, et la lucidité concomitante, aggravée par le poids de la pierre, que cet effort est inutile et que les jeux sont déjà faits.

Pour donner une cohérence à mes propos, je reprends le déroulement des thèmes de ma campagne : les dangers du programme socialiste, et « le choix entre la France de l'espoir et celle du déclin ».

En exprimant ces thèmes tour à tour, je retrouve une forme de sérénité, celle de la certitude de dire des choses justes, qui répondent à la nécessité du moment, et surtout à celle du futur. En pensant aux sondages que Jean Sérisé m'a montrés ce matin, je me dis que je préfère encore être du même côté que les idées que je crois vraies, même si c'est le côté perdant ! Cette pensée me guide vers ma conclusion où j'appelle à un dernier effort, une ultime mobilisation pour gagner, ou pour donner encore sa chance au miracle, tant que l'écart reste infime. « L'enjeu, c'est la France », telle est ma conclusion.

La foule m'applaudit longuement. Les jeunes sont les plus enthousiastes, et ils se mettent à chanter : « On va... gagner ! On va... gagner ! » Ce chant me serre le cœur. Ce n'est pas un reproche que je me fais, c'est pire ! C'est moi qui vais les faire perdre, c'est moi qui ne me suis pas montré capable de faire triompher leur cause ! Jacques Chaban-Delmas invite la foule à entonner *La Marseillaise*. Elle la chante, et les slogans reprennent : « On va... gagner ! On va... gagner ! » La tristesse que je ressens n'est pas liée au fait que je vais perdre, mais plutôt, en décevant leur enthousiasme, celle de les avoir, à ma manière, trompés.

La nuit est superbe. L'avion a pris la direction de Clermont-Ferrand. Les premiers contreforts du Massif central apparaissent comme des escarpements sombres, piquetés de loin en loin par les lumières éparses des villages.

Mes collaborateurs, qui vont regagner Paris, paraissent enchantés de la réunion. Il y avait beaucoup de monde, me disent-ils, et les gens paraissaient très décidés. Ils vont se mobiliser pour faire voter les abstentionnistes du premier tour.

Je suis encore capable de les croire, pensé-je. Je dois être incorrigible !

Le résultat

Sur la journée de samedi, il n'y a rien à raconter. J'avais décidé de ne rien faire, et j'ai tenu strictement parole. Dans la maison règne une atmosphère qui rappelle les vacances d'autrefois ; repas avec mon père et ma mère ; rares coups de téléphone, à l'exception de mon appel au permanent de l'Élysée pour m'assurer qu'« il n'y a rien d'important à signaler ». Rien, effectivement. Le temps est beau et enveloppe l'Auvergne d'une sorte de torpeur. Je me couche tôt, et je bouquine. Pas de nervosité, ni d'angoisse. On connaîtra la réponse demain, comme s'il s'agissait d'un concours.

Le dimanche 10 mai 1981 est semblable à Chanonat à toutes les journées d'élection, que je vous ai décrites. Même rituel : messe à l'église du village, puis vote à la mairie. Les télévisions, les radios et les journalistes sont entassés dans la petite salle de vote. Moins de questions que d'habitude, lancées derrière les flashes. L'atmosphère me semble empreinte d'une certaine gravité. Les votants restent campés devant l'urne, le dos tourné, sans qu'on puisse apercevoir l'expression de leurs visages. C'est l'adjoint, Jean Vignié, qui prononce la formule rituelle : « a voté ». Nous déposons nos bulletins dans la boîte transparente qui sert d'urne, Anne-Aymone d'abord, moi ensuite, sans surprise. Puis je présente aux scrutateurs la procuration de notre fille Jacinte, qui vote pour la première fois.

Le maire, Pierre de Neufville, nous conduit dans son bureau, pour la traditionnelle coupe de champagne. Il a rassemblé quelques conseillers municipaux, et prononce un petit discours, dont il a écrit le texte. Ce sont des souhaits vigoureux pour mon élection. La passion politique lui rosit la racine des cheveux, pendant qu'il jette sur moi, entre la lecture de deux phrases, son regard bleu d'acier.

Je le remercie, en lui disant que j'espère ne pas le décevoir, et en ajoutant l'expression de ma gratitude pour toutes celles et tous ceux qui m'ont aidé dans ma campagne, ici à Chanonat.

Pierre me verse une deuxième coupe de champagne, à présent tiède. Ma tête commence à tourner et, pendant qu'il me ramène à ma voiture, les photographes qui nous accompagnent en courant, à demi courbés pour mieux cadrer leur image, m'interpellent : « Par ici, Monsieur le Président, par ici ! »

Pierre se penche par la fenêtre de l'auto pour me dire :

« Je t'appellerai tout à l'heure, dès que j'aurai les résultats. Ce devrait être plus tôt que la dernière fois, car vous n'êtes plus que deux. Il y a nettement moins d'abstentions qu'au premier tour. J'ai regardé ceux qui sont venus voter : ils appartiennent plutôt à l'opposition, mais cela peut changer dans l'après-midi ! »

Cette question du vote des abstentionnistes sera sans doute décisive. Je me trompe régulièrement sur ce point, car j'imagine que les nouveaux votants sont entraînés par un ultime sursaut de la raison ! Aujourd'hui ils doivent être tiraillés entre deux sentiments : l'envie de connaître enfin le changement, et la crainte de se lancer dans l'aventure socialiste et communiste. Laquelle de ces deux pulsions sera la plus forte ?

Nous déjeunons dans la salle à manger dont les persiennes sont fermées, pour éviter la brûlure du soleil sur les rideaux, car la pièce est orientée au sud. La conversation, dont ma mère et mon père sont friands d'habitude, reste volontairement insignifiante. Un petit poste de radio fait entendre le bulletin de nouvelles diffusé à une heure, coupé par des grésillements. La participation électorale est nettement plus élevée qu'au premier tour ; il est possible qu'elle atteigne un niveau record. À qui cela va-t-il profiter ?

Je viens m'étendre sur mon lit. La température de la chambre est agréable, en raison de l'altitude. Je ferme les yeux, et je vérifie que je ne ressens aucune angoisse. Dans les moments forts de ma vie, les dangers, les accidents, les grandes peines, j'ai observé avec étonnement que tout mon intérieur restait calme : les muscles, les organes, le réseau sanguin, et les connexions de cette anatomie que je connais si mal, vivaient au ralenti. Tel est le cas maintenant. Et je me souviens de la phrase que nous citait notre professeur du lycée avant les épreuves du baccalauréat pour nous délivrer de notre appréhension. Il l'empruntait, je crois, à Démosthène, lorsque celui-ci s'adressait aux jeunes Athéniens appelés à combattre les Macédoniens : « L'important est d'avoir fait tout ce qui dépendait de vous pour vous préparer, et les dieux désigneront les vainqueurs ! »

Ai-je fait tout ce qui dépendait de moi ? À peu près, me dis-je. J'ai commencé ma campagne un peu tard, mais j'étais ficelé par ma fonction de président de la République. Dans les dernières semaines, j'ai comblé mon retard. J'ai commis quelques fautes de communication : ma prosopopée de la porte de Pantin, et la question posée à François Mitterrand sur le cours du deutsche Mark. Mes affiches n'étaient pas très convaincantes, trop institutionnelles, donnant l'image d'un président installé dans la place. Quant à la démarche d'Adlai Stevenson, elle a eu peu de résultats pratiques, car les journaux n'ont guère donné d'importance aux discours que j'ai prononcés. En contrepartie, il était évident que les thèses que j'ai défendues étaient justes, plus cohérentes et mieux adaptées aux besoins du futur de la France que celles de François Mitterrand. En contrepartie…

J'ai dû sommeiller, car, lorsque je consulte de nouveau ma montre, elle indique cinq heures et quart. Dans trois quarts d'heure, le bureau de vote de Chanonat sera fermé.

Les nouvelles du bulletin de six heures restent laconiques. Elles soulignent la forte participation, et le dégel des abstentionnistes.

À six heures vingt, la sonnerie du téléphone résonne. C'est toujours la même tonalité, mais cette fois elle me fait l'effet d'être si vigoureuse qu'elle secoue la maison. Ce doit être Pierre.

Au timbre de sa voix, je devine que les nouvelles ne sont pas bonnes.

« Je vais te donner les chiffres de Chanonat, mais je suis déçu. Tu as encore nettement la majorité avec 358 voix, contre Mitterrand qui n'en a que 288, mais par rapport au premier tour, c'est la gauche qui progresse le plus. Elle s'est mobilisée. Mitterrand gagne 117 voix par rapport au premier tour, et toi seulement 46. Tu n'as pas fait le plein des voix du premier tour ! J'ai regardé les émargements : les électeurs de gauche ont voté massivement. J'espère que cela ne sera pas pareil dans le reste de la France ! »

Et il se lance dans une digression sur le comportement politique des Français, qu'il émaille d'expressions péremptoires.

Si ! pensé-je, ce sera pareil. Chanonat n'est pas la France, mais les tendances vont toujours dans le même sens. C'est l'envie du changement qui est en train de souffler, et on le retrouvera dans le score national.

Et c'est ainsi que j'ai appris à six heures et demie le résultat de l'élection.

*
* *

Ma mère et mon père ont repris leur place devant la télévision du billard. « Les nouvelles ne sont pas bonnes, leur annoncé-je ; les résultats de Chanonat sont décevants. » Je préfère les prévenir, pour éviter qu'ils ne soient trop attristés par l'événement.

L'événement, le voici ! Il est huit heures. Le journaliste de TF1 annonce la première fourchette : « François Mitterrand est en tête. Il devance Valéry Giscard d'Estaing de 2 à 3 %. On assiste à une forte mobilisation de l'électorat de gauche. Les résultats ne sont pas définitifs, mais on peut prévoir l'élection de François Mitterrand à la présidence de la République. »

Je n'ai pas besoin d'en savoir plus. Je n'écouterai pas le long chapelet des chiffres. C'est comme un feuillet, qu'on retourne : sur sa face il était clair, de l'autre côté voici qu'il est sombre. Il n'y a rien à dire, rien à ajouter, rien même à penser. J'embrasse ma mère et mon père, pour leur dire bonsoir. Ils doivent être profondément déçus. Le téléphone sonne de nouveau. C'est le préfet du Puy-de-Dôme, l'excellent Claudius Brosse. Il me communique les chiffres de Clermont-Ferrand, qui sont mauvais, à l'exception de ceux de mon ancienne mairie de Chamalières. Il lui paraît probable que je n'obtiendrai pas la majorité dans le département. Seul le Livradois et la Montagne de Clermont-Ferrand me placeraient en tête.

Michel Poniatowski et Michel d'Ornano me joignent tous les deux au téléphone. Anne-Aymone me passe l'appareil, car je ne prends pas les communications en direct. Je les sens très déçus, choqués par les résultats, et ils m'expriment leur affection. Nous échangeons des observations douces-amères sur les chiffres et les causes de mon échec, et nos analyses se rejoignent.

J'appelle aussi nos quatre enfants qui regardent la télévision, à Paris, rue Bénouville. Au son tremblant de leurs voix, je réalise que chacun d'eux a sangloté. Mon échec est un choc insupportable pour eux : l'humiliation infligée à leur père, et l'isolement qu'ils auront à subir parmi leurs camarades. J'essaie, sans grand succès, de les apaiser : le grelot de leurs larmes ne s'éteint pas.

Comme je l'ai fait la dernière fois, j'ouvrirai la radio vers vingt-deux heures trente, pour connaître le résultat définitif de l'élection. Dès que j'ai tourné le bouton, j'entends dans le poste un tintamarre d'exclamations, excitées et joyeuses. La voix du journaliste a du mal à s'imposer. Je réussis à apprendre que François Mitterrand est crédité de près de 52 % des voix, et moi d'un peu plus de 48 %.

J'ignore ce que ressentent les athlètes après une course à laquelle ils se sont longuement préparés et qu'ils ont perdue : sûrement une déception, mais aussi une délivrance. Ce que j'éprouve à cet instant est semblable, le couple de la déception et de la délivrance. Tous les efforts sont devenus inutiles, il n'y a plus de but à atteindre. Pouvais-je faire mieux ? Le désir du changement était trop puissant, et il a été soutenu par la manœuvre de Jacques Chirac.

Je dois cesser de retourner les mêmes idées, les mêmes fantasmes dans ma tête ! Je m'installe pour dormir, en pensant que j'aurai de la peine à trouver le sommeil, et contre toute attente, en quelques minutes, je m'endors paisiblement.

*

* *

Je suis réveillé dans la nuit par un bruit confus, fait de huées, de coups de klaxon et de chants avinés. Je regarde l'heure : il est minuit et demi. Qu'est-ce que cela peut être ? Ce tumulte vient de la route, de l'autre côté du mur du jardin, comme un serpent noir qui ondulerait dans l'obscurité. Et soudain je prends conscience que ce sont des manifestants venus de la ville voisine, non pour crier leur joie de la victoire, mais pour conspuer le vaincu. Cette manifestation piteuse, cette expiration pulmonaire des basses passions, cette incapacité à vivre décemment un événement démocratique pourtant facile à interpréter se situent dans un univers qui n'est pas le mien : elles ne réussissent ni à m'émouvoir, ni à m'impressionner. J'écoute depuis mon lit avec une sorte d'indifférence ce grondement fétide qui se prolonge et maintenant s'éloigne, aspiré par la nuit.

Et voici qu'il est remplacé par un autre bruit qui, lui, semble se rapprocher. Ce sont des cymbales, des grelots, des battements de tambour, qui accompagnent une marche joyeuse ou rythment une danse. Cela doit être les saltimbanques de Guillaume Apollinaire : « Ils ont des poids ronds ou carrés, des tambours, des cerceaux dorés… » Je ne peux pas le savoir, je me suis endormi.

CHAPITRE XVIII

11-21 mai 1981 : réussir l'alternance

Les résultats quasi définitifs ont été annoncés ce matin. Le décompte doit encore être vérifié par le Conseil constitutionnel. François Mitterrand obtient 15 708 000 voix, soit 51,76 % des suffrages, et moi 14 642 000 voix, ce qui représente 48,24 % des votants. Le taux d'abstention a fortement chuté d'un tour à l'autre : il est passé de 18,9 % à 14,1 %. De ce fait, la participation électorale a atteint le niveau record de 85,9 % des électeurs inscrits !

Le résultat de l'élection est serré, mais net. Il ne prête à aucune contestation. Lorsque toutes les formalités seront achevées, François Mitterrand sera proclamé président de la République. On envisage pour cela la date du jeudi 21 mai.

D'ici là, les commentateurs vont se saisir des chiffres et les analyser en tous sens, pour savoir d'où provient l'avance prise par François Mitterrand, mais ce n'est plus mon problème ! Mon problème à moi, le seul, c'est de réussir l'alternance, et il suffit à m'occuper totalement l'esprit.

La France n'a jamais connu jusqu'ici d'alternance sous la Ve République. Le général de Gaulle n'en acceptait même pas la notion, avec sa célèbre formule « moi, ou le chaos ! » et il a quitté l'Élysée sans rencontrer personne dès le lendemain de l'annonce de sa démission. Le président Pompidou est décédé alors qu'il était encore en fonction. Pour la première fois, un président de la République va quitter le pouvoir pour être remplacé par un président de tendance opposée. Je dois réussir ce passage de relais. La manière dont les choses se dérouleront doit conforter, autant qu'il est possible, l'image de la France. C'est pour moi une épreuve excitante, qui doit être réussie autant du point de vue civique que de celui de la qualité de son déroulement.

*

* *

L'Auvergne n'est jamais plus belle que dans les saisons de transition : le printemps, ou le début de l'automne. Ce matin elle est ensoleillée et superbe. Quand j'ouvre les volets de la bibliothèque, j'aperçois dans le verger les pommiers ployant sous la neige rose de leurs fleurs.

Le député de la circonscription, Jean Morellon, a demandé à venir me saluer avant mon départ. Je le vois passer dans la cour au rez-de-chaussée, et je le reconnais à sa tête chauve. Il monte l'escalier et entre dans la bibliothèque. Il paraît tout ému.

« J'ai demandé à venir vous voir parce que je pense que vous devez avoir beaucoup de peine. Moi aussi, j'ai beaucoup de peine et de déception. Mais je veux que vous sachiez que vous gardez aussi tous vos amis. »

C'est cela, le témoignage qu'il voulait m'apporter. Nous nous tenons debout devant la fenêtre, dont les deux battants sont ouverts sur le jardin.

« Je ne veux pas vous retenir, reprend-il, vous devez être pressé de partir. »

Je ne sais comment le remercier de son geste, si délicat, si amical. Je lui montre le paysage.

« Les choses continuent comme avant ! Les arbres fruitiers sont déjà en fleur », lui dis-je.

Il me regarde, interloqué.

« Je n'aurais pas pensé que vous remarquez cela aujourd'hui ! » me dit-il.

*

* *

L'avion présidentiel nous attend sur la piste d'Aulnat. C'est moi qui ai pris l'initiative de faire peindre sur sa carlingue les mots « République Française ». Jusque-là, ces avions étaient anonymes.

Le préfet du Puy-de-Dôme, Claudius Brosse, est venu saluer notre départ. Pas de caméras, car elles doivent être occupées ailleurs, seulement le photographe du quotidien régional *La Montagne*.

Dans l'avion, tout reste conforme à la tradition militaire : aussi longtemps que je suis président de la République, rien ne change. Le café nous est servi dans la vaisselle de l'armée de l'air. Débarquement à Villacoublay, trajet en voiture jusqu'à l'Élysée. Je retrouve avec plaisir mon bureau. Bien qu'il n'y ait pas de climatisation, l'air y conserve, en raison de la hauteur du plafond, une certaine fraîcheur.

Ma secrétaire, Marguerite Villetelle, vient m'apporter la liste des coups de téléphone reçus le matin. Elle a la délicatesse de ne rien me dire, mais l'expression de son visage trahit son chagrin.

Les appels sont nombreux et proviennent surtout d'amis ou de partenaires politiques proches comme Jean Lecanuet, Michel d'Ornano, Jean-François Deniau, Monique Pelletier et Roger Chinaud, qui est venu à l'Élysée voir Jean Sérisé pour l'interroger sur la conduite à tenir. Message affectueux de Brigitte Bardot et de Roger Thérond ; le président du patronat, François Ceyrac, homme intègre et mesuré, me dit son profond regret de me voir partir. Le maire de Lyon m'assure de sa fidélité. Je relève encore sur la liste les noms du roi du Maroc et du président Bongo, que je rappellerai. Des amis personnels, Henry Roussel et Arnold de Contades, m'invitent à venir passer la soirée chez eux le jour où je quitterai l'Élysée.

Il me semble que les éternels quémandeurs se sont envolés de ce répertoire ! Les affamés de décorations, et de subventions pour les comités qu'ils président, les candidats aux nominations aux différents Conseils au titre des « personnalités qualifiées », doivent consulter fébrilement leurs annuaires, depuis la rue de Bièvre jusqu'à la rue de Solferino, pour trouver où acheminer désormais leurs suppliques. La rapidité de leur changement de cap force l'admiration : il n'existe décidément pas de coefficient d'inertie dans l'opportunisme !

Je rappellerai tous ceux qui m'ont téléphoné, mais il faut d'abord que j'établisse mon programme pour ces dix prochains jours. Il comportera des points forts : la démission de Raymond Barre et de son gouvernement, la déclaration que j'adresserai aux départements et aux territoires d'outre-mer qui ont voté massivement pour moi ; mon message d'adieu aux Français ; le dernier

Conseil des ministres ; et enfin la transmission de mes pouvoirs à François Mitterrand.

*
* *

Mercredi matin, Raymond Barre entre dans mon bureau pour me présenter la démission du gouvernement. Comme il a le respect des formes, il prononce la phrase rituelle et me remet sa lettre de démission. Je l'invite à s'asseoir.

Je suis content de le revoir. La longue campagne n'a pas entamé sa solidité ni sa vigueur. Les cinq années où il aura été Premier ministre, me dis-je, ont été bénéfiques pour la France. Il lui faudra attendre longtemps avant de retrouver une gestion aussi énergique, honnête et compétente.

Nous échangeons nos impressions sur un mode détendu.

– Cela va être le règne de la démagogie, me dit-il. Ils vont prendre tout de suite des mesures irresponsables, comme l'abaissement de l'âge de la retraite et l'allongement de la durée des congés, sans s'occuper de la situation économique du pays. Le franc ne tiendra pas. Cela ne pourra pas durer !

– J'en suis moins certain que vous, lui réponds-je en me souvenant des dernières années de la IVe République. Il existe une sorte de filet élastique qui amortit les échecs, et la démagogie est une coureuse de fond ! Mais là où vous avez sûrement raison, c'est que le franc ne pourra pas résister !

« J'ai préparé, ajouté-je, un communiqué qui accompagnera l'annonce de votre démission. J'espère qu'il vous conviendra. »

Et je lui tends la feuille de papier que j'avais déposée à son intention sur la table basse de laque noire située entre nous.

Il en lit lentement le texte. Je suis le mouvement de ses yeux :

« Je tiens à saluer le travail qu'ils ont accompli... Le franc a conservé sa valeur, le déficit budgétaire a été limité, la Sécurité sociale remise en équilibre. L'économie française a résisté, mieux que les autres, aux effets de la crise. »

Raymond Barre poursuit sa lecture :

« Les intérêts de la France ont été défendus avec efficacité dans les instances européennes et internationales.

« Il n'était pas au pouvoir du gouvernement de faire disparaître les causes et les conséquences pour la France de la crise internationale...

« Je suis sûr que l'opinion publique ne tardera pas à rendre justice à l'œuvre accomplie. »

Raymond Barre relève la tête, et me dit :

« Je vous remercie, Monsieur le Président, de cette appréciation. Elle me touche beaucoup, mais je tiens à vous dire que rien de ce que j'ai fait n'aurait été possible, si je n'avais pas été assuré à tout moment de votre soutien ! »

Nous ne manifestons l'un et l'autre aucune émotion visible, mais je crois que nous nous comprenons et que nous jetons le même regard sur le parcours, le long et difficile parcours, que nous avons suivi ensemble, sans manœuvre ni discorde, comme une œuvre qu'il nous fallait mener en commun.

Je le raccompagne en silence jusqu'à la porte, un silence confortable, celui où les mots sont devenus inutiles, et je donne à mes collaborateurs mon message pour qu'il soit publié.

*
* *

L'après-midi, mon premier rendez-vous a lieu avec le président du Sénat, Alain Poher, qui me rend une visite de sympathie. Il est consterné par le résultat de l'élection, et éprouve une grande méfiance vis-à-vis de François Mitterrand qu'il a bien connu lorsqu'il était sénateur de la Nièvre, à l'époque où celui-ci a participé au simulacre d'attentat du jardin de l'Observatoire. Je lui raconte que j'étais moi-même en voiture ce jour-là, sortant du Sénat où j'étais venu défendre le budget, et que j'ai entendu en direct sur la station Europe 1 le récit de François Mitterrand, décrivant l'attentat dont il avait été l'objet.

– Vous auriez dû en parler dans votre campagne, me reproche-t-il. Vos adversaires ne vous ont pas ménagé !

– Ce n'était pas le sujet de la campagne, et je m'étais fixé une règle sur ce point.

– Je voudrais vous donner un conseil, reprend Alain Poher. Il va y avoir des élections législatives. Je vous recommande instamment de ne pas vous y présenter. Les Français ont toujours besoin d'un recours. Mettez-vous en situation d'être leur recours ! »

J'avoue ne pas avoir pensé encore à cette question. Je prends note de son conseil, mais je ne suis pas convaincu qu'il soit judicieux. Cette notion de « recours » fait partie des commodités de la pensée politique française. C'est une sécurité trop facile qu'on se donne pour dissimuler la fragilité des combinaisons politiques. Le recours est comme l'extrême-onction, il n'intervient qu'à la dernière heure, comme j'ai vu le milieu politique parisien, affolé par la situation en Algérie, rappeler au pouvoir le général de Gaulle en mai 1958.

Je le remercie néanmoins de son avis, auquel je réfléchirai, et surtout du soutien sans défaillance qu'il m'a apporté. J'ai été très sensible, lui dis-je, à sa présence à ma réunion à la porte de Pantin. Je le reverrai mercredi prochain, car la dernière manifestation de mon septennat sera un dîner à l'Élysée qui réunira le Premier ministre et les présidents des Assemblées.

*

* *

Le visiteur suivant est le général Alain de Boissieu. Il est le seul gendre du général de Gaulle, dont il a épousé la fille Élisabeth. Il exerce la fonction de grand chancelier de l'ordre de la Légion d'honneur. C'est lui qui a demandé ce rendez-vous.

Dès qu'il pénètre dans mon bureau, je comprends que ce n'est pas une visite ordinaire. Il est revêtu de son uniforme kaki de l'armée de terre, et porte son képi de général à feuilles de chêne. La plaque de grand-croix de la Légion d'honneur est accrochée au côté gauche de sa veste, et sa poitrine est traversée en sautoir par le large cordon rouge de son grade. Il me salue, enlève son képi, pendant que je l'invite à s'asseoir. C'est le modèle même de la simplicité et de la dignité. Aucune affectation ne marque son visage légèrement couperosé. Son regard est direct, ni humble ni arrogant ; ni non plus méfiant ou calculateur.

« J'ai demandé à être reçu par vous, Monsieur le Président de la République, pour vous remettre ma démission de grand chancelier de la Légion d'honneur. Je vous en donne la raison : je ne peux pas accepter de remettre les insignes de grand maître de la Légion d'honneur au nouveau président de la République, qui n'en est pas digne. »

Je l'interroge d'une voix neutre :

– Qu'est-ce qui vous fait penser qu'il n'en est pas digne ?

– Mon jugement personnel, d'abord. Je connais son attitude au début de l'Occupation, et sa présence dans les antichambres du régime de Vichy. Il a écrit des articles favorables à la collaboration dans des journaux du centre de la France, et il a été honoré publiquement par le régime. Mais surtout, le jugement que le général de Gaulle portait sur lui. Il le méprisait, et m'avait mis en garde à plusieurs reprises contre lui. Il le considérait comme un aventurier. Tels sont les motifs de ma décision.

Les propos que m'avait tenus le général de Gaulle sur François Mitterrand lorsqu'il m'avait reçu avant le deuxième tour de l'élection présidentielle de 1965 confirment ce que vient de me dire le général de Boissieu.

« Votre décision vous appartient, lui dis-je. C'est à vous d'en peser les termes ! »

Il ne bouge pas dans son fauteuil. Son regard reste accroché au mien. Ses chevilles sont croisées au-dessus de ses souliers noirs.

« Je ne me serais pas permis de vous déranger, Monsieur le président de la République, si j'éprouvais encore une hésitation. Il serait totalement inconcevable pour moi de remettre le grand collier de la Légion d'honneur à M. François Mitterrand. Je vous demande de bien vouloir considérer ma décision comme irrévocable. »

Le général de Boissieu n'est pas venu me voir pour une tractation, ou une négociation où nous aurions pesé le pour et le contre. Il est venu pour m'informer de la décision qu'il avait prise. À aucun moment son esprit, que j'observe à travers ses yeux, n'a été encombré des mots de « logement de fonction », de « statut », d'« aide de camp », ou que sais-je encore. Ses seuls mobiles, dépoussiérés de tout intérêt, étaient l'honneur, et la fidélité à la pensée de son beau-père. Il s'y ajoutait son attachement au prestige de la Légion d'honneur, cet ordre où se rejoignent le miroitement du Saint-Esprit de l'Ancien Régime et les clameurs victorieuses de l'épopée napoléonienne, pour lui conférer un éclat inégalé dans le monde.

Sans que nous nous parlions, nous nous sommes compris d'un bout à l'autre de notre entretien. En le raccompagnant, je sentais monter en moi le bien-être né de l'estime, et de la nostalgie.

*
* *

Dans les résultats définitifs que publie le Conseil constitutionnel, j'ai relevé le vote chaleureux des départements d'outre-mer, Guadeloupe, Martinique, Guyane, et la Réunion. Ils m'ont donné 261 000 voix contre 103 000 à François Mitterrand. Je sais que certains commentateurs d'extrême gauche, qui entendent dicter leur choix aux électeurs dans une culture néocolonialiste, attribuent ce résultat à des pressions administratives qui auraient été exercées sur eux, mais je suis bien placé pour savoir que c'est faux, car je n'ai donné aucune consigne à cette fin, et je connais la cause réelle de ce vote : en parodiant une formule célèbre, je dirai que « nous nous sommes compris ».

Les habitants de ces départements, tout au long de mon septennat, ont eu conscience de la considération que je leur portais, sans aucune trace de supériorité. J'ai conduit notamment les présidents des États-Unis à venir visiter les deux départements antillais, où aucun d'eux n'était jamais venu. Comme ces populations sont plus spontanées et chaleureuses que beaucoup de leurs compatriotes de la métropole, je me suis senti tout de suite à l'aise parmi eux. Et j'ai ajouté l'objectif de la « départementalisation économique », c'est-à-dire la réduction des écarts de niveau de vie, à celui de la « départementalisation politique ».

Ils savent aussi que s'il leur arrivait de se prononcer démocratiquement pour l'indépendance, je n'y ferais pas obstacle. À mes yeux ce sont des Français par leur histoire, et par leur libre choix.

C'est pourquoi je tiens à les remercier.

Le jeudi matin j'enregistre à l'Élysée, à onze heures, le message télévisé et radiodiffusé qui leur est destiné.

C'est avant tout l'expression de mes remerciements pour leur vote « franc et massif » aux deux tours de l'élection. J'utilise intentionnellement l'expression du général de Gaulle.

J'énumère chacun des départements et des territoires, pour que personne ne se sente ignoré, et je leur dis que « pendant sept ans nous avons fait ensemble de grandes choses ». J'évoque l'amélioration de leurs conditions de vie, de l'emploi local et de la protection sociale.

Et pendant que je m'adresse à eux, je fais un long voyage intérieur autour du monde, je visite des îles ensoleillées et parfumées, j'aperçois des arbres penchés sur la mer, et toutes les couleurs de l'eau, du bleu-noir et du bleu-vert, du bleu liquide et du bleu limpide ; et je sens la chaleur qui monte du sable et des déchets volcaniques. Je voudrais entrer dans chaque case et dans chaque maison, et y écouter les cris aigus des enfants…

Je conclus en leur demandant de « rester fidèles à ce que nous avons accompli, et de garder confiance pour que vive la France ».

Quand je m'arrête de parler, j'ai des traces d'humidité dans les yeux.

*

* *

Lorsque je remonte dans mon bureau pour y recevoir les journalistes Michel Bassi et Patrice Duhamel, qui viennent m'interroger sur mes intentions, ma secrétaire m'intercepte au passage pour me dire qu'Ambroise Roux m'a téléphoné, et qu'il me demande de le rappeler pour un message urgent. Ambroise Roux, par exemple ! Le pape du capitalisme, si toutefois cette religion accepte de se soumettre à une vérité révélée ! Je sais qu'il a soutenu Jacques Chirac au premier tour de l'élection, et je n'ai plus entendu parler de lui depuis. Que me veut-il ?

Je prends l'appareil. Sa voix est à la fois sirupeuse, et frétillante de contentement.

« Monsieur le président de la République, j'ai une très bonne nouvelle à vous annoncer. Je souhaite que vous soyez le premier à la connaître. »

Cette excitation joyeuse me surprend et à vrai dire me choque, car je ne sais pas s'il se rend compte qu'il a au bout du fil quelqu'un de meurtri, comme un patient accueilli au service des urgences qui subit encore le contre-coup de l'accident qui l'a blessé.

« J'avais commandé un sondage sur le résultat des prochaines élections législatives, poursuit-il, et je viens d'en recevoir le résultat. Notre majorité est assurée de gagner avec une confortable avance ! »

Les mots me viennent difficilement pour lui répondre. Il était donc informé de la manœuvre !

« Je vous remercie de votre appel, lui dis-je, quoique je ne sois pas particulièrement en état d'accueillir de bonnes nouvelles ! Mais je ne suis pas convaincu par le résultat de votre sondage. L'élection présidentielle a fait sauter la digue ! Je crois que vous allez voir arriver la marée du changement !

Ambroise Roux paraît dépité :

– Ce n'est pas ce qu'indique le sondage, me répond-il.

– On verra bien, ou plutôt vous verrez bien, car ce ne sera plus mon affaire !

C'est vrai, ce n'est pas mon problème ; je n'ai rien à faire avec ces sondages. Il ne me reste qu'à mettre en œuvre l'alternance.

*

* *

Les appels téléphoniques se multiplient. Je ne peux pas répondre à tous, mais j'essaie de me remémorer chaque nom. Ces messages sont précieux. Certains font refleurir des moments heureux.

Raymond Barre me fait porter une lettre. Il répond à ma demande de présenter un rapport sur l'état économique et social de la France au 30 avril 1981. Ce document est en tout point remarquable. Je l'en remercierai au cours du dernier Conseil des ministres, mercredi prochain.

Et Helmut Schmidt m'appelle de son bureau de la Chancellerie à Bonn. Je revois la pelouse, tondue et arrosée, avec en fond de décor le Rhin qui s'écoule lentement, comme une lame grise, en portant des péniches peintes en blanc et rouge qui le remontent jusqu'à Mayence et Bâle. Sa voix est forte, et claire. « Je ne comprends pas le vote des Français ! me dit-il en anglais. Ils sont déroutants. Ils font leur propre malheur, mais il paraît qu'ils en ont l'habitude », ajoute-t-il sur un ton philosophique. « Ce n'était pourtant pas difficile de voir qu'ils ne pouvaient pas trouver mieux que Raymond Barre et que vous, Valéry. Je connais un peu François Mitterrand. Nous appartenons au même parti en Europe [quoique Helmut Schmidt refuse toujours d'être qualifié de socialiste]. Je ne crois pas qu'il ait la compétence de gérer l'économie française en temps de crise. Et puis il sera gêné par son alliance avec les communistes, ce qui en Allemagne serait inacceptable. De toute manière nous en reparlerons. Venez me voir quand vous voulez, Valéry, ou je peux venir chez vous. »

La communication est interrompue, mais le fil ne sera pas coupé. C'est une grande chance pour l'Allemagne d'avoir à sa tête, me dis-je, une personnalité aussi compétente, énergique et réfléchie, et d'un désintéressement absolu. J'ajoute son nom sur mon petit carnet des grands hommes d'État contemporains, après de Gaulle, Adenauer, Kennedy et Deng Xiaoping.

*
* *

La vie continue : Mme Villetelle me rappelle que nous sommes le 15 mai, et que je dois acquitter mon tiers provisionnel. Je signe le chèque à l'ordre du Trésor public, puis l'huissier introduit le directeur du Mobilier national, Jean Coural, auquel j'ai demandé de venir faire avec moi le tour de la maison. C'est un homme très ouvert, à l'esprit vif, qui est sans doute avec Pierre Verlet le meilleur connaisseur du mobilier français.

J'ai eu souvent l'occasion de le recevoir, et c'était un plaisir de bavarder avec lui quand il améliorait la décoration de Rambouillet, ou lorsqu'il rapatriait au Pavillon de Marly les tableaux sur lesquels Oudry a peint les chiens de chasse de Louis XV. Aujourd'hui je veux m'assurer avec lui que tous les meubles mis en dépôt à l'Élysée retrouveront une place dans les musées nationaux, seuls restant à l'Élysée les objets qui font partie de son fonds.

Nous allons voir, dans l'appartement privé, le bureau de Louis XV, recouvert de velours noir, dû à l'ébéniste Gaudreaux et qui décorait le « cabinet à pans » de Versailles. Le remarquable expert Maurice Aicardi avait réussi à l'identifier au ministère des Finances, où il avait probablement été transporté après l'incendie des Tuileries. Il repartira pour Versailles. Il sera accompagné du joli tableau de Mozart en habit bleu assis devant son clavecin, et du portrait de Louis XV, âgé et las, peint par Drouais. Il en sera de même pour le bureau-écritoire en bois fruitier, placé entre les deux fenêtres de mon cabinet de travail.

Jean Coural prend des notes sur un petit carnet. Les deux bibliothèques de Riesener rejoindront Versailles. Le superbe tableau de Delacroix où l'on voit la Grèce, sous les traits d'une jeune femme, expirant à Missolonghi, est déjà retourné au musée de Bordeaux. La bibliothèque du rez-de-chaussée que j'ai fait restaurer[1] et le bureau du général de Gaulle resteront en l'état.

Je demande à Jean Coural de veiller à ce que tous les transports de meubles soient effectués avant mercredi. Je ne soupçonne personne, mais je ne voudrais pas que ces objets, comme beaucoup d'autres, soient pris dans le réseau des ordres et des contrordres. Je souhaiterais que jeudi prochain ils se sentent bien à leur place définitive, et je ne me fais aucun souci : Jean Coural prendra soin de tous les détails.

*

* *

Il faut maintenant que je prépare mon allocution de départ, qui sera diffusée le mardi 19 mai. Je vais aller y réfléchir samedi et dimanche à Authon. Il faut aussi que je m'occupe de mon apparence. François Mitterrand s'est bien fait limer les canines sur le conseil de Jacques Séguéla ! J'ai besoin de me faire rafraîchir les cheveux. Le chauffeur me dépose, dans l'après-midi, au salon de coiffure de l'avenue Matignon. C'est Guillaume Séné-

1. C'est dans cette pièce que le président François Mitterrand a fait prendre son portrait officiel.

chal, un excellent professionnel, sans doute le meilleur de Paris, qui me coupe les cheveux depuis plusieurs années. Nous bavardons sur le malheur des temps. C'est un Normand sage et avisé. Nous évitons de tomber dans les excès de la dramatisation. Puis je renvoie ma voiture. Je préfère rentrer à pied à l'Élysée.

Le trajet est très court, et je le connais bien, le long de l'avenue Gabriel. C'est là que nous venions jouer avec mon frère et ma sœur, dans le jardin des Champs-Élysées, lors de nos après-midi de congé. Il y avait des boutiques de bois, peintes en vert, où l'on vendait des bonbons, une balance dans la fente de laquelle il fallait introduire une pièce : « Qui souvent se pèse, bien se connaît; qui bien se connaît, bien se porte. » Nous rejoignions nos amis près d'un tas de sable adossé au Théâtre Marigny. Comme tous ses volets étaient fermés, ce bâtiment nous paraissait mystérieux et inquiétant, et je n'ai jamais osé en faire le tour.

C'est aussi le jardin que j'ai traversé il y a trois ans à la poursuite de ma chienne, qui s'était échappée par la porte du parc de l'Élysée. Je ne voulais laisser à personne le soin de la rechercher, car, étant craintive, elle se serait effrayée si on l'avait poursuivie et risquait de se faire écraser par une voiture sur l'avenue des Champs-Élysées. J'interrogeais les personnes assises sur les bancs : « S'il vous plaît, avez-vous vu passer un chien noir ? » Certains ne relevaient pas la tête et me répondaient par un grognement. J'aurais préféré un aboiement ! D'autres abaissaient leur journal sur leurs genoux, et me regardaient : « S'il vous plaît, avez-vous vu passer un chien noir ? » S'ils me reconnaissaient, leurs visages se troublaient : était-ce bien le président de la République ? Et si c'est lui, est-il frappé de démence ? Le spectre de Paul Deschanel remontait au cerveau des plus érudits. Les autres se contentaient de rester bouche bée. Et je reprenais ma course…

Ma chienne a fini par être retrouvée au commissariat de police du Grand Palais, après avoir sauté dans la voiture d'une touriste anglaise qui est venue l'y déposer. Peut-être était-ce la chienne qui avait subi l'attrait de sa langue maternelle ?

Ma promenade est finie. Je suis arrivé devant la porte de fer du jardin de l'Élysée. Deux gardes républicains m'en ouvrent les battants.

*

* *

Il y a longtemps que je pense à cette allocution de départ, pratiquement depuis le jour de mon élection. Ce que je cherchais à déterminer, c'était moins ce que je dirais exactement, que la manière dont on doit prendre congé d'un peuple qu'on a dirigé. Quand j'y réfléchissais, souvent le matin dans mon cabinet de toilette, entre la crème à raser et la brosse à dents, ou le soir dans le court crépuscule qui précède le sommeil, je pensais plutôt à un départ à son échéance naturelle, sans drame, qui se situerait en fin de parcours, après un ou deux mandats.

Aujourd'hui, c'est différent : il s'agit d'un départ brutal, certes démocratiquement décidé, mais qui intervient à un moment où j'aurais souhaité pouvoir poursuivre mon action. Le point central n'est plus l'analyse du projet politique, mais l'expression du lien affectif qui, pendant sept ans, m'a uni aux Français, depuis l'espoir jusqu'au regret.

Cette allocution devra être courte, cinq à six minutes tout au plus, et prononcée sans emphase. Il faut veiller à ce que le décor soit simple et presque anonyme : un bureau plat, une chaise, et derrière moi une porte de bois gris. Sur le bureau j'apporte mon fétiche, la pendule de mon arrière-grand-père à son ministère de l'Instruction publique, et je demande au cameraman de bien vouloir suivre à la lettre l'instruction suivante : l'émission sera diffusée au Journal de vingt heures ; il faudrait qu'elle ressemble autant que possible à du « direct » ; lorsque j'aurai terminé mon texte, j'attendrai un instant, avant de dire « au revoir » en regardant la caméra, c'est-à-dire les téléspectateurs, puis je me lèverai et me dirigerai vers la porte. Je sortirai et fermerai la porte derrière moi. Pendant ce temps, quelques secondes tout au plus, j'aimerais que la caméra me suive, sans changer de plan, jusqu'à ce que la porte soit refermée.

C'est ainsi, généralement, qu'on prend congé de quelqu'un qu'on pense ne plus revoir pendant quelque temps.

La maquilleuse me teinte légèrement le visage, et aussi les mains, pour éviter qu'elles ne paraissent trop blanches lorsque je les tiendrai devant moi. Et l'enregistrement commence.

Mon texte, contrairement aux règles sacro-saintes de l'éloquence politique, comporte trois parties[1].

Des remerciements d'abord, pour l'honneur que j'ai eu de diriger notre pays. Les Français m'avaient confié leurs biens les plus précieux : la paix, la liberté, et nos institutions. Je les leur restitue intacts. J'accueillerai moi-même Monsieur François Mitterrand à l'Élysée.

Ensuite un survol de ce qui a été fait.

1. Ce texte figure dans les annexes (voir p. 621).

Pendant ces sept ans, j'avais un rêve : que la France devienne une nation forte et paisible, fraternelle pour tous les siens, et traitant d'égal à égal avec les grands dirigeants du monde.

Toutes les élections ont eu lieu à leur date normale.

Notre programme d'indépendance énergétique, poursuivi sans défaillance, faisait l'admiration du monde.

J'ai développé l'entente franco-allemande, pour consolider l'Europe.

Enfin des souhaits, des souhaits de bonne chance, sans amertume vis-à-vis des uns, et avec une chaude reconnaissance pour les autres.

Des vœux aussi pour mon successeur.

Et dans ces temps où le mal rôde et frappe dans le monde, l'espoir que la providence veille sur la France, pour son bonheur, son bien, et sa grandeur.

Il ne me reste plus que deux mots à dire. Je regarde maintenant la caméra, en cherchant des yeux toutes celles et tous ceux qui se trouvent en ce moment au bout de ce tunnel de lentilles de verre :

« Au revoir ! » leur dis-je.

Et je me lève comme convenu, suivi par la caméra. Je fais quelques pas, et j'ouvre puis ferme la porte.

Quand je me retrouve de l'autre côté, je ne dirais pas que je suis ému, mais que je me sens tout remué. J'ai rencontré des forces trop grandes et je les ai fait bouger : le temps, l'accomplissement de la fonction, l'effort du changement, l'arrivée au pouvoir et maintenant le départ. Elles m'ont secoué, parce que c'est leur nature d'être des forces ! En ai-je trop fait dans ce mot de la fin ? Sûrement ni le décor ni le texte, qui n'avaient rien de mélodramatiques ! Peut-être le court ballet du départ me sera-t-il reproché, peut-être aura-t-il causé de la peine à certains de ceux qui m'ont regardé, peut-être n'aurais-je pas dû leur tourner le dos, après les avoir regardés au fond des yeux en 1974 ? Mais c'était l'unique chose que je tenais vraiment à dire, une chose que j'avais le droit de dire : Au revoir !

Voici venu maintenant le temps du rituel et des cérémonies, petites et grandes. Chacune d'elles aura son sens.

Le lundi 18 mai, je décore l'huissier de l'Élysée, Fürling, à l'occasion de son départ en retraite. C'est un géant souriant, venu de l'est de la France. Il porte l'habit avec aisance, et a introduit les visiteurs de tous les présidents successifs, depuis René Coty, en détachant les syllabes de leur nom avec un fort accent lorrain. Il a aménagé pour sa retraite une jolie maison dans la vallée du Cher. Nous quittons nos fonctions la même semaine. Cette cérémonie nous rapproche. Longue vie heureuse, Fürling !

Le dernier Conseil des ministres aura lieu, à l'heure habituelle, mercredi matin, 20 mai. C'est un temps fort. Tous les ministres sont présents. Ce sont des personnalités affirmées et capables. Nul fumet politicien ne voltige dans l'air. Je fais le tour du salon Murat, décoré des tableaux des résidences de Murat, et je serre la main de chacun. Mon encrier est posé devant ma place. Je me souviens du premier Conseil des ministres, le 27 mai 1974, où j'avais déclaré : « Nous sommes ici pour changer la France, et non pour faire carrière, ni vous, ni moi ! » Le temps est si lumineux que le moment me paraît identique. J'aimerais que ce soit un nouveau commencement !

Je demande au Premier ministre de présenter le rapport établi par le gouvernement sur l'état économique et social de la France au 30 avril 1981. C'est un document d'une qualité exceptionnelle qui fait honneur à l'intelligence, à la capacité de travail et à l'extrême probité de ses auteurs[1]. Quelques chiffres retiennent mon attention : le déficit d'exécution du budget de l'État a été en 1980 de 1,1 % du PIB. La trésorerie de la branche maladie de la Sécurité sociale est excédentaire de treize milliards de francs. La dette publique représente 16,7 % du PIB. Le nombre de demandeurs d'emploi, corrigé des variations saisonnières, s'élève à 1 724 000 personnes, soit 7,4 % de la population active.

Les ministres semblent impressionnés par cet exposé. Ils ne posent pas de question.

Le Conseil ne procède à aucune nomination. Quatre préfets sont admis, à leur demande, au bénéfice du congé spécial. Un autre prend sa retraite.

Il me reste à tirer la conclusion de ces quelque trois cent quarante Conseils des ministres que nous avons tenus ensemble :

« Nous avons fait ce que nous avions à faire. Nous l'avons fait aussi bien que nous pouvions le faire. C'est la réponse que notre conscience apporte à la question : ai-je bien servi la France ?

« Un jour comme celui-ci, la voix de la conscience est plus forte que celle de la faveur du moment. »

Nous échangeons des sourires sans contrainte. Vous vous imaginez sans doute que l'ambiance de ce dernier Conseil aura été faite de tension et d'émotion. Il n'en est rien, chacun des participants garde son naturel.

Nous nous levons. Cette fois-ci, contrairement à d'habitude, je dirai au revoir à chacun d'eux, et je

1. Ce document figure en annexe (voir p. 613).

garderai Raymond Barre pour un dernier entretien. J'entends les éclats de voix des ministres se poursuivre dans le vestibule d'entrée. Je respire, pas de désordre, pas d'énervement : la France pratique l'esthétique républicaine.

À dix-sept heures, je reçois le président du Conseil constitutionnel, Roger Frey. Je regrette encore qu'il n'ait pas accepté mon offre de revenir au ministère de l'Intérieur, où il aurait été très utile. Il me fait le point détaillé des procédures suivies par le Conseil constitutionnel, et me remet l'original du texte de la proclamation des résultats de l'élection[1]. Nous parlons librement du déroulement de la campagne, et du comportement des uns ou des autres, qu'il condamne. Je tiens à lui dire surtout, à lui qui est un gaulliste de conviction sincère, que nous assistons à la fin d'une période. Le gaullisme et le postgaullisme qui l'a prolongé jusqu'à aujourd'hui ne résisteront pas à l'instauration de l'ère mitterrandienne, dénonciatrice du « coup d'État permanent » du général de Gaulle, et des sombres manœuvres qui l'ont accompagnée. Du gaullisme il ne subsistera plus, hélas ! qu'un abus de langage…

Nous commentons le déroulement de la cérémonie du lendemain, la transmission des pouvoirs, dont il sera un acteur important. En raison de la démission du général de Boissieu, dont il approuve le geste, c'est un intérimaire, le général Biard, qui remettra à François Mitterrand le coffret contenant le grand collier de la Légion d'honneur.

Nous nous quittons en nous engageant à nous revoir bientôt, avec beaucoup de plaisir.

---

1. Ce document a été déposé aux Archives nationales.

Je me rends à l'Arc de triomphe où un dépôt de gerbe est prévu. Mon mandat s'était ouvert en 1974 par une manifestation à l'Arc de triomphe, où je me suis rendu en compagnie du Premier ministre de Georges Pompidou, Pierre Messmer, des présidents des Assemblées et du ministre des Armées, Robert Galley. Mon chef de cabinet, Philippe Sauzay, fermait la marche. J'avais fait arrêter le convoi automobile à la hauteur de l'avenue George-V et nous avons terminé la remontée des Champs-Élysées à pied.

Une foule assez nombreuse et enthousiaste s'était rassemblée pour saluer cette innovation. Mon fils Henri figurait par chance parmi les militaires des unités qui nous présentaient les armes.

Ce soir, j'ai souhaité que le déroulement de la cérémonie soit plus sobre. Le sens que je lui donne est celui d'un « adieu aux armées », armées dont j'ai été le chef constitutionnel durant mon septennat. Des unités représentatives de chacune des armées sont déployées devant l'Arc de triomphe.

J'arrive en voiture jusqu'au terre-plein central. J'y suis attendu par le ministre de la Défense, Yvon Bourges, et les chefs d'état-major des armées de terre, de mer et de l'air.

La cérémonie respecte le rythme classique. Je salue le drapeau du 1er régiment d'infanterie de la Garde républicaine. Grâce à l'attention que je lui ai portée depuis plusieurs années, et au choix judicieux de ses chefs, la garde est devenue une unité militaire d'élite. Elle est entraînée et commandée au meilleur niveau, à l'image de celle que Napoléon refusait de sacrifier à la bataille de la Moskova ! Ce soir sa présentation est excellente. Beaucoup d'officiers et d'hommes portent l'insigne du brevet de parachutiste.

La batterie-fanfare joue *La Marseillaise*, à son rythme initial d'hymne révolutionnaire, celui qui était voulu par Rouget de Lisle. Je passe devant la compagnie de l'armée de terre, et j'arrive à la tombe où repose un soldat anonyme, victime aux yeux caves, qui assiste, résigné, à tous ces fastes auxquels il n'a jamais été associé. Je dépose une lourde gerbe que deux gardes républicains m'aident à porter, mais j'aurais préféré un simple bouquet de fleurs, car il y a toutes les chances que ce soldat inconnu soit un paysan.

On joue la sonnerie aux morts. Pendant la minute de silence, je me dis que j'aurais été capable d'être un chef de guerre, et que c'est un talent qui est resté heureusement inemployé. Je relève que durant mon septennat nos armées ont pris des risques mais n'ont jamais connu de défaite, ni à Kolwezi, ni au Tchad !

La musique reprend le refrain de *La Marseillaise*, et je passe devant la compagnie de la marine, avec ses pompons rouges et ses guêtres blanches, et celle de l'armée de l'air, en bleu ardoise. On m'invite à signer le Livre d'or, ce que je fais à contrecœur, car ce geste me semble inutilement conventionnel pour un événement qui est pour moi strictement émotionnel.

La cérémonie a duré un quart d'heure. Je repars vers ma voiture, pendant que la musique entame le *Chant du départ*. Ce n'est pas moi qui ai commandé ce choix, mais cette attention me touche, car c'est l'air que j'avais choisi pour accompagner ma campagne, celle-là victorieuse, de 1974. En regardant autour de moi, j'aperçois qu'une petite foule s'est rassemblée sur le tertre, et qu'elle grossit à vue d'œil. Des files de piétons empruntent les passages qui montent des avenues. Les agents de police arrêtent la circulation des voitures.

Le bruit de cette cérémonie a dû se répandre, ou peut-être a-t-elle été annoncée dans mes comités de soutien parisiens. Cette assistance reste silencieuse, captive de son émotion. J'aperçois des paupières rougies. Je ne souhaite pas que mon adieu aux armées se transforme en manifestation politique, et pourtant je ralentis le pas pour échanger un regard avec le plus grand nombre possible de personnes présentes, et les saluer de la main. La lumière de fin de journée caresse les façades des immeubles ravalés de frais. Singulière et émouvante rencontre que ce rassemblement spontané de celles et de ceux qui souhaitaient une autre issue, et qui sont venus l'exprimer silencieusement. Moment fort qui s'incruste dans mon souvenir.

La batterie-fanfare, infatigable, ressasse le *Chant du départ*. Voici qu'elle entonne le refrain « La victoire en chantant... ».

À mon retour à l'Élysée, je reçois à dîner les trois premiers personnages de l'État : le Premier ministre, et les présidents de l'Assemblée nationale et du Sénat, Jacques Chaban-Delmas et Alain Poher. J'avais l'habitude de les réunir à déjeuner chaque 1er janvier. La table a été installée dans le salon des portraits ; elle est décorée d'un bouquet des fleurs du parc. Le sommelier, Monsieur Kurtz, a mis tout son savoir à choisir les vins du repas : bourgogne blanc et bordeaux rouge. L'intendant Guy Hennequin veille au service, toujours méticuleux et cependant détendu, assisté de ses maîtres d'hôtel de la Marine nationale, Guy Debril, qui servait déjà le général de Gaulle, et le Breton Guillou. Conversation sereine sur l'évolution de la France. Où ira-t-elle désormais ? Chacun de ces trois personnages, me dis-je, Barre, Chaban-Delmas et Poher, est digne de nos grandes traditions politiques et offre une image de la France respectable et responsable. Quand nous repoussons nos chaises pour nous lever de table et nous séparer, je ressens un choc aigu à l'estomac : c'est mon dernier repas, j'en prends conscience dans un éclair, oui c'est mon dernier repas à l'Élysée.

La passation de pouvoir

La cérémonie de passation de pouvoir a été organisée par le service du protocole de l'Élysée, dirigé par Jean-Bernard Mérimée, en liaison avec les collaborateurs de François Mitterrand.

Mérimée est venu me présenter le dispositif la veille au soir. Il est décrit dans un fascicule de trois pages, abrité dans une reliure de carton beige. Il s'intitule : « Installation de Monsieur François Mitterrand, président de la République ». Un exemplaire en a évidemment été remis à François Mitterrand.

Le scénario se divise en deux parties. La première commence avec l'arrivée de François Mitterrand à l'Élysée, à neuf heures trente. La seconde débute à dix heures trente, lorsque François Mitterrand gagnera la salle des fêtes où il sera proclamé président de la République. Cette seconde partie ne me concerne plus.

Conformément à ce programme, je m'installe à neuf heures vingt-cinq dans le salon des aides de camp, au rez-de-chaussée, pour y attendre en compagnie de Raymond Barre l'arrivée de François Mitterrand. Lorsque sa voiture se rapprochera de l'Élysée, on viendra me prévenir pour que j'aille l'accueillir, comme je l'ai décidé, sur le perron de l'Élysée.

Neuf heures trente-cinq, personne. Neuf heures quarante, toujours personne.

Je demande à mon aide de camp, le colonel Renard, de se renseigner.

– Le président Mitterrand vient de quitter son domicile de la rue de Bièvre, m'annonce-t-il. Il devrait arriver dans une dizaine de minutes.

– C'est son habitude, remarque placidement Raymond Barre. Il est toujours en retard !

Les mânes du général de Gaulle doivent frémir à Colombey, pensai-je.

Brouhaha dans l'antichambre. Le colonel Renard revient : « La voiture du président Mitterrand est signalée au pont de la Concorde. Il ne devrait pas tarder. »

Je m'excuse auprès de Raymond Barre, et je me lève pour me rendre sur le perron. J'ai largement le temps de le faire et, de manière étrange, je ne ressens aucune émotion.

Depuis la vitre de l'antichambre où je me tiens pour guetter l'arrivée, car je ne veux pas rester piqué sur le perron, j'aperçois l'auto de François Mitterrand dans la rue du Faubourg-Saint-Honoré, qui tourne lentement pour entrer sous le porche.

La voiture fait crisser le gravier de la cour, pendant qu'elle dessine une courbe. Elle arrive devant le perron. Un valet de pied en habit bleu et veste rouge ouvre la portière arrière, et François Mitterrand s'extrait de la voiture. Il monte lentement les marches. La disposition du perron accentue notre différence de taille. Je pense aux contorsions auxquelles le présentateur Léon Zitrone se livrait lorsqu'il interrogeait, sur ce même perron, des visiteurs plus petits que lui, tels que le roi Hussein !

François Mitterrand gravit la dernière marche, et je lui tends la main en l'observant de plus près. Son vêtement est chiffonné, et on dirait qu'il n'est pas rasé. D'où vient-il ? Ma question est dépourvue de sens, puisque la voiture est allée le chercher à son domicile de la rue de Bièvre. Mais comment se fait-il qu'il ne se soit pas apprêté pour cette cérémonie ? Il me paraît calme, mais l'esprit distrait.

Je le conduis jusqu'au salon des aides de camp, où il échange quelques mots avec Raymond Barre. Le Premier ministre reste en effet chargé des affaires courantes jusqu'à la désignation de son successeur. François Mitterrand lui indique qu'il a l'intention de nommer le Premier ministre dès cet après-midi. Raymond Barre lui répond qu'il sera à sa disposition pour lui transmettre ses pouvoirs aussitôt. Tout est prêt pour cela, dit-il.

Nous laissons Raymond Barre dans le salon des aides de camp, et les agents du protocole nous conduisent, François Mitterrand et moi, dans le grand salon, où nous devons avoir un entretien en tête à tête. Nous nous asseyons dans deux fauteuils semblables, car j'évite d'utiliser mon habituel canapé pour ne pas donner l'apparence d'une ultime recherche de supériorité. On nous sert du café.

Nous échangeons quelques propos aimables et insignifiants. Beaucoup d'invités sont déjà installés dans la salle des fêtes, où on peut les entendre converser, de loin, et les derniers arrivants sont en train de faire leur entrée.

« Vous serez mis au courant par le secrétaire général du gouvernement, dis-je à François Mitterrand, de l'état des différents dossiers, et les ministres informeront leurs successeurs, mais il y avait quelques points, trois au total, dont je souhaitais vous parler personnellement. »

Et je sors de ma poche un papier blanc, plié en deux.

« Je vous écoute », me répond-il, d'un ton neutre.

Il ne semble pas intéressé.

« Le premier point, reprends-je, porte sur nos relations nucléaires avec les États-Unis. Les États-Unis, comme vous le savez, ont une législation très rigoureuse pour interdire toute communication sur les technologies nucléaires militaires. Or nous avons des difficultés à miniaturiser nos têtes nucléaires. Nous avons mis au point un système confidentiel qui permet aux techniciens américains d'indiquer à nos chercheurs, lors des différentes options de leurs travaux, quelles sont les directions sans issue. Ceci nous économise beaucoup de temps et d'argent. Nos spécialistes se rendent régulièrement, mais discrètement, aux États-Unis. Vous aurez à décider de poursuivre, ou non, cette coopération. »

François Mitterrand hoche la tête sans réagir.

« Le deuxième point concerne une opération, dont le président Sadate a pris l'initiative, qui vise à renverser le régime de Kadhafi en Libye. Il s'est assuré le soutien du président Reagan, et souhaiterait notre participation. La préparation n'est pas très avancée. Les Égyptiens se chargeraient des opérations terrestres, et les Américains du soutien naval et logistique. On nous demanderait de réaliser des opérations parachutées pour contrôler les aérodromes, et les lieux de pouvoir. J'ai demandé qu'on suspende ces contacts pendant la durée de la campagne présidentielle. Il va falloir décider maintenant de la suite à leur donner. C'est Alexandre de Marenches, le chef de nos services spéciaux, qui suit ce dossier avec les collaborateurs de Reagan. »

Mitterrand m'écoute toujours, mais aucun éclair ne traverse ses yeux. Il est visible que sa pensée est ailleurs.

– Quant au troisième point, conclus-je, il est de nature différente : il porte sur une condamnation à mort. Vous savez que le président de la République, avant d'éventuellement faire grâce, recueille l'avis du Conseil supérieur de la magistrature. Dans le cas d'espèce, celui d'un jeune homme qui avait tué sauvagement un enfant, le Conseil supérieur de la magistrature a estimé à l'unanimité qu'il fallait « laisser la justice suivre son cours ». Cette unanimité est très rare. Je n'ai pas prononcé de grâce. L'exécution aurait dû avoir lieu, mais j'ai estimé qu'elle ne pouvait pas intervenir pendant la campagne présidentielle. Elle a donc été reportée. Je voulais vous informer de l'avis donné par le Conseil supérieur de la magistrature.

« Ce sont les trois points que je souhaitais évoquer devant vous, dis-je en terminant, car je ne pouvais évidemment pas les mentionner en public.

– Je vous en remercie, me répond simplement François Mitterrand.

– J'ai rédigé un résumé de ces trois sujets, lui dis-je en déployant mon papier blanc, si cela peut vous être utile.

– Ce n'est pas la peine. Je m'en souviendrai !

La rumeur en provenance de la salle des fêtes a pris des proportions démesurées, un entassement de voix et d'interjections confiné dans un espace sonore étroit. Cela fait maintenant une demi-heure que les participants attendent.

– Il y a un sujet dont j'aimerais vous dire un mot, entreprend François Mitterrand, nous en avons parlé lors de notre débat télévisé, mais trop brièvement, c'est le changement de loi électorale. Ma décision n'est pas encore prise, et j'aimerais connaître votre avis.

– C'est peut-être difficile, maintenant, lui dis-je, vos invités vous attendent !

– Ils peuvent attendre ! réplique François Mitterrand, et je n'en ai pas pour longtemps.

Il se lance alors dans une analyse des avantages politiques de la représentation proportionnelle. Il écarte la formule à un tour, et l'envisage à deux tours. « Au deuxième tour la gauche est unie, et la droite se divise. Vous en savez quelque chose », ajoute-t-il. Je me serais passé de cette allusion…

J'attends qu'il ait fini de décrire l'état de ses réflexions, et je résume ma position :

– Je suis défavorable par principe au changement de loi électorale. La loi électorale fait partie des institutions. Il faut avoir des raisons graves pour la changer. Le scrutin uninominal à deux tours est en vigueur depuis le début de la Ve République. Quant au scrutin proportionnel, il pousse au morcellement des partis politiques, ce qui est déjà une faiblesse de notre système politique.

– On peut corriger cela, me répond François Mitterrand, et il commence à développer une argumentation sur la fusion des listes, lorsqu'il est interrompu par l'entrée de Jean-Bernard Mérimée.

« Je m'excuse de vous interrompre, dit-il, mais nous commençons à prendre du retard. »

Nous nous levons tous les deux, et nous parcourons le trajet inverse. Arrivé sur le perron François Mitterrand s'étonne :

– Je ne vois pas votre voiture ! dit-il.

– Elle m'attend au-dehors.

C'est ma voiture personnelle, une Peugeot 604 verte, conduite par mon fils Henri, dont j'ai demandé qu'elle soit stationnée près de la porte. Je veux repartir à pied, comme je suis arrivé.

C'est au tour de François Mitterrand de se tenir en haut du perron. Il me tend la main sur la première marche :

– Au revoir, Monsieur le Président, me dit-il.

– Au revoir, Monsieur le Président, réponds-je.

Dans l'intervalle, le président a changé.

François Mitterrand s'engouffre dans l'antichambre, escorté par les huissiers. Une clameur enfle dans la salle des fêtes.

Je traverse la cour en marchant difficilement sur les pointes du gravier, et je me dirige vers la rue de l'Élysée pour monter dans ma voiture. Henri est assis au volant, avec son joli profil latin, le moteur ronronne, et nous partons.

L'adieu du pouvoir à la vie

Lorsque je suis sorti du porche, je devais tourner à droite pour gagner la rue de l'Élysée. J'entends sur ma gauche un tapage et quelques cris. Je me retourne, et j'aperçois un spectacle grotesque. Sur une manière d'estrade s'agitent quelques centaines de manifestants qui hurlent des slogans hostiles et tendent le poing dans ma direction. Des hommes, et pas une seule femme. C'est sûrement une organisation qui a convoqué ses membres car tout ceci a l'air concerté, et le service d'ordre a dû recevoir la consigne de les laisser faire. Et qui a installé cette estrade ? Ils me font penser à la brigade d'acclamations du président Ceausescu en Roumanie, à ceci près qu'ils sont chargés de huer au lieu d'applaudir. En les observant pendant que l'auto s'éloigne, je me dis que quels qu'ils soient, ce ne sont pas des Français, au sens de notre culture et de notre manière de faire. Leur rôle est évident : donner l'occasion aux médias de montrer des images prouvant que j'ai été sifflé à ma sortie de l'Élysée. Quelques centaines de manifestants suffisent pour saturer les caméras. Je pense pour me réconforter aux quatorze millions six cent mille Français qui ont voté pour moi le 10 mai ! Cette pantalonnade est un déni de démocratie : ce sont les gagnants qui dégradent l'image de l'alternance ! Mauvais signal donné par le nouveau régime !

Rue de l'Élysée, nous changeons de place avec Henri. C'est moi qui prends le volant pour conduire jusqu'à la maison. Une voiture de la police nous suit à quelque distance.

En arrivant rue Bénouville, nous trouvons la rue noire de monde. Ce sont tous des sympathisants venus accompagner mon départ. J'en reconnais beaucoup, d'autres me sont inconnus. J'arrête la voiture et la confie à Henri, pour pouvoir aller serrer les mains. Des clameurs affectueuses montent de la foule. Il n'y a aucun service d'ordre. Je leur suis reconnaissant, très ému de leur témoignage, et en même temps je ne souhaite pas que cette matinée éprouvante se prolonge davantage. Je gagne la porte d'entrée et la referme derrière moi, et je monte l'escalier jusqu'au deuxième étage où nous habitons.

*

* *

Il est presque l'heure de déjeuner. Anne-Aymone et les quatre enfants m'attendent. Je passe par la cuisine pour dire bonjour à la jolie, je devrais écrire la superbe, Paquita qui nous fait la cuisine.

C'est une jeune Espagnole, venue d'Estrémadure. Sans connaître le français, elle s'est initiée à nos recettes et réalise des pâtes feuilletées inégalables. Elle est en larmes, en grosses larmes qui inondent son visage. J'essaie de la consoler : « Ce n'est pas grave. La politique c'est comme cela. Tout va bien, et puis soudain il arrive des accidents ! Heureusement la vie continue ! » Elle me répond : « J'ai de la peine pour vous. » Je l'embrasse, mais rien n'y fait : elle continue de pleurer.

Nous nous installons à table. Les enfants, qui ont été très secoués par l'annonce de mon résultat, paraissent avoir surmonté le premier choc. Ils y sont aidés par leur exceptionnelle vitalité. Et même, ici et là, leurs plaisanteries habituelles recommencent à fuser. J'espère qu'ils ne seront pas trop atteints de ce changement dans leur vie. Je sais qu'ils ne regretteront pas l'Élysée, qu'ils n'aimaient guère et dont ils n'attendaient rien, sauf les gentillesses amicales du personnel. Mais je crains qu'ils n'aient à souffrir de l'exil intérieur qui va commencer, cette amende que la bourgeoisie opportuniste française impose toujours à ses dirigeants perdants, puisqu'elle n'a plus rien à en attendre ni pour ses intérêts, ni pour sa vanité.

Le repas fini, le café avalé, je remonte dans mon bureau. C'est une pièce de service, peut-être une lingerie, bordée de placards sur un côté. On y accède par un petit escalier recouvert d'une moquette verte. J'y ai installé ma table de travail. Elle n'est pas d'un usage commode, car le vantail de sa face descend trop bas, et j'ai du mal à glisser mes jambes dessous.

C'est fini !

La trajectoire qui a commencé ici même il y a vingt-deux ans, lorsque Michel Debré m'a appelé pour me proposer de faire partie du premier gouvernement de la Ve République, cette trajectoire est achevée. C'est une boucle qui s'est fermée.

L'opinion publique doit penser que je suis déçu, vexé par mon échec électoral. Les médias vont utiliser l'explication d'un rejet personnel pour éviter de rendre publiques les vraies causes du résultat. Heureusement, ce n'est pas ce que je ressens : le fait que, malgré la bassesse des attaques, la manipulation des faits, et, hélas, les défections, plus de 48 % des Françaises et des Français aient voté pour moi, et qu'au total j'aie recueilli davantage de suffrages en 1981 qu'en 1974, compte tenu de l'augmentation du nombre des électeurs, constitue un réconfort qui me libère l'esprit. Je ne suis plus marqué par le résultat de l'élection.

Une période dure va commencer, celle qui suit la défaite. Je sais que les Français vivent mal ces situations : j'ai été profondément impressionné dans mon enfance par le spectacle humiliant de la « débâcle », dont on n'ose plus prononcer le nom, la vision de ce peuple et de son armée entremêlés dans la déroute, qui a suivi la défaite de 1940, et je ne l'ai jamais oubliée. Aujourd'hui où je me sens tout écorché à l'intérieur, la seule manière de ne plus recevoir de blessures c'est de couper tous les liens avec le milieu politique : je ne lirai plus un journal, je ne regarderai pas une seule image des événements qui vont suivre, je n'irai que chez ceux de mes amis qui accepteront d'éteindre leur appareil de télévision à l'heure des nouvelles.

Ce que je ressens n'est pas de l'humiliation, mais quelque chose de plus sévère : la frustration de l'œuvre inachevée. Disons la vérité, je n'avais jamais imaginé ma défaite. Elle ne faisait partie d'aucune des prévisions communément acceptées. Le résultat que je voulais obtenir, la prospérité d'une France paisible et modernisée, n'en était encore qu'à mi-chemin. De toute manière, j'aurais été conduit à m'arrêter dans quelques années, mais de même que chacun programme son trajet, j'avais prévu, idéalisé, presque inconsciemment, mon point d'arrivée. Je rêvais de terminer l'œuvre.

Le sentiment que je vais continuer à porter en moi, pendant ces longues années, sera la peine de ne pas avoir réussi à achever l'œuvre que j'avais commencée. La modernisation de la France devra attendre avant de pouvoir être poursuivie à nouveau. J'en garderai une morsure, aussi tenace que celle du jeune Spartiate dont le renard dévorait le foie, la morsure d'une inguérissable nostalgie.

V. Giscard d'Estaing
Authon, le 18 juillet 2006

ANNEXES

1.
Appel lancé par Jacques Chirac de l'hôpital Cochin
le 6 décembre 1978

2.
Conclusions de la réunion du 10 novembre 1980
sur le musée du XIXe siècle (musée d'Orsay)

3.
Lettre publique adressée par Valéry Giscard d'Estaing
à Raymond Barre le 13 novembre 1980

4.
Compte rendu de la conversation entre
François Mitterrand et Valéry Giscard d'Estaing,
en date du 15 décembre 1995

5.
Lettre circulaire de Philippe Dechartre

6.
Rapport de Raymond Barre sur l'état économique
et social de la France, en date du 30 avril 1981

7.
Allocution de départ de l'Élysée
prononcée le 19 mai 1981

8.
Résultats de l'élection présidentielle
de 1981

1.
Appel lancé par Jacques Chirac de l'hôpital Cochin le 6 décembre 1978

Il est des heures graves dans l'histoire d'un peuple où sa sauvegarde tient toute dans sa capacité de discerner les menaces qu'on lui cache.

L'Europe que nous attendions et désirions, dans laquelle pourrait s'épanouir une France digne et forte, cette Europe, nous savons depuis hier qu'on ne veut pas la faire.

Tout nous conduit à penser que, derrière le masque des mots et le jargon des technocrates, on prépare l'inféodation de la France, on consent à l'idée de son abaissement.

En ce qui nous concerne nous devons dire NON.

En clair, de quoi s'agit-il ? Les faits sont simples, même si certains ont cru gagner à les obscurcir.

L'élection prochaine de l'Assemblée européenne au suffrage universel direct ne saurait intervenir sans que le peuple français soit directement éclairé sur la portée de son vote. Elle constituera un piège si les électeurs sont induits à croire qu'ils vont simplement entériner quelques principes généraux, d'ailleurs à peu près incontestés quant à la nécessité de l'organisation européenne, alors que les suffrages ainsi captés vont servir à légitimer tout ensemble les débordements futurs et les carences actuelles, au préjudice des intérêts nationaux.

1. Le gouvernement français soutient que les attributions de l'Assemblée resteront fixées par le traité de Rome et ne seront pas modifiées en conséquence du nouveau mode d'élection. Mais la plupart de nos partenaires énoncent l'opinion opposée presque comme allant de soi et aucune assurance n'a été obtenue à l'encontre de l'offensive ainsi annoncée, tranquillement, à l'avance. Or le président de la République reconnaissait, à juste raison, dans une conférence de presse récente, qu'une Europe fédérale ne manquerait pas d'être dominée par les intérêts américains. C'est dire que les votes de majorité, au sein des institutions européennes, en paralysant la volonté de la France, ne serviront ni les intérêts français, bien entendu, ni les intérêts européens. En d'autres termes, les votes des 81 représentants français pèseront bien peu à l'encontre des 329 représentants de pays eux-mêmes excessivement sensibles aux influences d'outre-Atlantique.

Telle est bien la menace dont l'opinion publique doit être consciente. Cette menace n'est pas lointaine et théorique : elle est ouverte, certaine et proche. Comment nos gouvernants pourront-ils y résister demain s'ils n'ont pas été capables de la faire écarter dans les déclarations d'intention ?

2. L'approbation de la politique européenne du gouvernement supposerait que celle-ci fût clairement affirmée à l'égard des errements actuels de la Communauté économique européenne. Il est de fait que cette Communauté – en dehors d'une politique agricole commune, d'ailleurs menacée – tend à n'être, aujourd'hui,

guère plus qu'une zone de libre-échange favorable peut-être aux intérêts étrangers les plus puissants, mais qui voue au démantèlement des pans entiers de notre industrie laissée sans protection contre des concurrences inégales, sauvages ou qui se gardent de nous accorder la réciprocité. On ne saurait demander aux Français de souscrire ainsi à leur asservissement économique, au marasme et au chômage. Dans la mesure où la politique économique propre au gouvernement français contribue pour sa part aux mêmes résultats, on ne saurait davantage lui obtenir l'approbation sous le couvert d'un vote relatif à l'Europe.

3. L'admission de l'Espagne et du Portugal dans la Communauté soulève, tant pour nos intérêts agricoles que pour le fonctionnement des institutions communes, de très sérieuses difficultés qui doivent être préalablement résolues, sous peine d'aggraver une situation déjà fort peu satisfaisante. Jusque-là, il serait d'une grande légèreté, pour en tirer quelque avantage politique plus ou moins illusoire, d'annoncer cette admission comme virtuellement acquise.

4. La politique européenne du gouvernement ne peut, en aucun cas, dispenser la France d'une politique étrangère qui lui soit propre. L'Europe ne peut servir à camoufler l'effacement d'une France qui n'aurait plus, sur le plan mondial, ni autorité, ni idée, ni message, ni visage. Nous récusons une politique étrangère qui cesse de répondre à la vocation d'une grande puissance, membre permanent du Conseil de sécurité des Nations unies et investie de ce fait de responsabilités particulières dans l'ordre international.

C'est pourquoi nous disons NON.

NON à la politique de la supranationalité.

NON à l'asservissement économique.

NON à l'effacement international de la France.

Favorables à l'organisation européenne, oui, nous le sommes pleinement. Nous voulons, autant que d'autres, que se fasse l'Europe. Mais une Europe européenne, où la France conduise son destin de grande nation. Nous disons non à une France vassale dans un empire de marchands, non à une France qui démissionne aujourd'hui pour s'effacer demain.

Puisqu'il s'agit de la France, de son indépendance et de l'avenir, puisqu'il s'agit de l'Europe, de sa cohésion et de sa volonté, nous ne transigerons pas. Nous lutterons de toutes nos forces pour qu'après tant de sacrifices, tant d'épreuves et tant d'exemples, notre génération ne signe pas, dans l'ignorance, le déclin de la patrie.

Comme toujours quand il s'agit de l'abaissement de la France, le parti de l'étranger est à l'œuvre avec sa voix paisible et rassurante. Français, ne l'écoutez pas. C'est l'engourdissement qui précède la paix de la mort.

Mais comme toujours quand il s'agit de l'honneur de la France, partout des hommes vont se lever pour combattre les partisans du renoncement et les auxiliaires de la décadence.

Avec gravité et résolution, je vous appelle dans un grand rassemblement de l'espérance, à un nouveau combat, celui pour la France de toujours et l'Europe de demain.

2.

Conclusions de la réunion du 10 novembre 1980 sur le musée du XIXe siècle (musée d'Orsay)

PRÉSIDENCE
DE LA
RÉPUBLIQUE

Conclusions de la réunion de travail
du 10 novembre 1980
sur le MUSEE du XIXème SIECLE

1°) Pour l'opinion internationale, l'art français du XIXème siècle comporte deux temps forts: les périodes 1820-1840 et 1860 1890.

Ces deux périodes doivent être fortement représentées au Musée d'Orsay.

En particulier, le Musée doit comporter une grande salle Corot et une grande salle Delacroix. De manière générale, la peinture romantique doit y tenir une place ~~égale à~~ x l'impressionnisme

Cette orientation vaut également pour le mobilier, dont période Charles X. xx ~~est~~ absentes dans le projet actuel.

x comparable à celle de

xx et de [illegible] Louis-Philippe sont

2°) L'aménagement du Musée doit privilégier une dizaine à un quinzaine d'oeuvres, mondialement connues, qui seront des points fixes, d'accès facile.

3°) Les études d'architecture intérieure doivent être approf dies sur trois points:

1. L'entrée. Elle doit être aménagée de façon à donner d'emblée public une révélation de l'architecture de la nef, et à lui mé ger une possibilité de choix entre plusieurs itinéraires diff rents.

   Cela passe, par exemple, par la réalisation d'une galerie ou d'un balcon xxx Il faut proscrire le projet actuel "d'entrée des initiés dans un temple".

xxx (une sorte de [illegible])

2. La verrière du fond, qui ne doit pas être murée. L'idée des deux colonnes latérales, avancée par Mme Aulenti, est intéres sante. Pourrait-on joindre ces colonnes par une passerelle métallique ?

3. La conception des salles d'exposition. Jusqu'à quel point fau il rappeler aux visiteurs la vocation ancienne du bâtiment ?

4°) La décoration devra faire appel à des matériaux de très grande qualité, et, généralement, d'origine et de production française.

5°) Le programme muséographique devra être approfondi en ce qui concerne la présentation des autres arts: architecture, litt rature, musique, photographie.

Faut-il mêler ces arts aux arts plastiques, ou, au cont re, les traiter séparément?

Peut-on reconstituer, par exemple, le cabinet de travai de quelques grands écrivains ?

.../...

2.

6°) Les surfaces des bureaux devront être réduites au minimum indispensable pour le fonctionnement du Musée

S'il reste des espaces disponibles, inutilisables pour une présentation muséographique, ils devront être aménagés en lieux d'accueil pour les grands artises étrangers séjournant temporairement à Paris.

7°) Le Président de l'Etablissement public d'aménagem devra veiller à réunir fréquemment son Conseil d'adminis tration (au moins tous les deux mois), et à lui soumettre ~~tous~~ les problèmes de program muséographique et d'aménagements intérieurs.

8°) Les augmentations de devis devront être stricteme limitées à l'indispensable et soigneusement justifiées devant tous les organismes de contrôle et les assemblées parlementaires.

9°) L'objectif raisonnable est d'ouvrir le Musée au (début de) ~~printemps~~ 1984, mais l'essentiel est que les travaux se poursuivent au rythme techniquement le meilleur.

3.

Lettre publique adressée par Valéry Giscard d'Estaing à Raymond Barre le 13 novembre 1980

RF

LE PRÉSIDENT DE LA RÉPUBLIQUE

Paris, le 13 novembre 1980.

Mon Cher Premier Ministre,

Lors du Conseil des Ministres du 8 octobre dernier, j'ai recommandé aux ~~Ministres et Secrétaires d'Etat~~ de " mettre leur ardeur à achever, dans tous les domaines, ce qui a été entrepris et promis ".

A cet effet, je vous ai demandé d'établir, en concertation avec les membres du Gouvernement, le programme de travail de chacun d'eux.

Sur vos propositions, je retiens la liste des actions déjà entreprises qui doivent être poursuivies et achevées au cours des six prochains mois.

Parmi les quatre-vingt-dix actions ainsi définies, vingt-huit revêtent une importance particulière.

En voici la liste :

<u>Dans le domaine social</u> :

1 - Mise en oeuvre des réformes ~~instituant~~ le revenu familial minimum garanti, et l'assurance veuvage.

2 - ~~Amélioration~~ du régime des allocations versées à l'occasion de la naissance.

3 - Création de l'Institut de l'Enfant.

4 - Affiliation gratuite à l'assurance-vieillesse des mères de famille de trois enfants et plus.

/...

Monsieur Raymond BARRE
Premier Ministre

- 2

5 - Ouverture au conjoint de commerçant et artisan d'un régime d'assurance-vieillesse.

6 - Egalité professionnelle entre les hommes et les femmes : dépôt du projet de loi.

7 - Adoption du plan quinquennal permettant d'assurer à tous les jeunes une formation professionnelle.

8 - Mesures en faveur de l'emploi des cadres.

9 - Mise en application de la loi sur la distribution gratuite d'actions aux salariés des entreprises.

<u>Dans le domaine économique</u> :

1 - Mise en place du Crédit d'Equipement aux petites et moyennes entreprises.

2 - Application du programme décennal de la recherche.

3 - Application du rapport "Sciences de la vie et société".

4 - Simplification des procédures de création des petites entreprises : "guichet unique" et "document unique."

5 - Mise en place du "Fonds de promotion des produits agricoles et alimentaires".

6 - Définition du programme de carburants non pétroliers.

7 - Adoption de la Charte en faveur du tourisme.

<u>Dans le domaine des grandes fonctions de l'Etat</u> :

1 - Mise en oeuvre de la loi organique sur le statut de la Magistrature.

2 - Amélioration de la formation et de la carrière des instituteurs.

3 - Application des mesures en faveur de l'enseignement privé : réforme du régime des retraites.

4 - Mise en place des nouvelles structures des Conseils d'Université.

./.

- Entrée en vigueur des nouvelles dispositions de la dotation globale de fonctionnement des Collectivités locales.

- Décret aménageant les compétences des établissements publics régionaux dans le cadre de la loi de 1972.

- Application de l'ensemble des engagements pris au titre des programmes régionaux : Plan Massif Central, programme routier Breton, Plan du Grand Sud-Ouest, Nord - Pas-de-Calais, axe Nord - Sud alsacien, et Corse.

- Premières mesures de la politique en faveur des banlieues.

- Programmation des mesures de lutte contre l'habitat insalubre dans les départements d'Outre-Mer.

- Adoption des premières mesures préconisées par le rapport du Professeur BERNARD sur la lutte contre l'alcoolisme.

- Elaboration du guide des procédures fiscales à l'usage des contribuables.

- Développement de la présence radiophonique de la France dans le monde.

x x x

J'attache une importance particulière à la réalisation de ce programme : les Ministres seront invités à présenter en Conseil des Ministres, au cours du premier trimestre de 1981, le bilan de sa réalisation.

Je vous prie d'agréer, mon cher Premier Ministre, l'assurance de ma très cordiale considération.

4.
Compte rendu de la conversation entre François Mitterrand et Valéry Giscard d'Estaing, en date du 15 décembre 1995

Lorsque j'ai lu dans la presse que la santé de François Mitterrand se dégradait dangereusement, j'ai pensé qu'il serait normal, en tant qu'ancien président de la République, et le seul avec lui, que je lui rende visite. J'ai demandé à mon directeur de cabinet, Olivier Revol, d'interroger les collaborateurs du président Mitterrand pour savoir si celui-ci accepterait de me recevoir. « Avec beaucoup de plaisir », m'a-t-il fait répondre.

Au jour fixé, le 15 décembre 1995 à onze heures, je me suis rendu au domicile mis par l'État à la disposition de l'ancien président, au 9 de l'avenue Frédéric-Le-Play. Ma voiture s'est arrêtée au bord du large trottoir, et je me suis avancé vers la porte de l'immeuble.

À mon étonnement, François Mitterrand, très fatigué, et soutenu par un infirmier, est venu m'attendre dans l'antichambre de l'immeuble. Il a tenu sans doute à se conformer à l'usage qui veut qu'on vienne accueillir un chef d'État, ou un ancien chef d'État, à l'entrée de son domicile, car il est très attaché au respect de certaines règles. Il avait été prévenu par téléphone de l'imminence de mon arrivée. Nous montons tous les deux par l'ascenseur, qui contient difficilement plus de deux personnes. Arrivés sur le palier, où l'infirmier nous a rejoints par l'escalier, François Mitterrand l'interroge avec un regard très vague :

« Est-ce que nous descendons ? » lui demande-t-il.

Peut-être est-ce une allusion au plan de sa maison de la rue de Bièvre ? Pas de réponse de l'infirmier, qui le guide vers la porte de l'appartement. Il s'efface pour me laisser passer.

Dans son bureau, qui me paraît être aussi sa chambre, il s'installe dans un fauteuil bas, qui a l'allure d'un fauteuil de repos médical, où il s'allonge à moitié.

« J'ai besoin qu'il soit aménagé ! » me dit-il.

Je m'assieds à angle droit sur un canapé, le dos au mur. Sur la table ronde placée à côté de nous, une édition du *Métier de Roi*, le testament de Louis XIV.

Nous commençons notre entretien par sa santé :

« Je souffre beaucoup, et je suis très fatigué, surtout très fatigué. »

Je lui demande si les soins qu'il reçoit sont continus, ou intermittents. Je ne saisis pas le sens de sa réponse.

« J'ai une grande fatigue. Cette fatigue me fait souffrir. Les soins aussi. De toute façon ils n'arrêtent pas la maladie. Mais elle ne se développe pas régulièrement : il y a des pauses. »

Il me regarde :

« C'est une maladie qu'il vaut mieux éviter, si on peut. »

Je fais allusion aux progrès de la qualité des soins. Il approuve.

– Dans les manifestations extérieures de votre septennat, lui dis-je, on ne vous a jamais vu placé dans l'obligation de les interrompre.

– C'est vrai, j'ai eu cette chance. Mais je n'aurais pas pu tenir plus longtemps, pas plus de quelques semaines. Et j'ai beaucoup souffert. La douleur était souvent difficile à supporter.

Nous parlons de son action. C'est moi qui l'interroge :

– Je vous ai observé, et je me suis demandé quelle était la raison pour laquelle vous jugiez utile de faire subir des secousses fortes, des transformations traumatisantes pour la France ?

– Je ne l'ai pas beaucoup secouée, m'interrompt-il en souriant.

– Quand j'étais président, mon idée était différente, lui dis-je. Je pensais qu'après les grands ajustements politiques du XVIIIe et du XIXe siècle, et après les modifications de l'équilibre social de la fin du XIXe siècle et de la première moitié du XXe siècle, la France n'avait plus besoin de secousses dramatiques, et qu'elle devait s'habituer à régler d'une manière réfléchie et paisible les problèmes qui se posaient.

– C'est vrai qu'après vous, m'interrompt François Mitterrand, elle était plus paisible.

– Mais alors, pourquoi aviez-vous l'idée de lui proposer et de dramatiser de grands changements ?

François Mitterrand sourit d'un air narquois, et répond à côté de la question :

– Je ne l'ai pas beaucoup changée…

– Est-ce que vous regrettez de ne pas l'avoir changée davantage ?

Il réagit brusquement :

« Oui ! Sur un point ! »

J'attends avec étonnement ce qu'il va me dire. Il prend son temps avant de répondre :

– Oui, pour l'entreprise. Je n'ai pas réussi à la changer. Les rapports restent beaucoup trop hiérarchiques, distants. Les dirigeants méprisent leur personnel. Il n'y a pas de convivialité.

– Ne pensez-vous pas, lui dis-je, que c'est un fait culturel, lié à notre caractère national, à nos habitudes, à notre éducation ? Car ce n'est pas limité à l'entreprise.

Il évacue le sujet d'un geste de la main :

« Peut-être. »

*

* *

Je l'interroge sur ses activités.

– J'écris, me dit-il. Je viens de terminer un livre de cent vingt pages. Il est chez l'éditeur.

– Ce sont vos souvenirs de la présidence ?

– Non, juste avant. La période qui a précédé mon élection.

J'imagine qu'il fait allusion aux années 1980 et 1981, et à la campagne électorale.

– Je vais faire de même, lui dis-je.

– Vous allez écrire sur cette période ?

– Oui. J'ai déjà publié deux livres de souvenirs : l'un sur la période 1974-1976. L'autre, approximativement sur 1976-1978.

Il hoche la tête et paraît s'en souvenir.

– À propos, lui dis-je, il y a un événement que vous raconterez sans doute dans votre livre, et sur lequel j'aimerais vous poser une question.

– Bien volontiers !

– Il s'agit du dîner que vous avez eu en octobre 1980 avec Jacques Chirac chez Mme de Lipkowski…

– Chez Édith Cresson, m'interrompt-il. Édith Cresson était une amie de Mme de Lipkowski, mais le dîner a eu lieu chez elle[1].

– C'est vous qui en avez pris l'initiative? lui demandé-je.

– Non ! Ce n'est pas moi. C'est Chirac. D'ailleurs, je ne croyais pas qu'une telle rencontre soit possible. Je n'avais pas envie de tomber dans un piège. J'ai commencé par refuser, mais il a beaucoup insisté, et j'ai fini par accepter.

– Ceux qui ont écrit à propos de ce dîner, comme Franz-Olivier Giesbert, disent que vous avez eu une conversation en tête à tête de vingt minutes avec Chirac. Je comprendrais que vous refusiez de m'en parler. Mais pouvez-vous me dire ce dont vous avez parlé ?

– Cela ne me gêne pas du tout, me répond François Mitterrand. Le dîner a été très ennuyeux. Quand il a été terminé, Jacques Chirac a dit qu'il souhaitait me parler seul à seul. Édith Cresson nous a conduits dans une pièce à côté, dont elle a refermé la porte. Nous sommes restés seuls. Je ne me souviens pas des paroles exactes, mais le sens du message de Jacques Chirac était très

---

1. Extrait du livre de Franz-Olivier Giesbert, *La Tragédie du Président*, p. 10-11 : « Je me souviens qu'un jour de 1986, alors que je préparais ma première biographie de Jacques Chirac, il démentit en me regardant droit dans les yeux, avoir jamais dîné avec Mitterrand avant l'élection présidentielle de 1981, une rencontre qui avait symbolisé sa "trahison" contre Giscard. "Je vous jure que c'est faux", avait-il proclamé avec l'autorité de l'innocence. Selon ma méthode, j'étais revenu sur la question, l'air de rien, juste avant de prendre congé de lui. Il se rapprocha de moi, me fixa et je sentis son souffle quand il reprit : "Je vous donne ma parole que cette histoire de dîner est une affabulation." Sur quoi il me tendit la main pour que je tape dedans. »

clair : « Il faut nous débarrasser de Giscard ! » J'en ai été très surpris.

– Est-ce que vous lui avez demandé pourquoi ? dis-je.

François Mitterrand sourit. Il joue avec ce souvenir.

– Oui. Il m'a répondu que vous étiez « un danger pour la France ».

– C'est un peu vague. Lui avez-vous demandé de préciser la nature de ce danger ?

– Il en est resté là. Il a répété « un danger pour la France ». Et j'ai compris qu'il était absolument décidé à vous faire battre. D'ailleurs il a tenu parole ! Jusqu'en 1980 vous étiez absolument imbattable. C'est ce que je pensais. Et quand j'ai décidé de me présenter à l'automne 1980, je ne me donnais aucune chance de gagner. Je l'ai fait pour éviter la débâcle qu'aurait connue le Parti socialiste si c'était Michel Rocard qui l'avait représenté dans ce combat. Tout a basculé pour vous dans les quatre derniers mois. Jusque-là, je le répète, vous étiez imbattable. Cela tient sans doute à une manière d'être des Français. Et je n'ai été élu que grâce aux 550 000 voix que m'a apportées Jacques Chirac au deuxième tour. Vous n'avez qu'à regarder les chiffres. Sans ces 550 000 voix qui ont changé de camp, je ne pouvais pas être élu.

« Et si vous voulez en savoir plus, ajoute-t-il, vous pourriez aller en parler à Édith Cresson. »

*

* *

Je quitte ce sujet, où tout est dit, et l'entretien se poursuit sur une allure de conversation à bâtons rompus :

François Mitterrand : – C'était pour moi un dogme constant, une sorte de principe de référence que jamais Jacques Chirac ne serait président de la République, jamais ! Eh bien, voilà…

VGE : – Sur la cohabitation ?

FM : – Cela a été facile, et même très facile.

VGE : – Les deux fois ?

FM : – Au début, avec Jacques Chirac, il a fait quelques difficultés. Après, cela a été facile. Et avec Balladur, il faisait tout ce que je demandais…

VGE : – Faites-vous un pronostic sur les élections législatives de 1998 ?

FM : – Vous perdrez entre 100 et 150 députés. Mais vous garderez la majorité : les Français ne sont pas encore prêts à revenir au socialisme.

Je reviens alors sur le sujet du livre qu'il prépare sur l'avant 1981.

FM : – En réalité, sur le Parti socialiste d'avant 1981. Tous mes amis sont morts. Gaston Defferre, et chez vous, en Auvergne, celui qui était gros…

VGE : – Joseph Planeix.

FM : – Oui. C'est cela. J'écris sur certains thèmes de mon action comme président. Pas sur tout !

VGE : Est-ce que vous dictez ?

FM : – Non. Je ne sais pas dicter, j'écris à la main, au stylo. Et s'il y avait encore des plumes d'oie, j'écrirais avec une plume d'oie ! J'ai encore besoin de six mois. Mon éditeur voudrait que je lui livre la fin de mon texte pour le 15 avril ou pour mai. J'espère que je les aurai…

*

* *

La fatigue de François Mitterrand devient plus visible. Il ne donne aucun signe indiquant qu'il souhaite mettre fin à l'entretien. Je ne veux pas regarder ma montre, d'autant plus que ma main gauche se trouve de son côté. Je cherche une phrase de transition :

– Je ne veux pas abuser de votre temps, Monsieur le Président, lui dis-je.

– Vous ne le faites pas du tout. J'ai été très heureux de vous voir. Nous parlons librement, quoi ? C'est parce que nous savons de quoi nous parlons. Il n'y a pas beaucoup d'hommes avec qui nous pouvons le faire, hein ! ni vous, ni moi. Et un jour pour vous tout seul !

Il commence l'effort de se lever. Je m'avance pour l'aider.

« Non, ce n'est pas nécessaire. »

Il touche la poignée de la porte. Celle-ci s'ouvre, et son infirmier le prend par le bras.

François Mitterrand me fait signe de passer devant lui.

J'avance dans le couloir, et quand j'arrive à l'endroit où celui-ci débouche dans l'antichambre, j'entends un bruit sourd derrière moi. François Mitterrand est tombé. Je me retourne et je vois qu'il est à demi supporté par son infirmier qui l'installe sur un siège. Par une porte battante qui s'entrouvre apparaît une blouse blanche, celle d'un médecin ou d'une infirmière.

Je m'arrête dans l'antichambre, incertain sur ce que je dois faire. Partir, pour ne pas déranger ? Ou attendre, pour ne pas paraître donner trop d'importance à l'incident ? Un visiteur est assis dans un fauteuil, et se lève pour me dire bonjour. Je ne le reconnais pas.

J'entends du bruit, à nouveau. C'est la porte battante qui s'ouvre sur un univers médicalisé, blanc laqué, et François Mitterrand en sort pour revenir vers moi. Il a dû recevoir des soins, et retrouver ses forces. Je veux prendre congé de lui dans l'antichambre.

« Non ! Non ! dit-il, je vais vous reconduire. »

Et nous regagnons le palier, au-delà de la porte de l'appartement. Un policier a appelé l'ascenseur.

Nous y entrons tous les deux, je referme la porte, et nous descendons.

« J'ai eu une défaillance, me dit François Mitterrand. Cela m'arrive de temps à autre, mais cela se soigne très bien, et cela ne dure pas. Je m'en excuse ! »

L'ascenseur est descendu au rez-de-chaussée. L'infirmier qui nous a précédés ouvre la porte de l'extérieur. J'en sors le premier. François Mitterrand fait un pas pour s'avancer dans le vestibule. L'infirmier le soutient par le coude.

François Mitterrand me tend la main, une main fine, ployée, sans beaucoup de force.

– Je vous remercie de votre visite, me dit-il, et je souhaite que nous ayons l'occasion de nous revoir.

– Je le souhaite aussi. Je vous remercie de votre accueil. Au revoir, Monsieur le Président.

J'ajouterais volontiers des souhaits pour sa santé, mais cela lui paraîtrait sans doute déplacé.

Pendant que je franchis la porte, il se tient un instant immobile, puis se tourne de côté et, appuyé sur son infirmier, regagne à pas lents la cabine de l'ascenseur.

Compte rendu de l'entretien rédigé le jour même, dès mon retour à mon domicile.

Trois semaines plus tard, le 8 janvier 1996, le président François Mitterrand décédait. Je suis revenu avenue Frédéric-Le-Play pour un dernier hommage. Il était étendu sur son lit dans la chambre où il m'avait reçu.

5.
Lettre circulaire de Philippe Dechartre

Philippe Dechartre,
ancien ministre.

Mes chers compagnons,

Pendant deux mois, vous vous êtes engagés à fond derrière Jacques Chirac. Malgré le caractère extrêmement difficile, pour nous, de cette élection, malgré l'hostilité des grands moyens d'information, vous avez remporté un grand succès. Votre enthousiasme et votre dévouement ont triomphé des obstacles et du scepticisme. Quoi qu'il arrive, l'action que vous avez conduite restera le fait marquant de cette élection présidentielle. Vous représentez l'avenir.

Mais, maintenant, il nous faut choisir, pour le deuxième tour.

Quel choix avons-nous ? D'un côté, M. Giscard d'Estaing. Depuis toujours, il a comme objectif de réduire notre influence. Dès 1969 - rappelez-vous son "non" au référendum du 27 avril, - il fondait son avenir politique sur le départ du Général de Gaulle, qu'il provoquait sans hésiter. Installé à l'Elysée, M. Giscard d'Estaing n'a voulu répondre que par le mépris et l'humiliation à toutes nos propositions.

Nous ne ressentirions aucune rancoeur si la politique qu'il avait menée avait su résoudre les problèmes de notre pays. Ce n'est malheureusement pas le cas. Le bilan du septennat tient en trois mots : chômage record, inflation galopante, France affaiblie dans le monde.

Allons-nous continuer sept ans de plus à vider notre pays de sa substance, à désespérer notre jeunesse, à paralyser notre démocratie ?

Allons nous continuer sept ans de plus à dilapider l'héritage du Général de Gaulle et de Georges Pompidou?

Allons-nous continuer sept ans de plus à nous passer nous-mêmes la corde au cou ?

Je vous propose de voter contre M. Giscard d'Estaing. Ce vote n'entraîne nullement une adhésion à la personne ou au programme du candidat socialiste. Dans les élections législatives qui suivront son élection, et qui seront la clé de l'avenir du pays, nous reprendrons le combat que vous avez engagé et, n'en doutez pas, nous le gagnerons.

C'est donc à un vote politique que je vous appelle.
Je vous appelle sans hésitation à voter François Mitterrand d'autant plus que le danger communiste est pour longtemps écarté. L'élection de François Mitterrand ne représente donc pas le risque d'un changement de société ou une menace pour nos ~~libertés.~~

Gaulliste de toujours, responsable du RPR depuis sa création, vous me connaissez. C'est en toute sécurité, en toute confiance dans l'avenir, que je vous demande de voter le 10 Mai, contre M. Giscard d'Estaing. C'est la condition du renouveau de notre pays.

Philippe DECHARTRE
Ancien Ministre du
Général de Gaulle et
de Georges Pompidou.

6.

Rapport de Raymond Barre sur l'état économique et social de la France, en date du 30 avril 1981

Monsieur le Président de la République,

Vous avez souhaité qu'avant la fin de votre septennat, le Gouvernement établisse un rapport sur l'état économique et social de la France au 30 avril 1981.

Le présent document rassemble les principales données caractéristiques de la situation économique, financière et sociale de notre pays à la date retenue. Ces données sont les plus récentes, disponibles à ce jour. Pour certaines rubriques, pour lesquelles les délais d'élaboration et de publication des statistiques où la nature de la grandeur économique considérée ne permettraient pas d'obtenir des chiffres pour les premiers mois de l'année 1981, nous avons choisi les indications relatives à l'année 1980.

Ce rapport énonce des faits vérifiables ; il ne contient aucun jugement de valeur sur la situation décrite.

I — L'ACTIVITÉ ÉCONOMIQUE

Le PIB de la France s'est accru de 1,3 % en volume en 1980.

En 1981, selon les prévisions de la Commission de Bruxelles, aussi bien que des services du ministère de l'Economie il augmentera de 0,5 %.

En revanche, selon ces mêmes prévisions, les principaux pays de la Communauté connaitraient en 1981 une baisse du PIB.

Evolution du PIB dans les pays de la Communauté en volume, en %.

	1980	Prévision pour 1981
France	: 1,3 %	± 0,5 %
Pays-Bas	: 0,8 %	– 0,6 %
RFA	: 1,8 %	– 0,7 %
Belgique	: 1,4 %	– 0,7 %
Italie	: 4,0 %	– 0,8 %
Royaume-Uni	: – 1,8 %	– 2,0 %
Ensemble CEE	1,2 %	– 0,6 %

(source : OCDE pour 1980 ; CEE pour 1981)

II — LA SITUATION ÉNERGÉTIQUE

Au 30 avril 1981, l'exécution du programme énergétique français est conforme aux objectifs à long terme (1990) fixés dans le projet de VIIIe Plan.

1) Production d'électricité des quatre premiers mois de 1981 :
- électricité d'origine nucléaire : 34 %
- électricité provenant du charbon national et de l'hydraulique : 36 %
- électricité produite à partir d'énergies importées : 30 %

2) Réalisation du programme électronucléaire :

4 tranches de centrales nucléaires, de 900 MW chacune, ont été raccordées au réseau dans les quatre premiers mois de 1981. Le raccordement, d'ici à la fin de 1982, de 9 autres tranches de 900 MW, actuellement en cours de construction, sera possible si les options fondamentales de la politique énergétique sont maintenues.

3) Nombre de tranches nucléaires en cours de construction : 39, correspondant à une puissance totale de 40 800 MW.

4) Economies d'énergie : 24 Mtep en 1980.

Au cours des quatre premiers mois de 1981, les importations de pétrole brut pour besoins français s'élèvent à 32,1 millions de tonnes soit 9,1 % de moins qu'au cours de la même période de 1980.

5) Prix hors taxe des produits pétroliers raffinés : à la suite des hausses intervenues en décembre 1980, février et mars 1981, les prix français ont été portés dans l'ensemble, au niveau de ceux des principaux pays de la Communauté.

Au 4 mai 1981, la situation était la suivante :

	France (francs/litre)	six principaux pays de la CEE (francs/litre)
essence	: 1,642	1,688
supercarburant	: 1,732	1,783
gazole	: 1,557	1,650
fuel-oil domestique	: 1,486	1,524

(source : ministère de l'industrie)

III — L'EMPLOI

1) Au 30 avril 1981, le nombre des demandeurs d'emploi était de 1 645 700 dont 800 800 hommes et 844 900 femmes. Après correction des variations saisonnières, le nombre des demandeurs d'emploi était de 1 724 000.

Evolution du nombre des demandeurs d'emploi dans la Communauté.

	mars 1981/mars 1980	taux de chômage fin mars 1981
Royaume-Uni	68,1 %	9,5 %
Pays-Bas	63,4 %	6,7 %
RFA	38,2 %	4,7 %
Belgique	23,5 %	10,5 %
France	**17,3 %**	**7,4 %**
Italie	6,6 %	8,8 %
Ensemble CEE	32,0 %	7,5 %

(source : EUROSTAT)

2) 3e pacte pour l'emploi des jeunes (campagne du 1er juillet 1980 au 30 avril 1981) : le nombre des bénéficiaires a atteint 500 000.

IV — LES PRIX

De mars 1980 à mars 1981, la hausse de l'indice des prix à la consommation est de 12,5 %. Elle s'est ralentie depuis trois mois : entre décembre 1979 et décembre 1980 elle a été de 13,6 %.

Cette évolution des prix prend en compte la libération complète des prix industriels, ainsi que des tarifs et des marges commerciales, le démantèlement de la totalité des montants compensatoires monétaires agricoles, la hausse des prix des produits pétroliers et les ajustements des tarifs publics.

Evolution des prix de détail de mars 1980 à mars 1981 dans les pays de la Communauté :

RFA	:	5,5 %
Pays-Bas	:	6,6 %
Belgique	:	7,6 %
France	**:**	**12,5 %**
Royaume-Uni	:	12,6 %
Italie	:	20,1 %
Ensemble CEE	:	12,4 %

(Source : CEE)

V — LES REVENUS

1) En janvier 1981, l'indice du taux de salaire des ouvriers était de 165,7 (base 100 au 1-1-77) ce qui correspond à une augmentation de 3,1 % au quatrième trimestre de 1980. L'augmentation est de 15,4 % en un an. Elle doit être rapprochée de la hausse des prix qui a été de 13,6 % sur la même période.

2) Au 8 mai 1981, le montant mensuel du SMIC (base de 40 heures par semaine) était de 2 634,62 F.

3) Le pouvoir d'achat des revenus salariaux et sociaux a été maintenu et a même progressé en 1980.

Evolution du pouvoir d'achat des revenus en 1980

taux de salaire horaire des ouvriers	:	1,6 %
SMIC	:	1,1 %
masse des salaires nets	:	+ 0,4 %
prestations sociales	:	+ 1,8 %
excédent brut d'exploitation des entrepreneurs individuels (hors compensation budgétaire pour les agriculteurs)	:	– 4,2 %*

(Source : comptabilité nationale, INSEE et ministère du Travail)

*La baisse de l'excédent brut d'exploitation des entrepreneurs individuels s'explique pour la plus grande part par l'évolution du revenu agricole : en novembre 1980, une compensation budgétaire de 4,6 milliards de F a été votée par le Parlement. Elle a permis de maintenir le pouvoir d'achat des agriculteurs. Cette compensation, qui a été versée au cours des premiers mois de 1981, n'est pas prise en compte dans les statistiques pour 1980.

VI – LA SITUATION MONÉTAIRE

1) La masse monétaire de mars 1980 à mars 1981 s'est accrue de 10,4 %.

2) Le taux de liquidité de l'économie en 1980 (rapport de la masse monétaire au PIB) a été de 47,7 %.

3) Les taux d'intérêt :
– taux d'intérêt au jour le jour, le 8-5-81 : 12,25 %
– taux de base bancaire, le 8-5-81 en France : 12,75 %. Ce taux se compare à 19,0 % aux USA (prime rate) ; à 12,0 % en RFA (taux du lombard spécial) et à 12,0 % en Grande-Bretagne (minimum lending rate).

4) Indice des cours de la bourse de la Chambre Syndicale des Agents de change au 8-5-81 (base 100 le 31-12-61) : 109,8

VII – LA SITUATION BUDGÉTAIRE

1) Au 7 mai 1981, le déficit d'exécution de la loi de finances pour 1981 est de 47,2 Mds de F contre 17,9 Mds de F en 1980 et 26,3 Mds de F en 1979.

La comparaison entre les deux périodes de 1980 et 1981 doit tenir compte des éléments suivants : en 1980, le rythme des dépenses a été freiné par le retard enregistré pour le vote de la loi de finances pour 1980 ainsi que par la mise en œuvre de la régulation des dépenses budgétaires. Pour 1981, le rythme des dépenses en début d'année s'explique par des ouvertures de crédits exceptionnelles (dont l'indemnisation des agriculteurs) et par un nouvel accroissement du montant des avances aux collectivités locales.

En fait, l'exécution de la loi de finances pour 1981 se déroule dans des conditions voisines de celles des années 1978 et 1979, comme le montre le tableau ci-dessous :

Exécution du budget général

	Solde du budget général au mois de mai (Mds de F)	taux de couverture des dépenses par les recettes
1978	– 23,3	85,3 %
1979	– 15,6	91,6 %
1980*	– 4,2	97,9 %
1981	– 25,4	89,6 %

* année atypique en raison du retard enregistré pour le vote de la loi de finances et de la mise en œuvre de la régulation des dépenses budgétaires.
(Source : ministère du Budget)

Compte tenu de l'étalement dans l'année des dépenses et des recettes de l'Etat et si aucune mesure n'était prise en loi de finances rectificative pour maintenir le déficit dans une zone proche du chiffre inscrit en loi de finances initiale (29,4 Mds de F), le déficit budgétaire pour 1981 s'établirait autour de 48 Mds de F soit 1,5 % du PIB.

2) Le déficit d'exécution du budget de l'Etat a été de 30,3 Mds de F en 1980 soit 1,1 % du PIB.

Déficit d'exécution des budgets des administrations centrales en % du PIB dans les principaux pays de la Communauté

Italie	:	10,6 %
Belgique	:	9,0 %
Royaume-Uni	:	4,8 %
Pays-Bas	:	4,8 %
RFA	:	3,5 %
France	:	**1,1 %**

(Source : CEE)

3) Prélèvements obligatoires : au 1er février 1981, la cotisation supplémentaire du régime général de la Sécurité Sociale, acquittée pendant 18 mois par les salariés, a été supprimée.

En 1980, les prélèvements obligatoires en % du PIB sont les suivants :

Etat	:	18,7 %
Organismes sociaux	:	18,3 %
Collectivités locales	:	4,6 %
Divers	:	0,9 %
Ensemble	:	42,5 %

(Source : Comptabilité nationale)

4) L'encours de la dette publique au 30 novembre 1980 s'élève à 16,7 % du PIB.

Chez nos principaux partenaires (pour lesquels cette statistique est disponible) l'encours de la dette publique en % du PIB est le suivant :

Japon	:	28,6 %	(31-8-80)
USA	:	25,6 %	(31-8-80)
RFA	:	22,6 %	(31-12-79)
Italie	:	58,1 %	(31-8-80)
France	:	**16,7 %**	(30-11-80)

(Source : FMI et OCDE)

VIII – SÉCURITÉ SOCIALE – ASSURANCE MALADIE

1) L'accroissement du total des dépenses de l'assurance maladie entre mars 1980 et mars 1981 a été de 16,1 % contre 21,3 % deux ans auparavant.

2) Augmentation, en francs constants, de la dépense maladie en cours d'année :
1978 : 9,4 %
1979 : 4,5 %
1980 : 2,1 %

3) Au 30 avril 1081 la trésorerie de la branche maladie du régime général de la Sécurité sociale est excédentaire de 13 Mds de F.

4) Situation financière de la branche maladie du régime général de la Sécurité Sociale :
exercice 1980 : excédent de 8,6 Mds de F.
prévision pour 1981 : déficit de l'ordre de 2 Mds de F (soit environ 1 % du total des dépenses).

IX – ÉCHANGES EXTÉRIEURS

1) En avril 1981, la balance commerciale est déficitaire de 1930 millions de F. (2176 millions de F après correction des variations saisonnières). Le taux de couverture est de 96,3 % (95,7 % après correction des variations saisonnières).

D'avril 1980 à avril 1981, les importations ont augmenté de 12,2 % et les exportations de 13,6 %.

Évolution récente de la balance commerciale (en Mds de F).

		1981 (2)			
	1980 (1)	janvier	février	mars	avril
Solde des échanges de produits énergétiques en mds de F (CAF-FOB)	– 11,0	– 12,5	– 11,4	– 12,8	– 13,8
Solde des échanges de produits non énergétiques en mds de F (CAF-FOB)	+ 2,7	+ 3,3	+ 4,4	+ 5,6	+ 7,8
Solde global (FOB-FOB)	– 5,0	– 5,9	– 3,7	– 3,6	– 2,2

(1) moyennes mensuelles
(2) données corrigées des variations saisonnières
(Source : statistiques douanières)

2) Au premier trimestre de 1981, la balance des paiements courants était, selon l'estimation provisoire disponible, déficitaire de 11,6 Mds de F. Pour l'ensemble de l'année 1980, le déficit a été de 31,7 Mds de F.

En R.F.A. les données correspondantes sont – 21,9 Mds de F pour le premier trimestre de 1981 et – 67,1 Mds de F pour l'année 1980.

Balance des paiements courants en % du PIB dans les pays de la Communauté en 1980.

Belgique	: – 5,6 %
Italie	: – 2,6 %
R.F.A.	: – 1,7 %
Pays-Bas	: – 1,5 %
France	: – 1,3 %
Royaume-Uni	: + 1,0 %
Ensemble CEE	: – 1,5 %

(Source : CEE)

3) Endettement extérieur de la France au 31 décembre 1980 créances et dettes extérieures non bancaires, publiques et privées à moyen et long terme (situation provisoire) :

créances	: 145 Mds de F
dettes	: 124 Mds de F
position créditrice	: **+ 21 Mds de F**

4) Réserves de change de la France :

Le 8 mai 1981 au soir, les avoirs officiels de change de la France s'élevaient à 363 401 millions de F, se répartissant ainsi :

- avoirs en or	:	226 982 millions de F
- écus	:	81 749 millions de F
- position créditrice au FECOM	:	1 713 millions de F
- avoirs en devises	:	41 800 millions de F
- créances sur le FMI	:	11 157 millions de F

5) Valeur du franc le 8 mai 1981 :

par rapport au deutsche mark	:	2,37475
par rapport au dollar	:	5,3420
par rapport au franc suisse	:	2,60775

X – LA FRANCE DANS LA COMMUNAUTÉ ÉCONOMIQUE EUROPÉENNE

1) Au 30 avril 1981 les marchandises, les hommes et dans une large mesure, les services, circulent librement à l'intérieur du Marché Commun dans le cadre de l'union douanière et des règles fixées par le Traité de Rome et les actes subséquents.

2) Le budget de la Communauté atteint en 1981 19,3 milliards d'écus, soit 118 milliards de francs dont à peu près 70 % sont consacrés à l'agriculture.

Les versements de la France au titre des ressources propres, financent 19,9 % de ce total.

Les versements de la France au budget des Communautés et les financements qui lui reviennent sont à peu près équilibrés en 1980. En 1981, le solde pourrait être légèrement déficitaire.

3) Les prix agricoles pour la campagne 1981-1982, exprimés en écus, ont été augmentés en moyenne de 9,4 % le 1er avril dernier.

En francs français la hausse moyenne atteint 12,2 % compte tenu du poids de chaque produit agricole dans la production finale de l'agriculture française.

Le retour progressif à l'unité des prix et à la libre circulation des produits au sein du Marché Commun agricole a été obtenu.

Les montants compensatoires monétaires ont été totalement supprimés aux frontières des pays du Bénélux, de la France, de l'Irlande et du Danemark et sont négligeables dans le cas de l'Italie (- 1 %).

Ils atteignent :

+3,2 % entre l'Allemagne Fédérale et ses partenaires (contre +10,8 en novembre 1978) ;

+14,1 % entre la Grande-Bretagne et le reste de la Communauté (contre –30,8 % en novembre 1978).

4) Depuis le 13 mars 1979, la France participe au système monétaire européen. Le franc a, au cours des six mois précédant le 22 avril 1981, occupé constamment la 1ère ou la 2ème place au sein du SME.

CONCLUSION

Au 30 avril 1981, la situation économique et sociale de la France peut se caractériser par les traits suivants :

1) Une tendance de l'activité économique permettant d'escompter, selon les services du Ministère de l'Économie, une croissance du PIB d'environ 0,5 % en 1981 et 2,5 % en 1982, à orientation de politique économique constante.

2) Une augmentation des demandes d'emploi forte, mais nettement moins rapide que chez nos partenaires de la Communauté.

3) Une tendance au ralentissement de la hausse des prix depuis la fin de 1980.

4) Une évolution modérée des rémunérations assurant néanmoins le maintien du pouvoir d'achat des travailleurs.

5) La maitrise de la progression de la masse monétaire.

6) La limitation du déficit budgétaire.

7) Une stabilisation des prélèvements obligatoires.

8) Une situation équilibrée de la Sécurité Sociale.

9) Un redressement continu de notre commerce extérieur, dont le taux de couverture atteint 93,7 % au cours des trois derniers mois et 95,7 % en avril.

10) Un endettement extérieur largement compensé par nos créances sur l'étranger.

11) Des réserves de change s'élevant à 363 Mds de F.

12) Un franc solide et stable dans le SME.

Ainsi la France, qui avait dès la fin de 1978 maitrisé les effets du premier choc pétrolier, commençait-elle au prix d'un effort soutenu, à surmonter avec succès les conséquences du deuxième choc pétrolier et poursuivait-elle son adaptation aux nouvelles conditions de la situation économique internationale.

Veuillez agréer, Monsieur le Président de la République, l'expression de mon respectueux et fidèle dévouement.

Raymond Barre
le 20 mai 1981

7.
Allocution de départ de l'Élysée prononcée le 19 mai 1981

VALÉRY GISCARD D'ESTAING

Françaises, Français,

Il y a sept ans, le peuple français me confiait la responsabilité de notre pays.

Cela a été un grand honneur pour moi de le diriger dans un monde difficile, dangereux, aux prises avec une crise économique, sociale, et aussi morale, sans précédent depuis cinquante ans.

Vous m'aviez donné en garde les biens les plus précieux de la collectivité française : la paix, la liberté, et nos institutions.

J'en ai été le gardien, et, à l'heure où je m'en vais, ils vous sont restitués intacts.

°

° °

Aujourd'hui, la volonté du plus grand nombre a choisi un nouveau Président.

J'ai voulu que la transition se fasse selon les règles de la continuité républicaine. C'est pourquoi, j'accueillerai moi-même Monsieur François MITTERRAND à l'Elysée.

Ceci apportera la preuve du respect des principes démocratiques, et du fonctionnement régulier de nos institutions.

°

° °

Après demain, je quitterai l'Elysée.

Je viens, ce soir, vous dire très simplement au revoir.

°

° °

Je quitte mes fonctions en ayant conscience d'avoir apporté tous mes soins et tous mes efforts à ce que je jugeais essentiel.

/...

Que la France devienne une nation forte et paisible, fraternelle pour tous les siens, et traitant d'égal à égal avec les grands dirigeants du monde.

Pendant sept ans, la France a vécu en paix, sans souffrir de secousses intérieures graves, politiques ou sociales.

Toutes les élections ont eu lieu à leur date normale.

La France est restée le pays de toutes les libertés. Le déroulement de l'élection présidentielle vient d'en apporter la preuve. Elle fait même partie de ce qui n'est plus qu'un îlôt de liberté dans un océan de contraintes.

Chaque fois que nos forces ont eu à intervenir à l'extérieur, elles l'ont fait avec succès. Cela restera mon honneur de l'avoir décidé.

/...

Si notre pays n'a pas connu toute la prospérité que je voulais pour lui, nous avons maintenu pendant sept ans la solidité du franc ; limité le déficit budgétaire ; rétabli l'équilibre de la sécurité sociale, et sauvé ainsi nos régimes sociaux.

°

° °

Je voulais aussi que les Français soient fiers de la France.

Je me suis donné beaucoup de peine pour cela, en vous représentant à l'étranger.

Chacun de vous, en franchissant nos frontières, pouvait être fier d'être Français.

Nous avons lancé de grands projets. Notre programme d'indépendance énergétique, poursuivi sans défaillance, faisait l'admiration du monde.

J'ai développé l'entente franco-allemande, pour consolider l'Europe.

J'ai maintenu ouvert le dialogue pour la paix.

Je remercie chaleureusement toutes celles et tous ceux d'entre vous qui m'ont apporté leurs suffrages, au nombre de 14 millions 600 mille ! Des suffrages populaires, courageux, modestes ; des suffrages qui reconnaissaient l'effort accompli, et recherchaient le bien de la France.

Merci à vous tous qui, de Valenciennes à Thionville, de l'Alsace à la Bretagne, des Antilles à la Réunion, de la Manche à la Lozère, de la Haute-Savoie au Var et à la Corse, m'ont aidé dans ma tâche et m'ont apporté leur enthousiasme et leur dévouement.

La France continuera à avoir besoin de vous !

Chaque fois qu'il le faudra, je saurai pouvoir compter sur vous.

°

° °

En ce jour qui marque pour beaucoup le terme de grandes espérances, je sais que vous êtes nombreux à partager mon émotion.

/...

Sachez qu'un évènement politique n'est qu'un maillon dans la chaine de notre longue histoire, appelée à se poursuivre.

A tous ceux qui m'ont suivi jusqu'au bout, je demande d'oublier les blessures du combat politique, pour ne retenir que l'attachement aux grands idéaux qui restent les nôtres, et la volonté de resserrer l'union chaque fois qu'elle est une condition de succès.

Pour moi, je resterai attentif à tout ce qui concerne l'intérêt de la France.

Tourné vers l'avenir et fort de l'expérience acquise, je ferai en sorte de me tenir à la disposition de mon pays, pour défendre les principes et les idées qui ont guidé ma vie, et inspiré mon action de sept ans.

°

° °

/...

Avant de vous quitter, je vous souhaite bonne chance à chacune et à chacun d'entre vous.

Oui, bonne chance du fond du coeur, sans amertume vis-à-vis des uns, et avec une chaude reconnaissance pour les autres.

Mes voeux vont aussi à celui que les Français ont choisi pour être le premier d'entre eux.

Et dans ces temps difficiles, où le mal rôde et frappe dans le monde, je souhaite que la providence veille sur la France,

pour son bonheur, pour son bien et pour sa grandeur.

Au revoir !

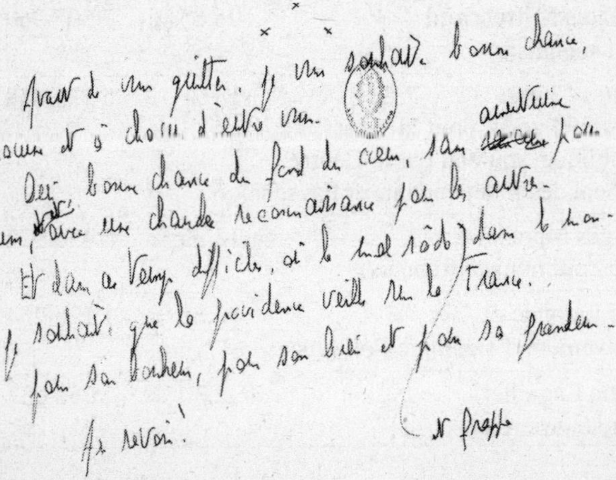
Avant de vous quitter, je vous souhaite bonne chance,
à chacune et à chacun d'entre vous.
Oui, bonne chance du fond du coeur, sans amertume pour
les uns, vis-à-vis avec une chaude reconnaissance pour les autres.
Et dans ces temps difficiles, où le mal rôde dans le monde, je souhaite que la providence veille sur la France.
pour son bonheur, pour son bien et pour sa grandeur.
Au revoir !

8.
Résultats de l'élection présidentielle de 1981

Premier tour

Le premier tour eut lieu le 26 avril 1981.
Abstentions : 18,9 %
Blancs et nuls : 1,3 %

Candidat	% expr.	Nbre de voix
Valéry Giscard d'Estaing (Union pour la démocratie Française)	28,32 %	8 222 432
François Mitterrand (Parti socialiste)	25,85 %	7 505 960
Jacques Chirac (Rassemblement pour la République, soutenu par le Centre National des Indépendants et Paysans)	18 %	5 225 848
Georges Marchais (Parti communiste français)	15,35 %	4 456 922
Brice Lalonde (Mouvement d'Écologie Politique)	3,88 %	1 126 254
Arlette Laguiller (Lutte ouvrière)	2,30 %	668 057

Michel Crépeau (Mouvement des radicaux de gauche)	2,21 %	642 847
Michel Debré (Gaulliste)	1,66 %	481 821
Marie-France Garaud (Gaulliste)	1,33 %	386 623
Huguette Bouchardeau (Parti socialiste unifié)	1,11 %	321 353

Second tour

Le second tour eut lieu le 10 mai 1981.
Abstentions : 14,1 %
Blanc : 3,1 %

Candidat	**% expr.**	**Nbre de voix**
François Mitterrand	51,76 %	15 708 262
Valéry Giscard d'Estaing	48,24 %	14 642 306

Table

PREMIÈRE PARTIE

La vie au pouvoir

SECONDE PARTIE

Quand le pouvoir se détache de la vie

ANNEXES

CRÉDITS DES ANNEXES

Du même auteur :

DÉMOCRATIE FRANÇAISE, Fayard (1976).
L'ÉTAT DE LA FRANCE, Fayard (1981).
DEUX FRANÇAIS SUR TROIS, Flammarion (1984).
LE POUVOIR ET LA VIE, tome I. LA RENCONTRE, Cie 12 (1988).
LE POUVOIR ET LA VIE, tome II. L'AFFRONTEMENT, Cie 12 (1991).
LE PASSAGE (roman), Robert Laffont (1994).
DANS CINQ ANS, L'AN 2000, Cie 12 (1995).
LES FRANÇAIS. RÉFLEXIONS SUR LE DESTIN D'UN PEUPLE, Plon-Cie 12 (2000).

Composition réalisée par Asiatype

Achevé d'imprimer en mars 2007 en France sur Presse Offset par

CPI
Brodard & Taupin

La Flèche (Sarthe).
N° d'imprimeur : 40432 – N° d'éditeur : 84226
Dépôt légal 1re publication : mars 2007
LIBRAIRIE GÉNÉRALE FRANÇAISE – 31, rue de Fleurus – 75278 Paris cedex 06.

31/2153/0